El templo
del jazmín

Corina Bomann (Parchim, Alemania, 1974) convirtió la pasión por la literatura en su profesión en 2002, cuando publicó su primer libro. A partir de entonces escribió varias novelas históricas y juveniles, pero la fama le llegó con *La isla de las mariposas,* que fue publicada en varios países europeos y entró en las listas de los libros más vendidos en Alemania. Repitió su fórmula de éxito con *El jardín a la luz de la luna* y *El templo del jazmín.*

www.corina-bomann-online.de

Si tienes un club de lectura o quieres organizar uno, en nuestra web encontrarás guías de lectura de algunos de nuestros libros. **www.maeva.es/guias-lectura**

EMBOLSILLO desea contribuir al esfuerzo colectivo y permanente de proteger y preservar el medio ambiente y nuestros bosques con el compromiso de producir nuestros libros con materiales responsables.

CORINA BOMANN

El templo del jazmín

**Dos mujeres que retan a la vida.
Una historia de amistad, amor y superación.**

Traducción:
Laura Manero Jiménez

E⊠BOLSILLO

Título original:
DIE JASMINSCHWESTERN

© Ullstein Buchverlage GmbH, Berlín. Publicado en 2014
 por Ullstein Taschenbuchverlag
© de la traducción: LAURA MANERO JIMÉNEZ, 2016
© de esta edición: EMBOLSILLO, 2017
 Benito Castro, 6
 28028 MADRID
 emaeva@maeva.es
 www.maeva.es

1.ª edición: abril de 2017
2.ª edición: septiembre de 2017

ISBN: 978-84-16087-58-7
Depósito legal: M-9.024-2017

Diseño e imagen de cubierta: OPALWORKS
Fotografía de la autora: © SABINE FRÖHLICH / Fotoestudio Fröhlich
Diseño de colección: TONI INGLÈS
Preimpresión: Gráficas 4, S. A.
Impreso por: Novoprint
Impreso en España / Printed in Spain

JUL 1 9 2018

Prólogo

–¡Venga, sal de una vez!

Impaciente, Melanie se retiró de la cara un mechón que se le había soltado de la trenza. Llevaba media hora esperando junto a la cinta de equipajes. Una maleta tras otra iban pasando por delante de ella; todas menos la suya. Casi empezaba a temer que se hubiera extraviado. No lo sentía por su ropa, ya que de viaje y en el trabajo vestía de una forma sencilla y práctica. Vaqueros, camisetas, camisas, botas de batalla y, si hacía calor, tops de tirantes, pantalones cortos y sandalias. Todo ello ocupaba en esos momentos aproximadamente un setenta por ciento de su maleta, pero convertido en un rebujo sudado. La cámara, por suerte, la llevaba siempre consigo como equipaje de mano.

No era muy aficionada a los *souvenirs,* pero en ese viaje había comprado algunos recuerdos cuya pérdida sí habría lamentado mucho: un orondo buda de jade que le había ofrecido un vendedor en las calles de Saigón, una ilustración antiquísima hecha sobre papel de arroz que retrataba un paisaje montañoso, y dos móviles de viento adorables, uno para ella y otro para su abuela y su bisabuela. El regalo del que más orgullosa se sentía era el de su prometido, Robert. Había conseguido encontrar dos monedas antiguas con dragones, de las que decían que traían suerte. Estaban acuñadas en el año 1654 y se las había comprado a un vendedor ambulante. Melanie las adquirió sin pensárselo mucho, pero luego se martirizó durante horas pensando si no serían robadas. Después de que la dueña de la pensión le asegurara que era muy frecuente encontrar monedas como esas en las casas viejas y que, sin duda, todo era legal, las metió en el equipaje y las pasó por la aduana sin ningún problema.

Como la siguiente maleta tampoco era la suya, sacó el móvil del bolsillo de la cazadora y lo encendió. Enseguida le apareció un mensaje de texto de Robert en la pantalla. Se lo había escrito a las 7.05 de la mañana, seguro que nada más levantarse. Melanie sonrió. Cuando regresaba a casa de un viaje de trabajo, él siempre la recibía con un breve mensaje.

«Bienvenida a casa, cielo. Por desgracia no puedo ir a buscarte, pero pienso en ti. Ahora tengo una reunión, ya celebraremos tu regreso esta noche como se merece. Qué ganas de abrazarte otra vez. Besos, Robert.» ¿Qué le habría preparado en esta ocasión? Cuando pasaba muchos días fuera, Robert siempre planeaba algo para su vuelta: una obra de teatro, una película, o simplemente una maravillosa noche tranquila, con velas y champán. «Hola, querido novio abandonado. He llegado bien, pero estoy esperando la maleta. ¿No puedes hacer algún tipo de magia para que aparezca? Tengo mucho que contarte y que enseñarte, estoy impaciente por verte. Besos, Melanie.»

Hacía seis años que trabajaba como fotógrafa de moda, una profesión estresante, pero que le había dado la oportunidad de visitar los rincones más hermosos del planeta. Saris coloridos ante el Taj Mahal, quimonos de una seda de ensueño en la antigua ciudad imperial de Kioto, trajes de noche en Venecia, creaciones atrevidas en Nueva York y joyas legendarias en El Cairo llenaban sus *books* fotográficos y las páginas de muchísimas revistas de moda. A sus veintinueve años ya había recorrido medio mundo.

Unos meses antes se había puesto a dar saltos de alegría al recibir una oferta de una gran firma para ir a Vietnam a realizar una sesión de fotos. Por un lado, porque esos encargos no solían caer del cielo; por otro, porque con ese país la unía un vínculo especial, ya que su bisabuela Hanna era de allí. Hacía mucho que quería visitar la tierra de sus antepasados, pero hasta entonces no había tenido ocasión de hacerlo.

Melanie hubiera preferido viajar con Robert, pero, aunque él se hubiera podido tomar unos días libres en el trabajo, a la agencia tampoco le habría hecho mucha gracia que se pasara el rato dando paseos románticos. Tenían una agenda muy apretada y la firma de moda quería mantener los gastos tan a raya como fuera posible. Por eso apenas le había quedado medio día para disfrutar de la ciudad de Ho Chi Minh, el antiguo Saigón, visitar sus templos y comprar un par de detalles. También hizo fotografías: mujeres con los típicos sombreros de arroz, niños que jugaban y soñaban despiertos en el bordillo de las calles, puestos de mercado en los que se vendían especias y hierbas de todos los colores imaginables, y ancianos que mascaban nuez de areca sentados en banquitos frente a sus casas y que, de vez en cuando, mostraban los dientes teñidos de rojo con una sonrisa.

Durante el vuelo de regreso no había podido quitarse una idea de la cabeza. Si iban de viaje de novios a Vietnam, podría conocer el país de verdad y al mismo tiempo enseñárselo a Robert. Como no pensaban casarse hasta agosto, aún no tenían planes muy concretos en cuanto al viaje. Tal vez podría convencer a su prometido.

¡Vaya, por fin, mi maleta!, pensó Melanie al ver aparecer su equipaje en la cinta.

En el vestíbulo del aeropuerto se encontró con una muchedumbre agobiante. Frente a los mostradores de varias compañías aéreas se habían formado largas colas, y también había viajeros que se paseaban por las numerosas tiendas para matar el tiempo mientras esperaban. Melanie se alegró de poder salir al fin del edificio.

Berlín la recibió con sus temperaturas gélidas y un cielo cargado de nubes bajas. Ni siquiera los vivos colores de las vallas publicitarias conseguían disimular el gris de enero. Helada de frío, se ciñó más la cazadora alrededor de los hombros. ¡Qué agradable había sido el tiempo en el mar de la China Meridional!

Por suerte el autobús no se hizo esperar demasiado, aunque iba lleno hasta los topes. Las masas de viajeros se apretaron en su interior y, encajonada entre dos hombres de negocios, Melanie tuvo que quedarse de pie. Ya soñaba con darse un baño caliente y disfrutar de un poco de tranquilidad. Como Robert no solía volver del despacho hasta las cinco, aprovecharía ese tiempo para hacerle una visita a su madre, que tenía una sombrerería en Invalidenstrasse. Su madre aprendió a confeccionar sombreros gracias a la abuela Hanna, que en la década de 1950 causó sensación con sus creaciones entre la flor y nata parisina. La mujer, llena de orgullo, le contaba a todo el mundo que incluso la joven reina Isabel de Inglaterra había comprado en su tienda.

De repente, Melanie oyó una melodía que salía de su bolsillo. ¿Quién llamaría a esas horas? ¿Robert? No, seguro que todavía estaba en la reunión. ¿Su madre? No, no era típico de ella. Debía de ser Charlotte, de la agencia, que quería saber si había aterrizado bien. Su representante en la agencia de fotografía era una treintañera vivaracha y con la habilidad de conseguir los mejores trabajos para fotógrafos de moda. Melanie la visualizó, mirándose las uñas pintadas de colores diferentes mientras sonaban los tonos de llamada para luego, cuando saltara el buzón de voz, empezar a parlotear con alegría. Como no le apetecía caerse encima de ninguno de los hombres de negocios si el autobús tomaba una curva con cierta brusquedad, dejó sonar el móvil y miró fuera, hacia las fachadas del distrito berlinés de Reinickendorf. Al pasar frente a una tienda de vestidos de novia con unos modelos en el escaparate que parecían merengues de colores pastel, no pudo contener una sonrisa. ¿La aceptaría Robert como esposa si elegía un vestido de esos? Seguro que sí, aunque en realidad tanta pomposidad no iba con ella. Se imaginaba más con un modelo sencillo y ceñido al cuerpo, tal vez un diseño de inspiración histórica. En el Museo de la Moda de su bisabuela había un vestido precioso que, aunque ya no podía utilizarse, sí podía reproducirse. En lugar de velo, Melanie quería llevar en el pelo unas flores de jazmín. Seguro que Robert la encontraría deslumbrante.

Volvió a sonarle el móvil. ¡Madre mía, Charlotte, sí que estás pesadita hoy!, pensó, y como la escasez de espacio en el autobús seguía siendo la misma, otra vez dejó que sonara y se hizo el firme propósito de devolverle la llamada en cuanto llegara a casa. Quizá se tratara de algo importante.

Media hora después, por fin llegaron a su parada. Melanie bajó la maleta a rastras y, feliz de liberarse de aquellas apreturas, echó a andar por la calle. Su edificio quedaba cerca de una guardería. Ya desde lejos se oía gritar a los niños, que jugaban en el patio a pesar del frío.

Cuando tengamos hijos, bromeaba Robert a veces, podrás llevarlos allí. Melanie, de todas formas, no estaba muy segura de querer niños tan pronto. Estaba en la mejor edad para ser madre, desde luego, pero en su caso eso implicaba dejar el trabajo una temporada, y todavía no se veía preparada para hacerlo.

El apartamento la recibió como siempre, con sus colores cálidos y el delicado aroma a rosas que procedía de un maravilloso ramo de flores blancas y rosadas que había al lado de la mesita del teléfono. Melanie dejó la llave en la mesa junto a la puerta con una sonrisa. La lucecita roja del contestador automático parpadeaba. Olió las rosas un momento, apretó el botón de «Mensajes» y llevó la maleta al dormitorio. El contestador tenía el volumen lo bastante alto para que pudiera oírse desde todos los rincones del piso.

«Tiene tres mensajes nuevos», informó el aparato con su voz monótona, y empezó a reproducirlos.

«Hola, soy Charlotte. Seguro que todavía estás en el avión, ya lo sé, pero cuando llegues a casa llámame, ¿vale? ¡Tengo para ti un encargo con el que te vas a chupar los dedos! ¡Solo te diré que son dos semanas en el Caribe! ¡O sea que llámame!»

¡Bip!

«Estimada señora Sommer, es usted la afortunada ganadora... ¿Oiga? ¿Hay alguien?... Tuuut, tuuut, tuuut...»

¡Bip!

«Buenos días, aquí el jefe de policía Werner. Por favor, póngase en contacto conmigo lo antes posible en el siguiente número...»

Melanie todavía estaba sonriendo de medio lado por ese confuso mensaje de propaganda, pero se quedó helada de pronto. ¿La policía le había dejado un mensaje en el contestador automático? Se le disparó el corazón. Enseguida sacó el móvil del bolsillo de la cazadora. Las dos llamadas perdidas eran justamente del número que acababa de darle ese agente. Llamó enseguida y, mientras lo hacía, el carrusel de sus pensamientos se puso a girar a toda velocidad. ¿Le habría ocurrido algo a Robert? ¿O a su madre?

Después de cinco tonos de llamada, por fin contestó alguien.

—Sí, soy Melanie Sommer, ¿intentaban localizarme?

El policía se lo confirmó y le explicó de dónde había sacado su número de teléfono. Solo un aliento después, el mundo de Melanie se hizo añicos.

—El señor Michaelis ha tenido un accidente sobre las siete treinta en la autopista, en dirección a Oranienburg —informó el jefe de policía.

—¿Qué? —preguntó Melanie, desconcertada.

Había oído las palabras con claridad, pero era incapaz de procesar la información. ¿Que Robert había tenido un accidente? ¡Pero si siempre era prudente al volante! ¡Además, controlaba muy bien su Volvo!

—Quizá a causa del hielo que había esta mañana en la carretera, su coche se ha salido de la calzada. El Volvo ha atravesado el quitamiedos y ha volcado —continuó el agente, sin hacer caso de su pregunta.

Melanie negó con la cabeza. Las rodillas le fallaron y tuvo que dejarse caer sobre el borde de la cama. Hielo en la carretera, quitamiedos... ¡No, no era posible!

—¿Está seguro de que se trata de Robert Michaelis? —preguntó. También podía ser que le hubieran robado el coche y que su documentación siguiera en la guantera.

—Hemos podido identificarlo sin lugar a dudas gracias a sus documentos. Además, llevaba el móvil consigo.

El verbo «identificar» desató el pánico en Melanie.

—¿Qué le ha ocurrido? ¿Está vivo? —preguntó enseguida.

—Según la información de que dispongo, lo han llevado a las urgencias del Charité. Si quiere, le doy el número.

Melanie contestó que sí, anotó mecánicamente la serie de dígitos y después colgó sin esperar más explicaciones del policía.

Robert había sufrido un accidente. ¡A las siete y media de la mañana! Abrió el mensaje de texto que le había enviado. Hora: 7.05. Había ocurrido veinticinco minutos después. ¿Habría consultado el móvil esperando una respuesta suya? ¡Ella siempre le decía que no mirara el teléfono cuando conducía!

Se guardó el móvil en el bolsillo, buscó su bolso y corrió hacia la puerta. No pensaba limitarse a llamar. Quería hablar con el médico que lo estaba atendiendo. Quería decirle que cuidara bien del hombre al que amaba.

Cuando llegó a las urgencias del Charité, dejó su Toyota azul entre dos enormes todoterrenos que había en el aparcamiento de las visitas y corrió hacia la entrada. Durante el trayecto había derramado muchísimas lágrimas. ¡Aquello no podía estar pasando! ¿Por qué había tenido que tocarle a Robert? Nunca le hacía daño a nadie, siempre era simpático y cariñoso... Pero seguramente eso no tenía nada que ver en caso de accidente. Algo así le podía suceder a cualquiera, fuera ángel o demonio.

Las puertas de cristal se abrieron con un siseo y el olor a hospital golpeó a Melanie como una bofetada. La enfermera de la recepción la miró con una expresión algo gruñona. En esos momentos el personal médico se llevaba a un hombre en una camilla hacia una puerta de vaivén. Por su cabellera rubia algo encanecida, Melanie enseguida supo que no se trataba de Robert.

—Disculpe, por favor, me llamo Melanie Sommer y soy la prometida de Robert Michaelis. La policía me ha llamado para decirme que lo han traído aquí.

—Siéntese ahí un momento, por favor, voy a informarme —contestó la enfermera, y levantó el auricular del teléfono.

Melanie estuvo a punto de explotar y soltarle que cómo podía no saber algo así sin tener que consultarlo... A fin de cuentas, los pacientes de urgencias pasaban por delante de sus narices y era ella quien realizaba los ingresos. Sin embargo, se mordió la lengua. Se fijó entonces en las demás personas de la sala de espera, a quienes parecía darles igual lo mal que lo estuviera pasando. Una mujer se había colocado el chaquetón bajo la cabeza y dormía. Un hombre mayor sostenía un periódico que le tapaba la cara. Una joven tecleaba en su móvil como una posesa.

A Melanie no le apetecía sentarse con ellos, así que permaneció de pie frente al mostrador.

Pasaron los minutos. La enfermera daba la sensación de ir comunicándose por teléfono con una unidad tras otra. ¿Es que allí nadie sabía nada de Robert? Tal vez no había sido más que una equivocación. ¿Alguien le había robado el móvil? ¿La documentación? Pero el jefe de policía le había dicho que lo habían identificado «sin lugar a dudas»...

—¿Señora Sommer? —La voz de la enfermera interrumpió sus cavilaciones—. El señor Michaelis ha entrado en quirófano, es probable que pase bastante tiempo antes de que pueda decirle algo más. ¿Quiere quedarse aquí o prefiere esperar en casa?

¿Regresaría usted a casa mientras su prometido se debate entre la vida y la muerte?, estuvo a punto de escapársele a Melanie, pero le fallaron las fuerzas. Sentía el estómago vacío y las piernas débiles. Robert estaba vivo, pero intuía que esa vida pendía de un hilo.

—Me quedaré aquí —se oyó decir, y enseguida se apresuró hacia donde aguardaban los demás.

De pronto tuvo mucho calor, así que se quitó la cazadora y la dejó doblada en su regazo. Al hacerlo, le dio la sensación de haberse metido en una burbuja que la aislaba tras una fina membrana del paso del tiempo y de las demás personas. No pensó en avisar a nadie. De ninguna manera quería que su madre se preocupara. En lugar de eso, dejó que su mente vagara libre por los pasillos del hospital, aunque no los conocía, y, cuando llegó al quirófano donde los médicos se esforzaban por salvar a Robert, le pidió que regresara con ella. No me dejes sola, por favor...

Al cabo de una hora de estar allí sentada viendo cómo ingresaban otros pacientes en urgencias, un cansancio aplastante se apoderó de ella. Hola, señor Jetlag, pensó a la vez que cerraba los ojos. Quizá me venga bien dormir un poco. Entonces todo pareció desvanecerse. Su dolor de estómago, las voces e incluso la sirena de una ambulancia que llegaba a toda velocidad. Todo quedó en silencio y Melanie creyó oír incluso el murmullo del mar...

Hundió los dedos en la espuma del oleaje. El agua se deslizaba sobre la arena con un suave susurro, bañaba su mano y luego se retiraba otra vez.

Esa mañana el mar estaba muy tranquilo. Las olas rompían con cadencia y empujaban algunas algas y unas cuantas conchas hasta la playa. El cielo, en sintonía con esa delicada sensación, estaba cubierto de unos velos de bruma rosa claro. Las rocas descollaban como oscuros vigías en el espejo del mar. Melanie inhaló ese aire cálido y con olor a algas, y sonrió. Aquello era un auténtico paraíso.

—¿Melanie? —La suave voz oscura que siempre le recordaba al terciopelo color azul medianoche la sacó de su ensimismamiento.

Se volvió hacia un lado y lo vio, de pie, unos pasos detrás de ella. Su cuerpo, esbelto y atlético, vestido con pantalones color caqui y una camisa blanca; esa barba que le confería a sus rasgos marcados un carácter audaz. El viento de la mañana le había alborotado la corta cabellera rizada. Con el palafito y el suave cielo matutino al fondo, parecía un modelo dispuesto a extasiar al universo femenino desde una revista de papel cuché.

Melanie sonrió, le dio la espalda al mar y corrió hacia él. Se besaron, y entonces Robert dijo:

—Tenemos que ir al *ferry*. No querrás que zarpe sin nosotros, ¿verdad?

Ya en el muelle, vio a otros pasajeros que también querían embarcar. Había una gran aglomeración.

—No te preocupes, yo estoy contigo —dijo Robert mientras le aferraba la mano y tiraba de ella entre el gentío—. No vamos a perdernos tan pronto.

Poco después apareció el *ferry*. El barco atracó en el muelle y los tripulantes lanzaron las amarras, pero el pasaje no desembarcó. Algo conmocionó entonces a la muchedumbre.

Melanie no podía ver qué ocurría, solo que la gente se dejaba llevar por el pánico. Algunos intentaban alcanzar la embarcación, otros parecían haber cambiado de idea y querer dar marcha atrás. Empezaron a tirar de ella con tal fuerza que temió perder a Robert.

—¡Sujétame fuerte! —le gritó, pero aunque la mano de él estaba bien cerrada sobre la suya, al final lograron separarlos.

A pesar de que Melanie quería llegar al barco, los que empujaban en dirección a tierra firme la arrastraban consigo. La cabeza de Robert desapareció entre la multitud. Ella lo llamaba, pero de su garganta no salía ningún sonido, y no hacían más que empujarla hacia tierra mientras que Robert se perdía en el interior del *ferry* con el resto de la gente. ¿Acaso no se daba cuenta de que le había soltado la mano? ¿O es que no podía dar marcha atrás? Presa del pánico, Melanie intentó abrirse camino entre la muchedumbre, pero, cuando por fin consiguió llegar, el barco ya había zarpado. Vio a Robert en cubierta, que le hacía señales y le decía algo que ella, no obstante, no entendía. Desesperada, alargó una mano hacia él, pero ya lo había perdido.

—¿Señora Sommer?

Melanie despertó sobresaltada de su sueño cuando alguien le tocó el hombro. Confusa, levantó la mirada. Habían pasado las horas, era por la tarde y el sol había conseguido ahuyentar el gris de la lluvia, pero había tardado demasiado y ya se estaba poniendo por detrás de los edificios del hospital. Ante ella tenía a la enfermera de recepción. Justo entonces comprendió que no se encontraba en el aeropuerto, como había supuesto en un principio, sino en la sala de espera de urgencias. ¿Cuántas horas había dormido?

La enfermera parecía preocupada.

—¿Se encuentra usted bien?

Melanie asintió con la cabeza.

—El señor Michaelis acaba de salir de quirófano y ahora está en cuidados intensivos. Al doctor Paulsen, el médico que lo ha atendido, le gustaría hablar con usted.

Esas palabras la sacudieron como una descarga eléctrica.

—Entonces, ¿está vivo? ¿Cómo se encuentra?

—Debería hablar con el doctor Paulsen, él se lo explicará todo mucho mejor... —La enfermera le hizo un gesto de ánimo con la cabeza y después señaló una puerta.

—Gracias.

Melanie se levantó, agarró la cazadora y echó a correr.

Guiada por la enfermera responsable, pasó por delante de varias puertas cerradas tras las que se oían pitidos de diferentes tonalidades entreverados con chasquidos y resuellos de máquinas diversas. En una de estas habitaciones se encuentra Robert, pensó de súbito, y justo entonces se le cerró la garganta y empezó a dolerle otra vez el estómago.

La enfermera condujo a Melanie hasta una sala de consultas y le pidió que esperara allí. Unos minutos después apareció el médico, un hombre muy alto vestido con ropa de quirófano.

—¿Señora Sommer? —Le ofreció la mano, que olía a jabón y desinfectante. Tenía el pelo algo canoso en las sienes, y sus ojos castaños la miraban con afabilidad—. Soy el doctor Paulsen. Yo he atendido y operado al señor Michaelis.

Melanie asintió con la cabeza, pero no fue capaz de pronunciar un «Encantada de conocerlo». Por suerte, el médico tampoco parecía esperar una respuesta.

—¿Cómo...? ¿Cómo está? —preguntó con el corazón encogido mientras el hombre tomaba asiento tras el escritorio.

—En estos momentos es difícil decir nada. Está vivo, pero su estado reviste mucha gravedad. —Abrió el historial clínico de Robert—. Nos lo han traído sobre las ocho, con numerosos traumatismos y una fractura en el cráneo. Las radiografías han mostrado una hemorragia cerebral causada por las heridas, que hemos tenido que tratar mediante la operación.

A las ocho. Más o menos a esa hora ella iba en el autobús, encajonada entre los demás pasajeros.

Melanie se alegró de estar sentada.

—¿Ha...? ¿Ha sufrido daños cerebrales?

—Sí, entre otras cosas. La hemorragia le ha provocado una gran presión bajo la bóveda craneal y no queríamos que el cerebro acabara más perjudicado aún, de modo que nos hemos encargado de descongestionarla.

Melanie cerró los ojos. No era capaz de imaginar con claridad una herida tan grave en la cabeza, pero todo eso de la presión en la bóveda craneal, la hemorragia y la descongestión sonaba muy mal.

—¿Y en qué estado se encuentra ahora?

—Por el momento, estable. Pero en esta fase pueden producirse imprevistos. Hacemos todo lo que está en nuestra mano para que recupere la salud.

Esta vez no supo qué contestar. A sus oídos, lo que decía el doctor Paulsen sonaba como una frase sacada de una serie de médicos, de esas que, cuando aparecían en la tele, cambiaba de canal.

Un peso insoportable parecía comprimir de pronto su pecho y lastrar sus hombros, y al mismo tiempo se sentía extrañamente entumecida.

—¿Puedo verlo?

El doctor Paulsen asintió.

—Sí, pero solo un momento. Está en cuidados intensivos y bajo vigilancia constante. También debería saber que ha quedado en coma, así que no podrá hablar con él.

Esas palabras fueron como una bofetada.

—¿En coma? ¿Se refiere a un coma inducido?

—El coma se ha producido de forma espontánea. Su cuerpo ha reaccionado así a las heridas.

—¿Y cuándo despertará? —Melanie, desesperada, buscó en su recuerdo cualquier información que hubiera recopilado en algún momento sobre los comas, pero no le venía nada a la cabeza.

—Es probable que cuando su cuerpo esté preparado para ello. De momento, el coma le sienta bien. Ayuda todo lo posible al organismo en su recuperación.

—Y... ¿sufrirá daños permanentes? —preguntó Melanie con inseguridad, aunque al instante se reprendió a sí misma. ¡Alégrate de que siga vivo!

—Eso todavía no podemos decirlo, es demasiado pronto. Le sugiero que vuelva a venir por aquí mañana o pasado, o que llame por teléfono. Tal vez sepamos ya algo más. En caso de que se produjera algún cambio, enseguida la avisaríamos, por supuesto.

Unos minutos después, Melanie salía del hospital como si estuviera anestesiada. No notó el frío que le cortaba el rostro al ir hacia el aparcamiento. No oyó los crujidos de la nieve helada que crepitaba bajo sus botas. La imagen de Robert inmóvil y con el cuerpo conectado a varios aparatos le ardía ante los ojos; las palabras del médico eran lo único en lo que podía pensar en esos momentos. Robert estaba gravemente herido y en coma. Nadie sabía cuánto tiempo seguiría así, y solo las estrellas podían decir si llegaría a recuperarse algún día.

Ese estúpido sueño... El *ferry*... ¿Qué significaba? ¿Quería advertirle que había perdido a Robert? ¿Que él se encontraba ya de camino al otro mundo? ¡No, no podía ser! ¡Robert no podía abandonarla, ni en ese momento ni nunca!

Apenas consiguió llegar hasta su coche antes de que las rodillas dejaran de sostenerla. El miedo le atenazaba la garganta. Se desplomó en el asiento del conductor, puso las manos en el volante y entonces, por fin, llegaron las ansiadas lágrimas.

1

Amor mío:

Hace tres meses que no estás conmigo. Es decir, por supuesto que estás aquí. Veo tu cuerpo en el hospital, conectado a las máquinas que te mantienen con vida mientras duermes. Pero no oigo tu voz, no siento el tacto de tus manos y ya no me miras.

¿Dónde estás? ¿Andas quizá perdido por un laberinto del que no puedes encontrar la salida? Sí, así me imagino tu coma. Como un laberinto que te tiene prisionero. Tal vez buscas una salida; o tal vez te has rendido a tu destino y ya solo vives agazapado en un rincón, demasiado débil para seguir adelante.

Yo misma me siento cada día más débil y no sé cuánto tiempo podré seguir soportando todo esto.

¿Oyes quizá mi voz? ¿Intentas ir hacia ella? Por si acaso, continuaré llamándote todos los días. Intento no perder la esperanza de que encontrarás la fuerza para regresar de nuevo.

Seguro que recuerdas que queremos casarnos este verano, ¿verdad? Sin duda lo sabes, y faltan todavía cuatro meses. Tiempo suficiente, ¿a que sí? Tiempo suficiente para que encuentres el camino. Yo intentaré aguantar.

Si puedes, hazme una señal que me diga qué hacer para sacarte de ahí. Lo cierto es que ahora duermo muy mal, pero tal vez podrías encontrar un hueco entre mis sueños.

Vuelve conmigo, por favor. Te añoro muchísimo.

Te quiere,
tu Mel

En la villa no había cambiado nada. Sus muros rojos y blancos, sobre los que descollaba una pequeña torre, se alzaban entre un mar de vegetación. Las primeras hojas verde claro brotaban ya en los árboles, y en las praderas brillaba el amarillo de incontables dientes de león.

Melanie redujo la velocidad del coche para contemplar el lago que limitaba con la propiedad y que tenía casi una tercera parte de su superficie cubierta de nenúfares. Un cisne trazaba majestuosos círculos sobre el agua. Las nubes vespertinas parecían algodones rosados que se reflejaban en él. Por primera vez en meses sintió que la invadía un sentimiento de calidez. ¡Cuánto hacía que no visitaba aquel lugar! Recordaba días de vacaciones y fines de semana felices, las fiestas navideñas en el gran vestíbulo y las incontables noches de tormenta que había pasado despierta hasta que los truenos habían cesado.

Seguramente su madre tenía razón y pasar unos días con su bisabuela le sentaría bien. Al principio, Melanie se había resistido, pero luego reconoció que sería mejor poner un poco de distancia. Los últimos meses habían sido un infierno. Se había pasado casi todos los días sentada junto a la cama de Robert con la esperanza de que sucediera algo. Sin embargo, el coma seguía teniendo a su prometido tan preso como el primer día. A los médicos no les parecía extraño, pero la esperanza de Melanie de poder volver a mirarlo a los ojos y decirle que lo amaba disminuía un poco cada día que pasaba.

Después de bordear el lago, enfiló el camino de grava y dejó atrás el cartel del Museo de la Moda de Blumensee. Lo habían fundado su bisabuela y su abuela hacía unos quince años. Por aquel entonces, las dos acababan de regresar de Vietnam después de haber montado allí una fábrica textil. Ellas necesitaban un nuevo proyecto y dio la casualidad de que la villa de Blumensee, en las afueras de una pequeña localidad de Brandeburgo, buscaba nuevo propietario.

Tras la reunificación de Alemania, el edificio había acabado en ruinas y rehabilitarlo era una tarea enorme para dos mujeres ya mayores y solas. Sin embargo, Hanna y Marie, haciendo oídos sordos a los vecinos del lugar, que al principio se habían reído de sus intenciones, consiguieron contra todo pronóstico imponer su voluntad. Les habían dado una lección a todos. Hacía unos cinco años que el museo estaba en marcha... ¡y el número de visitantes iba en aumento!

Melanie dejó el coche en el aparcamiento que había junto al edificio principal, alcanzó la maleta del asiento de atrás y se apeó. La grava crujió bajo sus zapatos y el aroma de las primeras flores de la primavera llegó hasta ella. Unas espesas matas de jazmín separaban el jardín de delante del de atrás, cuyo acceso estaba restringido para las visitas. En esos momentos el museo estaba cerrado y el recinto completamente vacío. Solo el ruido de un cortacésped zumbaba a lo lejos. Subió los peldaños que conducían a la entrada principal y llamó al timbre. La bisabuela Hanna había mandado restaurar la vieja campanilla, y su maravilloso soniquete anticuado se oía también desde el exterior. Mientras esperaba, contempló la vieja fuente decorativa que había en el centro de la rotonda formada por el camino de entrada. A causa de las elevadas facturas del agua, solo la ponían en marcha durante el horario de apertura. Los vistosos arriates de flores que bordeaban el camino estaban muy bien cuidados. Entonces resonaron unos pasos en el vestíbulo y una figura delicada apareció un instante en la ventana que había junto a la puerta, que enseguida se abrió.

Marie Bahrenboom, la abuela de Melanie, seguía siendo una belleza a sus setenta y seis años de edad. Llevaba la melena entrecana y plateada recogida en un moño muy elegante. Como siempre después de trabajar, se había puesto un *áo dài,* la vestimenta tradicional que tanto aprendió a amar durante su estancia en Vietnam. Poseía decenas de ellos; el de ese día estaba hecho de una seda azul ciruela decorada con bordados plateados.

Marie abrazó a su nieta con una sonrisa.

—¡Mi pequeña! ¡Ven que te abrace! Cómo me alegro de que vayas a pasar unos días con nosotras. Seguro que te sienta bien.

—Eso espero —repuso Melanie. Los recuerdos que tenía ligados a aquel lugar eran hermosos, pero sabía muy bien que volvería a afligirse en cuanto se quedara sola en su habitación y cayera la noche—. Estas últimas semanas han sido... espantosas.

A menudo se avergonzaba de no poder quedarse sentada junto a la cama de Robert con paciencia y resignación. Le había costado muchísimo acostumbrarse a verlo en aquel estado. Aunque lo amaba, las visitas al hospital le resultaban una carga enorme y, después de tres meses, su cuerpo se rebeló a su manera. Empezó a tener ataques de pánico, y su médico de cabecera pronto temió que acabara hundiéndose en una depresión. Con todo el pesar de su corazón, se había visto obligada a tirar del freno de emergencia.

Marie, que parecía leerle el pensamiento a su nieta, le acarició con suavidad el pelo, que no era negro como el de su abuela, sino castaño; la influencia europea iba calando poco a poco en la familia. Sin embargo, los ojos de Melanie todavía eran achinados, igual que los de todas las mujeres de su estirpe. La herencia vietnamita, como decía siempre Robert.

—¿Cómo se encuentra tu chico? —preguntó Marie después de mirar unos instantes a su nieta.

—Sigue sin cambios. Duerme. Parece que de momento está todo controlado, pero...

Melanie cerró un segundo los ojos e intentó ahuyentar esas imágenes. El hombre guapo y fuerte con quien quería casarse en verano había enflaquecido. Estaba postrado en aquella cama, impotente, lo movilizaban con un somier hidráulico y lo controlaban mediante numerosos monitores.

Abrió los ojos, contuvo las lágrimas y puso fin con delicadeza al abrazo de su abuela.

—¿Dónde está *grand-mère?*

De niña se había acostumbrado a llamar a su bisabuela *grand-mère,* para diferenciar a Hanna de Marie. Había crecido hablando tres idiomas: Hanna le había enseñado vietnamita; Marie, francés, y Elena se había encargado de que, con tanta palabra extranjera, no olvidara el alemán. Cuando estaban las cuatro juntas, lo cual, por desgracia, sucedía muy poco en los últimos tiempos, sus conversaciones acababan convirtiéndose en una colorida mezcla de los tres idiomas, según en cuál de ellos se les pasara por la cabeza una idea.

—*Maman* está en su salón. Hoy las piernas no le responden como deberían, así que la he dejado sentada frente a la ventana.

—Seguro que le fastidia. —Melanie, que sabía que Hanna era una vieja dama muy ágil y odiaba verse inactiva. ¿Por qué, si no, iba a montar nadie un museo de la moda pasados los ochenta años?

—¡Ya lo creo! Esta mañana estaba de un humor de perros. Detesta los brotes de reúma. Pero, créeme, mañana o pasado a más tardar volverá a correr como un galgo y a mangonear a la conservadora del museo y al jardinero.

Marie la acompañó hasta la escalinata pasando por delante de las salas de exposición. Melanie entrevió los vestidos, que se exhibían en vitrinas de cristal junto a todo lo que lucían las damas de siglos anteriores. Sus abuelas poseían una colección maravillosa de colores y estilos variados en la que no faltaban accesorios como bolsitos, zapatos y sombreros. Costaba creer lo mucho que había cambiado la moda desde la Edad Media hasta la actualidad.

—¿Y qué tal le va la tienda a Elena? —La pregunta de su abuela sacó a Melanie de su contemplación—. Hace muchísimo que no hablo con tu madre por teléfono.

—El negocio va bien. Mamá ha diseñado una nueva colección que quiere presentar en la Fashion Week de este julio.

—¿Y tu trabajo?

—Bueno, yo... hace tiempo que no acepto ningún encargo en el extranjero. —Bajó la cabeza. Echaba mucho de menos hacer fotos y viajar, pero, por miedo a que Robert pudiera empeorar, rechazaba todas las propuestas que la obligaran a salir del país. Si trabajaba, lo hacía en Alemania, pero esos encargos escaseaban porque allí los modistos jóvenes, por motivos de presupuesto, se ponían ellos mismos tras la cámara o se lo encargaban a algún amigo—. Aun así, cuando hay suerte, mi agencia todavía me encuentra alguna que otra sesión en Berlín.

—Robert no querría que desatendieras tu trabajo. Eso debes repetírtelo siempre. No le haría ninguna gracia que te quedaras todo el día en casa por él.

Melanie suspiró.

—Tienes razón, pero me cuesta mucho concentrarme en otra cosa siempre que tengo que ir al hospital. Y, al salir, estoy tan agotada que no puedo ni pensar en trabajar.

Marie le acarició el brazo para consolarla.

—Estás pasando una época difícil. Yo sentí algo parecido cuando murió tu abuelo. Él solo sobrevivió tres semanas, pero fueron las peores de mi vida.

Melanie agachó la cabeza y frunció los labios. En ese momento no le apetecía hablar de ello, y tampoco quería recibir comprensión por su actitud. Ni compasión. Todo eso no cambiaba nada. Marie pareció darse cuenta y enmudeció al instante.

Subieron la escalera y recorrieron el pasillo sin decir nada hasta que llegaron a la puerta del salón, que estaba entreabierta. El mobiliario de aquella estancia era muy sencillo y representaba a la perfección las diferentes etapas de la vida de Hanna. Había un armario chino lacado con preciosas decoraciones que parecía muy antiguo y que, sin duda, haría palpitar con fuerza el corazón de cualquier anticuario. El centro de la sala lo ocupaban unas pesadas otomanas de cuero que debían de proceder de la época colonial. Una orquídea blanca como la nieve florecía en una maceta de piedra de los años cincuenta, y la mesita auxiliar estaba hecha de cristal y metal, y resultaba muy moderna entre los demás muebles. Junto a la puerta abierta del balcón colgaba el móvil de viento que Melanie les había traído de su último viaje. Al verlo sintió una punzada. El suyo seguía todavía guardado en un cajón. Elena le había propuesto colgarlo en la habitación de Robert en el hospital, pero ella no había querido.

Sentada en el amplio sillón de ratán que había frente a la ventana, Hanna parecía pequeña y frágil, sobre todo porque estaba envuelta en una gruesa manta que la protegía del frío. Su rostro era como un mapa de su propia vida, con numerosos caminos cuyos entresijos solo ella conocía. Sus ojos, que desprendían el brillo oscuro del ónice, habían visto mucho. Ya había cumplido los noventa y seis años, pero no parecía tener más de ochenta. En su bisabuela parecía confirmarse la tesis que le había expuesto en cierta ocasión un amigo fotógrafo, según la cual, a partir de cierta edad, la edad desaparecía. En cuanto las arrugas alcanzaban una profundidad determinada, ya no se marcaban más.

También Hanna llevaba puesto un *áo dài,* uno con abundantes y magníficos bordados. Había terminado por preferir la vestimenta típica de su patria. Por comodidad, pero sin duda también por nostalgia.

—¡Melanie, aquí estás! —exclamó al ver a su bisnieta, e intentó ponerse de pie.

Se notaba claramente que le costaba, pero por lo demás parecía muy despierta y activa.

—No te levantes, por favor, *grand-mère,* ya me acerco yo.

Melanie llegó hasta la delicada mujer y la abrazó con mucho cuidado, como con miedo a romperla. Al hacerlo, sin embargo, sintió que ese cuerpo jamás se quebraría, puesto que sus huesos, que se notaban bajo la fina piel, eran muy fuertes. Desprendía un leve aroma a jazmín. Siempre encargaba que le trajeran ese perfume desde París; no había usado ningún otro desde hacía años.

—Cómo me alegro de volver a tenerte aquí. La verdad es que me habría gustado correr a recibirte, pero el reúma... —Hanna soltó una breve risa y señaló una de las otomanas oscuras—. Siéntate, vamos, y cuéntame qué novedades traes.

—Me temo que no muchas. Mamá trabaja ahora sin parar en su nueva colección, y yo intento mantenerme a flote gracias a algún que otro encargo.

—¿Eso quiere decir que no me has traído ninguna revista nueva?

Melanie sonrió.

—Sí, claro que sí. Acaban de salir un par de ellas para las que hice algunas fotos el invierno pasado. Te las daré después, que están en la maleta, debajo del todo.

Hanna asintió contenta.

—Muchas gracias, así por lo menos tendré algo que leer durante mi brote reumático. —Observó unos segundos a su bisnieta y luego añadió—: Iba a preguntarte cómo está Robert, desde luego, pero seguro que desde tu última llamada no ha cambiado nada, o no estarías aquí.

Melanie sacudió la cabeza con tristeza.

—No. Por desgracia, la verdad es que no ha habido cambios. Casi estoy por creer que ya no los habrá. —Soltó un hondo suspiro antes de seguir hablando—. A veces me pregunto cuánto tiempo más aguantaré esta presión. Que esté sentada hoy aquí, y no al lado de Robert, probablemente demuestra que he llegado al límite de mis fuerzas.

—Lo único que demuestra es que necesitabas un respiro —opinó Marie, que se había sentado a su lado—. En ningún caso es señal de debilidad. No hay nadie que pueda estar sin tregua al servicio de otro; en algún momento se necesita tiempo para uno mismo.

Melanie bajó la cabeza. Aún no habéis visto lo abatida que estoy, pensó.

Ese abatimiento había sido la razón que había llevado a Elena a aconsejarle que se tomara un par de días de descanso. Durante una de sus visitas al hospital, la mirada de Melanie se quedó fija en el tubo por el que respiraba Robert. Contempló las gotitas de agua y se imaginó cómo sería tener ese tubo entrándole por un tajo en la garganta. De repente se quedó sin aire, el corazón empezó a latirle con fuerza y se le desplomó la tensión. Intentó llegar a la puerta, pero todo le daba vueltas y no lo consiguió. Cayó al suelo, y una enfermera la encontró y la sacó de allí. El médico llegó corriendo y le aconsejó espaciar un poco sus visitas. Cuando se lo contó a Elena, su madre lo vio claro.

—Vete un par de días a casa de Hanna y Marie. —Su tono no admitía discusión—. No pienso permitir que esto acabe contigo.

—Pero es que es mi prometido... —protestó Melanie con debilidad.

—Es verdad —se limitó a contestar Elena—. Y, si él te viera así, te obligaría a salir de allí al instante.

Con eso quedó todo decidido.

—Me parece que deberíamos comer algo —empezó a decir Hanna después de pasar un rato sentadas las tres juntas en silencio—. Ayúdame a levantarme, cielo.

—También puedo traer aquí la cena —propuso Marie, pero Hanna negó con la cabeza y extendió los brazos.

Melanie le ayudó a levantarse y le ofreció apoyo para llegar hasta el comedor, que quedaba en el otro extremo del pasillo. Por la forma en que los dedos de Hanna se enroscaron en su brazo, notó lo mucho que le costaba caminar. Casi habría preferido llevar a su bisabuela a cuestas, pero seguro que con eso habría provocado enormes protestas por su parte.

Percibió el aroma a especias y arroz. Aunque en realidad Hanna y Marie habían pasado una parte mucho mayor de su vida en Europa, preferían la cocina vietnamita, y Melanie lo agradecía mucho. La decoración del comedor era sencilla y elegante. Lo único que todavía hacía pensar en los ostentosos banquetes del anterior propietario eran los altos espejos que reflejaban de un lado a otro la imagen de los comensales y, así, despertaban la ilusión de que aquella habitación era una gran sala. La araña de cristal que antaño colgaba del techo no había podido salvarse y fue sustituida por una lámpara más simple pero, aun así, con clase.

—Se me ha ocurrido algo que tal vez pueda hacer tu estancia aquí algo más interesante —empezó a decir Hanna cuando ocupó su sitio, a la cabeza de una mesa en la que cabían hasta diez personas con holgura.

Melanie levantó las cejas con curiosidad mientras se sentaba a la izquierda de su bisabuela.

—¿Qué te parecería poner un poco de orden en nuestro desván? —preguntó la mujer con una sonrisa pilla—. Allí arriba hay muchas cajas que ya ni sé qué contienen. Tal vez podrías averiguarlo tú por mí. Como ves, en estos momentos no me tengo muy bien en pie, y Marie está ocupadísima.

La petición sorprendió un poco a Melanie, pero ¿por qué no matar el tiempo en el desván revolviendo entre cajas viejas?

—Sí, con mucho gusto. ¿Qué crees que puedo encontrarme ahí arriba?

—Hace un par de años subí varias cajas de Saigón y desde entonces no he vuelto a tocarlas. Dentro habrá todo lo que puedas imaginar: baratijas, telas, vestidos.

Melanie recordó lo que sus abuelas tantas veces le habían contado. Cuando la guerra de Vietnam llegó a su fin, Hanna y Marie se pusieron en marcha para echar una mano en el país. Después de ciertas dificultades con las autoridades comunistas, consiguieron montar una pequeña fábrica textil y su correspondiente tienda. Allí dieron empleo sobre todo a mujeres necesitadas cuyos maridos habían caído en la guerra, o que se habían quedado embarazadas fuera del matrimonio. Recogieron a prostitutas de las calles y las contrataron en la fábrica. Aunque sus nombres no aparecían en ningún libro de historia, habían hecho muchísimo por ayudar a la gente de Saigón, en especial a las mujeres.

—¿Tienes pensado hacer algo en concreto con todo lo del desván o solo quieres que ordene un poco? —preguntó Melanie, que no se podía imaginar que Hanna hiciera o mandara hacer algo sin un motivo.

Todo aquello estaba allí desde hacía tanto que, en realidad, podría haberle pedido a cualquiera que subiera a poner orden mucho antes.

—Bueno, desde hace un tiempo coqueteo con la idea de ampliar la exposición. Abajo todavía nos queda una sala libre. Quizá encuentres algo que podamos aprovechar, y con todo lo que no sirva para exponerse puedes hacer lo que quieras. —Hanna sonrió con picardía.

—Está bien. Veré qué encuentro allí arriba.

—Estupendo. Estoy segura de que descubrirás algún que otro tesoro. —Y de que te sentará bien hacer algo diferente, parecían decir sus ojos. Sin embargo, como sabía que a Melanie no le hacía bien la compasión, Hanna prefirió no decirlo en voz alta, cosa que su bisnieta agradeció mucho.

Ya en su habitación, Melanie intentó distraerse mientras vaciaba la maleta. El armario decorado con rosas blancas pintadas era demasiado grande para las cuatro cosas que se había llevado consigo. Mientras buscaba el cargador del móvil, su mano rozó el papel de carta que se había convertido en su constante compañero. Los delicados pliegos con flores azules estampadas habían sido un regalo de hacía tiempo de una amiga a la que en aquella época le divertía fabricar su propio papel. Al principio no había encontrado ninguna utilidad para el montón de pequeñas hojas y sobres plegados a mano; cuando se iba de viaje, escribía sobre todo correos electrónicos o postales. Sin embargo, un mes después del accidente volvió a encontrar el juego y enseguida supo para qué usarlo. Como no podía hablar con Robert, le escribía cartas. No todos los días, porque en su vida tampoco sucedían tantas cosas. Solo escribía cuando ya no lo soportaba más, cuando el dolor y la nostalgia se hacían demasiado grandes y amenazaban con estallar en su corazón.

En cuanto vació la maleta, se acercó a la ventana. El parque estaba tranquilo a la luz de la luna. Los árboles se alzaban oscuros hacia el claro cielo nocturno y la luna se reflejaba en el agua del lago. Le embargó la tristeza. De repente recordó las primeras vacaciones que había pasado con Robert.

—Podría quedarme aquí para siempre —dijo Melanie contemplando el mar Báltico, que ya apenas se diferenciaba del cielo.

Los últimos rayos del sol desaparecían poco a poco tras el horizonte y se llevaban consigo los últimos reflejos rojos del agua. Estaban los dos solos en aquel extremo de la playa. Tras ellos, en algún lugar, sonaba la música *lounge* de una terraza, pero el murmullo hipnótico del agua era más fuerte.

—¿No te parece que sería un poco incómodo estar siempre aquí, en la playa? —preguntó Robert sin una pizca de romanticismo—. Además, hace bastante frío.

—Yo no tengo nada de frío —repuso Melanie, y se acurrucó contra el cuerpo de él, que, curiosamente, hasta en pleno invierno irradiaba una calidez muy atrayente—. Además, tampoco me refería a pasarme toda la noche tumbada en la arena. Más bien pensaba en lo bonito que sería vivir junto al mar.

Robert le dio un beso en el pelo.

—Tienes razón, sí que sería especial. Aunque, en ese caso, los dos tendríamos que buscarnos otro trabajo.

—Siendo periodista puedes trabajar desde cualquier lugar, ¿no? —comentó Melanie—. Y yo, como fotógrafa, también.

—Sí, pero luego el trayecto hasta mi agencia sería mortal. Y tú tienes que ir al aeropuerto cada dos por tres, e incluso el de Hamburgo queda lejos de aquí.

—Pero eso no quiere decir que no podríamos conseguirlo. Tampoco te pasaría nada por trabajar en una redacción local, y yo podría exponer mis fotografías en alguna asociación de artistas de la zona. Es cierto que no nadaríamos en la abundancia, pero nos bastaría para vivir.

—Oye, ¿te das cuenta de que estamos aquí los dos haciendo planes de futuro? —señaló él con una sonrisa enorme.

—Soy plenamente consciente de ello. —Melanie lo miró. Los últimos destellos de luz crepuscular ya solo dejaban distinguir los contornos de su rostro, pero ella conocía todos y cada uno de sus rasgos: el hermoso arco de las cejas, los labios suaves, la nariz alargada y los ojos oscuros que, con sus espesas pestañas, casi resultaban algo femeninos—. Es que presiento que podríamos tener un futuro. ¿Qué me dices?

Robert la acercó hacia sí y la besó.

—Por mí, tendremos toda una eternidad —contestó, y la estrechó con fuerza entre sus brazos hasta que la oscuridad los envolvió por completo.

Cuando la imagen se desvaneció, Melanie se dio cuenta de que tenía las mejillas mojadas. Por un momento había creído de verdad que volvía a estar allí, pero de pronto comprendió que no era el mar lo que estaba mirando, sino el lago, sobre el que un par de aves nocturnas volaban sin hacer ningún ruido. Seguían cayéndole las lágrimas y Melanie no tenía ninguna intención de contenerlas. Se volvió, se tumbó en la cama y se abrazó al almohadón. Sus pensamientos vagaron hasta esa pequeña habitación de hospital en la que varios aparatos pitaban y chasqueaban, ocupándose de mantener con vida a Robert. Un sollozo nació entonces en su garganta, y ella le dio la bienvenida.

Cuando el silencio se adueñó de toda la casa, Hanna se levantó de la cama con gran dificultad. Los tiempos en los que era capaz de dormir a pierna suelta durante horas hacía mucho que habían pasado. La noticia de que el prometido de Melanie había sufrido un accidente le había hecho tomar conciencia de la suerte que tenía de seguir aún con vida. Pronto cumpliría los cien años, mientras que otras personas, por el contrario, no contaban con la bendición de llegar ni a la mitad. Un mes después del accidente, cuando vieron que el coma no remitía, había deseado poder morir ella en lugar de Robert. Sin embargo, cada mañana volvía a despertar y al final comprendió que debía de existir una razón por la cual todavía no le llegaba su hora. Se dirigió a la puerta. Tan sigilosa como de costumbre, salió del dormitorio y avanzó cojeando despacio por el pasillo. Los analgésicos funcionaban solo a medias, pero aun así conseguía moverse.

A esas horas no había ninguna prisa. Marie dormía. La edad también había hecho mella en ella, aunque no en la misma medida que en Hanna. Intentaba que no se le notara, pero su madre veía con claridad que las arrugas y los mechones blancos de su melena no eran las únicas señales. También le dolían las caderas, se resentía con los cambios de tiempo y a veces tenía arranques de mal humor.

Un sollozo hizo que se detuviera de pronto. Melanie lloraba. Estaba en todo su derecho; el hombre al que amaba se hallaba prisionero de una oscuridad que nadie podía imaginar. Hanna puso la mano en el tirador. ¿Debía entrar y consolarla? Demasiado bien comprendía la pena que la embargaba, pero al mismo tiempo sabía que Melanie no debía abandonarse a ese dolor. Por eso se le había ocurrido la idea del desván. En realidad, Hanna no necesitaba los trastos de allí arriba. Gran parte de ellos habría preferido olvidarlos, pero tenía que darle a Melanie algo con lo que mantenerse ocupada. Además, quizá había llegado el momento de poner un poco de orden: en el desván y en su cabeza.

Después de decidir que no entraría a ver a su bisnieta, siguió renqueando por el pasillo y se detuvo al llegar a la pequeña puerta tras la que se encontraba la sala del altar. Había preparado aquella pequeña habitación, que tal vez fuera el vestidor de la antigua señora de la casa, poco después de su llegada. En su país era costumbre dedicarles a los difuntos una habitación de la casa donde se los recordaba y donde sus almas podían vivir en paz. Se acercó al altar, al que Marie y ella siempre llevaban flores frescas, y saludó en voz baja a sus antepasados en vietnamita. Después contempló las imágenes, acarició una con un dedo e inclinó respetuosamente la cabeza ante otra. Para ella, no importaba lo que hubieran hecho los antepasados, siempre merecían nuestra consideración. La misma que desearíamos para nosotros mismos si ya no estuviéramos aquí.

Tras encender una barrita de incienso, dio media vuelta y se acercó a un pequeño armario algo destartalado del que solo existía una llave: la que ella llevaba colgada del cuello y nunca se quitaba. Tenía ese armarito desde hacía muchísimos años y le había acompañado a todos los lugares donde había establecido su hogar. Sin hacer caso del dolor que sentía en los dedos, se sacó de debajo del camisón la larga cadena con la llave y abrió la puerta. Del interior le llegó el familiar olor a flores secas, papel y tela ajada. Deslizó la mano con cuidado por aquellos objetos. Todos pertenecerían a Melanie algún día, cuando ella abandonara este mundo. Entonces sacó dos objetos del pequeño mueble: un sobre marrón y una placa fotográfica. Empezaría por ahí. Algunas historias no eran fáciles de comenzar y necesitaban que les dieran un empujoncito. Hanna pretendía dejar los objetos en un lugar donde

Melanie pudiera encontrarlos y, de ese modo, preguntar por ellos.

Volvió a cerrar con llave el armarito, miró de nuevo a sus antepasados y abandonó la sala. En silencio, se deslizó por el pasillo hacia la puerta que ocultaba la escalera de subida al desván. El dolor de huesos hacía que esos peldaños se le antojaran como una muralla infranqueable. Daba igual; tenía toda la noche para subirlos y bajarlos de regreso. Y, por la mañana, empezaría un nuevo día.

2

La luz del sol arrancó a Melanie de su sueño. Los pájaros trinaban ante su ventana y el viento susurraba entre los árboles. Disfrutó unos instantes de esos sonidos y después abrió los ojos poco a poco. Al principio, el papel pintado de flores y el dosel azul de la cama se colaron en sus ensoñaciones, pero enseguida recordó dónde se encontraba: en la villa de sus abuelas.

Después de su llantina de la noche anterior, de alguna forma había conseguido ponerse el camisón y meterse bajo el edredón. Le asombraba lo bien que había dormido. No la había importunado ninguna pesadilla, como solía sucederle esas últimas semanas. Ni siquiera había despertado sobresaltada, y las sábanas no estaban empapadas de sudor. Se desperezó bostezando en la cama, cuyo colchón rechinó un poco bajo su cuerpo. La inquietud seguía estando presente, desde luego, como también esa presión en el estómago que no la abandonaba desde que le dieron la noticia del accidente. Sin embargo, esa noche algo había cambiado. No tenía los ojos hinchados ni sentía un peso plomizo en la cabeza.

Seguramente es cosa del aire del campo, pensó mientras se levantaba. Su mirada se deslizó enseguida hacia la antigua mesilla de noche sobre la que había dejado el móvil. Ningún mensaje nuevo. Eso es bueno, se dijo. Todas las mañanas reunía fuerzas por si encontraba un mensaje del hospital. Por mucho que deseara una buena noticia, también temía recibir una mala. Cuando alguien moría durante la noche, no solían despertar a los allegados de madrugada, sino que esperaban hasta la mañana siguiente.

Se dejó resbalar por el borde de la cama, que era mucho más alta que las habituales y le daba la sensación de tener doce años otra vez, y luego fue a la ventana. El sol de la mañana había transformado el lago en un espejo reluciente. Los patos nadaban por su superficie, sumergían la cabeza unos instantes y luego proseguían su curso. El cisne que había visto el día anterior surcaba las aguas con su grácil cuerpo.

Tal vez debería salir a correr y rodearlo, se le ocurrió. Hacía mucho que no bordeaba el lago. La perspectiva de recorrer la orilla sin un alma a su alrededor le pareció de pronto tan atrayente que se apartó de aquella vista maravillosa y sacó del armario algo que pudiera pasar por vestimenta deportiva. Poco después, desapareció en el cuarto de baño.

Decidió no llevarse el reproductor de MP3, pero ¿qué haría con el móvil? ¿Y si recibía una llamada? Qué mala pata que los *leggings* no tuvieran ningún bolsillo. Quizá no debería salir, pensó. Pero mientras se debatía consigo misma se asomó a la ventana. Hacía una mañana realmente espléndida. Miró el teléfono. Al final se le ocurrió que podía llevarlo en la mano y, con ello, terminó de decidirse.

La luz del sol no la había engañado con falsas promesas. Hacía una mañana inusualmente cálida para ser abril, y Melanie volvió la cara hacia el cielo. En la piel sintió lo mucho que calentaba ya el sol. Cuando hacía buen tiempo solía experimentar cierta ligereza de espíritu, pero esta vez la echó en falta.

Su madre opinaba que había erigido una muralla defensiva en su interior para no sentir que la tierra se abría bajo sus pies. No obstante, Melanie sabía que, en realidad, si reprimía cualquier sentimiento positivo era porque tenía mala conciencia. Pero por lo menos esta vez sentía ganas de hacer algo, lo cual no era muy frecuente en los últimos tiempos. Con el móvil bien sujeto en la mano, siguió un rato el camino de grava y luego echó a correr por la pradera que limitaba con el lago.

El camino que bordeaba el agua era estrecho, pero estaba muy hollado. Los fines de semana con buen tiempo paseaban por allí muchos excursionistas. En ese momento no había nadie. Melanie contempló un instante el lago y luego empezó a correr. Las briznas de hierba le rozaban las pantorrillas y le hacían cosquillas en los tobillos, y pasados solo unos metros estuvo a punto de tropezar por no haber previsto que el camino fuese tan irregular. Aun así, siguió corriendo y al final se acostumbró al terreno.

Un cuco cantó a lo lejos. Melanie recordó entonces lo que decía siempre su abuela paterna: que había que contar cuántas veces cantaba el cuco para saber cuántos años llegarías a cumplir. Claro que eso no eran más que tonterías, y bastante macabras, además.

Ese día el canto del cuco duró bastante y sus llamadas la acompañaron durante un buen trecho, mientras corría junto a sauces llorones hasta llegar a un punto en que los juncos crecían muy adentrados en tierra firme. El camino seguía entre ellos y los atravesaba, pero las cañas tapaban la vista del lago.

Melanie oyó un susurro a un lado. Aunque no tenía miedo de los animales salvajes, tampoco le hacía mucha gracia toparse de frente con una madre cisne espantada o con un perro extraviado.

Lo que se encontró, no obstante, fue a una persona. Un hombre de pelo rubio e hirsuto, vestido con vaqueros y camiseta. En la mano sostenía un cubo, y se había echado al hombro con desenvoltura una caña de pescar. ¿En este lago se pesca?, se preguntó Melanie. Cierto era que allí había mucha profundidad, y seguro que en ella vivían peces, pero ¿serían comestibles?

—¡Buenos días! —saludó el hombre.

Melanie le correspondió con un gesto de la cabeza, ya que el intenso ardor que sentía en los pulmones le advirtió de que la falta de entrenamiento no les estaba sentando bien. En realidad, no había ningún motivo para detenerse, pero de pronto el hombre le exclamó:

—¿Está usted en la casa de las dos señoras?

Melanie paró y dio media vuelta.

—¿Por qué quiere saberlo? —jadeó.

Vio entonces que el hombre era bastante joven. No le echó ni cuarenta años, aunque desde lejos la barba de tres días le hacía parecer mayor. Su franca sonrisa y también algo descarada dejó a Melanie un poco cohibida. Hacía mucho que no se fijaba de manera consciente en que un hombre le estuviera sonriendo.

—Soy Thomas Hansen, el jardinero —se presentó—. No me vendría mal saber si es usted de la casa, no vaya a ser que la eche de la propiedad sin motivo.

Melanie frunció la frente, extrañada.

—¿Le han dicho mis abuelas que haga eso?

El hombre ensanchó su sonrisa.

—No, claro que no. Aun así, intento que no se paseen por aquí demasiadas personas no autorizadas. Solo consiguen espantar a los cisnes.

—No lo dirá en serio, ¿verdad?

Melanie se preguntó cuándo habían contratado sus abuelas a otro jardinero. ¿Tal vez se lo habían comentado ya y ella, absorta en su aflicción, no había retenido la información?

El hombre se echó a reír.

—No, la verdad es que no. Cualquiera puede venir aquí a correr a su antojo. Solo quería impedir que se alejara usted a la carrera. Ya imaginaba que era de la casa de las señoras. Es usted su nieta, ¿verdad?

—¿Mis abuelas le han hablado de mí?

—Alguna que otra vez. Y solo cuentan cosas buenas, así que no tiene de qué preocuparse. Empezaba a preguntarme cuándo se dejaría caer por aquí.

¿Qué debía decirle a ese tipo? Era evidente que le encantaba charlar, y de ninguna manera tenía aspecto de jardinero.

—Bueno, y... ¿ha pescado algo? —Melanie señaló el cubo.

—Me temo que no. Un zapato viejo y una lata. He estado a punto de pillar una carpa, pero me da la sensación de que es la única que vive en este lago. Sus escamas me han resultado muy familiares al verla un momento bajo la superficie del agua. Así que he sacado el anzuelo enseguida, porque no quiero ver cómo esa vieja amiga acaba en la sartén. —Sonrió un instante y luego añadió—: Pero no quisiera entretenerla con mis hazañas. Además, tengo que ir a regar los arriates.

Melanie asintió.

—No pasa nada. Me alegro de haberlo conocido.

—Igualmente. ¡Ya nos veremos! —Se despidió con la mano y siguió su camino.

Fue entonces cuando Melanie se dio cuenta de que mientras había estado hablando con él, solo llevaba puestos unos *leggings* y una camiseta desgastadísima. Enseguida se puso colorada, pero ya era demasiado tarde para sentir vergüenza. Decidió olvidar el asunto... e ir mejor vestida la próxima vez que se tropezara con el atractivo jardinero de sus abuelas.

—¿Tiene por costumbre vuestro jardinero parar a la gente e interrogarla? —preguntó cuando estaban las tres sentadas a la mesa del desayuno.

Hanna parecía bastante rendida. Sus ojeras oscuras daban muestra de que esa noche el reúma le había hecho pasar un mal rato.

—¿Te refieres a Thomas? —preguntó Marie, a quien en cambio se veía muy descansada. Le sirvió un poco de café a Melanie y después le alcanzó un cruasán recién salido del horno.

—¡Sí, exacto! ¿Desde cuándo está con vosotras? No tenía ni idea de que tuvierais un jardinero nuevo.

—Se nos instaló en el jardín hará un mes —contestó Hanna sonriendo.

—¿Cómo que se os instaló? Ni que fuera un gato.

—Pusimos un anuncio para buscar a alguien después de comprobar que nuestro antiguo servicio de jardinería no entendía mucho de plantas. Cuando Thomas preguntó si podía ocupar el puesto, lo contratamos. Nos pareció un joven agradable.

—Y, además, es muy atractivo —añadió Marie con picardía—. Parece que sabe lo que se hace. ¡Habrías tenido que ver con qué cariño plantó las campanillas en las jardineras!

—También se ocupa muy bien del jazmín.

Melanie sonrió. Sabía lo mucho que significaba el jazmín para Hanna. Todo el que supiera cuidarlo se granjeaba su simpatía al instante. E incluso era capaz de imaginarse a su abuela disfrutando al ver trabajar a Thomas, sobre todo en verano...

—No te habrá molestado, ¿verdad? —se interesó Marie.

—No, de ninguna manera.

—¡Pues hablas como si lo hubiera hecho! —repuso su abuela—. ¿O es que te ha soltado un piropo? Con lo guapa que eres, nadie podría reprochárselo.

A Melanie se le subieron los colores.

—No, él solo... Solo me ha dicho que le habíais hablado de mí.

—Por supuesto que lo hemos hecho —reconoció Hanna—. A fin de cuentas, era de esperar que un día u otro acabaras tropezando con él. Por eso le hablamos de ti y de Elena.

—¿Le habéis...? —El jardinero no parecía saber nada del accidente, aunque quizá era buen actor.

—¿... hablado de Robert? —terminó de preguntar Marie—. No, claro que no. ¿Deberíamos haberlo hecho?

Las dos ancianas cruzaron una breve mirada.

—No, está bien que no lo hicierais. —Melanie se extrañó de su propia reacción. ¿Por qué no podía quitarse de la cabeza el encuentro con el jardinero?

—Pero ¿qué es lo que te ha dicho? —quiso saber Hanna.

—Ah, solo me ha preguntado si estaba en la casa con vosotras.

—¡Pues ha sido muy atento por su parte!

—Sí... No importa, en todo caso ha sido un encuentro agradable.

Una sonrisa asomó al rostro de su bisabuela, que entonces se metió el resto del cruasán en la boca.

Los desvanes siempre habían ejercido una especie de atracción mágica sobre Melanie. Eran como el cerebro de una casa, el hogar del pasado, de los recuerdos y los secretos. Un lugar en el que, de adolescente, podías encontrar la soledad necesaria para enfrentarte a los problemas del comienzo de la edad adulta. Cuando Hanna y Marie compraron la villa, Melanie sufría su primer mal de amores. Allí arriba, entre las sombras que acechaban tras las cajas, los susurros del viento y los crujidos de las vigas del techo, sanó su dolor.

Al verse de nuevo allí, sintió que lo único que había cambiado era el problema que la acuciaba. En aquella época se había enfrentado a espinillas, pasiones y un desengaño amoroso; en el presente, el hombre al que amaba estaba en coma. ¡Qué insignificantes le parecieron de pronto las inquietudes adolescentes! Casi deseó que aquellos tiempos regresaran...

Aunque el desván seguía sin perder un ápice de su magia, Melanie dudaba que en esa ocasión pudiera ayudarla. Recorrió con la mirada el espacio alargado, que, tras encender la bombilla que colgaba desnuda del techo, le desveló solo un par de sus secretos, y quedó sobrecogida: aquello estaba tan lleno de trastos como siempre. Algunos los habían dejado allí los antiguos propietarios. Hanna había aprovechado algunas cosas para el museo, pero la mayoría fue a parar a la entrada de la propiedad, donde todo desapareció a manos de anticuarios o del camión de la basura. Aun así, el desván parecía más abarrotado que nunca. Cajas y muebles antiguos por todas partes, biombos viejos y muchos otros objetos que no fue capaz de reconocer en la penumbra. Un museo de cosas olvidadas.

Para tener un poco más de luz, Melanie colgó una lámpara de garaje de una viga y la encendió. Entonces miró a su alrededor. Los muebles no interesaban para la exposición, eso seguro, así que dirigió su atención a las cajas que podía alcanzar sin tener que salvar demasiados obstáculos. Desde la primera de ellas le llegó un olor a humedad y a cerrado. Bolas de naftalina mezcladas con el aroma apagado de un viejo perfume; el olor que desprendía un gran montón de tul bordado con lentejuelas. Al principio Melanie pensó que había descubierto un disfraz de carnaval, pero después vio que se trataba de un vestido de noche. Tal vez en su día había sido de un rosa intenso..., pero del color, igual que del perfume, ya solo quedaba un tenue recuerdo.

Sacó el vestido con mucho cuidado. De los años cincuenta, calculó por el estilo. Seguramente era uno de los modelos que Hanna había lucido en eventos sociales durante su época de reina de los sombreros en París.

Tenía una cintura muy entallada, y la falda caía en forma de campana. Melanie se sorprendió de lo delgada que había sido su bisabuela. Con la edad tampoco es que se hubiera vuelto muy gruesa, pero por lo visto en su juventud tenía unas medidas por las que cualquier modelo de la actualidad moriría de envidia. ¿Querría exhibir Hanna ese vestido en el museo? En cualquier caso, Melanie decidió que se lo mostraría como posible objeto para la colección.

Su mirada recayó entonces en un viejo perchero que había en un rincón. Delante tenía un par de cajas, pero, si eran lo bastante ligeras, las haría a un lado y lo utilizaría para colgar tanto ese vestido como otros posibles descubrimientos.

Al levantar la primera caja de la pila, algo marrón resbaló hacia ella. Al principio no supo de qué se trataba, pero luego le dio en la cara y cayó al suelo. Cuando dejó la caja, vio un sobre viejo y desgastado junto al montón de trastos. Parecía contener algo más que una carta. Melanie lo giró con cuidado varias veces entre sus dedos. Las letras escritas ya no se distinguían, pero no estaba cerrado, así que lo abrió con cautela.

La placa fotográfica que sacó de dentro resultó toda una sorpresa. Para poder examinarla mejor, se acercó a una de las pequeñas ventanas del desván. En la imagen se veía a dos muchachas, ambas de unos catorce o quince años. Las dos vestían *áo dàis,* y el de la más joven parecía algo más noble que el de la mayor. Iban de la mano y sonreían de oreja a oreja. Dentro del sobre había también unas flores de jazmín secas, algunas de las cuales ya se habían convertido en polvo, y unas hojas de un papel de carta muy delicado escritas hasta en los márgenes.

Melanie le dio la vuelta a la placa fotográfica. «Hermanas del jazmín», había escrito alguien en vietnamita.

¿Quiénes eran esas dos muchachas? ¿Las conocería Hanna, quizá?

Al desdoblar las hojas, comprendió que aquellas líneas contenían un cuento. La caligrafía era muy meticulosa, como la de un niño que ha aprendido a escribir hace poco. El cuento estaba relatado en francés, un idioma que Melanie dominaba. Se sentó en el suelo con las piernas cruzadas y empezó a leer.

El templo del jazmín

Había una vez una muchacha rica que se llamaba Hoa Nhài, que significaba algo parecido a «flor del jazmín». Hoa Nhài vivía en una enorme casa de una gran ciudad, tenía vestidos bonitos y podía comer fruta siempre que quisiera. Aunque también poseía muchos juguetes y libros, se aburría como una ostra. Lo que más le habría gustado era tener una hermana con quien poder jugar o dar paseos por su espléndido jardín, pero su madre no había tenido más hijos.

Un día, sin embargo, una chica pobre se coló en su jardín. Tenía la cara cubierta de suciedad y llevaba las trenzas desgreñadas, olía a pescado y algas, y era algo mayor que Hoa Nhài. Su basto *áo dài* le venía demasiado grande, ya que su cuerpo no podía estar más flaco... Aun así, sus grandes ojos eran hermosos como dos gemas negras.

En lugar de avisar a los criados que cuidaban de ella todo el día, Hoa Nhài se acercó a la muchacha.

—Hola, me llamo Hoa Nhài. ¿Quién eres tú?

—Thanh —se presentó la chica—. Thanh del puerto.

¡Por eso olía a algas y pescado!

—¿Y qué estás buscando aquí, Thanh del puerto? —preguntó la muchacha rica.

—Solo quería ver el jardín, pero... si no te parece bien ya me marcho.

De pronto la muchacha pobre parecía abochornada. Su mirada no se apartaba de la vestimenta de seda de Hoa Nhài.

—No tengas miedo —repuso esta—. Si quieres, te enseñaré el jardín.

Thanh la miró con desconfianza, pues temía que su anfitriona fuese a meterla en una jaula con un tigre sanguinario, pero decidió acompañarla.

Hoa Nhài le enseñó las orquídeas y los preciosos franchipanes con flores de distintos colores, también las aves del paraíso y las rosas que les habían regalado los jefes franceses de su padre. Thanh contempló todo aquello como si fueran piedras preciosas de valor incalculable. Al descubrir monos o pájaros entre los árboles, soltaba gritos de júbilo como si fuese la primera vez que los veía.

—Dime, ¿de dónde has salido tú? —preguntó Hoa Nhài maravillada, pues no era capaz de imaginar ningún lugar de Saigón en el que no hubiera árboles, flores, pájaros y monos.

—Ya te lo he dicho, del puerto —respondió Thanh—. Aunque también es posible que sea un espíritu del agua.

—Entonces tendría que brotarte agua de las mangas —objetó Hoa Nhài, que por su madre conocía algunas historias de espíritus. Cuando su padre estaba con ellas, no le estaba permitido contarlas, pero cuando estaban ellas solas, Hoa Nhài escuchaba sus relatos de los espíritus del agua y del aire y de los ancestros, que recorrían la ciudad o acechaban en los arrozales—. Y tendrías lodo en el pelo.

—Es verdad, y no es así —admitió Thanh, y bajó la mirada para contemplarse.

No pudieron seguir conversando, porque la madre de Hoa Nhài la llamó.

—¿Volverás otra vez mañana? —preguntó después de mirar hacia la casa.

—Lo intentaré —contestó Thanh, que de repente parecía encogida, como si quisiera protegerse de un monstruo—. Te esperaré aquí.

Nada más decir eso, desapareció tras un arbusto.

A partir de entonces, Hoa Nhài y Thanh se vieron todos los días. Algo antes si Thanh había pescado muchos peces; algo más tarde si había tenido poca suerte.

Un día, sin embargo, Thanh apareció en el jardín completamente abatida y comportándose con tal imprudencia que estuvo a punto de ser descubierta por uno de los criados.

—Mi madre se encuentra muy mal —explicó cuando Hoa Nhài la encontró por fin—. Tengo que ir al Templo de los Siete Soles para suplicar allí la ayuda de los dioses.

Hoa Nhài no había oído hablar nunca de ese templo, pero sabía que Thanh solo tenía a su madre, pues su padre se había ahogado mientras pescaba.

—El Templo de los Siete Soles es el lugar más terrorífico del mundo —le desveló Thanh con voz tremebunda, pues le encantaban las historias de terror—. Nadie entra en él cuando ha caído la noche, porque allí vive una anciana maléfica que puede ocasionarte la muerte con una sola mirada. Hasta los hombres adultos escupen cuando hablan de ella.

—¿Qué quieres hacer en ese templo? —preguntó Hoa Nhài con espanto—. ¿Y si te descubre la anciana?

—Aunque la guardiana del templo sea malvada, el templo en sí no lo es. Dicen que en el centro de su atrio crece un maravilloso arbusto de jazmín cuyas flores traen buena suerte..., pero solo si se cortan a medianoche.

—¿Pretendes entrar en el templo a medianoche? —La muchacha rica la miró incrédula.

—Sí, y quería pedirte que me acompañaras. Eres una persona con mucha suerte y creo que podrías ayudarme.

Hoa Nhài nunca había pensado si tenía suerte o no, pero vivía en esa gran casa, disfrutaba de un jardín espléndido y nadie se habría atrevido jamás a considerarla «gentuza». ¡Sí, debía de ser una chica afortunada! Además, sentía curiosidad por ese templo de tan mala fama.

—Está bien —contestó—. Iré contigo, pero ¿cómo van a ayudar las flores de jazmín a tu madre? ¿Tendrá que hacerse con ellas una infusión?

—No, pondré una ramita debajo de su almohada y luego rezaré por ella. Estoy segura de que así sanará.

Era una noche de luna clara cuando Hoa Nhài cruzó la puerta del jardín. Si sus padres se enteraban de adónde iba, la castigarían. Sin embargo, había hecho una promesa y quería mantener su palabra.

Mientras seguía el camino que le había descrito Thanh, la ciudad empezó a resultarle cada vez más extraña. Los edificios parecían más pobres, y unos olores asombrosos llenaron sus pulmones.

—¡Hoa Nhài! —oyó que susurraba alguien desde la oscuridad, y, justo entonces, Thanh salió de un rincón en penumbra y abrazó a su amiga—. ¡Has venido!

—Te lo había prometido. Espero que no sea demasiado tarde.

—De ninguna manera, es la hora exacta —repuso Thanh, y señaló la luna—. Cuando lleguemos al templo será medianoche. Esperemos que la guardiana ya esté dormida.

—Seremos silenciosas como ratoncillos —le aseguró Hoa Nhài a su amiga para animarla, aunque también ella tenía miedo de la guardiana del templo.

En el límite septentrional de la ciudad había muchas cabañas pobres apretadas unas junto a otras, como las ratas cuando hace frío. Los perros callejeros revolvían en la inmundicia y desde algún lugar llegaba el llanto de una persona. Thanh tomó la mano de su amiga.

—No temas —le dijo—. Aquí la gente es pobre, pero no hace daño a nadie. Muchos de ellos participaron en los levantamientos contra los *tây*. Fueron castigados y por eso ahora tienen que vivir aquí.

Hoa Nhài no sabía nada de levantamientos ni de castigos. Su padre nunca hablaba mal de los *tây* pues trabajaba para ellos. Detrás de las chozas humildes se extendía un buen trecho de terreno sin edificar. La luna se reflejaba en los arrozales, que cubrían el suelo como alfombras mojadas. A lo lejos se alzaba la jungla, imponente y amenazadora, desde donde llegaban los gritos de los monos.

—¿Cómo se encuentra tu madre? —preguntó Hoa Nhài cuando dejaron atrás las chozas.

—Está cada vez más débil —contestó Thanh—. Tengo mucho miedo de que pueda morir.

—Si conseguimos las flores para ella, seguro que se recuperará.

Al cabo de un rato el templo apareció ante ellas. Los años y la lluvia habían borrado los rasgos de los rostros de piedra que lo decoraban. La hierba de su alrededor estaba muy alta, lo cual inquietó un poco a las muchachas, pues entre las largas briznas solían arrastrarse serpientes que picaban en cuanto ibas a pisarlas. El pequeño camino hollado que llevaba hasta la entrada apenas se distinguía. Recorrieron el sendero con cautela. La luz de la luna alumbraba justo lo suficiente para diferenciar piedras y ramas de posibles serpientes y escorpiones. Un momento después, las dos ganaron confianza y empezaron a andar más deprisa, hasta que se detuvieron ante la puerta del templo.

—¿Y qué dioses viven aquí? —preguntó Hoa Nhài.

—Eso no lo sé —contestó Thanh, mientras contemplaba el edificio con veneración—. Pero, si tienen el poder de devolverle la salud a alguien o de traer buena suerte, deben de ser dioses muy benévolos.

Las muchachas se acercaron despacio a la puerta. El paso del tiempo y los elementos habían teñido la madera de negro y le habían quitado el brillo a la campana, cuyo badajo tenía forma de pez.

—Seguro que la guardiana está dormida —susurró Hoa Nhài, que sentía cómo le temblaba la mano a Thanh—. Mira, no se ve que arda ninguna luz.

—Los espíritus no necesitan luz.

—Pero ella solo es una persona —adujo Hoa Nhài, cuyo padre siempre afirmaba que los espíritus no existían—. Estará dormida, sin duda.

Hoa Nhài puso una mano sobre los gruesos tablones de madera, que todavía conservaban la calidez del día. Casi sin respirar, aguzó el oído. Donde hay personas, también hay ruidos, decía siempre su madre. Cuando en una sala hay vida, se nota.

La muchacha no oyó nada. El viento acariciaba las piedras y se percibía algún susurro, pero solo eran hojas. El templo parecía abandonado. Se inclinó un poco contra la puerta hasta que esta cedió y se abrió, no sin hacer bastante ruido, por desgracia. Los chirridos resonaron por todo el atrio. Hoa Nhài se quedó de piedra. ¿Serían los oídos de la anciana como los de todas las mujeres mayores, o tal vez oía con claridad?

Conteniendo el aliento, las dos muchachas se detuvieron un instante para escuchar. Nada se movió. Por lo visto habían tenido suerte, una vez más. Se deslizaron por el estrecho resquicio abierto y se quedaron inmóviles en las sombras del interior. Al atrio se llegaba por unas arcadas cuyo suelo de grava crujía levemente bajo sus pies. A la luz de la luna, las flores del arbusto de jazmín brillaban como estrellas blancas. Sus fuertes ramas casi parecían las de un árbol. Ese jazmín debía de haber visto pasar doscientos o trescientos años.

Las muchachas salieron de las sombras y se detuvieron en la claridad de la luna.

—Vamos a cortar las flores —dijo Thanh en un susurro apenas audible—. Si no, pasará la medianoche y ya no tendrán ningún poder.

Dio un paso al frente y alargó la mano hacia las flores de forma estrellada, se detuvo un momento y miró a su alrededor. Entonces partió una ramita y la escondió enseguida bajo su chaqueta.

—Ahora tú —murmuró, y se volvió para mirar a su amiga.

Hoa Nhài se acercó al arbusto y lo contempló con reverencia. Después, también ella partió una rama.

—¿Qué habéis venido a buscar aquí? —preguntó de pronto a una voz ronca.

Sobresaltadas, las dos muchachas giraron sobre sus talones. Apoyada en un bastón nudoso, la anciana parecía frágil y débil. Llevaba la larga melena blanca recogida en un moño holgado en la nuca y tenía el rostro repleto de arrugas. Sus manos eran tan delgadas que parecían huesos cubiertos de piel. El resto del cuerpo quedaba oculto bajo una larga camisola. En realidad, si era un espíritu daba la impresión de ser bastante inofensivo, salvo por su mirada fulminante, que se había clavado en las chicas.

—Discúlpanos, *bà*, nosotras... —A Hoa Nhài se le quedaron las palabras atascadas en la garganta.

La mirada abrasadora de la guardiana del templo penetraba hasta el fondo de sus ojos. El corazón empezó a darle sacudidas en el pecho como un pez en la red de un pescador.

—¿Es que no tenéis ningún respeto por los dioses y los espíritus de los difuntos? —La voz de la anciana resonó chillona y gélida como el viento que silbaba sobre las tumbas. Ni siquiera la adivina a la que se visitaba antes de un entierro para conocer el momento propicio en que introducir el cadáver en su ataúd resultaba tan terrorífica.

Hoa Nhài quería escapar del templo lo antes posible, sus manos deseaban aferrar a Thanh y llevársela de allí, pero entonces pensó otra vez en la madre de su amiga. Tal vez los dioses las estaban poniendo a prueba. Quizá todo aquello era en realidad muy diferente a lo que explicaban quienes no se atrevían a visitar el templo de noche.

—Sí tenemos respeto... Y también un motivo para estar aquí.

La anciana no parecía haber contado con esa respuesta.

—¿Y bien? ¿Cuál es?

La pregunta sorprendió tanto a Hoa Nhài que al principio no pudo dar una respuesta. No obstante, después se oyó decir:

—Necesitamos las flores para una enferma. Para que le devuelvan la salud.

De repente la anciana la tomó de la mano y se la sostuvo con fuerza. Hoa Nhài, sobresaltada, contuvo la respiración, ya que no era capaz de gritar.

—Eres más intrépida que otras muchachas de tu edad —dijo la mujer, y le giró la muñeca con brusquedad para poder verle la palma de la mano—. Déjame leer qué te depara el futuro.

Por mucho que la chica luchaba por soltarse, no lo consiguió. La mujer posó los dedos fríos y huesudos sobre su piel y siguió con ellos el curso de las líneas. Mientras lo hacía, murmuró algo que Hoa Nhài no entendió. La muchacha miró a su amiga en busca de ayuda, pero Thanh se había quedado paralizada. Estaba inmóvil junto al jazmín y casi aplastaba las flores delicadas contra su pecho.

Aunque los dedos de la anciana estaban muy fríos, Hoa Nhài creyó sentir que ardían. Un escalofrío le recorrió la espalda. ¿Era ese el ritual que realizaba para matar a los intrusos? ¿Estaría a punto de atravesarla un rayo, o le sobrevendría un ataque de espasmos, quizá? ¡No quería morir tan pronto! Tal vez habría sido mejor convencer a Thanh de que todo aquello del templo era una mala idea...

La anciana estuvo un buen rato ocupada con su mano y después la miró fijamente.

—Llevas en ti un dragón que todavía duerme, pero un día despertará y desplegará sus alas. Recorrerás mucho mundo y tu vida no será fácil. Antes de que encuentres la paz, deberás andar un largo camino.

¿De qué hablaba aquella mujer? La muchacha no entendía qué quería decir, pero sus palabras le infundieron temor.

La anciana volvió a soltar a Hoa Nhài con una risita burlona.

—Marchad. Llevaos las flores y que os deparen lo que merecéis.

Y dicho esto, dio media vuelta y desapareció entre las sombras apoyada en su bastón y sin hacer ningún ruido, tal como había llegado.

Hoa Nhài soltó el aire con un largo gemido. No era consciente de que había contenido la respiración, pero los pulmones le ardieron entonces como si de verdad llevara dentro un dragón. Miró a Thanh, que estaba pálida junto al arbusto.

Estaban vivas. Todavía. Pero las palabras de la anciana parecían una maldición.

—Vámonos —dijo, y tomó a su amiga de la mano.

Esta vez las sombras que rodeaban el templo les parecieron amenazadoras, y en los susurros de la hierba creyeron oír el siseo de por lo menos cien serpientes. No recuperaron la calma hasta que vieron aparecer las casas de los límites de la ciudad.

Thanh se quedó quieta de repente y soltó la mano de Hoa Nhài.

—¿Qué ocurre? —preguntó su amiga, extrañada—. ¿No te encuentras bien?

Thanh se llevó la mano al pecho y contempló las flores aplastadas.

—No debemos contarle esto a nadie, ¿me oyes? —dijo en voz baja—. A nadie.

—Claro que no se lo diremos a nadie. Si mis padres se enteran de lo que he hecho, no volverán a dejarme salir ni siquiera al jardín.

Hoa Nhài vio cómo se oscurecía la expresión de su amiga.

—Estas flores... ya no tienen ningún poder —murmuró—. No nos traerán suerte.

—Pues toma las mías —repuso Hoa Nhài, y le alcanzó sus flores intactas—. Ayudarán a tu madre.

La mirada de Thanh no se alteró, pero negó despacio con la cabeza.

—No servirán de nada. Tus flores están tan malditas como las mías. Deberías tirarlas —dijo, y lanzó su rama florida al suelo.

—Pero ¿y tu madre? —preguntó Hoa Nhài—. ¿Qué vas a hacer para que se recupere?

Su amiga se encogió de hombros; no lo sabía. Esas flores parecían haber sido su última esperanza.

Hoa Nhài no se vio capaz de tirar las suyas, pues todavía eran bonitas.

—Yo me las quedaré —dijo— y, si traen buena suerte, volveré a ofrecértelas. Si traen desgracias, las soportaré yo sola.

Thanh sacudió la cabeza.

—¡Tíralas, te lo ruego! La anciana enviará penalidades a nuestras vidas. Nos ha maldecido con la mirada.

Aun así, Hoa Nhài no quiso hacerle caso.

—Solo es una mujer mayor —dijo, y, con un escalofrío, se frotó la mano que le había aferrado la anciana—. No puede hacerle nada a nadie.

—¡Pero si te ha leído el futuro!

—Solo han sido disparates, ¿acaso no la has oído? No nos iremos a ninguna parte, lo sabes tan bien como yo. Nos quedaremos siempre con nuestras familias.

Pero Thanh no parecía creerlo.

—Si tienes que quedarte con esas flores malditas, escóndelas bien para que nadie las descubra. Yo debo encontrar otra forma para mantener a mi madre con vida.

—Bueno, pero si no consigue salir adelante les pediré a mis padres que te vengas a vivir con nosotros y entonces serás mi hermana. Te lo prometo.

Hoa Nhài le ofreció una mano. Thanh la tomó, aunque vacilante, y con ello sellaron su pacto.

Melanie dejó caer las hojas de papel. El cuento la había conmovido de una forma extraña. ¿Quién lo habría escrito? ¿Su bisabuela, quizá?

Después de contemplar un rato más aquella caligrafía tan pulcra, dobló otra vez el papel y lo metió en el sobre. La fotografía la dejó fuera. ¿Quiénes eran esas dos muchachas? Ninguna de ellas se parecía a Hanna.

Decidió que se lo preguntaría cuando hubiera avanzado un poco más con el trabajo. Guardó por fin la placa fotográfica en el sobre y lo dejó junto a la puerta para que no se le olvidara al bajar. Después se puso de nuevo manos a la obra.

Durante las horas siguientes, Melanie sacó de aquellas cajas bastante material que se podía aprovechar perfectamente. Algunos vestidos que, pese a estar un poco comidos por las polillas, podían repararse con algo de habilidad, pero también sombreros, guantes y viejas estolas.

Mientras revolvía entre tules y satenes y tocaba algún retal de terciopelo y seda suave aquí y allá, dejó de estar pendiente del teléfono móvil por primera vez desde hacía mucho. No cayó en la cuenta hasta que terminó con la primera pila de cajas. El aparato seguía donde lo había dejado al empezar, y no había recibido ningún mensaje.

Hacia el mediodía bajó con el sobre. Al pasar por una ventana vio que fuera, en el patio, había un enorme autocar rojo y blanco. Desde la planta baja llegaban las voces de los visitantes. Un par de mujeres reían. Por las ventanas abiertas entraba olor a tabaco. Al parecer, los visitantes masculinos habían preferido formar un pequeño grupo junto al conductor del autocar a entretenerse contemplando la moda de siglos pasados.

En la planta de la vivienda, por el contrario, reinaba el silencio. La puerta del salón estaba abierta. ¿Encontraría allí a Hanna?

Cuando entró, Melanie vio a su bisabuela sentada junto a la ventana, absorta en sus pensamientos. Tenía el bastón a un lado, se había puesto un *áo dài* azul y daba la sensación de que en cualquier momento echaría a andar sin ayuda de nadie.

—¿Molesto? —preguntó con cautela.

Al oírla, Hanna se volvió con cara de acabar de despertar de un sueño.

—No, cielo, no molestas. ¿Cómo va todo por el desván?

—Muy bien —contestó Melanie—. Creo que me sienta bien volver a tener algo que hacer. Además, he encontrado bastantes cosas para tu exposición. Algunos de los vestidos están algo raídos, pero nada que no se pueda arreglar.

—Me alegro mucho. Lo cierto es que va siendo hora de incorporar un poco de aire fresco a la colección.

—He visto que acaban de llegar nuevas visitas.

—Sí, a esa agencia de viajes le gusta traer aquí a sus clientes. Hace poco recibimos incluso a un grupo de China, ¡imagínate!

—¡Pero eso es maravilloso!

—Desde luego, y no pierdo la esperanza de cruzarme por aquí algún día también con un compatriota mío. Pero parece que tú tienes otras cosas en la cabeza.

Melanie asintió y le tendió el sobre a su bisabuela.

—Esto se ha caído al alcanzar una caja. He mirado dentro.

Hanna contempló el sobre un instante. Su expresión no dejaba adivinar si se alegraba de verlo o no, pero Melanie se dio cuenta de que la mujer sabía muy bien lo que se escondía en el interior.

—¿Has leído el relato?

Melanie asintió.

—Dos muchachas que entran a hurtadillas en el templo del jazmín. Una historia muy bonita, aunque también un poco terrorífica.

Una sonrisa se extendió por el rostro de Hanna al dejar el sobre en la mesa y sacar las hojas y la fotografía.

—¿Escribiste tú esa historia? —preguntó Melanie—. ¿Sabes quiénes son las dos chicas de la foto?

Hanna acercó la fotografía hacia sí y la contempló un rato. Su sonrisa se volvió nostálgica, casi triste.

—La historia es mía —reconoció la mujer—. La escribí para Marie. Le encantaban los cuentos, y este de las hermanas del jazmín el que más. Siempre me preguntaba cómo seguía, pero yo nunca se lo desvelé y en algún momento acabó olvidándolo.

—Entonces, ¿la historia continúa?

—Desde luego que continúa, un año tras otro. Y probablemente se siga escribiendo todavía, porque yo aún no me he muerto.

Melanie la miró sin salir de su asombro.

—¿No serás tú una de las muchachas?

Hanna asintió.

—Sí, hace mucho tiempo fui Hoa Nhài. —Pareció saborear ese nombre, porque incluso calló un instante. Después posó un dedo sobre el rostro de la muchacha más joven—. Esta de aquí soy yo.

—Entonces, la otra chica es Thanh.

Hanna asintió.

—Sí, mi hermana adoptiva Thanh. —Una sonrisa amorosa tiñó su expresión—. Todo lo que has leído sucedió de verdad. Un día llegó perdida a nuestro jardín y, a partir de ese momento, nuestros destinos estuvieron unidos durante muchísimo tiempo.

La sonrisa volvió a desaparecer, tan deprisa como había llegado.

—Tengo razones para no haberos hablado nunca de ella. Escribiendo esa historia quería hacerle un homenaje, pero no tuve valor para seguir relatando. Marie, si es que se acuerda de ella, debe de creer que se trata solo de un personaje inventado. Tu madre tampoco sabe nada. Ni siquiera que yo una vez me llamé Hoa Nhài.

—Hoa Nhài es un nombre bonito —afirmó Melanie, y volvió a mirar la foto.

Conocía la costumbre vietnamita de ponerles a los niños un nombre cuyo significado expresaba lo que los padres deseaban para ellos. Los nombres de varón solían remitir casi siempre a la fuerza, la sabiduría y el valor; los de niña a menudo estaban relacionados con la belleza, y por eso eran tan comunes los nombres de flores.

Hanna nunca les había hablado de sus padres. En realidad, jamás contaba nada de su infancia.

—Tus padres acertaron de lleno. Las flores de jazmín son muy bonitas, y tú también eres muy guapa.

Hanna rio y negó con un gesto.

—Seguramente me habrían puesto ese nombre aunque hubiese sido fea como un demonio. No era extraño. A veces una muchacha tenía un nombre precioso... y luego su aspecto se contradecía tanto con él que sus padres se apresuraban a encontrarle un hombre, el que fuera, para aprovechar al menos la lozanía de la juventud.

—¿Y por qué te lo cambiaste?

—Se dieron muchas circunstancias que me llevaron a hacerlo.

—Nunca has hablado de ello.

Hanna la miró.

—Hay historias que es mejor no contar nunca. O solo cuando llega el momento oportuno.

Melanie se acuclilló delante del sillón de ratán. La brisa fresca que entraba por la ventana le apartó los mechones de pelo que le caían en la cara.

—Me gustaría mucho saber más cosas de tu vida, *grand-mère*.

Hanna no contestó, pero la miró largo rato. Como escrutándola.

—¿Conque has encontrado mis vestidos?

—Sí, y por lo que he podido ver hasta ahora, hay muchas cosas de los años cuarenta y cincuenta. De cuando eras la reina de los sombreros en París.

Su bisabuela resopló y negó con un gesto.

—¡Qué dices, reina! Era una de tantas. La prensa amarilla solo iba detrás de mí porque era asiática, tenía cierta fama y mi marido había quedado lisiado en la guerra. Mi historia podía contarse, al contrario que la de algunas otras, que durante la guerra no se cubrieron precisamente de gloria.

—Pero, aun así, eras lo bastante rica como para poder permitirte esos vestidos tan maravillosos.

—Escarba un poco más con toda tranquilidad y descubrirás también vestidos muy diferentes —le aconsejó Hanna—. Si encuentras alguno de la época anterior a la de «reina de los sombreros», estaré encantada de contarte la historia que lo acompaña.

Melanie miró el sobre.

—¿Y qué le sucedió a la muchacha? A tu hermana. ¿Cómo continuó la historia? Venga, *grand-mère,* cuéntamelo, por favor. ¡Seguro que el sobre no estaba ahí arriba por casualidad!

Antes de que Hanna pudiera responder, entró Marie con cara de estar algo molesta.

—¿Qué sucede, cielo? Pareces a punto de estallar en cólera —se interesó Hanna al percibir el malhumor de su hija.

—Una visitante ha roto una vitrina. El cristal tiene un boquete enorme y voy a tener que llamar al cristalero para que lo cambie.

—¿Y no puede encargarse ese Thomas? —preguntó Melanie.

—No sabe de cristales. Además, es cosa del seguro, así que ni siquiera podemos pedir que nos hagan un apaño temporal.

—¿Qué vitrina es la afectada? —quiso saber Melanie.

—La del vestido de novia de principios del siglo veinte. Quizá podrías ayudarme a poner la pieza a buen recaudo; el maniquí pesa bastante.

—Pues claro que sí, abuela.

Melanie siguió enseguida a Marie a la planta baja. El autobús ya estaba alejándose por el patio.

La sala de los vestidos, donde se exponían los modelos mejor conservados, conseguía que Melanie se detuviera un momento con veneración cada vez que entraba allí..., y eso que debía de haberlos visto un centenar de veces. Todavía guardaba un claro recuerdo de cómo la habían montado. En aquella época, su madre, ella e incluso su padre habían colaborado para disponer las vitrinas y colocar en ellas los objetos de exposición.

Una leve nostalgia la invadió al pensarlo. ¿Cuánto hacía ya que no tenía noticias de su padre? Desde el divorcio, unos años antes, había desaparecido del mapa. Compensó generosamente a su madre, acudió a la cita con el juez y, tras conseguir que este lo descargara de cualquier otra responsabilidad, no había vuelto a dar señales de vida, ni siquiera a su hija. Melanie no sabía ni dónde vivía. Al final había dejado de pensar en él, lo cual era una lástima, ya que en realidad su relación había sido siempre muy buena. O por lo menos hasta que descubrieron lo de su aventura y él decidió probar suerte con la otra.

La vitrina había recibido un golpe bastante cerca de la base. Por desgracia, en la falda del vestido se habían abierto dos rasgones y parte del encaje también estaba estropeado.

Melanie se quedó paralizada ante el cristal. Ese vestido de novia... Recordaba haber pensado en él al salir del aeropuerto, llena de unos planes de futuro que poco después quedaron truncados por culpa del accidente de Robert. La vitrina rota parecía un símbolo de lo que había ocurrido esos últimos meses, ya que, a menos que se produjera un milagro, Melanie no se casaría. O, en todo caso, no con Robert. Tal vez nunca.

—¿Ha golpeado alguien el cristal con su bastón? —le preguntó a su abuela para ahuyentar esas ideas deprimentes, y señaló el montón de añicos.

—¡Tú lo has dicho! —repuso Marie, airada, mientras avanzaba de puntillas para no pisar las esquirlas—. Una mujer se ha dado la vuelta muy deprisa, según parece para llamar a otra, y entonces ha sucedido. Se ha quedado ahí quieta como una idiota, con el bastón clavado todavía en el vestido. Habrá que remendarlo. —Su abuela soltó un hondo suspiro.

—Tal vez deberíamos remplazar el cristal por uno blindado —propuso Melanie—. ¿No ha saltado la alarma? ¡No he oído nada!

—Por suerte la había apagado. Cuando estoy en la sala, nadie roba nada. Menos mal que los demás visitantes se han sobresaltado y han salido enseguida. Esa vieja me ha asegurado que pagará los desperfectos, pero no creo que pueda sacarle nada. Son cosas que pasan. Tampoco es que se haya dedicado a golpear la vitrina con el bastón.

Marie hablaba de la mujer como si ella misma no tuviera setenta y seis años. Eso siempre le hacía mucha gracia a su nieta.

Después de recoger los añicos, Melanie sacó el maniquí de la vitrina con la ayuda de su abuela. El vestido, para su sorpresa, olía solo un poco a polvo, pero no a humedad. Si seguía en aquella vitrina, podría ser admirado durante cien años más.

—Lo mejor será subirlo a la sala de costura —decidió Marie, y levantó el maniquí por la base mientras su nieta lo sostenía de los hombros con mucho cuidado para no dañar más aún la frágil tela.

—Deberíais pensar en poner un pequeño ascensor —comentó Melanie mientras subían el maniquí por la escalinata—. O al menos un salvaescaleras. A *grand-mère* le iría muy bien.

—Eso es lo que intento hacerle ver yo también, pero siempre me dice que no lo necesita. Y que, ya puestos, por qué no la ato a una silla de ruedas.

—No sería tan mala idea si el reúma empeora. Así por lo menos podría salir al aire libre y no tendría que quedarse en ese salón con tantas corrientes.

—Bueno, ya la conoces. Me temo que, muy en el fondo, todavía se siente como una mujer de treinta o cuarenta años. A esa edad no está una para sillas de ruedas ni para salvaescaleras. —Dejó el maniquí y se enjugó el sudor de la frente con un jadeo—. En fin, si me preguntas a mí, no tendría nada en contra de uno de esos ascensores, sobre todo ahora mismo. Y eso que me siento, a lo sumo, como una chica de veinte.

3

Después de comer, Melanie subió otra vez al desván. Hanna había conseguido no responder a su sospecha de que, si había encontrado el sobre, no había sido por casualidad, pero tal vez debiera dejarle algo de tiempo.

Tras abrir una segunda caja y encontrar en ella muy pocas cosas que pudieran aprovecharse, le sonó el móvil.

El corazón se le aceleró al instante. Sacó el teléfono del bolsillo del pantalón y su malestar se acrecentó al ver en la pantalla el número de su madre. Habían acordado llamarse solo en caso de emergencia. Todas las demás novedades se las comunicarían por mensaje de texto.

—Hola, mamá —contestó.

El pulso le resonaba en los oídos. Era una hora poco común para llamar, porque no podía haber regresado ya de una visita al hospital. Además, esa semana Katja, la madre de Robert, quería ocuparse de él.

—Hola, Melanie. —Su voz sonaba seria.

Melanie inspiró hondo.

—¿Qué ocurre, mamá? No habrá pasado nada, ¿verdad?

—Acaba de llamarme Katja. El doctor Paulsen quiere hacerle una broncoscopia a Robert. Le han pedido a ella su consentimiento, pero quería que también tú estuvieras informada.

Melanie se derrumbó sobre una de las cajas.

—¿Es que tiene algún problema en los pulmones?

—Los médicos dicen que han localizado un foco en ellos. Podría tratarse de una pequeña infección. Quieren mirarlo mejor y, si es necesario, tomar muestras de los tejidos para asegurarse.

—¿Tiene una infección en los pulmones? —Melanie se puso de pie, alarmada.

—Por lo visto no lo saben, pero quieren tomar medidas antes de que aparezca alguna complicación. Otra neumonía más, o una bronquitis, podría no ser nada bueno en su estado.

Sintió un vacío por dentro. Recordaba con espanto la bronquitis que había padecido Robert poco después del accidente; desde entonces tenía que respirar a través de un tubo.

—¿Melanie?

Se dio cuenta de que llevaba varios segundos callada.

—Sí, sigo aquí —dijo enseguida, e intentó contener el sollozo que poco a poco iba subiéndole por la garganta—. ¿Cuándo..., cuándo quieren hacérsela?

—Esta tarde, a las cinco. No es más que algo puramente rutinario, ha dicho Katja, aunque le han hecho firmar un montón de formularios.

A Melanie se le encogió el estómago.

—Está bien. ¿Me dirás qué tal ha ido todo?

—Katja me llamará en cuanto lo saquen de quirófano. Yo me acercaré por allí mañana y hablaré con ella. Por desgracia, a mí los médicos no me explican lo que sucede. Sería más sencillo si lo hicieran, pero yo no soy su madre, claro —dijo con un suspiro—. Bueno, ¿y cómo os va a vosotras? —preguntó Elena para cambiar de tema, aunque con ello no consiguió disipar la angustia de su hija.

—Bien... Estoy ordenando el desván.

—¿El desván?

—Sí, bueno, no lo estoy ordenando, solo tengo que encontrar algunas piezas de exposición nuevas para Hanna. No te creerías todo lo que hay acumulado aquí arriba.

En cualquier otro momento esa frase habría tenido resonancias alegres; en cambio, Melanie sonó cansada y apagada. No le apetecía hablar de ello. Elena se dio cuenta.

—Está bien, entonces te dejo para que sigas trabajando. Te llamaré en cuanto sepa algo.

—Gracias.

Cuando su madre colgó, Melanie se quedó mirando el teléfono. Toda la energía positiva que había reunido durante la mañana se había esfumado de golpe.

Eso de la exploración resultaba algo alarmante. ¿Y si le descubrían alguna otra dolencia? ¿Y si los médicos le encontraban un cáncer, por ejemplo? O una lesión en los pulmones que hubieran pasado por alto. Sopesó un instante si no sería mejor regresar, pero sabía que aunque lo hiciera no podría solucionar nada, así que, con todo el pesar de su corazón, decidió quedarse.

Miró hacia las cajas y vio brillar las lentejuelas de los vestidos. La energía para seguir adelante y sacar a la luz nuevas piezas de vestuario, e incluso un par de recuerdos más de su bisabuela, se había esfumado de pronto. Mañana, se dijo. Si lo de Robert ha salido bien. Ahora quizá debería ir a sentarme un rato a la orilla del lago para meditar.

Bajó con el móvil en la mano. De nuevo había visitas en el museo, así que salió del edificio por la puerta de atrás y corrió en dirección al agua. Con el rabillo del ojo vio a Thomas, que estaba cortando las ramas secas de los setos. Se alegró de que esta vez no intentara darle conversación. Al llegar a la orilla, contempló aquel inmenso espejo. En su cabeza se agolpaban los pensamientos, pero no era capaz de aferrarse a ninguno de ellos.

Por fin se sentó sobre la enorme roca que en algún momento había llegado empujada por el agua y había quedado varada allí. Normalmente los pájaros se posaban en ella para tomar el sol, y Melanie entendía que fuese su lugar predilecto. El sol calentaba la piedra, lo cual en pleno verano seguro que era muy desagradable, pero en aquella época sentaba bien disfrutar de la calidez y, al mismo tiempo, sentirse rodeado por el cañaveral y los matorrales. Solo el cisne del lago podía verla, y estaba muy ocupado trazando sus propios círculos.

—¡Melanie, aquí estás! —Hanna, que había llegado por la curva del camino apoyándose con pesadez en su bastón, apareció detrás de unas cañas. En su rostro se veía que tenía mucho dolor, pero lo asumía y se negaba a quedarse todo el día sentada—. ¿Qué haces aquí fuera? —preguntó—. Pensaba que querías seguir ordenando el desván.

—Esta tarde van a hacerle una prueba a Robert en los pulmones —repuso su bisnieta con voz débil—. Temen que haya una infección o algo así. Acaba de llamarme mi madre.

Hanna soltó un hondo suspiro.

—Los dioses no se compadecen de nosotros. ¿Queda algo de sitio para mí en la roca?

—Claro. —Melanie se hizo a un lado—. ¿Quieres que vaya dentro a buscarte un cojín?

Pero a Hanna no parecía molestarle la dureza de la piedra. Se sentó a su lado, dejó el bastón y rodeó a su bisnieta con un brazo.

Melanie esperaba que le dijera algo como «Pronto todo irá bien», pero su bisabuela guardó silencio. Al cabo de un rato consultó el reloj. Las dos y cuarto. Todavía faltaban tres horas; y, luego, a saber qué sucedería.

—Tenías razón, fui yo quien dejó el sobre ahí arriba —reconoció Hanna rompiendo de pronto el silencio. No había apartado la mano del hombro de Melanie—. Tardé mucho en subir la escalera y, si Marie me hubiera pillado, me habría soltado el sermón del siglo. Pero quería que encontraras esa fotografía. Y que hicieras preguntas.

—¿Por qué? —se oyó decir Melanie.

—Como ya te advertí, toda buena historia requiere del momento oportuno. Estos últimos meses he estado muy preocupada por ti. No sabía si podrías dar abasto con todo ni cómo lo harías. Cuando tu madre me habló de tu crisis nerviosa, se me ocurrió la idea del desván. Además, hace ya mucho que me planteo contarte mi historia. Hay tantas cosas con las que cargo desde hace años... Creo que ha llegado el momento de confiárselas a alguien antes de reunirme con mis antepasados.

—¡No digas eso! —exclamó Melanie, y levantó la cabeza.

La idea de perder a otro ser querido le parecía insoportable, y eso que a Robert aún no lo había perdido del todo.

—Tengo noventa y seis años, ¡me parece que ya puedo decirlo! —repuso Hanna riendo—. No quiero seguir los pasos de la mujer más longeva de Francia, así que prefiero no pensar que viviré treinta años más. El accidente de Robert ha vuelto a recordarme lo efímero que es todo. ¡Que yo siga con vida es una gran suerte! Durante todos estos años, el destino ha intentado acortar mis días en varias ocasiones, pero todavía sigo aquí y ya ha llegado la hora de contar un par de historias. No porque esté aburrida, sino porque me encantaría que tú pudieras sacar algo de fortaleza de lo que oirás. Tal vez te venga bien.

¿Cómo iba a sacar fuerza de las historias de su bisabuela? Melanie, a pesar de todo, asintió con la cabeza.

—Debes saber que se puede vivir muchos años junto a una persona, a veces hasta medio siglo, y aun así no llegar a conocerla del todo. Siempre hay recovecos en los que se guardan cosas escondidas, como en el desván de nuestra villa. Las personas nunca nos cuentan todas sus historias; también yo me guardaré un par de cosas para mí. Hay mucho que no le he revelado a nadie hasta ahora, ni a tu abuela ni a tu madre, pero a ti te lo contaré. Si tú quieres.

Melanie volvió a asentir.

—Claro que sí, por favor, *grand-mère,* cuéntamelo. Puede que así el tiempo pase más deprisa hasta...

—Huy, mi historia no será una forma de matar el tiempo. El tiempo también pasa simplemente mientras contemplas el lago. O lees un libro. Considérala mejor como un viaje.

—Así lo haré.

Hanna miró a Melanie durante un rato y después se volvió hacia el lago, donde el cisne seguía nadando en círculos y los patos hacían temblar la superficie de espejo.

4

Teniendo en cuenta que yo era vietnamita, mi infancia en la antigua Indochina fue muy acomodada. Mi padre ocupaba un puesto bastante alto en la administración del Gobierno colonial, lo cual conllevaba que a veces fuera objeto de la ira de la población autóctona. Los *tây* (como llamábamos a los franceses) eran bastante odiados entre mucha gente, y lo mismo sucedía con los vietnamitas que trabajaban para los extranjeros. Sin embargo, siendo una niña yo no me daba cuenta de eso. A mí, de todas formas, no me gustaba jugar con nadie, prefería sentarme sola en el jardín y soñar despierta.

Gracias al trabajo de mi padre teníamos todo lo que podíamos necesitar... y más aún. Vivíamos en una bonita casa blanca con un jardín enorme y, cuando fui lo bastante mayor, me buscaron un profesor que me enseñó a sumar y a restar, a escribir y a hablar francés. Me gustaba mucho dibujar, sobre todo los vestidos de las francesas. Nunca me cansaba de mirar esas telas suntuosas y sus cortes refinados. Mi madre también tenía alguno de esos vestidos —mis padres recibían invitaciones de los franceses de vez en cuando—, pero insistía en que en casa yo llevara solo *áo dàis,* igual que hacía ella. Aun así, nuestra vestimenta estaba confeccionada con seda, y me amenazaba con duros castigos si la ensuciaba más de lo debido.

Lo que recuerdo con mayor detalle eran las visitas de los franceses a nuestra casa. A veces llegaban con emisarios de la corte imperial. Los séquitos occidentales siempre eran muy interesantes, aunque yo solo pudiera observarlos a escondidas, porque en esas ocasiones mi niñera solía acostarme temprano.

No sé muy bien cuál era el cargo que ocupaba mi padre, pero era un hombre muy influyente. Yo no sabía casi nada de la miseria que reinaba en la ciudad y en el campo, pero oía hablar a los criados. Cuando estalló el cólera, muchos de ellos temieron por sus familiares.

Y entonces, un día, Thanh llegó a mi vida, y desde aquella noche en el templo del jazmín quedamos unidas por nuestra promesa. Siempre que podía, me visitaba en el jardín. A mí me resultaba difícil escaparme, sobre todo cuando los criados me estaban vigilando, así que me alegraba mucho de que Thanh pudiera ir adónde ella quisiera, y también la envidiaba un poco.

Un día me propuso llevarme a su cabaña.

—Me gustaría mucho enseñarte nuestra barca y el puerto, y presentarte a mi madre. Le he hablado de ti, y está muy contenta de que haya encontrado una amiga.

—Entonces, ¿vuelve a sentirse mejor?

—No, pero cuando le cuento cosas al menos se distrae un poco.

—¿Y de verdad no quieres llevarle las flores de jazmín? —le pregunté, y al instante lamenté haberlo hecho, ya que el rostro de Thanh se oscureció nada más oírlo.

—No, no quiero esas flores. Solo quiero que vengas conmigo. Cuando te vea, volverá a distraerse un par de horas y quizá incluso dormirá tranquila. Tiene muchas ganas de conocerte.

Desde mi excursión nocturna, yo tenía muy mala conciencia con mis padres, a pesar de que ellos no se habían enterado de absolutamente nada. Las flores las había guardado, claro, y las tenía escondidas debajo de la cama. Por el momento no había notado ningún efecto, ni positivo ni negativo, así que las dejé tranquilas donde estaban.

—Está bien, iré contigo —dije, porque no quería decepcionarla—. Será mejor que salgamos por el lugar de la valla por donde tú siempre entras.

Me sorprendió mi propia osadía. Si los criados se daban cuenta de mi ausencia, harían saltar la alarma, y mi madre sin duda me tendría encerrada sin salir de casa durante meses. Pero no podía evitarlo; si gracias a ese paseo podía contribuir a que la madre de Thanh viviera un poco más, estaba dispuesta a correr el riesgo.

Así que atravesamos con cautela el seto, en el que había un hueco lo bastante ancho para que una chiquilla se colase por él. Los transeúntes que pasaban a toda prisa nos miraron extrañados, pero no se preocuparon más de nosotras.

La otra vez, de camino al templo, ya había visto una parte de la ciudad, pero aquello no era nada en comparación con lo que Thanh me mostró en esta ocasión. La miseria, que aquella vez la noche había encubierto con compasión, se me apareció visible en todo detalle. Apenas podía creer que se tratara de la misma ciudad. En el barrio donde vivían los franceses, las calles estaban pavimentadas y limpias, los edificios eran claros y altos, y había parques con flores hermosas. En la ciudad baja, sin embargo, muchas calles estaban inundadas por el lodo, en el arroyo se pudrían restos de comida y cadáveres de ratas, y las personas que se arrastraban por los callejones tenían los rostros enjutos.

Me invadió el horror al ver a un perro muerto tirado en mitad de la calle. Parecía que un carro le había aplastado la cabeza. Tenía sangre en una pata. Era evidente que lo habían matado hacía poco, porque aún estaba fresca.

—Trae buena suerte —comentó Thanh al ver que me quedaba mirándolo.

—¿Atropellar a un perro trae buena suerte? —pregunté con espanto—. Pero ¿por qué?

Mi amiga se encogió de hombros.

—No lo sé. Lo dicen los ancianos, y los jóvenes lo creen.

Miré hacia otro lado, asqueada, y al mismo tiempo me pregunté cómo podían los supersticiosos creer algo tan terrible.

Un par de calles más allá llegamos a Cholon. Mis padres no hablaban nunca de ese lugar, pero los criados sí, y con tanta frecuencia que compensaban el silencio de sus señores. Comentaban que lo único que había allí eran fumaderos de opio. Franceses y vietnamitas por igual acudían a ellos para olvidar sus penas..., o para encontrar la muerte en plena euforia. En aquella época yo no tenía ni idea de lo que era el opio, pero las historias sobre los lugares donde se consumía desataban mis fantasías, así que trataba de imaginar cómo serían por dentro.

—¿Sabes si hay algún fumadero de opio por aquí? —le susurré a Thanh con la sensación de que en aquella calle todo el mundo me estaba mirando.

Mi elegante *áo dài* habría llamado la atención incluso en el barrio noble, pero allí la gente estaba demasiado ocupada con sus cosas. En esta parte de la ciudad, sin embargo, todas las miradas parecían clavarse en mí.

—¡Eso de ahí delante es uno! —anunció Thanh sin reparos, y señaló un edificio que quedaba a nuestra izquierda.

Era una construcción de madera cuyas paredes estaban pintadas de azul. Encima de la puerta alguien había colocado un dragón de metal, y junto a él colgaba un farolillo con borlas también azules. Las pequeñas ventanas estaban cerradas por cortinas oscuras. Aquello no coincidía con lo que yo me había imaginado en sueños.

—¿Alguna vez has estado en una de esas casas? —pregunté, porque creía a Thanh capaz de cualquier cosa.

Ella negó con la cabeza.

—No, no dejan entrar a los niños. Ni siquiera cuando solo quieren comprar opio para sus madres enfermas. —Agachó la cabeza con tristeza.

—O sea que lo has intentado.

—Sí, porque había oído decir a los pescadores que el opio calma el dolor. Pero, aparte de que no me dejaron entrar, tampoco habría tenido suficiente dinero. El Reino del Dragón es muy caro; demasiado, si solo te dedicas a pescar peces.

—¡Caray, pero qué dos chicas tan guapas! —entonó de pronto una voz meliflua detrás de nosotras.

Thanh volvió la cabeza como el rayo y vi que sus ojos se abrían con espanto. Entonces me di la vuelta y me encontré con la cara arrugada de una anciana. Sonreía, pero su sonrisa no acababa de encajar con sus ojos, que nos observaban con frialdad.

Mi amiga me agarró de la mano. Según la educación que había recibido yo, deberíamos haber saludado a la mujer con cortesía, pero antes de que me diera tiempo a decir nada Thanh me alejó de allí. A duras penas podía seguirle el ritmo mientras ella corría como si la persiguiera una jauría de perros salvajes.

—¡Venga, deprisa! —me acució cuando empezó a costarle demasiado tirar de mí—. ¡Tenemos que salir de aquí enseguida!

Corrimos por entre el lodo, que dejó llena de salpicaduras la fina seda de mi *áo dài*.

—¿Quién era esa mujer? —pregunté cuando Thanh aminoró un poco el paso.

Al ver que ya corría yo sola a su lado, me soltó por fin la mano.

—Alguien de quien deberías guardarte mucho —dijo entre jadeos—. Era una vendedora de doncellas. Acoge bajo su protección a niñas que se han escapado de casa y les dice que la llamen «tía». Pero luego, cuando esas niñas son lo bastante mayores, les vende su virginidad a los hombres.

—¿Virginidad? ¿Eso qué es? —Era la primera vez que oía esa palabra.

Thanh se detuvo en seco y sacudió la cabeza, asombrada.

—¿No lo sabes?

—No.

Me dio la sensación de que era una cosa sobre la que tampoco Thanh debía de estar muy enterada. Cuando por fin me lo explicó, las mejillas empezaron a arderme y comprendí de qué cuchicheaban a veces las criadas.

—Dicen que trae buena suerte que un hombre tome a una doncella por la fuerza —añadió mi amiga.

Al oír esas palabras volví a ver al perro atropellado y de repente sentí un miedo inmenso. Más aún que ante la guardiana del templo, cuyas palabras había conseguido no recordar constantemente.

—Pero ¿cuánto falta todavía hasta la cabaña de tu madre? —pregunté, y miré atrás con desconfianza por encima del hombro. Por suerte, la anciana no nos había seguido.

—Ya casi estamos. —También Thanh parecía algo más tranquila—. Mi madre siempre me advierte contra mujeres como esa —me contó entonces—. No podemos explicarle que nos hemos cruzado con una vendedora, ¿me oyes? Algo así la alteraría muchísimo.

Eso sí que me lo creía, pues ¿qué madre no se horrorizaría ante la posibilidad de que forzaran a su hija y que esta acabara en un arroyo, tal vez desangrándose, solo porque un hombre quería procurarse buena suerte?

Por fin llegamos al puerto, donde entre vapores y barcos a motor todavía se balanceaban en la corriente del Mekong juncos y pequeños veleros. Las velas rojas de los juncos siempre me recordaban a la aleta dorsal de un dragón. Quizá los constructores de las embarcaciones se inspiraban en eso, tal vez porque creían que la forma de las velas le traería suerte al barco. Yo, sin embargo, esa tarde empezaba a cuestionar todo lo que se suponía que traía buena suerte a las personas. Flores de jazmín de viejos templos, dragones, perros atropellados y doncellas violadas. Para mí, nada de aquello tenía sentido.

De la cabaña de Thanh también me había formado una imagen romántica, pero el hogar de mi amiga me decepcionó tanto o más que el antro de opio. Los fumaderos parecían sitios decentes y nada exóticos; la casa de Thanh no era más que una chabola levantada con madera, chapa y papel de arroz. Ni siquiera tenía un tejado de verdad. Por lo menos se alzaba sobre postes, de manera que el agua no llegaba a alcanzarla cuando el Mekong subía. Aun así, la madera de los postes estaba repleta de moluscos y parecía podrida. Seguro que una ola con algo de fuerza conseguiría derribarlos, y sus ocupantes se verían arrastradas a la muerte.

—Tenemos suerte de no vivir en el barrio de chabolas —dijo Thanh mientras marchábamos decididas hacia su modesto hogar. A ella no parecía entristecerle la visión de esa cabaña—. Puede que suframos la misma miseria que la gente de allí, pero por las mañanas siempre veo el agua, y tengo un bote con el que puedo navegar en dirección al mar.

Yo estaba conmocionada. ¡Nadie podía vivir en un sitio así! ¡Y menos aún una mujer tan enferma como la madre de Thanh!

—Ven conmigo —dijo mi amiga con alegría, y se encaramó por la inestable escalerilla.

La seguí y la madera podrida dejó marcas verdes en mi *áo dài,* que de todas formas ya estaba maltrecho.

Dentro no se oía ningún ruido. Yo no lograba recordar que en nuestra casa hubiera reinado nunca un silencio tan sepulcral. No es que viviéramos rodeados de alboroto, pero siempre se oía algo: el ruido de unos cacharros en la cocina, las conversaciones de los criados, la música que mi madre escuchaba en su gramófono. Allí, el silencio parecía ocupar hasta el último rincón de la pequeña sala.

—¡Madre, ya he vuelto! —exclamó Thanh mientras corría hacia una cuba de agua y llenaba un pequeño cuenco.

Me quedé en la puerta, incómoda. La pobreza que vi allí me llegó al alma. También el hedor era espantoso. Olía a pescado rancio y a enfermedad.

La madre de Thanh no contestaba.

—¿Madre? —preguntó otra vez mi amiga, pero todo seguía en silencio.

Desapareció tras una cortina mientras yo seguía demasiado impresionada para acercarme más. Mi mirada recayó en las esteras de caña de arroz que cubrían el suelo. Estaban sucias y llenas de agujeros. Costaba creer que alguien se atreviera a caminar sobre ellas... ¡Y Thanh ni siquiera llevaba zapatos!

Un grito desgarrador hizo añicos el silencio.

—Thanh, ¿qué ocurre? —pregunté, y, al oír que se echaba a llorar, también yo corrí al otro lado de la cortina.

Allí me encontré con la muerte por primera vez en mi vida. La madre de Thanh se había convertido en una muñeca callada, pálida y enjuta que desprendía un extraño olor a enfermedad.

En cuanto vi a Thanh echada sobre el cuerpo de su madre muerta, llorando, supe que había llegado la hora de hacer honor a mi promesa. No tenía ni idea de cómo conseguirlo, porque mis padres jamás permitirían que una muchacha como Thanh viviera en su casa, pero tenía que intentarlo. Por lo menos intentarlo.

El enterrador tardó una eternidad en llevarse a la madre de Thanh, y yo casi tardé más en convencerla a ella de que viniera conmigo. Mi amiga seguía atenazada por la terrible conmoción. Mientras intentaba persuadirla, tenía la sensación de que sus pensamientos estaban muy lejos de allí y que ni siquiera me oía.

Tiré de ella, le supliqué... Es posible que también lo hiciera porque estaba segura de que no encontraría el camino de vuelta sin ella. Entretanto se había hecho de noche, y la idea de atravesar Cholon sola me daba más miedo que la perspectiva de hacer otra visita al Templo de los Siete Soles.

Por fin Thanh se puso de pie. Su expresión seguía siendo pétrea y, cuando se volvió y echó a andar hacia la puerta de atrás, casi creí que quería tirarse al agua.

—Me gustaría llevarme un par de cosas conmigo —dijo antes de que pudiera sujetarla del brazo.

Su hatillo era muy pequeño y me pregunté qué habría guardado en él, pues apenas poseía nada. Mientras el agua lo permitiera, aquella cabaña sería suya, pero ¿qué más tenía, aparte de eso?

Al cruzar Cholon comprobé que la oscuridad había transformado el barrio. Por sus calles se paseaban mujeres con un maquillaje exagerado que no dejaban de reír y se acercaban a todos los hombres que se cruzaban en su camino. Los farolillos de los fumaderos de opio estaban encendidos, o por lo menos yo creí que todas las casas en las que había un farolillo eran fumaderos de opio. Que también existían allí muchísimos bares y burdeles que se iluminaban de esa forma no lo supe hasta más adelante. De algunas puertas salía un olor acre y espantoso, y en casi todas las ventanas se veía una luz roja o llamativa.

Yo no dejaba de mirar por todas partes por si veía a la vendedora de doncellas, pero, por suerte, no nos la encontramos. Tenía la impresión de que a Thanh ya no le habría importado que apareciera de nuevo tras nosotras. Mi amiga no dijo una palabra, ni siquiera cuando dejamos atrás Cholon y el barrio de chabolas. Muda, iba poniendo un pie delante del otro con la mirada perdida en el vacío. No alzó los ojos hasta que nos encontramos frente a mi casa.

—No querrán acogerme —dijo entonces, triste.

—Sí que lo harán —repuse yo, y la tomé de la mano—. Haré lo que haga falta, como te prometí.

A esas alturas mi madre ya se había percatado de mi ausencia, por supuesto. Mejor dicho, incluso había mandado ya que me buscaran. Mi niñera, completamente fuera de sí, estaba esperándome en la puerta y se me echó encima como una gallina clueca espantada, gesticulando con las manos y soltando una maldición tras otra. No tenía permitido tocarme ni un pelo, porque mi madre se lo había prohibido, pero en ese momento parecía más que dispuesta a saltarse esa orden y tirarme de las orejas.

Al ver a Thanh se detuvo de golpe.

—¿Y esta quién es?

—Es Thanh. Voy a presentársela a mi madre.

Mi amiga, al ver que la niñera hostil la atravesaba con la mirada, adoptó un aspecto más lamentable aún que el que ya traía.

—¿Que vas a qué? —La niñera se quedó sin habla y me agarró del hombro—. Antes que nada, entra conmigo. Quiero que estés limpia para cuando te caiga encima la reprimenda de tu madre.

—¿Y qué pasa con Thanh? —tuve la osadía de preguntar.

—Ya lo veremos. ¡Tampoco puede presentarse así ante la señora!

La mujer nos arrastró a las dos consigo. Thanh se dejó hacer, como si no tuviera voluntad, y no rechistó siquiera cuando nos metieron a ambas en una tina de agua y nos frotaron con brusquedad. Yo tenía la sensación de que me estaban arrancando la piel, así que grité, pero no sirvió de nada.

Con la piel ardiendo y los ojos hinchados, por fin me encontré ante mi madre, que estaba sentada en el sofá francés del salón. Llevaba un vestido de tarde de color claro que debía de haberse puesto para hacer una visita a casa de alguna conocida. Tenía las mejillas muy pálidas y su mirada era afilada como la punta de una daga.

—¿Dónde te habías metido? —preguntó con frialdad.

Mi madre nunca levantaba el tono de voz, pero yo sabía perfectamente que no debía dejarme engañar por eso. Solo su elevada posición le impedía darme una bofetada o insultarme, como habría hecho una vietnamita sencilla. Aun así, estaba tan furiosa conmigo como cualquier otra madre que se hubiera preocupado por un hijo.

—¿Quién es esta? —Señaló a Thanh con la barbilla. Le refulgían los ojos—. ¿Has estado paseándote con ella por ahí?

—Es mi amiga —respondí con seriedad. Apenas tenía esperanzas de que accediera a concederme ningún deseo, pero se lo había prometido a Thanh—. Su madre acaba de morir, por eso he estado fuera tanto rato.

Mi madre la miró de la cabeza a los pies.

—¿Quién era tu madre? —quiso saber entonces.

—Bin Nguyen —contestó Thanh casi sin voz—. Hacía tiempo que estaba enferma.

—¿Y tu padre?

—Murió hace mucho. No llegué a conocerlo.

Mi madre suspiró. La expresión de su rostro no había cambiado. Yo me sentía como si caminara sobre ascuas. Ella siempre había insistido en lo importante que era mostrarse caritativo, ya que el comportamiento en este mundo determinaba nuestro destino en el más allá. En ese momento deseé que siguiera pensando lo mismo.

—Madre, te ruego que acojas a Thanh en casa —supliqué—. No tiene otro lugar al que acudir, y su madre no querría que cayera en manos de la vendedora de doncellas.

Por cómo se estremeció mi madre al oír eso, sabía muy bien qué era una «vendedora de doncellas».

—No podemos acogerla aquí.

Vi con claridad que no quería hacerse cargo de ella.

—Pero le he hecho una promesa —insistí—, y tú siempre dices que debemos ayudar a los demás. Si cae en manos de la vendedora de doncellas...

—¿Cómo sabes tú lo que es eso? —preguntó mi madre.

Pero yo no me dejé distraer de lo que quería decir.

—Thanh podría trabajar para nosotros aquí, en la casa. Yo incluso le cedería mi habitación.

—Quiero saber dónde has oído hablar de la vendedora de doncellas.

—Nos hemos cruzado con ella y ha querido pararnos.

Mi madre se quedó sin respiración. Jamás la había visto tan horrorizada. De repente se le endurecieron los rasgos.

—Las reglas de esta casa tienen una razón de ser. Entre ellas se incluye la de que tienes prohibido salir sin compañía y recorrer sola la ciudad.

A punto estuve de objetar que no había salido sola, pero preferí tragarme mis palabras.

—Habrían podido secuestrarte. Tal vez una de esas mujeres horribles. ¿Eres capaz de imaginar el infierno al que habrías ido a parar? ¿Y si uno de los rebeldes te hubiera puesto las manos encima? —Hizo una breve pausa, como si quisiera darme ocasión de contestar algo, pero entonces prosiguió, y esta vez sí levantó la voz—: ¡No, por supuesto que no tienes ni idea de todo lo que sucede ahí fuera! ¡Y tu padre trabaja muchísimo para que nunca tengas que enfrentarte a ese mundo! ¿Cómo has podido poner tu vida en peligro de esa forma?

Su voz sonaba como el cristal cuando se hace añicos. Temblaba tanto al resonar en mis oídos que tuve que cerrar los ojos con fuerza y volver la cabeza hacia un lado. Jamás la había visto así de furiosa conmigo.

A eso le siguieron varios minutos de un silencio que fue casi peor que las palabras cortantes de antes. Creía que mi madre me iba a mandar que saliera para esperar a que mi padre regresara a casa y que él me castigara de verdad.

—Por favor, castígame, madre, pero no eches a Thanh —dije entonces con un hilo de voz, y agaché la cabeza por si acaso, pues temía un nuevo sermón. Sin embargo, en ese momento me daba lo mismo, lo único que me preocupaba era Thanh, ya que ella se jugaba muchísimo más que yo—. No puede quedarse en la cabaña donde vivía hasta ahora. Los postes sobre los que se levanta son muy frágiles y están llenos de moluscos. ¡Si el río se desborda, la matará!

Me arrodillé suplicante ante ella. ¿Qué más me quedaba por hacer para ablandarla? Pero el rostro de mi madre seguía impertérrito.

—No necesitamos más criadas —afirmó mientras su mirada iba de mí a Thanh una y otra vez.

—¡Pero si hace poco oí a Ly quejarse de que no consigue terminar ella sola todo su trabajo!

Esta vez mi madre me miró sorprendida.

—¿Cuándo has oído eso? —se extrañó. Era muy severa con el personal y, en consecuencia, los criados solo se quejaban cuando su señora no estaba cerca.

—Hace un par de días —respondí, puesto que era verdad—. ¡Por favor, *maman!* Estoy segura de que Thanh no querrá cobrar un sueldo. ¡Bastará con que le demos algo de comer!

Miré a un lado. Mi amiga parecía haberse convertido en una estatua de sal, como aquella vez en el templo, cuando el miedo se apoderó de ella.

No sé si otra madre habría dado su brazo a torcer al oír eso.

—Llévala abajo, a la cocina, y dile a Ly que hoy dormirá allí —se limitó a anunciar mi madre—. Cuando vuelva tu padre, hablaré con él para ver qué será de ella.

—¡Gracias, madre!

Hice una profunda reverencia y ya iba a dar media vuelta, pero mi madre me lo impidió.

—Eso no quiere decir que se vaya a quedar. Los franceses tienen orfanatos, allí también podrían acogerla.

Me enfadé conmigo misma por haber dejado que notara mi esperanza.

—Y en cuanto a ti, estás castigada sin salir de casa durante tres semanas. Le diré a tu maestro que te ponga más deberes como castigo. Y como vuelvas a escaparte, te enviaré con la abuela al campo un año entero. ¿Me has entendido?

En boca de mi madre apenas había amenaza mayor que la de enviarme al campo con mi abuela. ¡Y un año entero, además! Mi abuela por parte de padre era tan malvada como vieja. La estancia allí habría sido un infierno.

—Sí, madre —repuse con humildad, y con eso me dejó marchar.

Thanh me siguió dando pequeños pasos. Apenas se atrevía a decir nada. Yo, sin embargo, en ese momento estaba contenta de que por lo menos se pudiera quedar a dormir.

Thanh pareció caerle bien a nuestra cocinera desde el primer momento, porque no solo le asignó un rincón limpio de la cocina, sino que también le dio una manta con la que abrigarse. Para Ly, que era una gruñona, aquello ya era mucho.

—Pobrecilla —murmuró con una voz que bien podría haber sido la de un hombre, de lo grave que era—. Sin padre y sin madre, tan joven. Una persona sin familia es seguramente lo más triste que hay en el mundo.

La familia de Ly era enorme: tenía padres, abuelos, hijos, nietos, tías y tíos, sobrinos, primos y demás. Vivían fuera de la ciudad, en una pequeña aldea, todos juntos en una misma casa. El trabajo de Ly no se lo permitía muy a menudo, pero siempre que libraba iba a verlos. Me pregunté qué habría hecho ella, o su madre, con Thanh. Tal vez no habrían dudado en acogerla...

Nos sentamos juntas en la cocina y dimos buena cuenta de los restos de la cena. Mientras tanto, pude observar cómo las mejillas mortecinas de Thanh recuperaban algo de color y sus ojos volvían a brillar.

—Todo irá bien —le prometí, aunque no tenía ni idea de qué decidiría mi padre. Durante toda mi vida él había sido un gran enigma para mí, una ventana por la que no se podía mirar, porque ante ella colgaban gruesos cortinajes.

Me pasé toda la noche tumbada en mi cama con retortijones de barriga. Mis padres hablaron largo rato sobre Thanh. Oía sus voces desde mi habitación, pero por desgracia llegaban demasiado débiles como para poder entender una sola palabra. Me habría gustado ir a ver a mi amiga, que dormía abajo, en la cocina, sobre una esterilla de arroz. O salir a escuchar a escondidas. Pero no me atreví. Saqué las flores de jazmín de debajo de la cama (se habían secado del todo y estaban marchitas, pero no me importaba) y les rogué a los dioses que Thanh pudiera quedarse. Después de eso, por fin me quedé dormida y soñé con algo terrible: un perro muerto que volvía a la vida y me perseguía con la cabeza abierta.

Por la mañana, al despertar, seguía con la rama bien sujeta en la mano. Me habría gustado correr junto a mi madre para preguntarle qué había decidido mi padre. Pero no éramos una familia corriente, así que no tuve más remedio que esperar a que fuera ella quien viniera a verme.

Me puse un *áo dài* sencillo, en señal de penitencia, y bajé a la cocina. Al ver que el rincón donde había dormido Thanh estaba vacío, el miedo me atenazó el estómago. ¿La habían echado mis padres al salir el sol?

—Está arriba, con la señora —murmuró Ly entre dientes cuando vio mi mirada—. Será mejor que te sientes en tu sitio. Después de tu desobediencia de ayer no deberías darles más motivos de enfado.

Me acuclillé en mi sitio ante la mesa de la cocina. Los minutos se me hacían interminables. Mientras veía cómo atizaba el fuego la cocinera, no dejaba de aguzar el oído en dirección al pasillo. Oí unos pasos y me di la vuelta, pero solo era una criada.

¿Se atrevería a volver Thanh a mi casa si al final la echaban? ¿Qué sería de ella entonces? Yo había visto el horror en el rostro de mi madre al oírme mencionar a la vendedora de doncellas, pero ¿había bastado eso para convencer a mi padre?

—Aquí llega —susurró Ly por fin, cuando yo había empezado a contar los anillos de crecimiento de la madera de la mesa—. Ahora podrás preguntárselo.

Levanté la mirada y la sonrisa de Thanh respondió a mi pregunta antes aún de que pudiera formularla.

—Entonces, ¿puedes quedarte? —dije cuando nos abrazamos.

Mi amiga asintió enseguida.

—Sí, como ayudante de la cocinera.

Miré a Ly, que estaba vuelta hacia el fuego, como si aquello no fuera con ella, aunque yo sospechaba que mis padres le habían preguntado por su trabajo. Me habría gustado mucho darle las gracias, pero entonces le gritó a Thanh:

—Si quieres ayudar en la cocina, será mejor que te pongas a trabajar ahora mismo, antes de que la señora cambie de opinión.

Y así fue como Thanh, aunque no se convirtió en mi hermana, por lo menos sí pasó a ser una sirvienta de nuestra casa. Le echaba una mano a Ly en la cocina y salía a hacer recados para mi madre. Yo me sentía algo avergonzada, porque en realidad le había prometido otra cosa, pero a Thanh no le importaba. Vivía en una casa cálida y luminosa. Estaba acostumbrada a trabajar, y a cambio recibía suficiente comida. Aunque los momentos en los que se le permitía descansar no eran muchos, se daba por satisfecha.

—Estoy contenta —me aseguró un día que nos sentamos en el jardín, mientras me hacía un moño tan alto que casi parecía el peinado de mi madre—. Estoy muy agradecida a tus padres. Y a ti. Si no hubieras mencionado lo de la vendedora de doncellas...

—Yo creo que más bien fue Ly quien habló a tu favor —repuse—. Lo cierto es que necesitaba ayuda, y parece feliz de tenerte aquí.

—Me ha propuesto llevarme con ella cuando vaya a visitar a su familia. Me parece muy amable por su parte.

—¿Y querrás ir?

—Claro, cualquier otra cosa sería descortés, ¿no te parece?

En eso llevaba razón. Aun así, no pude evitar sentir algo de miedo cuando llegó el día en que se marchó con Ly. Temía que a su familia les cayera tan bien que quisieran adoptarla. Con tanta gente, seguro que una boca más que alimentar no se notaría. El día en que debía regresar, no hice más que correr nerviosa de aquí para allá junto a la ventana más elevada de la casa para ver si llegaba. Cuando por fin aparecieron las dos ante la puerta de casa, sentí un alivio enorme. Thanh no se había quedado con ellos; no había perdido a mi amiga.

—Pero ¿qué te has creído? —me dijo con una sonrisa pícara cuando compartí con ella mis inquietudes—. Aunque la familia de Ly es muy amable, jamás podría quedarme allí. Hay tantísima gente que siempre me equivocaría con sus nombres. Además, no podría abandonar Saigón.

En realidad, eso era cierto solo a medias. A esas alturas yo ya sabía que Thanh soñaba con una gran familia, sobre todo desde que Ly le había explicado la enorme suerte que suponía contar con numerosos parientes. Pero mi amiga no quería darme un disgusto.

Cuando terminé los deberes de castigo de mi maestro (que me mandó tantas tareas extra de francés y caligrafía que me salieron ampollas en los dedos de sostener la pluma), intenté enseñar a Thanh a leer y a escribir, porque un día, tras enterarme de que a veces se escondía bajo la ventana de mi aula a escuchar, le había preguntado si sabía escribir y ella había negado con la cabeza.

—Mi madre nunca tuvo dinero para enviarme a la escuela. En cambio, lo sé todo acerca del mar y de los pescadores.

—¿Y qué quieres hacer cuando seas mayor? No querrás ser una criada toda la vida, ¿verdad?

Mientras le decía eso, yo misma me pregunté qué quería ser de mayor. Había oído decir que en Europa las mujeres trabajaban como secretarias y que iban a la universidad. Allí, en Saigón, las jóvenes se casaban y tenían hijos. Conmigo sucedería algo parecido, sin duda.

—No, algún día me gustaría ser médico —contestó con franqueza—. Para poder ayudar a las mujeres enfermas y no dejar que mueran como mi madre.

—Pero para eso tendrías que ir a la escuela —afirmé—. ¿Cómo vas a conseguirlo?

Fue entonces cuando se me ocurrió la idea. Como era evidente que mis padres no le permitirían asistir a las clases de mi maestro, por las noches, cuando Thanh acababa de trabajar, yo le llevaba mis libros de texto y le enseñaba a leer, a sumar y a restar. Además descubrí que, así, también yo retenía mucho mejor todo lo que aprendía, porque después lo repasaba con ella.

Mi maestro estaba maravillado y le transmitía a mi madre mis avances con admiración. Incluso recomendó que me enviaran a una escuela superior para señoritas, donde podrían facilitarme unos estudios apropiados. Pero mi madre, a pesar de estar encantada con mis progresos académicos, parecía cualquier cosa menos entusiasmada con su propuesta. En realidad a él no le dijo nada, pero yo me di cuenta. Debía de esperar que su hija se casara nada más alcanzar la edad adecuada.

Sin embargo, durante aquel tiempo se produjo en mí un cambio. Thanh me contagió su deseo de estudiar, y yo, a pesar de que veía muy difícil cumplir ese deseo algún día, me permití soñar junto a mi amiga. Tal vez podría estudiar arte, viajar por el mundo entero y contemplar todos esos cuadros de los que con tanta emoción hablaban las damas en el salón de mi madre. Deseaba visitar otros países, quería oír música y aprender idiomas diferentes. El francés, si tenía que dar crédito a lo que decían mi maestro y las damas del salón, se me daba muy bien. ¿Por qué no iba a poder aprender también otros idiomas?

La vida, no obstante, es muy azarosa y en aquel momento la suerte era como un pajarillo demasiado menudo para la reja de cualquier jaula. Se quedaría conmigo mientras así lo quisiera, pero también podía salir volando en cualquier momento.

Yo no sabía nada de los levantamientos que constantemente sacudían el país. Aunque pronto fui consciente de que nosotros no pertenecíamos a los *tây* y que solo nos veíamos favorecidos porque mi padre servía a su Gobierno, y a pesar de conocer la miseria de los vietnamitas sencillos, no podía imaginar que en todo el país esa miseria amenazaba con estallar. No fue hasta más adelante cuando me enteré de que siempre había alguna pequeña revuelta aquí o allá, cuyos cabecillas casi siempre eran encarcelados y luego embarcados a Con Son, donde malvivían encerrados en jaulas para tigres. Pero cuantos más hombres llegaban a la isla penitenciaria, más empeoraba el ánimo popular.

Un día, poco después de la temporada de lluvias, vi a unos cuantos hombres armados pasar furiosos por delante de nuestra casa. Quedé horrorizada. Parecían tan salvajes, tan decididos, que me retiré de la ventana con miedo, aunque ni siquiera se habían fijado en mí. Los oí maldecir contra el Gobierno y el emperador y, poco después, resonaron sus armas de fuego. La milicia francesa se presentó de inmediato, por supuesto. Entre los estallidos de las salvas se oían gritos que recorrían toda la ciudad. La gente huía presa del pánico. Yo no me atreví a salir, porque Thanh me había explicado que las balas de las armas, cuando erraban el tiro, volaban por el aire de un lado para otro hasta que por fin encontraban un blanco. La idea de que esos trozos de plomo letales pudieran colarse en el jardín y matar a alguno de nosotros me parecía horrible.

Mi madre no dejó que notáramos su inquietud. Se sentó en el salón con un par de mujeres. Algunas eran esposas de funcionarios del Gobierno; otras, francesas cuyos maridos poseían plantaciones en el interior del país.

Esa noche, el sitio de mi padre a la mesa del comedor quedó vacío.

—Tendrá cosas importantes de las que ocuparse —comentó mi madre, pero sus palabras sonaron como si las dijera para tranquilizarse a sí misma—. Después de los disturbios de esta mañana, seguro que habrá mucho que hacer.

—¿Enviarán a más hombres a Con Son después de esto? —pregunté.

Sabía que a mi madre le incomodaban esas cuestiones, pero no podía dejar de pensar en los disparos y en las balas perdidas que a veces mataban a personas inocentes.

—Seguro que sí. Esos hombres se han vuelto contra el Gobierno y contra el emperador, y deben ser castigados.

—Dicho esto, se llevó el vaso a los labios con mano temblorosa, bebió un sorbo de agua y se quedó mirando al vacío.

Mi padre tampoco regresó a casa después de la cena. La niñera me acompañó a la cama, pero en cuanto me dejó sola bajé del colchón sin hacer ruido y me acerqué a la ventana. Desde allí tenía muy buena vista de toda la calle, pero solo veía a vendedores que volvían a casa con sus carros y a algunos hombres que cruzaban la calzada con los hombros encogidos.

Me quedé allí sentada con la esperanza de que sucediera algo. Poco a poco empezaron a pesarme los párpados y acabé hundiéndome en un sueño extraño en el que había soldados y fuego y un barco que llevaba decenas de jaulas en cubierta.

Cuando alguien me tocó el hombro, desperté sobresaltada y me encontré mirando a la cara de Thanh, iluminada por la luz de la luna.

—Abajo hay unos hombres de uniforme —me informó sin aliento. Debía de haber subido la escalera a toda prisa—. Creo que es por tu padre.

El corazón empezó a palpitarme con tal fuerza que tuve que dar bocanadas de aire para respirar. Los hombres uniformados podían ser policías o soldados. ¿Qué hacían en nuestra casa? Seguro que mi padre no pertenecía a los sublevados, ¡no podían llevárselo detenido!

—Bajemos a ver —dije, y aferré la mano de Thanh.

Al hacerlo me di cuenta de que tenía los dedos fríos y rígidos, como si estuviera muy asustada. Juntas fuimos a hurtadillas hasta la escalera. La niñera no estaba por ninguna parte, y tampoco los demás criados. En cambio, oímos unas voces exaltadas que resonaban por toda la planta baja. Solo entendí algunas palabras sueltas sobre algo relacionado con los levantamientos y con la muerte. Mi cabeza no estaba en situación de darles un sentido.

El llanto de mi madre fue entonces la pieza que faltaba para completar el puzle. Sus lamentos resultaban tan espantosos que sentí como si se me helara la columna vertebral. Mi cerebro no quería creerlo aún, pero mi corazón ya lo sabía.

Me quedé acuclillada al lado de Thanh, sin decir nada, mirando entre los balaústres de la escalera. Mi amiga parecía saber tan bien como yo que algo terrible le había ocurrido a mi padre esa noche, pero guardaba silencio. Cuando los adultos por fin salieron al vestíbulo, volvimos a la vida. Corrimos arriba sin hacer ruido, a mi habitación, y allí nos sentamos en el suelo.

—Está muerto, ¿verdad? —le pregunté a Thanh.

Ella bajó la cabeza y no contestó. Eso bastó como respuesta. En ese instante habría tenido que llorar, pero, por extraño que parezca, solo recordaba el sonido de los lamentos de Thanh tras la muerte de su madre.

Llegó un momento en que todos los extraños salieron de la casa y yo le pedí a Thanh que se quedara en mi cuarto, porque no quería estar sola esa noche. Esperé a que alguien viniera a darme la noticia, pero de tanto esperar, al final me venció el sueño.

—Tu padre ha muerto por un disparo —me dijo mi madre a la mañana siguiente, cuando se presentó en mi cuarto. No pareció fijarse en que Thanh estaba durmiendo conmigo en la cama—. Ayer nos lo trajeron, pero no puedes entrar en su habitación, ¿me has entendido?

Eso quería decir que lo habían dejado allí. Asentí con obediencia y al mismo tiempo comprobé que sentía muy poca tristeza. Creí que eso cambiaría cuando hubiera superado la conmoción inicial, pero ni siquiera al encontrarme junto a la tumba de mi padre percibí en mi interior la terrible desazón que, en mi opinión, debería haberme devorado por dentro.

Mi padre siempre estaba en el trabajo, por mí solo se interesaba cuando tenía que enseñarme algo o si había que tomar una decisión que me incumbía. Hizo lo indecible para que mi madre y yo pudiéramos tener la vida que llevábamos, pero nunca se ocupó de mí de una forma cercana. Yo tenía que mostrarme respetuosa y obediente con él. Habría sido impensable que mi padre jugara conmigo a llevarme a caballito o a cualquier otra cosa.

Mi madre, por el contrario, estaba destrozada. En cuanto pasó el entierro, se echó en la cama y no volvió a salir de su dormitorio en penumbra durante todo un mes. Eso me provocó muchísima inquietud. Y es que, aunque su amor por mí fuese frío y distante como una piedra preciosa, ella siempre estaba allí cuando la necesitaba. No quería perderla. Además, sin ella no sabía qué le sucedería a Thanh. Seguro que a mí me enviarían con mi abuela, con aquella mujer horrible, pero mi amiga acabaría en la calle.

Deseaba ir a ver a mi madre para consolarla, pero la niñera me lo impedía. Me explicó que mi madre, en su duelo, no podría soportar verme. De modo que me agazapé junto a Thanh y al final comprendí que, puesto que nadie se preocupaba por mí, podía dedicarme a escuchar las historias de mi amiga y especular con ella sobre cómo sería morirse.

La muerte de mi padre lo cambió todo para nosotras. Yo había creído que estábamos a salvo, pero la casa ya no nos pertenecía. En realidad, nunca nos había pertenecido. Solo se nos permitía vivir en ella mientras mi padre estuviera al servicio del emperador y del Gobierno. Pero ahora que él había fallecido, otro hombre ocuparía su cargo.

Cuando mi madre me lo dijo, por primera vez fui consciente de las repercusiones que tendría la muerte de mi padre. No nos quedaba otra opción que marcharnos de aquella preciosa casa e irnos a vivir con mi abuela materna.

—¿Y qué será de Thanh? —le pregunté a mi madre—. No podemos echarla a la calle sin más.

—Ly puede llevársela —contestó, ausente.

En el transcurso de solo unas semanas, su esplendorosa belleza se había transformado en una presencia fantasmagórica que se arrastraba por los pasillos callada y pálida, con la mirada perdida en la vida que una vez había tenido.

—Ella no quiere irse con Ly. Además, su familia es tan numerosa que no querrán otra boca que alimentar. En cambio, nosotras quizá necesitemos a alguien que nos ayude.

—Eso tendrá que decidirlo la abuela —se limitó a responder mi madre, y en ese momento sentí una ira enorme hacia ella. Cuando mi padre vivía, siempre le había dejado a él las decisiones importantes; ahora, se las dejaba a su propia madre.

En otra época yo había admirado a mi madre por su elegancia, pero ya no quería parecerme a ella, por lo menos en cuanto a su falta de resolución.

Dejamos nuestra casa una tarde gris. Los criados podían quedarse; servirían al siguiente señor, si este así lo deseaba. Por lo menos nos ahorramos tener que conocer a la nueva familia. Los pocos objetos personales que nos quedaron después de la venta los acarreamos en maletas por toda la ciudad hasta la casa de una abuela a la que yo no conocía. El Gobierno colonial había puesto a nuestra disposición un coche de caballos, pero como mi madre tenía muy claro que la vida de los vestidos, los salones y las recepciones se había terminado, rechazó también el vehículo.

Nuestro nuevo hogar estaba en el barrio más septentrional, cerca de los arrozales, una zona en la que yo hasta ese momento nunca había puesto un pie. A mi abuela tampoco la conocía más que por una fotografía. Durante el tiempo que vivimos en la casa bonita no la habíamos visitado ni una sola vez. Mi madre había hecho todo lo posible por encubrir sus orígenes humildes, pero de repente no tenía más remedio que recurrir a ella.

Bà era una mujer esbelta y de rasgos duros. Tenía las manos huesudas y nudosas de tanto trabajar. Su marido había muerto ahogado en una inundación, y desde entonces ella se mantenía a flote aceptando encargos de costura. Tenía muchos trabajos pequeños, ya que en esa zona nadie podía permitirse elegantes vestidos de noche hechos a medida. Sin embargo, la cantidad de clientas que le pedían que transformara o elaborara alguna prenda le bastaba para ganarse la vida... y hacerse cargo de nosotras.

Bà le lanzó a mi madre una mirada gélida cuando esta se inclinó ante ella.

—Poco creo que te hubieras acordado de mí si no hubiera muerto tu marido —empezó a decir con una voz dura y cruel—, pero las cosas siempre suceden como quieren los dioses. Y, al final, toda soberbia recibe su castigo.

Yo no conocía el origen de la mala relación entre mi madre y mi abuela, pero intuía que mi padre había tenido algo que ver. *Maman* había ascendido de clase al casarse con un hombre de más posición que ella. Tal vez había sido deseo de él, o tal vez de su madre, que *maman* rompiera todo vínculo con su propia familia. Y como mi abuela paterna se había negado a aceptar a su nuera en casa, mi madre se vio obligada a dirigirse a su familia originaria.

—La verdad es que no debería acogerte, después de todo lo que les has hecho a los tuyos. Pero por tus venas corre mi sangre y la de tu padre, y si no me ocupara ahora de ti estaría volviendo a mis antepasados en mi contra. Por lo menos tu matrimonio dio como fruto una niña, así que no puede considerarse inútil.

Mientras mi madre parecía hacerse cada vez más pequeña bajo esas desagradables palabras, *bà* volvió su mirada hacia mí. Yo me sentía muy avergonzada por la escena que acababa de presenciar, ya que estaba acostumbrada a ver a mi madre dando órdenes o charlando agradablemente. Que alguien pudiera reprenderla de esa forma era algo que hasta entonces no podía imaginar, porque también mi padre se había mostrado siempre respetuoso y afable con ella. Ver a mi abuela tratarla así me ponía furiosa, y me costaba ocultarlo.

Bà me miró un buen rato.

—Por suerte no tienes mucho de tu padre —dijo—, sino que te pareces más a nuestra familia. ¿Alguna vez te habló tu madre de mí cuando vivíais en la casa bonita?

Miré a mi madre, a quien le temblaban un poco los hombros. Era evidente que le resultaba muy difícil dominarse.

—Sí que lo hizo —respondí, y no era mentira.

Mi abuela, sin embargo, no parecía dispuesta a creerme. Soltó un bufido burlón y luego añadió:

—¡Por lo visto tu hija tiene más lealtad de la que tuviste tú! No traiciona a su madre.

—¡Lo siento! —dijo *maman* sollozando—. ¡Ya sabes cómo fueron las cosas! Sabes que lo amaba de verdad.

Mi abuela rechazó sus argumentos con un gesto de la mano.

—¡Y ya ves adónde te ha llevado algo tan tonto como el amor! Desde el principio dije que no te traería nada bueno. Que él era demasiado para ti. Deberías haberme escuchado y haberte casado con el muchacho que te buscamos nosotros. Jamás debiste marchar tan lejos de tu familia. ¡Así, ahora no tendrías que lamentarte!

Mi madre lloraba con amargura, pero eso no enterneció ni un ápice a *bà*, que de nuevo se volvió hacia mí.

—Espero que sepas trabajar mucho y bien. No cuento con que te hayan enseñado a hacer nada sensato, pero tampoco parece que seas tonta. ¡Enséñame las manos!

Las extendí ante ella. Mi abuela las tomó entre las suyas y soltó un siseo de desaprobación. Por mi parte, yo sentí que sus manos eran igual de duras que su corazón.

—Tienes dedos ágiles. Eso es bueno, me ayudarás con la costura.

—Pero si no sé coser.

—Pues aprenderás.

Me soltó las manos y con su mirada rechazó cualquier objeción.

—¿Y esa de ahí quién es? —preguntó *bà* señalando a Thanh, que seguía junto a la puerta, asustada—. ¿También es hija tuya? No se parece ni a ti ni a él.

—No es hija mía, sino...

Comprendí que mi madre iba a decir «una criada», y sabía perfectamente que eso solo le habría conllevado otra burla. Como yo no quería que *bà* siguiera arremetiendo contra ella, la interrumpí, por muy descortés que fuera.

—Esta es Thanh, una huérfana a la que acogimos en nuestra casa.

Mi abuela me contempló con una mirada furiosa que, sin embargo, se suavizó un tanto al ver que yo no flaqueaba.

—Vaya, vaya, conque una huérfana. Jamás habría creído que una familia tan fina estuviera dispuesta a recoger a una chica de la calle.

Le hizo una señal a Thanh para que se acercara, y mi amiga obedeció con inseguridad.

—¿Qué les ocurrió a tus padres? —preguntó.

Thanh no era capaz de pronunciar ni una palabra.

—Murieron —le salió al final con voz ronca.

—¡Cuenta más! —la apremió *bà*.

Thanh se sobresaltó y entonces le habló de su padre, de su madre y de su triste final.

—No lo has tenido fácil en esta vida, pero aun así te mantuviste leal a tu madre hasta que se apagó. Esa es una característica que yo tengo en mucha estima. —De nuevo miró a *maman*—. Por lo menos me has traído a dos personas que conocen el valor de la familia. Eso está bien.

Se recreó todavía un poco más en la desesperación de su hija, y luego se volvió hacia Thanh.

—Puesto que solo una de vosotras podrá ayudarme, la otra tendrá que buscarse un trabajo. Tú, que ya has pescado, también sabrás plantar arroz. Un conocido mío cultiva muchos arrozales en las afueras de la ciudad y siempre necesita ayuda. Si llevas cuidado con las serpientes, podrás ganar un buen dinero que nos hará falta en la casa. A partir de ahora perteneces a esta familia, siempre y cuando la respetes.

Thanh asintió deprisa y me miró. Yo le sonreí, pero enseguida volví a mirar al frente. Pero mi abuela ya no nos prestaba atención. Al parecer, todavía no tenía suficiente con las lágrimas que había derramado su hija, así que le dijo:

—Tú te harás cargo de las tareas domésticas. También te ocuparás de la letrina. Así yo podré aceptar más encargos y ganar dinero para la desleal de mi hija.

Tener que limpiar la letrina era la mayor de las humillaciones para mi madre. Sin embargo, no lloró más y soportó su deshonra en silencio. Por lo visto era lo que *bà* esperaba, ya que asintió satisfecha.

—Os enseñaré dónde dormiréis. Mi casa es pequeña, pero ahora no vive aquí nadie más que yo, así que tengo sitio para todas.

Echamos a andar deprisa tras ella; primero *maman,* luego Thanh y después yo.

La casa era realmente pequeña, pero ni mucho menos tan miserable como la cabaña que Thanh había ocupado con su madre. A mi amiga, por mucho que mi abuela pareciera darle bastante miedo, se la veía muy contenta. Mi madre, en cambio, volvió a convertirse en un espíritu pálido que no dejaba traslucir ningún sentimiento. Yo no sabía muy bien cómo debía sentirme. La casa era oscura y mi abuela era una mujer con la que había que andarse con cuidado. Mi futuro se me antojaba más incierto que nunca. Allí no parecía haber lugar para mis sueños de estudiar y viajar.

Bà sentía un gran placer vengándose de mi madre por haberles dado la espalda a ella y a su mundo. Le asignó una habitación más pequeña que la que compartíamos Thanh y yo, apenas un escobero.

—Así aprenderás a volver a ser humilde con tu familia. Tu verdadera familia.

Mi madre se resignó en silencio, pues no le quedaba más opción.

Thanh y yo tuvimos mejor suerte. El desván se convirtió en nuestra habitación, de manera que, salvo por los sacos en los que se guardaban el arroz y otras provisiones, teníamos la mayor sala de toda la casa. Cuando el ventanuco del frontón estaba abierto, desde allí podíamos ver la jungla que cubría las montañas y también los arrozales, en cuyas acuosas superficies se reflejaba el cielo.

Aquella primera noche, Thanh y yo nos quedamos sentadas hasta tarde junto al ventanuco, mirando cómo el sucio gris claro se convertía en un negro límpido.

—¿Crees que habrá disparos aquí también? —le pregunté a mi amiga, porque entre tanto silencio casi resultaba imposible imaginarse que allí se produjeran levantamientos.

—No, aquí no. A este barrio lo llaman «Ciudad de la Paz». Aquí, el mayor alboroto es cuando los bueyes espantan a los mosquitos con la cola.

—Pues esperemos que así siga.

Aquella vista de las montañas y de la jungla, que enseguida quedó cubierta por la niebla y luego fue tragada por la oscuridad, la recuerdo hasta hoy mejor que muchas otras cosas que vinieron después. Ese fue el último día que se me permitió ser niña.

Durante los meses siguientes ya no salí del cuarto de costura de *bà*. Mi abuela me enseñaba a coser y me reprendía cuando cometía un error o manchaba la tela porque me había pinchado el dedo con la aguja. Me pasó tantas veces que *bà* no tardó en dudar de que tuviera aptitudes para el trabajo. Sin embargo, como me esforzaba y nunca me quejaba cuando sangraba a causa de los pinchazos, acabó por ser indulgente conmigo y, pasado un tiempo, permitió que me ocupara de encargos bastante más importantes.

De vez en cuando tenía la esperanza de que, por equivocación, viniera a vernos alguna francesa con sus bonitos vestidos. Echaba de menos aquellos trajes con caídas que fluían como el agua sobre una piedra en el cauce del río. Pero los *tây* no se acercaban por aquella zona. En cambio, sí había muchas esposas de granjeros y vendedoras ambulantes, y algunas de ellas recorrían un largo camino para poner a punto toda la ropa desgastada de la familia. A veces nos sumergíamos en unas vestimentas muy antiguas, cosa que ponía a mi abuela de muy buen humor; entonces se olvidaba incluso de hacerle la vida imposible a *maman.*

Cuando Thanh regresaba a casa de los arrozales y traía consigo la paga de la semana, podía suceder que mi abuela se pusiera a canturrear en voz baja y nos enviara al mercado para comprar un par de pollos o un pescado grande.

Maman, entretanto, había aprendido a cocinar o, mejor dicho, había recordado cómo se hacía todo lo que le habían enseñado de joven. Nunca esperaba que su madre la alabara, pero por lo menos obtenía algo de tranquilidad gracias a la falta de críticas cuando una comida le quedaba especialmente sabrosa, y entonces podía abandonarse a su duelo y sus pensamientos. Si tras la muerte de su marido ya parecía un espíritu, allí se fue convirtiendo cada vez más en una sombra de cuya presencia yo apenas era consciente. Muy pocas veces hablaba conmigo, por un lado, porque las dos teníamos mucho que hacer y, por otro, quizá también porque no quería que tuviera problemas en el cuarto de costura por su culpa.

En aquella época, Thanh y yo empezamos a dar paseos por el barrio. Nunca íbamos a lugares que tuvieran mala fama, pero sí aprovechábamos los momentos libres que nos quedaban después de trabajar para dar una vuelta por la calle. También allí había zonas en las que se apiñaban los mercaderes, incluso pequeñas tiendas en las que vendían telas y otros productos. Casi todos aquellos tejidos procedían de China y eran de muchos colores... Demasiado coloridos, de hecho, para los *áo dàis,* pero aun así la gente parecía comprarlos.

Una de esas tiendas era propiedad de un hombre que se llamaba Han Lao. Mi abuela solía comprarle telas para los vestidos que llevaba ella misma y que nosotras no tardamos en vestir también, ya que los *áo dàis* de seda no nos eran muy útiles. Para trabajar con los campesinos, Thanh necesitaba ropa resistente, y yo, como costurera, debía ofrecer un aspecto respetable, pero no hasta el punto de que pudiera parecer que nos sobraba el dinero. Para contribuir al bienestar de mi familia, le propuse a mi abuela vender la seda de mis *áo dàis.* Del guardarropa de mi madre se sirvió la propia *bà* con la excusa de que *maman* también debía realizar su aportación para mantener a la familia a flote.

En cualquier caso, siempre nos gustaba ir a la tienda de Han Lao. No es que nos atreviéramos a entrar, sino que la visión de los rollos de tela que había apilados por todas partes nos resultaba fascinante. Los estampados eran los más coloridos y preciosos que había visto desde que nos marchamos de la casa bonita. Mi abuela no le daba ningún valor a los adornos ni a las cosas bellas, pues tenía un pensamiento más bien práctico. Lo único decorativo que había en su casa era un móvil de perlas y plumas colgado de la puerta.

Aquellas telas tan hermosas de la tienda se colaban a veces en mis sueños, donde incluso tomaban la forma de vestidos de baile franceses o de otros ropajes magníficos que, de no ser así, yo ya no lograba ver nunca.

—¿Se podrá estudiar también la ciencia de tejer telas? —le pregunté a Thanh una tarde que estábamos sentadas junto al ventanuco, como de costumbre.

Se acercaba la época de lluvias y desde la jungla llegaba un rumor sordo. Seguramente no podríamos salir a la ciudad durante una buena temporada. Thanh había acordado con los campesinos que, durante las lluvias, se quedaría a vivir con ellos para no llegar tarde al trabajo, y a mí no me dejarían salir del taller. Lo peor de todo aquello sería estar separadas mientras las nubes se vaciaban sobre la tierra.

—Yo creo que no —contestó Thanh, que miraba ensimismada el cielo oscurecido—. Se puede estudiar medicina, o arte, también derecho y física, pero nunca he oído hablar de una ciencia de los tejidos.

—Entonces, ¿todavía quieres ser médico algún día? —pregunté, pues hacía mucho que no hablábamos de ese tema. Los días en los que nos sentábamos en el jardín a conversar de nuestros sueños me parecían muy lejanos.

—Sí, todavía quiero. Ayer, a la hija del dueño del arrozal casi le pica una serpiente. Todos tenemos mucho miedo de las serpientes, porque a veces se deslizan entre las plantas y, si tienes mala suerte, puedes tocar una sin querer.

Habría preferido que no me lo contara, pues a partir de ese momento temí que Thanh molestara a una serpiente por descuido y que esta mordiera a mi amiga.

—Cuando sea médico, encontraré medicamentos para curar las picaduras de serpiente y también otras enfermedades que matan a las personas. Además, así ya nunca tendrías que pagar para ir al médico cuando estuvieras enferma. Os trataría gratis a tu familia y a ti.

Teniendo en cuenta lo que cobraban los médicos por sus servicios, aquella era una oferta muy generosa. Los franceses tenían sus propios doctores, y los vietnamitas acudían casi siempre a curanderos o a médicos chinos que sanaban con hierbas. O morían, como la madre de Thanh, si no podían permitirse ni lo uno ni lo otro.

Esa noche estuvimos mucho rato sentadas delante del ventanuco sin hablar demasiado. Dos días después empezó a llover y, tal como se había acordado con el dueño del arrozal, Thanh se quedó allí. Yo me encerraba en el taller de costura desde muy temprano y no salía hasta que se hacía tarde; trabajaba más que nunca para no sentirme sola por las noches.

Mi madre resultaba inabordable en aquella época. Me habría gustado mucho hablar con ella e intentar ofrecerle consuelo, pero no parecía desearlo. También ella trabajaba mucho y con gran esfuerzo, pero luego se retiraba a su habitación y se quedaba allí sin dejarse ver. Cumplía con obediencia todo lo que ordenaba *bà,* pero yo me daba cuenta de que se estaba produciendo en ella una transformación. Si al principio se había esforzado por recuperar el cariño de su madre, al final había terminado por resignarse. Parecía darle lo mismo lo que pensara la anciana, lo que dijera o hiciera. A veces yo percibía un ligero desprecio en su expresión cuando *bà* volvía a soltarle uno de sus sermones.

Por suerte, la lluvia cesó al cabo de pocas semanas y Thanh regresó con una paga tan grande que nos sirvió para comprar muchísimo arroz. Y yo, por fin, volví a tener a alguien con quien charlar, con quien compartir mis impresiones y cuya opinión podía escuchar. Para mí eso era lo más valioso del mundo.

—Necesitas un nuevo marido, hija —anunció *bà* un día en la cena, cuando nuestro año de luto llegó a su fin—. Todavía eres muy joven para seguir viuda el resto de tu vida. Además, a nuestra familia le hacen falta un par de nietos más con los que asegurarnos unos ingresos en el futuro.

Mi madre no levantó la mirada de su cuenco de arroz, pero yo vi cómo se le tensaba la espalda. Sin duda, prefería limpiar eternamente la letrina a tener que casarse con un hombre que le buscara su madre. Y que lo buscaría *bà* era seguro, ya que *maman* no tenía tiempo para dedicarse a eso. Además, tampoco querría, pues de noche todavía lloraba en secreto por mi padre. Aun así, no dijo nada. *Bà* resopló de mal humor; seguro que habría preferido que *maman* se hubiera vuelto contra ella.

En nuestra calle vivía un herrero, un hombre que trabajaba muy duro y que había perdido a su mujer el año anterior mientras daba a luz. Quería una mujer que todavía pudiera engendrar, y, como decía mi abuela, mi madre aún era lo bastante joven.

Bà organizó un encuentro con él, y una tarde vino a visitarnos. A mí su nombre no me decía demasiado, pero al verlo supe muy bien de quién se trataba. Cuando recorría las calles con Thanh, a veces lo veíamos sentado en el puesto de comida. Era muy alto, tenía una cabellera desgreñada y unos brazos muy fuertes que debían de hacerle falta en la herrería. Alguna vez habíamos pasado por delante de su taller. No solo forjaba hierro, también fabricaba ruedas para carros, y en su banco de trabajo reparaba de todo, desde arados hasta tornos. Su rostro no era especialmente expresivo, y lo mismo podía decirse de sus ojos. Los tenía oscuros y tan pequeños que el blanco apenas resultaba visible, mientras que el iris negro lo invadía todo.

Maman y él se sentaron uno frente a otro sin decir nada, mientras entre ellos humeaba un té servido en cuencos. A Thanh y a mí no nos dejaron estar presentes, pero nos deslizamos por el exterior de la casa para espiar por la ventana.

Mi madre tenía la mirada apagada e indiferente. Estaba sentada delante de un hombre que no le llegaba ni a la suela del zapato al que ella había perdido, y, aun así, sabía que no tenía más remedio que casarse con él. Tal vez también era consciente de que, si lo desposaba, podría salir de aquella casa. A su madre solo la visitaría los días festivos, en el mejor de los casos, o tendría que invitarla ella, pero por lo demás su vida se desarrollaría en la casa de su marido. Incluso era posible que su suegra la tratara mejor que *bà*.

No supe cómo interpretar la expresión del herrero, pero sí comprendí que *maman* le gustaba, porque, aunque no llevaba vestidos finos y la amargura de sus rasgos se había acentuado, ella seguía siendo guapa. ¿Qué más podía desear ese hombre?

Así que los dos llegaron a un acuerdo y, apenas unas semanas después de ese primer encuentro, *bà* nos informó de que *maman* se casaría con él.

—Me alegro de que por fin hagas lo que tu madre quiere de ti —le dijo con severidad a su hija—. Espero que no vuelvas a mancillar el nombre de nuestra familia y que te muestres obediente con tu marido.

Maman solo asintió y siguió comiendo arroz.

En aquellos tiempos, la economía de la gente no estaba como para organizar festejos. Las repercusiones de la Primera Guerra Mundial todavía se dejaban sentir en Asia. Sobre todo en las colonias, que se veían aún más explotadas que antes. Sin embargo, la boda de mi madre con el herrero fue una gran celebración.

Además, mi abuela hizo otra cosa de notable importancia: no le explicó al herrero que Thanh no era hija de mi madre. No sé si *bà* influyó en mi madre, pero también ella permaneció callada cuando el herrero nos anunció con orgullo que a partir de entonces seríamos sus hijas.

Como parecía ser un hombre callado, pero aun así amable, no resultó un mal trato. Y algo que para mí era mucho más importante: por fin había cumplido mi promesa. Thanh se había convertido en mi hermana.

5

–Deberíamos entrar ya en casa –dijo Hanna señalando al cielo. Se estaban acercando unos nubarrones oscuros. Todavía brillaba el sol, pero ya se sentía en el aire ese frescor que acompaña a la lluvia–. Para variar, puede que los del tiempo hayan acertado.

Melanie la ayudó a levantarse. Todavía tenían un buen trecho hasta la casa, pero, aunque a Hanna seguía costándole mucho esfuerzo caminar, ya no torcía tanto el gesto.

–Noto cuándo va a llover –dijo, casi con alivio–. Resulta extraño. Otras personas tienen reúma cuando el día está húmedo. A mí me da con tiempo seco. Quizá se deba a que nací junto al Mekong. –Soltó una risita al acabar de hablar y luego se aferró con más fuerza al brazo de Melanie.

Robert podría llevarla en brazos, se le pasó por la cabeza a su nieta. Entonces recordó la prueba que tenían que hacerle y consultó el reloj. Las seis menos cuarto. Debían de haberla acabado ya, o quizá estaban aún en pleno procedimiento. ¡El relato de Hanna le había ayudado a olvidarse completamente de la hora! Estuvo tentada de comprobar el móvil, pero pensó que, de haber recibido un mensaje o una llamada, ya lo habría oído.

–¡Hola, *madame* de Vallière, será mejor que entre en casa! Por ahí detrás llega algo gordo. –El jardinero, que pasaba por su lado con una carretilla llena de ramas cortadas, les sonrió de oreja a oreja.

–¡No te preocupes, Thomas, ya estoy de camino! –repuso Hanna riendo.

Cuando la mirada del joven se cruzó con la de Melanie, ella la apartó enseguida.

—Pero ¿qué pasa contigo? —le preguntó Hanna cuando Thomas desapareció en una curva.

—Nada —respondió Melanie, extrañada.

—Entonces, ¿por qué has mirado para otro lado? El chico te ha sonreído con mucha amabilidad.

—Me ha visto en camiseta y *leggings* ajustados... —repuso Melanie.

Hanna arrugó la frente.

—¡Que ya no tienes doce años! Créeme, abajo, en el pueblo, ese chico ve cosas mucho peores. Y no es que tú seas un hipopótamo, así que no sé de qué te avergüenzas.

Ni la propia Melanie sabía por qué le sucedía, pero así era. Tenía la sensación de que, si correspondía a la sonrisa del jardinero, estaba engañando a Robert. Por supuesto que era una tontería, porque también en su trabajo hablaba a menudo con otros hombres y bromeaba con ellos. Sin embargo, esta vez sentía que era diferente, aunque a ella misma le parecía una actitud mojigata.

La tormenta llegó más deprisa de lo que habían esperado. Mientras el cielo se cubría y las primeras gotas de lluvia caían contra los cristales y sobre el lago, Hanna sufrió toda una transformación. Los dolores que esa misma tarde aún la atenazaban se hicieron más soportables y su rostro se relajó. En cuanto el reúma remitió lo suficiente, se levantó de su sillón de ratán y empezó a caminar por el salón de aquí para allá. Todavía utilizaba el bastón, pero sus movimientos eran cada vez más ágiles.

—La lluvia —dijo con una sonrisa pícara—. Qué bonito es poder correr otra vez. Si por mí fuera, nunca pararía de llover.

—Me parece que el resto del mundo no comparte tu opinión —repuso Melanie, que esperaba en ascuas la llamada de Katja o de su madre, sentada en una otomana.

El móvil, sin embargo, seguía mudo.

—¡A mí qué me importa el resto del mundo! —Hanna estiró bien la espalda. Fuera, la lluvia se intensificó y un leve retumbar se mezcló con el golpeteo de las gotas—. Soy una vieja y he tenido que preocuparme tantas veces por el resto del mundo que la verdad es que ya va siendo hora de que el mundo me pregunte a mí, para variar.

—Pero si en verano no te da un poco el sol también te pones de mal humor, *grand-mère* —dijo Melanie para darle qué pensar.

—Eso es cierto, pero el reúma enseguida vuelve a recordarme que el sol no me gusta demasiado. —Se detuvo, luego sonrió y soltó una risilla para sí—: ¿Me estás oyendo? Espantoso, ¿verdad? Cuando tenía tu edad siempre sacudía la cabeza al oír hablar a los viejos como yo hablo ahora.

—Estoy segurísima de que no hacías eso —repuso Melanie—. Tenías demasiado respeto hacia tus mayores.

—Qué va, también tenía mis momentos irreverentes. Ninguna persona es un ángel. Todo vestido de plumas lleva también un poco de suciedad. Todo depende de si, debajo de la suciedad, esas plumas son blancas o negras.

Las dos siguieron sentadas en silencio, escuchando la lluvia y los truenos. De vez en cuando caía un rayo a lo lejos.

Los pensamientos de Melanie regresaron al hospital. Miró el reloj. Las siete y cinco. Y Katja seguía sin llamar. Tal vez debería intentarlo yo, pensó entonces. Habían pasado casi dos semanas desde la última vez que habló con su futura suegra. Su relación con Katja nunca había sido del todo armoniosa, ya que la mujer no mantenía en secreto que habría preferido otra novia para Robert. Sin embargo, al cabo de un tiempo se había acostumbrado a Melanie y por lo menos no la trataba con tanta frialdad. Desde el accidente de Robert, no obstante, la relación entre ambas había empeorado enormemente, por lo que

Katja se comunicaba más con Elena que con la propia Melanie.

—Subiré un rato al desván a ver qué más puedo hacer —dijo mientras se guardaba el móvil en el bolsillo. En realidad, quería llamar a Katja, pero seguro que Hanna le habría dicho que también podía hacerlo en el salón.

—Muy bien, cielo. Yo me retiraré un poco a mi estudio. No soporto tener que estarme sentada de brazos cruzados.

—¿Todavía vas al estudio?

—¿Y por qué no? —replicó Hanna—. Puede que sea vieja, pero aún me apetece trabajar un poco, aunque ya no sea capaz de sostener una aguja. Me ocupo de los libros y le doy vueltas a cosas nuevas que podríamos hacer con la villa. Además, todavía conservo acciones de la fábrica textil de Saigón.

—Querrás decir de Ho Chi Minh —la corrigió Melanie guiñando un ojo, pues sabía que su bisabuela jamás aceptaría el nombre nuevo de la ciudad.

—Para mí siempre será Saigón. Me da igual el nombre que quieran ponerle.

Juntas recorrieron un trozo de pasillo y entonces Hanna desapareció tras la puerta de su estudio. Era una habitación pequeña que estaba repleta de libros y viejos archivadores. Algunos de ellos tenían ya unos cincuenta años, pues nunca había sido capaz de separarse de sus viejos documentos empresariales. «Esos papeles contienen una gran parte de mi vida», decía siempre que su hija la animaba a desprenderse de una vez de aquellos viejos archivadores. «Cuando alguien quiera escribir mi biografía, los necesitará.»

Melanie recordó la historia de su bisabuela y sintió curiosidad por saber cómo continuaba, pero antes tenía que informarse sobre el estado de Robert.

En el desván, se sentó en una de las cajas sin abrir y estuvo mirando el móvil durante varios minutos, mientras escuchaba cómo repiqueteaba la lluvia contra el tejado. Después marcó el número de Katja.

Mientras oía los tonos, sintió que los latidos del corazón le subían hasta la garganta. Su suegra no contestaba. Tras el cuarto tono de llamada, saltó el buzón de voz y Melanie colgó con un suspiro.

De repente, la montaña de cajas se le antojó insuperable. Aun así, no sabía por qué pero allí arriba se sentía a gusto. Guardó el móvil en el bolsillo y se puso de nuevo manos a la obra.

Tal vez podría utilizar una de estas para meter todo lo aprovechable, pensó mientras alcanzaba una caja vacía. Dentro guardó el vestido de lentejuelas y un par de cosas más, como sombreros y guantes. Acababa de arrastrar hacia sí otra caja sin abrir cuando sonó el teléfono. Era Katja, y parecía agotada.

—Creía que no terminarían nunca con esa prueba, pero el médico ha dicho que todo está en orden. Lo que han visto en la pantalla solo eran restos de una antigua bronquitis, de modo que no hay motivo para alarmarse.

Melanie suspiró con alivio. Robert había superado una prueba más.

—Elena me ha dicho que te has tomado unos días de descanso, ¿verdad? —En la voz de Katja se percibía un matiz que inquietó a Melanie.

—He venido a pasar unos días a casa de mi bisabuela. Seguro que mi madre también te habrá explicado por qué.

—Sí, una crisis nerviosa. Estas últimas semanas han sucedido muchas cosas y es evidente que no todo el mundo está preparado para una carga así.

¡Es evidente! El alivio de Melanie se esfumó al instante; de pronto regresó la rabia que la había invadido en su primer encontronazo con Katja.

Se había producido por una auténtica tontería. En una de sus visitas conjuntas al hospital, muy al principio,

Melanie se mareó y tuvo que salir de la habitación. Desde entonces, a ojos de Katja ella era la débil, por lo que no dejaba de decirle lo que tenía que hacer o dejar de hacer. Pero, sobre todo, su suegra le hacía sentir que nadie más que ella misma debía decidir lo que sucediera con su hijo. La propia Katja también lo estaba pasando muy mal, pero le gustaba verse en el supuesto papel de la fuerte y que no se le notara lo mucho que sufría por dentro. De esa forma tenía ocasión de demostrarle a Melanie su superioridad.

—Pues muy bien, espero que te recuperes. Yo aquí lo tengo todo controlado —siguió Katja con sus pullas, mientras Melanie se quedaba sin saber qué responder—. Ya te pondré al corriente. —Y dicho eso, colgó.

Melanie se sintió como si le hubieran dado una paliza. Le habría encantado bajar corriendo y contárselo a Hanna, pero ya no era una niña pequeña que acudía a un adulto cuando tenía un problema.

La llamada seguía angustiándola cuando ya hacía rato que habían cenado y el ruido del lavavajillas resonaba con monotonía por todas las salas de la primera planta.

Marie les había dado las buenas noches y se había acostado temprano, porque el día, con vitrina rota incluida, la había dejado agotada. Además, a la mañana siguiente le esperaba la visita al cristalero.

Melanie no hacía más que caminar intranquila de un lado a otro de su habitación. ¿Qué debía hacer? ¿Acaso las cosas no eran ya bastante horribles tal como estaban? ¿Y cómo reaccionaría Katja si Robert empeoraba, o si ella volvía a tener un ataque de debilidad? ¿Decidiría tal vez que no podía visitarlo más?

Suspiró sin encontrar una respuesta. Quizá Hanna estuviera despierta todavía. A lo lejos se oía retumbar la tormenta, y Melanie sabía que su bisabuela nunca se iba a la cama hasta no estar segura de que no podía suceder nada malo.

Aun así, no encontró a Hanna en su cuarto, sino en el salón. Estaba acurrucada en un rincón, sentada en su gran sillón de ratán, y desde allí contemplaba la luna, que de vez en cuando conseguía atravesar con sus rayos las nubes de lluvia.

—Ah, también tú sigues despierta —dijo al ver entrar a su bisnieta—. ¿No estás cansada, después de tanto mover cosas de aquí para allá?

Melanie estaba agotada, pero la inquietud en su interior no le permitiría conciliar el sueño.

—Todavía me queda trabajo —repuso, y se sentó en una de las otomanas.

—Bueno, no nos has dicho si te ha llamado tu suegra. O Elena.

Cierto, durante la cena no había mencionado nada. Solo había escuchado ensimismada las explicaciones de Marie sobre sus negociaciones con el cristalero.

—Ha llamado Katja —contestó mientras evitaba la mirada de Hanna—. Todo ha ido bien y los médicos no han encontrado nada.

—¿Pero...?

Melanie suspiró.

—No hay ningún pero. Solo que Katja me soporta menos cada día que Robert pasa en coma.

En realidad no había pretendido irle a Hanna con sus penas, pero de repente le salió todo a borbotones.

—Cree que soy demasiado débil, y está claro que piensa que no soy la mujer adecuada para él. Ella, por supuesto, es la supermadre que no necesita dormir ni sabe lo que es el cansancio. ¡No deja pasar ninguna oportunidad para demostrarme lo estupenda que es! ¡Ella y nadie más que ella debe ser quien decida sobre su hijo! Y por fin, después de tantos años, vuelve a tener la ocasión de hacerlo.

Melanie calló de pronto. Las palpitaciones y la ira la habían dejado sin aliento. Lo último que esperaba era hablar con tanta rabia, pero de repente habría querido agarrar cualquier cosa y lanzarla contra la pared.

Hanna la miró largo rato y luego habló.

—No seas tan severa juzgando a Katja. Para cualquier madre es duro ver a un hijo gravemente herido y no poder hacer nada para devolverle la salud.

—¡Pero es que para mí es igual de horrible! —A Melanie se le saltaron las lágrimas—. ¿Acaso piensa que me divierte ver que el hombre al que quiero se mantiene con vida gracias a unas máquinas, mientras que a mí casi me mata la nostalgia?

—No sé lo que piensa tu suegra, pero seguro que ella solo ve su amor maternal, y tal vez le parezca injusto que ese amor tenga que competir con otro. El accidente ha convertido a Robert otra vez en un niño, y sin duda su propio dolor es lo que hace que quiera mantenerlo a salvo de todo, incluso del amor de su prometida.

Melanie sacudió la cabeza. Esa explicación le parecía muy retorcida. Su disgusto con Katja era demasiado grande… y punto.

—Me temo que tampoco antes me tenía en mucha estima. Ahora, simplemente, ese sentimiento se ha exacerbado.

Se levantó de su otomana y se sentó junto al sillón de ratán. En ese instante le habría encantado volver a ser pequeña, cuando todavía no conocía los problemas de los adultos. Hanna le acarició el pelo para tranquilizarla.

—¿Me cuentas cómo sigue tu historia con Thanh? —pidió Melanie entonces—. Bueno, solo si no estás demasiado cansada, claro.

Su bisabuela soltó una breve carcajada.

—A mi edad siempre se está cansado, pero no puede uno dormir. Me encantará seguir contándote la historia, pero debo advertirte que cada vez se vuelve menos alegre.

—Eso no me asusta —repuso Melanie.

—Está bien, veamos hasta dónde llegamos esta noche.

6

Los años siguientes pasaron sin que en la ciudad ocurriera nada digno de mención. Los franceses reprimieron a la población todo lo que pudieron. De vez en cuando se oía hablar de algún levantamiento, pero era sofocado antes de que se disparara un solo tiro. En cambio, en las afueras de Saigón empezaron a construir un aeropuerto, lo cual tenía a mi padrastro absolutamente fascinado. «Tienen los mismos modales que un buey, pero de técnica sí que entienden», solía decir. A diferencia de mi padre, él no era demasiado amigo de los franceses, pero sí lo bastante justo como para reconocer y respetar los méritos de cualquiera.

Yo seguía realizando encargos de costura para mi abuela y, al cabo de un tiempo, empecé a vender algunos vestidos en la calle. Por lo que respecta a Thanh, trabajaba para un campesino que cultivaba arroz más al norte. Ya no tenía que recorrer el camino a pie, porque nuestro padrastro le había construido una bicicleta con piezas sueltas, cosa que yo le envidiaba un poco. Pero, claro, ella la necesitaba mucho más. Ya que el destino había querido que ocupásemos ese lugar, hacíamos cuanto podíamos por llevar una vida feliz.

Y entonces, al entrar una mañana en el cuarto de costura para empezar con mi trabajo, me extrañó lo silencioso que estaba todo; aunque no se la oyera, la presencia de mi abuela solía notarse de algún modo. La encontré en la cama, con los ojos abiertos y una respiración sibilante.

—*Bà*, ¿qué te ocurre? —pregunté, puesto que vi que estaba despierta.

Al verme, torció el gesto en una mueca grotesca. Yo no sabía si quería llorar o reír. Tenía una mitad de la cara completamente flácida e inexpresiva, y la otra tampoco podía controlarla del todo. Enseguida supe que algo iba mal y fui a buscar al doctor Ngoc, que un año antes había llegado desde Hanói y había abierto una consulta cerca de allí.

—Apoplejía —constató el médico después de examinar a mi abuela—. Tiene que ir enseguida a un hospital.

Ella, de haber podido, sin duda se habría negado. Una estancia en el hospital era muy cara, pero al doctor Ngoc no le preocupaba que eso acabara con todos sus ahorros, así que la envió en un carro a un centro médico que estaba en la parte de la ciudad donde vivíamos antes.

La noticia de que su madre había sido víctima de un ataque de apoplejía y estaba en el hospital no provocó ninguna reacción en *maman*. Al enterarse, asintió y siguió amasando la torta de pan con más fuerza. Aunque no vi en su cara ninguna sonrisa, podría haber jurado que se alegraba de la enfermedad de *bà*. Tal vez incluso esperaba que muriese. Ese era un pensamiento que una hija no debía tener, pero en aquel caso no me habría sorprendido. Sin embargo, cuando supimos con seguridad que la abuela nunca recuperaría del todo la razón y jamás volvería a caminar bien, *maman* hizo algo que sin duda habría asombrado a la propia *bà*... si hubiera sido consciente de ello: la acogió en casa del herrero. Es probable que mi padrastro influyera en ella, aunque tal vez *maman* vio también la posibilidad de vengarse de su madre por todo lo que le había hecho.

Llevaron a *bà* a nuestra casa y la tumbaron en una cama. Yo me espanté al verla en aquel estado, ya que no parecía quedar casi nada de ella. Su cuerpo era un cascarón enflaquecido y débil, de su boca salían extraños sonidos en los que ya no se reconocía un habla, y sus ojos miraban con una fijeza extraña. La idea de que tras ellos aún se encontraba la *bà* de antes, que simplemente estaba encerrada en un cuerpo estropeado, me provocaba una angustia enorme.

Thanh, no obstante, sentía una gran compasión por ella. El sufrimiento de *bà* no hizo más que reforzar su intención de convertirse en médico, aunque ninguna de las dos habíamos recibido clases desde hacía años y tampoco teníamos acceso a libros.

—Cuando reúna suficiente dinero —me dijo un día mientras paseábamos por la ciudad—, compraré libros y recuperaré el tiempo perdido. Entonces me matricularé en la universidad.

No tuve la presencia de ánimo para contradecir a mi *chi,* que era como se denominaba a las hermanas mayores, pero sospechaba que nuestro padrastro no la dejaría marchar, y menos aún en aquella época, pues acabábamos de alcanzar la edad casadera.

La idea de que pudieran casarnos igual que había hecho *bà* con *maman* pendía sobre nosotras como una espada de Damocles. Y no cabía duda de que nuestro padrastro le buscaría también un marido a Thanh, pues por algo la había reconocido como hija.

Un día, poco después de la estación de lluvias, llegué a casa de muy mal humor. Era incapaz de decir por qué, ya que había vendido casi todas mis labores de costura, incluso a algunas francesas que estaban de paso y que se habían quedado prendadas al ver que dominaba tan bien su lengua. Con el dinero acababa de comprar un par de cosas que mi madre necesitaba para cocinar y de cuya falta se habría quejado a la mañana siguiente.

Aunque todavía me faltaban algunos pasos para llegar al porche, me detuve en seco, como si no estuviera segura de hacer bien en entrar. Toda la casa desprendía una sensación extraña. Casi como si se acercara un tifón. Una nube invisible amortiguaba la luz y hacía que los colores se vieran más turbios que de costumbre. Me obligué a seguir adelante. No conseguiría nada quedándome ahí fuera: lo que el destino tuviera pensado, el destino lo cumpliría.

A primera vista todo estaba como siempre. Junto a la escalera del porche, un perro de pelaje pardo se echaba un sueñecito. En realidad, no era nuestro, pero visitaba con asiduidad la herrería de mi padrastro y de vez en cuando también cazaba ratas y ratones, como si se creyera gato. A mi abuela la habían sentado en la mecedora de al lado de la puerta, seguramente para que le diera un poco el sol. Miraba hacia la calle con los ojos perdidos.

–Ya he vuelto, *bà* –dije, aunque sabía que no se daba cuenta de mi presencia.

Lo más probable era que nunca se recuperara. Ni siquiera el curandero chino que se vanagloriaba de tener una hierba para cada mal pudo darnos ninguna esperanza.

Cuando aparté a un lado la cortina de cuentas de la cocina, percibí una voz masculina que me resultó conocida, pero que no habría esperado encontrar allí.

–Sería para mí un gran honor que su hija y nuestro hijo se desposaran.

Me quedé de piedra. ¡Aquel no era otro que el propietario de la pequeña tienda de telas del final de la calle! Tenía tres hijos que solo eran algo mayores que Thanh y que yo.

–Es para nosotros un grandísimo honor –contestó mi padrastro. ¿Qué hacía en casa? ¡Nunca cerraba la herrería hasta que ya era casi de noche!–. Un gran honor para nuestra familia y también para Hoa Nhài. Se llevará una alegría.

Contuve la respiración, sobresaltada, luego solté la cortina de cuentas con cuidado y me apoyé contra la pared. De lo fuerte que me latía el corazón casi no pude oír lo que hablaban allí dentro. El perro del porche me miró, pero no hizo ningún ruido, sino que volvió a descansar la cabeza sobre sus patas con un resuello.

¡Iban a casarme!

Claro que a mi edad era lo más normal del mundo. Con diecisiete años, algunas muchachas de nuestro barrio eran incluso madres. Yo había hablado muchas veces con Thanh sobre cómo sería casarse, pero las dos habíamos tomado la decisión de hacerlo solo con alguien a quien amáramos. Un deseo muy ambicioso en una época en la que era costumbre habitual que los padres concertaran los matrimonios.

Entonces vi claro que no tendría nada que decir al respecto. Si bien en su día *maman* se rebeló contra el matrimonio que deseaba su madre y se casó con mi padre, los años al lado del herrero la habían transformado. Ya no era aquella mujer inteligente que se reunía con damas *tây* en su salón. Ahora era la esposa de un herrero y, con ello, volvía a ser una más del pueblo.

De repente me sobrevino una rabia inmensa. ¿Cómo podía hacerme eso? ¿Cómo podía *maman* esperar que su hija fuera feliz con un hombre al que no amaba?

¡No lo soporté más! Di media vuelta, furiosa. Nadie parecía haberse dado cuenta de que estaba allí. Seguro que me esperaban para, nada más aparecer, anunciarme los hechos consumados. ¡Pues que esperasen sentados!

Salí de la casa sin hacer ruido y pasé junto a *bà,* que seguía contemplando su propio mundo y no me delataría.

Cuando dejé atrás la casa, empecé a correr sin saber muy bien hacia dónde. De haber podido, habría huido incluso de la ciudad. Sentía un ardor en el pecho que me provocaba un gran dolor, y las lágrimas corrían por mis mejillas. Con el rabillo del ojo percibía las miradas de asombro de la gente. Algunos juntaban las cabezas para cuchichear. Sin duda al día siguiente le preguntarían a mi madre por qué corría de esa manera. Me daba igual. De todas formas mi vida tal como la conocía se había terminado, pues a partir de entonces me prepararían para ser una buena esposa. Para mí no existiría nada más que la familia, un marido al que no amaba y unos hijos que no deseaba tener, pero que aun así debería concebir, porque esa era mi obligación.

Después de pasarme una hora corriendo sin rumbo, vi que me encontraba en el camino hacia los arrozales que había cerca de la ciudad. A lo lejos se distinguían ya las extensiones inundadas de agua, con su verde intenso.

Allí fuera tal vez podría meditar con tranquilidad y encontrar la forma de convencer a mis padres de que todavía era muy pronto para casarme, y de que el hombre que habían pensado para mí no era el adecuado.

Aminoré el paso y miré al suelo. Cada vez que tomaba aire sentía unos pinchazos entre las costillas. Mi corazón seguía latiendo como si hubiera enloquecido. Vi a los hijos del mercader de telas ante mí: Minh, Bang y Hao. Todos ellos habían heredado la nariz larga y la cara de caballo de su progenitor, tenían una mirada impredecible y eran bastante arrogantes. Por muy maravillosas que fueran las telas que vendía su padre, sus hijos no lo eran tanto. ¿Para quién me habrían elegido? ¿Para Minh, el mayor? Tenía dos años más que yo y en realidad hacía tiempo que debería haberse casado. Por lo visto, ninguna familia había estado dispuesta a que una de sus hijas se casara con él. Muy al contrario que mi padrastro, que por su voz parecía entusiasmado...

Después de andar un buen rato por el camino con la cabeza gacha y entre pensamientos furiosos, levanté la vista. Nadie me había llamado, pero sentí como si alguien me estuviera mirando. Y entonces la vi: una figura delgada con un *áo dài* azul. El amplio sombrero de arroz le tapaba la cara, pero la forma en que se movía la delató. ¡Por fin!

Me quedé quieta y esperé a que Thanh se acercara más. Cuando estuve segura de que me había visto, levanté un brazo en alto y le hice señas. Entonces vino hasta mí en su bicicleta.

—¡Hoa Nhài! ¿Qué haces aquí? ¿Ha sucedido algo?

Thanh saltó del asiento. No pude darle una respuesta enseguida, porque las lágrimas me cerraban la garganta.

—¿Qué te ocurre? —preguntó, y dejó caer la bolsa que llevaba al hombro—. ¿Le ha pasado algo a *bà?*

—No, *bà* está bien —contesté entre sollozos—. Es solo que…

—Ven, vamos a sentarnos.

Thanh me llevó a una piedra grande que había al borde del camino. Dejó la bicicleta, se quitó el sombrero y me abrazó.

—Quieren… —Tampoco esa vez conseguí decir más, pues los sollozos me dejaban sin voz.

Mi hermana me estrechó contra sí.

—Primero tranquilízate. Tenemos tiempo.

Y bien que lo necesitaba yo, porque no dejaba de llorar y llorar. Sobre todo de rabia hacia mi madre y mi padrastro, pero también de decepción y de miedo.

Del mercader de telas decían que no trataba bien a su esposa. ¿Habrían heredado ese rasgo también sus hijos? Pero, sobre todo, ¡yo aún no quería tener hijos! Thanh me había contado que en un parto había sangre y gritos y muchos dolores, y eso me daba pánico. En algún momento mis lágrimas se agotaron y ya solo me quedaron sollozos.

—He llegado del mercado algo más tarde que de costumbre y he oído que teníamos visita —empecé a explicar.

Thanh arrugó la frente.

—¿Visita? Pero si no nos habían dicho nada.

Sacudí la cabeza.

—No, no nos lo habían dicho. Y tampoco que quieren casarme.

—¿Casarte? ¿Con quién?

—Con el hijo del mercader de telas. ¡Estaba en casa y ya lo habían acordado todo con él! —De nuevo se me saltaron las lágrimas—. Han dicho que sería un gran honor.

Thanh parecía consternada.

—Pero si los hijos del mercader de telas tienen cara de caballo... Y, además, hacen negocios con los *tây*. Puede que eso esté bien visto en el barrio francés, pero a la gente de aquí no le gusta.

—Por lo visto padre ha cambiado de opinión en cuanto a los franceses —repuse con amargura—. También ha dicho que yo me alegraría mucho.

Thanh me acarició el pelo. Era evidente que ella tampoco sabía qué hacer, pero quería ofrecerme consuelo. Durante un buen rato estuvimos sentadas en silencio al borde del camino. Un carro tirado por un buey pasó con pesadez por delante de nosotras; su conductor dormía con el sombrero de arroz tapándole la cara, pero el buey parecía saber a la perfección adónde quería ir. De repente yo también lo supe.

—Podríamos escaparnos —me oí decir cuando el carro pasó.

Mi amiga aflojó su abrazo y me miró.

—¿Escaparnos? Pero ¿adónde iremos?

—A algún lugar donde no puedan casarnos así como así, en contra de nuestra voluntad. A Hanói, quizá. O a China.

Thanh sacudió la cabeza.

—¡Pero no podemos marcharnos así, sin más! Estamos en deuda con nuestra familia, les pertenecemos. Ya viste de qué le sirvió a tu madre abandonar a los suyos.

De nuevo me puse furiosa, esta vez contra ella.

—Tú querías ser médico, ¿o no? —le solté, y me levanté de un salto. Un instante después me arrepentí de la dureza de mi voz, pero tarde o temprano Thanh acabaría corriendo la misma suerte que yo—. ¿Crees que te dejarán estudiar? ¡A ti también te casarán, igual que a mí! Puede que con otro de los hijos del mercader de telas.

Thanh negó con la cabeza.

—No lo harán. Yo no soy su hija, y dentro de poco podré mantenerme por mis propios medios.

Sin embargo, mientras decía eso en su mirada se coló la duda.

—¡Te acogieron como hija! —le recordé—. Les debes gratitud, y en especial a nuestro padrastro, así que también te casarán. —Tomé la mano de mi amiga y hermana adoptiva—. Si nos quedamos aquí, jamás podremos hacer lo que queremos. Puede que yo todavía no sepa muy bien lo que quiero de la vida, pero seguro que casarme no. En todo caso, me casaría con un hombre al que yo eligiera y amara. Y tú... Tú quieres estudiar. Aquí no te permitirán hacerlo, por mucho dinero que ahorres.

Thanh se quedó varios minutos mirándose los zapatos, que estaban cubiertos de lodo del arrozal.

—Pero no bastará con ir a Hanói. Allí tampoco me dejarán estudiar, lo sé. —En su voz se oía amargura; sentí mucho haber destruido sus ilusiones—. Pero tal vez... —Levantó la mirada—. Tal vez podríamos viajar a Europa o a América. Hace poco oí hablar a un francés que decía que allí las mujeres sí van a la escuela. —Me aferró ambas manos—. ¡Las dos podríamos conseguirlo!

De repente parecía haber olvidado la lealtad debida a la familia. ¿O quizá solo quería tranquilizarme? En aquel momento me daba lo mismo. Thanh me había enviado un rayo de sol a través de la gris capa de nubes que se cernía sobre mí.

—Pero para hacer ese viaje necesitamos dinero. Más dinero del que yo pueda ahorrar. —El entusiasmo de mi amiga desapareció tan deprisa como había estallado—. No, no lo lograremos. Deberíamos hablar con madre. Tal vez podamos conseguir que por lo menos disuada a padre de escoger a ese muchacho.

El rayo de sol desapareció y la penumbra que me rodeaba se hizo aún más profunda y oscura. Sacudí la cabeza con resignación.

—No podrá disuadirlo de nada. Él es el cabeza de familia. Ni siquiera la abuela podría decidir en su contra, aunque todavía conservara el juicio. La única posibilidad que tenemos es escapar.

Thanh volvió a tomar mi mano, que estaba tan fría como la suya.

—Esperemos a ver primero qué dicen en casa, y consultémoslo con la almohada.

Tenía razón. Sería una tontería salir corriendo sin reflexionar un poco. Un propósito como ese requería preparación. Hasta que me prometieran pasaría algún tiempo, aunque ya estuviera todo apalabrado, y después de eso aún faltaría mucho para estar casada de verdad. Tal vez ni siquiera habían acordado todavía la dote.

Me derrumbé con pesadez sobre la piedra, junto a Thanh. Me había quedado sin fuerzas. En algún momento mi hermana volvió a levantarme. Ya había caído el crepúsculo. Cuando llegamos a casa, la visita ya se había marchado. *Maman* y nuestro padrastro habían entrado otra vez a *bà* a la casa.

Thanh y yo guardamos mis compras sin decir palabra y lavamos los cacharros usados en la vieja palangana de esmalte.

—Hoa Nhài —entonó al cabo de un rato la voz de mi madre por encima de nuestras cabezas—. Queremos hablar contigo.

Thanh apretó los labios y asintió con la cabeza para infundirme valor. Yo habría preferido que tuviera que lamentarse por mi ausencia, pero para eso tendría que haberme llevado a otra parte, y no de vuelta a casa del herrero. Me sequé las manos enseguida y seguí a *maman* a la habitación donde habían hablado con el mercader de telas. El aire estaba cargado de humo de tabaco. Mi padrastro no fumaba, pero estaba claro que el invitado le había encontrado el gusto a los cigarrillos de los *tây*.

Mi padrastro estaba sentado en su estera de arroz, bebiendo té mientras miraba por la ventana hacia la calle, donde la vida cada vez quedaba más sumida en la oscuridad. No se volvió para mirarme hasta que estuve sentada frente a él.

El herrero era un hombre serio, nunca se había portado mal con mi madre ni con nosotras. Intenté repetirme eso para infundirme esperanzas y creer que tal vez pudiera hacerle entrar en razón. Había tantos hombres jóvenes en Saigón..., ¿por qué tenía que ser justamente uno de los hijos del mercader de telas?

Mi cuerpo se tensó sin querer. Para no dejar que notara en mi rostro lo que sentía, fijé la mirada en mis manos, que había posado sobre las rodillas. *Maman* se sentó junto a su marido.

—Ya tienes diecisiete años —dijo mi padrastro, casi con solemnidad—. Va siendo hora de que te busquemos un marido.

Y lo habéis encontrado, estuve a punto de responder. Sin embargo, conseguí controlarme y mantuve la cabeza gacha, mirando la estera de arroz que tenía debajo. Un pequeño escarabajo se afanaba en recorrer la paja trenzada con firmeza. Sus delgadas patitas no hacían más que engancharse en los resquicios, que a él debían de resultarle como enormes zanjas. Así me sentiré si me casan con el hijo del mercader de telas. Por mucho que me esforzara, jamás podría escapar de ese matrimonio una vez estuviera cerrado.

De tanto pensar en el escarabajo, casi no me estaba enterando de lo que decía el herrero. Solo al oír el nombre del mercader regresé de golpe a la realidad.

—Su hijo Minh sería un esposo idóneo para ti. Hemos decidido permitirle que pida tu mano.

O sea que era Minh. Mi suposición había sido acertada. Me puse furiosa otra vez.

—¿Y qué pasa si yo no lo quiero a él? —espeté, y en ese instante me sobresalté yo misma, ya que los hijos no debían levantar la voz contra sus padres.

—No es propio de una hija cuestionar las decisiones de sus mayores —dijo mi madre con severidad. Su voz sonaba como aquella otra vez, cuando regresé de mi expedición por la ciudad. Solo que entonces de algún modo conseguí convencerla de que acogiera a Thanh en casa. En esta ocasión, tenía la sensación de encontrarme ante una estatua. Nada ni nadie podría ablandar el corazón de mi madre—. Conocerás a Minh el fin de semana que viene y te comportarás como es debido —añadió—. Recibiremos aquí a toda la familia, puesto que desean conocer algo más a su futura nuera.

¿Y qué pasa si después de conocerme no les gusto? ¿Y si yo no los acepto a ellos? No me atreví a pronunciar esas preguntas, pero tampoco era necesario, porque sabía cuál sería la respuesta de *maman:* «Entonces, toda la culpa será tuya».

—Y... ¿Minh está de acuerdo con esto? —Por mucho que lo intentase, no era capaz de imaginar que me quisiera. ¡Si ni siquiera me había visto bien!

—Se trata de la unión de dos familias y del bienestar de sus hijos —dijo el herrero, tomando de nuevo la palabra—. Esta unión nos podría resultar muy beneficiosa. El señor Han tiene buenas relaciones con los franceses. Nos conllevará buena reputación y honor.

Y clientela, pensé con acritud. Así, los *tây* que compraban telas de seda también visitarían la herrería, y tal vez incluso le encargarían piezas para el nuevo aeropuerto. De pronto comprendí por qué estaba tan entusiasmado con el matrimonio. Solo que yo jamás en la vida había esperado encontrarme en esa situación.

—Hablas muy bien francés, eres lista y puedes encargarte de las tareas domésticas —fue enumerando mi padrastro mientras *maman* asentía, de acuerdo con él—. Además, sabes coser muy bien. Tienes todo lo que el señor Han espera de una nuera. Como sabrás, Minh es el mayor y un día heredará el negocio. —El herrero guardó silencio un instante, inspiró hondo y luego, para zanjar el tema, añadió—: Tendrás el sustento garantizado y, en los tiempos que corren, no todas las familias pueden ofrecer eso a sus hijas. Alégrate de nuestra elección.

Yo seguí mirando fijamente la estera unos segundos más. El escarabajo ya había desaparecido, se había colado por un agujero de la paja. ¿Encontraría también yo un agujero parecido? ¿O tendría que pasarme los años luchando por escapar de una vida que no deseaba?

En ese momento anhelé ser más valiente, pero no conseguí reunir coraje. Por mucho que levantara la voz y despotricara, por muchas objeciones que pusiera, lo único que conseguiría sería que me castigaran. Nada podría hacer contra la obligación de casarme con Minh.

Cuando salí de la habitación, la cortina de cuentas sonó con suavidad. Poco después de entrar en la cocina, Thanh apareció también. Llevaba en las manos un cuenco de té vacío. Debía de haberle llevado algo de beber a *bà* y había aprovechado la ocasión para escuchar lo que decíamos.

—Minh —dije en voz baja, y me acerqué al hogar para barrer las cenizas—. Quieren casarme con Minh.

—¿Ese cara de caballo? —Thanh sacudió su melena como una yegua sacude la crin, y luego sonrió—. Pues parirás pequeños potros.

En realidad no tenía ganas de reír, pero las palabras de Thanh consiguieron arrancarme por lo menos una risilla.

Mi amiga me acarició la espalda.

—Todo saldrá bien. Dejemos pasar esta noche y mañana se nos ocurrirá algo.

A eso le siguieron varias noches de insomnio. La idea de huir de casa me daba miedo, pero al mismo tiempo teníamos claro que era la única posibilidad de escapar del matrimonio.

Mis ideas daban vueltas en círculos. Sentía que me encontraba en un camino que se bifurcaba en dos ramales. Uno llevaba a la tienda de telas y a Minh; el otro, a la jungla de lo desconocido. A Europa, decía Thanh. Allí a las mujeres se les permitía estudiar. No sabía si quería eso, pero seguro que en cualquier país me ganaría bien la vida como costurera. Thanh, además, afirmaba que allí una también podía casarse con el hombre que eligiera. Así sí que podía imaginarme mi propia boda.

Llegó el fin de semana y con él el señor Han junto a su esposa y su hijo. No me esforcé por darles conversación ni mostrarme ingeniosa, pero justamente eso pareció gustarles. Mi madre, a quien se veía muy satisfecha después de la visita, me alabó por mi buen comportamiento.

Esa noche la pasé llorando en voz baja. Por la mañana me desperté con sombras azuladas bajo los ojos y demasiado débil para levantarme. Desde que la idea del matrimonio se cernía sobre mí como una nube de tormenta, casi no había conseguido terminar ninguna labor de costura. Me costaba concentrarme, no hacía más que pincharme en el dedo, manchaba de sangre las telas y, si se trataba de remiendos, tenía que lavar las prendas con muchísimo cuidado. Por la noche, me terminaba la cena en silencio y realizaba mi cometido igual de callada.

También Thanh parecía haber perdido el habla. Cuando las dos estábamos en nuestra habitación, nos sentábamos juntas sin decir nada. Aun así, era como si mi amiga pudiera leerme el pensamiento, igual que yo a ella.

Una noche, incluso nos quedamos dormidas apoyadas la una en la otra y despertamos por la mañana en la misma posición. Nos dolían los huesos, pero estábamos alegres. Una alegría que nos parecía frágil, porque, si no se nos ocurría nada, si no nos atrevíamos a dar un paso para salir de nuestro hogar, aquella boda amenazaba con separarnos para siempre.

—Hoy iré al puerto —me dijo Thanh una mañana, después de haber pasado otra noche en un diálogo mudo.

Estaba recogiéndose el pelo para luego esconderlo debajo de su sombrero de arroz. La resolución de su tono me despertó de golpe.

—¿Y qué vas a hacer en el puerto? —pregunté, aunque ya lo imaginaba.

—Veré si dentro de poco zarpa algún barco que pueda llevarnos —respondió en voz tan baja que nadie más pudo oírla.

—¡Pero si tienes que ir al arrozal! —repuse.

—No dejaré plantado al campesino. —Thanh negó con un gesto—. Me acercaré al terminar la jornada, y en casa diré que he tenido que trabajar más de lo habitual.

No cabía en mí de emoción. ¡Thanh quería huir conmigo! Seguramente sola no me habría atrevido, pero, al ver que ella quería ir al puerto, sentí como si acabaran de quitarme un peso espantoso de encima. No me convertiría en la nuera de Han, sino que vería mundo.

—Tú haz como si no hubiera cambiado nada —me aconsejó Thanh al verme el entusiasmo en la mirada—. Esta noche te informaré de lo que haya averiguado.

Después dio media vuelta y entró en la cocina.

Las horas hasta la noche se me hicieron interminables y, aun así, me sentía animada. No sabía si Thanh encontraría un barco o no, pero conocía a muchos pescadores de su vida anterior. Seguro que estarían dispuestos a ayudarla.

Habría querido bailar de alegría, pero durante todo el día intenté no llamar la atención, por supuesto. Lo único que habría podido delatarme era el hecho de que mis manos terminaban más deprisa el trabajo. No sabía cuándo nos marcharíamos, pero sentía la obligación de rematar antes los vestidos para aquellas mujeres que apreciaban mi oficio, porque no quería dejarlas en la estacada.

Cuando Thanh regresó por la noche, me pareció que venía muy seria. Temía que no hubiera encontrado ningún barco, pero, por mucho que me reconcomiera la incertidumbre, no había forma de preguntarle sin correr un gran riesgo. Debía esperar con paciencia a que *maman* y mi padrastro se fueran a la cama. Thanh guardó silencio hasta que ya no oímos más ruido que el del viento nocturno.

—He encontrado a un hombre que se llama Huang —anunció entonces—. Está dispuesto a llevarnos a China. Allí seguro que encontraremos un carguero que zarpe hacia Inglaterra... o hacia América.

En ese momento me habría parecido bien cualquier país que estuviera lo bastante lejos de Indochina. Me habría encantado gritar de alegría, pero, como no podía, abracé a mi amiga y la estreché con fuerza.

—Gracias.

Thanh sacudió la cabeza, como si no quisiera aceptar mi gratitud.

—Allí trabajaremos, iremos a una escuela de verdad y luego estudiaremos una carrera. Construiremos nuestra propia familia, con dos hombres a quienes amemos. ¿Qué tal suena?

De repente creí percibir una duda en la voz de Thanh, así que respondí enseguida.

—Suena estupendamente. Y tú por fin podrás ser médico, como siempre has deseado.

—Haré todo lo posible —contestó, y tuve la certeza de que en ese momento estaba recordando a su madre.

La noche de nuestra huida era clara y fresca. El Mekong estaba crecido en su cauce, lo cual prometía buenas condiciones para zarpar con el pequeño junco de Huang.

Habíamos metido en nuestras bolsas solo lo imprescindible: ropa, algunas provisiones y el dinero que teníamos ahorrado. Lo habíamos escondido todo debajo de nuestros camastros. Las dos aguzamos los oídos en la oscuridad mientras el corazón nos latía con fuerza. *Maman* y el herrero ya se habían retirado a su habitación, pero queríamos esperar a estar del todo seguras de que también dormían.

Entonces llegó la hora. Thanh se levantó como impulsada por un resorte interior, sacó las bolsas de su escondite sin decir palabra y apartó la manta de mi cama. Juntas nos deslizamos hasta la puerta y escuchamos. Nada. Ni siquiera la abuela se lamentaba en sueños.

Era el momento oportuno. Nos miramos. Me habría gustado preguntarle a Thanh si hacíamos lo correcto, pero no teníamos alternativa. Aunque sintiéramos miedo, aunque no supiéramos lo que nos aguardaba, teníamos que aprovechar esa oportunidad.

Mi más preciada posesión, la fotografía en la que se nos veía a Thanh y a mí, la dejé sobre las mantas de la cama para que mi madre conservara al menos un recuerdo nuestro.

Entonces nos escabullimos igual que aquella otra vez, cuando fuimos al templo, solo que en esta casa no había criados vigilantes ni ninguna valla que nos retuviera. Me llevé solo lo necesario: un *áo dài* y un vestido, un par de mudas y jabón. En un principio también había querido meter en la bolsa las flores de jazmín, pero luego decidí no hacerlo y las escondí bajo los tablones del suelo. Era mejor que se quedaran ocultas allí. No sabía si traían buena suerte o no, pero en Europa no las necesitaríamos. Estaba convencida de que las maldiciones de nuestro país no llegarían tan lejos, a ese lugar donde decían que cualquiera podía hacer lo que deseara. Con eso nos bastaría para encontrar la suerte.

Al amparo de la oscuridad, pues la luna se había escondido tras una espesa nube, corrimos por las calles de Saigón. No debíamos temer a las vendedoras de doncellas, porque habíamos crecido y ya no éramos unas niñas, y esas mujeres no se interesaban por muchachas de diecisiete ni de diecinueve años. Aun así, intentamos evitar Cholon dentro de lo posible, ya que no queríamos tropezarnos con ningún francés borracho.

Antes de ver el puerto, lo olimos. Cuando comprendí que probablemente jamás volvería a ver el río, me detuve un momento, cerré los ojos e inspiré hondo. El aroma a algas y lodo, a sal y a esa tierra que le confería al agua su tonalidad parduzca, perduraría para siempre en mi recuerdo. Desde las incontables barcas de pescadores nos llegaba ese olor a pescado que seguía impregnando la madera hasta mucho después de que descargaran sus capturas.

La luna logró asomarse por detrás de la nube e iluminó los altos almacenes que habían construido los franceses, así como los gigantescos vapores cuyas sirenas se podían oír desde cualquier rincón de la ciudad. Realizar la travesía en uno de esos barcos habría sido sin duda más agradable, pero no teníamos tanto dinero, y el que teníamos lo necesitábamos para empezar una nueva vida en el país al que nos llevara el junco.

Nuestra embarcación zarparía desde una parte muy diferente del puerto, la parte en la que no solo amarraban barcas de pescadores, sino también barcos de contrabandistas.

—Huang es contrabandista, ¿verdad? —le pregunté a Thanh, porque no había dicho nada de que el hombre fuera pescador.

Si tenía un junco pequeño, debía de dedicarse al contrabando. Para esas travesías se necesitaba una embarcación manejable que pudiera singlar junto a los franceses sin que la delataran el ruido o el humo de un motor.

—Espero que no haya zarpado sin nosotras —susurró Thanh mientras recorría el muelle con la mirada.

Había muchos barcos y botes balanceándose de aquí para allá, pero el hombre que debía acompañarnos a bordo no estaba por ningún lado.

—Seguro que no —dije para tranquilizarla.

Seguimos andando despacio. A esa hora no solo recorrían el puerto marineros y contrabandistas, de vez en cuando aparecían también muchachas de Cholon que esperaban pescar algún cliente después de haber salido del barrio del placer con las manos vacías.

De repente aparecieron unas sombras ante nosotras. ¿Eran los hombres que buscábamos? Debían de serlo, porque se detuvieron justo delante.

—¡Eh, vosotras! —nos dijo uno de ellos en francés.

No me extrañó demasiado, porque los contrabandistas solían hacer negocios para y con los franceses. Lo que sí resultó una gran sorpresa fue que el primer hombre a quien le vi el rostro fuese europeo.

—¿Sois las muchachas que quieren salir de Saigón?

—¿Dónde está Huang? —pregunté en francés.

El hombre se rascó la cabeza.

—Espera en el barco. Nos ha enviado a buscaros.

Agarré a Thanh del brazo y ella se aferró a mí.

—¿De verdad son los hombres de Huang?

—Tienen que serlo —repuso ella.

—¡Pero si son *tây!* ¿De verdad trabajan para uno de los nuestros?

—Entre contrabandistas rigen otras leyes —afirmó ella—. Las tripulaciones se componen de pueblos diferentes. También *tây*.

—¿Qué pasa? ¿Venís o no venís? —preguntó el hombre con impaciencia.

Sus dos acompañantes nos miraban de una forma extraña.

Quizá Thanh tuviera razón, pero esos tipos no me parecían muy de fiar. Aun así, si huíamos de ellos, tal vez perderíamos la oportunidad de escapar de Saigón.

—Está bien, iremos con vosotros —contesté.

Recorrimos todo el muelle acorraladas entre ellos hasta que por fin nos encontramos ante una goleta. También eso me extrañó, porque se suponía que Huang tenía un junco.

—¿De verdad es este el barco? —le pregunté a mi amiga.

—No, era...

Antes de que Thanh pudiera terminar la frase, los hombres nos agarraron con brusquedad y nos arrastraron a la pasarela.

—¡Que no tenemos toda la noche! —gruñó el cabecilla.

Otro de ellos dijo algo en un idioma que no entendí.

Aunque nos resistimos con fuerza y gritamos pidiendo ayuda, no apareció nadie para detener a aquellos tipos. Como no podíamos hacer nada contra ellos, nos obligaron a subir al barco y nos metieron por una trampilla bien camuflada que se abría en los tablones de cubierta.

—¡Venga, bajad ahí! —gritó una voz ronca con un acento muy duro.

Nos empujaron y las dos tropezamos hacia delante. Abajo nos recogieron otros hombres que esperaban en la oscuridad y, así, desaparecimos en el interior de la embarcación. Ni nuestros gritos ni nuestros forcejeos sirvieron de nada. La trampilla volvió a cerrarse sobre nosotras; estábamos atrapadas. Los hombres que nos habían recibido nos arrastraron más aún, hasta una pequeña jaula que estaba separada de la bodega por enormes barrotes.

—¡Soltadnos! —volví a gritar—. ¡Nuestra familia vendrá a buscarnos! ¡Enviarán a la policía tras vosotros!

Los hombres se echaron a reír.

—Creía que lo que queríais era huir de vuestra familia —se mofó uno—. ¡Pues nosotros os sacaremos de aquí!

Comprendí que Huang nos había traicionado. Seguro que le habían pagado una fortuna por nosotras.

—¿Adónde nos lleváis? —preguntó Thanh con la voz tomada por el miedo.

No recibió respuesta.

Un momento después nos quedamos también sin preguntas. No estábamos solas en la jaula. Tras los barrotes había agazapadas entre diez y quince muchachas. Todas parecían amedrentadas y muertas de miedo. Algunas tenían rasguños ensangrentados en la cara y en los brazos; otras, moratones, como si esos hombres les hubieran dado una paliza al negarse a subir a bordo. Uno de ellos abrió con una llave. La puerta rechinó un poco al girar en sus goznes.

—¡Adentro, y sin rechistar! —gruñó—. Si os portáis bien, no os moleremos a palos.

Las otras chicas nos miraban fijamente, pero, como sin duda ellas ya se las habían tenido que ver con los puños, no abrieron la boca. Los barrotes se cerraron con un fuerte golpe tras nosotras. Uno de los hombres nos dirigió otro gesto amenazador y, después, todos dieron media vuelta y desaparecieron en cubierta.

Yo me puse a golpear los barrotes con furia, pero la cerradura no cedía. Thanh miró a las muchachas. Parecían estar aún conmocionadas. Ninguna se movía. También yo me volví entonces y vi que nos miraban sin disimulo.

—Ahora ya deben de tener bastantes —susurró una.

—¿Quiénes sois? —pregunté—. ¿Quiénes son esos hombres?

—¿Quiénes creéis que son? —La voz de la segunda muchacha sonó igual de rota que su risotada—. Pues muy fácil, son tratantes de mujeres. Peinan toda la costa en busca de chicas lo bastante tontas como para atreverse a acercárseles. Todas nosotras fuimos tontas.

Poco después, la maquinaria se puso en marcha. Cuando el barco empezó a moverse, Thanh rompió a llorar y yo la acerqué a mí para intentar consolarla. Ella me dejó hacer, pero en ese momento me habría gustado que me apartara de su lado, que me golpeara..., pues todo aquello era culpa mía.

No teníamos a nadie que respondiera a nuestras preguntas. Nadie que se mostrara amable. Lo único que nos llegaba de aquellos hombres eran amenazas. Las otras chicas hablaban lo menos posible; el miedo las paralizaba. Y Thanh y yo no éramos una excepción. Era inútil pensar en huir. Aunque consiguiéramos escapar de la jaula, todavía quedaban la trampilla y el mar. Pensaba en *maman* y me preguntaba qué haría cuando se encontrara con nuestros lechos vacíos. ¿Nos maldeciría? ¿O mandaría buscarnos llena de inquietud? ¿Registraría el herrero toda la ciudad y sus alrededores para encontrarnos?

Era bastante probable, puesto que la unión con el mercader de telas era importante para ellos, importante para la herrería. Los ratos que Thanh pasaba sentada a mi lado con la mirada vacía y sin decir palabra, yo fantaseaba con que nos encontraban gracias a una feliz coincidencia. En mudas oraciones prometía a mis antepasados que, si eso sucedía, me casaría con Minh. Pero nadie vino a ayudarnos, claro está. Nadie detuvo el barco, nadie se enfrentó a los tratantes.

Pronto empezamos a tener la sensación de que ese barco nos llevaba directas al infierno con el que los sacerdotes de los *tây* amenazaban a los infieles. Hacía un calor espantoso y el aire estaba tan cargado que se habría podido cortar con un cuchillo. La ropa se nos pegaba al cuerpo, el sudor empapaba a todas horas nuestro cabello. Cada una de las presas emanaba un hedor espantoso que empeoraba más aún las condiciones de aquel aire, insalubre ya de por sí. Casi todas las jóvenes se pasaban los días durmiendo. Era lo mejor que podíamos hacer.

No nos dijeron hacia dónde íbamos. Los tratantes se ocupaban de que no muriéramos de hambre teniéndonos a pan y agua, pero más no podíamos esperar de ellos.

Al cabo de unos días oímos una explosión estremecedora que nos despertó a todas de golpe.

—¿Qué ha ocurrido? —susurró Thanh, arrancada de su sueño tan bruscamente como yo.

La maquinaria que impulsaba el barco fue frenando hasta quedar del todo parada.

—Seguro que son piratas —murmuró una de las muchachas, muerta de miedo—. Será mejor que nos hagamos las muertas.

—¿Por qué habríamos de hacer algo así? —pregunté—. Entonces nos tirarían por la borda.

—Créeme, eso es mejor que lo que harán los piratas con nosotras.

Thanh nunca me había hablado de piratas. En sus historias aparecían monstruos marinos y también espíritus, pero nunca esos hombres.

—La mayoría son chinos —añadió otra de las chicas mientras percibíamos pasos nerviosos por encima de nosotras—. Cuando una tripulación presenta resistencia, enseguida abaten a tiros a los marineros. A veces toman como botín un barco porque el suyo ya no les vale. Otras lo dejan marchar después de haberse cobrado un derecho de paso.

De nuevo estaba ahí el miedo, y más intenso aún que antes. ¿Cuál sería el peaje que se cobrarían por ese barco? Los tratantes no llevaban a bordo mercancías valiosas. Solo a nosotras...

De repente se abrió la trampilla. Aquellos hombres hablaban en francés.

—¿A cuántas nos dais? —preguntó uno con un fuerte acento chino.

—A dos —contestó uno de los tratantes.

—¡Tres! —exigió el pirata.

—¡Pero eso es una quinta parte de nuestro cargamento! ¡Tenemos clientes en la otra punta del mundo!

—Tres —porfió el pirata—. Si no, tus clientes se quedarán con las manos vacías.

El tratante apretó los dientes y luego asintió.

—Está bien, tres. ¡Escoge tú mismo!

Las muchachas se apretaron contra la pared. Yo tiré de Thanh hacia mí, intentando retroceder al mismo tiempo todo lo posible. Lo que los piratas no vieran, tampoco podrían desearlo.

Poco después, los hombres estaban junto a los barrotes. El cabecilla de los piratas era un hombre muy alto con el rostro ancho, y llevaba el pelo y la barba muy cortos. Sus ropajes eran oscuros, y por encima de la chaqueta llevaba una pistolera con un revólver. Sin duda ocultaba más armas en otras partes del cuerpo. Dos de sus hombres retenían a los tratantes con sus fusiles.

Nos repasaron a todas con la mirada; yo incluso creí sentir su tacto desagradable. Algunas muchachas mantenían los ojos cerrados, como si de esa manera pudieran hacerse invisibles. Otras miraban empecinadamente hacia abajo para no mostrar el rostro.

—¡Esa de ahí, esa de ahí y esa de ahí! —exclamó el pirata.

Me estremecí y esperé que no nos hubiese señalado ni a Thanh ni a mí.

Abrieron la puerta. Mis músculos se tensaron, sentí el pulso martilleando mis oídos. Nosotras no, por favor, supliqué en silencio. Cuando vuelva a ser libre, prometo regresar y casarme con Minh.

Tiraron de dos muchachas para separarlas del grupo y ellas enseguida se pusieron a gritar tanto que me temblaron los tímpanos. Después, alguien se inclinó hacia nosotras. Yo estaba segura de que me escogerían a mí, así que cerré los ojos temblando. Y entonces me la arrebataron. Esos hombres se llevaron a Thanh en volandas. Ella gritó, pero estaba demasiado débil para defenderse. Abrí los ojos de golpe y enseguida eché mis manos hacia ella para recuperarla.

—¡No! —me oí gritar mientras me aferraba a mi hermana.

Pero entonces me cayó encima un golpe contundente. Mis manos se soltaron al instante, me tambaleé hacia atrás y choqué contra la pared. Pese a que todo a mi alrededor daba vueltas, intenté sacar fuerzas de flaqueza, pero mi cuerpo no quería obedecerme. Tras notar el sabor de la sangre, ya no tuve energía para nada más.

Oí que Thanh gritaba mi nombre, luego la trampilla se cerró y a mí se me nubló la vista.

7

Melanie despertó al rayar el alba y comprobó que se había quedado dormida en el sillón de ratán. El cuello le dolió al erguirse, y tardó un momento en poder respirar profundamente. Se desperezó y notó unos crujidos entre los hombros. Las primeras luces de la mañana teñían todo el salón de un suave resplandor rosado. Por un momento se sintió transportada de nuevo a su infancia, a aquellos veranos en los que todavía se despertaba antes que su madre y aprovechaba ese pequeño rato de libertad para bajar de la cama y recorrer la casa entera.

Contempló con ternura el rostro de la vieja dama que dormía en paz en el amplio sillón, y entonces sintió que el dolor y el miedo regresaban. La congoja ocupó todo su pecho, donde le ató un nudo que no podía deshacerse ni con un suspiro profundo. Se levantó y sopesó si salir de nuevo a correr. Aunque no hacía muy buen día, al final se decidió y enfiló hacia el lago.

No podía quitarse de la cabeza la historia de su bisabuela. En la familia nunca se había hablado de la infancia de Hanna. Todos conocían los detalles de su éxito en París, pero antes de eso parecían haber ocurrido muchísimas cosas, tal como ella sabía ahora. Estaba impaciente por regresar esa tarde al salón y enterarse de cómo seguía la historia a bordo de la goleta de los tratantes de mujeres.

El lago yacía bajo una neblina densa y el aire estaba tan húmedo como en una selva tropical. Aun así, el cielo parecía afable. Empezó su recorrido con pasos ligeros. También esta vez llevaba el móvil en la mano, y se había atado una sudadera alrededor de las caderas, porque nunca sabía una a quién podía encontrarse.

Poco antes de llegar al cañaveral aceleró el ritmo. Sus pensamientos no hacían más que escaparse hacia el desván. ¿Qué más encontraría ahí arriba? ¿Habría dejado Hanna otros objetos para que preguntara por ellos y poder seguir contándole su historia?

Un murmullo repentino la hizo saltar a un lado, espantada. Al principio creyó que era el cisne de Blumensee, pero entonces se encontró frente a Thomas, con una caña de pescar y un cubo.

—¡Buenos días! —saludó el jardinero con jovialidad—. ¡Está usted hecha una madrugadora!

Melanie se alegró de llevar más ropa encima esta vez.

—Se hace lo que se puede —repuso, y alargó el cuello para ver qué había en el cubo—. ¿Ha tenido algo más de suerte hoy con la pesca?

El hombre sonrió de oreja a oreja.

—Según se mire. La carpa sin duda considerará una suerte que no haya podido pillarla con mi anzuelo. Pero, en fin, calculo que debo de haber pescado ya todas las latas de cerveza. Por lo menos hoy no he sacado ninguna.

—Debe dejarles tiempo para que se reproduzcan —repuso Melanie, y se sorprendió al ver que esta vez se divertía más conversando con él.

Thomas se echó a reír.

—¡Sí, será por eso! Tendré en cuenta su consejo. Pero, dígame, ¿es que hubo vandalismo ayer en el palacete? He visto añicos de cristal en el contenedor de la basura.

—Ah, ¿no tendría que haberlos tirado ahí? —De pronto Melanie no sabía si los había depositado en el contenedor de la basura orgánica.

—Sí, sí, claro. Es solo que al vaciarlo me ha llamado la atención.

—Una señora mayor le dio sin querer a una de las vitrinas con su bastón.

—O sea que sí hubo vandalismo. Tal vez debería aconsejarles a sus abuelas que me contraten como guarda de seguridad.

—¿Y qué habría hecho usted? ¿Llevarse detenida a la señora?

—No, tampoco sería tan despiadado. Pero la presencia de un vigilante quizá haría que la gente llevara algo más de cuidado.

El jardinero le sonrió con franqueza. Melanie le correspondió la sonrisa, pero la situación empezaba a resultarle desagradable. Si Katja me viera ahora...

—¿Vive usted también en la villa? —preguntó tras ahuyentar el recuerdo de su futura suegra.

—No, en un pabellón algo apartado. Ese cobertizo que hay al borde del jardín.

—¿Allí dentro se puede vivir? —La última vez que Melanie había estado en ese cobertizo, solo había encontrado un lugar donde dejar todas las herramientas de jardinería. ¿Le estaría tomando el pelo el jardinero?

—He hecho algunas reformas. Después de que me contrataran estuve un par de semanas convirtiéndolo en vivienda, y me ha quedado bastante bien. —Hizo una breve pausa, la miró y añadió—: Si le apetece, podría pasar a visitarme.

A pesar de sentir curiosidad por ver cómo el hombre había transformado el cobertizo, Melanie sabía muy bien que no lo haría.

—Gracias por el ofrecimiento —repuso con educación, y señaló hacia el camino que tenía por delante—. Ahora debería...

El jardinero asintió.

—No deje que la entretenga más. Seguro que pronto volveremos a vernos. ¡Hoy va a hacer muy buen día! —Y dicho eso, dio media vuelta.

Con la sensación de haber sido injusta con él, Melanie lo siguió con la mirada, pero enseguida se quitó esa idea de la cabeza y siguió su camino.

Una hora después, cuando entró en la cocina, se encontró a Marie discutiendo acaloradamente con Hanna.

—*Maman,* ¿cuántas veces te he dicho que no te pongas a hacer experimentos con objetos cortantes? —exclamó con su francés chillón.

Melanie se acercó enseguida. A primera vista no parecía haber ocurrido nada. La mesa estaba preparada para el desayuno y el aroma de los cruasanes le inundó la nariz. Su abuela estaba plantada con cara de preocupación frente a su madre, que la miraba obstinada.

—¡No soy una niña pequeña, por si no lo recuerdas! —replicó Hanna—. ¿Qué tiene de malo que abra un bote de confitura?

—¡Pero no con un cuchillo! —Marie levantó el cuerpo del delito en actitud acusadora: un pequeño cuchillo para fruta—. ¿Y si te hubieras cortado o te lo hubieras clavado? ¡Al contrario que a mí, es evidente que se te ha olvidado que tomas anticoagulantes!

Melanie recordaba muy bien lo mucho que se preocuparon todos cuando el médico le diagnosticó a Hanna una trombosis. Desde entonces le recetaba anticoagulantes.

—¡Melanie, por favor, dile a tu bisabuela que deje de hacer tonterías! —pidió Marie al percatarse de la presencia de su nieta.

—Y dile a tu abuela que no se preocupe tanto sin motivo. ¡Yo ya abría así los tarros de confitura cuando ella todavía estaba en pañales!

—Puedo que eso sea cierto, *grand-mère,* pero aun así deberías tener más cuidado —dijo Melanie con ánimo conciliador—. ¡Yo solo podría donarte dos litros de sangre, llegado el caso!

Hanna resopló.

—¡Jamás habría pensado que te pondrías de parte de Marie! —dijo con fingida indignación.

—Hazme el favor de cuidar de ella luego, cuando me vaya al cristalero. Mejor será que hoy no subas al desván.

Hanna iba a replicar a Marie, pero Melanie se le adelantó:

—De todas formas hoy quería enseñaros lo que he encontrado estos últimos días. El contenido de las cajas está desperdigado por todas partes, tendríamos que decidir con qué nos quedamos y con qué no. Lo que no queramos conservar podríamos meterlo en bolsas para intentar ofrecérselo a otros museos.

—No creo que encuentres a nadie que se interese por esos viejos trastos —dijo Marie, que ya se había tranquilizado y estaba sirviendo el café.

Hanna secundó a su hija:

—Esos cachivaches viejos pueden ir a la basura. Cuando nosotras dos ya no estemos aquí, te quedarás tú sola con todas esas antiguallas.

Sonrió y alcanzó un cruasán.

Cuando el taxi de Marie arrancó, Melanie subió al desván a buscar las cajas. Al cabo de pocos minutos había convertido el salón en un guardarropa. Las cosas que ya no se podían aprovechar las metió directamente en bolsas de basura para que no estorbaran.

Las piezas buenas las extendió sobre los muebles y por el suelo.

—¡Madre del amor hermoso! —exclamó Hanna al ver el vestido de lentejuelas—. ¡No tenía ni idea de que aún conservara esto!

—¿Cuándo lo llevaste? —preguntó Melanie.

—Ah, pues en algún baile en Niza. Me parecía horrible y, nada más acabar la fiesta, lo guardé para no tener que verlo más. Lo escondí tan bien que me extraña tenerlo todavía.

—Pues a mí me gusta —reconoció Melanie—. Y, si quieres saber mi opinión, aún hoy en día encontrarías a alguien dispuesto a comprarlo.

—Sí, solo hace falta ver cómo van los jóvenes para darse cuenta de que son capaces de ponerse cualquier cosa.

Melanie pensó un instante y luego recordó algo que quería preguntar desde hacía tiempo.

—¿Qué te parecería si organizáramos un desfile de moda con estos vestidos? Al menos con las piezas que todavía pueden llevarse sin sufrir ningún daño.

—¡Es una idea maravillosa! Pero ¿dónde celebraremos ese desfile? Seguro que a tu abuela no le gustará que lo hagamos aquí.

—Puede que incluso fuera bueno que no tuviera lugar en la villa. Así podríamos hacer un poco de publicidad para el museo y, además, recaudar un montón de dinero.

—El montón de dinero también lo recaudaríamos haciéndolo aquí.

—Sí, claro, pero ¡imagínate que montáramos algo para la Fashion Week! ¡Un espectáculo retro! Sería necesaria una buena inversión, desde luego, ¡pero el mundo entero sabría de la existencia de tu museo! Y, entonces, hasta los japoneses se acercarían a verlo. —Melanie se detuvo en seco al ver la gran sonrisa de Hanna—. ¿Qué? ¿No sería bonito recibir también visitantes internacionales? No hay muchas otras casas que tengan un patrimonio de vestimenta antigua tan bien conservado. Sin contar a los grandes museos.

—No sonreía porque tu idea me desagrade —repuso Hanna—. Es solo que acabo de ver a la vieja Melanie, la

Melanie emprendedora. Mi bisnieta, la de las mil buenas ideas.

Melanie miró a su bisabuela, desconcertada.

—¿Qué quieres decir con eso?

—¡Que tus ojos volvían a brillar mientras hablabas del desfile de moda! Hacía mucho que no te veía así.

Melanie bajó la mirada y sonrió con timidez.

—Bueno, en estos momentos... Quiero decir que me gustaría muchísimo organizar ese desfile, cuando...

—¿Cuando Robert despierte?

Melanie sintió cómo volvía a caer sobre su pecho una pesada losa.

—Sí, cuando despierte.

—En fin, quizá deberías ponerte a organizarlo algo antes. Así, la próxima vez que vayas a verlo podrías explicárselo. Tal vez encuentre en ello un estímulo más para despertar. Dile también que serás tú quien desfile con el vestido de novia.

—Pero, *grand-mère*...

—¡Nada de peros, Melanie! —Hanna le apretó la mano—. Robert no querría que dejaras de vivir ni de trabajar. Estoy bastante segura de que se enfadaría muchísimo contigo si se enterara de que has renunciado a buenas ideas por él.

Melanie soltó un hondo suspiro. A esas alturas ya no era capaz de imaginar a Robert enfadándose con ella por nada.

—¿Sabes? Me encantaría que estuviera enfadado conmigo, que se enfadara muchísimo, ¡porque entonces podríamos discutir y querría decir que él ha salido de ese horrible coma!

—Saldrá de él. Y yo que tú le daría la alegría de haber construido algo estupendo cuando despierte. ¡Así, seguro que se guardará mucho de volver a caer en coma otra vez!

Durante la siguiente hora estuvieron revolviendo entre cajas con alegría, y Melanie consiguió incluso apartar un poco el recuerdo de Robert. Hanna tenía razón, se enfadaría; en cambio, le alegraría saber lo del desfile de moda, y seguro que no dejaría escapar la ocasión para hacer fotografías y escribir algún artículo. Sobre todo porque su relación con Hanna y Marie era muy buena, y ya se había ofrecido muchas veces a publicar algo sobre el museo.

—¡Este de aquí sería ideal! —Hanna sacó del montón de ropa un diseño azul claro decorado con delicadas piedrecitas y un corte bastante atrevido—. Llevé este vestido en los años sesenta, en una gala benéfica. ¡Fue una fiesta fantástica! Yo ya tenía cincuenta y muchos años, pero pasaba por una de cuarenta y pocos. Puedes imaginarte la envidia que suscité entre muchas viejas divas.

—Seguro que aún hoy te envidiarían —opinó su bisnieta mientras palpaba el delicado crepé.

—Además, Jackie Kennedy en persona me preguntó dónde lo había comprado. En aquella época estaba a punto de convertirse en la señora Onassis.

—¿Conociste a Jackie Kennedy? —Melanie se quedó de piedra. Sabía que su bisabuela había tenido contacto con gente famosa, claro, pero eso no lo había mencionado nunca.

—Conocerla sería decir demasiado. Charlé con ella, alabó mi vestido e incluso conseguí endilgarle mi tarjeta. Por desgracia, nunca vino a comprarme un sombrero.

—¿Y por qué no me lo habías contado hasta hoy?

—Ay, pues porque no venía al caso. —Hanna le quitó importancia con un gesto—. Además, ya me conoces, no me gusta alardear.

En eso llevaba razón. Siempre había disfrutado de sus éxitos, pero nunca los proclamaba a los cuatro vientos.

Cuando devolvieron su atención a los vestidos, de pronto Hanna se quedó boquiabierta. Parecía haber descubierto algo entre todas aquellas cosas.

—No puede ser —murmuró, y, como llevada por una fuerza invisible, se acercó a un vestido marrón nada llamativo que estaba doblado debajo del azul.

Era de una tela basta y tenía un corte muy sencillo, pero se había conservado tan bien que Melanie no se había atrevido a desecharlo. Hanna lo levantó con manos temblorosas y dejó que la tela se deslizara entre sus dedos.

—¿De qué año es este? —preguntó Melanie, pero su bisabuela no respondió.

Después de estar un buen rato mirando el vestido, empezó a palpar los dobladillos. Al cabo de poco, se detuvo.

—¿No tendrás unas tijeras, cielo? —preguntó.

—Aquí no, pero voy a buscar unas.

Melanie salió corriendo del salón y fue a la cocina. ¿Qué mosca le había picado a su bisabuela? Cuando regresó, tijeras en mano, Hanna se había sentado en una otomana. Los demás vestidos del salón parecían haber dejado de interesarle, y sus manos seguían sosteniendo un trozo de dobladillo que parecía algo abultado.

Melanie recordó la discusión de esa mañana con Marie, pero aun así le pasó las tijeras. Si había una herramienta que dominaba con maestría, era esa.

Hanna cortó con ligereza una costura y abrió las dobleces de la tela.

—¿Qué es...? —empezó a preguntar Melanie.

Su bisabuela le mostró entonces unos cuantos billetes antiguos. Estaban bien doblados y parecían bastante gastados. Hanna los contempló con ojos pensativos y luego miró a Melanie.

—Parece que durante todos estos años había olvidado muchas cosas —dijo, y una lágrima se deslizó por su mejilla.

Melanie se acuclilló a su lado y le pasó el brazo por los hombros. Hanna se recostó en ella y luego se secó la cara con el dorso de la mano.

—Este dinero me lo dio hace mucho tiempo una buena amiga. Quería que hiciera algo de provecho, y lo cosí en el dobladillo de este vestido para que no pudieran quitármelo.

Melanie acarició el brazo de Hanna y se preguntó de cuándo sería aquella prenda. Calculaba que databa de los años veinte, tal vez de la Gran Depresión.

—Creo que debería hablarte de ella —dijo su bisabuela al fin, y se apartó con delicadeza—. Seguro que sientes curiosidad por saber qué sucedió conmigo en aquel barco, ¿verdad?

—Desde luego —contestó Melanie en voz baja y, al mismo tiempo, se preguntó por qué se le habían saltado las lágrimas a su bisabuela. ¿Tenía algo que ver con Thanh?

—Bien, pues te propongo que vayas a por dos tazas de té, porque esta parte de la historia será bastante larga y yo necesitaré tiempo para recomponerme, pues lo que sucedió entonces preferiría haberlo borrado de mi recuerdo. —Miró los billetes y los desdobló con mucho cuidado—. Pero, como ves, el pasado no deja que una se deshaga tan fácilmente de él.

Melanie se fijó un instante en el dinero y vio que eran marcos estatales: la moneda que se empezó a acuñar tras la hiperinflación alemana. Así que Hanna debió de estar en Alemania ya hacia 1925. ¿Qué había sido de ella después del secuestro?

Se levantó para ir a la cocina. Mientras el agua empezaba a calentarse en el hervidor, miró un momento el móvil. Le habían llegado varios correos electrónicos, entre ellos uno de su agencia. Desde el accidente, Charlotte era muy cuidadosa con las llamadas. Siempre se aseguraba por adelantado de que todo fuera bien. Como el agua aún tardaría un rato, Melanie decidió llamarla en ese mismo momento.

—¡Hola, guapa, cuánto tiempo sin oírte! —exclamó Charlotte nada más contestar—. ¿Cómo estás?

—Ahora mismo muy bien —respondió ella—. Me he venido a visitar a mi bisabuela.

—¡Ah, al fantástico Museo de la Moda! —Por supuesto, Melanie también se había deshecho en alabanzas sobre la villa con todos los de la agencia—. Algún día tengo que acercarme por allí para verlo.

—Cuando quieras serás bienvenida —respondió Melanie, aunque sabía que Charlotte no conseguiría sacar tiempo hasta la jubilación—. Pero, dime, ¿por qué querías hablar conmigo?

—Bueno, uno de tus clientes ha preguntado si volverás a estar disponible pronto.

—¿Qué cliente?

—¡Dornberg!

Melanie se quedó sin aliento. ¡Luis Dornberg era uno de los diseñadores más exclusivos con los que había trabajado nunca! Recordaba muy bien las sesiones fotográficas en Túnez en las que había retratado su colección «Tuareg».

—Sí, quiere que te encargues de las fotos para su nueva campaña. ¿No es estupendo?

—Sí, claro —reconoció Melanie, aunque algo insegura. Por mucho que esa oferta la halagara, sabía que Dornberg no se contentaría con una sesión en Berlín ni en ningún otro lugar de Alemania.

—Pues no se te oye muy entusiasmada —constató Charlotte.

—Ay, ya sabes cuál es mi situación ahora mismo…

—Claro que lo sé. Pero la sesión no tendrá lugar antes de septiembre. ¡Y estamos hablando de Bali!

Algo se removió en el interior de Melanie. Seguro que Bali era precioso y, si a principios de año todo hubiera sucedido de otra forma, seguramente estaría dando saltos de alegría. En cambio, le sobrevino una sensación desagradable.

—Déjame que lo piense un poco, ¿vale? Hazme ese favor...

—¿Que quieres pensártelo? ¡Estamos hablando de Dornberg!

Melanie empezó a caminar intranquila, de un lado a otro.

—Sí, ya lo sé, pero en mi situación actual no puedo aceptar así como así. Dame un par de días, ¿vale?

Charlotte suspiró.

—Bueno, está bien, porque eres tú. Ya sabes lo poco que le gusta que lo tengan en vilo.

—Es que... Te prometo que no tendrás que hacerle esperar mucho.

A sus palabras les siguió un silencio. Melanie podía imaginar lo que estaba pensando Charlotte, pero, si Robert todavía estaba en coma, ¿cómo iba a largarse ella tres semanas a Asia?

—Haré lo que pueda. Si hace falta, diré que en estos momentos estás enferma o que no te he podido localizar. Eso le molestará menos que saber que has pedido un tiempo para pensártelo.

—Te lo agradezco de corazón.

Melanie colgó y miró por la ventana. El sol se había ocultado tras unos nubarrones que parecían querer traer más lluvia a la región. ¿Por qué la ponía la vida ante semejante encrucijada?

Se sobresaltó al comprobar que tenía muchas ganas de aceptar el trabajo, pero el sentido de la responsabilidad hacia Robert la retenía. Y, por extraño que pareciera, eso le indignó. ¿Quería decir que su amor por él se estaba desvaneciendo?

Todavía tardó unos instantes en darse cuenta de que el hervidor de agua ya había terminado de hacer su trabajo. Volvió a encenderlo otra vez y luego vertió el agua hirviendo sobre el té.

—¿Te encuentras bien? —preguntó Hanna cuando regresó al salón—. Se te ve nerviosa.

Melanie dejó las tazas de té en la mesita que había entre las otomanas.

—Charlotte, mi agente, acaba de llamarme.

—¿Y bien? ¿Malas noticias?

Melanie informó a su bisabuela de la llamada. Al final casi no pudo seguir hablando.

—Aunque me encantaría aceptar ese trabajo, ¿no será también una señal de que... ya no... quiero a Robert?

Hanna sacudió la cabeza de mala gana.

—¡Eso no debes pensarlo ni por un segundo! El amor hacia una persona no depende de que desees hacer también otras cosas. Te lo vuelvo a repetir: Robert querría que siguieras adelante con tu vida. Además, aunque te dejes ver menos por el hospital, ¡todo seguirá su curso! Los médicos son buenos y todos los días se esfuerzan para devolverte a tu prometido. Cuando despierte, te necesitará, y no creo que se ponga en pie de un salto ni sea el mismo de antes enseguida. —Hanna se retorció las manos un instante, luego volvió a aferrar el vestido marrón como si fuera un salvavidas—. Varias veces me encontré yo en un punto en el que creí que lo mejor sería rendirme. Pero siempre me di cuenta a tiempo de que deseaba vivir. —Miró a su bisnieta con insistencia—. Te lo ruego, cielo, empieza a ver el estado de Robert como una oportunidad para reunir fuerzas. Lo que vendrá más adelante será más duro aún. Y piénsate bien lo de ese trabajo. Si quieres aceptarlo, ¡acéptalo! Tienes una familia que te apoya; ni Elena ni Marie ni yo permitiremos que tu suegra te encadene a esa cama de hospital. —Respiró hondo, como si de repente le costara llenar los pulmones de aire.

Melanie se levantó, alarmada.

—¿Te encuentras bien, *grand-mère?*

155

—Sí, ya estoy mejor —contestó Hanna, que aflojó un poco la mano con la que aferraba el dobladillo—. Solo me he exaltado demasiado al hablar. A mi edad no hay que hacer eso. ¿Todavía quieres escuchar la historia de este vestido?

—Por supuesto que sí. Si tú todavía quieres contármela...

Melanie lamentaba de pronto haberle hablado de la oferta de trabajo. No había pretendido alterar tanto a su bisabuela.

—¡Faltaría más! Y tal vez mi historia te ayude un poco con tus disquisiciones.

Hanna dio un sorbo de té, luego cerró los ojos como si tuviera que sumergirse hasta lo más hondo de su memoria.

8

Nuestro viaje parecía no tener final. El clima cambió varias veces de forma drástica. Primero hizo un calor abrasador, después un frío espantoso. Con frecuencia el barco se zarandeaba mucho, las tempestades y las olas tiraban de él sin compasión y los bultos de la bodega acababan lanzados de aquí para allá. Cada vez que algo chocaba contra los barrotes, alguna muchacha soltaba un grito. La maquinaria ya no daba más de sí en su intento por que la embarcación mantuviera el rumbo, hacia dondequiera que fuese que nos llevaran. En momentos como esos, a veces deseaba que la tormenta nos hundiera a todos en las profundidades.

Un día el barco ralentizó de pronto la marcha y acabó por detenerse. Una sacudida recorrió todo el casco, las máquinas pararon. ¿Otra vez los piratas, o habíamos llegado al destino de nuestra travesía? En cubierta resonaron pasos y voces. Oímos arrastrar una cadena, seguramente la del ancla. ¿Qué sucedería con nosotras?

Igual que yo, tampoco las demás muchachas tenían ya fuerzas para lloriquear ni decir nada. Nos quedamos sentadas unas junto a otras, paralizadas, y ni siquiera nos movimos cuando los hombres entraron en la bodega.

—¡Ya hemos llegado! —gritó uno de ellos en francés—. ¡Venga, arriba!

Oí el tintineo de unas llaves y entonces abrieron la puerta de la jaula. Algunas chicas obedecieron la orden por propia voluntad, otras permanecieron sentadas. Yo fui

157

de las que no se levantaron del suelo. De nuevo pensé en Thanh. ¿Habría podido hacer algo por ella? ¿Qué le habría sucedido?

—¡Arriba! —me increpó uno de los hombres. Al ver que no le hacía caso, me levantó tirándome de un brazo con brusquedad. Como, aun así, no hice ningún ademán de seguirlo, me agarró de la trenza y estiró hacia arriba hasta que me vi obligada a mirar su enfurecida cara—. ¡No hagas ninguna tontería!

El aliento le apestaba a alcohol y tabaco. Se me revolvió el estómago, pero no había comido nada que pudiera vomitarle encima. Sus ojos, de un verde lodoso como el Mekong durante los monzones, se quedaron clavados un momento en mí. Luego me arrastró con él.

Impotente, fui subiendo a trompicones la escalera por la que hacía mucho nos habían lanzado allí abajo. La cubierta estaba iluminada con unas luces tan brillantes que me dolieron los ojos. A los demás hombres no los veía por ninguna parte. Un olor extraño y acre me atenazó los pulmones y me hizo toser, y entonces unas manos rudas me agarraron como si fuera una paca de algodón. El aire de la noche me mordió piernas y brazos con sus dientes fríos. Todavía llevaba la misma ropa con la que me habían secuestrado, y nadie me dio una manta ni un abrigo.

A pesar de todo, intenté mirar a mi alrededor. Las luces de aquel puerto eran tan diferentes a las de mi hogar... Hasta la oscuridad parecía más profunda en esa ciudad nueva. Por ninguna parte se percibía el tenue aroma de las orquídeas y las especias. En cambio, creí oler la suciedad que enfangaba el suelo a mis pies.

¿Dónde me encontraba? ¿Cuántas millas separaban aquel lugar frío y oscuro de mi casa?

Me bajaron al muelle por una pasarela bamboleante. Allí las luces se reflejaban en charcos grandes y someros.

Un coche aguardaba algo retirado; una clase de vehículo que yo no había visto nunca. Pensé que sería uno de esos automóviles de los que nos había hablado mi padrastro, y me sobresalté al darme cuenta de lo lejano que me resultaba el recuerdo del herrero y de *maman*.

El hombre que esperaba frente a aquel vehículo llevaba un abrigo con cuello de pieles. Les dijo algo a los del barco y luego indicó por señas que me metieran en el coche. El intenso olor a cuero casi me dejó sin respiración, pero por lo menos el tapizado sobre el que me senté estaba blando, y el compartimento trasero ofrecía protección contra aquel frío penetrante. No estaba sola. Un hombre de cara ruda aguardaba sentado en uno de los bancos, y también había otras dos muchachas del barco apretadas en el asiento que quedaba frente a él. Temblaban de forma tan incontrolada que casi parecía que sufrieran un mal nervioso.

Los hombres de fuera siguieron charlando un rato en un idioma que yo no entendía, pero que sonaba como si estuvieran discutiendo. Por fin el del abrigo de pieles zanjó la conversación algo malhumorado y subió al vehículo. Poco después, el motor cobró vida con un rugido y el coche se puso en marcha.

Cuando el frío de mis extremidades remitió un poco y los dientes dejaron de castañetearme, miré por la ventanilla. Dejamos atrás el puerto con sus gigantescos almacenes, que apenas se distinguían en la oscuridad, y entonces las casas empezaron a parecerse a las que ocupaban los franceses en Saigón. La mayoría de ellas se veían bastante destartaladas, y por un momento me pregunté si no estaríamos en el país de origen de los *tây*. No obstante, aquel idioma extraño y de sonido tan duro no encajaba. Debíamos de estar en algún lugar de Europa, pero ¿dónde? Y algo que me acuciaba más aún: ¿podría regresar a mi casa?

Esa idea me provocó una sonrisa dolorosa. Primero había querido escaparme y de pronto solo deseaba volver. ¡También tenía que buscar a Thanh!

Después de un trayecto que se me hizo interminable, llegamos a un barrio muy bien iluminado. La calle me recordó un poco a Cholon, aunque estaba mucho menos sucia. Me vinieron a la mente los fumaderos de opio y los burdeles. Si de verdad ese barrio era algo similar a Cholon, estaba perdida.

La casa ante la que se detuvo el coche parecía tener ojos rojos. Era por la luz roja que emitían unas pantallas baratas y que se reflejaba en las paredes, rojas también. Nos sacaron a todas del coche a la fuerza y luego nos hicieron entrar enseguida por una puerta de la que salía un fuerte olor. Una vez allí, seguimos un estrecho pasillo y entramos por otra puerta a una sala que se parecía un poco al antiguo despacho de mi padre.

En ella encontramos sentada a una mujer que llevaba un vestido negro muy cerrado. Su melena rubio rojizo caía en rizos espesos, y tenía el rostro ajado. Fue examinando a una muchacha después de otra; unas veces sacudía la cabeza, otras asentía. Al cabo de un rato le dijo algo al hombre de las pieles, que aguardaba detrás de nosotras, bloqueándonos la salida. Él respondió algo, molesto, después exclamó una orden y los hombres que nos habían sacado del barco aparecieron de nuevo.

A las otras dos chicas se las llevaron, yo me quedé allí. La mujer empezó entonces a rondarme como si fuera una gata. Una y otra vez me tocaba con rudeza la barbilla, la levantaba, la volvía hacia uno y otro lado. Me pasó las manos por el pelo, puso una mueca de repugnancia y le dijo algo al hombre. Este volvió a contestar y se echó a reír.

Por fin la mujer se inclinó hacia mí.

—¿Hablas francés, como me han dicho? —Ella lo hablaba con un acento muy fuerte.

Asentí.

—¡Bien! Has tenido suerte, te aceptaré aquí conmigo.

De pronto vi ante mí aquel perro atropellado y a la vendedora de doncellas. Aunque esa mujer hablara de suerte, en realidad podía suponer mi ruina. De eso no me cabía duda.

—Una flor de loto tan delicada gustará mucho a nuestros clientes. —De nuevo le dijo algo al hombre en aquel idioma desconocido—. ¡Ariana! —gritó después.

La mujer que entró entonces tenía la melena negra y estaba muy delgada. Sus labios mostraban un gesto duro y de cerca parecía mayor de la edad que debía de tener. No entendí lo que le dijo la mujer del pelo pajizo, pero debió de encargarle la tarea de ocuparse de mí.

—Acompáñame —me dijo Ariana, y me tomó de la mano.

Su francés era impecable, sin duda era una *tây* nativa. Un leve aroma a rosas flotaba a su alrededor y su vestido susurraba con ligereza cuando se movía. Me hizo pasar por delante de otras mujeres que estaban esperando y que me miraron con curiosidad y hostilidad a partes iguales. Luego me indicó que subiera por una escalera estrecha.

—¿Cómo te llamas? —preguntó cuando llegamos arriba.

No dije nada.

—Venga, suéltalo. ¿O es que te han arrancado la lengua?

Negué con la cabeza y le dije mi nombre.

—¿Ho-nei? —repitió sin conseguir pronunciarlo bien—. Qué nombre más raro... Aunque seguro que en tu tierra os llamáis así. ¿De dónde eres exactamente?

—De Saigón —conseguí decir.

—Ah, he oído hablar de esa ciudad. Indochina. —Dejó que el nombre de mi país se deshiciera en su lengua—. Uno de mis clientes habituales estuvo allí y me ha hablado maravillas de las orquídeas y del jazmín. Por desgracia, nunca ha querido llevarme con él...

Al oír «clientes habituales» me quedé de piedra. ¡Esa casa era como las de Cholon! Empecé a temblar sin control. En aquella ocasión conseguimos escapar de la vendedora de doncellas, pero de todas formas había ido a parar a un burdel.

—*Mon Dieu!* —exclamó Ariana, y corrió a mi lado al ver que empezaba a tambalearme. Aunque era muy delgada, tenía fuerza suficiente para sostenerme—. ¿Te mareas? ¿Tienes náuseas? Esos cabrones no te han dado nada de comer, ¿verdad?

Me apartó unos mechones de pelo de la cara y probó a sonreír.

—Intenta recuperarte. Es el mejor consejo que te puedo dar. Levántate, pase lo que pase. Esta casa... Aquí puedes pasarlo mal o bien, según. Volver a tu país no te resultará fácil, eso seguro. Pero en algún momento serás demasiado vieja para lo que hacemos aquí. Si tienes suerte, te dejarán ir a donde tú quieras. Si no, tendrás que hacer la calle. Tal vez podrías ahorrar algo de dinero para más adelante. Yo te aconsejo eso.

No entendía qué quería decir con ello, pero de algún modo conseguí encontrar fuerzas para ponerme derecha. Estábamos de pie ante una puerta llena de arañazos.

—Este es mi cuarto —explicó Ariana—. Lo compartirás conmigo hasta que la jefa te asigne uno propio. Si ganas un buen dinero, sucederá pronto; si no, las dos viviremos juntas una buena temporada. Y, como me saques de quicio, sales volando por la ventana, ¿está claro?

La miré con espanto. Ella debió de tomarlo por un sí.

—Ahora te bañarás mientras te busco ropa nueva. Y ni se te ocurra intentar escapar. No pienso tener problemas por culpa tuya. Antes te doy una buena patada en el culo.

Al otro lado de la puerta me encontré con una pequeña habitación en la que había una cama y un catre.

—¡Espera aquí! —Ariana sacó un camisón y una toalla basta de una cómoda y luego regresó a mi lado—. El baño está al final del pasillo —me indicó—. Las demás chicas ya han acabado de trabajar por hoy y no volverán a lavarse hasta mañana, así que puedes bañarte. El agua ya está aquí arriba, pero no puedo prometerte que siga caliente, porque el mozo solo enciende el fuego una vez. Aunque, después de haber estado en ese barco...

Se quedó callada, sacudió la cabeza y me llevó al cuarto de baño, donde encendió la luz. Se trataba de una sala muy estrecha en la que había una tina con el esmalte muy gastado, además de un pequeño taburete con una palangana y una gran jarra de porcelana dentro.

—¡Desvístete! —me apremió Ariana mientras echaba en la tina el agua de un cubo que había junto a ella. Un par de gotas salpicaron el suelo, se metieron en las ranuras que había entre las baldosas resquebrajadas y fluyeron en dirección a la puerta.

Yo no quería desnudarme delante de una desconocida. Cuando me bañaba con Thanh no tenía vergüenza, pero porque ella era mi amiga y mi hermana.

—No te pongas así —dijo Ariana, que parecía leerme la mente—. No pienso quitarte ojo de encima y, además... —Apretó los labios y luego retrocedió un poco—. Bueno, esperaré fuera. ¡Métete en la tina y no te entretengas!

Dicho esto, salió de la habitación. Miré el agua. Bajo la superficie se veía algo verdoso, como si fueran algas. Metí un dedo con cuidado. Estaba congelada. Tal vez lo mejor sería que me ahogara aquí dentro, pensé.

No, no puedes hacer eso, dijo de pronto una voz desde el interior de mi cabeza. Una voz que sonaba como la de Thanh. ¿Quién me buscará entonces? Solo tú sabes lo que ha ocurrido. Solo tú puedes encontrarme.

Me quité la ropa vieja, que a esas alturas no era más que un montón de jirones, y me metí en el agua fría.

Cuando salí del baño, Ariana me esperaba en la puerta. Parecía impaciente. Unos pasos enérgicos subían la escalera. Las demás, que se habían quedado abajo, regresaban ya a sus habitaciones.

—¿Y qué se siente siendo ama de cría? —preguntó una joven burlona con melena rizada. Su francés era bastante malo, estaba claro que no solía hablar en ese idioma, pero debía de usarlo para que también yo la entendiera.

Ariana le sonrió de oreja a oreja.

—Por suerte, la pequeña me ha salido lo bastante mayorcita para no tener que darle el pecho. Pero, si quieres, con mucho gusto te la cedo, Erika.

—Deja, deja, tengo cosas mejores que hacer. Al menos yo todavía tengo suficientes clientes. —Se agarró los pechos y los unió con un gesto obsceno.

Ariana no dijo nada más, pero sus ojos refulgieron de ira.

—Puedes dormir en el catre —me indicó cuando estuvimos de vuelta en su cuarto—. A lo largo de los próximos días te traerán ropa nueva. De momento puedes ponerte algo mío que esté viejo. Eres bastante delgada.

Ariana se quitó el vestido sin inhibiciones. Debajo llevaba unas enaguas finas y medias con liguero. Acto seguido se quitó también las enaguas, las medias y el liguero y se quedó completamente desnuda en medio de la habitación. No parecía importarle en absoluto, pero yo bajé la mirada con vergüenza. Ella se echó a reír.

—¡Aquí tendrás que ver de todo! Acostúmbrate.

Me ardían las mejillas. No quería que nadie me viera desnuda. Tal vez las chicas de Cholon lo hacían, pero yo no. Es que ahora eres una de ellas, me dijo una vocecilla desde el interior de mi cabeza.

Para evitarme la visión de aquella mujer desnuda, me eché en el catre, cerré los ojos e intenté pensar en otra cosa. Recordé a Thanh y me pregunté si habría conseguido escapar de los piratas. Tal vez los franceses habían apresado su barco y habían salvado a las muchachas. Me aferré a esa posibilidad.

—Pobrecilla —susurró Ariana cuando se acuclilló a mi lado y me apartó el pelo de la cara—. Una orquídea arrancada de su tierra. Esos cerdos...

Yo lo oía todo, pero no me atrevía a abrir los ojos.

—Cuidaré de ti —prometió mi nueva compañera, y me tapó con una manta—. Ahora duerme y descansa bien.

Poco después oí los chirridos de su somier metálico y la luz se apagó. Entonces abrí los ojos y vi la luna ante la ventana. Parecía más pálida, más fría que en mi hogar, pero por lo menos tenía la posibilidad de verla. Aunque no por mucho tiempo, ya que enseguida me quedé dormida.

Durante los días siguientes, Ariana me explicó que estábamos en Alemania, más concretamente en Hamburgo, y que tendría que aprender alemán. Me dejó claro que trabajaría para Hansen, pues así se llamaba el hombre de las pieles, y que mi obligación sería acostarme con hombres. La forma en que me lo describió me dejó al borde del desvanecimiento.

—¡Santo cielo! —masculló Ariana—. ¡No puedes venirte abajo por cualquier tontería!

Resopló con disgusto, luego abrió el batiente superior de la ventana. Ya me había explicado que era la única parte que se podía abrir. Para que las chicas no escaparan, Hansen había quitado los tiradores de la mitad inferior.

—¡Escúchame! —exclamó, y se acuclilló a mi lado—. ¡Y mírame, sobre todo!

Abrí los ojos a regañadientes.

—Si quieres sobrevivir, tendrás que acostumbrarte a ver y oír ciertas cosas, y también a hacerlas. Yo siento mucho que estés aquí, pero Hansen no te dejará marchar, lo mismo da que colabores o que no. ¡No te haces una idea de lo que soportan las chicas de la calle! Tienen que acostarse con todo el que se cruza en su camino, y cada dos por tres acaban en comisaría. La mayoría mueren jóvenes porque enferman o porque algún loco les corta el pescuezo. Aquí dentro estarás segura, siempre que colabores. Y eso incluye que no te den arcadas cuando me veas a mí o a cualquier otro desnudo. ¡Por lo menos haz como si no te importara!

Me espanté al ver que se le saltaban las lágrimas.

—La vida de ambas depende de que no seas una mojigata.

—¿Por qué? —pregunté.

Ariana dio media vuelta y apoyó las manos sobre la cómoda. Allí había un plato con restos de una salsa pegajosa. La comida de la casa no era buena, pero saciaba.

—Porque pronto seré demasiado vieja —contestó entonces—. Me echarán a la calle y allí moriré. —Se volvió hacia mí. Su mirada casi ardía—. Pero yo no quiero morir. Así que me encargo de las chicas nuevas. Las que son como tú. Les digo por dónde van los tiros y les enseño lo que tienen que hacer. Mientras consiga cumplir con mi trabajo y mis pupilas ganen un buen dinero, dejarán que me quede en esta habitación. Además, de vez en cuando todavía tengo algún cliente. —Se interrumpió unos instantes y luego, bajando otra vez la mirada, añadió—: Te lo ruego, hazme el favor de no traer problemas. Sé que odiarás esto, y que me odiarás a mí, pero créeme: no te quiero ningún mal. Solo deseo sobrevivir. Y deseo que también tú vivas.

Entonces comprendí que Ariana no era mi enemiga y que nos necesitábamos mutuamente. Sin embargo, no sabía cómo sería capaz de hacer aquello de lo que me hablaba.

Unos días después volvió a presentarse allí el hombre del abrigo de pieles. Nos llamó a Ariana y a mí ante su presencia, me pasó revista y luego le dijo algo a ella. Mi compañera ya me había enseñado algo de alemán, pero con eso no bastaba ni de lejos para entender de qué trataba la conversación. Hansen, de todos modos, hablaba francés.

–Los marineros me han contado que en tu tierra la gente cree que trae buena suerte que un hombre joda con una virgen. –Era evidente que disfrutaba pronunciando aquellas palabras tan soeces, y también con el espanto que se reflejaba en mi rostro–. He pensado que le ofreceré esa buena suerte a uno de mis clientes. Una suerte por la que tendrá que pagar.

Se me revolvió el estómago, pero de algún modo conseguí no caer inconsciente de pura consternación.

De nuevo le dijo algo a Ariana, que asintió. Después hizo un breve gesto con la mano, como si quisiera apartar una mosca pesada.

–Quiere que te prepare –dijo mi mentora cuando volvimos arriba–. Tiene pensado subastar tu virginidad y venderla al mejor postor. –Se apoyó en la pared, como si de repente le hubieran abandonado las fuerzas–. Por eso ha esperado hasta ahora. Por eso no ha podido tocarte nadie. Ese bastardo... –Entonces se recompuso–. Venga, vamos, que tenemos mucho que hacer. Aunque se te pongan las orejas coloradas y cierres los ojos con fuerza, voy a explicarte lo que te espera. Es mejor que lo sepas ya.

Ariana no me ocultó nada. Su vocabulario me escandalizaba, pero lo que describía era mucho peor. Cuando el día llegó a su fin y tuve que salir de la habitación para que entraran los clientes, fui a sentarme con apatía debajo de la escalera, donde había encontrado un rincón en el que nadie me veía. Las descripciones de Ariana me siguieron esa noche incluso en sueños, y a partir de entonces despertaba todas las mañanas con miedo.

El día de mi subasta llegó antes de lo que esperaba. Las demás chicas, a las que yo prefería evitar porque sentía su hostilidad, susurraban a mi espalda, pero no entendía lo que decían. Cuando Ariana estaba cerca callaban, y por eso deduje que lo que cuchicheaban sobre nosotras dos no era nada bueno.

La noche de la subasta temblaba como las hojas de un sauce llorón. Casi no me di cuenta de que Ariana escogía un vestido especial para mí. Mis pensamientos no hacían más que darle vueltas a cómo escapar, pero la casa estaba demasiado bien vigilada, y huir por las ventanas era imposible, pues, aunque hubiera llegado al batiente superior, era demasiado pequeño para pasar por él.

—Te pondré algo que resulte fácil de quitar. Los hombres se impacientan mucho cuando quieren follar.

Ariana sacó algo rojo del cajón, un vestido de seda que tenía un corte muy sencillo pero, aun así, muy elegante. Me lo pasó por la cabeza y luego me indicó que me tumbara.

—¡Venga, deprisa! ¡Quiero ver si estás en días fértiles!

Me puse muy tensa cuando me empujó de los hombros para echarme en el catre, pues temía que el hombre entrara ya por la puerta.

—¡Maldita sea, no hagas tanto teatro! —renegó Ariana—. Ya se lo harás al tipo que te compre, y puede que incluso le guste. Yo solo quiero comprobar si hoy puede hacerte un niño o no. Más te vale que no, porque en tal caso quizá tengas que ir a la abortera después de la primera vez.

«Abortera» era una palabra que yo no entendía aún.

Ariana me echó entonces en el catre y me separó los muslos. Casi me morí de la vergüenza cuando me metió los dedos.

—Tienes suerte, chica —dijo al volver a sacarlos—. Por lo menos no te dejará preñada.

Yo solté el aire de golpe y me quedé tumbada.

—¡Levántate! —me exhortó Ariana entonces. Fue a la palangana y se lavó las manos—. La próxima vez puedes hacerte tú sola el examen. Solo tienes que comprobar qué aspecto y qué tacto tiene el flujo.

A eso le siguió una lección ante la que yo me tapé los oídos. Ariana me soltó entonces un buen bofetón.

—¡Será mejor que escuches! ¿O es que quieres tener un crío?

No quería eso, pero tampoco quería hacer lo que podía provocar que naciera un «crío».

—Si no estás segura, es mejor que avises a los clientes —dijo para concluir—. Pero que no se enteren las demás. Si Giselle lo descubre, te molerá a palos. A esa le da igual que estires la pata en casa de la abortera... —La voz de Ariana se tiñó de amargura. Luego bajó la cabeza y dijo—: Ha llegado la hora.

Había muchos hombres presentes en el salón rojo. Hansen ordenó que sirvieran vino y champán a sus huéspedes, y después se acercó a los que por lo visto creía lo bastante ricos. Los hombres que buscaban placer rápido desaparecieron enseguida en la planta de arriba con alguna chica. Todos los demás sabían que esa noche les ofrecerían algo muy especial.

Ariana se había sentado a mi lado. Su rostro estaba impasible; su mirada, indiferente. Parecía tener la cabeza muy lejos de allí. No me atreví a preguntar qué sucedería entonces. Sentía claramente las miradas de los hombres sobre mí. Los que me miraban con más lascivia debían de ser los que pensaban pujar para comprarme.

—Tienes suerte, en algunos países estas subastas se hacen en público —me explicó Ariana—. Hansen, por el contrario, solo ha reunido a sus clientes habituales. Por lo menos, el que te tome por primera vez será un tipo rico.

Me invadió el pánico. ¿Y si echaba a correr hacia la puerta? ¿No era mejor acabar muerta a manos de la gente de Hansen? ¿O caer al agua?

Esas ideas me tenían tan absorta que casi ni me di cuenta de que empezaban las pujas. Aquello no era como en el mercado de caballos; los hombres solo levantaban la mano con discreción, y Hansen asentía para aceptar sus pujas. Parecía saber muy bien cuánto dinero ofrecían. Al cabo de un rato las señales se volvieron más escasas. Una mano tras otra desaparecía; yo era demasiado cara. Sin embargo, algunos hombres todavía parecían decididos a conseguir su buena suerte... con la violación de una virgen.

Levanté la mirada al oír que Ariana resoplaba con repugnancia. Solo dos hombres alzaban ya la mano por turnos. Ambos eran mayores que mi padre y que el herrero, y ambos tenían un aspecto asqueroso. El miedo amenazaba con abrirme las entrañas. Me hubiera gustado echarme a llorar, pero pensé en lo que me había dicho Ariana, así que intenté controlarme. Mi mentora me dio entonces una palmadita.

Ante mí tenía a uno de los hombres, con las mejillas enrojecidas y los ojos vidriosos. Su barriga era considerable, pero aun así tenía unas piernas muy delgadas, lo cual le hacía parecer un sapo vestido de traje. Sus ojos, por el contrario, eran pequeños y estaban hundidos en la enorme masa de sus mejillas, que se derramaban en una gran papada. Me ofreció el brazo doblando el codo: un gesto que les había visto hacer a los *tây* cuando paseaban a sus mujeres por la ciudad. Debía irme con él. Sin embargo, no era capaz de moverme del sitio.

—Ve —me susurró Ariana a modo de advertencia cuando el hombre resopló con impaciencia y Hansen se puso alerta—. Todo pasará, ya verás.

A eso le siguieron los peores quince minutos de mi vida. Jamás había sentido una repugnancia y un pavor iguales. El hombre estaba tan impaciente que me arrancó el vestido del cuerpo y me tomó con brutalidad. De nada sirvió toda mi resistencia.

Cuando por fin bajó de encima, me quedé tumbada y deseé estar muerta. Después apareció Ariana.

—*Mon Dieu,* parece que te hubiera... —Se mordió el labio y no terminó la frase. Después se inclinó sobre mí—. ¿Te encuentras bien?

Mi mirada no conseguía fijarse en ella.

—Por supuesto que no —se contestó ella misma.

Ariana miró a su alrededor sin saber qué hacer y, al no encontrar lo que buscaba, salió un momento de la habitación.

—Toma —dijo cuando regresó. Me puso algo entre los muslos y luego me subió unas bragas por las piernas—. ¿Puedes ponerte de pie? —preguntó entonces.

Como yo seguía sin moverme, al final me levantó ella.

—Venga, arriba. Tenemos que salir de aquí. Hansen vendrá enseguida.

De alguna forma conseguí llegar a nuestra habitación. Allí olía de forma parecida al hombre que había yacido sobre mí; Ariana había atendido a un cliente. Pero eso no me interesaba. Me dejé caer en el catre y de nuevo quise morir.

Los días que siguieron los pasé con una fiebre horrible. No sé por qué, pero caí muy enferma y estaba convencida de que moriría. Aquel hombre me había roto algo por dentro, me había desgarrado, y yo acabaría muriendo a causa de esas heridas. Entre delirios constaté que habían llamado a un médico, un anciano de barba gris. Me examinó con sus manos frías, luego dio un diagnóstico que no entendí y volvió a desaparecer.

A partir de ese momento, el agua que me daban sabía amarga por culpa de algún medicamento y me provocaba sueños intranquilos. Sueños en los que veía la cara de Thanh cubierta de sangre seca, veía cómo estiraba las manos suplicantes hacia mí, lloraba, me pedía ayuda. Sueños en los que la violaban los piratas sin que nadie pudiera evitarlo. La desesperación estuvo a punto de acabar conmigo. Y cuando ya no podía soportarlo más, volvía a caer en la negrura y el olvido.

La fiebre duró varios días más, hasta que una mañana abrí los ojos y en un primer momento no supe dónde me encontraba. La luz era tenue y clara. Todo parecía recubierto de blanco. ¿Estaba en el más allá?

No, el corazón me latía. Estaba viva. En el ambiente de la habitación se percibía un suave aroma a rosas que camuflaba el olor a sábanas sin lavar, sudor y papel pintado húmedo.

—Gracias a Dios que has despertado. —Una voz femenina que sonaba ronca, como si hubiera fumado mucho o hablado muy alto—. Ya creía que no sucedería nunca. —Ariana se sentó a mi lado y me acarició el pelo—. Hanna —susurró—. Creo que te llamaré Hanna. Tu antiguo nombre pertenece a tu antigua vida y allí debe quedarse. ¿Lo entiendes?

Lo entendía. Me había convertido en otra, ya no era la muchacha que había escapado de Saigón. Había sobrevivido a la enfermedad y la inconsciencia, y tal vez algún día también conseguiría huir de allí. Mientras no estuviera de vuelta en Saigón, llevaría ese nuevo nombre. Hanna. El nombre de la vergüenza. El nombre de mi castigo. El castigo por haber escapado de casa.

Pasó un año. Un año en el que aprendí a aceptar con indiferencia lo que los hombres hacían conmigo. Un año en el que aprendí a entender su idioma y también a hablarlo, aunque con un acento muy marcado. Un año en el que soñé con escapar, sí, pero en el que no encontré fuerzas para intentar la huida. De vez en cuando metía la pata con las otras chicas, que se burlaban de mí por mi aspecto y mi forma de hablar, pero Ariana estaba siempre de mi parte y se convirtió en una amiga. Quizá también me quedaba allí por ella.

El invierno de 1926 fue muy suave, pero estuvo salpicado de fuertes tormentas que hacían que los clientes se quedaran en sus casas. Las chicas estaban bastante inquietas. Cuando los clientes no venían por el burdel, aparecían los matones de Hansen para disfrutar de nuestros servicios. También yo había tenido que vérmelas con uno de ellos, y no me apetecía repetir, ni mucho menos.

Quizá fuera por las tormentas y la humedad del clima, pero el caso es que Ariana empezó a encontrarse mal. Tenía ataques de tos y pequeñas fiebres, pero seguía trabajando por miedo a Hansen y a Giselle, la madama del burdel.

—¿Estás segura de que no tienes la tisis? —oí que le preguntaba una chica un día.

Me había escondido en un hueco que había detrás de unos pesados cortinajes, el único lugar en el que no estaba expuesta a ninguna mirada. Allí podía reencontrarme conmigo misma y dejar aflorar durante unos momentos a la muchacha que había sido Hoa Nhài.

Aquel hueco era el lugar en el que daba rienda suelta a mis ideas, a mis deseos y también a mi rabia. Además de a mis planes de huida. Aunque no sabía si algún día podría llevarlos a cabo.

—¿Por qué iba a tener la tisis? —preguntó Ariana, y en su voz se notaba que la pregunta la había asustado.

—Porque no haces más que toser —contestó Minna—. Giselle también ha empezado a sospechar. Dice que aquí no hay sitio para una tísica.

Minna era amiga de Ariana y también yo había acabado llevándome muy bien con ella. Pero era una de las pocas excepciones; la mayoría de las chicas me siseaban «¡Ojos de china!» cuando pasaba junto a ellas.

—No es la tisis —insistió Ariana en voz baja—. El doctor Hollerbruck cree que solo es porque tengo los pulmones débiles. Necesitaría un cambio de aires, pero ¿qué le voy a hacer? Está claro que Hansen no piensa llevarnos de excursión al campo.

—Aun así, deberías andarte con cuidado. Ahora mismo Hansen recibe tanta carne fresca que ya no nos necesita. Seguro que pronto llega mercancía más joven aún, puede que de África esta vez.

Al instante evoqué de nuevo las imágenes de mi espantosa travesía. A mi corazón le resultaba difícil sobrellevar que otras muchachas tuvieran que sufrir lo mismo que Thanh y que yo. De repente, aquel hueco me pareció terriblemente estrecho y habría querido salir corriendo de allí, pues de nuevo oía los gritos de Thanh en mi cabeza. Sin embargo, no debía dejarme ver antes de que Ariana y Minna terminasen de hablar, porque seguro que creerían que las estaba espiando a escondidas.

Más tarde, cuando por fin salí del hueco y conseguí apartar la pena que sentía por Thanh en un rincón de mi recuerdo, fui consciente de lo que podía significar aquella conversación. ¿Qué sería de mí si Ariana de verdad tenía tisis y enfermaba tanto que ya no podía trabajar? ¿Y si la obligaban a marcharse de allí? ¡Yo me vería indefensa en manos de las demás!

—Oye, ¿a ti qué te pasa? —murmuró Ariana cuando entró en la habitación. Era la hora de prepararse para los clientes. La noche ya había caído sobre Hamburgo, los primeros hombres no tardarían mucho en aparecer por la puerta–. Parece que hayas llorado. ¿Has discutido con alguien?

Negué con la cabeza.

–No, no he discutido.

Pero tampoco tenía ganas de explicarle el por qué de mis ojos llorosos y mis mejillas arrasadas en lágrimas. Ariana me escrutó con la mirada.

–Añoras tu casa, ¿verdad? –No esperó a ver mi reacción–. Sí, nos pasa a todas. Bueno, a las que tienen una casa. Cuando, como yo, vienes de un lugar oscuro que no significa nada para ti, no sientes añoranza, solo rechazo por un sitio más. Pero seguro que tú tenías un hogar precioso.

Asentí, contenta de que no sospechara el verdadero motivo de mi tristeza.

–Sí, mi hogar era muy bonito. Allí había palmeras, y el Mekong tenía miles de brazos por los que el agua se derramaba en el mar.

–¿Y el cielo? –preguntó Ariana, entusiasmada–. ¿Cómo es el cielo en tu país? ¿Es tan azul como aquí en verano? ¿O tan amarillo como cuentan los marineros?

–Tiene muchos colores –contesté yo, y de repente mi corazón se llenó de calidez. Sin darme cuenta, empecé a hablar en mi lengua materna–. En la época de lluvias la verdad es que parece algo amarillo, pero casi siempre es de un azul resplandeciente. Luego se vuelve turquesa o rosado, sobre todo por las mañanas. Y al anochecer es de un rojo ardiente, que luego se vuelve violeta y al final de un negro profundo, con estrellas plateadas.

Como Ariana me miraba con extrañeza, me di cuenta de que no me entendía e intenté describir de nuevo los colores en alemán. Lo conseguí solo a medias, así que pasé al francés, con el que me manejaba mejor.

—¡Qué país tan hermoso! —repuso mi amiga con una sonrisa triste—. Me encantaría verlo algún día.

En otras circunstancias le habría prometido llevarla conmigo y mostrárselo todo, pero era imposible. Las dos estábamos prisioneras allí, en el frío y tormentoso Hamburgo, donde, salvo por los diferentes tonos de gris, había muy pocos colores, e incluso esos parecían cubiertos de una pátina grisácea.

A la mañana siguiente despertamos sobresaltadas por unos fuertes golpes en la puerta de nuestra habitación.

—¡Hanna, Giselle dice que bajes a verla! —No reconocí de quién era aquella voz, pero sabía que debía darme prisa.

—¿Qué ocurre? —refunfuñó Ariana.

—Tengo que bajar a ver a Giselle —respondí mientras salía de entre las sábanas y buscaba mi vestido.

—¿Es que anoche no le diste el dinero?

—¡Claro que sí! No sé por qué me llama.

Me hice un moño en la nuca, me puse los zapatos y salí de la habitación. Las voces de las otras llegaban a mis oídos desde lejos. Por lo visto se había creado mucha expectación. Ante el despacho de Giselle se había reunido un nutrido grupo. Las chicas se agolpaban y alargaban el cuello. Al abrirme paso entre ellas, algunas me dedicaron unos insultos que yo no entendí.

Giselle estaba sentada tras su mesa como una reina oscura en su trono. Tenía la boca torcida en un gesto más adusto de lo habitual. Ante ella estaba Erika, con el pelo suelto y temblando de ira. Las demás se pusieron a cuchichear cuando me detuve delante de ellas dos.

—¡Esa me ha robado! —afirmó Erika, y me señaló con un dedo como si me estuviera lanzando un cuchillo—. ¡Estoy segura de que ha sido ella!

—¿Es eso cierto? —preguntó Giselle con severidad.

Sorprendida por la acusación, negué con la cabeza.

—No... No sé de qué habla.

—¡Ja! Y ahora se hace la inocente. Tal vez deberían enviarte al burdel del final de la calle. —La chica me hablaba en un tono amenazador y me fulminaba con la mirada.

Yo no tenía ni idea de qué había motivado tanto odio. Erika era una de las que no me tenían aprecio, cierto, pero no le había dado ningún motivo para que me desacreditara ante Giselle.

—¿Por qué tiene que haber sido Hanna? —dijo alguien desde atrás. Ariana se abrió camino entre las demás y miró furiosa a Erika. ¿Cuánto había oído de la conversación?—. Ni siquiera duerme cerca de tu cuarto, y sabe muy bien que no debe meterse contigo. Dime, ¿por qué tendría que haberte robado ella?

El discurso de Ariana hizo que Erika apartara de mí su mirada cargada de odio. De pronto, por un momento fue ella la que no supo qué decir, pero no tardó en recuperar el habla.

—Estoy segura de que ha sido ella. La Ojos de china recorre los pasillos a hurtadillas y espía lo que decimos. ¿Quién sabe qué tendrá en la cabeza? Puede que un día te apuñale.

—¡Yo nunca haría eso! —repuse temblando de la cabeza a los pies—. Y tampoco te he robado nada.

Erika cruzó los brazos en el pecho y sonrió con burla. Parecía saber muy bien a quién creerían.

—Pues resulta que me ha desaparecido el broche del vestido —dijo, y miró a Giselle. Seguramente el broche se lo había regalado ella a su favorita, ya que en realidad ninguna de las chicas tenía suficiente dinero para poder permitirse algo así.

—¡Si ni siquiera sé cómo es ese broche! —seguí defendiéndome yo, pero lo hice con ese acento tan fuerte que a veces impedía que los demás me entendieran, aunque usara las palabras adecuadas.

—¡No finjas, víbora de piel amarilla! —me recriminó Erika.

—¡Yo no te he robado nada! —repliqué—. Lo juro por mi familia.

La mirada de Erika se cargó de desprecio.

—Si es que la tienes...

Cuando iba a abalanzarme sobre ella, Ariana se interpuso entre ambas.

—¡Ya basta! —le gritó a Erika.

Las dos se miraron durante unos segundos y Erika apartó por fin la cara. Sin embargo, en su rostro apareció una sonrisa triunfal.

—Ariana, aclara esto —soltó Giselle con voz amenazadora—. No pienso cobijar a ninguna ladrona bajo mi techo.

Como si alguien quisiera pegarse por tener sitio bajo tu techo, pensé con burla. Pero a esas alturas ya conocía lo suficiente la entonación alemana para saber que estaba atrapada en un grave problema. Si huía de la Casa Roja, Hansen no se olvidaría de mí tan fácilmente. Me llevaría a alguna de las otras casas que le pertenecían y de las que las chicas susurraban que eran un infierno. Ariana me agarró del brazo con rudeza y me arrastró consigo. Tras ella sonaron unas carcajadas maliciosas. Una vez arriba, me colocó ante ella con brusquedad.

—Pero ¿qué has hecho? ¿De verdad crees que seguiré protegiéndote si haces tonterías así?

—Yo no he robado nada. ¡De verdad que no! —le aseguré—. ¡Puedes registrar mis cosas! ¡Mi cama! ¡No tengo ese broche!

Ariana cruzó los brazos en el pecho.

—Ya lo sé.

—¿Qué?

—Ya sé que tú no has robado nada. Debe de ser por otra cosa. ¿Has hecho algo que haya enfadado a Erika o a Giselle?

Sacudí la cabeza; no se me ocurría nada.

—No, que yo sepa.

—¿No le habrás quitado algún cliente a Erika, tal vez? ¿Quizá alguno de los que suelen ir con ella ha preguntado por ti?

—No lo sé, yo...

Desesperada, intenté recordar a los hombres de los últimos días, pero no me había fijado en sus rostros. Ariana empezó a caminar de un lado a otro, intranquila, y no hacía más que toser.

—Algo ha ocurrido... Erika no te acusaría sin un motivo. —Parecía rebuscar febrilmente en su memoria. Entonces se detuvo, asintió y salió de la habitación sin darme ninguna pista.

Esa noche yo estaba tan preocupada que casi ni me daba cuenta de cuando los hombres me montaban y satisfacían su deseo en mi interior. Al acabar la jornada, me deslicé en mi cama, por suerte tan cansada y entumecida por dentro que no conseguía formar ningún pensamiento coherente. Tampoco me di cuenta de que Ariana había regresado.

—No sabes la suerte que tienes, ¿verdad? —La voz ruda de mi amiga me sacó del sueño cuando por la ventana entraba ya la plomiza luz de la mañana.

Me incorporé a duras penas y me froté los ojos, adormilada. Ariana, que estaba de pie junto a mi catre, parecía furiosa.

—Hemos encontrado ese maldito broche —espetó—. Estaba abajo, escondido entre los pliegues de la *chaise longue* roja.

Yo sabía que eso no era todo.

—Seguro que ahora te preguntas por qué tienes suerte, ¿a que sí? —Su voz era cortante.

Asentí.

—Pues tienes una gran suerte porque Erika es tonta, y porque he conseguido convencer a Giselle de que no es culpa tuya que te tenga tanta envidia.

—Pero ¿de qué tiene envidia? —Sentía cómo me temblaba el diafragma—. Por favor, explícamelo, no lo entiendo.

—Para empezar... —Ariana miró hacia la puerta y bajó la voz—. En un principio, el broche no estaba en la *chaise longue*. Estaba aquí, en esta habitación.

Contuve el aliento.

—Será mejor que sigas respirando si no quieres ponerte azul —dijo entonces—. Esa imbécil ha intentado acusarte de un robo, pero por suerte se ha equivocado de cama. Lo escondió en la mía en lugar de en la tuya.

¡No podía creerlo! Ya era bastante malo tener que estar allí como para que, de repente, otra de las chicas no solo envidiara mi situación, sino que encima intentara difamarme. Me eché a llorar, pues no estaba acostumbrada a ser objeto de semejante hostilidad.

—Ahora no te pongas a lloriquear o tendrás que estar todo el día ocupada en que no se te note en los ojos. El peligro ha pasado, pero deberías cuidarte muchísimo de buscarte líos con Erika robándole clientes. Abajo, siéntate en el rincón donde no esté ella. Mantente siempre alejada.

—¿Y si es ella la que no me deja en paz? —sollocé, ya que nunca había tenido la sensación de haberme acercado demasiado a nadie en esa casa.

—Mantente alejada de ella, haga lo que haga —dijo Ariana con calma, y se inclinó hacia mí como si temiera que pudieran oírnos desde la puerta—. Pero no le quites el ojo de encima y, si ves cualquier cosa extraña, dímelo a mí. Cree que nadie puede leerle las intenciones, pero yo sé muy bien cómo es. No dejes que te intimide.

La reaparición del broche no consiguió cambiar el ambiente de la Casa Roja, pero al menos Erika me dejó tranquila. Las semanas pasaban y yo no veía ningún rayo de esperanza. Como Ariana tenía un calendario, sabía que ya estábamos a mediados de marzo, pero nadie lo habría dicho por el estado del tiempo. Los días eran fríos y húmedos, y todavía nevaba de vez en cuando. La luz del sol casi nunca lograba atravesar las nubes.

Y entonces, una mañana de abril (el tiempo hacía más cabriolas que el monzón en mi tierra), oí unos jadeos extraños al despertarme. Al principio no pude explicarme de dónde venían, pero después me di cuenta de que Ariana no se había levantado como tenía por costumbre.

Bajé de mi catre y vi que seguía en la cama. Estaba tosiendo y tenía la cara muy roja. Enseguida salí de la habitación y corrí por el pasillo en busca de la única persona que podía llamar a un médico.

—¡Adelante! —exclamó Giselle al oír mis golpes en su puerta, seguramente esperando encontrarse con alguien que no era yo, pues la sonrisa desapareció de sus labios pintados de rojo nada más verme—. ¿Qué quieres?

—¡Ariana! —dije entre jadeos, sin hacer caso de la mirada hostil de la madama—. ¡Tiene mucha fiebre y no despierta!

La jefa del burdel no dijo nada, ni siquiera parecía demasiado asustada o extrañada.

—¡Necesita ayuda! —insistí yo, pero a Giselle no se la veía interesada—. ¡Iré a buscar a un médico! —grité, y eso sí hizo reaccionar por fin a la jefa.

—¡Quédate aquí! —vociferó cuando ya iba a darme media vuelta—. Mandaré a por el médico. ¡Tú sube y ocúpate de ella!

Correspondí a su mirada furiosa y luego me retiré a la planta de arriba, a nuestra habitación. Ariana todavía no había vuelto en sí. Se removía de un lado a otro de la cama con la respiración entrecortada.

¿Y si al final tenía tisis? ¿Qué clase de enfermedad era esa?

El médico tardó muchísimo en llegar. Mientras los minutos se convertían en horas, acabé temiendo que Giselle no hubiera hecho caso de mis palabras. Sin embargo, después de la hora de comer oí unos pasos pesados que subían la escalera. No podía ser Hansen, porque nunca se dejaba ver por allí arriba. El hombre que abrió la puerta poco después tenía el pelo blanco y una barba gris. Era el mismo médico al que había visto yo en mis delirios.

Se notaba que examinaba a Ariana con desgana, pero al final dejó el estetoscopio a un lado, resopló y sacó una libreta de su maletín.

—Su... compañera tiene una neumonía. Vaya a buscarle este medicamento, por favor.

Me quedé mirando la hoja de papel que me había puesto en la mano. Me habría gustado contestar que no había forma de que yo pudiera ir a buscar el remedio, pero me callé y asentí con la cabeza.

Sabía que Giselle se pondría hecha una furia. En una habitación con una enferma nadie podía entrar con un hombre. Ni en sueños albergaba la esperanza de que me dieran unos días libres para ocuparme de mi amiga, pero por lo menos tenía que intentarlo. A fin de cuentas, hasta ese momento ella siempre había permanecido a mi lado.

Giselle se enfadó, en efecto, y no poco. Despotricó porque, encima, tendría que gastar dinero por una puta vieja que ya no atraía a demasiados clientes. Que ella misma era mucho mayor que Ariana era algo que no parecía dispuesta a considerar. Como tampoco el hecho de que Ariana aún tenía valor para el negocio, o por lo menos lo había tenido hasta justo antes de caer enferma.

—Pero no soy ningún monstruo —masculló Giselle al final, y le dio al chico de los recados la receta y algo de dinero.

Este no se dejó ver hasta una hora después.

Mientras tanto, yo le iba refrescando la frente, pero la tos no remitía. Al contrario, había empeorado. Disolví una de las bolsitas de polvos en agua y se la di a beber como pude.

—¡Pero no se te ocurra pensar que vas a librarte del trabajo! —amenazó Giselle—. De Ariana ya te ocuparás más tarde.

Me alegré de que me asignara el *boudoir*. Así no tendría que turnarme con ninguna de las otras chicas en su cuarto.

Esa noche los hombres me eran más indiferentes que nunca. En cuanto entregué el dinero y Giselle, dejándose llevar al ver la cantidad, me deseó incluso buenas noches, regresé a nuestra habitación. Olía a agrio y el ambiente estaba muy cargado, pero, por miedo a que el aire frío pudiera empeorar más el estado de Ariana, no abrí la ventana.

¡Mi amiga estaba ardiendo! Sentí un miedo espantoso al comprobar que podía percibir el calor que irradiaba solo con estar de pie junto a su cama. ¡Era evidente que el medicamento no le estaba ayudando! Aun así, no me atreví a bajar. Seguro que Giselle me habría dado una buena paliza antes que volver a enviar otra vez al chico de los recados al médico... y tener que pagar la cuenta.

Intenté bajarle la fiebre con compresas frías, mientras yo misma luchaba contra el sueño, que tiraba de mí con mano férrea. Sin embargo, aunque al final el cansancio pudo conmigo y me hizo caer, no tardé mucho en despertar sobresaltada por unos jadeos asustados.

—Hanna —susurró Ariana, y por un momento vi una sonrisa en su rostro—. ¿Qué hora es ya?

—Falta poco para que amanezca —contesté mientras le quitaba de la frente el paño recalentado y casi seco para volver a sumergirlo en la palangana—. ¿Cómo te encuentras?

Ariana no me respondió. Tenía la mirada perdida. Casi parecía que iba a quedarse dormida otra vez, pero entonces su mano buscó a ciegas mi brazo.

—Voy a decirte una cosa. —Antes de que pudiera hacerlo, le sobrevino un ataque de tos tan fuerte que estuvo a punto de asfixiarse. Aun así, luego siguió hablando—. Escúchame bien —jadeó, y yo me incliné sobre ella sin hacer caso de su neumonía—. En el fondo del armario encontrarás un agujero, solo tienes que apartar un poco la madera a un lado. Allí dentro está todo lo que he guardado y ahorrado estos años.

¿Por qué me contaba aquello? Tuve un mal presentimiento.

—Si a mí me sucediera algo, quiero que te quedes con ese dinero.

—¡No, no, no digas eso! —exclamé, presa del pánico.

—¡Quiero que te quedes con el dinero! —insistió Ariana empleando todas sus fuerzas y su autocontrol—. Quiero que desaparezcas de aquí, y lo antes posible. Me ha costado muchísimo defenderte y convencer a Giselle de que tu trabajo es muy valioso para ella. Ahora han llegado chicas nuevas que esperan en otras casas y, por lo que me han dicho, son bastante más sumisas que tú... —De nuevo arrancó a toser.

Yo estaba segura de que hablaba entre delirios, porque ¿acaso no me había mostrado yo sumisa todo el tiempo?

—Intentarán cambiarte por otra, y entonces vivirás un infierno, porque escapar de las otras casas te será más difícil aún —siguió diciendo Ariana cuando se repuso un poco. Su mano huesuda se aferró a la tela que me cubría el hombro. Las costuras protestaron con un sonido como de rasgón—. Saca de ahí el dinero y desaparece de aquí. Hay muchas formas. Y no creas que Hansen es Dios. No lo ve todo, como tampoco lo ve todo su gente. Yo no he tenido otra opción, pero tú sí la tienes. Y eres fuerte... —Sus palabras volvieron a quedar ahogadas por un ataque de tos.

Esta vez fue tan agudo que su rostro se puso de un rojo intenso al principio y luego casi de color azul. Sentí cómo me invadía el pánico y me levanté de un salto. No sabía qué hacer. ¡Allí no había ningún médico, y ninguna de las chicas querría ayudarme!

Pero Ariana volvió a calmarse. El color de su rostro pasó del rojo intenso a un rojo febril, y pareció que volvía a respirar. Me miró con lágrimas en los ojos.

—¡Por favor, chiquilla, haz lo que te digo!

—Podríamos irnos juntas —susurré. Mi corazón palpitaba de miedo.

—Yo me iré, eso seguro —dijo en voz baja—, pero juntas no podremos marcharnos. Así que asegúrate de salir de aquí, y de que sea lo antes posible. Todavía tienes una vida entera por delante. No dejes que te machaquen por completo y te lo quiten todo, ¿me lo prometes?

Me sentí fatal teniendo que prometerle aquello. Primero, porque no sabía si podría mantener mi palabra, y segundo, porque temía que era una de esas promesas que solo se le hacen a un moribundo.

Aun así, se lo prometí y Ariana me soltó. De nuevo me sonrió, tosió un poco y al rato volvió a dormirse. Yo saqué el paño mojado de la palangana y se lo puse otra vez sobre la frente.

Ariana murió tres días después. Cuando fui a verla por la mañana, como siempre, ya estaba fría y con los ojos muy abiertos, igual que la boca. Parecía que hubiera querido tomar una última y desesperada bocanada de aire.

La noticia de su muerte corrió como la pólvora. Giselle se presentó en la habitación, soltó una maldición espantosa y envió al chico de los recados a buscar al enterrador. Las chicas se apretaban nerviosas en la puerta para echarle un vistazo al cadáver. La madama intentó cerrarle los ojos y la boca, pero no lo consiguió, así que volvió a maldecir, vociferó que no pensaba tolerar un cadáver en su casa y salió corriendo.

Nadie se preocupó de mí, que estaba hecha un ovillo en la cama, llorando. Y nadie más derramó una sola lágrima por Ariana. Todas correteaban a su alrededor y no hacían más que mirarla con los ojos fuera de las órbitas. Quizá se alegraban de ver por una vez en la Casa Roja algo más horrible que su trabajo.

—Venga, venga, muchacha, que te vas a quedar sin ojos de tanto llorar —oí que decía finalmente la voz suave de un anciano.

El enterrador estaba de pie ante mí, y sus ayudantes ya se habían llevado el cadáver. Miré su rostro bonachón y avejentado, que estaba enmarcado por unas grandes patillas canosas y amarillentas y un pelo blanco y ralo que llevaba peinado sobre la frente. Me estuvo contemplando un rato, y yo a él. Con su casaca y corbata negras, se parecía a los *tây* de mi infancia cuando iban a la iglesia. Aquellos días se me antojaban muy, muy lejanos.

El hombre alargó una mano y me acarició el pelo.

—Eres muy bonita. Espero de verdad no tener que enterrarte a ti también.

Debí de mirarlo espantada, porque el hombre retiró la mano y me sonrió con tristeza.

—¿Era amiga tuya? —preguntó.

Asentí, acongojada.

—Entonces la dejaré muy guapa para su último viaje. Y no te preocupes, le cerraré la boca y los ojos. No se presentará así ante Dios, nuestro Señor.

—Gracias. —Yo no sabía nada de ese Dios, su Señor, pero era bueno que se preocupara tanto por Ariana.

El enterrador se despidió con un gesto de la cabeza y, antes de irse, se volvió una última vez hacia mí.

—Cuelga unas tijeras abiertas sobre la puerta. Así, la de la guadaña no entrará en la habitación —dijo antes de marcharse.

Esa noche el negocio continuó como cualquier otra en la Casa Roja. Alguien aporreaba el piano, los clientes iban llegando. Yo me subí a algunos a mi habitación y les dejé hacer, pero, mientras los hombres se afanaban entre mis muslos, me preguntaba qué habría querido decir el enterrador con su consejo. ¿Quién era la de la guadaña? ¿Y por qué iban a impedirle unas tijeras que entrara en la habitación? Como no encontré ninguna respuesta, pensé en Ariana, que seguramente estaría ya con los ojos y la boca cerrados en un ataúd, dormida. Por fin era libre.

El entierro iba a celebrarse tres días después, y era obvio que las chicas iríamos al cementerio, pues Ariana no tenía otra familia. Yo pensé en sus últimas palabras y me pregunté si alguna vez encontraría la oportunidad de huir de la Casa Roja.

Aunque lloraba la muerte de mi amiga, también estaba muy emocionada. ¡Por primera vez iba a ver Hamburgo y recorrer sus calles! ¿Tendría el valor de separarme de las demás? El corazón me latía como loco cuando lo pensaba, y se me quedaban las manos frías. El hormigueo y la tensión que sentía en el estómago solo remitían al dormir, y esos días apenas conseguía conciliar el sueño.

Entretanto, había encontrado el escondrijo del dinero y, en secreto, había empezado a coser los billetes dentro del dobladillo de mi vestido. Por suerte, Ariana tenía sus propios enseres de costura, y mi habilidad con la aguja me vino muy bien. Además de dinero, también encontré allí una dirección de Berlín. A esas alturas yo ya sabía que los ahorros de Ariana no bastarían para regresar en un barco a Vietnam, ¡pero al menos sí me darían para viajar a aquella ciudad alemana! Allí trabajaría e intentaría ahorrar más. ¡En algún momento podría regresar y entonces buscaría a Thanh!

La mañana del entierro, Giselle me mandó llamar. Miró con burla el burdo vestido marrón oscuro que antes había sido de Ariana y anunció:

—Ya puedes quitarte eso. Tú te quedas aquí.

—¿Qué quiere decir? —Me parecía evidente que debía acompañar a mi amiga para dedicarle un último adiós—. Pero ¿por qué no puedo ir a su entierro?

Su respuesta fue como una bofetada. El poco rojo que aún teñía los labios de Giselle desapareció por completo. En sus ojos refulgía la ira.

—¡Te quedarás aquí, he dicho! Erika te vigilará. ¡Y que Dios se apiade de ti como intentes algo!

¿Erika sería mi guardiana? Más me valía que cuidaran de mí los matones de Hansen. Con Erika ni siquiera podría respirar sin que le pareciera una afrenta. Probablemente se sentaría en el estudio de Giselle con todas las llaves de la casa y haría como si fuera la dueña y señora. Con eso, mi posibilidad de huida más cercana había quedado frustrada. Pero no había nada que hacer. Rígida, di media vuelta y regresé a mi habitación. Peor aun que el ardor de mis mejillas era la quemazón del odio en mi interior. ¡Escaparía de allí, fuera como fuese!

Erika, por el contrario, no estaba muy interesada en asistir al entierro. A diferencia de las demás, no mostró ni asomo de lástima. De hecho, no desperdició ninguna oportunidad para burlarse del aspecto de Ariana en su lecho de muerte. Ni siquiera el día mismo del entierro se privó de ello.

—¡Así tendrían que haberla visto los clientes! —vociferó por el pasillo, y se echó a reír.

Las demás se contuvieron. Por lo visto, todavía les quedaba un ápice de decencia.

Yo me quedé mirando triste por la ventana cómo salía de la Casa Roja el séquito vestido de negro. De otras casas salieron más mujeres de luto que se unieron a él. Tal vez Ariana no tuviera muchas amigas, pero por lo visto en el barrio había personas que la respetaban y lamentaban su muerte.

Al cabo de un rato comprendí que, aparte de Erika, en la Casa Roja casi no iba a quedar nadie. A todas luces contenta de que Giselle hubiera depositado esa gran confianza en ella, Erika no se dio por satisfecha con asegurarse de que yo no me dejara ver por la planta baja. Cuando todas se marcharon, subió a por mí. Sin llamar a la puerta, entró y se tumbó con una sonrisa maliciosa en la cama de Ariana, en la que ya solo había un colchón desnudo.

—Bueno, ¿y no preferirías escapar? —preguntó con ese tono seductor que le conseguía todos los clientes que quería.

Su voz me repugnó hasta lo más hondo. Erika era falsa, y tan peligrosa como una serpiente de los arrozales. Yo guardé silencio, y eso no le gustó nada, evidentemente. Se levantó y me rodeó despacio, como una gata que acorrala a su presa y ya solo le falta clavarle las garras.

—Lo veo en tus ojos. Quieres volver a tu jungla, ¿verdad? La pequeña monita quiere irse a la selva... —Se rio de su propio chiste y yo sentí un ardor salvaje en mi pecho.

¿Y si Erika se abalanzaba sobre mí y me estrangulaba? Bueno, así podría descansar y desaparecer de allí. Sin embargo, la razón volvió a imponerse enseguida. Erika era mi enemiga, cierto, pero la culpa de que yo estuviera allí la tenían otros. Además, lo último que quería era buscarme más problemas.

—Podría abrirte la jaula, monita —siguió provocándome con su voz perversa—. De todas formas, no me interesa para nada que sigas aquí y me quites clientes.

Yo no la miraba a ella, sino más allá, a la pared, y entonces me volví hacia la ventana. Ese día las nubes se habían retirado y parecía que la luz del sol quisiera saludar a Ariana desde el cielo.

Los dedos de Erika se clavaron de repente en mis mejillas y me giraron la cabeza con brutalidad.

—¡Que me mires cuando te hablo! ¿O es que se te ha olvidado ya cómo hablar nuestra lengua, simia?

Gimoteé de dolor y de rabia. Me maldije por no tener el valor de saltar sobre ella y darle una paliza.

—¡Venga, suplícame que te deje marchar! —me soltó con un bufido.

Sus uñas dejaron en mi piel unas marcas rojizas que después tuve que tapar con maquillaje.

—¡No! —exclamé con obstinación.

—¡Suplícame!

—No —contesté, esta vez con calma, y soporté un momento más las garras de Erika en mi rostro.

Después, por lo visto, a mi rival dejó de divertirle ese juego. Me soltó y me miró jadeante, como si hubiese tenido que emplear todas sus fuerzas en el ataque.

—¡Eres una pequeña canalla rastrera!

Mientras Erika me lanzaba todos los insultos que conocía, mi mirada recorrió la habitación con aparente apatía. Sin embargo, en realidad estaba pensando en cómo huir de ese burdel, cómo dejar todo aquello a mis espaldas y en algún momento volver a contemplar ante mí los brazos del Mekong.

Mi alma viajó de vuelta a Saigón, a una tarde en que paseaba con Thanh por la orilla del río para ver las barcas de los pescadores y los veleros. Podía distinguir con toda claridad las velas rojas de los juncos y a los pescadores con sus sombreros de arroz. Y a Thanh, cuyas redondas mejillas estaban muy bronceadas por el sol, mientras que yo todavía seguía blanca como la nata que se saca de la leche.

En ese instante no me permití pensar en qué habría sido de Thanh, sino que me aferré a esa visión hasta que la puerta se cerró con un fuerte golpe y uno de los cuadros bordados de Ariana, reliquia de su vida anterior, cayó de la pared. Furiosa, Erika giró la llave en la cerradura, pero a mí me dio lo mismo. ¡La había derrotado!

Seguramente a partir de entonces echaría mano de todas las mentiras posibles para hacer creer que yo había querido escaparme, pero de momento me había dejado tranquila, así que pude dedicarme a preparar mi huida.

La ocasión se presentó la noche siguiente. Después de que el último cliente abandonara la Casa Roja, me cambié. Todavía notaba el tacto de los hombres sobre mi piel, y la repugnancia me ayudó a mantenerme despierta.

Ya había pasado media hora desde que la puerta de la jefa se había cerrado. Tiempo más que de sobra. Giselle tenía un sueño muy profundo; con suerte, yo ya estaría en Berlín antes de que se percataran de mi ausencia. Aquella ciudad tampoco podía estar tan lejos... Y, si lo estaba, por lo menos me habría alejado de Hamburgo lo suficiente para que los matones de Hansen no pudieran dar conmigo.

Aunque me pareció extraño, Erika no le había contado nada de nuestro encontronazo a la madama. Todo había estado tranquilo. Lo tomé como una buena señal.

Miré una vez más hacia la cama vacía donde Ariana había exhalado su último aliento y luego me volví hacia la puerta. Me costaba trabajo escuchar con atención porque tenía el corazón desbocado. Las piernas me temblaban y sentía un vacío en el estómago. Desde por la mañana no había comido nada. Aun así, de alguna forma conseguí bajar la escalera. La habitación de Erika estaba justo enfrente. Si todavía estaba despierta y oía ruidos, tal vez saldría a ver qué ocurría. Pero ese día había atendido al doble de clientes para satisfacer a Giselle, así que lo más probable era que durmiera como un tronco. Los escalones crujieron un poco bajo mi peso, pero era un sonido demasiado leve para que ninguna de aquellas mujeres agotadas pudiera oírlo. Una vez abajo intenté orientarme en la oscuridad, ya que la luz de la luna no llegaba hasta el pasillo. Guiándome por imágenes mentales, rodeé la escalera, crucé otro pasillo y me dirigí a toda prisa hacia la entrada trasera. Ya casi había llegado cuando de pronto se abrió una puerta.

Alguien salía de la habitación de Giselle. Me quedé de piedra al ver que era Hansen.

—¿Adónde te crees que vas? —vociferó.

El vello de la nuca se me erizó de golpe. No sabía que aún estuviera en la casa. Era lo peor que podía ocurrirme.

—Me marcho —me oí decir a pesar de todo.

No tengo ni idea de cómo encontré el valor para soltar aquello. Volví a ver a la anciana del templo ante mí y oí su extraña profecía de que yo llevaba un dragón dentro. Había acertado diciendo que viajaría por el mundo, tal vez acertara también con lo del dragón. Hansen estaba solo, y si yo conseguía alcanzar la puerta...

El hombre se me quedó mirando sin dar crédito.

—¿Cómo que te marchas? —espetó—. ¿Acaso has perdido el juicio? ¡Tú no te vas a ninguna parte!

Se le demudó el rostro y a mí me cayó encima un chaparrón de insultos. Todo terminó con una amenaza:

—¡Pequeña traidora desagradecida, te voy a enseñar yo lo que tienes que hacer!

Mientras retrocedía ante él, iba buscando una vía de escape. Si me atrapaba, ya no podría huir jamás. Corrí al despacho de Giselle. ¿Podría engañarlo y encerrarlo allí dentro?

Sin embargo, en cuanto puse un pie en el umbral, Hansen me agarró del brazo con brutalidad. Conseguí librarme de su mano, pero se abalanzó sobre mí y me persiguió por el despacho, siempre bloqueándome la puerta con su cuerpo.

—¡Putita de mierda, ya te enseñaré a quién tienes que obedecer!

Se desabrochó el cinturón. Eso podía significar cualquier cosa, pero, pasara lo que pasase, acabaría matándome si no me defendía.

Y entonces Venus me sonrió. Venus, que con los brazos en alto aguardaba sobre el escritorio de Giselle ofreciendo sus pechos bien pulidos. Mis manos aferraron la estatuilla como si pensaran solas. No era demasiado grande, pero sí pesada. Y reuniendo todas las fuerzas que pude pese al miedo, golpeé a Hansen con ella.

El pedestal macizo se estampó contra su sien, su cabeza salió volando hacia un lado y, un instante después, Hansen perdió el equilibrio. Se tambaleó hacia atrás y se golpeó la cabeza contra la cómoda en la que se guardaban los libros de cuentas. Exhaló un tenue suspiro y cayó al suelo.

Espantada, me tapé la boca con la mano. ¿Lo había matado? La estatuilla estaba en el suelo, junto a él. No le veía ninguna herida, pero tal vez se había partido la nuca...

¡Sal de aquí!, creí que me gritaba Thanh. Seguro que te han oído, vendrán enseguida y te castigarán.

Corrí hacia la puerta de atrás, contenta de llevar pegado al cuerpo el dinero de Ariana. Sin embargo, mi euforia se desvaneció al instante. ¡Estaba cerrada con vuelta! ¡Y la llave no estaba allí!

¿De dónde iba a sacar yo una llave? Abrí varios cajones, pero no encontré nada. Mi mirada recayó entonces sobre Hansen, que seguía sin moverse. La casa era suya, así que seguro que llevaba las llaves encima. Apenas me atrevía a tocarlo, por miedo a que despertara y pudiera atraparme. Vacilante, lo rocé con la punta de los dedos. En el fondo de mi mente oía el tictac de un reloj invisible. Cuanto más tiempo pasara, más probable sería que despertase. Primero busqué bajo su chaqueta y sentí el desagradable calor de su cuerpo contra mi brazo. El corazón me iba a toda velocidad.

Si despierta ahora estás muerta, repetía una voz en mi cabeza.

Me invadió el desánimo al comprobar que tenía los bolsillos de la chaqueta vacíos. ¿Y los del pantalón? Casi no osaba meter ahí la mano. ¡Tienes que hacerlo!, me dije, y deslicé los dedos en su pantalón sintiendo una repugnancia espantosa. Pero tampoco allí había nada. Presa del pánico y al borde de las lágrimas, me levanté y miré a mi alrededor. ¿Dónde guardaría Giselle las llaves? ¿No las tendría en su habitación?

Recordé la puerta por la que había salido Hansen. Después de cerciorarme de que no se oía nada en el pasillo y volverme para mirar una vez más al chulo, salí a hurtadillas del despacho y me deslicé hacia aquella puerta.

¡Ay, cómo me habría gustado que no fuera la habitación donde ese hombre pasaba las noches con Giselle! Pero lo era, desde luego. Al entrar me recibió una vaharada de calor húmedo de sábanas. Giselle estaba tumbada bajo las mantas, roncando. Sentí náuseas al percibir por los olores que Hansen se había acostado con ella.

¿Por qué habrá salido de la habitación con tanto sigilo?, me pregunté. Pero no tenía tiempo para reflexiones. De hecho, en la mesilla de noche que había junto a la cama descubrí un manojo de llaves. Me acerqué de puntillas.

No hacía más que aguzar los oídos en dirección al pasillo por si oía a Hansen. Si lo había matado el golpe, no me impediría salir, pero ¿y si no? ¡Y al mismo tiempo esperaba no haberle quitado la vida, porque no quería acabar en la horca!

Mientras miraba fijamente a Giselle deseando que no me oyera, mis dedos se alargaron hacia las llaves. Las levanté, pero no me fijé en si había alguna medio suelta. Apenas había conseguido hacerme con ellas cuando una cayó sobre el suelo de madera... con tanto ruido que para mí sonó como un trueno.

Contuve la respiración.

Los ronquidos de Giselle remitieron y la mujer empezó a moverse intranquila. ¡Sal de aquí!, me exhorté. ¡Sal antes de que se entere de lo que sucede!

Huí corriendo del dormitorio y un instante después me sobresalté al ver una sombra que se alargaba desde la puerta del despacho. ¿Se había puesto Hansen de nuevo en pie? Detrás de mí, Giselle se revolvía entre los almohadones. Sin embargo, enseguida me di cuenta de que la sombra no era del hombre, sino que había estado allí siempre. Giselle tenía un alto reloj de pie delante de una de las ventanas. Era su sombra la que asomaba por la puerta abierta.

Eché a correr.

Al llegar otra vez al despacho, vi que Hansen todavía seguía en el suelo. ¿De verdad estaba muerto? Podría haberlo comprobado, pero en ese momento preferí desaparecer de allí. Con manos temblorosas busqué en el manojo una llave que entrara en la cerradura. Cada vez que probaba una que no era, tenía ganas de gritar. Pero entonces, por fin, di con la buena. ¡La cerradura se abrió y me vi libre!

Poco después estaba en el patio. Al llegar al portón exterior, me volví una última vez hacia la Casa Roja. Sus ojos amenazadores estaban cerrados, pero eso podía cambiar en cualquier instante. Así que salí a la calle.

9

Esa noche Melanie casi no pudo dormir. Por un lado, su cabeza aún le daba vueltas a la oferta de Dornberg; por otro, la historia que le había contado su bisabuela el día anterior la había sobrecogido tanto que no consiguió conciliar el sueño hasta muy tarde. ¿De verdad había sucedido todo eso? Costaba creer que hubiese estado encerrada en un burdel, pero Hanna jamás le mentiría.

Durante la cena, su abuela Marie se había extrañado, y con razón, por el angustioso silencio de la mesa. Hanna le había rogado a Melanie que no le hablara a nadie de su pasado; ni a Elena ni a Marie, y tampoco a Robert. La época de Hanna en Hamburgo debía quedar como un secreto entre ambas. Y así sería. Aun así, se preguntó qué debía hacer con esa información. ¿Y qué más vendría a continuación?

Como de repente el colchón le parecía demasiado duro y la manta demasiado gruesa, se levantó y se echó encima un albornoz. Miró un momento el reloj y vio que pasaban de las cuatro. En el horizonte asomaba ya el primer brillo plateado del alba. Unos cuantos pájaros empezaban a cantar, lo cual resultaba casi fantasmagórico en aquel silencio nocturno.

Después de andar un rato de aquí para allá, sacó el papel de cartas de un cajón. Ya iba siendo hora. Se sentó al pequeño escritorio y empezó a hablarle a Robert de los días anteriores. Para terminar, le pidió consejo. Sus pensamientos regresaron de pronto hacia la noche en que por primera vez habían dormido juntos en casa de Hanna y Marie. Ambas habían insistido en que les presentara a su novio, con el que ya llevaba saliendo medio año largo.

—¿Tú qué crees? ¿Le he caído bien a tu bisabuela? —preguntó Robert después de quitarse la camiseta.

—Diría que sí, que le has gustado. Por lo menos no te ha echado a patadas —contestó ella.

Robert le lanzó la camiseta riendo.

—¿Estás segura de que tu bisabuela haría algo así? A mí me ha parecido una anciana muy agradable.

—Bueno, las ancianas agradables también fueron jóvenes temperamentales una vez. Quién sabe cómo fue mi bisabuela en su día.

—Seguro que los hombres la perseguían en manada. Por suerte, parece que todas habéis salido a ella; creo que nunca había visto a una mujer de noventa años tan guapa. La mayoría de las ancianas son adorables, pero tu bisabuela sigue siendo guapa de verdad.

—Si quieres asegurarte de caerle bien, deberías decírselo a ella —le aseguró Melanie, que se levantó y lo rodeó con los brazos—. ¡Pero mucho cuidado con escaparte con Hanna! O me lo tomaré a mal...

Robert le dio un beso tan suave que sintió sus labios como un velo de seda que le acariciara muy despacio la piel. El deseo que palpitaba latente siempre que él estaba cerca explotó en el pecho de Melanie e hizo que se apretara contra él y sus labios le correspondieran. Inhaló su aroma, sintió su calidez; todo él era tan maravilloso que lanzó un suspiro. Ya había experimentado ese cuerpo muchas veces y, aun así, en aquel momento lo sintió igual que la primera vez que se abrazaron. Se deslizó hacia abajo desde su cuello y empezó a besarle el pecho con tanta delicadeza como si solo quisiera rozarlo.

—Eh, un momento —susurró él con el rostro ardiendo de pasión, pero la voz cargada de sensatez—. No podemos hacerlo aquí, en casa de tu bisabuela.

Esas palabras susurradas la excitaron más aún. Claro que no podían. No como solían hacerlo. Pero en ese instante lo único que anhelaba era tocarlo, sentir el peso de su cuerpo sobre ella, su movimiento. La forma en que la piel de ambos, empapada en sudor, se unía como si los dos quisieran fundirse eternamente en un solo ser.

—Mi abuela tiene el sueño muy profundo, y mi bisabuela tampoco parecía desvelada —repuso, y clavó los dientes un momento en su piel, lo cual provocó un gemido de Robert.

Melanie sabía que él lo deseaba tanto como ella y que no era capaz de resistirse cuando lo acariciaba de esa forma.

—Además, podemos ser silenciosos, ¿no?

—¿Tú, silenciosa? —preguntó él con una sonrisa enorme, y luego la arrastró consigo a la cama.

—¿Quieres que te enseñe cómo lo hago?

—¡Huy, sí, por favor!

Robert tiró de ella para darle un beso profundo y ardoroso, después sus manos se colaron por debajo de su camiseta. La forma en que le acarició la columna consiguió que soltara un suspiro, pero Melanie quería controlarse y no hacer ruido, quería demostrarle que era capaz. Unos instantes después, cuando estaban tumbados uno junto a otro, desnudos y besándose, ella casi se olvidó de su propósito. Robert le rozó con la lengua aquel punto tan sensible del cuello y Melanie no logró contener un leve gemido. Él le ofreció entonces una amplia sonrisa.

—No puedes estar sin hacer ruido —le susurró, y continuó.

Melanie se mordió los labios, deslizó ambas manos tras la nuca de su novio y le acarició los hombros.

Cuando Robert entró en ella después de varios minutos de caricias, le dio igual lo que fueran a decir sus abuelas en caso de que los oyeran. Ambos se abandonaron por completo a sus movimientos y olvidaron todo lo que había a su alrededor hasta que el sueño los venció por fin.

Dejó el bolígrafo. Sobre la hoja habían caído un par de lágrimas que habían emborronado un poco las letras. El corazón le ardía de dolor, pero el recuerdo también la hacía sonreír.

No, seguro que no era así como se sentía una cuando ya no amaba a alguien. Después de meter la carta en un sobre y cerrarlo, se levantó.

De niña siempre le había gustado pasearse entre los vestidos en secreto, cuando ya todos dormían. También en ese momento sintió un hormigueo en la tripa al recorrer el pasillo y bajar con sigilo la escalera. Se detuvo ante la puerta del antiguo salón de banquetes, donde el ojo rojo del sistema de alarma la miró fijamente. Melanie tecleó la combinación numérica y la puerta se abrió.

La recibió el suave ronroneo del aire acondicionado. Las vitrinas reflejaban el resplandor de la luna, que entraba por las ventanas. La mano de Melanie buscó el interruptor de la luz, pero luego cambió de opinión. Con la luna bastaba para contemplar los vestidos.

Fue de una vitrina a otra.

Sus abuelas habían organizado el museo por siglos. Las piezas de exposición de la Edad Media eran bastante escasas. No existían originales, pero como Hanna y Marie creían que no había que privar a los visitantes de apreciar esa época, habían mandado confeccionar dos vestidos, el de una noble y el de la mujer de un mercader.

También las prendas de los siglos XVI y XVII eran reproducciones. Del XVIII, Hanna había conseguido adquirir hacía muchos años un vestido barroco francés, una auténtica rareza en una colección privada. Había sobrevivido muy bien a los disturbios de la Revolución francesa, y Melanie sentía veneración por las modistas que habían elaborado a mano cada una de las costuras y de los encajes, cada pequeña flor decorativa.

Del siglo XIX, Hanna había reunido muchos hallazgos. Abombados vestidos Biedermeier y rígidas vestimentas masculinas, casacas elegantes con altos sombreros de copa y vestidos con crinolinas y volantes. Sobre los respaldos de las sillas reposaban delicados guantes, como si esperaran que alguien se los pusiera de un momento a otro. Los diferentes corsés que había coleccionado Marie constituían una atracción especial. Igual que Hanna adoraba los sombreros, ella había desarrollado esa otra pasión, aunque nunca había sentido la necesidad de ponerse ninguno de ellos. Contaban con modelos de terciopelo y brocados, de seda, con estampados vistosos o en pudorosos tonos pastel, decorados con puntillas o bordados. Los corsés tenían sus propias vitrinas, donde se exhibían en esbeltos maniquíes y combinados con calzones largos y miriñaques. Robert, en una de sus visitas, le había pedido a Melanie medio en broma que se probara alguno para ponerlo a tono.

La mayor parte de la colección estaba dedicada al siglo XX. En esa sección, Hanna y Marie solo tenían originales. Nada más llegar, Melanie se dio cuenta de que allí había mucho más expuesto de lo que un visitante podía abarcar en un recorrido. En realidad, los vestidos del desván no les hacían falta. Mejor, así tendré suficientes piezas para mi desfile de moda, se dijo. Esa idea volvió a llevarle cierta alegría al corazón. A bote pronto se le ocurrían varias modelos que podrían lucir los vestidos por poco dinero y a quienes no les quedarían pequeños. Bueno, un paso después de otro, se advirtió, y siguió andando.

El espacio vacío que había ocupado el vestido de novia resultaba extraño. Melanie se entristeció. Exactamente así está mi vida ahora, pensó, y de repente se le pasaron las ganas de contemplar aquellas prendas. Dio media vuelta y salió corriendo, sin dedicar una mirada más a los vestidos. Fuera, se apoyó en la pared y cerró los ojos. Las lágrimas le caían por las mejillas. Había sido una idea estúpida bajar al museo. Ya no era una niña que soñaba con bailes esplendorosos en palacios reales.

Sin embargo, no regresó a su habitación, sino que se sentó en la escalinata. Desde allí se veía el vestíbulo, que era un lugar que también le transmitía un extraño consuelo. Cuando sus padres se divorciaron, a ella la enviaron a pasar el verano con sus abuelas para ahorrarle la guerra matrimonial en casa. Aunque todo el mundo se había esforzado por tenerla contenta, ella solo se sentía a gusto cuando se sentaba en esa escalera a reflexionar.

De nuevo le vino a la cabeza la llamada de Charlotte. No había estado nunca en Bali, y tres semanas de trabajo junto a Dornberg la convertirían en una fotógrafa famosa. Robert habría celebrado esa noticia con champán y un gran festín. Tal vez debería contárselo en mi próxima visita, se le ocurrió. Pero ¿cuándo volvería a visitarlo?

Aunque estaba segura de amar a Robert, no sentía ningún deseo de ir al hospital. En realidad, solo había tenido la intención de quedarse en la villa un par de días, pero de pronto notaba que aquel entorno le hacía mucho bien. Aunque no le evitara el dolor ni el recuerdo, era muy diferente estar allí en lugar de en un apartamento vacío. Y la historia de Hanna, cuyo desenlace la tenía intrigadísima, seguro que se alargaría aún...

¿Cuándo tenía que darle una respuesta a Charlotte? ¿Sería demasiado esperar una semana? ¿Lamentaría quizá toda su vida no aprovechar esa oportunidad? ¿O la atormentaría mucho más no estar allí cuando Robert despertara?

Se inclinó contra la barandilla y escuchó los ruidos de la casa. El viento acariciaba los muros, la madera de la escalera protestaba. Aquí y allá se oía un crujido o un susurro. ¿Habría ratones? Esa idea le hizo sonreír, y la canción de la villa fue arrullándola hasta que se quedó dormida.

Al despertar seguía apoyada en la barandilla. El sol de la mañana entraba a raudales en el vestíbulo y los ruidos de la casa quedaban amortiguados por el canto de los pájaros. Melanie estiró las extremidades con dolor. Quizá habría hecho mejor regresando a la cama, pensó, que ya no tengo doce años...

Volvió a su habitación, pero no tenía ganas de acostarse. Se dio una ducha y se vistió. Esta vez no saldría a correr. Solo quería acercarse al lago para meditar un poco hasta que Hanna despertara y pudiera seguir con su historia.

Fue paseando por el camino hasta un punto en que se desvió por la hierba y se sorprendió al comprobar que buscaba al jardinero. El rocío de la mañana le había mojado las zapatillas de tela y le humedecía los tobillos.

Robert había comentado una vez que para él el amor era como correr descalzo por un prado húmedo de la mano del ser amado. En alguna ocasión lo habían hecho, y por un momento Melanie se imaginó que volvían a repetirlo. Así olvidaba que notar el agua era desagradable.

Cuando llegó al lago tenía los bajos de los vaqueros completamente empapados, pero no le importó, porque era como si pudiera sentir un poco a Robert junto a ella. Se sentó en la gran roca donde el día anterior había estado escuchando los relatos de Hanna. Comprobó un momento el móvil, que desde la llamada de Katja había permanecido mudo, y luego se ciñó más la chaqueta alrededor de los hombros. El velo de niebla que flotaba sobre el lago iba desvaneciéndose a medida que el sol se levantaba. Melanie estuvo un rato mirando el espejo de la superficie, que se rizaba un poco bajo la brisa matutina, y entonces oyó unos golpeteos tras de sí.

Una sonrisa asomó a sus labios. ¡Por fin! El jardinero iba de camino a su zona de pesca. Por algún motivo se alegraba de volver a verlo antes de que desapareciera de nuevo entre el cañaveral a esperar que otra lata de cerveza o un zapato picara en el anzuelo.

—¡Buenos días! —saludó el joven—. Tengo que empezar a dar por hecho que ya no estoy solo en el lago.

—Le prometo que no tengo pensado robarle botellas, latas de cerveza ni peces. Aunque un buen par de zapatos sí que me tentaría.

—Si le van las botas de goma agujereadas, estaré encantado de cederle mi captura.

Melanie lo miró unos instantes y luego preguntó:

—Pero ¿por qué sale a pescar si en el lago no hay nada que merezca la pena?

—¡Porque me he propuesto limpiar estas aguas de inmundicia! —Thomas sonrió, pero luego sacudió la cabeza—. No, es más bien porque mirando el agua es como mejor pienso.

Melanie asintió.

—Eso puedo entenderlo. Si le soy sincera, también yo vengo aquí por eso.

—¿Y sobre qué tiene que pensar usted? —soltó Thomas, aunque luego levantó las manos para disculparse—. Lo siento, no es asunto mío.

—No pasa nada —repuso Melanie—. Tengo muchas cosas sobre las que pensar. —Venga, díselo, se animó a sí misma.

Es simpático y debería saber que vas a casarte–. Mi prometido tuvo un accidente de tráfico hace unos meses. Desde entonces está en coma.

Thomas no dijo nada al principio. Se quedó mirando las puntas de sus zapatos y dejó el cubo en el suelo.

–Tal vez suene un poco típico, pero lo siento.

–Gracias. –Melanie se hizo a un lado–. Siéntese conmigo. Puede que no sea el mejor sitio para pescar, pero...

Thomas asintió y se sentó con ella en la roca. Apoyó los codos en las rodillas y se miró durante unos instantes las manos entrelazadas.

–Jamás habría pensado que un día trabajaría de jardinero –dijo entonces.

Melanie lo miró con sorpresa.

–¿Y cómo acabó aquí, entonces?

–A veces la vida es un poco aguafiestas, ¿sabe? Yo lo tenía todo: una casa bonita y una mujer que esperaba su primer hijo conmigo. Todo era perfecto. Probablemente demasiado.

Un presentimiento hizo que Melanie se quedara helada.

–¿Su mujer murió?

El hombre asintió y agachó la cabeza.

–Un fallo cardíaco durante el sexto mes de embarazo. Fue repentino. Nadie sabía que tuviera el corazón delicado, ella ni siquiera se encontraba mal. Los médicos intentaron salvar por lo menos al niño, pero su cuerpo se había rendido por completo y el bebé murió con ella.

El silencio cayó sobre ambos. El viento susurraba entre los cañaverales mientras una bandada de pájaros cruzaba el cielo. Aparte de eso, el mundo parecía haber callado de pronto. Fue un largo suspiro de Thomas lo que rompió esa calma.

–Verá, cuando enterramos a mi mujer y a mi hijo, me sentí como si a mi alrededor todo hubiera perdido el color. Todo palideció, incluso yo mismo. Me encerré en mí, dejé de trabajar, solo vegetaba. Al cabo de un tiempo apenas me reconocía en el espejo, pero me daba igual. Acepté perder mi trabajo unos meses después, pero no pude seguir pagando los plazos de la hipoteca y al final me echaron a la calle. Con una mochila llena de ropa y un par de libros, dejé mi hogar y me convertí en un sintecho. Para entonces ya no me quedaban amigos. Busqué un rincón debajo de un puente, y puede que incluso deseara morir allí. Me veía incapaz de soportar aquel dolor.

—¿Vivió debajo de un puente?

—Sí, me parecía el lugar más adecuado para mí. Me había rendido por completo. Cuando ya no aguanté más seguir en la ciudad, empecé a caminar hacia las afueras. Siempre en busca de un lugar donde morir.

—¿Intentó quitarse la vida?

Thomas sacudió la cabeza.

—No. Es extraño, pero eso nunca se me ocurrió. Pensaba que si se lo hacía pasar mal a mi cuerpo, si lo sometía al frío, al hambre y demás, un día me quedaría dormido para siempre. Es probable que mi educación católica también tuviera la culpa.

—¿Y cómo llegó aquí? —Melanie lo miraba fijamente—. Ahora ya no parece que quiera morir. ¿Qué cambió?

El hombre se encogió de hombros.

—Ni idea. Tal vez un sueño que tuve. Un día que dormía bajo un árbol soñé con mi mujer y mi hijo. Ya tenía tres o cuatro años, y mi mujer sonreía. Quise alargar la mano hacia ella, pero entonces se volvió y echó a correr hacia la puerta de un jardín. Desapareció allí dentro y desperté.

—Entonces, ¿lo que quería era encontrar ese jardín?

Una honda compasión invadió a Melanie. Y, si era sincera, debía reconocer que de repente se sentía atraída por aquel hombre. Aunque el jardinero era muy diferente a Robert por fuera, por dentro parecía igual de sensible que él. Tal vez también creía que el amor tenía algo que ver con la hierba mojada.

—Es posible. Después de vagar sin rumbo durante días, vi un anuncio en la carretera. Alguien había pegado una nota en el cartel indicador del Museo de la Moda de Blumensee: «Se busca jardinero». Recordé mi sueño y, aunque no suelo hacer mucho caso de esas tonterías esotéricas, decidí presentarme al puesto. Tenía pocas esperanzas de que me lo dieran, claro, pero me dije que, si no lo conseguía, tal vez al menos encontraría un parque donde poder instalarme sin que nadie me molestara. —Thomas rio y sacudió la cabeza—. Ahora sé que no habría estado mucho tiempo tranquilo. Sus abuelas son unas mujeres muy despiertas, ¿sabe?

Melanie intentó imaginarse a Marie irguiéndose frente al sintecho y preguntándole qué estaba haciendo en su propiedad.

—Andrajoso como iba, llamé a la puerta y entonces apareció la señora Bahrenboom. Me llevé una sorpresa, porque su aspecto no encajaba para nada con su apellido. No había esperado a una vietnamita. Me invitó a entrar en la casa, donde también conocí a *madame* De Vallière. Nos tomamos un café juntos y les expliqué qué me había llevado hasta su propiedad. Que era un vagabundo debieron de sospecharlo al instante. Estaba seguro de que me considerarían débil y poco apto para el trabajo, pero aun así les conté mi historia. Al terminar, estaba convencido de que me echarían de allí. ¿Quién querría contratar a un tipo tan inestable que ni siquiera conseguía poner en orden su propia vida? Pero *madame* De Vallière se limitó a mirar a su hija, ambas asintieron con la cabeza y me dieron el puesto. Y ahora estoy aquí, y debo decir que mi vida va recuperando poco a poco el pulso de siempre. Aunque las cicatrices del pasado siguen estando presentes, me doy cuenta de que cada vez soy más el de antes.

La miró. Sus ojos eran azules y tenían algo que a Melanie le gustaba, pero también había otro par de ojos cuya mirada anhelaba volver a sentir, así que ni siquiera esperó un segundo para bajar la vista a sus zapatillas mojadas.

—Puedo imaginar muy bien cómo se siente —dijo el jardinero al cabo de un rato—, pero no pierda el valor. Usted tiene algo que a mí me fue arrebatado desde el primer momento: esperanza. La vida no ha acabado aún con su prometido, solo lo ha aparcado en una sala de espera.

—Si tengo mala suerte, durante años... —repuso Melanie con amargura. Con Thomas sentado a su lado, volvió a darse cuenta de lo mucho que necesitaba la cercanía de un hombre.

—No lo creo. Escuche, desde que empecé a trabajar aquí vuelvo a creer en que también suceden cosas buenas. No puedo darle ninguna garantía en cuanto a su prometido, desde luego, nadie puede, pero debe albergar esperanza. Además, aunque quizá suene un poco tonto, a veces los pensamientos positivos atraen cosas buenas. Por lo menos yo estoy convencido de ello.

Melanie reflexionó un rato sobre esas palabras y entonces se acordó de algo que siempre le decía su madre cuando la veía muerta de miedo antes de un examen. Cuando uno está delante de la montaña, cree que no podrá superarla; cuando está en lo alto, tiene miedo de caer, y cuando ya ha dejado la montaña atrás, se ríe de ella. Seguramente nunca se reiría de lo que había sucedido, pero sí se sentiría aliviada cuando Robert volviera a estar a su lado.

—Es que... también yo tuve un sueño. Estando en el hospital, poco después del accidente —empezó a contar.

Thomas asintió.

—¿Le apetece explicármelo?

—Estaba de vacaciones con Robert y teníamos que subir a un *ferry,* pero lo perdí entre la gente y entonces vi cómo se iba sin mí en el barco. Después sentí un miedo terrible a que pudiera morir, porque recordé que ese *ferry* hacía el trayecto entre la vida y la muerte.

—Tal vez todavía está en ese barco, esperando para desembarcar en el lugar adecuado.

A Melanie ese símil le pareció bonito, pero al mismo tiempo muy deprimente. ¿Y si el barco atracaba en el lugar equivocado y él bajaba allí?

—Creo que debería ir a ver qué están haciendo mis peces —dijo Thomas, y se levantó—. Si pesco alguno, ¿puedo invitarla a comer? Una comida de amigos, por supuesto, sin segundas intenciones.

Melanie sonrió.

—Sí, claro que puede, pero solo si no es la vieja carpa.

—¡Prometido! —Alcanzó su cubo y su caña de pescar y echó a andar.

—¡Muchas gracias por contarme su historia! —exclamó Melanie, aunque él ya no debía de oírla.

—¡Buenos días, cielo! —Hanna sonrió con alegría al verla entrar en casa—. Espero que hayas dormido bien.

—Según como se mire —contestó Melanie, sorprendida de que por una vez su bisabuela no se hubiera puesto un *áo dài,* sino pantalones, una blusa de pinzas y una chaqueta de punto encima. Parecía que quisiera salir a hacer un recado. ¿Al médico, quizá?—. Esta noche he pensado en muchas cosas —añadió.

—Puedo imaginarlo —repuso Hanna—. Con mi historia no te he servido un plato fácil de digerir. Pero a veces es bueno pensar en muchas cosas. Y, ¿sabes?, si te soy sincera hoy he dormido como hacía tiempo que no lo lograba. Guardar un secreto resulta duro, en especial uno así... —Sacudió la cabeza un momento y luego añadió—: ¿Qué te parece si salimos juntas a hacer una pequeña excursión?

—¿Por eso te has arreglado tanto?

—Es posible que sí. Bueno, ¿qué me dices?

Era evidente que Hanna no contaba con una negativa.

—¿Y adónde quieres ir?

—¡A Berlín!

Melanie arrugó la frente, asombrada. ¿Cómo se le ocurría a su bisabuela algo así? Ella había pensado que sería una pequeña excursión campestre.

—¿Y por qué quieres ir precisamente a Berlín?

—La siguiente parte de la historia no solo quiero contártela, sino mostrártela. Y como Berlín está aquí al lado...

De su época berlinesa, Hanna ya le había hablado alguna que otra vez, aunque solo un poco. Siempre tenía hermosas palabras para los vestidos y la música de los años veinte, y en ocasiones también rememoraba la vida nocturna de aquella época con un brillo en la mirada, pero solo eran breves pinceladas que lanzaba en una conversación, si venía al caso.

—Hay tantos recuerdos bonitos que me unen a esa ciudad... En cierta forma, fue allí donde se encarriló mi vida posterior. Sé que nunca he hablado mucho de ello, pero ha llegado el momento. A fin de cuentas, allí conocí al padre de Marie.

Melanie asintió con la cabeza.

—Eso ya me lo habías contado, pero nunca hemos seguido hablando de ello.

—Siempre te he conocido ocupada —se justificó Hanna sonriendo con picardía—. De adolescente tenías el instituto, tus amigos y tus sueños. Luego llegaron el trabajo y Robert, además de tus numerosos viajes. Nunca me dio la sensación de que tuvieras tiempo para mi historia.

Tenía razón. Melanie nunca había tenido tiempo para dedicarse más a su familia y sus antepasados. Y sentía mucho no haber preguntado antes por todo ello.

—Bueno, ¿nos vamos? —insistió su bisabuela—. ¡Hace mucho que no voy por allí! Además, me encantaría hacerle una visita a tu madre en su taller. Hace siglos que no oigo el repiqueteo de una máquina de coser ni huelo el fieltro húmedo y caliente, o el apresto. Ahora siento que lo necesito.

10

Una hora después recorrían la autopista en dirección a Berlín. El tráfico era bastante fluido, solo un par de camioneros se lanzaban de vez en cuando a una carrera de elefantes. Entre ellos, las caravanas de quienes se iban de veraneo avanzaban con placidez. Hanna se había puesto cómoda en el asiento del copiloto y miraba fuera como si fuese la primera vez en la vida que viajaba por la autopista. Sus ojos casi parecían absorber las imágenes que pasaban a toda velocidad.

—No imaginaba que lo echara tanto de menos —reconoció—. Cuando llegas a determinada edad, crees que nada puede sorprenderte.

—Seguro que mi madre se alegrará de verte —opinó Melanie.

—La alegría será toda mía —confesó Hanna con orgullo—. Nunca había imaginado que una de mis descendientes aprendería un día exactamente el mismo oficio que yo. Les agradezco mucho a los dioses todo lo que ha sucedido.

—Pero Marie y yo también estamos relacionadas con la moda.

—Sí, es verdad, y también eso me alegra —añadió Hanna, y, satisfecha, entrelazó las manos en el regazo—. Además, tienes muy buen ojo para la fotografía. Espero con ganas que pronto puedas volver a trabajar.

—También yo lo espero —respondió Melanie, pensativa.

—¿Has tomado una decisión sobre lo que quieres hacer con ese encargo?

—No, no he avanzado mucho en ese sentido. Aunque hoy he tenido una conversación con vuestro jardinero.

—Ah, ¿y esta vez llevabas puesto algo que no fueran los *leggings* ajustados? —Hanna soltó una sonrisita picarona.

—Sí, así es —respondió su nieta—. Y tienes razón si piensas que me comporto como una cursi con él. Sé que a Robert no le molestaría que hablara con otro hombre, pero es que no quería engañarlo.

—¿Era lo que pensabas? ¿Que lo engañabas solo por sonreírle al jardinero?

—Un poco, sí.

—Ajá, entonces es que nuestro jardinero te gusta.

—Amo a Robert. Punto.

—Eso no lo dudo —replicó Hanna—, pero a veces, a pesar de todo, te pueden gustar otros hombres. Yo lo sé de sobra. Aunque estés segura, de repente piensas: oye, ese de ahí tampoco está nada mal. Solo hace falta mirar al par de ojos adecuados.

—Vale, lo reconozco, vuestro jardinero es muy majo.

—¡Y un muchacho atractivo! —añadió Hanna, que parecía divertirse mucho al ver que Melanie se sonrojaba.

—Sí, lo es, incluso muy atractivo. Pero su historia es aún más interesante. ¿Os la contó cuando llegó aquí?

—Sí, lo hizo —corroboró Hanna sin apartar la mirada de Melanie, como para sondearla—. Era el hombre más triste que he visto jamás.

—Entonces, ¿lo contratasteis por lástima?

—En parte. Pero también porque intuimos que buscaba una segunda oportunidad. En mi vida he sido testigo de mucho dolor y tengo muy claro que no se debe juzgar a una persona por la ropa que viste. Además, me parece que como jardinero lo hace muy bien y creo que ha conseguido recuperarse.

—Sí, seguro que sí.

Durante un rato estuvieron escuchando el ruido del motor y el rugido de los camiones que las adelantaban. Luego Hanna volvió a hablar:

—No hay nada malo en encontrar interesante a un hombre o disfrutar de su compañía. Tal vez tu suegra te arrancaría la cabeza, pero nadie puede exigirte que interrumpas todo contacto con el mundo. Quizá te hagas amiga del jardinero. Todo es posible, no todos los encuentros tienen que terminar en una relación. Repítete eso siempre que estés con otra gente. Nadie te obliga a vivir instalada en la tristeza.

¿Era posible que Thomas y ella se hicieran amigos? En parte Melanie esperaba que sí. Y deseaba con todas sus fuerzas que encontrara a otra mujer con quien vivir de nuevo el amor.

Miró a un lado todavía pensando en Thomas... y se quedó helada. Un escalofrío le recorrió la espalda al darse cuenta de que estaban pasando por el lugar donde había ocurrido el accidente. Ya no quedaba ningún rastro; habían cambiado los quitamiedos. Aun así, al pasar, Melanie creyó ver arañazos y restos de marcas de frenado. Seguro que no eran del coche de Robert, pero solo con pensarlo se le revolvió el estómago. La policía había querido enseñarle fotografías del lugar de los hechos, pero ella se había negado. No quiso ver el coche destrozado. Ya tenía suficiente con que su imaginación hubiera convertido lo sucedido en una pesadilla.

Enseguida volvió a mirar la calzada e intentó controlar sus emociones. Aunque seguía sintiendo un hormigueo desagradable, al menos pudo concentrarse de nuevo. Sin embargo, también se dio cuenta de que Hanna la miraba, reflexiva.

—Fue aquí, ¿verdad? —preguntó su bisabuela.

—¿El qué? —Melanie sabía a qué se refería, pero no apartó la mirada de la carretera.

—Por aquí cerca tuvo lugar el accidente, ¿no es así?

—Sí. —Melanie se quedó sin voz.

Hanna asintió casi imperceptiblemente y luego volvió a guardar silencio. Su bisnieta nunca le había comentado los detalles de la tragedia, solo que Robert había tenido un accidente en la autopista.

Por suerte, la salida apareció ante ellas poco después. Melanie puso el intermitente y giró. Ya se sentía algo más animada. Aceleró y, solo unos minutos después, recibió el saludo de la estatua del oso que guardaba la entrada de la ciudad. Un avión las sobrevoló muy bajo y se dispuso a aterrizar en el aeropuerto de Tegel.

La angustia que Melanie había sentido en la autopista se transformó en un ardor lleno de añoranza. ¡Cómo le gustaría volver a volar en avión! Ver otro país... Pero, al mismo tiempo, sintió una pesada losa en el pecho. Mientras Robert estuviera en coma, no sería capaz.

Al entrar en la ciudad se encontraron con el habitual tráfico lento, pero enseguida tomaron por calles laterales y pudieron avanzar mejor. Melanie aprovechó todos los atajos que conocía hasta que, por fin, llegaron cerca de la famosa torre de la televisión.

Aparcar el coche en el centro solía ser un infierno, pero tuvo suerte y encontró un sitio en una travesía. No muy lejos de allí había una parada de metro, por si Hanna no se veía capaz de andar o tenían que recorrer mucho trecho.

Después de salir del coche con la ayuda de su bisnieta, la mujer inspiró hondo.

—Qué bonito es volver a estar en la ciudad.

—Conozco a un montón de personas que te llevarían la contraria. Sobre todo en la agencia. Todo el mundo quiere irse al campo. Siempre se ponen verdes de envidia cuando les hablo maravillas de mi bisabuela, la que vive en una vieja villa lejos de todo.

—Pues la próxima vez deberías añadir que una villa conlleva bastante trabajo —repuso Hanna, mientras se apoyaba en su bastón tambaleándose un poco.

—¿Va todo bien? —preguntó Melanie al darse cuenta.

—Sí, se me pasará. Es que ya no tengo veinte años. Cuando he estado con las piernas dobladas mucho rato, ya no se ponen derechas tan deprisa.

Después de sacar el tique de aparcamiento, recorrieron Invalidenstrasse con tranquilidad. A lo lejos resonaban los martillos neumáticos de una obra. Un tranvía pasó junto a ellas a toda velocidad, seguido de cerca por algunos coches; varios ciclistas intentaban abrirse paso entre el tráfico.

La sombrerería de Elena se encontraba en un edificio que hacía esquina y cuya fachada clasicista había sido restaurada hacía poco, así que relucía de un delicado tono beis. En los balcones de las plantas superiores se veían las flores rojas de los geranios. Aparte de eso, la naturaleza se mostraba aún algo tímida en la ciudad y el verde de los árboles del parque de enfrente resultaba todavía muy tierno.

Nada más cruzar la puerta con su soniquete de campanillas, las recibió un aire caliente y el olor del apresto, el líquido que se usa para volver maleable el fieltro y darle forma fija. Elena había decorado su pequeña tienda con un estilo muy clásico, con muebles oscuros y un mostrador antiquísimo. Pero también tenía expositores con pantallas en las que se veían vídeos de la sombrerera en pleno trabajo. Los clientes podían ponerse cómodos en un pequeño tresillo de piel clara mientras esperaban a que tomaran nota de sus deseos. También los sombreros que anhelaban encontrar dueño tras el mostrador parecían cualquier cosa menos anticuados. Había muchos modelos de colores alegres con grandes flores y lazos, otros tenían delicados velos o plumas.

Elena estaba especialmente orgullosa de una foto en la que se la veía a ella con una bailarina de *burlesque* de fama internacional que había venido desde Estados Unidos para encargarle dos docenas de sombreritos y tocados de plumas.

—¿Mamá? —preguntó Melanie al aire, ya que en ese momento no había ningún cliente. Su madre debía de estar dentro, trabajando en un nuevo sombrero.

Un momento después, Elena apareció por la puerta. Bajo su largo mandil llevaba un jersey de cuello alto rojo y pantalones grises. Tenía la melena corta (detestaba que le cayeran pelos en los sombreros o se le chamuscaran en los moldes de cobre), y sus ojos se iluminaron con la sorpresa inmensa de ver a Hanna junto a su hija.

—¡Abuela! ¿Qué haces tú aquí?

—¡Menudo saludo me dedicas! —contestó la mujer riendo—. ¿Es que no te alegras de ver a tu vieja *grand-mère?*

Elena se puso colorada.

—Es que... me sorprende que hayas venido. Claro que me alegro. —Le lanzó una breve mirada de reproche a Melanie.

—Bueno, pues yo me alegro de que la sorpresa nos haya salido bien. Solo quería ver cómo iba todo después de tanto tiempo sin pasarme por aquí.

—*Grand-mère* quería venir a Berlín a dar una vuelta —explicó Melanie—, así que hemos decidido subirnos al coche y hacer una pequeña escapada.

Elena no pareció creérselo del todo, pero dejó a un lado la suspicacia y se acercó a ellas.

—¡Cómo me gusta verte, abuela! —susurró pegada al pelo de Hanna mientras la abrazaba con cuidado, como si le diera miedo romperle los huesos si apretaba con demasiada fuerza.

—A mí también. Cuando solo te oigo por teléfono me cuesta hacerme una idea de cómo estás, pero ahora que te veo parece que las cosas te van bien.

—Salvo por lo que nos tiene tristes a todas, la verdad es que me va muy bien. La tienda marcha viento en popa, los encargos apenas me dejan tiempo libre, y en verano está la Fashion Week. Tengo la sensación de que el tiempo se me va de las manos, pero de algún modo conseguiré llegar a todo.

—Quizá deberías llevarme contigo para que desfilara con alguno de tus modelos —propuso Hanna guiñándole un ojo—. Esa pieza de ahí delante podría gustarme. Iría muy bien con mi pelo. —Señaló un sombrero de un rosa chillón con plumas, lazos y flores.

—La verdad es que quería subir a la reina de Inglaterra a la pasarela con él —contestó Elena, bromeando—, pero, si insistes...

—¡Por supuesto que insisto! ¡Aunque tengas que empujarme por el escenario en silla de ruedas!

Hanna y Melanie cruzaron una mirada conspiradora.

—Venid conmigo, estaba a punto de preparar hormas nuevas. También acabo de hacer té, así que podéis mirarme un poco mientras os tomáis una taza.

—Nos encantaría quedarnos, ¡pero tenemos planes! —repuso Hanna sonriendo.

—¿Ah, sí? —Elena levantó las cejas con un gesto interrogante—. ¿Qué queréis hacer? Espero que no sea ir al hospital.

—No, *grand-mère* quiere enseñarme algo —dijo Melanie—. Esta noche volveré con ella y todavía me quedaré allí unos días más.

—Entonces, ¿te sienta bien estar en la villa?

—¿Cuándo no me ha sentado bien? —contestó Melanie, que miró a su bisabuela.

—Si no te importa, querría utilizar tu cuarto de baño —dijo la mujer en voz baja.

—Desde luego, ya sabes dónde está.

Apoyada en su bastón, Hanna desapareció en la trastienda.

Durante su ausencia, Melanie y su madre hablaron del estado de Robert y de la desagradable llamada telefónica de Katja.

—Si te angustia demasiado, me puedo hacer cargo yo de toda la comunicación con tu suegra, cariño. Solo tienes que decírmelo. —Elena sonrió a su hija para animarla.

—Seguid charlando tranquilamente, no dejéis que os interrumpa —dijo Hanna cuando regresó—. A menos que os estéis contando algún secreto.

—Solo me quejaba de mi futura suegra, nada más —aclaró Melanie con franqueza.

—Tal vez debería conocer algún día a esa dama —sugirió Hanna, pero Melanie negó con la cabeza.

—No, ya me las arreglo. Ahora íbamos a dar una vuelta por Berlín, ¿verdad?

Hanna asintió enseguida.

—¡Cuídame muy bien a *grand-mère*! —exclamó Elena—. Berlín es un lugar peligroso.

—¡Ya lo era en mi época! —soltó Hanna con una risilla, y se aferró al brazo de Melanie.

Siguieron un poco más por Invalidenstrasse, pasaron por delante de un local vietnamita del que salían seductores aromas a curry y anís, y al final giraron por Chausseestrasse. Melanie no dejaba de preguntarse adónde quería ir su bisabuela.

—¿No será demasiado camino para ti? —preguntó al darse cuenta de que Hanna iba algo más despacio—. ¿Quieres que paremos un taxi?

La mujer negó con la cabeza.

—No, no, deja. Es verdad que voy lenta, pero estoy bien.

—Pero me avisarás cuándo empiece a ser demasiado para ti, ¿verdad?

—¡Lo haré, descuida!

Mientras caminaban, Melanie se fijó en cómo miraba la gente a Hanna. En la ciudad no era frecuente ver a una persona tan mayor desplazándose todavía a pie. Melanie puso una mano protectora sobre la de su bisabuela, que seguía agarrada con fuerza de su brazo.

—Dime, ¿adónde vamos? —preguntó cuando dejaron atrás Chausseestrasse. Estaban ya cerca de Friedrichstrasse y las aceras empezaban a estrecharse.

—Solo un poco más allá —respondió Hanna sin dejar de caminar.

Cruzaron Torstrasse, siguieron por un tramo de Friedrichstrasse y al final giraron hacia una calle lateral flanqueada de casas antiguas, la mayoría de las cuales se habían conservado en su estado original. Con algo de imaginación, podía verse incluso a las criadas con delantales almidonados y a los señores con rígidas casacas apresurándose por las aceras.

Melanie estaba asombrada de lo bien que soportaba Hanna el trayecto. Al final incluso parecía ir más deprisa, como si estuviera impaciente por llegar a su meta.

Por fin se detuvieron frente a un edificio de cuatro plantas al que las fauces del tiempo parecían haber arrancado un trozo de un mordisco. Situada junto a una imponente construcción roja que, según decía la placa conmemorativa, había sido un orfanato judío y cuyas ventanas estaban clausuradas con tablones, aquella casa parecía pequeña y doblegada a pesar de su altura. Un reborde en el límite con la acera hacía pensar que antiguamente había sido más grande. A la parte de la fachada que había sobrevivido le hacía falta una buena reforma, pero, aun así, daba la impresión de ser un edificio muy frecuentado.

En realidad, Melanie ya había visto antes esa casa, pero nunca le había prestado demasiada atención. Una vez encontró un folleto en el buzón de la tienda de Elena que anunciaba cursos de danza en su sala de baile, pero no había llegado a entrar en el edificio.

Hanna lo contempló con una sonrisa, como si estuviera frente a un viejo amigo al que hacía muchos años que no veía.

—Apenas ha cambiado —dijo entonces, y tiró de Melanie hacia el patio, que cuando hacía buen tiempo se utilizaba como terraza donde tomar una cerveza.

Unas lamparitas colgaban de los alambres que lo cruzaban de lado a lado; las encenderían cuando empezara a anochecer. Tras una de las ventanas de la planta baja se veía un horno gigantesco en una pared de azulejos blancos, así que debía de ser la cocina del restaurante cuya carta estaba expuesta junto a la entrada. En las ventanas de las plantas superiores se reflejaba el cielo, azul y algo nublado.

—Me pregunto si todavía existirá la Sala de los Espejos —comentó Hanna mientras dirigía la mirada hacia una hilera de ventanas—. Aquí estaba la sala más fastuosa del mundo. No solo se celebraban bailes, sino también unas bodas espléndidas. Es una pena que el edificio saliera tan dañado de la guerra.

—¿Por qué no entramos a preguntar? —propuso Melanie—. Seguro que la gente que trabaja aquí podrá decirnos si todavía existe esa sala.

—Es verdad, vamos.

Al entrar, Melanie se quedó asombrada de lo estrecho que parecía el vestíbulo. Había imaginado que una sala de baile tendría una amplia escalinata, un guardarropa enorme y alfombras rojas sobre un suelo de parqué ajedrezado. Sí que había un guardarropa, pero casi parecía un armarito minúsculo junto a la puerta, y en la oscuridad de su interior apenas se distinguían las perchas. Justo al lado se encontraba la taquilla, tan pequeña que parecía imposible que dentro pudiera sentarse una persona.

—¡Huele casi igual que antaño! —dijo Hanna tras inspirar hondo.

En la pared, junto a una puerta que debía de llevar a la cocina, Melanie vio colgada una carta escrita a máquina y no pudo evitar sonreír al ver que decía «Punto de encuentro para personas atrevidas de ambos sexos». El escrito era de la década de 1980 y seguramente había sido cosa de la Seguridad del Estado de la República Democrática Alemana. ¿Qué dirían los apóstoles de la moralidad de la época sobre los clubes y las discotecas de la actualidad?

—¿Puedo ayudarles en algo?

Mientras contemplaban el mobiliario con admiración, no se habían dado cuenta de que tras ellas había aparecido un joven. Debía de tener veintitantos años y vestía una camisa negra y vaqueros. Llevaba el pelo muy corto, y en una de sus orejas lucía un pendiente que parecía bastante pesado.

—Disculpe, por favor, pero ¿sería posible subir un momento a ver la Sala de los Espejos? —preguntó Hanna.

El joven la miró sorprendido.

—La verdad es que la Sala de los Espejos solo se abre en ocasiones especiales, pero podría preguntar... ¿Quieren reservarla para alguna celebración?

—Solo quisiera pasar un rato. Yo antes trabajaba aquí, ¿sabe?

Melanie comprendió que el chico estaba calculando cuándo debió de ser eso. Ella misma se asombró al oírselo decir a su bisabuela. Que Hanna hubiera trabajado en una sala de baile era nuevo para ella. ¿O acaso no era más que una treta para que las dejaran entrar?

—Vaya a preguntar, por favor —intervino Melanie, y ofreció su sonrisa más encantadora—. Para mi bisabuela sería muy importante ver esa sala. Y también para mí. Además, me podría interesar organizar aquí un par de eventos. Seguro que a los propietarios les gustaría, ¿verdad?

El joven asintió y desapareció enseguida tras unas puertas marrones. Poco después lo oyeron subir corriendo por una escalera.

—Me pregunto si la casa seguirá en manos de una mujer —caviló Hanna.

Melanie volvió a mirar con asombro ese oscuro guardarropa, junto al que un cartel antiguo indicaba que debían seguirse ciertas reglas de indumentaria. Desde aquella perspectiva parecía que hubiesen realizado un viaje en el tiempo; casi esperaba que la joven del guardarropa apareciera en cualquier momento con un vestido de los años veinte y una ondulada melena a lo *garçon* para solicitarles los abrigos. ¿Habría sido la misma Hanna esa joven?

En la pared opuesta colgaban varias instantáneas de la historia de la casa, y los cristales de la puerta doble que llevaba al restaurante estaban decorados con flores modernistas.

—Seguro que el edificio es ahora propiedad de alguna sociedad de explotación o algo así.

—No lo creo. Lo habrían convertido en una discoteca. Echa un vistazo. —Hanna movió la mano invitándola a investigar—. Todo está casi como antes. Bueno, si no tenemos en cuenta que el tiempo ha carcomido el mobiliario.

—¿Y de qué trabajaste tú aquí? —preguntó Melanie tras esquivar a un camarero que salió escopeteado de la cocina con una bandeja—. ¿O solo le has tomado el pelo a ese chico?

—¿Acaso tengo yo pinta de divertirme riéndome de un chaval? —Hanna sonrió de oreja a oreja.

—Completamente. Pero no creo que te lo hayas inventado. Tienes algún vínculo con este edificio, ¿verdad?

—Más intenso de lo que puedas llegar a imaginar. Este lugar fue mi salvación después de todo lo que había vivido. Quién sabe qué habría sido de mí si no hubiera recalado aquí en el momento oportuno.

La puerta se abrió y el joven volvió a aparecer. Llevaba un manojo de llaves en la mano.

—De acuerdo, pueden ver la sala.

—¡Eso sí que son buenas noticias! —exclamó Hanna, con lo que se ganó una mirada suspicaz por parte del chico.

—Pero no tenemos salvaescaleras, solo el viejo montaplatos.

—No se preocupe. Conseguiré subir, paso a paso. Si tiene que volver al trabajo, puede dejarnos la llave. Esté tranquilo, le prometo que no nos comportaremos como dos vándalas.

Al muchacho eso le pareció demasiado arriesgado, así que decidió acompañarlas con paciencia mientras Hanna iba superando un escalón tras otro. De vez en cuando tenía que descansar un poco, pero por fin llegaron a la puerta.

Un olor a humedad y a cerrado las recibió cuando el joven abrió los dos grandes batientes. La luz del sol inundaba la sala.

—Echen un vistazo, pero vayan con cuidado —pidió el joven—. De vez en cuando cae un poco de pintura del techo. Los dueños insisten en que la sala, dentro de lo posible, permanezca igual que hace sesenta años. Solo se realizan las reparaciones más imprescindibles.

—Pero ¿el edificio no sufrió daños durante la guerra? —preguntó Melanie al recordar la primera impresión que ofrecía la fachada.

—¡Sí, desde luego! Pero, como un milagro, en la Sala de los Espejos no se produjeron grandes destrozos. Solo hay un par de grietas.

En ese momento sonó un teléfono móvil. Al principio Melanie creyó que era el suyo, pero entonces el joven sacó uno del bolsillo. Habló un momento con alguien y luego añadió:

—Lo siento, tengo que volver abajo. La orquesta de esta noche está a punto de llegar y hay que indicarles dónde pueden dejar los instrumentos.

—¿Tocarán aquí arriba?

—No, hoy el baile será en el restaurante. Es la primera vez que viene esta orquesta y todavía no saben por dónde van los tiros.

—¿Podríamos quedarnos un poco más, de todas formas? —preguntó Hanna intentando resultar todo lo de fiar que podía.

—Haré una excepción. Cuando les haya dado instrucciones a los músicos, subiré a buscarlas.

Hanna se dio por satisfecha.

La Sala de los Espejos hacía honor a su nombre. Unos espejos gigantescos se lanzaban entre sí los reflejos de las diferentes perspectivas de la sala. En ese momento, las largas mesas estaban retiradas a un lado y las sillas se habían dispuesto de tal forma que el parqué podía verse muy bien. El suelo parecía haber sido sometido solo a reparaciones rudimentarias, igual que el papel pintado verde que había entre un espejo y otro. Uno de ellos presentaba una resquebrajadura bastante grande, pero solo en un borde.

El suelo crujió un poco bajo sus pasos cuando se adentraron en la sala. Melanie intentó imaginarse cómo serían los esplendorosos bailes que se celebraban allí y, por un instante, casi le pareció oír la risa y el tintineo de las copas, oler el perfume e intuir los destellos de las joyas que habían lucido las mujeres.

—Antes había varias salas de baile en la ciudad —explicó Hanna mientras tocaba con cuidado el marco de un espejo—. Eran los únicos lugares donde las mujeres podían atreverse a ir solas para divertirse un poco. Nadie veía nada reprochable si se presentaban aquí por su cuenta, sin acompañante masculino.

A Melanie le costaba imaginar una época en la que las mujeres sin acompañante fueran consideradas indignas.

—Muchas de las que venían aquí habían perdido a su marido en la guerra o durante la Gran Depresión. Cuando volvió a haber dinero suficiente, también ellas quisieron sentir que seguían vivas. Así que venían a la sala de baile, bien para conocer a alguien nuevo, bien para encontrar algo de consuelo en los brazos de un gigoló. —Al ver que Melanie la miraba con escepticismo, añadió—: Oh, no es lo que piensas. Los gigolós eran bailarines a sueldo cuyo cometido era que ninguna mujer se quedara sentada al principio del baile. Por supuesto que de vez en cuando había algún que otro lío, en ocasiones solo de una noche, pero la mayoría de las mujeres venían solo para bailar. Algunas se contentaban con otra mujer como pareja de baile, pero otras recurrían con gusto a los servicios de los gigolós. Sobre todo porque eran unos jóvenes muy apuestos. —La mirada de Hanna adoptó una expresión de entusiasmo. Después se sacó del bolsillo los billetes que había encontrado en el dobladillo del vestido y los estiró—. Pero deberíamos darnos prisa con la historia, porque, si esos músicos no son muy cortos de entendederas, el encargado volverá a presentarse aquí enseguida.

A pesar de no saber si estaba permitido, Melanie acercó dos sillas de las que estaban junto a una mesa.

—Colócalas mejor en el centro de la sala, que así podremos hacernos una idea más fiel a la realidad.

Melanie siguió sus instrucciones y, al sentarse en una de las sillas, hubo de reconocer que Hanna tenía razón.

11

Durante mi huida de Hamburgo tuve una suerte enorme, ya que nadie me detuvo ni sospechó de mí. Aun así, cuando por fin estuve sentada en el tren hacia Berlín, se me revolvió el estómago por culpa del miedo. Temía que alguien pudiera reconocerme, aunque en el vagón solo vi caras extrañas, algunas de ellas muy cansadas. Después de dejar Hamburgo atrás me tranquilicé un poco. Sentí que me pesaban los párpados y las extremidades y, aunque aquel vagón no era demasiado cómodo ni estaba muy caldeado, me invadió una sensación de bienestar que al final consiguió hacerme caer en un sueño profundo y sin ensoñaciones.

—Oiga, señorita, ¿es que no quiere bajar? —preguntó una voz en algún momento.

El hombre que me zarandeaba del hombro llevaba gorra de revisor y parecía algo molesto. Por fin me di cuenta de que el tren había llegado a la estación de destino. El revisor debía de estar pasando revista a los vagones para comprobar que todos los viajeros se habían apeado. Me levanté enseguida, me disculpé y le di las gracias antes de bajar del vagón. El andén estaba sumido en el vapor de las locomotoras. Unos jóvenes arrastraban carritos portaequipajes hacia los vagones de la vía opuesta y varios hombres ayudaban a sus acompañantes femeninas a subir al tren.

Así, a primera vista, Berlín no me pareció muy diferente de Hamburgo. Sin embargo, al salir de la estación de Lehrte noté que el aire olía de otra forma. Allí no había brisa marina como la que entraba incluso por las ventanas de la Casa Roja. Por el contrario, había un intenso olor al humo que decenas de chimeneas escupían al cielo.

Como al principio no supe adónde ir, busqué un banco cerca de la estación y me senté a contar el dinero que me había quedado después de comprar el billete del tren. El valor del dinero alemán todavía era un gran misterio para mí. Ariana me había explicado que los números de los billetes habían sido muy elevados hasta hacía un año, pero que con la introducción de la nueva moneda se habían vuelto muy pequeños. ¿Cuánto costaría comer algo? ¿Y un vestido? Durante el tiempo que había estado en la Casa Roja nunca había comprado nada yo sola, ni siquiera sabía qué se podía comprar. ¿Habría también puestos callejeros de comida?

En las calles de esa enorme ciudad me sentía horriblemente perdida. Todo me resultaba muy grande y parecía no terminar nunca. Algunas casas eran incluso mayores que las de los *tây* de Saigón.

Como a esas alturas el estómago me rugía muchísimo, empecé a buscar un establecimiento que ofreciera alimentos. No parecía haber puestos de comida, pero sí bares, aunque a esas horas todavía estaban cerrados. Tardé un buen rato, pero al final me topé con un maravilloso aroma dulce que se me metió por la nariz. Procedía de una panadería. La vendedora llevaba un delantal blanco festoneado de volantes y, cuando entré, me miró con tanto asombro como yo a ella.

—¿Qué le pongo? —preguntó.

No sabía por qué decidirme, pero al final señalé un bollo redondo con un glaseado de azúcar, pues detrás de mí ya había más clientes esperando. Unos cuantos hablaban tan alto y de una forma tan burda que no pude evitar recordar a los matones de Hansen. Pagué enseguida con uno de los billetes, me devolvieron un montón de monedas y salí de la tienda con una bolsita de papel en la mano.

El pánico me había acelerado el corazón. Al llegar a la esquina siguiente volví la mirada hacia la panadería, de donde poco después salieron los hombres de los vozarrones. Llevaban gorras de visera y chaquetones gruesos; debían de ser obreros.

Es completamente imposible que la gente de Hansen esté aquí, me dije. En Berlín no me encontrarán, esta ciudad es muy grande. Además, lo más probable es que crean que me he subido a un barco para volver a mi país. Me buscarán en el puerto, pero no aquí.

Aun así, tardé un rato en convencerme de que no me amenazaba ningún peligro. Seguro que en Berlín también había burdeles, pero yo jamás entraría en ellos.

Siempre los hombres... En ese momento me juré no volver a permitir que ninguno me tocara como lo habían hecho los de la Casa Roja.

Acabé encontrando una placita en la que pude comerme mi bollo de azúcar. Lo devoré con un hambre voraz. La gente que pasaba por delante casi no recaía en mi presencia. Automóviles y coches de punto recorrían las calles. Un vehículo enorme con una inscripción que decía «Cervecería» pasó traqueteando sobre ruedas de hierro por el pavimento de adoquines. Pesaba tanto que el suelo tembló bajo mis pies.

Con el hambre más imperiosa saciada, me pregunté a dónde dirigirme. ¿Debía acudir a la conocida de Ariana? Pero ¿cómo iba a encontrarla? Me faltaba valor para preguntar a un transeúnte. ¿Y si no me entendían? Tenía la sensación de hablar aún con mucho acento y, además, no conocía todas las palabras, ni mucho menos. De manera que seguí vagando sin rumbo e intenté familiarizarme con la ciudad. ¿Cómo lo hacía Thanh? Durante nuestras excursiones por Saigón siempre era ella quien llevaba la iniciativa. Tenía valor para entrar en cualquier tienda, no le suponía ningún problema hablar con un desconocido en la calle..., siempre que no fuera en Cholon. ¡Cuánto añoraba a Thanh! Y me entristecía mucho no poder emprender su búsqueda todavía.

Decidí que intentaría encontrar a la conocida de Ariana y saqué la nota con su nombre y su dirección. Tal vez la familia de su amiga me acogiera. Quizá podría ayudarles en las tareas domésticas.

Hice de tripas corazón y pregunté al primer hombre que se cruzó en mi camino. Llevaba un chaquetón marrón, una bufanda al cuello y unas gafas muy redondas que le agrandaban mucho los ojos.

—Lo mejor será que vayas en metro. Ahí detrás tienes una estación.

—¿En metro? —pregunté.

—¡Ahí detrás!

El hombre señaló un arco metálico que se elevaba en el otro lado de la calle y en el que se leía «Metropolitano». Ya había visto esa clase de estaciones durante mi huida de Hamburgo. Ariana me había hablado de ello, decía que eran unos trenes que viajaban bajo tierra. Como Hansen me había tenido prisionera en la Casa Roja, nunca había tenido la suerte de subirme a uno, pero ahora era libre y podía hacer lo que quisiera.

Después de dar las gracias, corrí a cruzar la calle y bajé los escalones hacia la estación. Algunas personas me adelantaron a toda prisa. Un olor penetrante a grasa mezclada con moho se me metió por la nariz. Las paredes del largo túnel estaban cubiertas de azulejos, y a ambos lados del andén se extendían sendas vías férreas. En una de ellas esperaba un tren; algunos pasajeros se habían sentado ya en los vagones. Un revisor muy alto aguardaba ante una de las puertas e iba dejando subir a la gente. Sin duda tendría que pagar algo, así que saqué mi bolsita de dinero y, un poco insegura, me puse en la cola de los que esperaban.

Mi mirada se dirigió hacia la bóveda que teníamos encima y el túnel por el que debería entrar el tren. ¿Sería seguro? Una vez había oído explicar a un minero que el túnel de una mina se había venido abajo por el peso de toda la piedra y las rocas que soportaba. Al recordarlo, me invadió una sensación desagradable.

—Muchacha, no te quedes ahí embobada. ¡Los que tienes detrás también quieren subir! —me soltó el revisor antes de decirme cuánto costaba el trayecto. Tras pagar, me entregó un billete y varias monedas de cambio y me dejó pasar.

—Ah, perdone —dije, y me volví hacia él para enseñarle el papelito—. ¿Hasta dónde tengo que viajar para llegar aquí?

—¿Quiere decir en qué parada debe apearse? —preguntó el hombre mirándome con extrañeza—. Lo mejor será que baje en Zoologischer Garten y luego siga a pie dos calles más.

Sonó un timbre y poco después nos pusimos en marcha. Caí hacia atrás y aterricé en uno de los bancos de madera. El tren desapareció en el túnel oscuro.

En la estación de Zoologischer Garten me encontré igual de perdida que antes, ya que el entorno no había cambiado demasiado. También allí se elevaban los edificios muy pegados entre sí, y tenían más plantas aún. ¡Qué acogedor me pareció entonces Saigón, aun en el barrio francés!

Después de preguntar varias veces, por fin me encontré frente a la dirección que buscaba. Tras de mí pasó lentamente un carro tirado por un caballo, un bebé lloraba en algún lugar, un par de personas charlaban a poca distancia de la casa. Respiré hondo y me dirigí a la puerta.

Estaba abierta, aunque solo un resquicio. De dentro salía un espantoso olor a moho y a gatos. Miré hacia la escalera que subía a las otras tres plantas. Como no había ningún cartel que indicara quiénes vivían allí, no me quedó más remedio que buscar puerta por puerta.

En cada planta había dos viviendas. Sin embargo, al llegar arriba, no había encontrado el nombre que buscaba. ¿Se habría trasladado quizá la amiga de Ariana? Decepcionada, me dispuse a desandar el camino. Si no la encontraba, tendría que buscar como fuera un lugar donde dormir. Pero ¿dónde? No, todavía no quería perder la esperanza. Me metí en el patio interior del edificio y miré a mi alrededor. Tal vez había alguna otra entrada.

Encontré otra puerta, en efecto, pero estaba cerrada con llave. Miré hacia arriba. En una de las ventanas había una mujer con una bata sin mangas. Estaba tendiendo la colada en unas cuerdas que cruzaban el patio de un lado a otro. Las prendas que había colgadas parecían tirar hacia el gris. Debía de ser por el humo, que también allí salía denso y negro de las chimeneas.

—Oye, ¿qué buscas, chica? —preguntó la mujer al verme.

—A Inge Martin —contesté. Mi voz resonó un poco entre aquellos muros—. No he encontrado su nombre en los letreros de los timbres.

—No me extraña. Ahora se llama Brockmann, ha vuelto a casarse.

—¡Muchas gracias! —exclamé, y volví a la entrada de la casa.

Allí me encontré con un perro pequeño que empezó a ladrarme y, espantada, di un salto hacia atrás.

—¡Pégale un patada a ese chucho, que así no volverá a ladrar! —me aconsejó un hombre que pasaba.

¿Creerían allí también que traía suerte matar a un perro? Esquivé al pequeño animal y subí por la escalera. Había leído el nombre de Brockmann en la tercera planta.

Una vez arriba sentí un mareo y el estómago volvió a rugirme. El bollo de azúcar no me había durado mucho.

Me alisé el vestido, carraspeé y pulsé el timbre. Se oyó un soniquete estridente. Poco después resonaron dos llantos. Una mujer maldijo y alguien se acercó a la puerta dando zancadas. Temía que quien abriera la puerta fuera el marido, pero resultó ser una mujer con el pelo oscuro y los ojos verdes. Debía de tener la misma edad que Ariana. En un primer momento creí que podía ser su hermana, pero su forma de hablar no tenía nada de francesa.

−¿Qué quieres?

−Yo... soy Hanna −me presenté−. Tengo... su dirección por Ariana. Ariana Duvall.

Los ojos de aquella mujer malhumorada se abrieron mucho. Durante unos instantes siguió desconcertada, pero luego sacudió la cabeza como si quisiera ahuyentar un pensamiento desagradable.

−¿Y qué buscas aquí?

−Ariana me dijo que tal vez podrían acogerme.

−¿Cómo se le ocurrió decirte eso?

Sentí que estaba incómoda. ¿Acaso no era amiga de Ariana?

−¿Es que tengo yo pinta de poder ir acogiendo al primero que venga? Además, ¿dónde se ha metido esa? Hace ocho años que no tengo noticias suyas. ¡Desde que llegué aquí!

Había pasado mucho tiempo, era cierto.

−Ha... Ha muerto. Hace una semana.

La mujer dejó caer los hombros y su rostro adoptó una expresión de incredulidad. Si un momento antes parecía que era joven y lo bastante fuerte para tirarme escalera abajo, de repente se tambaleó y tuvo que sostenerse en el marco de la puerta.

−¿Está muerta? −preguntó como si no me hubiese entendido bien.

Asentí.

—¿Y te dijo que vinieras a buscarme?

No parecía alegrarse demasiado de verme. Si le hubiera dicho que simplemente había encontrado esa dirección entre sus cosas, seguro que me habría echado al instante. Así que contesté que sí a su pregunta.

La mujer soltó un hondo suspiro.

—Está bien, puedes quedarte una noche. Pero mañana te largas con viento fresco, ¿entendido?

La expresión de «largarse con viento fresco» la conocía porque se la había oído decir también a las chicas de la Casa Roja. Asentí, y entonces Inge me dejó pasar y cerró la puerta tras de mí.

—¿Qué le ocurrió a Ariana? —preguntó, y me llevó a la cocina, una pequeña sala que olía a grasa rancia y a papel pintado mohoso.

Me senté a la mesa, que cojeaba bastante y en cuya superficie había varias manchas de algún líquido que se había vertido, además de restos de cera. Inge puso una tetera con agua al fuego y echó un par de listones de madera más. Yo, acongojada, me retorcía las manos. ¿Hasta dónde debía de saber esa mujer? Ariana nunca me había contado cuánto tiempo llevaba trabajando en el burdel. ¿Estuvo esa Inge también en la Casa Roja?

—Sufrió una neumonía —dije para empezar por lo más inofensivo—. El médico le dio medicamentos, pero no sirvieron de nada.

Inge se sentó en la silla que quedaba frente a la mía, que crujió en protesta.

—Sabía que ese burdel la mataría. No se merecía algo así. —Meditó un momento y luego añadió—: Siempre le decía que huyera de Hansen. Está claro que no podía hacerlo así como así, pero seguro que, de proponérselo, habría encontrado la forma. ¿Tú también estuviste allí?

Me quedé de piedra. ¿Se me notaba? ¿Llevaba alguna marca que me señalaba como prostituta?

—No temas, solo lo he supuesto —dijo Inge, como si pudiera leerme el pensamiento—. No tienes de qué avergonzarte, yo misma trabajé allí. Pero me largué a la primera ocasión. Hansen posee varios burdeles en la ciudad. ¿La vieja arpía de Giselle sigue con él?

Asentí, angustiada. Solo con recordarlos se me cerraba la garganta.

—Es la amante de Hansen. Por lo visto antes era guapa, pero el burdel acaba con todo el mundo. Es un milagro que Hansen no se haya buscado a una nueva.

Antes de que pudiera seguir hablando, la tetera silbó.

—Solo puedo ofrecerte un aguachirle de café, ¿quieres uno?

Asentí, aunque no tenía ni idea de qué era eso. Unos minutos después, tenía delante una taza de hojalata en la que humeaba un líquido marrón. Olía un poco como el café que mi madre solía servirles a sus visitas en el salón.

—¿Cómo llegaste a Hamburgo? —preguntó Inge, y sopló el vapor que sobresalía por el borde de su taza—. No parece que seas de por aquí.

Le conté lo de los tratantes de mujeres y ella sacudió la cabeza sin dar crédito.

—¡A los tipos como Hansen habría que ahorcarlos! ¿Quiénes se han creído que son para secuestrar a chiquillas de sus países como si tal cosa? —Apretó un puño—. Pero ¿qué se le va a hacer... en un mundo en el que mandan los hombres? —Se detuvo a pensar un momento y luego añadió—: En aquel entonces, cuando me fui, quise llevarme a Ariana conmigo, pero ella tuvo demasiado miedo. Me prometió venir a buscarme, pero nunca lo hizo.

Le conté que Hansen había quitado los tiradores de las ventanas.

—A ti seguramente te vigilaba más que a nadie. En aquella época, la mayoría de las chicas podíamos movernos con libertad. Muchas estaban en la ruina, o convencidas de que no eran capaces de hacer nada más que abrirse de piernas. Tarde o temprano te lo acabas creyendo. Tal vez fue eso lo que le ocurrió a Ariana.

—Siempre fue buena conmigo —dije mientras me calentaba las manos frías alrededor de la taza.

Por dentro temblaba como una tormenta de nieve. Todas aquellas imágenes terribles pasaron de nuevo frente a mí y comprendí la suerte que había tenido, por mucho que me encontrara ante un futuro incierto.

—Lo era con todo el mundo. Acogía a las recién llegadas bajo sus alas y se ocupaba de ellas, aunque no tuviera por qué hacerlo. Y aunque se lo hicieran pasar mal...

¿Me equivocaba o veía lágrimas en los ojos de Inge? La luz de la cocina era muy tenue, sobre todo ahora que empezaba a oscurecer. Tal vez había visto mal...

—Pero será mejor que la dejemos descansar en paz, ¿verdad? —Se pasó el dorso de la mano por los ojos con disimulo y alzó la cabeza.

Entonces apareció en la puerta una chiquilla de unos tres años con la nariz llena de mocos, rizos rubios y un vestidito suelto de color marrón. Me miraba con unos ojos grandes y redondos.

—Luise, ¿qué haces aquí? ¡Te he dicho que te fueras a jugar! —exclamó Inge, que se había vuelto al ver que yo estaba mirando algo. Su tristeza desapareció al instante.

La niña se metió los dedos en la boca sin apartar los ojos de mí. Inge alargó los brazos hacia ella.

—¡Ven aquí, tesoro!

Luise empezó a moverse despacio hacia su madre, que la sentó en su regazo. Mi madre nunca me había sentado en su regazo, y aun así, en ese momento, la añoré muchísimo. Pensé en lo que un día había dicho Ly. Cuánta razón

237

tenía... Una persona sin familia era verdaderamente lo más triste del mundo.

Por la noche me tumbé en el viejo sofá con un plato de sopa de col en el estómago. Aunque tenía el cuerpo exhausto, mi cabeza no quería descansar. ¿Qué haría a partir de entonces? No podía dormir en la calle: era abril, pero aún hacía mucho frío. ¡Después de haber escapado de la Casa Roja, de ninguna manera quería morir de hipotermia!

Recordé entonces los planes que habíamos hecho Thanh y yo: buscar un trabajo y ganar dinero para poder ir al colegio y luego a la universidad. Los tratantes de mujeres habían destruido ese sueño, pero yo seguía teniendo un motivo para querer ganar dinero. ¡Solo así podría regresar a Saigón y buscar a Thanh!

En algún momento se me cerraron los ojos y caí dormida, hasta que alguien me despertó zarandeándome.

—Eh, arriba, que ya es hora —dijo Inge—. Mi marido está a punto de llegar a casa. No le gusta que tenga visitas.

Me levanté de golpe. Inge me endilgó una manzana arrugada y un trozo de pan untado con una fina capa de mantequilla.

—Toma, llévate esto. Es todo lo que puedo darte. Y mantente alejada de los burdeles de la ciudad. Busca un buen trabajo y así vivirás más años.

Le prometí hacerlo, aunque no sabía cómo.

—Si no encuentras nada de nada, o te ves en una situación de emergencia, puedes volver. Pero solo en ese caso, ¿entendido? —me dijo ya en la puerta.

Asentí y entonces me sonrió.

—Encontrarás tu camino, muchacha. Pero aléjate de los hombres. De ellos rara vez sale algo bueno.

La pregunta de por qué entonces ella se había casado me acompañó hasta que llegué a la calle. ¿Había encontrado a uno que no era así? ¿Uno al que amaba?

Estuve toda la mañana recorriendo Berlín, mirando tiendas y escaparates que me resultaban extraños, y al final volví a tomar el metropolitano y llegué a algún lugar del centro de la ciudad donde las calles estaban muy concurridas y llenas de automóviles. Tenía la sensación de que allí, tal vez, encontraría trabajo. ¿Necesitaría alguien una costurera? ¿O a una chica que limpiara o cocinara?

Sin embargo, allí donde preguntaba nadie necesitaba una empleada. En una calle vi a una mujer con un cartel al cuello en el que decía que buscaba trabajo de secretaria. ¿Debía apostarme yo también con uno de esos carteles? Me di cuenta de que la mujer me lanzaba una mirada hostil, casi tanto como las de las chicas de la Casa Roja. Debía de temer que quisiera hacerle la competencia. Antes de que pudiera decirme nada, desaparecí corriendo.

Al final torcí por una travesía desde la que llegaban voces de niños pequeños y no tardé en encontrarme ante dos edificios imponentes que se parecían a las escuelas que los franceses construían en Saigón. Unos hombres de aspecto curioso montaban guardia ante ellos. Llevaban abrigos oscuros, barbas largas y unos sombreros negros bajo los cuales sobresalían unos tirabuzones cuidadosamente peinados. Uno sostenía bajo el brazo un libro muy grueso, en uno de cuyos costados se veían reflejos de oro. Estaban hablando entre ellos, pero no pude entenderlos, pues lo hacían en un idioma que no era ni el alemán ni el francés. Parecían eruditos o algo así, y en cualquier caso irradiaban mucha dignidad.

La casa vecina era más pequeña, y de su interior salía un olor que se parecía al de nuestros puestos de comida, pero que a la vez era del todo diferente.

«Sala de Baile», decía un cartel junto a la entrada. Me pregunté qué sería una sala de baile. ¿Se reunía allí la gente para ver espectáculos? ¿Les enseñaban bailes tradicionales?

Después me fijé en un papel que estaba pegado a la puerta. «Se busca chica para el guardarropa», anunciaba en letras muy gruesas.

Guardarropa. Por Ariana sabía lo que significaba esa palabra. En un guardarropa se dejaban los abrigos y los sombreros de la clientela de un local. Y allí buscaban una chica joven que tuviera buena presencia y fuera amable. ¡No se requerían más cualificaciones!

Antes de pensármelo dos veces, mi mano ya estaba en el tirador.

El frío olor a cigarrillos, no obstante, hizo que me detuviera justo en el umbral. Una idea terrible cruzó por mi cabeza. ¿Sería una «sala de baile» algo parecido a la Casa Roja de Hamburgo? ¿Habían colgado esa nota para engañar a chicas nuevas?

—Para dentro o para fuera, ¿qué haces, chiquilla? —exclamó una voz.

Me estremecí, pero me vi incapaz de dar media vuelta y salir corriendo. Un hombre apareció de pronto a mi lado. No era muy alto, pero me pareció enorme, sobre todo por el abrigo de cochero que llevaba sobre los hombros. Era mucho mayor que Hansen, tenía la barba gris y el pelo casi blanco y un poco ralo. No parecía un chulo, y una vocecilla en mi cabeza me dijo que no podía haber un burdel justo al lado de una escuela. Pero ¿qué sabía yo de las costumbres de ese país extraño?

—Yo... vengo por el trabajo en el guardarropa —conseguí pronunciar, y esperé que el hombre entendiera lo que había dicho.

La expresión de su rostro, en cualquier caso, se suavizó y esbozó una sonrisa.

—¡Pues haberlo dicho! ¡Y cierra la puerta, que hay corriente!

Yo seguía dudando. Todavía no había aclarado mis sospechas sobre si aquello era o no otra Casa Roja. En ese momento habría podido girar sobre mis talones y marcharme de allí, pero algo me lo impidió. Al final, la puerta se cerró a mi espalda.

—Conque quieres trabajar con nosotros, ¿eh? —dijo el hombre, y me miró de arriba abajo—. Sí que eres guapetona. Pero no eres de por aquí, ¿a que no?

—No, soy de... Acabo de llegar de Hamburgo.

El hombre se echó a reír.

—Pues tampoco te habría tomado por una moza de Hamburgo. Bueno, venga, te llevaré a ver a la jefa. Tienes suerte de que esté aquí ahora. Por cierto, yo soy Rudi, el portero.

Me pregunté si también Rudi sería de otro país, porque hablaba un alemán algo diferente al de Ariana o Giselle. Me ofreció su gigantesca mano a modo de saludo y yo la acepté con timidez, dispuesta a echar a correr en cualquier momento para escapar de allí. Sin embargo, aquel hombre me dio un apretón con sumo cuidado y me soltó enseguida. Miré entonces de reojo por la puerta de doble batiente, que estaba abierta. Una araña de luz colgaba del techo y había mesas vestidas de blanco distribuidas sobre el reluciente parqué. Aquí y allá, varios espejos con marco dorado reflejaban la imagen de toda la sala. El papel pintado de la pared era de un delicado color crema; los rodapiés, de un marrón claro. Lo único rojo que se veía era la alfombra que recorría el estrecho pasillo hasta la puerta doble.

—¿Por qué te quedas ahí como un pasmarote? —El hombre ya estaba subiendo la escalera—. Vente conmigo y no seas tímida. A la jefa no le gustan las tímidas. Aquí no hay que tener pelos en la lengua, no sé si sabes lo que quiero decir.

No sabía lo que quería decir, pero eché a andar tras él. En la escalera, que tenía un pasamanos decorado con preciosas tallas, había una alfombra entretejida de azul y dorado que seguía por el pasillo superior y terminaba en una amplia puerta de doble batiente.

El hombre puso cara de importancia y me pasó revista.

—Sacúdete el polvo del abrigo, chiquilla. La jefa valora mucho la buena presencia.

De nuevo me invadieron las dudas. Estaba segura de que mi presencia, con ese abrigo raído y el vestido marrón, no se correspondería con lo que la jefa esperaba de una chica de guardarropa. Pero Rudi ya estaba llamando a la puerta y una enérgica voz de mujer nos invitó a entrar.

—Bueno, Rudi, ¿qué sucede? —preguntó la dama, que evidentemente era la dueña.

Intenté verla sin conseguirlo, ya que el fornido cuerpo del portero ocupaba todo el vano de la puerta.

—Vengo con una chiquilla a quien le gustaría mucho presentarse, si tiene usted a bien.

—¡Que pase!

Rudi se hizo a un lado.

—¡Mucha suerte! —me susurró mientras me guiñaba un ojo.

Entré dando pasos pequeños. La visión de aquel despacho me infundió respeto y miedo a partes iguales. Me recordó al de Giselle, aunque allí no había ninguna estatuilla de Venus sobre el escritorio. Estanterías altas, un aparador muy bonito y un pequeño tresillo colocado sobre una alfombra de vivos colores. Angustiada, me detuve frente al escritorio tras el que se sentaba, como en un trono, aquella mujer de unos cuarenta años que llevaba un vestido negro de cuello alto y cerrado.

—Soy Claire Kühnemann —se presentó, y se irguió en su silla—. Esta sala de baile es mía. —Extendió los brazos como un pájaro haría con las alas—. En Berlín hay muchas salas como esta: desde que hemos superado la crisis, crecen como setas. Pero la nuestra es una sala excepcional, y yo valoro mucho contratar solo a los mejores.

Recordé las palabras de Rudi sobre los pelos en la lengua. Ojalá hubiera sabido qué quería decir aquello... En cualquier caso, nunca había conocido a una persona a quien le creciera vello en la boca.

—¿Cómo te llamas, muchacha? —La señora Kühnemann ladeó la cabeza.

—Hanna. —Comprendí que solo con mi nombre de pila no bastaría, pero ¿qué más iba a decirle? ¿Nguyen, como el herrero? Me decidí por otra cosa—. Hanna Nhài —precisé, pues estaba segura de que la señora Kühnemann sí podría pronunciar ese nombre.

—¿Hanna? —repitió la mujer, como si no me hubiera entendido bien—. Un nombre peculiar para una chica como tú. Diría que eres de China.

—De Indochina, *madame*... —la corregí.

—¿Hablas francés? —preguntó enseguida, impresionada.

Asentí con la cabeza.

—¿Y qué me dices del alemán? Conoces las palabras, pero tienes bastante acento.

—Solo hace un año que lo hablo, aún estoy aprendiendo —repuse. Sabía que a algunas personas les costaba entenderme, aunque a mí me parecía que pronunciaba bastante bien.

La señora Kühnemann me miró fijamente.

—Di algo en francés —pidió.

Al principio no supe qué decir, pero luego me puse a hablar sobre el tiempo que hacía. La dueña asintió.

—Parece que en francés no tienes un acento tan fuerte.

La señora Kühnemann se levantó y rodeó el escritorio para acercarse a mí. Me sorprendió ver que casi me pasaba dos cabezas.

—Hablo francés desde que era pequeña. Tuve un profesor en casa. —Apenas podía imaginar un tiempo que me pareciera más lejano que aquel en que mi profesor me enseñaba los vocablos franceses.

—Bien, está claro que no eres tonta. ¿Qué te impulsó a abandonar tu país?

¿Qué debía contestar? ¿Que unos tratantes de mujeres me habían secuestrado y me habían encerrado en un burdel? Eso ni podía ni quería contárselo, pues sin duda me habría echado de allí al instante. Además, me daba mucha vergüenza. Lo que más deseaba, viniera lo que viniese después, era olvidar aquella época terrible.

—¿Quizá tuviste una aventura con un francés y luego te abandonó?

En su voz percibí que desaprobaba por completo algo así.

—Me marché porque quería estudiar en Alemania —respondí intentando ser fiel a la verdad, por lo menos a medias—. En mi país no está permitido. Allí habría tenido que casarme.

La señora Kühnemann resopló. Al principio creí que su desprecio iba dirigido a mí, por haber dejado a mi familia en la estacada, pero entonces exclamó:

—¡En todos los rincones del mundo pasa lo mismo! ¡No tienen nada mejor que hacer que pensar en matrimonios! Y eso que es la causa de todos los males.

Cuando regresó a su lado del escritorio, yo aún no sabía qué había querido decir con esas palabras.

—Hiciste bien, ¿sabes? Yo fui tan tonta que creí que e iría mejor si me casaba. Mi primer marido me aban-nó, el segundo murió. ¿Qué me ha quedado de esos dos rimonios? Nada. Pero al menos tengo mi sala de . Ella siempre me es fiel y, si la mantengo en buena forma, nunca se desmoronará. – Apoyó los codos en la mesa–. Está bien, muchacha, te daré una oportunidad. Ven esta tarde a las cinco y trabajarás con Ella en el guardarropa. Ella te enseñará lo que hay que hacer. Si se te da bien, te contrataré a prueba un par de meses. En ese tiempo intentarás librarte de tu acento. También tenemos algunos clientes franceses con los que podrás hablar en su idioma, claro está, pero por lo demás hablarás en alemán, ¿entendido?

Asentí con la cabeza, apenas capaz de creer la suerte que había tenido. Aquella mujer no era una segunda Giselle ni mucho menos, y la sala de baile tampoco era un burdel. Y, aunque seguía sin saber dónde dormiría, en ese momento solo me importaba una cosa: ¡podría trabajar allí una noche!

Por la tarde estuve más nerviosa que en toda mi vida. No tenía la menor idea de qué tendría que hacer exactamente en el guardarropa, pero estaba segura de que no sería complicado cuidar de los abrigos de los clientes. Como no podía ir a ningún otro lugar, estuve vagando por las calles un buen rato y, poco antes de las cinco, entré en la sala de baile. Aquello hervía de actividad. Músicos que arrastraban sus instrumentos por todas partes, camareros y ayudantes de cocina que corrían de aquí para allá...

En un primer momento nadie pareció fijarse en mí, hasta que uno de los camareros, vestido con un frac que no le sentaba demasiado bien, se quedó mirándome.

–¿Y tú qué quieres?

–Soy la nueva chica de guardarropa –contesté–. La señora Kühnemann me ha dicho que venga a trabajar esta noche.

El hombre me miró de arriba abajo, se volvió hacia uno y otro lado sin saber qué hacer y luego gritó:

—¡Ella! ¡La nueva ya está aquí!

El grito fue tan fuerte que debió de oírse en todo el edificio. Entre los hombres del vestíbulo no se veía una sola mujer, pero entonces una joven cruzó la puerta doble. Tenía una melena pelirroja muy corta que llevaba peinada con raya a la izquierda, como si fuera un hombre. Lucía un vestido verde hierba que se le ceñía por debajo del talle con una banda de tela ancha. La falda le llegaba justo hasta por debajo de las rodillas, y sus pies calzaban unos zapatos de hebilla blancos con un poco de tacón. Yo nunca había visto nada tan chic.

—¡Así que eres tú! —me dijo con alegría y tendiéndome una mano—. Hola, soy Ella.

—Hanna —me presenté.

—La señora Kühnemann no me había dicho nada de que fueras tan… exótica. Al principio he pensado que eras una bailarina china.

Aunque sus palabras no tenían ninguna mala intención, no conseguí sonreír ni decirle que no era china.

—Bueno, ven conmigo. La señora Kühnemann me ha encargado que te lo enseñe todo, y antes de empezar a trabajar tendrás que cambiarte de ropa.

Me tomó de la mano y me llevó con ella escalera arriba.

—Las palabras no son lo tuyo, ¿verdad? —preguntó, dicharachera, cuando pasamos por delante del despacho de la dueña. Era evidente que había esperado que hablara por los codos.

La puerta estaba entreabierta, pero a Claire Kühnemann no se la veía por ninguna parte.

—La jefa está en la Sala de los Espejos —explicó Ella al advertir mi mirada—. Esta noche se celebra allí el Gran Baile de la Primavera. Has llegado en el mejor momento, hoy pasarán por nuestras manos una cantidad enorme de abrigos.

Me hizo cruzar una puerta pequeña tras la cual, para gran sorpresa mía, se escondía algo así como un camerino. Había tres tocadores con espejo y un perchero alargado del que colgaban en fila varios trajes y también unos cuantos vestidos.

—Siéntate delante de ese espejo, que intentaré hacer algo aceptable con tu pelo.

Tomé asiento con timidez ante el primer tocador y empecé a retorcerme las manos heladas. Había esperado empezar enseguida a trabajar, pero, por lo visto, antes Ella tenía que convertirme en una chica de guardarropa.

—Como ya te he dicho, hoy celebramos la Fiesta de la Primavera —me comentó mientras se acercaba al perchero y rebuscaba algo de mi talla entre aquella ropa—, así que también a ti te pondremos primaveral.

Entonces comprendí que aquel vestido tan bonito no era de Ella, sino que debía de haberlo tomado prestado de allí. Estaba segura de que también a mí me buscaría algo de color verde, pero entonces sacó un vestido rosa palo, lo sostuvo en alto y me miró.

—Será perfecto. El verde no es tu color, con él parecerías enferma. ¡Pero de rosa serás como una orquídea!

Colgó el vestido en el espejo y, antes de que yo pudiera mirarlo mejor, acercó también un par de zapatos y empezó a moverme la cabeza a un lado y a otro.

—¿Le tienes mucho cariño a tu melena? —preguntó mientras intentaba desenredármela con un peine.

Me daba unos tirones tan horribles que enseguida acabé como si hubiera estado cortando cebolla.

—¿Por qué lo dices? —pregunté volviéndome en la silla.

—Porque lo mejor sería cortarla. La tienes muy enredada.

—¡No, no la cortes! —exclamé sin pensarlo, pues estaba segura de que me haría un peinado de hombre como el que llevaba ella.

—¿Por qué no? —dijo sin dejar de intentar domar los nidos que había en mi pelo—. Las melenas tan largas ya no se llevan. Además, podrás peinarla mejor si está más corta. A los clientes les gustará que te llegue solo a los hombros, ¡créeme!

Sonaba convincente, y en ese momento yo habría sido capaz de aceptar cualquier cosa con tal de poner fin a aquellos tirones infernales.

—Está bien, córtala —accedí, y Ella se puso a aplaudir entusiasmada—. ¡Pero solo hasta los hombros!

—Ay, es estupendo. Espera y verás. ¡Te voy a dejar guapísima!

Parecía que le hubieran regalado una muñeca con la que poder hacer lo que quisiera. Sacó unas tijeras de un cajón y se puso manos a la obra.

—¿Sabes? Yo en realidad quería ser peluquera, pero hoy en día no abundan las ofertas en ese sector. Tal vez dentro de dos o tres años mejore la cosa; mientras tanto, trabajo aquí. ¡Pero mi sueño es cortar el pelo!

No dije nada y, por si acaso, también cerré los ojos. Me daba la sensación de que me estaba cortando toda la melena; con cada abrir y cerrar de las tijeras, me estremecía.

—¡Eh, no muevas la cabeza! —me advirtió Ella, y me dio un pequeño coscorrón.

Intenté estarme más quieta, pero no lo conseguí del todo, porque de vez en cuando me tiraba de un mechón y me hacía moverme. Por suerte, la tortura terminó enseguida.

—Bueno, una florecita... ¡y ya estás lista!

Apenas si me atrevía a abrir los ojos, pero Ella me puso algo en el pelo y entonces no me quedó más remedio que mirar.

A pesar de su promesa, yo temía que me hubiera hecho un corte masculino, pero lo que vi me dejó sin habla. Ella me había cortado la melena solo hasta los hombros y me la había retirado tras la oreja en uno de los lados, donde me había colocado una flor de seda blanca.

—¡Me apuesto lo que sea a que todos los hombres te pondrán ojitos! —exclamó, visiblemente contenta con su trabajo.

Que los hombres me pusieran ojitos era lo último que quería, pero me alegré de que no me hubiera estropeado el pelo.

—Y ahora cámbiate deprisa y luego sal, que a las seis se abren las puertas y tenemos que estar en nuestro sitio. —Dicho esto, Ella abandonó la habitación.

Yo todavía no sabía muy bien lo que había ocurrido. Aquella chica me había sacudido como un torbellino y me había convertido en una persona del todo diferente.

Palpé la flor de mi pelo y por primera vez desde hacía mucho tiempo me di cuenta de que sonreía.

—¡Estás preciosa! —exclamó Ella cuando salí del camerino. Me estaba esperando en la puerta con una sonrisa enorme.

Lo cierto era que había escogido un vestido muy bonito. No era solo que el color me favoreciera, tenía una tela muy suave y conseguía que la pobre muchacha que yo era pareciera, si no una diva del baile, por lo menos sí una chica de guardarropa de lo más presentable. Nada en mí recordaba ya a la Casa Roja.

—Ven, vamos a hacer que los chicos vuelvan la cabeza.

Bajamos a la planta baja, lo cual no me resultó precisamente fácil con los zapatos de tacón. En el burdel siempre había llevado zapatos planos, pues nunca me habían dado otra cosa, y ahora tenía la sensación de que podía caerme escalera abajo en cualquier momento. Aun así, conseguí llegar sana y salva, y hasta me sentí un poco glamurosa al bajar los últimos peldaños.

Los músicos ya habían empezado a ocupar sus puestos, solo los camareros corrían aún de aquí para allá. Uno de ellos nos dedicó un silbido y Ella rio halagada. La admiré al ver que le gustaba que los hombres le silbaran. A mí eso solo me recordaba a la Casa Roja, donde a los silbidos casi siempre les seguía un par de manos sobonas. Sin embargo, al parecer existía una forma muy diferente de apreciar a las mujeres. En cualquier caso, en el hueco pintado de marrón que constituía el guardarropa estaríamos a salvo de los hombres, lo cual me tranquilizó bastante, ya que mi escepticismo superaba todavía la alegre curiosidad que irradiaba Ella.

Mi compañera me llevó hasta los colgadores y los percheros, cada uno de los cuales llevaba pegado un número.

—A cada cliente que te deje su abrigo le das un número. Eso es importante para poder encontrar el abrigo después. El que pierde su número ha tenido mala suerte y se lleva a casa lo que queda al final. No te dejes convencer para entregarle a nadie un abrigo si no tiene ficha. A veces se cuelan ladrones entre los clientes, o alguien intenta salir con un abrigo mejor. Aquí entra todo el que puede pagar la entrada, así que por tus manos pasarán tanto abrigos caros como baratos.

Jamás habría pensado que se pudieran decir tantas cosas sobre los abrigos, pero Ella tenía una lista enorme preparada. Me explicó con todo detalle lo que debía decir y qué tenía que hacer, y todas esas indicaciones me hicieron sentir muy insegura. ¿Cómo iba a contentar a la señora Kühnemann? ¿Y, sobre todo, a la propia Ella? ¡Seguro que ella le contaría a la jefa cómo me las arreglaba!

—Hola, preciosa... —saludó una voz masculina cuando Ella interrumpió un momento sus explicaciones para que yo pudiera asimilar todo lo que me decía—. ¿No hace una noche electrizante?

Miramos a un lado. Ante el mostrador aguardaba un hombre vestido con frac negro, camisa y pajarita blancas. Entre los dedos sostenía una larga varilla al final de la cual ardía un cigarrillo. Algunos clientes de la Casa Roja también fumaban de esa forma. Llevaba el pelo con gomina, muy pegado a la cabeza, y tenía un bigote que era solo una delgada línea sobre el labio superior. Sus ojos oscuros nos miraban alternativamente a Ella y a mí.

−¡Tu conferencia sobre abrigos ha sido impresionante, de verdad! −opinó con una gran sonrisa.

−Si quieres reírte de mí, será mejor que te esfumes, porque hoy no estoy de humor.

El hombre se encogió de hombros.

−¡Yo nunca me reiría de ti, niña de mis ojos! −repuso él con fingida inocencia.

−¿Niña de mis ojos? −replicó Ella−. No dispares la pólvora tan pronto, que la necesitarás más tarde, cuando vuelva doña Consejero.

El joven arrugó la nariz.

−Se la enviaré a Arno. No me apetece tener que arrastrar a ese vejestorio por el parqué otra vez. ¡Eso me gustaría mucho más hacerlo contigo, la verdad!

Al decir eso no había mirado a Ella, sino a mí.

−¿Y quién es usted, encantadora jovencita? Su imagen es de lo más refrescante entre toda la clientela conocida.

−Soy Hanna −contesté con inseguridad.

−¡Hanna! ¡Qué precioso nombre! Una vez conocí a una muchacha que se llamaba Hanna...

−Sí, pero, a menos que le hicieras un bombo, seguro que hace tiempo que te ha olvidado. ¡Y será mejor que no le pongas las manos encima a la pequeña, porque, si no, te las verás conmigo!

−Instinto maternal, ¿eh? −El hombre soltó una risotada−. No parecías de esas...

Ella alcanzó el bote de las fichas que debíamos colgar en las perchas e hizo como si quisiera lanzárselo. El hombre, que seguía riendo, levantó las manos a la defensiva.

—¡Pero, cielo, no irás a darme con eso! ¡Mis damas se extrañarán si se les presenta un hombre con un chichón en la cabeza!

—Pues diles que te metiste en una pelea con Hackmann, ¡ya verás como todas te quieren llevar a casa! —Ella, que no tenía intención de dejar el bote otra vez en su sitio, rio con sarcasmo y luego añadió—: Sobre todo doña Consejero. Quedará encantada y te hará muchísima publicidad, Tim.

Tim puso entonces cara de espanto, como si se le hubiera aparecido un fantasma.

—Está bien, será mejor que me marche antes de acabar herido. ¡Les deseo una hermosa velada, señoritas!

Hizo una reverencia burlona y subió la escalera corriendo. Ella dejó el bote y lo siguió con la mirada mientras sacudía la cabeza.

—¡Menudo canalla! Con ese debes llevar mucho cuidado. No solo se hace el donjuán, también le encantaría serlo. Conmigo lo intentó varias veces, hasta que no me quedó más remedio que recurrir a estos métodos.

—¿Le habrías lanzado el bote? —pregunté.

—Pues claro que sí. Y también tú deberías hacerlo si se te acerca a menos de un metro. —Me miró con una sonrisa—. Se te ve aún tan inocente... No dejes que tipos como ese te tomen el pelo.

Sonreí al oír eso, pero algo en mi interior se encogió de dolor. ¡Si supiera todo lo que había visto y vivido ya! Pero era mejor que no se enterase. ¡Nadie debía saber nada! ¡Jamás!

—¿Y qué hace aquí ese hombre, Tim? —pregunté cuando recuperé la compostura.

Fuera, ante la puerta, se oían voces exaltadas y resonaban carcajadas. ¿Llegaban ya los clientes?

—Es uno de nuestros gigolós.

—¿Gigolós? —Hasta el sonido de la palabra resultaba indecente.

—Se ocupan de las mujeres que vienen sin compañía. Se ofrecen como pareja en la sala de baile para que ninguna dama esté sentada cuando empieza la música. Con eso se ganan una propina... Aunque a veces las señoras les piden también otros servicios. —Y me guiñó un ojo con picardía.

Me quedé de piedra. ¿Estaba insinuando que esos hombres vendían sus cuerpos como si fueran prostitutas?

Antes de que pudiera seguir preguntando, la puerta se abrió y una avalancha de personas que conversaban y reían inundó el vestíbulo.

—¡Esto empieza ya! —exclamó Ella, y acto seguido se puso firme y lanzó una gran sonrisa.

Yo intenté emularla, aunque ni por asomo tenía la misma seguridad que ella, claro está.

Tal como me había dicho, fui recogiendo los abrigos de la gente y a cambio les daba fichas. Tenía las manos heladas y completamente sudadas. De vez en cuando sonreía, pero evitaba mirar a los clientes a los ojos. Todo el rato tenía la sensación de estar encogida, como una criada que no se atreve a mirar a sus señores.

Sin embargo, la gente no parecía darse cuenta de nada, así que al cabo de un rato comprendí que muy pocos de ellos se fijaban en nosotras. La mayoría de los clientes quedaban ocultos tras los abrigos que nos alcanzaban, y luego alargaban una mano hacia las fichas que les entregábamos sin volver la cara. Solo pensaban en disfrutar ya del baile. A fuerza de repetirme que nadie me prestaba atención, conseguí que el trabajo me resultara algo más fácil. Incluso me permití mirar de vez en cuando a la gente mientras colgaba los abrigos en la oscuridad para luego regresar a entregarles las fichas.

Me impresionaron algunos de los vestidos, que brillaban como el oropel. Muchas mujeres llevaban cintas con plumas y piedras en el pelo, y a otras los guantes de noche les llegaban hasta más arriba del codo.

—¡Bueno, no ha estado nada mal! —dijo Ella cuando hubo pasado la primera oleada—. La señora Kühnemann estará contenta con todas las entradas que se han vendido.

No fue hasta entonces cuando miré hacia la taquilla. Dentro se había sentado un joven que iba vestido de camarero.

—Normalmente lo hace Henning, nuestro taquillero, pero ayer cayó enfermo. Seguro que dentro de un par de días ya habrá vuelto y podré presentártelo.

—Si es que aún estoy aquí —repuse. No tenía la menor idea de cómo juzgar mi rendimiento en el trabajo.

—Estoy convencida de que sí —dijo Ella—. Ni te imaginas cómo era la última. Parecía que trabajase aquí solo para pescar a un rico. Se pasaba todo el rato soñando… Y al final se escapó con uno de esos tipos. ¡Tendrías que haber visto cómo se enfadó la señora Kühnemann! Pero tú pareces bastante espabilada, y has guardado más abrigos que yo. Le diré a la jefa que se quede contigo.

Apenas podía creer mi suerte. ¡Era posible que todo acabara bien! Aun así, las palabras de Ella no significarían nada si luego la señora Kühnemann decidía mandarme de vuelta a la calle. Pero en ese momento me sentí algo más aliviada, y era maravilloso que Ella fuese tan simpática conmigo y no me viera como una competidora.

Ya no llegaban tantos clientes, así que entre uno y otro Ella tenía tiempo de burlarse un poco de los habituales.

—¿Has visto a esa? —preguntó cuando una mujer con melena a lo *garçon* y un vestido de flecos pasó a toda prisa por delante de nosotras—. ¡Le sobran por lo menos treinta años para llevar ese vestido!

—¿Tú crees? —repuse yo.

Cierto, era una señora mayor que nosotras, pero estaba muy guapa con todas las lentejuelas que brillaban en su vestido. Sobre todo me gustó su cinta de pelo, brillante y con una pluma de marabú.

—¡Pues claro que lo creo! —se reafirmó mi compañera—. Por cierto, esa es doña Consejero, de la que hablábamos antes. Está coladita por Tim y no piensa más que en convertirlo en su amante.

—¿Es que no tiene esposo? —En mi ingenuidad, creía que Consejero era el apellido de la mujer.

—Lo tuvo —explicó Ella—, pero murió hace un par de años. Era mucho mayor que ella y le dejó bastante dinero. El caso es que la espera mientras él estiraba la pata le costó la juventud, así que ahora está la mar de contenta recuperando el tiempo perdido.

Antes de que pudiera seguir entró un nuevo grupo de clientes, y me pregunté si Ella conocería la historia de cada uno de ellos. De nuevo pasaron por mis manos varios abrigos. Poco a poco iba ganando seguridad. De vez en cuando incluso conseguía mirar a la gente a la cara y corresponder a sus sonrisas..., si es que me sonreían. La mayoría de ellos me miraban sin verme.

Entretanto, la orquesta empezó a tocar y las melodías que interpretaban llenaban sin esfuerzo todas las salas del edificio. Daba la sensación de que la música lo ocupaba absolutamente todo. Por un momento dejé volar la imaginación y soñé que bailaba. En la Casa Roja también se bailaba alguna que otra vez, si los clientes querían, pero allí lo importante no era dejarse llevar por la música. Y conmigo, de todas formas, nadie había querido bailar.

—¡Ah, ahí llega el hombre más solicitado de todo Berlín! —exclamó Ella de repente.

Volví la cabeza hacia un lado. El hombre que estaba entrando iba acompañado por dos damas. Las dos tenían una media melena rizada rubio pajizo y llevaban unos vestiditos ceñidos y brillantes, además de cintas de pelo de seda en las que refulgían piedras preciosas. Él les dio un beso a cada una y luego se acercó al mostrador.

Al principio solo vi su abrigo de lana oscura y el traje de raya diplomática y buen corte que llevaba debajo, y que vestía muy bien su cuerpo esbelto y a la vez de hombros anchos. El aroma que desprendía me recordó a las tiendas de especias de Saigón.

—¡Ella, querida, veo que te han puesto una ayudante! —comentó mientras se quitaba el abrigo con agilidad—. Dime, ¿quién es la pequeña?

Era imposible no notar que su forma de hablar estaba teñida por el acento de los *tây*. Lo miré con cierto temor. Su rostro era bastante anguloso, tenía la nariz larga, el mentón imponente y los ojos coronados por cejas largas y bonitas. Sus iris eran azules como los pétalos de los lirios.

—Eso debería preguntárselo usted mismo, *monsieur* Laurent —contestó Ella, y ladeó la cabeza con coquetería. Casi le brillaban los ojos, lo cual, al hombre, no obstante, parecía dejarle indiferente.

Se volvió hacia mí y me contempló unos momentos. Un escalofrío ardiente me recorrió todo el cuerpo. Su mirada me resultaba tan desagradable que tuve que bajar los ojos. Así era como solían mirarme los hombres de la Casa Roja, y, después de lo bien que había ido la velada hasta entonces, no quería que nadie me recordara aquel lugar.

—¿Cómo te llamas? —preguntó con delicadeza.

Tenía que hacer algo, lo que fuera, para no verme obligada a mirarlo.

—Hanna, *monsieur* —respondí mientras recogía el abrigo de su acompañante.

—¡Anda, una chinita! —soltó con un gritito la otra mujer, que también se había quitado el abrigo, y dio unas palmadas.

—¿Luego nos hará juegos malabares con unos platos? —preguntó su amiga, y echó la cabeza hacia atrás riendo—. En el escenario del Wintergarten he visto a chicas chinas que sabían hacerlo.

Me resultó antipática desde el principio. Seguramente me recordaba demasiado a Erika y a otras chicas de la Casa Roja.

—¿De verdad eres de China? —preguntó el hombre mientras se apoyaba en el mostrador y seguía mirándome con insistencia.

Sacudí la cabeza.

—De Indochina, *monsieur.*

—*Ah, parlez-vou français?* —preguntó enseguida.

—*Oui, monsieur* —respondí con las mejillas tan encendidas como si estuviera mirando al fuego de la herrería de mi padrastro.

Aunque evitaba sus ojos, la atención que me dedicaba me resultaba cada vez más abrumadora. Hubiese querido que se me tragara la tierra en ese mismo momento.

—Qué tímida es —comentó con burla una de las chicas resplandecientes mientras la otra soltaba una sonrisita y luego tiraba del brazo del hombre.

—Vamos, Laurent, que queremos divertirnos.

El hombre permaneció inmóvil un momento más. ¿Es que no podía marcharse de una vez? Sus acompañantes ya estaban poniendo mala cara y me miraban con veneno en los ojos.

—Es bueno saber que aquí hay alguien que habla mi idioma —dijo entonces en francés y en voz baja, y luego se volvió hacia las mujeres.

Les dio un beso en la mejilla a cada una y ellas, por algún motivo que a mí se me escapó, soltaron un gritito de alegría, una después de la otra. Los tres desaparecieron entonces en dirección a la escalera.

Cuando me atreví a levantar la cabeza, Ella me fulminaba con una mirada de incredulidad.

—¿Qué he hecho mal? —pregunté con miedo.

—No, si tú no has hecho nada mal, pero Laurent... —Miró en la dirección por donde habían desaparecido el hombre y sus acompañantes—. ¿De verdad hablas francés?

Por lo visto la señora Kühnemann no le había contado a Ella casi nada de mí. Empecé a sentirme un poco incómoda, pues pensaba que aquello era señal de que no querría contratarme.

—Sí, lo hablo. La señora Kühnemann dice que mejor que el alemán.

—¿Y podrías enseñarme?

Al principio me pregunté para qué querría Ella aprender francés, pero entonces se me encendió una lucecita. ¡Estaba prendida de ese tal Laurent! Por eso se había puesto colorada, y probablemente también por eso quería aprender su idioma.

—¿Saben hablar francés sus chicas?

Ella negó con la cabeza.

—No, seguro que no. Ya verás como al siguiente baile viene con otras. Todavía no ha repetido nunca con ninguna.

—Eso quiere decir que no va en serio.

—Eso quiere decir que todavía no ha conocido a la chica adecuada —me corrigió Ella—. Es como con el príncipe del cuento, que baila con una después de otra hasta que encuentra a su princesa.

—¿Y tú quieres bailar con él? —pregunté. No entendía que alguien pudiera pensar tanto en un hombre.

Ella soltó un hondo suspiro.

—Huy, sí, pero igual que muchas otras. Por desgracia, una chica de guardarropa no está a su altura. Las mujeres con las que sale son hijas de artistas o de eruditos, de hombres de negocios o de peces gordos de los bancos.

—¿Peces gordos?

—¡Peces gordos es como decir hombres importantes, boba! —me reprochó Ella, molesta por mi ignorancia—. Mi padre reparte carbón por la ciudad y gana tan poco que a mi madre apenas le alcanza para vivir. Yo siempre le envío algo de dinero. La señora Kühnemann paga bien y también me ofrece una habitación aquí, en la casa. ¡Si te contrata, viviremos las dos juntas!

No estaba segura de si me podía hacer ilusiones después de haber molestado a Ella con mi ignorancia, pero era evidente que ya lo había olvidado, porque no dejaba de parlotear con alegría.

—¿Sabes? Con tu predecesora también me llevaba muy bien, por lo menos hasta el día en que empezó a interesarse por aquel tipo. Después ya solo tenía ojos para él y soñaba despierta mientras yo tenía que hacer todo el trabajo. Al final me alegré de que se marchara. Pero contigo seguro que será diferente, ¿a que sí?

Asentí, y Ella me ofreció una enorme sonrisa.

—Hasta que empiece a gustarte algún hombre. O a mí. —Miró hacia el pie de la escalera por donde había subido Laurent con sus acompañantes. Después dio un hondo suspiro y se volvió hacia los clientes que acababan de entrar.

Llegó un momento en que el guardarropa se quedó tranquilo. Ella se sentó en su silla, se sacó un pequeño estuche de algún lugar y empezó a limarse las uñas. Yo me apoyé en el mostrador sin saber muy bien qué hacer. No quería parecer holgazana, pero ¿qué se hacía en un guardarropa, aparte de vigilar los abrigos, cuando todos los clientes ya habían entrado?

A medida que pasaban las horas empecé a sentir que las extremidades me pesaban como el plomo. Tanto caminar de aquí para allá durante todo el día me estaba pasando factura. Solo había comido lo que me había dado la amiga de Ariana… Aunque, con toda esa agitación, tampoco habría podido tragar nada más. Cuando ya amenazaba con quedarme dormida en cualquier instante, Ella se levantó de pronto de su silla.

—¡Ven conmigo! —susurró, y salió del guardarropa.

—¿Adónde? —pregunté.

—Ahora es el mejor momento para asomarse a la sala —dijo señalando con el pulgar en dirección a la escalera por encima del hombro.

Aquella propuesta me parecía escandalosa, pero al mismo tiempo muy emocionante.

—Pero ¿y los abrigos? —objeté.

—Nadie los robará. Además, solo estaremos arriba un momento. Pero, si no quieres venir a ver el baile...

—Está bien —exclamé tras ella, que ya se encaminaba a la escalera.

Salí como un rayo del hueco del guardarropa, Ella me tomó de la mano y se puso un dedo sobre los labios como advertencia, mientras tiraba de mí escalera arriba.

La orquesta tocaba incansable y, mientras nos acercábamos a la puerta de la sala, sentí un cosquilleo de emoción, pero al mismo tiempo también mucho miedo. Todavía recordaba perfectamente cómo reaccionaba Giselle si no me encontraba justo donde, según ella, debía estar. Aún me parecía sentir la bofetada que me dio una noche que me escondí debajo de la escalera.

Me habría gustado convencer a Ella para que lo dejara correr, pero ya estábamos ante la puerta y no parecía que nada pudiera impedirle espiar por el resquicio.

—Espero que Laurent esté en la pista —susurró—. Tienes que ver cómo baila. Nadie es tan elegante como él.

Entrecerró un ojo y se acercó a la abertura que había entre los dos batientes. Allí se quedó un momento mientras yo miraba alrededor con gran nerviosismo. ¿Y si justo entonces subía la escalera uno de los camareros? ¿O si alguien quería abandonar la sala? ¡El golpe de la puerta arrojaría a Ella al suelo!

Pero mi compañera estaba en terreno conocido y sabía que eso no ocurriría. La orquesta tocaba y las parejas de baile se deslizaban como sombras al otro lado del cristal esmerilado.

—¡Ven, ahora tú! —me susurró, y se irguió de nuevo—. Laurent está justo en el centro de la pista con una de sus gatitas. A ella, ni caso, pero a él no puedes perdértelo.

No sentía ninguna necesidad de observar a aquel francés, pero los bailarines sí me interesaban. Aunque seguía teniendo una sensación desagradable, me incliné y espié igual que había hecho Ella por el resquicio de la puerta.

Las siluetas se convirtieron en caras, las sombras cobraron brillo y color. Por lo menos veinte parejas, según pude calcular, se movían por la pista al son de la música. Mujeres y hombres muy pegados. Trajes oscuros o grises junto a vestidos de colores que, en aquel bullicio, parecían flores en un campo de orquídeas. Los contemplé fascinada: piernas que se movían con enorme agilidad y destreza, plumas que ondeaban en las cintas del pelo de las mujeres. Por entre los bailarines se veían destellos como los del rocío sobre las hojas, y por encima de sus cabezas el aire estaba teñido de azul a causa del humo. El olor a cigarrillos y vino se colaba por la ranura de la puerta directo hasta mi nariz.

Y de repente volvieron a mí las imágenes de la Casa Roja, de la noche de la subasta y de aquellos rostros de hombres sonrientes. Sentí tales arcadas que estaba a punto de apartarme del resquicio cuando, de pronto, lo vi: el francés. Y Ella tenía razón. No se movía con tosquedad, sino que era elegante y daba la sensación de flotar. En ese momento parecía completamente inmerso en la música; la mujer que sostenía del brazo solo era un medio para conseguir su fin. Habría resultado tonto que bailara solo, pero si hubiese estado de moda seguro que también lo habría hecho con elegancia. Contemplé su forma de erguir los hombros, cómo se posaban sus manos casi ingrávidas sobre el cuerpo de su pareja, a la que, sin embargo, conducía al mismo tiempo por la pista. Sin duda habría podido mirarlo durante horas, pero entonces la melodía se interrumpió y un aplauso resonó por toda la sala.

Ella tiró de mí.

—Bueno, ¿lo has visto?

Asentí.

—Baila que es una maravilla, ¿a que sí? —No esperó a obtener respuesta, sino que me tomó de la mano—. Vamos, tenemos que volver abajo. No querrás que nos pillen aquí, ¿verdad?

De nuevo en el guardarropa, no dejó de alabar el arte que tenía Laurent bailando y de explicar la de veces que lo había observado. Por lo visto, acudía a la sala de baile con regularidad desde hacía dos años, siempre los fines de semana. Yo iba asintiendo a sus palabras, pero no intentaba imaginar todo aquello que me contaba. No hacía más que recapitular lo que acababa de ver, y al final me sorprendí deseando bailar también así, ligera como una pluma llevada por una delicada brisa.

El entusiasmo de Ella duró un rato más, hasta que vimos bajar a los primeros clientes.

—¿No les ha gustado? —le pregunté a mi compañera, que se llevó un dedo a los labios y saludó con simpatía a la pareja.

Les entregamos sus abrigos y nos despedimos de ellos.

—Ahora se van a otro sitio —me explicó Ella—. A ver variedades o qué sé yo. Siempre se marchan algo antes. Poco a poco irán bajando también los demás. Ya se han cansado de bailar y el vino se les ha subido a la cabeza, así que quieren cambiar de ambiente, o sentarse en algún sitio donde estén más a salvo de las miradas ajenas. —Se sonrió y calló un momento—. Sí, así es la vida en la sala de baile, un constante ir y venir. La mayoría de los clientes, de todas formas, se quedan hasta el final. Prepárate para una noche muy larga.

Tenía razón, la noche fue muy larga. Pero los clientes que iban saliendo del edificio impedían que nos quedáramos dormidas. Además, Ella no paraba de hablar. No conseguí retener la mayor parte de lo que decía, porque era sencillamente demasiado, pero sus palabras impedían que me pusiera a pensar sobre mi incierto futuro.

Al final llegó al guardarropa una gran avalancha, porque la mayoría de la gente se marchaba ya a casa o cambiaba de local. Fuimos recuperando las fichas y repartiendo los abrigos, y por suerte nadie intentó pescar un abrigo mejor.

También por suerte, Laurent y sus acompañantes se mezclaron entre el gentío, así que ni él pudo volver a mirarme largo rato ni sus amigas pudieron decir nada sobre chicas chinas que hacían malabarismos con platos. Desaparecieron entre el barullo y yo sentí un gran alivio.

Cuando por fin se marcharon todos los clientes, Claire Kühnemann hizo acto de presencia en el vestíbulo. Aunque se la veía algo cansada, su paso y su porte irradiaban tal firmeza que mi corazón empezó a latir con miedo.

—Ella, me gustaría hablar contigo —dijo después de mirarme un instante.

No supe interpretar la expresión de su rostro. Temerosa, miré a mi compañera. Seguro que la jefa quería hablar con ella sobre mí. De ella dependía que me contratasen.

Cuando ambas se fueron, me dejé caer en una silla. Los minutos se me hicieron interminables. No hacía más que retorcerme los dedos y mirar los ganchos y las perchas que habían vuelto a quedar vacíos y en los que ya solo colgaban sus carteles con números.

Lo había pasado bien esa noche, a pesar del incidente con Laurent. Por mucho que nunca llegara a formar parte de los que giraban y se balanceaban al ritmo de la música, me había encantado escuchar a la orquesta... Y, si había suerte, tendría un trabajo con el que ganaría dinero y tal vez, incluso, podría ahorrar para regresar a Vietnam.

—¿Señorita Nhài? —preguntó una voz de mujer.

Al ver a la señora Kühnemann de pie ante el mostrador, me levanté de un salto. De pronto tenía las manos heladas.

—Acompáñeme, por favor.

Ella no estaba con la jefa. ¿Eso era bueno o malo? Salí enseguida del guardarropa y rogué en silencio a los dioses para que me diera el empleo.

Después de ordenar a uno de los hombres que cerrara la puerta de entrada, me condujo a su despacho. Ella tampoco estaba allí. Recordé que había hablado de una pequeña habitación encima de la sala de baile. Seguro que ya se había retirado a dormir.

—Siéntese, señorita Nhài.

Tomé asiento en la silla que había ante su escritorio. La señora Kühnemann se quedó un momento más detrás de mí, contemplándome, y luego se sentó también.

—Veo que está cansada y ya es bastante tarde, la verdad, así que no la entretendré aquí hablando demasiado. —Entrelazó las manos sobre el escritorio y me miró con seriedad. Eso me hizo creer que no quería contratarme, y de repente me sentí terriblemente débil—. Según me ha contado Ella, lo ha hecho usted muy bien.

Alcé la mirada, sorprendida. El rostro de la señora Kühnemann seguía sin moverse un ápice, pero continuó hablando.

—Por lo que me ha dicho, ha sido aplicada y amable con los clientes, aunque también muy discreta y espabilada. Además, con su nueva vestimenta da muy buena impresión. En la sala he oído a algunos jóvenes hablar de usted. —Eso pretendía ser un halago, pero yo todavía me sentía muy insegura—. Con usted, nuestra casa tendría algo especial que ninguna otra sala de baile posee. Tal vez no lo sepa, pero en estos momentos China es un país muy querido por la gente de aquí, y, si bien sé que no es usted china, ¿por qué no iba a aprovechar esa coincidencia?

De nuevo me repasó con la mirada, y yo volví a pensar en lo que me había dicho aquel tal Rudi. Estaba muy lejos de tener pelos en la lengua, pero tal vez tampoco fuera necesario...

—En otras palabras, que me gustaría mucho contratarla. Le pagaré veinte marcos a la semana, y la comida y el alojamiento los tendrá gratis. Vivirá con Ella en la habitación de arriba y podrá comer cuanto quiera de lo que sobre en la cocina. Pero no trabajará solo como chica de guardarropa. Cuando sea necesario, durante el día ayudará en la cocina o con los preparativos de las salas. ¿Le parece aceptable?

Asentí enseguida. Era mucho más que aceptable. Incluso habría estado dispuesta a fregar suelos. Acababa de conseguir un trabajo serio que no tenía nada que ver con mi cuerpo.

—Bien, pues ya puede retirarse por hoy. Mañana empezará su horario habitual. —La señora Kühnemann se levantó de su silla.

Yo habría tenido que hacer lo mismo y darle las gracias, pero no era capaz de moverme del sitio. Apenas si podía creer que, después de todo lo que había ocurrido, por fin tuviese un poco de suerte.

—¿Ha traído sus cosas consigo?

Esa pregunta me sacó de mi estupor. Enseguida me puse de pie y me acerqué a ella.

—Es que... solo tengo lo que llevaba encima —contesté, y me miré el vestido y los delicados zapatos que me habían prestado—. Todo esto me lo ha dejado Ella.

La mujer recibió mis palabras con un asentimiento satisfecho de cabeza.

—Bien, entonces le pagaré un pequeño adelanto para que pueda comprarse ropa. Venga mañana temprano a mi despacho y le daré su sobre.

—Muchas gracias, señora Kühnemann —dije cuando llegamos a la puerta—. No la decepcionaré, se lo prometo.

—Eso lo doy por sentado, querida —afirmó Claire Kühnemann con una sonrisa de indulgencia—. Aun así, no me hago ilusiones. Tarde o temprano pierdo a todas las chicas. Conocen a un hombre y, ¡zas!, de repente se acabó el trabajo. Ya solo quieren tener hijos y prepararle una sopa caliente a su marido.

Me habría gustado asegurarle que conmigo no sería así, pero no podía. Aunque no fuera por un hombre, tarde o temprano el deseo de volver a casa y buscar a Thanh haría que me marchara de Berlín. Estaba convencida. Sin embargo, la señora Kühnemann no pareció tomarse a mal mi silencio. Me aconsejó que me cambiara de ropa y después me acompañó hasta la planta superior, donde me señaló la primera puerta de la izquierda, tras la cual se encontraba la habitación que compartiría con Ella. Me deseó buenas noches y se dirigió hacia sus propios aposentos.

Cuando crucé la puerta, me encontré en una habitación estrecha y con el techo inclinado, donde se abría una ventana. Las gotas de lluvia repiqueteaban con suavidad en el cristal. Debía de haberse puesto a llover justo entonces, porque los abrigos de los clientes los habíamos recibido secos.

Ella estaba en su cama, sentada con las piernas cruzadas, vestida solo en ropa interior y con un albornoz. Al verla me recordó un poco a Ariana, y aunque ese recuerdo no estaba vinculado solo a cosas positivas, me ayudó a sentirme enseguida como en casa. Intuía que ese sería el lugar en el que por fin podría considerarme libre.

—Bueno, ¿qué te ha dicho? —Ella me sonreía de oreja a oreja; ya conocía la respuesta.

—Me ha contratado —contesté, y de repente sentí que una enorme sonrisa se dibujaba en mi rostro. Tal vez tendría que haber gritado de alegría o haberme puesto a saltar, pero solo podía sonreír y nada más que sonreír—. Muchas gracias por haberle hablado bien de mí.

—¡Yo solo he dicho la verdad! —exclamó—. Además, no te has quejado cuando te he cortado el pelo. ¡Eso dice mucho en tu favor!

Ella se levantó y me abrazó un momento, luego señaló la cama vacía del otro lado de la habitación.

—Esa es la tuya. Chirría un poco, así que no es la mejor si tienes visita masculina, pero vale para dormir. Y no temas, que a mí no me molestas. Me alegro de no tener que estar sola. Cuando no hay nadie más, empiezas a ver y a oír fantasmas.

Yo iba a añadir que la señora Kühnemann vivía en la planta del medio, pero callé y me senté en el borde de mi cama.

—¿No tienes camisón? —preguntó Ella, y fue entonces cuando por lo visto se fijó en que no traía ninguna maleta conmigo.

Negué con la cabeza.

—Madre mía, ¿es que te han echado de casa así, sin nada? —Fue a la cómoda de su lado y sacó algo de un cajón—. Toma, ponte esto mientras tanto, y mañana mismo iremos de compras, ¿de acuerdo?

Sí, estaba de acuerdo. Después de cambiarme le conté a Ella lo del adelanto que me había prometido la señora Kühnemann.

—Nuestra jefa es una persona buena de verdad —opinó—. No todas las dueñas de salas de baile son así. Solo hay que tener cuidado de no enfadarla. Mientras esté contenta contigo, también será generosa.

Con el corazón palpitante, me tumbé por fin en la cama. Apenas podía creer que solo hubieran pasado dos días desde mi huida de Hamburgo. Tenía la sensación de que hacía ya una eternidad de todo aquello.

Cuando cerré los ojos, la lluvia arreció contra la ventana, pero el ruido que provocaba me resultaba agradable. En Hamburgo nunca me había gustado la lluvia, sin embargo, ahora, su sonido era el que me daba la bienvenida a mi nuevo hogar.

12

—Lo siento, pero ahora tengo que pedirles que vuelvan abajo, por favor.

El joven estaba en la puerta y les lanzó una mirada severa a las dos mujeres, que seguían sentadas en el centro de la sala.

—Muchas gracias por habernos permitido subir —dijo Hanna mientras Melanie se ocupaba de volver a dejar las sillas en su sitio—. Para mí significa mucho, ¿sabe? La vieja señora Claire me contrató hace muchísimos años, y en esta sala casi puede sentirse su espíritu.

—¿Conoció usted a la antigua propietaria? —preguntó el joven, asombrado, al tiempo que desaparecía la severidad de su rostro—. He visto una fotografía de ella en el despacho del jefe.

—La conocí cuando yo no era más que una chiquilla muerta de miedo ante ella. —Hanna miró a Melanie con una sonrisa, luego se volvió otra vez hacia el joven—. ¿Sabe usted que, con su aspecto, habría resultado una buena pareja de baile?

—¿Se refiere a un gigoló? —El chico parecía algo horrorizado.

—No como en esa película de David Bowie, desde luego —añadió Melanie enseguida.

—¡A las mujeres les habría encantado! —exclamó Hanna riendo—. Pero no haga caso de los desvaríos de una vieja. Usted solo ocúpese de que no me caiga por la escalera, ¿de acuerdo?

Al llegar abajo justamente cruzaba la puerta doble del restaurante un hombre con barba que arrastraba un gran tambor. En el interior de la sala, sus compañeros estaban ocupados montando ya los instrumentos. El camarero con el que se habían cruzado antes se deslizaba muy ocupado entre las mesas, donde un par de clientes se habían puesto cómodos mientras contemplaban los preparativos para el «baile popular».

—Podríamos comer algo rápido aquí mismo —propuso Melanie, que quería quedarse un rato más en aquella casa donde su bisabuela había dado los primeros pasos hacia una nueva vida.

—¡Qué buena idea! Y después te enseñaré por qué calles solía pasear en los años que siguieron.

Tomaron asiento en el restaurante, que a aquella hora estaba bastante vacío, y pidieron algo de su sencilla carta.

Mientras esperaban, Melanie recibió un mensaje de texto de Charlotte en el que le preguntaba si ya había tomado una decisión. Por lo visto, Dornberg había reaccionado a su petición con tanta impaciencia como era de esperar. Aun así, decidió no contestar enseguida. En su cabeza veía aún imágenes de la joven Hanna, que acababa de conseguir un empleo como chica de guardarropa.

—¿Por qué nunca nos habías contado nada sobre la sala de baile? —le preguntó después de probar la ensalada de patata, que el camarero les había servido casi al instante. La carta no había faltado a su promesa: la ensalada era casera.

—Si te dijera que lo había olvidado seguro que no me creerías, ¿verdad? —repuso Hanna mientras masticaba.

Melanie negó con la cabeza.

—No, probablemente no, porque sigues teniendo una memoria estupenda.

—Bueno, entonces tal vez sea porque soy una persona a la que le gusta mirar siempre hacia delante. Me parece horrible que los viejos le den la lata a su familia con bata-llitas del pasado.

—Pero si tú no das la lata. Y estoy segura de que a la abuela y a mi madre les encantaría escuchar tu historia. ¿O a ellas ya se lo has contado?

—Solo lo fundamental. Y sin sala de baile. Siempre he estado tan ocupada que no me he parado a dar grandes explicaciones. Ni siquiera desde que vivo con Marie. Me sentía llena de proyectos e ideas, quería construir y crear, no explicar. —Hanna miró a Melanie un momento, luego sonrió y posó la mano en el brazo de su bisnieta—. Me alegro mucho de que te guste escuchar esta historia. Ahora que estamos aquí, más aún. Jamás habría dicho que algún día volvería a ver esto.

Melanie asintió. También ella se alegraba de estar allí. La magia de la sala de baile, en cierto modo, había relegado sus propios problemas a un segundo plano.

Media hora después estaban en el metro. Rosenthaler Platz quedaba bastante lejos, así que decidieron dar un poco de descanso a sus pies.

—¿De verdad te resultó tan extraño el metro de Berlín la primera vez que lo tomaste? —preguntó Melanie cuando el tren se puso en marcha y entró en el túnel.

Hanna estaba sentada a su lado, muy tranquila; parecía mentira que hubiera sentido miedo en su primer viaje.

—Sí, así es. Ya había visto la entrada de una estación sub-terránea de camino a la estación central de Hamburgo, claro, pero todavía no había subido en ningún metro. Debes saber que en la Casa Roja vivíamos como prisioneras. Dar una vuelta por la ciudad no era algo que se nos permitiera hacer.

Melanie sacudió la cabeza. Costaba creer que algo así hubiera sucedido; mejor dicho, que sucediera todavía, ya que seguía habiendo mujeres obligadas a prostituirse.

—Pero con el tiempo me acostumbré y, al final, hasta me gustaba recorrer la ciudad en metro con Ella.

—Os hicisteis amigas, ¿verdad?

—Sí, aunque hubo una cosa que se interpuso en nuestra relación. Pero no quiero adelantarme.

«¡Próxima estación, Rosenthaler Platz!», anunció una voz robótica sobre sus cabezas. Se levantaron y bajaron del metro junto con los demás viajeros. El olor a grasa y a túnel cerrado las siguió por la escalera. Arriba, en cambio, las recibió un aroma a pizza: había gente sentada en la terraza de un restaurante, comiendo o esperando a que los atendieran.

—Por allí —dijo Hanna señalando hacia el cruce—. Todavía falta un poco, pero conseguiremos llegar, ¿verdad?

Melanie asintió y le ofreció el brazo a su bisabuela mientras esperaban a que se pusiera verde el semáforo.

El tiempo había transformado el rostro de las casas, pero de vez en cuando Hanna reconocía una y recordaba cómo había sido en su época.

—Ese edificio de ahí enfrente antes era una verdulería, y en esa galería de allí había una cafetería —iba relatando con ojos brillantes.

Melanie comprendió que hasta entonces se había interesado muy poco por la historia de su propia ciudad.

—¿Nunca antes habías sentido la necesidad de volver a ver la sala de baile y estas calles? —preguntó mientras seguían andando—. En cualquier momento habrías podido cruzar a este lado.

Después de su boda, en el año 1949, Marie se había instalado en el sector francés de la ciudad, que más adelante formaría parte de Berlín Oeste. Al ir a visitarla, Hanna habría tenido la posibilidad de cruzar al sector ruso, o lo que después sería Berlín Este.

—De vez en cuando, sí, pero también tenía mucho miedo.

—¿Miedo? —se extrañó Melanie—. ¿A qué?

—Al pasado. Y a enterarme de qué había sido de las personas a las que conocía. Mi partida de Berlín fue bastante... precipitada. Creo que con ella dejé atónita a mucha gente.

—¿Y por qué te marchaste de esa forma?

Hanna tampoco le había hablado nunca de eso. Todo lo que Melanie sabía sobre su bisabuela empezaba en París, cuando había conocido a Didier, el padre de Marie. Aquello fue en 1929, el año en que nació su abuela, eso Melanie sí lo sabía con seguridad.

—Si te lo cuento ya, me adelantaré muchísimo y me dejaré por el camino cosas muy importantes. —Hanna negó con la cabeza—. No, una cosa después de la otra. Además, casi hemos llegado.

Melanie miró a su alrededor. En Rosenthaler Strasse se apretaban varias construcciones grises que todavía irradiaban el encanto de la antigua República Democrática. Aquí y allá, sin embargo, alguien se habían esforzado por añadirle algo de color a la estampa. Si algún día ella llegaba a ser tan mayor como Hanna, seguro que aquella calle tendría un aspecto muy diferente.

Un tranvía pasó rugiendo a su lado y tocó la campanilla, como si el conductor temiera que quisieran saltar a la vía. Cuando se alejó, Hanna señaló un edificio que hacía esquina y tenía una fachada reformada en cuyas ventanas superiores saltaba a la vista el logotipo de una compañía de seguros médicos. En la planta baja había una cafetería muy concurrida. Melanie conocía aquel lugar.

—Aquí dentro antes había unos grandes almacenes, ¿verdad?

—Sí, los famosos almacenes Wertheim —confirmó Hanna, y luego echó la cabeza hacia atrás—. Es una lástima que hayan modernizado la fachada. Antes tenía unas ventanas preciosas con figuras en relieve. Cuesta creer que se haya instalado un seguro médico ahí arriba. En aquel entonces esto era un hervidero de gente comprando cosas.

—¿Qué te parece si nos sentamos un rato en la cafetería y me cuentas cómo siguió lo de la sala de baile? Aquella época debió de ser fabulosa. Vestidos de flecos, el charlestón, la música *jazz*...

—Sí que fue una época bonita, la verdad. La mejor de mi vida, diría. Bueno, nos tomaremos un café, pero dentro, si puede ser. No quiero poner mis huesos en peligro.

Poco después estaban sentadas en un rincón de la cafetería desde el que veían muy bien tanto la calle a través del cristal como a los demás clientes. Sobre sus cabezas colgaba un ventilador de color plata que parecía salido directamente de la película *Casablanca*. En verano seguro que proporcionaba un frescor agradable, pero ese día estaba parado. Los compartimentos de la estantería de cafés que había en la pared, y que seguramente solo servían de decoración, estaban resplandecientes. Ante ellas, en la mesa, humeaban dos capuchinos con una gruesa capa de espuma.

—Cafés como estos tendrían que haber servido entonces... El propietario de un local así se habría hecho de oro —comentó Hanna, entusiasmada, mientras se tomaba la espuma a cucharadas—. A finales de los años veinte, poco antes de la crisis económica mundial, a la gente le interesaba todo lo que prometía placer. Y le gustaba experimentar. Las mujeres se cortaban el pelo muy corto y empezaban a llevar trajes pantalón, y algunas aprendían a conducir. Fue una época maravillosa de verdad. Qué pena que después todo cambiara. Por mí, ojalá hubiera seguido así eternamente. Pero la historia del mundo no acepta peticiones del público.

Melanie estaba de acuerdo con ella en eso.

—Bueno, seguro que ahora quieres escuchar qué ocurrió después, ¿verdad? Lo mejor será empezar por este lugar. O, mejor dicho, por el lugar que era en aquel entonces: los almacenes Wertheim, y no una cafetería y una oficina de la Seguridad Social.

Hanna dio un sorbo de café, se limpió el bigote de espuma con la servilleta y siguió relatando.

13

Tuve que hacer un gran esfuerzo para presentarme a la mañana siguiente ante la señora Kühnemann, pero, como había prometido, me dio un pequeño sobre con la paga de toda una semana. Además me animó a que me sacara el pasaporte, porque lo necesitaría.

La idea de ir a una oficina de empadronamiento me infundió pavor al principio; a fin de cuentas, no sabía qué había ocurrido con Hansen. Pero entonces comprendí que un pasaporte era una nueva oportunidad. Podía convertirme oficialmente en otra persona. En Hanna Nhài.

Con el adelanto en el bolsillo, y en compañía de Ella, enseguida me puse camino a la ciudad. Como mi vestido marrón le parecía demasiado feo para dar una vuelta por Berlín, mi compañera de habitación me había prestado uno de los suyos sin vacilar. Me venía un poco grande, ya que ella era más corpulenta que yo, pero olía a jabón de lavanda y tenía un tacto más agradable que el mío. Además, solo lo llevaría provisionalmente.

En la oficina de empadronamiento estuvimos esperando un buen rato. Cuando por fin llegó mi turno, me quedé paralizada ante todas aquellas preguntas. Dije que había perdido mi pasaporte y que acababa de llegar de Indochina. Después de un poco de tira y afloja, la funcionaria me extendió un permiso de residencia y me aconsejó que acudiera al consulado francés para solicitar una nueva partida de nacimiento y un pasaporte francés, puesto que mi país era colonia de Francia.

—Sí, qué se le va a hacer —comentó Ella, que me había esperado con paciencia—. En este país todo funciona así. De la cuna a la sepultura: formularios, formularios, formularios...

Yo, en aquel entonces, no sabía cómo interpretar esa expresión.

El hombre del consulado francés sí fue muy amable y, a cambio de una pequeña tasa, prometió enviarme los documentos. Sentí un gran alivio.

—Bueno, ¿lo ves? —dijo Ella, y se colgó de mi brazo—. Con esto ya vuelves a ser legal. Venga, vamos a celebrarlo yendo de compras.

Me quedé atónita con todas las tiendas que se alineaban en las aceras. El barrio francés de Saigón, en comparación, parecía pobre. La gente se apiñaba frente a los escaparates, y los que no querían comprar se dirigían hacia el gran puente sobre el que continuamente pasaban enormes locomotoras de vapor. Ella me señaló la estación y luego tiró de mí para seguir camino, hasta que por fin, en Rosenthaler Strasse, me mostró «las galerías», que era como las llamaba ella.

—Estas son las galerías Wertheim —explicó, mientras rebuscaba en su bolso—. Aquí seguro que encuentras un vestido y unos zapatos nuevos que puedas pagar. Y creo que yo también me compraré algo. Por cierto, ¿sabes coser?

La pregunta me pilló por sorpresa, pero asentí.

—Antes trabajaba de costurera, con mi abuela. —No dije más, porque no quería que me preguntara nada, pero a Ella en esos momentos no le interesaba la historia de mi familia.

—¡Qué bien! —exclamó, luego comprobó el contenido del monedero que había sacado y añadió—: Entonces solo te hará falta comprar algo de tela. Si te coses tú misma la ropa, podrás ahorrar dinero y no llevarás lo que llevan todas. Pero, para empezar, nos conformaremos con algo de confección.

Si el aspecto de los almacenes ya me había impresionado desde fuera, en su interior me sentí absolutamente abrumada. Ella parecía estar acostumbrada a recorrer sus pasillos y no dejaba de cotorrear con alegría, excepto para ponerme delante algún que otro vestido o señalarme unos zapatos para que me los probara. De vez en cuando aparecía un vendedor que nos preguntaba en qué podía ayudarnos. Según si era joven o viejo, Ella le seguía la conversación o no. A los vendedores jóvenes y guapos los entretenía bastante, mientras que a los mayores casi siempre los despachaba diciéndoles que ya nos las arreglábamos solas.

La sección de telas era muy grande, y a primera vista no habría sabido decir con qué género me gustaría coserme un vestido. Ella estaba a mi lado y me iba aconsejando sobre qué tonos le iban bien a mi tez y a mi pelo. Lo mismo hizo en la sección de confección, donde había vestidos de diferentes cortes y colores. Parecía disfrutar de las miradas de asombro del personal, aunque no estuvieran dirigidas a ella, sino a mí. A uno de los jóvenes le explicó que yo era una artista china que actuaba en el Palacio de Invierno. Al principio me indigné, pero después, al ver la cara del chico, no pude evitar reír por lo bajo.

—La próxima vez les diremos que eres una de las esposas del emperador chino, pero que has huido porque ya no aguantas más el harén —dijo con una sonrisa enorme mientras paseábamos por los pasillos con un vestido nuevo y un paquetito de tela debajo del brazo.

—¡No puedes decir algo así! —exclamé yo, espantada—. Luego lo irán contando por ahí y...

—¿Y qué va a pasar? —Ella me guiñó un ojo con despreocupación y se echó a reír—. Berlín es una ciudad grande, aquí se habla mucho cuando el día es largo, y, después de tantos años de necesidad, la gente está ávida de buenas historias. Quién sabe, tal vez te descubra un productor de cine y quiera filmar una película que se titule *La concubina del emperador* o algo así.

Sonreí con cierta acritud, pues sabía lo que significaba la palabra concubina y me resultaba desagradable que Ella se hubiera acercado tanto a la realidad. Aunque yo no había sido esposa de ningún emperador.

Sin embargo, un instante después las fantasías de Ella dejaron de importarme, porque nos detuvimos frente a una mesa en la que había una máquina de coser Singer negra. Tenía un pedal y un volante que se podía girar. *Bà* siempre había hablado maravillas de esa clase de máquinas, y en Saigón yo ya había visto alguna que otra. Con ellas se podían hacer costuras maravillosas, limpias y regulares, y se tardaba solo la mitad de tiempo. De haber poseído una de esas máquinas, habríamos podido ganarnos la vida mucho mejor.

—Huy, eso sí que es proponerse algo serio —dijo Ella mientras giraba la etiqueta del precio—. Para esto tendrás que ahorrar una buena temporada, por no mencionar que la mesa casi no cabría en nuestra habitación.

No supe qué contestar. Ella me había leído el pensamiento con solo verme la cara.

—Por otro lado, con ella podrías remendar un montón de cosas que se rompen a veces en la sala de baile. ¿Le has dicho a la señora Kühnemann que sabes coser?

Negué con la cabeza. ¿Cómo iba a saber yo que esos conocimientos eran importantes para una chica de guardarropa? Además, tampoco quería importunar a la dueña.

—Si alguna vez vuelve a quemarse una cortina de una sala, podrías proponerle arreglarla. Si ve que lo haces bien, puede que te consiga una máquina de coser, y entonces tendrá que buscarse a otra para el guardarropa, porque ya no te levantarás de la Singer.

Debí de mirarla con cara de no entender nada, porque añadió:

—Perdona, todavía tienes que acostumbrarte a mi sentido del humor. Le pasa a todo el mundo.

Me arrastró para apartarme de la máquina de coser, pero a partir de entonces, todas las noches, cuando estaba tumbada en la cama, soñaba con esa Singer y con todos los vestidos que podría coser con ella.

Las veladas en la sala de baile eran largas, pero para mí no existía un lugar más bonito. Me encantaba estar allí, recoger los abrigos y los sombreros de la gente y luego escuchar la música con la que bailaban y se divertían los clientes. Todo ello contribuyó a que mis incesantes recuerdos de Hamburgo y mi miedo a haber matado a Hansen quedaran por un tiempo en un segundo plano.

Con Ella me llevaba de maravilla, y enseguida me di cuenta de que a mi alemán le iban muy bien las largas conversaciones con mi amiga. Cada vez me entendía mejor, y yo misma tenía la sensación de que mi acento se iba diluyendo.

La habitación que compartíamos era bastante pequeña, pero de todas formas casi siempre estábamos en la sala de baile o en la ciudad. Juntas echábamos una mano cuando algún chico de la cocina o algún camarero se ponía enfermo, o cuando había algún recado que hacer. En nuestro tiempo libre me sentaba a encargarme de trabajos de costura. Ya tenía un vestido de verdad, pero lo usaba más bien para trabajar por la tarde, o para los días en que no tenía que presentarme en el guardarropa vestida acorde con la temática de un baile. Como Ella siempre se ponía un vestido azul y blanco cuando salíamos por la ciudad, yo no quería parecer un ratoncillo gris a su lado.

Las veladas solo se me hacían difíciles cuando Laurent aparecía por allí. Ella disfrutaba coqueteando con él, pero a mí sus atenciones seguían incomodándome incluso un mes después. Aunque él se daba cuenta, seguía esforzándose cada vez más..., indiferente al hecho de que siempre llevara una o dos acompañantes. Estas, tal como me había anunciado Ella, iban cambiando. Aunque la mayoría de los clientes no se quedaban en mi memoria, a las chicas de Laurent, por alguna razón, sí las recordaba. Y ninguna de ellas aparecía nunca dos veces a su lado.

Entonces llegó una epidemia de gripe a la sala de baile. Todo el mundo moqueaba y estornudaba, pero la señora Kühnemann lo atribuyó al frescor de mayo y no frenó su actividad empresarial.

En las reuniones mensuales de propietarias de salas de baile, en las que se juntaban unas treinta mujeres, todas se quejaban de lo mucho que había menguado la clientela. Claire Kühnemann, no. Ella siempre encontraba temáticas nuevas para sus bailes.

Sin embargo, la gripe amenazaba con llevarse por delante a todo el personal.

—Me parece que hoy tendrás que bajar sola. No puedo levantarme de la cama —se quejó Ella una mañana, al verme a mí de pie.

Cuando le puse una mano en la frente me invadió el horror. ¡Mi compañera estaba ardiendo! De repente fue como tener a Ariana de nuevo ante mí, enjuta y enferma en su cama, yendo al encuentro de la muerte. El pánico creció en mi interior y enseguida salí corriendo a buscar a un médico. Encontré uno en Friedrichstrasse que, en cuanto mencioné la sala de baile, vino conmigo sin más tardar.

—¿Sabe, jovencita?, si yo fuera veinte años más joven, también vendría aquí a divertirme —me comentó mientras me miraba con fascinación—. Pero mi mujer dice que estas salas son antros de pura perdición. Las confunde con los burdeles, y hasta la fecha sigo sin convencerla de lo contrario.

Aunque casi había olvidado la Casa Roja, la mención de los burdeles me provocó escalofríos y sofocos por todo el cuerpo. De nuevo pensé en Hansen. ¿Habría sobrevivido al golpe en la cabeza? ¿Me estaría buscando? ¿O se habría rendido y habría comprado a otra chica de Vietnam? Para tranquilizarme, me repetí que en Berlín nadie conocía mi pasado, y que tampoco Hansen tenía posibilidad alguna de dar conmigo.

El médico examinó a Ella mientras yo esperaba en la puerta, muerta de miedo. Cuando volvió a salir, me sonrió.

–Solo es una bronquitis, ahora hay una epidemia. Ocúpese de que se tome el jarabe para la tos y las pastillas para la fiebre. En caso de que empeore, avíseme otra vez. –Me puso una tarjeta de visita en la mano, le echó otra mirada a la sala de baile con un suspiro y se marchó.

Esa noche estuve yo sola en el guardarropa, pero no solo a mí me esperaba mucho trabajo. También dos de los camareros estaban enfermos, así que el resto tuvo que esforzarse más para llegar a todo. Tim, el gigoló, se había cubierto la rojez de la nariz con maquillaje, lo cual le hacía parecer un borrachín. Los otros dos bailarines fijos, Martin y Joseph, austríacos ambos que habían venido a parar a Berlín, se mantenían bien alejados de él. También las filas de los demás gigolós, los que trabajaban para la señora Kühnemann solo de vez en cuando, habían quedado notablemente mermadas. Por lo menos ninguno de ellos intentó coquetear conmigo.

La temática de la velada iba a juego con el clima, «Frescor de mayo», lo cual demostraba que no había nada con lo que Claire Kühnemann no pudiera hacer dinero. Las mujeres se presentaron vestidas con largos flecos brillantes en los dobladillos que pretendían imitar a la lluvia, y los hombres con trajes azules o grises, a tono con el cielo cambiante.

Yo estaba fascinada con todos aquellos vestidos, pero apenas pude contemplarlos, pues la afluencia de clientes fue enorme. Ni siquiera tuve tiempo de pensar en Laurent hasta que de pronto apareció ante mí... solo.

—¿Cómo está usted, Hanna? —preguntó mientras me dedicaba una sonrisa encantadora.

Como siempre, me puse colorada, pero al menos ya me había acostumbrado a contestarle. Ni demasiado amable ni excesivamente simpática, solo con educación, como hacía con los demás clientes.

—Estoy bien, gracias por preguntar, y espero que usted también.

—Como puede ver, estoy en la flor de la vida —repuso él, y me miró expectante—. ¿Dónde está hoy la buena de Ella?

—Está enferma —respondí, y ya iba a guardar su abrigo cuando él puso la mano encima del mostrador. Por suerte, fui lo bastante rápida para que no pudiera tocarme.

—Qué lástima. Entonces hoy todo el trabajo recaerá sobre sus hombros.

Miré hacia la puerta con la esperanza de que entrara alguien, pero no aparecía nadie. Ni siquiera los camareros se dejaban ver, debían de estar ya todos arriba.

Las atenciones de Laurent me desconcertaban, pues, aunque no me gustaba ser objeto de ellas, también me hacían sentir un hormigueo agradable. Mi instinto me decía que ese hombre no era honesto con las mujeres y, aun así, el corazón me latía como si tuviera delante al príncipe de un cuento de hadas.

—Dígame, ¿usted también baila? —preguntó entonces sin apartar la mirada de mí.

—No —contesté, nerviosa—. No sé bailar. Y tengo trabajo que hacer.

Por suerte, en ese instante se abrió la puerta y entraron más clientes. Laurent siguió sonriéndome, pero me entregó su abrigo.

–Qué pena. Y yo que pensaba que hoy me acompañaría usted. Como tal vez habrá comprobado, por desgracia esta noche he salido con las manos vacías.

Sí que me había fijado, y me extrañaba mucho. ¡Pero no podía decir en serio que pretendía que lo acompañara yo! No, sin duda era una broma. Solo era su forma de comenzar la velada. Además, con la de mujeres que acudían al baile sin compañía, seguro que encontraría a alguna.

–La próxima vez seguro que tendrá más suerte –dije con una sonrisa reservada. Después tomé el abrigo y le di su ficha.

Cuando la alcanzó, su dedo me acarició un instante el dorso de la mano. Tal vez el contacto fuera casual, pero para mí fue como una pequeña descarga eléctrica. Me lo quedé mirando, pero él se volvió y desapareció escalera arriba.

No salí de mi estupor hasta que oí el carraspeo del cliente que esperaba en el mostrador.

Esa noche me escapé un momento arriba durante mi turno, pero no para contemplar a los bailarines, sino para ver cómo estaba Ella y subirle algo de comer. Al entrar, se despertó y empezó a toser.

–¿Te has tomado el jarabe? –pregunté, y ella asintió. Todavía tenía un aspecto horrible, pero quizá mejoraría un poco si le hablaba de su adorado Laurent–. ¡Imagínate, hoy ha venido sin compañía! –dije mientras le dejaba un plato con un poco de pollo en la mesilla–. Y ha preguntado por ti.

Ella sonrió con debilidad.

–Debe de haberle extrañado que estuvieras sola.

–Sí, seguro, pero también habría podido entregarme el abrigo y desaparecer.

—Eso no lo hace nunca, siempre habla con nosotras, ya lo sabes. —Me miró—. ¿Esta vez has hablado con él o solo le has quitado el abrigo de las manos?

—¡Pero si siempre hablo con él! —protesté.

—¡No es verdad! —Mi compañera sacudió la cabeza—. Siempre parece que quieras correr a esconderte en tu ratonera. Y eso que yo juraría que le gustas.

—Seguro que no —la contradije, tal vez con demasiado ímpetu.

—Y él te gusta a ti.

—Alégrate de estar enferma —dije poniendo los brazos en jarras—, porque si no te diría que te has vuelto loca.

Ella sonrió. De repente se la veía mucho más vital. Anímicamente, por lo menos. Le sobrevino un ataque de tos, pero aun así se incorporó un poco sobre la almohada.

—Tengo que volver abajo —dije, y es que de repente me sentí como un ratón que veía al gato prepararse para saltarle encima.

—¡No, no, tú te quedas, que tienes tiempo! —exclamó. Después tosió y me hizo un gesto para que me acercara—. Venga, dímelo, ¿te gusta Laurent o no? Aunque te hagas la tímida, yo creo que ahí hay algo.

—No, no hay nada.

—Entonces, ¿por qué no coqueteas con otros hombres? Todavía no te he visto interesarte por ninguno. Pero cuando viene Laurent, te pones colorada.

—Eso no es verdad, es un cliente como cualquier otro. Además, eres tú la que está loca por él.

Ella se quedó pensativa.

—Sí que lo estoy. Y aun así, ya te digo que jamás querría nada conmigo, aunque pregunte por mí. Si se interesa por mí, en realidad lo hace por hablar contigo.

Eso casi sonó un poco triste.

—Será mejor que te acuestes y duermas. O come algo, que hoy el pollo está muy bueno. Tengo que ir a vigilar los abrigos, luego subiré otro rato.

Ella asintió, dócil, y se dejó caer de nuevo sobre la almohada. Sus palabras me acompañaron por la escalera y hasta el interior del guardarropa. ¿Me gustaba Laurent?

Un momento después me pregunté por qué le daba crédito a lo que dijera Ella. Estaba enferma, tenía fiebre y, aunque pareciera haber mejorado un poco, su tos tenía un sonido espantoso. Y yo..., yo me había jurado no volver a permitir que ningún hombre se me acercara. Demasiado bien conocía su avidez. Seguro que Laurent era igual que todos y, si hablaba con una chica de mucha menor posición que él, ahí detrás no se escondía nada bueno.

Una hora después aparecieron los primeros clientes que querían marcharse a casa o a otros locales. Esperaba que Laurent llegara rodeado de más gente para que así no pudiera empezar una larga conversación; a fin de cuentas, los demás también querían sus abrigos. Pero no apareció. Llegué a la conclusión de que se había marchado sin que lo viera, algo que habría podido suceder entre el bullicio, y me olvidé de él. Se presentaron entonces los últimos rezagados, con los ojos enrojecidos por el vino y el humo del tabaco.

—¿Qué le parecería bailar conmigo ahora?

Me estremecí y di media vuelta. Allí estaba, apoyado con desenfado en el mostrador. Por lo visto llevaba un rato observándome. ¿Cómo no había sentido su presencia?

—Bueno, bueno, tan terrible tampoco es mi proposición... —añadió al ver mi cara de susto.

—*Monsieur* Laurent, usted... —Me obligué a tranquilizarme—. No lo he oído llegar, nada más.

—Sí, siempre pensando en el trabajo, *mademoiselle* Hanna. —Me sonrió con expectación—. Bueno, ¿qué contesta a mi proposición? En la sala de baile no queda ni un alma. No llamaremos la atención.

Eso no era cierto, pues los camareros estaban todavía recogiendo la vajilla y guardando los manteles. Seguro que le hablarían de mi conducta a la señora Kühnemann. Además, yo no quería. No deseaba sentir sus manos en mi cuerpo.

—No creo que... —Vi su mirada llena de esperanza y quise resistirme a ella, pero ¿cómo?—. No me está permitido —repuse al final con frialdad—. Además, ya le he dicho que no sé bailar. Y no tengo vestido.

Me miró hasta donde le alcanzaba la vista detrás del mostrador.

—Ah, pues eso que veo se parece bastante a un vestido. A menos que más abajo no acabe en una falda, o que lleve usted pantalones.

—No puede ser... —insistí, y miré hacia la puerta del hueco del guardarropa. ¿Y si salía corriendo?

Por suerte, de pronto apareció la jefa, que daba su ronda nocturna.

—*Monsieur* De Vallière, ¿va todo bien? —preguntó al ver a Laurent allí.

Cualquier otro hombre que hubiera estado incomodando a una empleada se habría puesto rojo, pero él no.

—Desde luego, *madame* Kühnemann, todo va estupendamente. Solo quería recoger mi abrigo y disfrutar de una pequeña charla con su encantadora chica de guardarropa.

Como yo suponía que la señora Kühnemann me castigaría si retenía demasiado rato a un cliente, enseguida saqué el abrigo de Laurent, que era el único que colgaba aún allí dentro.

—Hoy Hanna ha trabajado por dos y seguro que está muy cansada —comentó la jefa, pero no me miró a mí con severidad, sino a él—. Deje de entretenerla tanto para que pueda dar por finalizado el día, que se lo ha ganado.

Sus palabras me asombraron, pero al mismo tiempo me alegré de que por fin él se dispusiera a marchar, aunque no sin antes añadir algo.

—Bueno, a mí me parece que está en muy buena forma —repuso sonriendo—. Pero no quisiera exigirle más de lo debido. Mañana será otro día, al fin y al cabo, ¿verdad? —Me guiñó un ojo y yo bajé la vista.

Tras dejar su ficha en el mostrador, se marchó.

La señora Kühnemann soltó un hondo suspiro.

—Hombres... Hanna, haría usted bien en tener mucho cuidado con *monsieur* De Vallière.

—Eso intento desde el principio —repuse—, pero no hace más que hablar conmigo.

—No me refiero a que no hable con él. —Me sorprendió que la voz de mi jefa no sonara acusadora ni castigadora, sino maternal—. Solo debe ser precavida. *Monsieur* De Vallière siempre hace que mis chicas pierdan la cabeza, y sé que Ella bebe los vientos por él. No es la primera vez que me fijo en cómo la mira a usted. Hasta ahora no lo había hecho con ninguna, ni siquiera sus acompañantes tienen el honor de ser objeto de esa mirada.

Rio para sí. Por lo visto también ella estaba al corriente del constante cambio de las acompañantes de Laurent.

—Usted protéjase y proteja su corazón, Hanna. Se merece a un buen hombre, y no a uno capaz de venderla a un circo como artista china dentro de una temporada.

—¿A un circo? —pregunté, asombrada. Eso habría podido venir de Ella, pero de la señora Kühnemann no lo había esperado.

—Da igual, no deje que semejante canalla le rompa el corazón.

—Pero... si es nuestro cliente.

—Cierto, y además uno que paga de maravilla y hace muy buena propaganda de la sala. Sin embargo, eso no le da derecho a volverla loca y luego dejarla plantada. He visto demasiadas veces a hombres como él empezar una aventura con jovencitas como usted. La mayoría de las veces la cosa termina con un bombo y muchas lágrimas sobre el felpudo de una puerta. Si se busca usted un hombre, que sea el adecuado, ¿me lo promete?

Asentí, confusa, y me pregunté qué mosca le había picado a la señora Kühnemann.

–Bueno, querida, suba de una vez y descanse. Y asegúrese de que Ella se tome la medicación. A veces es un poco descuidada. La necesitamos aquí abajo, dígaselo.

Asentí y subí corriendo.

Ella ya estaba dormida. El pollo no lo había ni tocado, pero ya no tenía la cara tan roja. Eso me alivió muchísimo, así que esa noche pude dedicarme a reflexionar sobre cuánta verdad contenían las palabras de Claire Kühnemann.

Los días siguientes tuve que trabajar yo sola en el guardarropa, y de alguna forma conseguí seguir los consejos de mi jefa. Era amable con Laurent, pero no me dejaba enredar en conversaciones con él. Volvió a presentarse con otras mujeres, y el color del pelo de sus acompañantes iba desde el rubio hasta el negro, pasando por el rojo y todos los matices intermedios que podía adoptar el cabello humano, o de los que podía teñirse, según Ella, ya que a sus ojos, sobre todo las rubias muy claras, no eran auténticas.

Me alegré de que volviera a ir acompañado, puesto que eso le impedía quedarse mucho rato conmigo. Aun así, sentía una punzada extraña en el pecho. Tal vez sí debería haber bailado con él...

Me prohibí ese pensamiento con un no rotundo, y una vocecilla en mi cabeza me dio la razón. Solo habrías hecho el ridículo, me dijo. Y él habría podido contar historias sobre ti: la anécdota graciosa de la chica china con la que hacer reír a sus acompañantes.

Una semana después, Ella volvió al guardarropa conmigo. La señora Kühnemann me había ordenado que le diera huevo con azúcar, una vieja receta casera que a Ella, de todos modos, le pareció repugnante. Se suponía que la ayudaría a fortalecerse, lo cual yo no acababa de entender. El caso es que mi amiga volvía a tener muy buen aspecto después de haber superado la bronquitis. Solo unas sombras oscuras bajo sus ojos daban fe aún de su enfermedad.

Me alegré de tenerla de nuevo a mi lado cuando apareció Laurent.

—Bueno, queridas señoritas, veo que vuelven a estar al completo —comentó mientras nos alcanzaba el abrigo por encima del mostrador.

Ella lo aceptó con decisión y le dio una ficha. Yo no le había contado nada sobre su invitación a bailar con él, pero aun así parecía algo molesta.

—Mala hierba nunca muere —repuso con brusquedad, lo cual no era nada propio de ella. En realidad, hasta entonces siempre había coqueteado con Laurent.

La mirada de él recayó sobre mí y pareció preguntarme que le sucedía a mi compañera. Estuve tentada de aclarar que era cosa de la enfermedad, pero guardé silencio.

—Toma, mi abrigo —dijo con voz cortante, para sacarme de mi estupor, la mujer castaña que aguardaba junto a Laurent—. ¿O es que te pagan solo por estar ahí de pie, pequeña?

Sus ojos se convirtieron en dos estrechas ranuras que no se apartaban de mí. Era evidente que se había fijado en las miradas de Laurent. Acepté el abrigo sin decir nada y le tendí su ficha.

—Sophie, sé un poco más amable —advirtió él, lo cual avivó más el brillo fulminante de su mirada.

—¿Más amable? —Una de sus cejas, que no eran más que finas líneas, salió disparada hacia arriba—. Pero si he sido muy amable. Todo lo amable que se merece una salvaje de la jungla que está papando moscas.

Me quedé sin respiración. Me habría encantado contestarle algo, pero las palabras se atascaron en mi garganta.

—No seas celosa, *chérie* —susurró Laurent, y le dio un beso en su mejilla realzada con colorete.

Aparté la mirada. No quería ver aquel teatro.

—Tienes razón —oí que ronroneaba «Chérie»—. La pequeña Ojos de china no es competencia para nosotras.

Tras decir eso, se colgó del brazo de Laurent mientras la otra mujer me fulminaba también con la mirada. No habría sabido decir qué expresión se ocultaba en ella.

La ira de mi pecho y las palabras de mi garganta estaban a punto de asfixiarme. También las chicas de la Casa Roja me llamaban «Ojos de china». Ella se dio cuenta y me puso una mano tranquilizadora en el brazo.

—Tú ni caso —me susurró antes de que Laurent y sus acompañantes subieran por la escalera—. Seguro que mañana vendrá con otras diferentes.

Eso no cambiaba en nada la humillación, pero asentí e hice como si ya lo hubiese olvidado. Pero lo cierto es que aquellas palabras me tuvieron inquieta toda la velada. Con cada cliente al que le guardaba el abrigo me preguntaba si me vería igual que la acompañante de Laurent.

Lo peor de todo, no obstante, era que él no la había reprendido por sus palabras. ¿También para Laurent era una salvaje con ojos de china? ¿La invitación a bailar de su última visita no había sido más que un intento de burla, en realidad? Sin duda. Me debería alegrar de no haberme dejado embaucar, pero por algún motivo sentía una punzada de dolor en mi pecho. Si era sincera, Laurent me gustaba. Y de pronto me sentí cruelmente decepcionada por él.

Me alegré cuando los clientes empezaron a marcharse. Ella y yo habíamos estado muy calladas esa noche, cada una absorta en sus pensamientos. Mi compañera de habitación ni siquiera había querido subir a espiar por el resquicio.

Me sorprendió ver que Laurent volvía a aparecer en el guardarropa solo con la mujer castaña, y bastante temprano, además. Por lo visto tenían otro plan. Pero ¿dónde estaba la otra?

Mi compañera me indicó que sacara el abrigo de Laurent mientras ella se ocupaba del de su acompañante. Les entregamos los abrigos y nos despedimos de ambos con una parquedad desacostumbrada.

Al cabo de media hora apareció también la segunda acompañante de Laurent ante el mostrador. Parecía que los otros dos la habían dejado plantada.

—Disculpe el comportamiento de mi amiga —dijo la rubia con una débil sonrisa cuando le entregué su abrigo—. No tiene dos dedos de frente.

Era evidente que Sophie la había desbancado en el favor de Laurent. O sencillamente la habían llevado con ellos por pena. Tres es multitud, como solía decir Ella.

Correspondí un momento a su sonrisa y la seguí con la mirada. Después me quedé pensando en qué podía ver Laurent en la mujer castaña.

Esa noche soñé con Thanh. La vi llegar por el camino como el día en que le conté lo de mi futura boda. De nuevo se detuvo ante mí, de nuevo me abrazó, pero no dijo nada mientras yo me lamentaba por tener que casarme con el hijo del mercader de telas.

Cuando le propuse que huyéramos, sacudió la cabeza.

—Tenemos que quedarnos donde estamos —dijo sin inflexión en la voz, mientras un hilo de sangre le caía por la comisura de la boca—. Si no, nos espera la muerte.

Un instante después se desplomó ante mí. Demasiado tarde vi que alguien había aparecido tras ella. Hansen me sonrió y extrajo un cuchillo del cuerpo de mi hermana.

—La siguiente eres tú —anunció, y vino a por mí.

Me desperté gritando. Tenía el camisón pegado al cuerpo, el sudor me corría por la columna y toda yo estaba temblando.

—¿Qué te ocurre?

La lámpara de la mesilla de noche se encendió y la voz de Ella me arrastró de vuelta a la realidad. Por un momento había creído que seguía en Saigón. Cómo había llegado Hansen allí no me lo pregunté, solo sentí un miedo espantoso a que volviera a aparecer... o a que me persiguiera su espíritu, si había muerto tras mi golpe.

Como no contesté, Ella se levantó de la cama y se acercó a mí. Sus brazos me rodearon con calidez.

—Tranquila —me susurró, y fue entonces cuando me di cuenta de que estaba sollozando—. Solo ha sido una pesadilla, nada más.

Sí que lo había sido. Sin embargo, lloraba porque había comprendido que hacía mucho que no pensaba en Thanh. Thanh, de quien no sabía si todavía estaba viva. Me invadía un terrible cargo de conciencia y esa noche los espíritus del pasado me habían alcanzado en sueños.

Me resultó muy difícil calmarme. Quise obligarme a conseguirlo, porque, si no, seguro que Ella me preguntaría por qué estaba tan exaltada, pero no hubo manera. Los sollozos se convirtieron en un llanto amargo, y no solo eran mis sentimientos de culpa con Thanh lo que salía de mi interior, sino también todo el horror de la Casa Roja.

Mi compañera siguió estrechándome con fuerza y acariciándome el pelo, y yo me dejé, porque no tenía ningún otro punto de apoyo. Ni siquiera era capaz de encontrar un pensamiento bonito.

En algún momento me quedé adormilada y Ella regresó a su cama después de limpiarme la nariz. Entonces comprendí que había encontrado a una amiga.

A la mañana siguiente no me desperté hasta tarde; Ella me había dejado dormir.

—Es que te has pasado casi toda la noche lloriqueando —me dijo mientras me dirigía una mirada de preocupación—. ¿Qué ocurre? No puedes haberte puesto de ese modo solo por un sueño. ¿Tienes mal de amores o algo así?

Para Ella todo estaba relacionado siempre con el amor. Por lo visto, todos los pesares la llevaban siempre al mismo sitio.

—¿O es que todavía estás disgustada por esa arpía? —Resopló y sacudió la cabeza—. No tienes que darle tanta importancia a esas palabrerías. Siempre hay gente que se cree mejor que los demás, debes acostumbrarte. En tu país seguro que tampoco se trata igual a todo el mundo, ¿a que no?

En eso llevaba razón, pero yo ya no estaba en Indochina, el país gobernado por los franceses. En Alemania podía moverme con la misma libertad que todo el mundo... ¿O no? Me asaltaron las dudas, pero entonces sentí la mano de Ella en el hombro.

—No dejes que esas mujeres te intimiden. Se dedican a clavar sus garras en todo lo que promete riqueza y una vida segura. A Laurent le sobra el dinero, y la mujer que sepa cómo manejarlo conseguirá que se case con ella. Será mejor que te lo quites de la cabeza. Para nosotras nunca será más que un cliente. Por muy bobas que sean esas pelanduscas, eso nunca cambiará, y es mejor así. Además, eres una chica muy guapa, sobre todo por la forma de tus ojos, que recuerdan un poco a los de una gata. ¡Sería ridículo que no encontraras a tu caballero!

Las semanas siguientes pasaron livianas y despreocupadas, tal vez porque Laurent no se dejó ver por allí. Al principio nos extrañó, pero, cuando comenté que quizá la castaña había conseguido mantenerlo apartado, Ella me quitó la razón.

—A veces con los clientes ocurre que en algún momento descubren otra sala de baile y empiezan a ir allí. Como ves, tenemos mucho que hacer..., así que por lo menos no hemos de soportar los humores caprichosos de las conquistas de Laurent.

Eso era cierto. Pero, aunque me sentaba muy bien no verlo entrar siempre con mujeres nuevas, también lo echaba un poco de menos.

—Aunque, claro, también es posible que haya empezado a salir en serio con esa Sophie, esa idiota presuntuosa que te llamó Ojos de china.

Deseé que Ella no hubiese dicho eso, porque entonces me invadió una sensación horrible. ¿Y si de verdad era eso lo que había sucedido? Aunque estaba convencida de que yo estaría mucho más tranquila si Laurent no venía más, me habría encantado echarme a llorar.

Pero me dominé y mi decepción fue desapareciendo poco a poco, pues a medida que el clima mejoraba no se celebraban solo bailes, sino también meriendas amenizadas con música en el exterior, y Ella y yo teníamos que echar una mano. Además, a la señora Kühnemann cada vez se le ocurrían temáticas más alocadas para sus bailes.

Cuando se anunció el Baile de la Corbata, en el que las mujeres tenían que disfrazarse de hombres, cundió el escándalo por toda la ciudad. No se podía ir a ninguna parte sin que la gente chismorreara sobre las intenciones de la señora Kühnemann. Nuestra jefa había hecho colgar carteles en todas las calles, y Ella estaba entusiasmada con la idea.

—¡Ay, siempre he querido vestirme como un chico! —exclamó, aunque a mí me costaba imaginar sus anchas caderas metidas dentro de un traje masculino—. También podríamos cortarnos el pelo muy corto, ¿qué te parece?

A mí eso no me hacía ninguna gracia, porque desde hacía un tiempo llevaba la melena ondulada y me parecía que me quedaba muy mona.

—Está bien, tú no tienes por qué llevarlo corto del todo. Con que lo lleves igual que el tipo de la orquesta de jazz de ayer, los que tocaron en la merienda al aire libre... —Entrecerró los ojos e intentó imaginar cómo me quedaría ese peinado.

El «tipo» al que se refería llevaba el pelo hasta la barbilla y ondulado, de manera que en un primer momento podía confundírsele con una mujer..., si no hubiese llevado traje.

—Quién sabe, tal vez incluso era una mujer disfrazada para poder tocar en una orquesta de hombres —comentó Ella, y con ello volvió a dar muestra de su fantasía desbordante.

—Eso no son más que tonterías, seguro que se notaría —opiné yo—. Por lo menos no vi que tuviera... pechos.

—Ah, ¿o sea que lo miraste de arriba abajo, eh? —se burló Ella.

Desde la noche en que le hablé de Laurent, se fijaba mucho en si yo me interesaba lo suficiente por el sexo masculino.

—¡Esas cosas se ven sin más! —repliqué, y me volví de nuevo hacia los disfraces, entre los que no lograba encontrar nada aprovechable para el Baile de la Corbata. Los únicos trajes que había allí eran los de los camareros, y los necesitarían durante la velada.

—Bueno, también los hay como los de la señora Heinrich. Yo no pondría la mano en el fuego, no vaya a ser que en realidad sea también un hombre, con tan poca delantera que tiene...

—¿Delantera? —pregunté, extrañada, y Ella me enseñó enseguida a qué se refería agarrándose sus propios pechos.

De modo que nos pusimos con los preparativos del Baile de la Corbata. Mi amiga consiguió comprar dos trajes de hombre usados en el Monte de Piedad, y yo pasé horas transformándolos para que nos fueran bien.

Poco antes del baile, Ella me arrastró a ver a su amiga Marianne, que trabajaba de peluquera. Cuando vi lo corto que le dejó el pelo a ella, me asusté y estuve a punto de salir corriendo por la puerta, pero seguro que mi amiga me habría dado caza. Poco después, cuando me llegó el turno, me senté con los ojos cerrados frente al espejo y Marianne empezó a cortarme el pelo.

—Tu pobre amiga está cagadita, ¿verdad? —preguntó con aire burlón mientras abría y cerraba la tijera funestamente tras mis orejas.

Sí, tenía miedo, incluso mucho miedo, porque mi pelo me gustaba tal como estaba. Después del corte de Ella, me había crecido muy bonito.

—Listo. Ahora solo tendrás que pasarte un poco las tenacillas cuando quieras volver a parecer una mujer.

Abrí los ojos despacio y me sobresalté al ver que tenía el pelo un poco más largo que el de Ella, sí, pero aun así muy corto, cortísimo. A mi madre sin duda le habría dado un infarto si me hubiera visto.

—¡Ahora sí que pasaremos por hombres! —exclamó Ella, satisfecha.

Yo me veía bastante fea, pero ¿qué importaba? De todas formas, no tenía intención de conquistar a ningún hombre. Si les parecía horrible, al menos no intentarían nada conmigo.

El día del baile se respiraba un gran entusiasmo, y eso que en la sala tampoco había que cambiar muchas cosas. La señora Kühnemann se había propuesto que pareciera un club de caballeros de principios de siglo, y lo conseguimos sin gran esfuerzo con un par de retoques. Aun así, en el ambiente se notaba una gran expectación. ¿De verdad se presentarían las mujeres vestidas con trajes de hombre? Lo que estaba claro era que la señora Kühnemann tampoco negaría la entrada a las que vinieran vestidas de mujer, porque se trataba de hacer caja.

Cuando subí a nuestra habitación después de mi turno especial por los preparativos de la sala de baile, encontré algo encima de mi cama. Una caja delicadamente envuelta en papel de embalar.

—Ha llegado con el correo —explicó Ella mientras se miraba en el pequeño espejo medio manchado que había colocado en el alféizar de la ventana. Llevaba uno de los trajes que yo había arreglado, y le sentaba de maravilla.

—¡Pero si yo no recibo correo! —repuse, y me acerqué a la cama algo intranquila. Nadie sabía que vivía allí, y la mayoría de la gente solo me conocía por mi nombre de pila.

—¡Pues quizá tengas un admirador secreto entre los clientes!

Ay, por favor, no, pensé enseguida. Solo se me ocurrió Tim, el gigoló, que de vez en cuando se me quedaba mirando como si fuera de otro planeta. Y Laurent, claro.

—¡Venga, ábrelo de una vez! —exclamó Ella, que a todas luces estaba más impaciente que yo misma.

Inspiré hondo y desaté la cinta. Bajo el papel marrón apareció una caja. Cuando levanté la tapa, me encontré mirando una delicada tela de color azul cielo que estaba decorada con piedritas brillantes. No cabía duda de que era un vestido. Encima, había una tarjeta con rosas estampadas.

«Espero que sea de su talla», decía. «Póngaselo el día 25, por favor, y salga al patio después de medianoche. Con ello me daría una gran alegría. Su admirador.»

Nada más. Ningún nombre, ninguna inicial.

Y sin embargo, me invadió un calor sofocante. Podía imaginar quién era el remitente.

—¿Qué hay dentro? —preguntó Ella mientras estiraba el cuello con curiosidad—. ¡Enséñamelo! ¿O es que te han enviado una gallina muerta?

Yo sentía frío y calor alternativamente. Si le enseñaba el vestido a Ella, seguro que sabría de quién era. ¿O quizá estaba equivocada y no era de Laurent, sino de algún otro hombre? Al final se colocó detrás de mí.

—Madre mía, pero ¿eso qué es?

No pude evitar que alcanzara la tela y la sacara de la caja. El vestido se precipitó como una cascada desde sus manos, acompañado por una exclamación de asombro.

—¡Increíble! Este vestido es un sueño.

—Un sueño que no puedo aceptar —repuse, decidida a no permitir que ningún hombre me agasajara con regalos.

—¡Claro que puedes aceptarlo! Nadie rechaza un regalo así.

Yo quería objetar algo, pero Ella se me adelantó con una pregunta:

—¿Quién te lo envía? ¿Figura el nombre del remitente?

Negué con la cabeza y me apreté la tarjeta contra el pecho. Más me habría valido no hacerlo, porque enseguida preguntó:

—Ahí tienes una tarjeta, ¿verdad?

Como no podía mentirle, asentí.

—¿Me dejas que la vea? ¿O te ha escrito algo muy íntimo?

Las mejillas empezaron a arderme más aún de lo que me ardían ya. Le entregué la nota con ciertas dudas. En realidad no decía nada raro, también podía haberla escrito alguien que solo quisiera tomarme del brazo.

Ella estudió la tarjeta y abrió los ojos como platos.

—Caray, pues parece un admirador muy especial —dijo, impresionada, al devolvérmela—. ¿Y de verdad no tienes la menor idea de quién puede ser?

Por supuesto que sí, pero también me preguntaba qué tramaba con esa invitación. ¿Iba en serio conmigo? Siempre habíamos cruzado las mismas palabras superfluas, a excepción del día en que me invitó a bailar, cosa que por suerte la señora Kühnemann había frustrado. Y últimamente apenas aparecía por allí.

—La verdad es que no lo sé —le dije a Ella, en un intento por rehuir el asunto—, pero si lo descubro le devolveré el vestido.

—¡Tonterías! —exclamó mi compañera de habitación, horrorizada—. ¡Por supuesto que te lo quedarás! Tal vez te lleguen también flores y bombones. En ese caso los compartiremos, ¿de acuerdo?

—Está bien —contesté, y me quedé mirando el vestido un momento más.

Telas como esa no las vendían ni en las tiendas de los mejores mercaderes de Saigón. De repente se me ocurrió una idea. Aunque no me pusiera el vestido, tal vez sí podría venderlo. Con eso estaría un poco más cerca de conseguir mi objetivo de regresar a mi país.

Esa noche no sabía dónde tenía la cabeza. Me costaba muchísimo concentrarme y mis pensamientos escapaban una y otra vez de la realidad. Pensaba en el vestido y en lo que significaba, en ese admirador desconocido y en su petición. Si de verdad era Laurent, ¿podía concederle su deseo? Me pareció oír de nuevo las palabras que me había dicho la señora Kühnemann sobre él. No aprobaría que me relacionase con uno de sus clientes. Pero ¿podía considerarse «relación» que me pusiera un vestido regalado? ¿Me comprometía a algo con ello?

Entre tanto quebradero de cabeza, casi ni me di cuenta de cómo reaccionaba la gente ante nuestros disfraces. Ella parecía estar pasándolo en grande, coqueteaba con todo el mundo, tanto si eran hombres como si eran mujeres. Al fin y al cabo, aquella velada todos éramos caballeros, y de hombre a hombre estaba permitido hablar sin tapujos.

—¡Caray, ser hombre es estupendo! —exclamó mientras veíamos cómo la primera tanda de clientes subía la escalera hacia la sala de baile—. Y, como puedes ver, las chismosas han gastado saliva en balde. ¡Estoy segura de que hoy vendrá más clientela que de costumbre!

Ella acertó con sus palabras. El baile estuvo más que concurrido, y al cabo de poco ya no se distinguía quién era un hombre de verdad y quién uno falso. Aquello era un torbellino de trajes de raya diplomática y corbatas. Algunos se habían ataviado con algo más vistoso, con terciopelo y brocados. También había algunas mujeres que habían preferido acudir con vestido; Ella sospechaba que, o bien no tenían conocidos del sexo masculino, o bien no disponían de suficiente dinero para alquilar un traje. Pero nadie se lo tomó a mal.

Más avanzada la velada, como siempre, subimos a hurtadillas para escuchar la música de la orquesta. Formaban una estampa extraña todas aquellas figuras trajeadas bailando con otras figuras trajeadas. Sin embargo, los clientes se lo pasaron en grande, y Ella y yo también..., aunque solo desde la puerta.

En algún momento, Rudi se unió a nosotras y nos subió un par de cosas de la cocina.

—Vosotras dos tendríais que estar ahí dentro moviendo el esqueleto, chiquillas —bromeó guiñándonos un ojo, porque evidentemente sabía que no nos estaba permitido.

—Algún día, quizá —contestó Ella, que enseguida volvió a pegarse al resquicio de la puerta—. Cuando encontremos a dos hombres ricos que quieran traernos aquí.

—¡Pues entrad a pescar alguno, que ahí dentro hay guita de sobra! Pero mucho ojo hoy..., ¡no se ría de vosotras alguna mujer!

Dicho eso, desapareció otra vez. Nosotras nos quedamos hasta que vimos que los primeros clientes se disponían a salir. Bajamos riendo entre susurros y, después, mientras entregábamos los chaquetones y los abrigos a la gente, nos íbamos lanzando miradas conspirativas.

Cuando por fin apareció la hoja del día 25 en el pequeño almanaque de Ella, yo estaba hecha un manojo de nervios. Todavía no sabía qué hacer. En secreto esperaba que el regalo fuera de Laurent, aunque hacía tiempo que no se dejaba caer por allí. ¿De quién más podía ser? ¿Tal vez de Tim? Me daba cuenta de cómo me miraba, aunque no se atreviera a decirme nada.

—Oye, ¿qué pasa contigo? —preguntó Ella mientras nos estábamos preparando para el trabajo a primera hora de la tarde—. Hoy estás muy callada. ¿No te encuentras bien?

Alcé la vista, desconcertada. Tenía razón. Llevaba todo el día sin decir palabra. Mi cabeza no hacía más que darle vueltas y más vueltas al vestido y al encuentro con el desconocido. ¿Debía atreverme?

—¿Te ha entrado el canguelo por lo de esta noche? —añadió con una sonrisa—. Vas a acudir a la cita con ese tipo, ¿verdad?

—No lo sé —respondí—. Creo que mejor no.

—¿Qué? ¿Es que no tienes ni un poco de curiosidad? —preguntó, y clavó las manos en los costados, como siempre que no podía creer algo.

—Sí, claro que sí, pero tal vez no sea más que una broma pesada.

—¿Una broma pesada? —Resopló—. ¿Con ese trapito tan caro? No creo que nadie se permitiera gastarte una broma con algo así.

—Tim, quizá —aventuré—. Lo veo capaz.

—¡Qué dices...! Ese no tiene tantas agallas. Y si al final es él quien está tras esto, le lanzo a doña Consejero al cuello.

Esa idea me hizo sonreír.

—¿Y cómo vas a hacer eso?

—Le contaré lo mucho y bien que habla Tim de ella fuera de la sala de baile. El pobre ya no podrá quitársela de encima, y sabes lo mucho que le gusta tener a esa señora colgada del brazo.

Recordaba muy bien los lamentos de Tim sobre doña Consejero.

—Aun así, no sé. Pongamos que no es Tim… Tal vez sea alguien que no me gusta. O que no tenga intenciones honestas.

Ella resopló otra vez.

—Perdona, pero intenciones honestas no las tiene ningún tipo. ¡Todo depende de lo que haga una con ellas! Pero no quiero presionarte. Si tu voz interior te dice que no debes acudir, entonces no lo hagas. Como no pone quién es el remitente, tampoco podrá reclamarte el vestido. De una forma o de otra, sales ganando.

Esa noche, mientras pasaban por mis manos chaquetones y capas, yo seguía rumiando y no hacía más que esperar que apareciera Laurent. Llegaron incluso los más rezagados, y él seguía sin dejarse ver por allí. ¿Significaba eso que no vendría? ¿O que no se había molestado en buscar compañía, porque no llegaría hasta el final de la noche? Y, en ese caso, ¿no sería quizá peligroso encontrarme con él en secreto? Las voces y los rostros de los clientes de la Casa Roja aparecieron en mi recuerdo, sus manos ansiosas, sus labios exigentes...

No, él no es así, me dije. Seguro que no se abalanzará sobre mí cuando estemos a solas.

De todas formas, el miedo me tenía paralizada y no fui capaz de comer nada cuando uno de los chicos nos sacó algo de la cocina.

—Para no querer acudir a la cita, tienes bastante poco apetito —me pinchó Ella mientras se ventilaba con placer todo su trozo de asado.

—Es que tengo calor —respondí con evasivas, y le pasé mi plato, pues sabía que no le pondría ninguna pega a una ración doble.

Hacia la medianoche tuve claro que Laurent no se presentaría. Por lo menos no en el baile. Los clientes se marchaban ya, incluso los que solían tardar más. La señora Kühnemann hizo su aparición y nos envió a la cama con una sonrisa satisfecha.

Agotadas y exhaustas, Ella y yo subimos a la habitación. Mi amiga no volvió a preguntarme nada; debía de dar por sentado que no acudiría al encuentro del misterioso desconocido. Sin embargo, cuando a los pocos minutos ella se quedó dormida, yo seguía mirando a la oscuridad y dándole vueltas a la cabeza.

Si los acontecimientos del último año no hubieran tenido lugar, ¿habría bajado?, me pregunté. ¿Y si de verdad era Laurent y tenía intenciones honestas? ¿No sería entonces bobo por mi parte dejar pasar la oportunidad? Ese hombre me desconcertaba. Lo de que se presentara siempre con mujeres diferentes me parecía una prueba irrefutable de que no era alguien de fiar... ¡Y aun así, me gustaba! Me alegraba cuando venía, me entristecía al verlo acompañado y lo echaba de menos si no aparecía. Como esa noche.

Entonces mi corazón tomó las riendas de mi cuerpo. Desoí mis dudas y mis miedos, me levanté y, haciendo el menor ruido posible, saqué la caja con el vestido de debajo de la cama.

¡Tenía que descubrir quién me lo había enviado! También podía esconderme entre los arbustos que rodeaban el edificio y esperar a ver si se presentaba alguien.

El papel susurró un poco cuando saqué aquel sueño de seda y estrás. La luna hizo destellar las piedritas y un par de puntos de luz cayeron sobre el rostro de Ella. Sobresaltada, lancé el vestido sobre la cama mientras mi amiga se removía intranquila. Pero un momento después volvía a roncar. Me pareció más seguro cambiarme en otro sitio. Salí de la habitación de puntillas y bajé hasta nuestro camerino. Con el corazón en la garganta, no dejaba de escuchar por si oía algún ruido en la casa. Todo estaba en silencio, cierto, pero ¿y si la señora Kühnemann seguía aún en su despacho? A veces se quedaba despierta hasta muy tarde.

Sin embargo, nadie se cruzó conmigo y, unos minutos después, salí al patio por la puerta trasera. Allí no me esperaba nadie. Solo había un par de mesas y sillas vacías, y una cuerda de la que colgaban farolillos apagados.

Mientras miraba alrededor, no pude evitar recordar la noche en que fui al templo con Thanh. Parecía que hiciese una eternidad.

Entonces tuve un pensamiento inquietante: tal vez al final sí era Tim, que me estaba gastando una broma. En cualquier momento saltaría desde detrás de un arbusto, se reiría de mí y me preguntaría con quién había esperado encontrarme.

No obstante, mis dedos se deslizaron sobre la tela y me dijeron lo mismo que antes: ese vestido era demasiado caro como para que pudiera permitírselo un gigoló. Pero tenía mis dudas. Además había refrescado bastante y no tardé en sentir mucho frío. ¿Por qué dejaba que me hicieran aquello? De repente me pareció que estaba comportándome como una tonta de remate.

—De modo que ha venido. Casi no lo esperaba.

La voz me resultó conocida. Giré sobre mis talones. Laurent llevaba un traje de vestir, pero se había desanudado la corbata. Debía de venir de algún otro baile.

Pero en ese momento solo había una cosa que me importara: era él quien me había enviado el vestido.

—*Monsieur* Laurent —conseguí decir con dificultad; la satisfacción de saber que era él no impedía que me sintiera nerviosa en su presencia.

—Sí, ese soy yo. Estoy encantado de que tenga usted un corazón tan aventurero.

Bajé la mirada. Aun con la corbata suelta y después de una larga noche de baile, seguía estando insolentemente guapo. Y eso me azoraba más aún.

—Sentía... curiosidad.

—¿De verdad no tenía ni idea de quién le enviaba el regalo? —Laurent sacudió la cabeza—. Me decepciona.

—Lo sospechaba —repuse enseguida—, pero también podría haber sido una broma de uno de nuestros bailarines.

—¿Cree usted que alguno le ha echado el ojo? —Laurent me miró de arriba abajo.

—No, no es eso, pero de vez en cuando les gusta divertirse a nuestra costa. Ella lo sabe de sobra.

—Entonces me deja más tranquilo.

Se me acercó sin apartar sus ojos de mí ni un segundo. Si yo levantaba la vista, no tendría más remedio que mirarle a la cara. Se detuvo a solo medio metro de distancia. A mí me pareció que estaba muy cerca, pero tampoco podía retroceder. ¿Qué sucedería a continuación?

—Es usted una muchacha muy guapa, Hanna —dijo entonces. Su voz temblaba un poco. Aquel hombre, que siempre daba la impresión de no vacilar ante nada, parecía de repente intimidado.

—El vestido es muy bonito —repuse yo, aún más cohibida que él—. Muchas gracias, pero no era necesario.

—Claro que sí, era absolutamente necesario.

—Pero seguro que ha sido muy caro.

—Un precio muy bajo por verla con él. Sabía que se ocultaba en usted algo más que el ratoncillo gris del mostrador del guardarropa. —Mientras yo me preguntaba qué quería decir con eso, añadió—: Tengo... Tengo un amigo... Es fotógrafo.

—Gracias, pero no creo que quiera conocerlo —contesté enseguida, sin saber hacia dónde lo llevaba su idea.

Sonrió, luego soltó una risa insegura y, al hacerlo, dejó escapar el aire como si hubiera estado conteniendo la respiración.

—No es lo que usted cree, no quiero emparejarla con él. Es solo que hace fotografías para diferentes revistas de moda. La primera vez que la vi, al instante pensé que podría salir en alguna de esas revistas. Es usted esbelta, delgada y muy bonita. ¿Por qué no lo intenta? Podría reportarle una cantidad de dinero considerable.

La oferta sonaba muy razonable, pero yo no me sentía a gusto con ella, aunque no estaría mal poder sumarle un extra al sueldo que me pagaba la señora Kühnemann. Cuanto antes ahorrara para el pasaje del barco, antes podría regresar y buscar a Thanh.

—Se llama Henning Vilnius —siguió diciendo—, y tiene un estudio en Torstrasse. —Se sacó un papelito del bolsillo que resultó ser una tarjeta de visita. En ella estaba la dirección exacta de ese fotógrafo—. Acéptela y, cuando lo visite, dígale que va de mi parte. ¿Entendido?

Asentí y me quedé mirando la tarjeta un momento, luego me la guardé en una manga.

—Gracias, lo pensaré.

—Bueno, por fin llegamos a la parte agradable de la noche. —Laurent me observó unos instantes y luego extendió los brazos a los lados, en la pose que yo había visto adoptar a los bailarines—. ¿Me concede este baile?

—Pero si no hay música.

Debería haberle dicho que no, pero me fallaron las fuerzas. Laurent me había hablado con tanta amabilidad, y su mirada me provocaba tal hormigueo en el estómago…, que no podía rechazarlo. Pero tampoco podía bailar con él.

—Y mis dotes para el baile tampoco han mejorado.

—Ninguna de esas dos cosas debería ser un impedimento. La música nos la imaginaremos, y, si usted quiere, me encantaría enseñarle un par de pasos.

Miré hacia la sala de baile, donde los camareros todavía estaban con su trajín. Tendría que haber rechazado su ofrecimiento y haber entrado corriendo en la casa para cambiarme y devolverle el vestido. Pero no quería. En ese instante solo deseaba tocarlo, sentir su calidez y deslizarme con él sobre la hierba. Me acerqué un paso y al mismo tiempo alcé los brazos con bastante torpeza y rigidez, cosa que a él no pareció importarle. Dio un paso hacia mí, me tomó de las manos y las colocó sobre sus hombros tal como debía hacerse para bailar. Entonces me asió una con tanto cuidado como si temiera dañarla y posó su otra mano sobre mi hombro con tal delicadeza que yo apenas la sentí.

—Para empezar, quizá un vals será lo mejor, ¿verdad? No es nada especialmente rápido ni moderno, pero así aprendí yo a bailar.

Me explicó la serie de pasos, luego empezó a tararear una melodía y se puso en marcha. Aunque sus movimientos no eran rápidos, me pilló desprevenida y tropecé. Sin embargo, Laurent me sostuvo y luego continuó.

—Un–dos–tres, un–dos–tres —iba contando mientras supervisaba con paciencia la torpeza de mis pies.

Por fin me pareció ir pillándole el truco. La presión de su mano se intensificó un poco para que no me cayera, pero cuanto más segura me sentía, más suelta volvían a dejarme sus manos. Al final creí que estaba flotando de verdad.

—¡Posee usted un talento innato! —exclamó Laurent entusiasmado, y luego siguió tarareando la melodía del vals y aceleró un poco el ritmo.

Por un momento olvidé todo lo que nos rodeaba. Incluso mi pasado quedó relegado a un segundo plano. Para mí solo existían Laurent, las estrellas sobre nosotros y ese jardín encantado que normalmente solo se utilizaba durante las meriendas al aire libre.

Sin embargo, justo antes de que olvidara también quién era yo, mi buen juicio volvió a hacer acto de presencia y me aparté de él.

—¿Qué ocurre? —preguntó, extrañado—. ¿Acaso la he pisado? Si es así, lo siento mucho.

Negué con la cabeza y luché por encontrar las palabras. Nada me habría gustado más que pasarme toda la noche bailando con él..., aunque todavía no supiera hacerlo bien. Pero seguro que Ella ya se habría percatado de mi ausencia.

—Es que... tengo que entrar otra vez. Me estarán...

—¡Quédese un rato más, por favor! —repuso Laurent—. No puede dejarme aquí plantado como la Cenicienta a su príncipe.

—¿Cenicienta?

Aún no conocía ese personaje. La Casa Roja no era un lugar en el que se contaran cuentos, y Ella tampoco era de las que se entretienen contando historias, prefería vivirlas.

Laurent hundió las manos en los bolsillos del pantalón y me sonrió.

—¡No me diga que no la conoce!

Negué con la cabeza.

—Entonces tendré que contarle el cuento... la próxima vez que nos veamos.

—Pero... —¿Había oído bien? ¿Era verdad lo que estaba viviendo?

—¿O es que no le ha gustado?

—Sí, pero, quiero decir que... solo hemos... —Me quedé sin aire. ¡Quería volver a verme! Desde luego, volvería a verme cada vez que acudiera a la sala de baile, pero él se refería sin duda a otro tipo de encuentro—. ¿Y qué dirán sus acompañantes? Seguro que no permitirán verse privadas de usted.

La sonrisa de Laurent disminuyó, su semblante adoptó una expresión casi melancólica.

—Pero hoy lo he conseguido, ¿verdad? Además, no todo el mundo es lo que parece. Berlín es una ciudad de actores, muchas personas quieren aparentar más de lo que son. ¿De verdad cree que todos los que se presentan aquí con vestidos brillantes son ricos? Muchos de ellos poseen un único traje para salir, y es el que llevan a las salas de baile. Aquí lo pasan bien, pierden la noción del tiempo y gastan dinero... para luego regresar a sus miserables pisos de alquiler.

—¿Y qué tiene que ver eso con sus acompañantes? —pregunté, porque no había contestado a mi pregunta.

—Alguien como yo... De mí lo que se espera es que me presente con mujeres diferentes cada vez. Forma parte de mi mascarada, con la que entretengo a la gente de la ciudad. Pero, en cuanto termina el espectáculo, las llevo otra vez a su casa, les doy un beso y al día siguiente me busco a otras.

—¿Y qué me dice de la mujer castaña? Sophie, se llamaba, ¿verdad? —No tenía ningún derecho a preguntarle por ella, y al instante me avergoncé de haberlo hecho. Había hablado mi corazón, no mi cabeza—. Aquel día se marchó con ella y luego pasó mucho tiempo sin venir a bailar. Incluso Ella sospechaba que ya se habrían comprometido...

—Sí, se llamaba Sophie —confirmó Laurent, que bajó la mirada—. Y creí poder comprometerme. Pero por desgracia comprobé la clase de persona que era en realidad. Cuando se sale con una mujer una única vez, puede hacerse uno la ilusión de que es maravillosa, pero cuando se queda con ella más veces, los defectos saltan a la vista. —Me miró y, aunque sus ojos quedaban un poco en sombra, me pareció que su mirada me quemaba la piel—. Si le soy sincero, el comportamiento que tuvo con usted me dio mucho que pensar —reconoció entonces—. Fue absolutamente inaceptable, y todavía me enfado al pensar que no le paré los pies con más vehemencia.

Sacudí la cabeza.

—No fue para tanto, estoy acostumbrada a que algunas personas crean que somos salvajes.

—Pero ya no vivimos en la Edad Media. Como personas cultivadas, deberíamos respetarnos unas a otras sin que importara nuestro origen. Nadie escoge su cuna, eso solo lo decide Dios. —Me tomó de la mano—. Es usted una mujer preciosa y se merece toda la felicidad del mundo, no insultos. Le prometo que jamás volveré a permitir que nadie la humille con atrocidades semejantes.

En ese momento no me pregunté cómo pensaba conseguirlo (a fin de cuentas, no siempre estaba a mi lado), me limité a disfrutar de la sensación de ser respetada.

—Bueno, ¿qué me dice? ¿Existe una posibilidad de que nos volvamos a ver? Me gustaría mucho saberlo todo sobre usted y su tierra natal. Saigón debe de ser maravilloso.

—Sí, lo es —asentí—. Y seguro que nos volveremos a ver. A menos que cambie usted de establecimiento.

—Me refería, más bien, a vernos fuera de la sala de baile.

Me alegré de haber acertado en mi suposición. Pero todavía me asaltaban las dudas. ¿Lo decía en serio? ¿No tenía segundas intenciones? Además, ¿cómo iba a mantenerlo en secreto ante Ella y la señora Kühnemann? La propia Ella le había echado el ojo a Laurent, y la jefa no quería que los clientes se acercaran a sus chicas.

—También así —me oí contestar, sin embargo, y bajé la mirada. No quería que viera la tormenta que arreciaba en mi interior.

—Eso me alegra mucho —repuso Laurent con una pequeña reverencia. Me besó la mano y luego me la soltó—. Y piense en mi amigo. ¡Seguro que estará contento de conocerla!

Dicho esto, dio media vuelta y se alejó paseando por el patio hacia la calle.

Cuando entré en el edificio me sentía extrañamente liviana. ¿Era eso lo que se sentía al estar enamorada? En cualquier caso, estaba feliz, y en ese momento ya no recordaba siquiera lo que había vivido con los hombres de la Casa Roja.

Sin embargo, enseguida volví a bajar los pies a la tierra. Tenía que quitarme el vestido y regresar a mi cama sin que Ella se enterase de nada, así que me metí en el camerino, donde había dejado mis cosas, y me cambié. Con el vestido bajo el brazo subí a hurtadillas a nuestra habitación.

Ella se dio la vuelta en la cama y yo me detuve, asustada, pero solo gimió y luego siguió roncando. Me apresuré a esconder el vestido bajo el somier, me desvestí y me tumbé.

Pero ya no pude dormir. Sentía un hormigueo por todo el cuerpo. ¡Y eso que ni siquiera nos habíamos besado! Mi mente no dejaba de rememorar una y otra vez nuestro baile, y me entregué a esas imágenes hasta que el sueño me tomó en sus brazos y empezó a bailar también conmigo.

14

—¡Madre mía, no puede ser! —Hanna se detuvo en seco y miró fascinada un viejo edificio, con un pequeño balcón, que debía de datar del siglo diecinueve.

La guerra y el paso del tiempo habían consentido que conservara su fachada, pero la pintura era nueva. En la planta baja había un estudio de fotografía; arriba, tras las viejas ventanas decoradas con bonitas cortinas, se veían apartamentos.

—¿Qué pasa con esta casa? —preguntó Melanie mientras intentaba que su mente regresara desde los felices años veinte.

—Creía que no habría sobrevivido a la guerra, pero todavía está en pie —repuso su bisabuela, y su mirada se iluminó levemente mientras contemplaba las ventanas superiores—. Allí arriba... vivía él.

—¿Laurent?

Hanna asintió.

—Sí. Tenía una habitación en casa de un amigo. Ya entonces había aquí un estudio fotográfico.

Melanie leyó el rótulo del escaparate: «Fotostudio Herrmann. Horario: 9-18h.».

—¿Era ese el hombre al que quería enviarte Laurent? —preguntó entonces.

Su bisabuela asintió.

—Sí, ese era. Y seguro que a estas alturas ya habrás adivinado que acepté su oferta. No sin cierta lucha interior, eso debo reconocerlo, pero me dejé caer por aquí.

La campanilla de la puerta la interrumpió y una joven se acercó a ellas. Llevaba el pelo corto y teñido de un rojo muy vivo. El contorno de su torso desaparecía por completo bajo una amplia sudadera, pero sus vaqueros ajustados ceñían unas piernas esbeltas. De su oreja izquierda colgaba un gran pendiente, mientras que en la otra lucía una hilera de bolitas de plata. Sus ojos brillaban de un azul grisáceo como el cielo.

—¿En qué puedo ayudarles? —Su mirada iba de Melanie a Hanna. Por lo visto se había fijado en que las dos llevaban más tiempo de lo normal paradas delante del edificio—. ¿Les interesa quizá el apartamento?

—No, solo estábamos paseando y hemos visto la casa —repuso Melanie.

—Me ha sorprendido mucho que todavía esté en pie —añadió Hanna—. Yo la conocía de antes.

La mirada de la joven parecía querer calcular a cuántos años se remontaba ese «antes».

—Hace una eternidad que está aquí —se le adelantó Hanna—, y ya entonces era un estudio de fotografía.

—Sí —asintió la chica—, yo lo he heredado de mi abuelo. Y él seguramente del suyo. En nuestra familia debemos de llevar la fotografía en los genes. —Rio y luego se abrazó el torso, helada de frío. El viento de la primavera soplaba con bastante fuerza en esa calle.

Hanna miró a Melanie, que asintió para animarla.

—¿Su bisabuelo no sería por casualidad Henning Vilnius, el fotógrafo de moda? —preguntó entonces la anciana.

Las cejas de la joven se arquearon.

—¡Sí, el mismo! ¿Cómo sabe que era fotógrafo de moda?

—Me sacó fotos a mí. En aquel entonces, cuando yo era joven.

—¿En serio? —Por un momento la joven pareció sorprendida, pero luego sonrió sin ambages y les ofreció la mano a las dos—. Soy Nicole Simon. El apellido de Vilnius solo se conservó hasta mi madre. Luego ella se casó y ya no hubo continuidad. Pero seguro que eso no les interesa.

Hanna sonrió con cariño.

—Todas las historias merecen ser contadas. Yo soy Hanna de Vallière, y esta de aquí es mi bisnieta, Melanie Sommer.

—¿Quieren pasar y tomarse una taza de té conmigo? —preguntó la mujer—. Acaban de cancelarme una cita y ahora mismo no hay nadie con prisa por sacarse fotos de pasaporte. Además, no todos los días se presenta alguien que conoció a mi bisabuelo.

—Si no le ocasionamos molestias —repuso Hanna.

—¡Ni mucho menos! —La joven se hizo a un lado y las invitó a pasar con un gesto.

Hanna miró un instante a Melanie y subió los escalones con cuidado. Su bisnieta la siguió.

Si el exterior del edificio se parecía aún al que había conocido su bisabuela, el interior, por el contrario, había sufrido muchos cambios. La decoración era muy moderna. En una vitrina de cristal se exponían marcos exquisitos, y por todas partes colgaban cuadros desde los que sonreían parejas de novios, mujeres y niños. Eran retratos que la gente regalaba por Navidad o por un cumpleaños.

La fotógrafa las hizo pasar junto a un rincón oscuro que estaba preparado para hacer fotos y luego las llevó por un pasillo en el que había estanterías con atrezo diverso. Melanie reconoció unas pieles blancas como la nieve sobre las que habían fotografiado a uno de los bebés cuyo retrato colgaba de la pared.

Al final del pasillo había una pequeña cocina, y la puerta de enfrente, rotulada como «Laboratorio», estaba cerrada. La cocina era estrecha, aparte de un aparador y un pequeño fogón solo había una mesita con dos sillas blancas. La fotógrafa encendió el hervidor de agua y sacó tres tazas del armario.

—¿Prefieren un té verde o de frutas?

—Eso se lo dejo a usted.

La joven sacó tres bolsitas de té de sus sobrecitos y las metió en las tazas.

—Para nosotros, mi bisabuelo es casi una leyenda. Llegó orgulloso a los noventa y nueve años y simplemente se marchó mientras dormía. Eso fue el año pasado. Hasta entonces, todavía venía de vez en cuando al laboratorio a revelar fotografías.

Melanie miró a Hanna y percibió en sus ojos una cierta lástima al saber de la muerte de Henning.

—¿Estaba contento con la modernización de la tienda? —preguntó, ya que su bisabuela se había quedado absorta en sus recuerdos.

—Sí, creo que sí. Siempre insistía en que hiciéramos nuevas adquisiciones. A veces costaba creer que llevara ya tantos años en el mundo. —Una sonrisa triste se asomó a su rostro—. Lo echo mucho de menos. Es verdad que le fastidiaba un poco tener solo una bisnieta, pero quizá por eso me quería tanto. Verlo conservar las viejas cámaras e incluso hacer retratos aún con ellas era como emprender un viaje en el tiempo. A pesar de que no renunciaba a disponer en el estudio de todos los avances, siempre se mantuvo fiel a lo que había aprendido en su día.

También Hanna sonrió esta vez.

—Sí, Henning ya era entonces muy avanzado. Pero puedo entender que se aferrara al pasado. A partir de cierta edad, uno va contando las perlas que se alinean en el collar de la vida.

—¿Qué relación tuvo con él?

—Su bisabuelo y yo teníamos un amigo en común. Fue él quien me invitó al estudio para que Henning me fotografiara. Yo no tenía más que diecinueve años.

Hanna sonrió para sí. Daba la impresión de recordar muy bien el día en que posó por primera vez. De pronto, la chica tuvo una idea.

—Mi bisabuelo conservó muchas de las placas originales y fotografías en papel. Si sabe en qué año la fotografiaron, podría ir a mirar.

En ese momento el hervidor de agua empezó a borbotear y poco después se apagó.

—Fue en 1927 —contestó Hanna—. ¿De verdad cree que habrá conservado esas imágenes?

—¿Por qué no? —dijo Nicole con alegría—. Le encantaban sus fotos.

Tras decir eso, se levantó y vertió agua en las tazas. Después desapareció en su despacho.

—Una chica muy maja, ¿verdad? —le comentó Hanna a Melanie mientras la fotógrafa no estaba—. Y ha sacado los ojos de Henning. Es bonito ver que ha quedado algo de él.

—¿No habías vuelto a saber nada de él?

—No —respondió Hanna negando con la cabeza—, cuando me marché de Berlín perdimos el contacto. Parece que conoció a una mujer y consiguió traer niños a este mundo. En aquella época no habría esperado algo así de él, porque parecía estar casado con sus cámaras. Pero ya ves, toda oveja encuentra su pareja.

—Entonces... es verdad que estuviste aquí. —Melanie se moría de impaciencia por saber cómo continuaba la historia.

—Sí, estuve aquí.

15

No estaba segura de si debía hacerlo. A pesar de ello, me acerqué a la dirección que me había dado Laurent. En ese momento no tenía en la cabeza hacerme famosa como modelo, me conformaba con ganar algo de dinero. No sabía cuánto pagaban por una fotografía, pero tal como había hablado Laurent parecía que valía la pena, y a mí hasta el último penique me venía bien.

Estaba muy nerviosa, desde luego, porque no tenía ni idea de lo que me esperaba allí. Enfilé Torstrasse con las manos heladas y un temblor en las rodillas. A Ella le había dicho que solo iba a acercarme un momento a las galerías para comprar hilo de coser. En realidad todavía me quedaban bobinas, pero mi compañera no estaba al tanto del contenido de mi costurero. En cualquier caso, engañarla me suponía terribles quebraderos de cabeza. Si descubría que había ido al estudio de fotografía, me echaría en cara que no hubiera pensado en ella y seguramente se enfadaría conmigo para siempre.

Cuando por fin me encontré delante del edificio, supe que Laurent había sido honesto. Aquello no era una trampa, sino un estudio fotográfico de verdad. En el escaparate colgaba un cartel con marco de flores en el que decía: «Henning Vilnius, fotógrafo».

Junto a él había numerosas fotografías en las que se veía a parejas de novios, niños y respetables señores vestidos con trajes anticuados.

De repente no pude evitar pensar en Thanh: una vez había estado con ella en un estudio fotográfico de Saigón. En realidad, solo habíamos ido a aplastar las narices contra el escaparate, pero entonces el fotógrafo, un francés, nos hizo pasar y nos preguntó si dejaríamos que nos hiciese unas fotografías. Dijo que le parecíamos «un motivo muy bonito», y, tras superar el miedo inicial, accedimos. La imagen que nos regaló unos días después la escondí en nuestra casa, y no me la llevé cuando huimos. Al recordarlo entonces lo lamenté muchísimo, ya que así habría podido tener a Thanh siempre conmigo.

Dudé todavía un instante, pero al final hice de tripas corazón. No importaba lo que dijera el fotógrafo y, si me echaba de allí, tampoco habría perdido nada. Regresaría otra vez a mi trabajo, nadie se enteraría nunca de aquello y algún día olvidaría el asunto.

De modo que subí los dos peldaños que me separaban de la puerta y, al entrar, una campanilla tintineó por encima de mi cabeza.

El hombre que apareció un segundo después debía de tener veintipocos años y llevaba el pelo rubio peinado con gomina y raya. Su camisa, su corbata y su chaleco desprendían pulcritud, y el pantalón bombacho se le ajustaba a los calcetines altos.

—¿Qué desea la señora? —preguntó, y me sentí algo extraña al oír que me trataba de «señora». Ni siquiera Laurent me había llamado nunca así.

—Pues... Me envía Laurent. Soy... Soy Hanna.

El joven alzó las manos.

—¡Usted es esa chica! Laurent me ha hablado de usted, pero no me había dicho cómo era. ¡Ese viejo bribón!

Me entraron dudas. ¿Acaso le había decepcionado mi aspecto?

—Si no le parece bien, me marcho —dije, pero Vilnius me retuvo.

—No, me parece estupendo. Es solo que a veces me gustaría que Laurent fuese algo más preciso en sus descripciones. En fin, soy Henning Vilnius. Es usted de Indochina, ¿verdad?

—De Saigón —precisé.

—¡Saigón! —repitió el joven, y alzó las manos con teatralidad—. ¡Aquello debe de ser precioso! ¿Qué la ha traído a un país tan triste y gris, cuando sin duda tenía el paraíso ante la puerta?

—A veces el paraíso no es precisamente un paraíso —repuse con la esperanza de que se contentara con eso.

—Me gusta que las mujeres escondan misterios —dijo con picardía.

El amigo de Laurent me llevó tras unos cortinajes donde había colocadas diferentes lámparas y un trípode. Junto a la pared vi unas cuantas cajas y supuse que contendrían atrezo para darle algo de vida a las fotografías. A un lado había un perchero, y los vestidos que colgaban de allí tenían unos colores muy intensos o brillaban como un cielo estrellado. Junto a ellos también había boas de plumas, pañuelos y cintas para el pelo.

—Bueno, vamos a ver —dijo Henning Vilnius, y se acercó a una de las cajas—. Por su aspecto, la veo más adecuada para la moda de noche. Un momentito...

Fue apartando un vestido tras otro, escogió uno y lo sacó con su percha de entre los demás. Me sobresalté al ver que era rojo. De seda o de satén, estrecho y con un escote enorme. Me quedé de piedra. De repente vi ante mí a Ariana dándome el vestido rojo con el que me subastaron. Se me encogió el estómago cuando el joven se volvió para tendérmelo.

—Póngase esto. Ahí detrás tiene un biombo.

Dudé.

—¿No tiene... algún otro? —pregunté, temerosa, mientras el corazón se me salía por la boca.

—Pero ¿por qué? —preguntó el fotógrafo—. A mí me parece que el rojo le sentará muy bien. Además, es uno de los modelos más nuevos que he recibido. No lo tendré por aquí mucho tiempo, mañana el mensajero volverá a recogerlo.

Estaba a punto de echarme a llorar cuando Henning Vilnius resopló de impaciencia.

—Bueno, pues nada.

Volvió a meter el vestido en la caja. Yo estaba segura de que me echaría a la calle, y me estaba bien empleado. ¿Qué se me había perdido a mí allí? ¡No necesitaba ninguna foto para una revista de moda! Tenía mi empleo en la sala de baile, tenía a Ella y tenía el secreto de haber bailado con Laurent en el jardín. ¡Aquello era más de lo que podría haber soñado un par de meses antes!

—Entonces... Entonces será mejor que me vaya —empecé a decir, y di media vuelta.

—¡Quieta ahí! —exclamó Vilnius tras de mí, indignado—. ¿Acaso cree que la dejaré marchar sin fotografiarla? Tengo más vestidos. ¡Y el siguiente que le escoja se lo pondrá! Le prometo que ninguno de los dos va a lamentarlo. Una belleza como usted es difícil de contentar, ¿no es cierto?

Me detuve, cohibida, pero seguí mirando hacia la puerta mientras luchaba conmigo misma. Ese hombre no podía ordenarme nada, pero tampoco quería que Laurent se enfadara conmigo si importunaba a su amigo.

El fotógrafo corrió de nuevo al perchero y fue pasando una percha tras otra mientras miraba las pequeñas etiquetas que colgaban de ellas. Por fin encontró algo.

—¿Qué le parece este? Los demás son vestidos de tarde, y los mejores ya los he fotografiado. —Me enseñó un diseño de color crema con unos flecos largos y brillantes—. Le quedará muy bien. ¿O también tiene algo en contra de este vestido?

—No, claro que no —repuse enseguida, y se lo quité de las manos.

—Perfecto, pues póngaselo detrás del biombo. Mientras tanto, prepararé las luces.

Aunque la pantalla era tan gruesa que desde el otro lado no se podía ver nada, me quité la ropa algo acongojada. Era un vestido de noche y sentí un tacto fresco y suave sobre mi piel. Me pareció incluso más bonito que el que me había regalado Laurent.

Cuando salí de detrás del biombo, me miré los pies. Los zapatos que llevaba no combinaban en absoluto. También Henning se dio cuenta, así que unos instantes después me vi ante él con unas sandalias de tacón de color crema. Vilnius me dijo que me peinara y me alcanzó una cinta del arcón del atrezo. Después me colocó ante el cortinaje, sobre el que ya había dirigido varios focos.

Esa tarde aprendí lo mucho que podía tardar en darse por satisfecho un hombre como Henning Vilnius. No hacía más que dar vueltas a mi alrededor, colocarme el hombro hacia atrás con cuidado, la barbilla hacia delante, el brazo hacia un lado… Me sentía como uno de esos maniquís de las galerías. Al cabo de un rato, tenía ya todos los músculos destrozados. Pero por fin llegó un momento en que pareció complacido.

—¡Bueno, ya estamos listos! —anunció, y apagó alguno de los focos—. Espere un momento, que iré a buscar sus honorarios. Como lo ha hecho usted tan bien, le pagaré cincuenta marcos.

Ni siquiera me atrevía aún a respirar del todo. ¡Cincuenta marcos! ¡Para conseguir eso tenía que trabajar más de dos semanas colgando abrigos en la sala de baile!

—¡Lo hace casi tan bien como una profesional! —me alabó otra voz que casi consigue tirarme de espaldas.

Miré a un lado. ¿Cuánto rato llevaba allí Laurent, observándonos? Sentí calor y de pronto me pareció que mi vestido era transparente.

—¿A que es preciosa? —le dijo a Vilnius, que ya estaba metiendo los billetes en un sobre—. Venga, reconoce que he hecho una buena elección.

—Sí, es guapa de verdad. Aunque por lo visto le tiene alergia al rojo. Se ha negado a ponerse el vestido de seda, y eso que le habría sentado de maravilla. —Levantó las cejas y me miró directamente—. Si quiere usted hacer carrera en la industria de la moda, tendrá que acostumbrarse a llevar lo que le digan. ¡Aunque sea un barril de cerveza!

A un barril de cerveza no le habría puesto ningún reparo, pero al vestido rojo... Cuánto me habría gustado poder explicar de dónde venía ese rechazo... Pero nadie debía saber nada de mi pasado.

—¿Es eso cierto? ¿No le gusta el color rojo?

—El color sí, pero en un vestido...

Vilnius soltó un bufido.

—Bah, conozco a mujeres que se pelearían por llevar ese vestido de seda. En fin, dígame cómo le voy a pedir a otra que se lo ponga, ahora que puedo imaginarla a usted tan maravillosa con él.

—Lo siento mucho, pero es que... no puedo llevarlo.

—Bueno, así son las mujeres —sentenció Laurent, sin dejar de reír—. ¡Y esta señorita de aquí parece tener madera de diva! Usted siga siendo fiel a sí misma y no se ponga cualquier harapo. Ya lo verá: si es exigente, tarde o temprano acabarán respetándola.

—O la echarán con cajas destempladas —añadió Vilnius.

—¡Pero qué dices! ¡Nadie que esté en su sano juicio echaría a esta preciosidad!

Los numerosos halagos de Laurent empezaban a abrumarme. Yo lo único que quería era quitarme aquel vestido, así que miré a Vilnius, que estaba trajinando con su cámara, en busca de ayuda.

—¿Puedo... cambiarme ya de ropa? —pregunté, incómoda. El corazón me latía a toda velocidad, y no sabía si era por mi timidez o porque Laurent no apartaba los ojos de mí.

—¡Por supuesto que puede! ¡Pero tenga cuidado de no rasgar la tela!

Le prometí que así lo haría y desaparecí otra vez tras el biombo. Cerré los ojos e inspiré hondo. Estaba tentada de pensar que ir allí había sido un error, pero una parte de mí estaba contenta de haberlo hecho. Salvo por esas poses extrañas y la boquilla, me había divertido. Y, si era sincera, me gustaba el carácter del fotógrafo. Parecía algo brusco, pero aun así era simpático.

Mientras me quitaba el vestido oí que los dos hombres conversaban, pero no me esforcé por entender lo que decían. Al salir de detrás del biombo, de pronto me sentí terriblemente fuera de lugar. En comparación con el vestido que le había devuelto a Vilnius con todo cuidado, el que yo llevaba parecía burdo y humilde.

—Muchas gracias por no haberme echado —dije, e intenté no prestarle atención a Laurent, aunque sentía su presencia de una forma intensa.

—No pasa nada. Tal vez alguna de las acompañantes de hoy de Laurent esté interesada en posar con ese vestido. Porque hoy también irás a bailar, ¿verdad?

Cuando miré a Laurent, me pareció algo abochornado. Y yo, de repente, sentí celos. O al menos creí que aquello que experimentaba solo con pensar en que él pudiera enviar también a otras chicas a que les hicieran fotografías debían de ser celos. Era una sensación parecida a la que me invadía cuando se presentaba en la sala de baile con dos nuevas acompañantes y me entregaba su abrigo.

—Ya veremos si hoy tengo suerte —repuso Laurent con evasivas, aunque yo estaba segura de que esa noche volverían a colgar de su brazo dos mujeres nuevas.

Me sentí decepcionada. Pero ¿por qué? Yo no era más que una simple chica de guardarropa, y muy tonta si pensaba que estaba interesado en mí. Seguro que nuestro baile y todo lo que me había dicho no eran más que juegos para él.

—Entonces será mejor que me marche. Me alegro mucho de haberlo conocido, señor Vilnius.

—Llámeme Henning, por favor. Y aquí están sus honorarios. —Me entregó el sobre—. Espero de verdad que este no sea nuestro último encuentro.

Me guiñó un ojo y me dio la mano, después devolvió el vestido a la caja. Laurent me acompañó a la puerta.

—Me alegra mucho que haya seguido mi consejo.

Asentí, aunque estaba incomodísima con él. ¿No podía haberse quedado hablando con su amigo? Claro que eso no podía decírselo, pero de todas formas lo habría preferido así.

—Sentía curiosidad —contesté, ya que por desgracia no se me ocurrió nada mejor.

—¿Creía que esto iba a ser un fumadero de opio? —Rio con tal jovialidad que incluso conseguí no pensar en Thanh y en nuestros paseos por Saigón al oír esas palabras.

—Cuando se es mujer hay que llevar cuidado, ¿no?

—En eso le doy la razón. Y me asombra lo sabia que es usted para su edad. Pero seguramente es lo que sucede cuando viene uno de otro país y tiene que abrirse camino en el extranjero.

Mientras decía eso, vi en sus ojos el anhelo de saber más sobre mí, de escuchar mi historia. Sin embargo, aunque nos volviéramos a ver y tuviéramos ocasión de conversar, no podría satisfacer su deseo.

—Para mí ha sido una alegría volver a verla —dijo al final, puesto que yo estaba tan cohibida que me faltaban las palabras—. Esta noche estará usted en el guardarropa como siempre, ¿no es así?

—Sí, allí estaré —contesté, y creí que iba a estallar de tensión en cualquier momento—. Muchas gracias y... adiós.

Laurent asintió y me abrió la puerta con galantería. Yo no me volví ni una sola vez mientras recorría Torstrasse, pero sentí con toda claridad que él me seguía con la mirada.

Mi pulso no recuperó la normalidad hasta un buen trecho después de dejar atrás el estudio de fotografía. Me sentía desconcertada, como si caminara sobre nubes. ¿Qué me ocurría? Entre tanta confusión, ¡a punto estuve de olvidarme de comprar hilo! ¿Qué diría Ella si me presentaba con las manos vacías? Enseguida giré sobre mis talones y corrí a las galerías. Allí me hice con las primeras bobinas baratas que encontré, pero la cola de la caja era tan larga que casi muero de impaciencia mientras esperaba a que llegara mi turno.

Cuando por fin regresé a casa, los nuevos músicos ya estaban preparando los instrumentos. El contrato del grupo de jazz había terminado y ese día tocaría una orquesta diferente.

—¡Eh, sin tanto ímpetu! —protestó un hombre al que empujé sin querer. Casi se le cayó de las manos el tambor que acarreaba.

Tartamudeé una disculpa y desaparecí hacia la escalera. Entonces me tropecé con Ella.

—Santo cielo, pero ¿dónde te habías metido tanto rato? Ya estaba preocupada.

—Las galerías estaban llenísimas —contesté, y pasé por su lado consiguiendo esquivar su mirada.

Como llevaba en la mano la bolsita de papel con las bobinas de hilo, confié en que no me preguntara nada más. Pero Ella era Ella.

—Ya, ya... Las galerías estaban llenas. ¿O es que te has encontrado con tu caballero misterioso? —insistió mientras me seguía.

Me quité la chaqueta todavía sin detenerme e irrumpí en el camerino. Ella había sido tan amable de prepararme un vestido. Sin duda esperaba que le contara algo más, pero yo no quería hablar de Laurent..., sobre todo porque mi amiga aún no sabía quién me había hecho aquel regalo. Hasta el momento había conseguido eludir sus preguntas.

—Venga, desembucha de una vez, ¿quién es tu admirador secreto? —volvió a la carga.

—Eso ya me lo preguntaste —repuse, mientras con la punta del pie apartaba a un lado el vestido que acababa de quitarme y me ponía el verde que teníamos que llevar esa noche para ir a juego con la temática de Hada Verde.

A esas alturas, yo ya sabía que en los bailes Hada Verde se servía absenta, una bebida que había hecho que un pintor famoso se cortara la oreja, según Ella.

—Y no me diste ninguna respuesta. Así que volveré a intentarlo.

—No puedo decírtelo. Todavía no.

Fingí estar ocupada con el cierre de mi vestido, pero eso no desalentó a mi amiga.

—¿Cuándo, entonces?

—Cuando esté segura de que es mi caballero. Hasta ahora solo nos hemos visto una vez, y puede que todo quede en eso.

—¡Ay, por favor, tienes que volver a verlo! —suplicó Ella.

—Pero ¿a ti qué te pasa? ¿Es que tú no tienes ningún pretendiente? —dije en un intento por girar las tornas.

En realidad no me interesaba mucho si la pretendía algún hombre, pero preguntárselo era una buena táctica para desviarla del tema. Mi amiga negó con la cabeza.

—Ya sabes que todos me ponen ojitos mientras estoy detrás del mostrador del guardarropa, pero se esconden en cuanto me acerco a la pista de baile.

—Eso no me lo creo —repliqué, porque Ella era guapa y bastante mayor que yo. Sin duda había hombres que la cortejaban—. Seguro que alguna vez has tenido admiradores, ¿o no?

—¡Claro que los he tenido! Pero ninguno era el hombre adecuado.

—¿Y quién es el adecuado? ¿Laurent, tal vez?

Por lo visto, con mi suposición había dado en el clavo, porque conseguí que Ella apretara los labios, afligida.

—Bueno, será mejor que bajemos. Enseguida llegarán los clientes.

—Perdona, por favor, no quería...

Mi amiga sacudió la cabeza.

—No tienes por qué disculparte. Las cosas son como son. Pero ya te digo que yo sí te hablaría de mi admirador, si lo tuviera.

—También yo lo haré —le prometí, pues estaba segura de que Laurent solo tonteaba conmigo y no tenía intenciones serias—. Cuando esté del todo segura de que realmente me admira.

Ella me miró con ciertas dudas y luego asintió.

Las semanas siguientes todo fue como de costumbre. Laurent se presentaba con sus acompañantes, que siempre eran nuevas. Charlaba con nosotras, nos sonreía, pero nada hacía pensar que tuviera ningún interés especial en mí. Poco a poco empecé a preguntarme si nuestro baile y el encuentro en el estudio de Vilnius realmente habían tenido lugar.

Aunque tal vez fuera mejor así. De ese modo no tenía nada que explicarle a Ella y no me remordía la conciencia.

El verano siguió a la primavera y las noches empezaron a ser más cálidas. Las meriendas con baile se alargaban hasta entrada la noche, y muchos clientes preferían quedarse fuera para contemplar cómo el cielo se teñía de rosa sobre los tejados de Berlín y luego los cubría con su manto azul oscuro.

Yo iba ahorrando algo de dinero, y mi intención de regresar a Vietnam y buscar a Thanh se iba concretando cada vez más. Si seguía ganando así, pronto podría pagar el pasaje del barco.

Entonces llegó agosto, y no solo las noches, sino también los días se volvieron sofocantes. Como no era fácil escapar del calor, durante mi tiempo libre me arrastraba hasta nuestra habitación y me entretenía cosiendo. Era extraño. Antes, en Vietnam, nunca había tenido ningún problema con el bochorno. En Berlín, sin embargo, parecía que me faltaba el aire. ¿Estaba enferma, o acaso ya me había aclimatado del todo a Alemania?

—¡Señorita, esto tienes que explicármelo! —rugió Ella una tarde en nuestra habitación.

Del susto, me di tal pinchazo en un dedo que enseguida me salió una enorme gota de sangre. Aparté la pieza de ropa al instante para que la labor no se manchara y miré a mi amiga sin entender nada.

—¿Qué ha ocurrido?

Sentí escalofríos. ¿Había hecho algo mal? Ella parecía furiosa. Se quitó el bolso del hombro, lo abrió y sacó algo de dentro. Una revista de moda, comprobé cuando me la acercó. En mi interior nació una tenue sospecha.

—¡Podrías habérmelo contado con toda tranquilidad! —soltó con voz acusadora, y, como yo seguía mirando la revista sin saber de qué hablaba, la abrió por una página en concreto y luego le dio la vuelta para que pudiera verla bien.

Lo que vi me dejó sin aliento.

¡Era yo! Era una de las fotografías que me había sacado Henning Vilnius. Estaba mirando un poco hacia un lado, de modo que mi melena cobraba protagonismo. ¡El vestido me quedaba de maravilla! Entonces recordé lo que había dicho Laurent, que Henning hacía fotografías para revistas de moda. Por lo visto, el editor de aquella revista había decidido publicar mi retrato.

—¿Desde cuándo posas para Henning Vilnius? —preguntó Ella mientras lanzaba la revista abierta sobre la colcha de mi cama.

Empecé a sentirme muy mal, porque comprendí que había traicionado a mi amiga.

—Solo estuve allí una vez, hace unas cuantas semanas. No creí que aceptaran la fotografía.

Ella me miró con una cara muy seria.

—¿Y no me cuentas algo así? ¡Creía que éramos amigas!

—Perdona, por favor... Yo... No creí que...

—¿Que la fotografía llegara a nada? ¡Venga ya! Henning Vilnius es un fotógrafo famoso de Berlín. Trabaja para *Modenschau* desde que la revista se publicó por primera vez. ¡Y ahora tú sales en ella!

Su expresión adusta se iluminó entonces con una sonrisa, después se lanzó a mi cuello y me abrazó tanto que casi me dejó sin respiración. Me asió de los hombros y me echó un poco hacia atrás para poder mirarme a la cara.

—¡No sabes lo orgullosa que estoy de ti! ¡Hanna, la de la sala de baile, en *Modenschau*! Seguro que a partir de ahora la gente te acribillará a preguntas.

—Pero..., entonces, ¿no estás enfadada? —pregunté desconcertada.

—Pues claro que lo estoy —respondió riendo—. ¡Sobre todo porque lo has guardado en secreto! ¡Tendrías que haberme dicho que te había abordado Henning Vilnius! ¿Cuándo fue? ¿El día que fuiste a comprar hilo para coser?

Dije que sí para facilitar las cosas, aunque mi conciencia me empujaba a contarle toda la verdad. Pero entonces probablemente sí que se hubiera puesto hecha una furia. Así, en cambio, solo podía tenerme rencor por no haberle hablado de la fotografía. Y tampoco tanto, porque, si no, no habría dicho que estaba orgullosa de mí. No quería estropear ese momento.

—¡Maldita sea, tendría que haberte acompañado! Tal vez también yo hubiera salido en *Modenschau*. En cualquier caso, me alegro por ti. Y la próxima vez que te ocurra algo tan grandioso, me lo cuentas, ¿de acuerdo?

—Desde luego —prometí, pues estaba segura de que la cosa quedaría en aquella única foto.

16

—Aquí las tenemos —anunció Nicole Simon al entrar por la puerta de la cocina, y dejó una caja sobre la mesa—. Todas las tomas de 1925 a 1930. Por desgracia fue una época en la que mi bisabuelo estaba descontento con su trabajo. Una vez me contó que había destruido muchas fotografías de aquel entonces porque no le gustaban. Y la guerra hizo también de las suyas. Viendo cómo se ha conservado el edificio no lo creerían, pero aquí se perdió mucho durante los bombardeos. Y al terminar la guerra también hubo saqueos. A saber para qué querrían los soldados las fotografías reveladas.

—Seguro que buscaban fotos de chicas guapas —repuso Hanna—. Su bisabuelo tenía bastante buen gusto.

Se le notaba mucho que estaba emocionada. En sus mejillas se veían dos manchas de rubor, y no hacía más que removerse en la silla. Melanie se preguntó si en la caja también habría alguna foto del tal Laurent. Debía de estar relacionado con su bisabuelo Didier, ya que compartían apellido, y Melanie no creía en las casualidades. Además, de alguna forma presentía que la historia entre Laurent y su bisabuela había durado una buena temporada. ¿Habrían acabado peleándose los dos hermanos por ella?

—Y usted es sin duda la prueba viviente de ello, ¿a que sí? —repuso Nicole mientras abría la caja, de donde salió a su encuentro el olor de los años pasados.

—Bueno, según se mire —contestó Hanna encogiéndose de hombros—. Yo de joven me veía bastante fea.

Me maravillaban las mujeres europeas, con esos ojos tan grandes.

—Pues seguro que esas mismas mujeres la envidiaban a usted por su esbelta figura. Yo creo que las asiáticas tienen algo especial. Tengo una conocida japonesa que es tan delicada que yo, a su lado, parezco un elefante.

Nicole sacó una pila de fotografías y las extendió sobre la mesa de la cocina. Allí aparecieron mujeres con vestidos vaporosos y hombres con trajes austeros. También una dama ataviada para bailar el charlestón, con su cinta de pelo con pluma y su cigarrillo al final de una larga boquilla. A Vilnius debía de gustarle bastante aquella composición, aunque la retratada no era la bisabuela de Melanie.

—Muchas de las fotos que hizo para publicaciones de moda se enviaban directamente a la redacción de la revista en cuestión —comentó Nicole—. Eso también explicaría que se hayan conservado tan pocas del periodo de 1927 a 1929. En aquella época las publicaciones de moda crecían como setas.

Hanna asintió con energía mientras tocaba con mucho cuidado la foto coloreada. El fotógrafo le había pintado a aquella muchacha mejillas rosadas y labios rojos, y el color azul del vestido parecía algo deslavazado. En otra imagen le había dado un matiz rojizo a la melena de la modelo.

—Era una especialidad de su bisabuelo, sacarles el rojo de las mejillas o darles color a las flores —explicó Hanna—. Siempre lamentaba que las revistas no publicaran sus fotografías en color.

—Sí. ¡No sabe usted cómo celebró cuando por fin se fabricaron máquinas a color! Pero, aun así, él continuó fotografiando en blanco y negro. Siempre decía que un poco de misterio no le hacía ningún mal a la foto. Así podía uno pasarse horas intentando adivinar cómo habría sido en realidad un vestido, o una flor.

Siguieron repasando más imágenes. Rostros de todas las edades pasaron ante ellas: niños vestidos de marinerito, niñas con trenzas y delicados encajes...

Hanna se sobresaltó al ver una de ellas.

—No es posible —susurró, y se acercó la fotografía.

La estuvo mirando varios minutos sin decir nada.

—*Grand-mère?* —preguntó Melanie, y estiró el cuello para ver si distinguía algo.

En la fotografía se veía a un joven muy formal, vestido con frac y sombrero de copa. El sombrero, sin embargo, lo sostenía en la mano, junto con un par de guantes de gala blancos. Del bolsillo del frac asomaba un pañuelito, y en la solapa llevaba prendido un minúsculo ramito de flores.

El rostro del hombre era muy atractivo, anguloso, con rasgos bien proporcionados y ojos claros. Como la fotografía era en blanco y negro, no se veía de qué color tenía el pelo, pero Melanie supuso que debía de ser castaño claro. No fue hasta mirarlo una segunda vez cuando se fijó en que aquel extraño tenía un cierto parecido a su bisabuelo.

—¿Es Laurent? —preguntó.

La pregunta pareció sacar a Hanna de sus cavilaciones. Por un momento la miró desconcertada, luego asintió.

—Sí, es Laurent —respondió, y giró la fotografía con cuidado. El dorso manchado llevaba escrito el año 1928 con números casi borrados.

En ese preciso instante se abrió la puerta de la tienda.

—Voy a ver quién es —dijo Nicole con alegría—. Sigan mirando con toda tranquilidad.

Pero, por lo visto, a Hanna ya no le apetecía.

—Todavía recuerdo muy bien la tarde en que le hicieron esta foto —dijo en voz baja. Melanie casi nunca había visto a su bisabuela tan conmovida—. Íbamos a casarnos dos meses después; esta fue nuestra foto de compromiso.

Henning insistió en realizar una especie de ensayo general de la boda. Además, Laurent quería anunciar públicamente que estábamos prometidos. «Para que las otras damas no se hagan ilusiones», bromeaba. Fue un día maravilloso...

—¿O sea que Laurent y tú ibais a casaros?

—Sí, queríamos casarnos.

—Entonces, ¿cómo acabaste con Didier, su hermano?

Hanna no contestó. Siguió con la mirada fija en la fotografía, acarició con cariño las mejillas del hombre y suspiró. Las lágrimas afloraron a sus ojos.

Melanie no quería presionarla, así que decidió echar un vistazo en la caja de fotos. Poco después encontró algo, una imagen en la que volvía a aparecer Laurent, esta vez con una mujer que sin lugar a dudas era Hanna. Él parecía seguro de sí mismo, casi un poco arrogante; ella sonreía con inseguridad, pero en sus ojos se percibía la felicidad que irradiaba en ese momento. Melanie se sintió orgullosa de su bisabuela, y al mismo tiempo se dio cuenta de que Hanna estaba llorando.

—*Grand-mère?* —preguntó con delicadeza.

La mujer sacudió la cabeza y se enjugó las lágrimas con un gesto nervioso.

—¿Has encontrado algo más? —dijo. Tenía la voz gangosa, así que Melanie le dio un pañuelo.

—Sí, creo que en esta sales tú. Pero, si te emocionas demasiado...

—No, no te preocupes, es solo que... Cuando llegues a mis años, verás que muchas de las cosas que te ocurrieron de joven te parecerán casi irreales. —Miró la fotografía en la que salían Laurent y ella—. Me cuesta creer que una vez fuera esa muchacha. Esa chiquilla tímida y feliz, que en aquel momento se permitía soñar con un futuro. Y que no sabía que tenía por delante una larga temporada llena de reveses de la fortuna.

Hanna no dijo más, ya que Nicole regresó y su mirada recayó enseguida en la foto.

—¿Es usted esa joven dama? —preguntó con una sonrisa.

—Sí, esa fui yo una vez.

—¿Y el hombre?

—Mi prometido.

—¡Venga ya! —Los ojos de Nicole se iluminaron—. Ahora dígame que no tiene usted esta fotografía.

—Ya no me queda ninguna de esa época. Tuve que abandonar Berlín de una forma bastante precipitada, por eso no tuve tiempo de llevarme nada conmigo.

—Ah, claro. Eso debió de ser durante la guerra —dijo la fotógrafa con compasión—. ¿Qué le parece si le hago copias de las dos fotos?

—¡Sería maravilloso! —exclamó Melanie antes de que Hanna pudiera rechazar la oferta por pura timidez. Estaba segura de que su bisabuela quería tener esas fotografías.

—Si no le resulta mucha molestia —añadió Hanna.

Pero Nicole neutralizó sus reparos.

—Qué va. Lo hago con el ordenador. Espere, que enseguida escaneo las imágenes y se las imprimo.

La joven salió de la cocina con las fotografías mientras Hanna y Melanie se quedaban allí, rodeadas de instantáneas de vidas desconocidas.

17

—Bueno, excursionistas, ¿habéis pasado un buen día? —saludó Elena a su hija y a su abuela.

El sol ya se estaba poniendo en Berlín, sobre Invalidenstrasse caían sombras alargadas y en las ventanas superiores del edifico contrario se reflejaba la luz crepuscular. El olor a apresto ya no era tan intenso, y tampoco la humedad del ambiente, así que Elena debía de haber ventilado.

—Hemos pasado un día precioso —contestó Hanna mientras se dejaba caer en una de las sillas para los clientes—. Por lo menos yo me siento como si hubiera dado la vuelta al mundo. Y eso que antes habría hecho diez veces ese trayecto sin quedarme sin respiración.

—¿De verdad has arrastrado a tu bisabuela por toda la ciudad? —le preguntó Elena a su hija.

—No, claro que no —se defendió Melanie—. También hemos tomado el metro. Lo cierto es que ha sido un día muy instructivo. —Le lanzó una mirada conspiradora a su bisabuela.

—Además, he sido yo quien ha insistido en visitar todos esos lugares. ¡Ay, casi ha sido como volver a tener veinte años!

—¡Por dentro aún los tienes! —opinó Elena riendo mientras se quitaba el delantal y lo colgaba en un gancho junto a la puerta—. Bueno, ¿qué os apetece que hagamos? ¡No pienso dejar que os marchéis con el coche sin comer algo antes!

Todas se giraron a la vez cuando sonó la campanilla de la puerta.

—¡Katja! —exclamó Elena, y enseguida se volvió hacia su hija.

Melanie miró sobresaltada a la madre de Robert y se sintió como si la hubieran sorprendido cometiendo un delito. Después miró a Elena, que también parecía algo extrañada.

—Perdón por presentarme así, pero vengo directa del hospital.

—¿Hay alguna novedad? —La voz de Elena sonó intranquila.

—No, en realidad solo quería pasarme un momento. —Su mirada recayó en su nuera, a quien era evidente que no esperaba encontrar allí—. Melanie, ¿pensabas ir al hospital? —preguntó con retintín—. Podría llevarte yo, hasta las ocho todavía es horario de visita.

—No, yo... hoy no iba a ir al hospital —repuso Melanie, que empezaba a sentir escalofríos. Maldijo su inseguridad y de repente deseó no haber ido a Berlín. Pero ¿cómo iba a haber sabido que Katja aparecería en la tienda de su madre?

—Ajá... —asintió Katja, y su mirada se volvió cortante—. ¿Y tienes pensado dejarte caer por allí algún día? ¿O es que vas a tomarte un par de semanas de vacaciones?

—Katja —intervino Elena con una advertencia en la voz, aunque la mujer no se dio por aludida.

—No olvides que es tu prometido el que está en el hospital.

—No lo he olvidado —contestó Melanie—, pero ahora mismo tengo que acompañar a mi bisabuela.

—Me ha traído en coche —informó Hanna, y puso una sonrisa fría—. Me parece que aún no nos han presentado. Soy Hanna de Vallière, la bisabuela de Melanie. Y usted es la madre de Robert, ¿verdad? Su hijo es un joven verdaderamente encantador.

Katja miró a la anciana con desconcierto.

Melanie sabía que su suegra acababa de lanzarse en un ataque directo contra ella, así que su bisabuela la había dejado descolocada por completo.

—Katja Michaelis —se presentó con cierta tirantez—. Robert me ha hablado de usted.

—Espero que le haya hablado bien. A mi edad ya no puede una permitirse tener mala fama.

Aunque la sonrisa de Hanna se ensanchó, Melanie vio con claridad que estaba muy tensa. Cuando hacía un pequeño chiste solía reír; esta vez, en cambio, se quedó mirando a Katja de hito en hito.

Por desgracia, el desconcierto de su suegra no duró mucho y volvió a dirigir su mirada hacia Melanie como un toro que se lanza al capote del torero.

—Bueno, ¿y cuándo piensas dejarte ver por el hospital?

—Pronto —prometió Melanie, y miró a su madre en busca de ayuda.

La conversación podía descontrolarse en cualquier momento. Katja no permitiría que ni Elena ni Hanna le impidieran expresar sus reproches.

—Pronto... —repitió con burla—. Pronto se te ocurrirá también cancelar el compromiso. Y quizá sería lo mejor, porque a fin de cuentas nadie puede exigirte que sigas con un hombre que está en coma. Sería demasiado pedir.

Melanie quedó conmocionada. Jamás se le habría ocurrido romper con Robert.

—¡Yo no quiero cancelar el compromiso! —replicó, y se enfadó al ver que su voz sonaba desamparada, pero se enfadó muchísimo más con Katja. Se le saltaron las lágrimas y las palabras se le quedaron atascadas con un nudo en la garganta—. ¿Cómo se te ocurre pensar algo así?

—Katja, tal vez sería mejor que te marcharas —intervino Elena con frialdad—. Aquí nadie quiere cancelar nada, y mi hija pronto volverá a visitar a Robert, pero de momento no puede ser. Ya hemos hablado de ello.

Sin embargo, esas palabras no hicieron entrar a Katja en razón. Sus ojos refulgían de agresividad.

—Puedes pensártelo —siguió diciendo, como si las palabras de Elena no hubieran existido—. Seguro que querrás volver a viajar por ahí, y no estar atada a la cama de un lisiado, ¿tengo razón? Déjalo plantado, así no tendrás que seguir haciéndote esto y podrás continuar con tu vida mientras él sigue en coma, tal vez para siempre.

—¡Ahora sí que tiene que cerrar la boca! —se entrometió Hanna. En ese momento, ni su voz ni su aspecto parecían los de una mujer de más de noventa años. La ira tensaba su cuerpo, y de repente parecía mucho más alta de lo que era—. Mi bisnieta no ha olvidado ni mucho menos que su prometido está en una cama de hospital, y sin duda volverá a cumplir con sus obligaciones e irá a visitarlo. ¡Este es su primer descanso desde hace meses! Tal vez debería tomar usted ejemplo de ella.

—Es mi hijo el que está en esa cama y...

Hanna la mandó callar con un gesto imperioso de la mano. Entonces señaló a Melanie.

—¿Acaso ha visto usted cómo se deshace en lágrimas por su hijo todas las noches? ¿Se ha dado cuenta de lo mucho que ha cambiado? Melanie ya no puede más, y aunque ahora me argumente que usted sí es capaz de soportar esa carga, no puede esperar que ella la sobrelleve igual de bien.

—¡Pero yo soy mayor que ella! —objetó Katja.

—Puede que sí, pero esto no tiene nada que ver con la edad. ¿De veras pretende que estas terribles circunstancias acaben hundiendo a mi bisnieta?

—¿Circunstancias?

—Sí, ¿qué otra cosa son? —vociferó Hanna. Tenía el rostro blanco como la pared—. Circunstancias, desgracias.

¡Da lo mismo como quiera llamarlo! ¡Si a Melanie le ocurre algo, ya no podrá ofrecerle a su hijo ningún tipo de ayuda! ¡Además, tampoco creo que a él le pareciera correcto que ella acabara enferma!

La boca de Katja se abrió de golpe, pero no dijo ni una sola palabra. Melanie nunca la había visto quedarse sin habla de ese modo.

—¡Eso por no hablar de que es una desfachatez inaudita por su parte insinuarle que rompa el compromiso! ¿Acaso la suerte que ha corrido su hijo la ha vuelto tan insensible y cruel? Dios sabe que Melanie no tiene ninguna culpa de que él esté como está. Y nada de lo que hagan ni ella ni usted conseguirá que su hijo despierte. De un coma solo puede salir uno mismo, créame que sé de lo que hablo.

Hanna, temblando de la cabeza a los pies, fulminó a Katja con la mirada. La madre de Robert se había quedado pálida y en sus ojos brillaban lágrimas.

—Abuela, por favor... —suplicó Elena, preocupada, pero Hanna no había terminado aún.

—¡Y, antes de que me malinterprete, aquí nadie está negando que sea usted buena madre! —prosiguió, todavía con severidad, pero algo más conciliadora—. Está esforzándose mucho y, como madre, sé lo que debe de sentir. Pero, aun así, no dude de Melanie. Ella ama a su hijo y no se ha tomado estos días en mi casa por diversión. Solo quiere descansar un poco para recuperar fuerzas. ¡Así que, la próxima vez, piense mejor lo que va a decir antes de herir a los demás de esta forma!

Las dos mujeres estuvieron mirándose casi un minuto. A Hanna le costaba respirar. Todavía estaba temblando, y a esas alturas también se había quedado del todo blanca.

En los ojos de Katja brillaban las lágrimas, pero seguía sin decir nada. En lugar de eso, dio media vuelta y salió disparada de la tienda, acompañada por el sonido de la campanilla.

—*Grand-mère,* ¿te encuentras bien?

La pregunta de Melanie rompió el agobiante silencio que había seguido a la salida de Katja. A Hanna todavía le costaba trabajo respirar. Su mirada estaba fija en la puerta y parecía extrañamente absorta. La mano que sostenía el bastón le temblaba.

La preocupación explotó como una bola de fuego en el estómago de Melanie.

—*Grand-mère?* —preguntó con miedo, y asió a su bisabuela del brazo.

—Estoy bien, cielo —dijo Hanna entonces, y le acarició los dedos con la mano libre—. No estoy acostumbrada a exaltarme tanto. La última vez que grité así debió de ser hace por lo menos treinta años. En aquel entonces le leí la cartilla a un funcionario del Partido vietnamita que quería interrumpir el suministro de tela para mi fábrica. —Se volvió hacia Elena—. Me alegro de que mi hija te haya criado bien y que no seas como esa mujer.

—Katja está preocupada por Robert. También la he visto comportarse correctamente.

—Sí, pero en tiempos de necesidad es cuando la gente muestra su auténtico rostro. ¿Sabías que iba a venir?

—No —contestó Elena—, si lo hubiera sabido os habría animado a que dierais una vuelta más a la manzana. Soy muy consciente de lo que piensa de los días de descanso de Melanie.

Esta se tiró de las mangas, cohibida. Aquella batalla tendría que haberla librado ella, pero al ver a Katja y oír sus palabras se había quedado petrificada. De nuevo la asaltaban las dudas. ¿De verdad estaba haciendo suficiente por Robert?

—Ven, cariño —dijo Elena, y le pasó un brazo por los hombros—. Primero iremos a comer algo. Aquí cerca hay un local vietnamita que tiene unos rollitos deliciosos.

18

Tras la publicación de la fotografía en *Modenschau* todo cambió para mí. Era como si me hubiera montado en un tiovivo que giraba cada vez más deprisa.

Durante una temporada seguí trabajando y viviendo en la sala de baile, claro está, pero las llamadas de Henning Vilnius se fueron haciendo más frecuentes. Los modistos se morían por tenerme de modelo para las fotografías de sus creaciones, lo cual yo no acababa de comprender, porque a mí las mujeres alemanas, con su pelo claro y sus ojos azules, me parecían mucho más guapas que yo.

—¡Ay, pero qué estás diciendo! —exclamó Henning en una sesión de fotos cuando le pregunté por qué me querían precisamente a mí—. Aquí las melenas rubias y los ojos azules se ven por todas partes. Estate segura de que los modistos ya están hartos de eso. En cambio, tú eres exótica, y eso les gusta. Y a los lectores también. Por algo les quitan el *Modenschau* de las manos a los vendedores. Te juro que hace poco vi a un par de chicas con los ojos maquillados a la asiática. ¡Les estás haciendo perder la cabeza, Hanna, tesoro!

Aquello parecía ser cierto. Muchos de los clientes de la sala de baile me reconocían tras el mostrador y, tal como había presagiado Ella, tuve que soportar una avalancha de preguntas. Muchas mujeres se extrañaban de que siguiera en el guardarropa. Yo les decía que el trabajo me divertía y que no podía vivir solo de posar como modelo.

Sin embargo, el dinero que conseguía por las fotos era cada vez más, y estaba segura de que al cabo de poco tendría suficiente para comprar un pasaje de barco a Indochina.

Solo que... ¿me seguía queriendo ir?

Ese pensamiento me avergonzaba muchísimo, pero con el paso del tiempo me sentía cada vez más unida a Laurent y temía perderlo. Desde luego que quería descubrir qué le había ocurrido a Thanh. Se lo debía. Pero también me preguntaba si ella no se alegraría de que hubiera encontrado tanta felicidad, y si no me permitiría disfrutar de ella..., aunque con eso tardáramos un poco más en volver a vernos. Una y otra vez me repetía que Thanh hubiera deseado que fuera feliz, y con ese pensamiento tranquilizaba un poco mi mala conciencia.

La señora Kühnemann, por el contrario, no estaba tan contenta de mi éxito junto al fotógrafo de moda. En cuanto el asunto empezó a crecer, me llamó a su despacho.

—Seguro que no tengo que decirle que no hay negocio menos serio que posar para las fotografías de las revistas de moda —empezó con su perorata después de tomar asiento tras el escritorio.

Me quedé atónita. Era ella la que había dejado a la ciudad sin aliento con el Baile de la Corbata y había abierto sus puertas a mujeres de todas las edades sin acompañante. ¿Cómo podía, precisamente ella, encontrar poco serio aparecer en una revista de moda que recomendaba nuevos diseños a las mujeres?

—No veo con buenos ojos que mis empleadas salgan por ahí a ver lo que pillan. Casi siempre acaban despistándose y en algún momento su trabajo se resiente. —Me miró con severidad.

Yo sentía el corazón en la garganta. ¿Se había resentido mi rendimiento en el guardarropa? ¿Se le había quejado alguien? No creía a Ella capaz de haber dicho nada, pero ¿y alguno de los clientes?

—Le prometo, señora Kühnemann, que no desatenderé mi trabajo —dije con timidez—. No ha sido algo planeado...

—... pero la revista le ha tomado el gusto —dijo Claire Kühnemann terminando mi frase. Luego volvió a ponerse de pie y empezó a recorrer su despacho—. Y, tal como es esa gente de las revistas, querrán más. Tenga mucho cuidado de no acabar aplastada por sus exigencias, muchacha. A fin de cuentas, *Modenschau* no es más que prensa amarilla.

Me pregunté si habría tenido alguna mala experiencia con revistas. ¿Por qué estaba tan furiosa con los periodistas?

—Cuando murió mi marido, Dios lo tenga en su gloria, se abalanzaron sobre mí. Una mujer joven que se había casado con un empresario treinta años mayor que ella... Me arrollaron con sus especulaciones y al final llegaron a la conclusión unánime de que seguramente solo había ido detrás del dinero de August Kühnemann. Pasaron por alto que yo amaba a August y que la diferencia de edad para mí no tenía ninguna importancia. Pero a ver quién se lo decía a esos perros de presa.

Miró un rato por la ventana. Yo estaba segura de que estaba recordando a su marido, y me sentí un poco incómoda por conocer ese detalle tan íntimo de su vida.

—De modo que ándese con cuidado y piense que en mi casa siempre encontrará un puerto seguro. La prensa amarilla es caprichosa: un día la ensalzan a una por todo lo alto y al siguiente la hacen caer. —Entonces se volvió de nuevo hacia mí y cruzó los brazos en el pecho—. Está bien. Mientras su trabajo aquí no se resienta por esas fotografías, lo toleraré. Pero espero que no se deje llevar por la arrogancia, y pídales a los clientes que se moderen si exageran con sus muestras de admiración.

Asentí. Habría podido alegar que mi fama atraería a más clientela aún a la sala de baile, pero por desgracia no se me ocurrió hasta un momento después. Más adelante, sin embargo, me alegré de haber tenido la boca cerrada, porque seguro que la señora Kühnemann lo habría considerado arrogante por mi parte.

—Bueno, ¿te ha tirado de las orejas? —preguntó con curiosidad Ella, que por supuesto se había enterado de que la jefa quería hablar conmigo.

—Me ha aconsejado que no deje que mi trabajo se resienta por las fotografías —respondí con seriedad mientras me abrochaba las hebillas de los zapatos—. Y que no sea arrogante.

Mi amiga resopló.

—Está claro que no le gusta ver que ahora tiene competencia.

—¿Competencia? —¿Cómo iba a ser yo competencia para la señora Kühnemann?

—Al fin y al cabo, hasta ahora todo Berlín hablaba de ella, de la viuda alegre que organiza bailes desvergonzados. Y de repente la gente viene a la sala de baile para admirar a la estrella naciente del firmamento de la moda. —Sonrió de oreja a oreja y luego me enseñó el periódico de la tarde.

«La estrella naciente del firmamento de la moda», titulaba la publicación *B. Z. am Mittag*. La imagen que se veía debajo era del estudio de Henning Vilnius. Cuando leí el nombre del reportero lo comprendí todo. Se trataba de un amigo de Henning que nos había hecho una visita durante una sesión fotográfica. Se había pasado todo el tiempo allí sentado, observándome. Eso me intimidó tanto que Henning incluso levantó la voz, porque no seguía sus instrucciones tal como él esperaba.

Seguramente su amigo le había pedido una de las fotografías y había decidido publicarla. Y como el reportero especificaba en su artículo dónde trabajaba la «estrella naciente», todo el mundo sabía ya dónde encontrarme. Y por mucho que no llevara puesta una cinta de pelo con pluma, sin duda me reconocerían.

—Será mejor que cierres la boca o acabarás tragándote un buen moscardón —me dijo Ella medio en broma mientras dejaba la publicación a mi lado, en el tocador.

—No sabía nada de ese artículo —repuse, descolocada—, pero no puede considerar esto como competencia. Al contrario, debería alegrarse de que venga tanta gente a la sala de baile.

—Sí, pero arriba, en la sala, solo hablarán de ti. A mí también me disgustaría.

Ella me guiñó un ojo, se levantó y, cuando yo hice lo propio, me dio una palmada en el trasero. La seguí algo estupefacta, pero me propuse ser reservada cuando la gente hiciera preguntas. Como no estaba acostumbrada a tener suerte, temía que mi buena racha pudiera acabarse enseguida..., y eso sí que no lo quería de ninguna manera, porque todavía necesitaba más dinero y no me apetecía perder el empleo en la sala de baile.

Esa noche sucedió lo que tenía que suceder. Los clientes de nuestro Baile Popular me miraron llenos de curiosidad y, por desgracia, solo algunos fueron lo bastante tímidos como para no decir nada. No solo nos llovieron abrigos, sino también preguntas: que de dónde era yo, que cómo me había descubierto Henning Vilnius... Yo intentaba contestar con parquedad, pero la gente siempre quería saber más. Como eran clientes que habían pagado su entrada, Ella tampoco podía echarlos de allí. Solo con los jóvenes que me preguntaban si quería salir con ellos reaccionaba hecha una furia antes de enviarlos a la Sala de los Espejos, donde había numerosas damas esperando a petimetres como ellos.

Al acabar la noche me sentía terriblemente agotada, pero más por las preguntas que por el trabajo en sí.

Arriba, en nuestra habitación, no hice más que tocar el colchón y ya estaba durmiendo.

Pese a todos mis esfuerzos por no llamar demasiado la atención, los clientes no hacían más que expresar su curiosidad, así que mi relación con la señora Kühnemann cada vez era más tirante. Por el contrario, el vínculo que me unía con Laurent se iba haciendo más y más intenso. Al principio quedábamos en secreto, casi siempre cuando las luces de la sala de baile ya se habían apagado. Nos encontrábamos a escondidas en el jardín, lo cual me recordaba un poco a mi infancia, cuando veía a Thanh entre los arbustos. Solo que aquello era muy diferente.

Con Laurent tenía largas conversaciones, y así llegué a saber que sus padres vivían cerca de París. No conseguí abrirme a él y hablarle de los tratantes de mujeres ni de la Casa Roja, pero sí le conté cosas de mi padre, de Saigón y de mi familia. A Thanh no la mencioné.

Laurent era muy comprensivo y, por suerte, no me presionaba.

—Cuéntame lo que quieras sobre ti —me dijo también esa noche, dos días después de la aparición del artículo en *B. Z.*, mientras me retiraba el pelo hacia atrás y me acariciaba la mejilla con delicadeza.

En ese momento sentí con claridad lo mucho que deseaba besarlo. Hasta entonces nuestra relación había sido puramente platónica. Aunque nuestros cuerpos estuvieran muy cerca, él nunca había intentado pasar esa frontera. A menudo me miraba lleno de esperanza, pero no mostraba decepción si no le daba lo que él tanto debía de anhelar. Esa noche, sin embargo, bajo un cielo con una luna dorada cuyos bordes relucían todavía de un rojizo crepuscular, fue diferente.

—¿Has leído el artículo? —le pregunté, nerviosa, porque en realidad no sabía de qué hablar. Esos últimos días lo había echado muchísimo en falta y en ese instante nada me habría gustado más que callar y limitarme a contemplar las estrellas junto a él.

—Por supuesto que lo he leído. ¿Es que... hay algo que no te haya gustado de él? —Laurent parecía tan cohibido y nervioso como yo.

—No, está muy bien, pero la señora Kühnemann me llamó para hablar de ello.

Laurent soltó una risa.

—Ah, ¿conque le desagrada no ser la única sensación de la sala de baile?

—No, no es eso... —repuse, y me extrañó que dijera lo mismo que Ella—. Creo que está preocupada por mí.

—Sí, no quiere perder a una buena chica de guardarropa. Siempre contrata a jóvenes guapas y luego se extraña de que los clientes les echen el ojo. Menos mal que la dulce Ella le es leal.

—No puedo comprender que no haya encontrado a un hombre —comenté, pensativa.

—Seguro que es demasiado exigente. O los asusta con su seguridad. Si Ella fuera un hombre, amedrentaría hasta al potentado más influyente.

—Pues a mí nunca me ha dado la impresión de que sea descarada. Atiende a los clientes con mucha amabilidad y también es buena conmigo.

—¡Más le vale! —amenazó Laurent en broma—. No es lo que dice, sino la forma de decirlo. Habla en voz alta y sin tapujos, y su carácter tiene algo que espanta al sexo masculino. Seguro que gracias a eso le irá muy bien en la vida, pero tendrá que encontrar a un caballero que lleve bien su fortaleza. A muchos no les hace demasiada gracia.

Fortaleza, esa era la palabra adecuada. Ella era muy fuerte. Y tal vez Laurent acertaba con su apreciación.

—¿No podría Henning fotografiarla a ella también? Así, quizá tendría suerte con algún hombre.

—¡Imposible! —rio Laurent—. Esos dos se tirarían de los pelos a la primera de cambio. Henning es mi amigo, y conozco a Ella desde hace tiempo. Créeme, dejarlos a los dos en la misma sala provocaría una explosión.

Me miró a los ojos y luego preguntó:

—Entonces, ¿quieres seguir posando? Podría entender que estuvieras cansada. También eres fuerte, pero de una forma más delicada. Además, una belleza como tú no se encuentra todos los días.

—Sí que me gustaría —contesté, y me recliné contra él—. Aunque también me pregunto adónde me llevará todo esto. En cierta forma es como si mi vida volviera a quedar patas arriba.

—Pero eso es bueno, ¿no? —preguntó Laurent sonriendo—. Algunas personas viven setenta años o más en este mundo sin que su vida cambie en lo fundamental. Y tú, con lo joven que eres, has vivido ya más que muchos otros. Estoy seguro de que un día llegarás a ser alguien importante, Hanna. —Me apartó un mechón de pelo de la frente y me acarició la mejilla.

Nos miramos durante varios segundos y tuve la sensación de hundirme en sus ojos. Por mí, el mundo podría haberse detenido en ese preciso instante.

—¿Sabes qué me pregunto desde hace un tiempo? —dijo con delicadeza, mientras me rodeaba con sus brazos.

Yo no me resistí. Mi cuerpo no sentía ningún rechazo hacia él. Al contrario, descubría cosas que nunca había experimentado.

—Cuéntame —le pedí, pues no tenía ni idea.

—Me pregunto cuándo podré besarte al fin.

Su rostro estaba tan cerca del mío que podía oler su piel y su loción para después del afeitado. Tal vez fueran solo imaginaciones mías, pero en ese momento creí percibir el aroma del jazmín. Y entonces sucedió, sin que yo tuviera que darle ninguna respuesta. Mis labios se encontraron con los suyos y se fundieron en un beso cálido y lleno de deseo. Su lengua me rozó el labio superior y se abrió camino para explorar el interior de mi boca. Al principio solo le dejé hacer, pero después me aventuré yo también y correspondí a su beso con tanta avidez como si fuera lo único que me mantuviera con vida.

Unos minutos después nos detuvimos y, aunque nos costó, separamos nuestras bocas. Laurent me miró con sorpresa.

—Jamás habría esperado que supieras besar así —susurró, impresionado.

—¿Quieres decir que nunca habías conocido a una mujer que supiera besar así?

—Empiezo a preguntarme si las mujeres a las que he conocido hasta ahora han llegado a besarme de verdad.

Laurent se inclinó hacia delante y volvimos a besarnos y a dejar que nuestras manos recorrieran el cuerpo del otro bajo la ropa. Noté sus músculos, su espalda, su nuca... Y entonces una palpitación anhelante se despertó en mi pubis, en aquella parte íntima que tantos hombres habían penetrado antes, mientras yo sentía repugnancia, y en la que ahora, de repente, deseaba tener a Laurent. Sí, de pronto lo ansiaba con todas mis fuerzas, lo quería dentro de mí en aquel mismo instante.

Sin embargo, también tenía la certeza de que él no llegaría tan lejos. Al menos, no esa noche.

Me abrazó y, así, calmó mi deseo. Juntos contemplamos la luna y las estrellas, en silencio, pero unidos por nuestras almas. Creí sentir los latidos de su corazón contra mi espalda y esperé que él sintiera los míos, ya que había puesto las manos sobre mi vientre, con pudor, sin intentar nada. No sé cuánto debimos de estar así, reclinados uno contra el otro.

—Debo irme ya —dijo entonces—. Y mañana tú tienes que estar otra vez fresca y alegre.

Miré su reloj. Ya eran las tres menos cuarto. Me habría gustado impedirle que se marchara, pero no era posible. No había ningún lugar al que pudiera llevarlo, y seguro que Ella se asustaría si por la mañana no me encontraba en mi cama. De modo que volvimos a besarnos y nos despedimos. Estaba convencida de que esa noche su deseo ardía tanto como el mío.

Los encuentros furtivos con Laurent acabaron convirtiéndose en citas fijas, casi siempre durante el día, cuando yo quedaba libre. Al principio resultó muy difícil esquivar a Ella, porque estaba acostumbrada a que pasáramos juntas todas las horas de ocio. Siempre tenía que buscarme excusas nuevas, lo cual cada vez resultaba más complicado.

—Si te estás viendo con algún tipo puedes decírmelo tranquilamente —me soltó una noche en el guardarropa, cuando los clientes ya estaban arriba y pudimos relajarnos un poco.

Me puse roja como un tomate.

—¿Cómo se te ocurre eso? —pregunté, desprevenida.

—Estoy convencida de que por ahí hay un hombre, porque ya nunca tienes tiempo para mí —repuso mientras contemplaba la escalera con ojos soñadores—. Pero no me importa. ¡De verdad! Me alegro por ti.

Por su tono de voz supuse que le habría encantado saber quién era él, pero no me dejé arrastrar en esa dirección. Todavía tenía muy presente la advertencia de la señora Kühnemann sobre Laurent de Vallière y no sabía cómo reaccionaría si se enteraba de que salía con él. Aunque, ¿sería Ella capaz de delatarme?

Durante un par de días estuve debatiéndome conmigo misma sobre si contárselo o no. Hasta que, una noche en que ya nos estábamos preparando para acostarnos, le pregunté:

—Ella, ¿puedes guardarme un secreto?

Mi amiga me miró sorprendida.

—¿No estarás...?

No sabía en qué estaba pensado, pero había aprendido que, cuando empezaba esa clase de preguntas, era mejor decir primero que no.

—No, no es lo que piensas. Bueno, ¿guardarás silencio?

—¡Seré una tumba! —Ella levantó una mano y estiró dos dedos.

—El hombre con el que me veo... es Laurent de Vallière.

Un instante después casi lamenté haberlo confesado, porque Ella, medio aturdida, se dejó caer en el borde de la cama. El somier rechinó como siempre, quizá algo más esta vez.

—¿Laurent? —preguntó, y en sus ojos pude ver cómo se quebraba una esperanza.

—Sí, Laurent. Seguro que te has fijado en que últimamente se deja ver muy poco por aquí, y que, cuando viene, lo hace sin compañía.

Mi amiga asintió.

—Sí, pero creía que iba a otro local.

—No, no va a ninguna parte —repuse muy orgullosa, pero también con cierto miedo ante su reacción—. Se encuentra conmigo. Lo de las otras mujeres se acabó.

—¿Estás segura? —La mirada de Ella se tiñó de inquietud—. Laurent de Vallière no es abeja de una sola flor.

—¿Abeja? —me extrañé. Esa descripción no encajaba para nada con un hombre alto y esbelto.

—Ya sabes lo que quiero decir. —Me tomó de la mano—. Prométeme que tendrás mucho cuidado con él. No dejes que ese tipo se aproveche de ti, ¿me entiendes? A menos que te haga cruzar el umbral de su casa como su esposa.

—Te lo prometo —contesté—. ¿No estás enfadada conmigo?

—No, ¿por qué? Has encontrado a un admirador, ¡por fin!

—¿Y qué me dices de ti?

Ella me soltó e hizo un gesto para quitarle importancia.

—Por mí no te preocupes. Ya encontraré a alguien. Sí, reconozco que le había echado el ojo a Laurent, pero hemos tenido tiempo de sobra para estrechar nuestra relación y hasta ahora no ha sucedido nada. A partir de ahora tampoco sucederá, ya me he hecho a la idea.

Las semanas siguientes apenas tuve tiempo para respirar. Después de las sesiones fotográficas, que realizaba en mi tiempo libre, regresaba corriendo a la sala de baile y trabajaba hasta entrada la noche para, tras dormir unas horas, levantarme por la mañana y dirigirme enseguida de nuevo al estudio fotográfico. Apenas me quedaba tiempo para Ella. Ni siquiera después de trabajar, porque en cuanto nos metíamos en la cama yo me quedaba dormida como un tronco.

Fue una época muy bonita, pero también agotadora. Incluso Laurent, a quien veía de vez en cuando antes de ir al estudio de Henning, se dio cuenta.

—¿Qué te parecería dejar tu empleo en la sala de baile y seguir solo como modelo? —me preguntó un día que estábamos paseando.

Era domingo y yo me había cosido un vestido para la ocasión. Como Ella estaba un poco envidiosa, le había prometido coserle uno a ella también. No rechazó mi oferta, ya que esos días había empezado a salir con uno de los gigolós. No el pesado de Tim, sino Antonio, un italiano al que la señora Kühnemann había contratado una semana antes. Cuando me enteré, no pude evitar pensar en las palabras que había dicho Laurent sobre mi amiga, y esperé que ese Antonio fuese fuerte y comprensivo, lo bastante para que la seguridad de Ella no lo espantara.

—¿Que deje el empleo en la sala de baile? —repetí, asombrada.

—Hace poco he hablado con Henning y cree que podría encontrarte más trabajo. Me ha dicho que con eso podrías ganarte la vida tan bien como para dejar lo otro.

Recordé lo que me dijo Ella el día que empecé a trabajar para la señora Kühnemann: que mi antecesora había dejado su puesto por culpa de un hombre.

—Hanna —insistió él, y me tomó de la mano al ver que yo no contestaba—, ¡piénsalo! Ahora vas corriendo de un sitio a otro y, por las mañanas, cuando te presentas en el estudio de Henning, a veces se te ve muy cansada. No es que eso sea un menoscabo para tu belleza, pero no me gustaría que te agotaras. La señora Kühnemann encontrará a otra chica de guardarropa, Berlín está a reventar de jóvenes a quienes les encantaría ocupar un puesto así. A ti ya no te hace falta. Cuando entres en una sala de baile, deberías hacerlo a mi lado, con un vestido maravilloso, para bailar. Puedes permitírtelo, créeme.

Eso no lo dudaba.

—¿Y dónde viviría entonces? —pregunté, lo cual en realidad no era un reparo, ya que tenía suficiente dinero para pagarme mi propio apartamento.

—Ven, te lo enseñaré. —Laurent me apretó la mano.

Nos subimos a un taxi que nos llevó hasta una casa preciosa con fachada de estuco blanco. En las ventanas se reflejaba el cielo, y frente al edificio crecían unos árboles esplendorosos que en esos momentos se disponían a perder sus hojas.

—¿Qué me dices? —preguntó Laurent cuando estuvimos ante la puerta.

—¿Quieres decir que debería vivir aquí?

La casa me parecía gigantesca, era aún mayor que en la que había vivido cuando yo era pequeña. Allí se podía alojar una familia entera, con abuelos, tíos y primos incluidos.

—¡Los dos deberíamos vivir aquí! —repuso él.

Lo miré, desconcertada.

—¿Los dos?

—Sí, tú y yo. Ya va siendo hora de que deje mi piso de soltero de Torstrasse. Henning es un buen casero, pero irrumpe en mis habitaciones cuando le da la gana y, por lo menos cuando estoy contigo, no quiero que nadie nos moleste. Además... —Me miró—. ¿No te imaginas viviendo conmigo en una casa? Podríamos repartirnos las habitaciones y vernos todos los días. Yo te acompañaría a tus sesiones de fotos y me ocuparía de ti.

Su proposición me sorprendió muchísimo. Y aunque todo mi cuerpo se moría por decir que sí, había un millar de pequeñas voces que querían convencerme de que no era buena idea.

—¿No será indecente que vivamos juntos? —pregunté—. No olvides que no estamos casados. La gente...

Me hizo callar con un beso.

—Lo que diga la gente me da igual. Yo quiero verte todos los días, Hanna. Quiero estar siempre a tu lado.

Tras decir esas palabras, se sacó una cajita del bolsillo, la abrió y se arrodilló ante mí. El destello de un pequeño brillante me deslumbró.

—¿Quieres ser mi esposa?

Lo miré sin salir de mi asombro. Las cosas entre nosotros iban muy bien, y yo no podía imaginar compartir mi vida con ningún otro. Aun así, la petición me pilló por sorpresa.

—¡Sí! —exclamé sin pensarlo. El corazón me estallaba de alegría—. ¡Sí, claro que quiero!

De pronto, la chiquilla asustada ante la idea de casarse desapareció; en ese momento no sentía nada más que felicidad.

—Pero sabes que los matrimonios viven juntos en una misma casa, ¿verdad? —me preguntó después de ponerme el anillo en el dedo.

—Sí, lo sé —respondí, y lo besé.

Y así llegó el día en que dejé mi trabajo en la sala de baile y tuve que explicarle a Ella que me iba a casar.

—Ya sabía yo que un día te marcharías —dijo con tristeza, aunque luego me abrazó. Un par de lágrimas cayeron en mi hombro—. Pero me alegro mucho por ti. Has domado al león salvaje, Hanna. ¡Imagínate! —Me miró con ojos llorosos—. Todas las mujeres de Berlín te odiarán, créeme.

—Pero tú no —repuse—, ¿verdad?

—No, yo no. —Levantó el rostro—. Pero ¿me prometes una cosa?

—¡Claro que sí! —exclamé, contenta de que no estuviera enfadada conmigo—. ¿Qué quieres?

—¡Déjame ser tu dama de honor, por favor! Hace mucho que vivimos juntas y también somos amigas, ¿o no?

—¡Por supuesto que lo somos! Y me encantaría que fueras mi dama de honor. Aquí no tengo a nadie más que a Laurent y a ti.

La abracé con fuerza y también a mí me cayeron algunas lágrimas. ¡Todavía no podía creer la suerte que había tenido! ¡Después de todo por lo que había pasado! ¡Ojalá Thanh hubiese podido compartir ese momento!

La reacción de Claire Kühnemann cuando me presenté en su despacho y le comuniqué que pronto dejaría la sala de baile fue cualquier cosa menos alegre. Estuve tentada de hablarle de mi compromiso matrimonial, pero eso me hizo recordar sus palabras al respecto. Así que, en lugar de eso, justifiqué mi marcha con mis contratos para diferentes casas de moda, entre otras Chanel, que había abierto una *boutique* en Londres hacía poco.

—Mentiría si dijera que no lo veía venir —repuso con voz gélida—. Hasta las jóvenes más tímidas pierden la cabeza tarde o temprano..., ya sea por culpa de un hombre o por un fotógrafo que les promete el mundo entero.

Su mirada recayó en mi mano. Aunque yo no tuviera pensado decirle nada de mi compromiso, el anillo de mi dedo lo hizo por mí.

—Veo que también es oportuno felicitarla —comentó, adusta—. ¿Quién es el afortunado?

Miré mi mano, cohibida.

—Laurent de Vallière.

La señora Kühnemann resopló con burla.

—¿Está segura? Nadie en Berlín cree que a ese se le pueda echar el lazo. ¿Le ha hecho la proposición delante de testigos?

No, no lo había hecho, pero yo estaba convencida de que eso no cambiaba en nada su intención. En ese momento empecé a odiar un poco a la señora Kühnemann. Por supuesto que podía enfadarse porque me marchaba..., pero ¿tenía que tirar por los suelos la relación entre Laurent y yo? ¿Qué le había hecho él para que le cayera tan mal?

—Nos casaremos. —Luché por no perder el dominio de mí misma. Me habría gustado gritarle a la cara que no era cosa suya opinar sobre mi prometido, pero no quería deshonrar a mi madre comportándome como una irrespetuosa—. Y, cuando llegue el momento, será para mí un placer invitarla, señora Kühnemann.

Ni se inmutó. Su mirada seguía fulminándome con rabia.

—Bueno, es su vida —dijo al final, antes de levantarse—. Soy la última que no le desearía a cualquiera toda la suerte del mundo. Al mismo tiempo, sin embargo, me decepciona, ya que había esperado que trabajara usted para mí una temporada más. Ahora mismo le pagaré el sueldo de los últimos días, después puede recoger sus cosas.

Tras decir eso, se acercó a un cuadro en el que se veía a una chica con un cesto de manzanas. Lo descolgó y, detrás, apareció una caja fuerte. Sacó un par de billetes de dentro, luego volvió a colocarlo todo en su lugar y buscó un sobre en un cajón de su escritorio.

—Tome, esto es para usted —dijo con voz gélida—. Espero por su bien que *monsieur* De Vallière cumpla su promesa. En caso contrario, puede volver a llamar a mi puerta cuando quiera.

—Es muy amable por su parte —repuse conteniendo mi ira—. Y yo mantendré mi promesa de invitarla a la boda. Si acepta o no, dejo que lo decida usted, pero a mí me alegraría mucho que viniera. Y le agradezco todo lo que ha hecho por mí. Si puedo, algún día se lo devolveré.

Por un momento creí que su expresión se suavizaba, pero estaba equivocada.

—Le deseo lo mejor, señorita Nhài —dijo, y se volvió de nuevo hacia su escritorio.

Salí del despacho sin hacer ruido y subí una última vez a la habitación de Ella para recoger mis cosas.

Como nuestra casa todavía no estaba amueblada, esa noche fui a dormir al piso de Laurent, que se alegró mucho de que hubiera dejado tan deprisa la sala de baile. Para celebrarlo, esa noche me llevó a un restaurante muy bonito. Me puse el vestido que me había enviado a mi habitación y con el que había bailado con él en el jardín.

Esa noche nos amamos por primera vez.

Henning no estaba. Había ido con alguna de sus modelos a bailar a una de las muchas salas que había en Berlín, así que no había peligro de que nos sorprendiera. Durante toda la velada sentí el nerviosismo de Laurent; también yo deseaba que sucediera esa noche.

Cuando entramos a su habitación, nos besamos y empezamos a quitarnos lentamente la ropa. Cómo anhelaba sentir su piel, el peso de su cuerpo y su miembro en mi pubis... Quería demostrar que lo que pensaba Claire Kühnemann era mentira y que él me pertenecía a mí y a nadie más.

Sin embargo, en algún momento me asaltaron las dudas. Laurent debía de pensar que yo era virgen. ¿Qué diría cuando notara que no era así? ¿Querría hablar conmigo? ¿O no sería importante para él?

Al sentir sus besos en mi cuello y en mis pechos, todo me dio igual. Lo único que quería era seguir experimentando, comprobar que lo que compartían un hombre y una mujer era diferente a lo que yo conocía de la Casa Roja.

Me hice un poco la torpe, ya que no quería que Laurent notara mi experiencia. Cuando por fin se introdujo en mí, dejé de pensar. Lo que en el burdel había sido una obligación se convirtió en una búsqueda de placer. En la Casa Roja a menudo había sentido dolor cuando los hombres me penetraban, pero Laurent me tomó con mucha suavidad, casi como si fuera lo más natural del mundo. Debió de darse cuenta de que ya tenía experiencia con hombres, por supuesto, pero en ese momento solo vi en su mirada deseo y avidez; ni extrañeza ni decepción, tampoco ira.

Se movió despacio sobre mí, me besó y esperó a que yo le indicara cuándo podía acelerar el ritmo.

Durante todo el tiempo que estuve en el burdel jamás tuve un orgasmo; siempre había intentado separar mi alma del resto de mi cuerpo para quitarme aquello de encima lo antes posible. Los hombres que se tumbaban sobre mí resollaban y gemían hasta que se aliviaban sin prestarme ninguna atención. Con Laurent fue diferente en todos los sentidos; ralentizaba la acción hasta detenerse y me acariciaba antes de continuar. Perdí la noción de la realidad y me abandoné por completo a él. Poco antes de vaciarse en mi interior, sentí una explosión dentro de mí y por fin pude comprender por qué la gente quería repetir aquella delicia cuantas más veces mejor. No tenía absolutamente nada que ver con lo que había vivido en la Casa Roja.

Al final nos quedamos tumbados el uno junto al otro, agotados. Yo había apoyado la cabeza en el pecho de Laurent y él me acariciaba la espalda.

Me sentía pesada y ligera a la vez, estaba contenta y al mismo tiempo temía que esa felicidad pudiera durar muy poco. De una cosa, no obstante, sí estaba segura: Laurent era mío, ya no cabía duda. No solo por el anillo, sino también por lo que acabábamos de hacer.

Aun así, me quedé un buen rato despierta, mirándome el anillo del dedo a la luz de la luna mientras él roncaba con suavidad a mi lado. Estaba contentísima, pero, cuanto más miraba ese anillo, más sentía que aún quedaban en mi interior sentimientos amargos que ni esa felicidad conseguiría tapar.

Si todo hubiera sido de otra manera, si los piratas no nos hubieran separado, tal vez mi dama de honor no sería Ella, sino Thanh. Quizá incluso habríamos recorrido juntas el camino por el que yo ahora avanzaba. Quizá habríamos podido llegar a ser lo que tanto deseábamos si aquellos tratantes de mujeres, si aquellos piratas nunca hubieran existido. Deseé con todo mi ser que Thanh hubiera encontrado la ocasión de liberarse y seguir su propio camino. Y en silencio le prometí que, pasase lo que pasase, la buscaría en cuanto mi vida al fin estuviera encarrilada. En cuanto consiguiera encontrar de una vez por todas la fuerza para relatarle a Laurent también la parte oscura de mi historia.

Durante la temporada que siguió, fuimos clientes asiduos de numerosos restaurantes y salas de baile de la ciudad. En invierno se celebraban veladas de lo más increíbles, con temática rusa, o de cuentos de hadas. Laurent me regaló para ellos unas pieles blancas y juró que con ellas puestas parecía una princesa. También mandó confeccionar nuevos vestidos de baile, de modo que los armarios de mi nuevo vestidor pronto estuvieron llenos a reventar.

Para entonces vivíamos ya en la bonita casa blanca con fachada de estuco y habitaciones espaciosas, y, aunque yo protesté en contra, tres veces por semana venía una chica de servicio que limpiaba y se ocupaba de hacer la colada.

En todos esos bailes, Laurent no dejaba pasar la ocasión de presentarme como su prometida, lo cual a mí me enorgullecía mucho y tiraba por el suelo las dudas de Claire Kühnemann.

Llegó un día en que decidimos hacer público nuestro compromiso ante toda la ciudad y al mismo tiempo anunciar la fecha de la boda, que sería en verano.

—Mis padres esperarán que vayamos a visitarlos —comentó Laurent, y al decirlo puso una cara como si fuera la tarea más fatigosa ante la que se había visto jamás.

—Me gustaría mucho conocerlos —repuse sin hacer caso de la reserva que vi en sus ojos.

Me alegraba de verdad conocer a las personas a quienes tenía que agradecer la existencia de ese hombre maravilloso.

El invierno de 1927 a 1928 extendió un manto de nieve sobre los tejados, y en el estudio de Henning hacía un frío horrible, por mucho que alimentara las estufas con carbón de coque. Ese día yo me estaba helando, pues llevaba un vestido finísimo, del que Henning opinaba que era el más hermoso que había visto ante su lente desde hacía mucho tiempo. Laurent estaba tan elegante con su traje que apenas me podía creer que fuera a casarme con él al cabo de unos meses. Dejamos que Henning hiciera con nosotros lo que quisiera y aguantamos inmóviles, con valentía y entereza, hasta que se dio por satisfecho.

—Le pasaré una de las fotografías a Paul. Así podrá comunicar la buena nueva a *B.Z.* —comentó Henning. Paul era el reportero que ya había escrito sobre mí una vez.

Unos días después apareció en *B.Z. am Mittag* el anuncio de nuestro compromiso junto a un artículo de Paul. Los dos sonreíamos a los lectores como si el mundo nos perteneciera. Yo estaba segura de que también Claire Kühnemann lo leería. Tal vez así vería que Laurent iba en serio conmigo y que ella se había equivocado.

Mi amiga Ella también se alegró mucho. Después de que yo dejara la sala de baile, había venido a visitarme un par de veces y se quedó asombrada al ver cómo vivía.

—Por esto, también yo me habría ido de la sala de baile —comentó mientras devoraba todo con los ojos.

—¿Ha encontrado ya la señora Kühnemann a alguien más?

—No, la última que se presentó al puesto duró solo un baile. La jefa no dejó de vigilarla toda la noche, por lo visto para asegurarse de que la pequeña no les pusiera ojitos a los hombres. Y lo cierto es que no lo hizo, pero con tanta vigilancia acabó hecha un manojo de nervios. Seguramente ha ido contando por ahí su fugaz experiencia en el guardarropa, porque, desde entonces, ya no se ha presentado ninguna más al puesto.

—Entonces, ¿todavía tienes que encargarte tú sola de todos los abrigos? —Por un instante regresó mi cargo de conciencia.

—Ya lo he hecho antes —dijo mi amiga encogiéndose de hombros.

Pocos días después de la publicación de nuestro anuncio, quedé con Ella en Kurfürstendamm con la intención de regalarle un vestido para la boda.

—Eres mi dama de honor —dije para rechazar sus reparos, porque le parecía muy caro—. Además, seguro que necesitas un vestido para impresionar a Antonio. Todavía estáis juntos, ¿verdad?

—Sí, estamos juntos —contestó Ella con un suspiro. Casi parecía compungida al decirlo—. Aunque todo eso de la fidelidad no se lo toma muy al pie de la letra. En la sala de baile, solo hace falta que cualquiera le ponga carita de buena para que él intente conquistarla.

—¡Pero es su profesión! —repuse yo.

—Su profesión es bailar con ellas, nada más. Una vez lo vi besando a una de esas mujeres. Después me dijo que era porque le había dado propina, pero yo le contesté que él no era un prostituto, obligado a hacer lo que fuera por dinero.

Intenté ocultar cómo me estremeció ese comentario.

—¿Y qué te contestó él? —pregunté mientras me esforzaba por no apartar la mirada del escaparate de una tienda de ropa de señora.

—Solo se rio y me prometió que no volvería a ocurrir. Pero estoy segura de que mentía. ¡Como lo pille otra vez haciéndolo, se le va a caer el pelo!

Entonces Ella miró también al escaparate y poco después su expresión se iluminó al señalar un vestido de crepé azul claro con cintura baja.

—Bueno, si tú crees que ese vestido es apropiado para una dama de honor, te lo aceptaría encantada.

Le sonreí y puse mi mano en el tirador de la puerta.

—Por supuesto que es apropiado. Venga, nos lo llevamos.

Más adelante, en la primavera de 1928, llegó el momento. Después de que Laurent se carteara durante una temporada con su madre, fuimos invitados al castillo de su familia.

—La verdad es que me deberías haber presentado hace tiempo —dije cuando me anunció la invitación—. Seguro que tus padres se enfadarán cuando se enteren de que hace mucho que estamos prometidos y de que la boda se celebrará dentro de solo tres meses.

—Mis padres siempre están enfadados por cualquier cosa que tenga que ver conmigo —contestó él sin darle importancia—. Me marché de París porque sabía que jamás estaría a la altura de las expectativas de mi padre. Él quería que me hiciera cargo de su empresa, pero yo prefería dedicarme al arte. Y mi madre se moría por emparejarme con alguna de las chicas que iban a los bailes de debutantes, aunque a mí no me gustaba ninguna. Ahora sé por qué. —Me posó un beso en la boca y me rodeó con sus brazos.

Yo estaba sentada en el sofá, cosiendo —a pesar de mis caros vestidos de gala, no quería que nada me impidiera coser—, y tuve que dejar la labor para no clavarme la aguja en el dedo.

—Pero ¿no les has escrito para decirles que vas a casarte conmigo?

—¡Claro que sí! Y, pasando por alto todos los reproches que me han echado encima, se alegran mucho de poder conocerte. Aunque su señor hijo haya cometido el gran error de no presentarte antes.

—¿Y si ahora no les gusto?

Laurent se echó a reír.

—¡Eso sería casi como que a alguien no le gustara el algodón de azúcar! ¡O el pastel! Créeme, les gustarás. A mí me criticarán hasta la saciedad y, si todo va bien, intentarán meterte en la cabeza que hagas de mí otra persona. Pero no sucederá nada más, ya verás.

Me decidí a creerlo.

Dos semanas después, sin embargo, cuando estábamos sentados en el tren, casi sentía que el corazón se me salía por la boca. ¿Qué opinarían los padres de Laurent? Eran *tây* auténticos, y aunque Laurent creyera que eran personas muy amables, yo no estaba segura de que les hiciera mucha gracia que su hijo se casara con una chica de Indochina. En Saigón, una unión así habría sido impensable..., por lo menos en las altas esferas, y Laurent pertenecía a ellas. Cuando se dio cuenta de que estaba intranquila, me tomó de la mano.

—No tengas miedo, que no te van a morder. Ya me encargaré yo de que no te hagan ninguna pregunta incómoda.

Me habría encantado creerlo, pero sabía cómo eran los padres. Por mucho que en Europa, en principio, cada cual pudiera elegir con quién se casaba, eso no quería decir que los padres no intentaran ejercer cierta influencia.

A mitad de trayecto, llegados a Colonia, nos hospedamos en un hotel con vistas al Rin. Me impresionaron mucho la catedral y los edificios del barrio adyacente, antiquísimos algunos de ellos. Laurent me habló de los arzobispos y de la época en que Napoleón conquistó Alemania y ocupó Colonia. Eso distrajo un poco mi atención.

Esa noche, aun así, no lograba conciliar el sueño. Cuando estuve segura de que Laurent dormía profundamente, me levanté de la cama y me acerqué a la ventana del hotel. Desde allí tenía una buena vista del río, que seguía su curso hacia el mar bajo la luz de la luna.

El Rin no tenía mucho en común con el Mekong. Me pareció encajonado entre las casas, no tenía tantos brazos y el agua, incluso de día, se veía de un gris sucio y no verdosa como la del río de mi hogar.

Sin embargo, tampoco el Mekong habría podido contestar al sinfín de preguntas temerosas que pasaban por mi cabeza. Al final comprendí que lo mejor era volver a la cama, así que me tumbé junto a Laurent y me acurruqué contra su ancha espalda.

A la mañana siguiente seguimos camino hacia París. Laurent no se cansaba de contarme cosas de su ciudad natal. La torre Eiffel, el Sena, los palacetes… Y Versalles, un suntuoso palacio que existía gracias a un monarca que se había otorgado a sí mismo la denominación de «Rey Sol».

Yo, por mi parte, le hablé de Saigón y, mientras le describía el Mekong, el barrio francés y los arrozales, sentí cómo iba ganando seguridad. Ya no tenía familia, al menos no allí, y tal vez la había perdido del todo por culpa de mi huida. Pero sí tenía una patria y, aunque estuviera a miles de kilómetros de distancia, todavía llevaba conmigo sus imágenes.

La propiedad de los padres de Laurent se encontraba a las afueras de París. Me quedé de piedra al verla. Las casas nobles del barrio berlinés de Charlottenburg palidecían en comparación con aquello. Aunque Laurent había hablado de un castillo, yo no había esperado que fuera tan espléndido, con tantas torrecillas, veletas doradas y ventanas altas en las que se reflejaba el sol.

—Es una auténtica maravilla —dije cuando el coche se detuvo en la rotonda, justo delante de los escalones de la entrada.

El chofer bajó y abrió la puerta del asiento trasero. Al apearme, la grava blanca crujió bajo mis pies. Levanté la vista hacia la torre principal, que se elevaba hacia el cielo como un guardián que cuidaba del castillo.

—Bueno, según se mire —repuso Laurent, que bajó también del coche y me tomó de la mano—. Por fuera es maravilloso, claro, pero no es un sitio en el que me sienta demasiado a gusto.

—¡Si es la casa de tus padres!

—Eso no quiere decir que sea acogedora. El castillo tiene muchos pasillos fríos y un sótano horripilante. En invierno hay partes que no se caldean, así que se convierte en algo parecido a una cámara frigorífica. —Debió de leerme la pregunta en la mirada, porque añadió—: Puede que mis padres sean ricos, pero no están dispuestos a dilapidar la mitad de su fortuna en unas salas que no utilizan. En realidad, el castillo es demasiado grande. Seguramente antes servía para dar cobijo a la gente que huía de las guerras, pero ya hace varios siglos que es de nuestra propiedad, e incluso dicen que uno de mis antepasados resistió aquí con éxito a la Revolución.

Oírle decir aquello me transmitió una buena sensación. También los padres de Laurent tenían sentido de la familia. Tal vez los franceses y los vietnamitas no fueran tan diferentes como yo creía.

—Después te lo enseñaré todo, pero ahora no hagamos esperar más a *maman*. —Laurent tiró de mí y empezamos a subir los escalones.

El vestíbulo de entrada del castillo estaba decorado con fastuosos cuadros y guirnaldas de flores hechas de estuco. El parqué brillaba tanto que casi podíamos vernos reflejados en él, pero me sorprendió el frío que hacía. Se me puso la piel de gallina en los brazos y lamenté no haber pensado en llevar una rebeca. Nuestros pasos resonaban con fuerza a medida que nos acercábamos a la escalinata, sobre la que colgaba el retrato de un hombre con una larga peluca gris.

Al cabo de un rato, cuando ya me había acostumbrado al estuco, los cuadros y los caros tapices, mi nerviosismo regresó. Llegados a la puerta del salón, habría querido dar media vuelta de lo cohibida que me sentía. Laurent me asió de la mano y repitió que no sucedería nada malo. Entonces entramos.

Los muebles de la sala parecían anticuados, varias piezas eran sin duda barrocas. Durante una visita a un museo de Berlín, Laurent me había explicado los estilos arquitectónicos europeos, así que era capaz de identificar bastante bien algunos edificios y piezas de mobiliario.

La madre de Laurent era una mujer esbelta, con una melena color avellana que llevaba recogida y formaba prolijas ondulaciones. Se había puesto un vestido de tarde que realzaba maravillosamente el color de sus ojos. Era por lo menos una cabeza más alta que yo, lo cual era muchísima altura, aun para una mujer europea. Podía mirar a su hijo a los ojos sin ningún problema, pues él la superaba solo por unos centímetros.

–*Bonjour, maman.* ¡Ya veo que estás deslumbrante!

Madeleine de Vallière abrazó a su hijo con una sonrisa cariñosa.

–¡Laurent, casi pensaba que no volvería a verte en persona! ¡Tienes muy buen aspecto, hijo mío!

–Es que me encuentro muy bien –repuso Laurent, y se apartó de ella.

Entonces la mirada de Madeleine recayó sobre mí y, aunque seguía sonriendo, algo pareció cambiar en su expresión. La sonrisa ya no alcanzaba a sus ojos. Su mirada se volvió fría y sus rasgos de pronto parecieron cincelados en piedra. Laurent no dio muestras de notarlo, se colocó tras de mí y puso las manos en mis hombros con delicadeza.

–Esta es Hanna, Hanna Nhài. Hanna, esta es mi madre, Madeleine de Vallière.

–Me alegro de conocerla –dijo la mujer, y me tendió una mano.

Su expresión no se hizo más cálida. Era evidente que Madeleine esperaba otra cosa. A otra persona. Claro que Laurent le había hablado de mí, pero, igual que aquella vez con Henning, seguramente había olvidado mencionar un detalle decisivo: que era vietnamita.

Correspondí a su sonrisa y le estreché la mano con cierta inseguridad.

–También yo me alegro de conocerla. Su hijo me ha hablado mucho de usted, *madame*.

Madeleine le lanzó una mirada breve y poco entusiasta a Laurent.

–Habla usted muy bien francés. Es de Indochina, ¿verdad?

–Sí, *madame* –contesté–. De Saigón.

–Por lo que tengo oído, debe de ser una ciudad preciosa. Exótica y... depravada.

Me quedé helada. ¿Acaso creía que su hijo había pescado a una chica de Cholon?

–No soy yo quién para juzgarlo, *madame,* hace ya casi dos años que vivo en Alemania.

–¿Es hija de un diplomático?

Dudé. En sentido estricto sí lo era.

–Mi padre trabajaba para la administración colonial y la corte imperial –respondí con la esperanza de que le bastara con eso. Pero me equivoqué.

–¿Trabajaba? –porfió Madeleine.

–Lo mataron durante un levantamiento.

–Qué lástima.

Se impuso un silencio incómodo.

–*Maman,* ¿por qué no nos sentamos un rato? –preguntó al final Laurent–. Hemos hecho un largo viaje y estamos medio muertos de sed.

–Desde luego, perdona –repuso Madeleine con frialdad–. Venid, le he pedido a Charles que prepare limonada fresca.

–Nuestro cocinero –explicó Laurent en un susurro mientras nos uníamos a la señora de la casa.

Yo asentí con timidez. El corazón me iba a cien por hora. Me daba perfecta cuenta de que su madre tenía muchas reservas en cuanto a mí. No era blanca, y Laurent no sabía mucho de la historia de mi familia. Ya le había hablado de la muerte de mi padre y de mi padrastro, pero tuve la certeza de que su madre no se contentaría con tener como nuera a la hijastra de un herrero.

Madeleine nos llevó al invernadero, que contaba con una infinidad de plantas exóticas. Descubrí un banano, palmeras y algunas orquídeas que crecían en preciosas macetas. En una pajarera había un sinfín de canarios.

Después de que le pidiera a una sirvienta que nos trajera limonada, los tres tomamos asiento en unos artísticos sillones de mimbre trenzado.

—Mi marido los hizo traer de Tailandia —explicó Madeleine cuando hice un educado comentario sobre los muebles—. El flete fue más caro que los propios sillones, pero a veces tengo que dejarle que se salga con la suya.

Eso seguramente quería decir que detestaba aquellos muebles. A mí, por el contrario, me gustaban, y me alegré de que estuviéramos en el invernadero. Allí me sentía algo más segura y, gracias a la luz del sol que entraba, también hacía más calor.

—Bueno, ¿dónde nos habíamos quedado? —preguntó Madeleine, y se contestó ella misma—. ¡Ah, sí! ¿Qué sucedió con su familia después de que asesinaran a su padre?

—Nos... trasladamos. Mi madre volvió a casarse, y yo al final emigré a Alemania.

—¿Para estudiar allí? También habría podido venir a Francia.

—Madre, deja estar todas esas preguntas, ya habrá tiempo para eso, ¿o no?

Sentí la mirada de disculpa de Laurent sobre mi mejilla.

—Creo que no. A fin de cuentas se trata de la mujer con la que vives, con la que incluso quieres casarte. Así que, como madre, debería saber algo sobre ella, ya que tú has demostrado ser un maestro en perder detalles por el camino.

Era evidente que no me había descrito tal como yo era. Me sentí arrinconada. No podía desvelarle toda la historia de mi familia, porque sin duda entonces me consideraría indigna.

—¿Volvió a casarse su madre con otro funcionario? Una travesía hasta Alemania debe de ser carísima.

Me alegré de que no insistiera con lo de los estudios, pero ¿qué debía responder ahora? Me decidí por la verdad y un instante después lo lamenté.

—¿Conque un herrero? —La sonrisa falsa de Madeleine desapareció esta vez por completo—. ¿Tenía su madre ahorrada una fortuna, entonces? Si no, no veo cómo pudo enviarla a usted a Alemania.

—Se presentó una ocasión propicia —contesté, acobardada, y miré a Laurent.

Este parecía sentirse impotente. Estaba claro que no había contado con que su madre preguntara con tanto detalle.

Cuando la sirvienta apareció con la limonada, tuve un breve respiro. De todas formas, mientras la bebida fresca con sabor a limón bajaba por mi garganta reseca, vi claro que todavía no habíamos acabado.

—Bueno, debe usted saber que mi hijo proviene de una familia muy rica y muy respetada. Tenemos una reputación que proteger, y por ese motivo sería descorazonador que acabara con una mujer a quien solo le atrae el dinero y que no sabe aceptar sus responsabilidades.

Al oír esas palabras poco me faltó para atragantarme. ¡Esa mujer creía de verdad que yo iba detrás de la fortuna de Laurent! ¿O era esa la forma que tenían allí de negociar una dote? La ira y al mismo tiempo el miedo me encogieron el estómago.

—*Maman!* —intervino Laurent, furioso. Ya iba a ponerse de pie, pero aquella no era su lucha.

—*Madame,* le aseguro que no estoy interesada en el dinero de Laurent, ni mucho menos —dije, y puse la mano en su brazo. Su cuerpo parecía un muelle de reloj a punto de saltar—. Hace muy poco que supe que vivían ustedes en un castillo. De haber sido una casa más sencilla, o una cabaña, tampoco me habría molestado. Amo a su hijo porque es la persona que es, no por el dinero que tiene. El dinero, de hecho, es algo que no vi en él cuando lo conocí.

Yo misma me sorprendí de lo vehementes que sonaron esas palabras en mi boca, aunque por dentro me sentía temblar. Desde luego que lo que acababa de decir no era del todo cierto, porque sí se notaba que Laurent era rico. Pero ¿de qué otra forma podía exponer claramente que su riqueza no me interesaba?

Madeleine me repasó de arriba abajo cuando acabé de hablar, y yo me obligué a sostenerle la mirada. Al cabo de un rato apartó por fin los ojos, levantó su vaso de limonada y dio un sorbo. Durante varios minutos reinó el silencio. Miré a Laurent. Me hubiera encantado preguntarle qué sucedería entonces.

—Seguro que estáis cansados del viaje —dijo por fin Madeleine—. Louise ya os ha preparado vuestras habitaciones.

—Muy amable —repuso Laurent, y vació su vaso.

—Hanna, tal vez le apetezca dar una pequeña vuelta para conocer el castillo y el jardín antes de cenar. Seguro que a Laurent le encantará enseñárselo todo.

—Claro que sí, *maman* —contestó él, y, al notar que su cuerpo se relajaba, supe que lo peor había pasado ya.

Un momento después nos levantamos.

—¿Qué querrás ver primero, el castillo o el jardín? —me preguntó mientras subíamos la escalinata.

Nuestras habitaciones estaban en la primera planta, en el ala sur, según me explicó Laurent.

—El jardín —repuse, todavía tensa por la conversación que acabábamos de tener. ¿Qué me preguntaría su madre la próxima vez?

—El jardín, pues. Será mejor que te pongas el vestido de tarde, mi madre le da muchísima importancia a que la vestimenta sea siempre la correcta.

Evidentemente, Madeleine nos había asignado dos habitaciones individuales; por lo visto temía que nos abandonáramos a actos deshonestos. Desde luego, creía que una pareja debía esperar hasta el matrimonio.

Mi equipaje ya estaba allí. Cuando abrí el gran baúl ropero que contenía mi vestuario, no pude evitar pensar que hacía poco más de un año ni siquiera hubiera imaginado que un día poseería un vestido para cada momento del día. Y de pronto podía incluso elegir.

Ataviada con un delicado modelo azul claro, cuya cintura caía muy baja, y unos zapatos de hebilla a juego, llamé a la puerta de la habitación de Laurent, que quedaba justo enfrente.

—¡Madre mía, eres la única mujer capaz de vestirse más deprisa que un hombre! —exclamó al dejarme entrar. Él solo había conseguido cambiarse de pantalones. Su polo claro estaba aún sobre la cama.

—Espero que puedas perdonarme —repuse, y le di un beso—. Quiero comportarme lo más impecablemente posible para que tu madre no tenga nada más que criticar.

—Seguro que no tendrá nada que criticar —opinó él, y se puso el polo por la cabeza.

Me gustaba cuando, después, le quedaban todos los rizos alborotados.

—A tu madre no le gusto —insistí mientras me sentaba en el borde de la cama. Las vistas desde la alta ventana eran magníficas. Se podía ver todo el jardín hasta el bosque colindante–. Cree que solo estoy contigo por tu dinero, y me desprecia por ello.

–No te desprecia, pero ya sabes cómo son las madres. No creen que haya elegido uno bien hasta que ellas mismas se han convencido de las cualidades de la candidata.

No estaba segura de que esa mujer supiera valorar jamás mis cualidades.

–Soy de Indochina. Allí trabajamos para los franceses, pero no nos casamos con ellos.

–Pues ahora estamos en Francia. Y la verdad es que deberíamos haber superado esa estrechez de miras colonial. Eres libre y, al igual que tus compatriotas, no eres peor que nosotros. Y te quiero. ¡No lo olvides nunca, por favor!

–Ya lo sé, yo también te quiero. Pero tu madre...

–No te preocupes por ella, puedo ser bastante testarudo. Cuando le dije que quería aprender a volar, ¡montó un escándalo impresionante porque temía que pudiera estrellarme! Y ahora está contrariada porque no le he traído a una pequeña Marianne rubia a casa. Pero te digo una cosa: hasta ahora siempre me he salido con la mía. Ya verás como te toma cariño. A fin de cuentas te has defendido muy bien y has impedido que yo discutiera con ella.

–Solo he hecho lo que me ha parecido correcto –aduje–. Puede que mi familia no sea rica, pero recibí una buena educación. Y tu madre se equivoca de medio a medio si cree que no sé amoldarme a las tradiciones y la familia. ¡También en Indochina las tenemos!

–Lo sé. –Laurent me abrazó–. Y me alegro de haber encontrado el valor para acercarme a ti. Siento con toda el alma que me haces mucho bien. Y, créeme, tampoco mis otras amigas le gustaron nunca a mi madre.

–¿No había ninguna Marianne entre ellas? –pregunté, y sentí de nuevo cómo la extraña magia de su cercanía derretía toda la furia de mi interior.

—Pues sí. Una se llamaba así, incluso, pero no se parecía demasiado a nuestro símbolo nacional. A mi madre le habría decepcionado bastante. —Laurent se echó a reír y me besó con pasión—. Ven, vamos a dar un pequeño paseo por el parque. El aire fresco nos sentará bien, y, aunque no estoy ansioso por heredar todo esto algún día, nada me impide mostrarle las posesiones de mi familia a la dueña de mi corazón.

Mientras recorríamos el parque y pasábamos junto a maravillosos arriates de flores que formaban fantásticos dibujos contemplados desde el aire, mis nervios se calmaron un poco. Los dulces aromas florales se parecían muchísimo a los de mi patria, y disfruté de respirar un aire tan fresco y sin rastro de humo. No tardé en darme cuenta de que cada parte del jardín era un poco diferente a la anterior.

—Mi padre no escatimó en esfuerzos ni en gastos para traer a nuestro jardín plantas de todos los rincones del mundo. Las que no crecen en suelo francés las hizo plantar en aquel invernadero de allí. —Señaló un edificio con forma de cúpula que había junto al castillo y sobresalía tras un seto espeso—. Tenemos una colección espléndida de orquídeas. Seguro que también crecen en tu país, ¿verdad?

Asentí con la cabeza.

—Y tenemos jazmín. Un amigo me dijo que también lo hay en Indochina.

—Es verdad. En la casa de mi padre teníamos varios arbustos de jazmín. Thanh y yo nos sentábamos allí cuando éramos niñas y...

—¿Thanh? —preguntó Laurent, y recordé que hasta entonces no le había hablado de ella. Con Thanh estaba relacionado el secuestro y también mi mala conciencia.

—Mi hermana... —repuse mientras me invadía un escalofrío. Primero había tenido que desplegar la historia de mi familia ante la madre de Laurent, y de pronto...–. Ella... se quedó en Saigón –expliqué a medias, y al mismo tiempo me avergoncé de tener miedo de contarle toda mi historia a mi prometido.

Por suerte, justo entonces se nos acercó un joven de pelo oscuro. Vestía unos bombachos claros que le llegaban hasta las rodillas y un chaleco a cuadros encima de la camisa. Aunque no llevaba ningún palo consigo, daba la sensación de que acababa de regresar de jugar al golf. ¿Tenía tal vez la familia su propio campo al otro lado del bosque?

–¡Eh, Laurent! –exclamó al vernos.

–¡Hombre, por fin una persona sensata! –exclamó este cuando el otro pudo oírnos bien, y extendió los brazos hacia él–. ¡Didier, querido hermano, dame un abrazo!

Ambos se estrecharon con cariño y se dieron varias palmadas en la espalda. Luego se volvieron hacia mí.

–Hanna, permíteme que te presente a mi hermano. Didier, esta es Hanna, de la que ya te he hablado por carta.

De hecho, el joven se parecía mucho a Laurent, aunque quizá sus rasgos resultaban un poco más suaves, más juveniles.

–De manera que es usted la mujer que ha logrado domar al viejo donjuán –dijo con afabilidad, y me estrechó la mano–. ¡Estoy encantadísimo de conocerla al fin!

Su sonrisa llegaba también a sus ojos, de modo que era sincera.

–¡Aunque en sus cartas no describía la auténtica belleza que es usted! ¡No me extraña que tenga locos a los fotógrafos de moda!

Eso, por lo visto, sí se lo había escrito.

–Quería que tuvierais la oportunidad de descubrir algo por vosotros mismos –repuso Laurent, y le dio unas palmaditas a su hermano en el hombro–. ¡Sería muy aburrido si os lo hubiera desvelado todo!

—¡Como si tú solo no fueras ya un gran misterio! —repuso Didier—. ¿Habéis hablado con *maman*?

—Sí, hemos hablado con ella. —Laurent me sonrió—. Ya la conoces...

—¡Y que lo digas! —exclamó su hermano. Era evidente que entre ambos existía un código secreto con el que podían decirse cosas sin pronunciarlas en voz alta—. Pero no deje que eso la asuste, Hanna. De todas formas, mi hermano no se presenta mucho por aquí, y *maman* acabará acostumbrándose a usted. Aun así, no le muestre ningún miedo y no ceda terreno; si no, habrá perdido.

—No tengo pensado hacerlo, aunque su madre impone bastante respeto.

—Es cierto, así es *maman*. Sin embargo, cuando uno la conoce mejor, ¡es un tesoro! —Se volvió de nuevo hacia su hermano—. Hoy comeremos juntos, espero. ¿O tienes pensado secuestrar a este ángel y llevártelo a París?

—No, hoy somos todo vuestros. Supongo que padre también estará por aquí, ¿no?

—Cuando ha oído que regresabas del país de los «kartoffel», ha prometido librarse de sus compromisos.

—De manera que esta noche, en la mesa, ya puedo contar con que volverá a preguntarme por qué desperdicio mi vida en Alemania en lugar de unirme a su negocio.

—Entre otras cosas. Y a mí aprovechará para preguntarme cuándo voy a traer por fin a una chica a casa. Ya que el primogénito no cumple con sus obligaciones, al menos debería hacerlo el segundo.

Los hermanos compartieron un momento de complicidad y luego Didier me hizo una reverencia, me tomó la mano y posó un suave beso en ella.

—Espero con entusiasmo que pronto pertenezca usted al ilustre círculo de los De Vallière, *mademoiselle*. Traería consigo una luz maravillosa a nuestras polvorientas salas. *Au revoir!*

—¿El país de los «kartoffel»? —pregunté cuando Didier ya no nos oía. Aunque hablaba muy bien francés, nunca había oído esa palabra usada en ese contexto.

—Es un insulto simpático para hablar de los alemanes. Por suerte, puedes decir que no eres alemana; si lo fueras, no te habrían permitido poner un pie más allá del umbral del castillo.

—¿Por la guerra?

Laurent me había explicado un par de cosas de su patria, como que entre Alemania y Francia había existido una guerra.

—Por la última guerra y la de antes. Los De Vallière son muy patrióticos, es algo que debes saber. Por su patria se lanzan de cabeza a donde haga falta..., y así ya se han partido la crisma varias veces.

—¿Partirse la crisma? —Era evidente que todavía tenía mucho que aprender en cuanto a frases hechas francesas.

—Les arrancaron la cabellera, como se diría en el Salvaje Oeste. También podría expresarse de una forma más refinada diciendo que fueron abatidos. En todo caso, yo opino que podrían haberlo evitado si no hubieran abandonado su cálido hogar.

—Pero si vuestro país se ve amenazado..., ¿no irías tú también a la lucha?

—¡Desde luego! Pero no se puede culpar a todo un pueblo porque dos países hayan llegado a la guerra. Más bien al Gobierno de cada país. Y al tirador cuya bala ha abatido a un familiar. Yo nunca he tenido prejuicios contra los alemanes. Al contrario, me parecen muy cultivados. Pero antes de que la política nos estropee la tarde, deberíamos ir a contemplar el jazmín y el invernadero, ¿no te parece?

Mientras caminábamos hacia allí, volví a pensar en mi padre y en los rebeldes. Yo no odiaba a mis compatriotas que se habían levantado contra los franceses; incluso podía llegar a entenderlos, hasta cierto punto. Y sabía que también yo intentaría defender de algún modo a mi país si fuera atacado, aunque no sabría muy bien cómo hacerlo desde tan lejos.

En efecto, el padre de Laurent se presentó entrada la tarde, y ya solo con verlo me recordó a los *tây* que solían asistir a las veladas que organizaba mi madre. Era muy alto y esbelto, tenía el pelo canoso y espeso, y unas facciones muy marcadas.

Tampoco él parecía entusiasmado conmigo, pero no preguntó por mis padres. Sin duda su mujer le habría contado ya todo lo relacionado conmigo.

Me senté a la mesa cohibida y con un miedo enorme a meter la pata. Había diferentes cuchillos, tenedores y copas que debían utilizarse siguiendo un orden. Todavía recordaba vagamente lo que me había enseñado mi madre, pero aun así estaba convencida de que notaban mi absoluta torpeza.

—Dígame, querida, ¿qué opinión le merece a su familia el Gobierno colonial de su país? —preguntó de súbito *monsieur* De Vallière—. He oído decir que entre los vietnamitas crece el ánimo de rebelión. Aquí, en París, hay algunos que se han hecho fuertes solicitando la independencia. ¿Ha oído hablar de un muchacho llamado Nguyen Ai Quoc?

Pronunció muy mal el nombre vietnamita, pero en ese momento no me importó. Intuía adónde quería ir a parar.

—Padre, ¿es ese un tema adecuado cuando la joven dama nos visita por primera vez? —saltó Didier—. Harías mejor en preguntarle por su color o su música preferidos, qué bailes le gustan y esa clase de cosas.

De Vallière fulminó a su segundo hijo con una mirada funesta. No retiró su pregunta, desde luego.

—Mi padre trabajaba para el Gobierno colonial —contesté mientras me esforzaba por mantener la calma. Era evidente que Madeleine ya le había informado de nuestra charla—. Una bala perdida lo mató durante un levantamiento en Saigón. Y no, no conozco a ese tal Nguyen Ai Quoc.

Monsieur De Vallière masculló algo incomprensible y luego preguntó:

—Entonces, ¿no opina usted que Indochina deba independizarse de Francia?

Me vinieron a la mente las palabras de Laurent sobre el patriotismo. Vi claro que me movía sobre un hielo muy fino.

—Si le soy sincera, nunca he pensado mucho en eso —repuse. Aunque en realidad me sentía bastante a favor de que los *tây* dejaran de dominar el país, era cierto que nunca le había dedicado mucha reflexión al asunto. Mi padrastro echaba pestes de los franceses, pero admiraba su progreso y nunca participó en los levantamientos—. Desde que puedo recordar, mi familia siempre tuvo una buena relación con los franceses.

—¡Así lo espero! —exclamó *monsieur* De Vallière—. ¡A fin de cuentas, ahora mismo tiene los pies bajo la mesa de un francés y disfruta de su hospitalidad! Mi hijo mantiene una relación con usted. Sería de lo más desafortunado que aprovechara ese vínculo para volverse en contra de nuestros compatriotas.

Creí no haberlo entendido bien. Por lo visto *monsieur* De Vallière era aún peor que su esposa. En ese instante deseé más que nunca regresar al guardarropa de la sala de baile junto a Ella.

—Desafortunado es también ese comentario, padre —masculló Laurent entonces, y lo fulminó con la mirada—. Hanna vive en Alemania desde hace tiempo, y te aseguro que no tiene previsto expulsar a tus amigos de Saigón. Como tampoco quedarse con todo tu dinero para financiar a los rebeldes. Así que hablemos de un tema más alegre.

Madeleine de Vallière palideció de golpe y Didier decidió concentrarse en su plato. Yo no sabía qué hacer. Miraba a Laurent y a su padre una y otra vez. Los dos se sostenían la mirada con expresión adusta, casi me parecieron dos ciervos a punto de hacer entrechocar sus cornamentas.

—Hoy... he tenido la oportunidad de ver su invernadero —dije con la esperanza de poder evitar lo peor—. Poseen una colección de orquídeas realmente maravillosa. Y el jazmín es de ensueño. Casi ha sido como volver a encontrarme en el jardín de mis padres.

Todos callaron tras mis palabras, y vi que Laurent y su padre se relajaban por fin.

—Es usted muy amable —dijo Madeleine mientras sus mejillas recuperaban algo de color.

Aun así, seguía tensa, y el semblante furioso de *monsieur* De Vallière no cambió ni un ápice. Fijó la mirada en su plato y masticó con ira un trozo de carne antes de dar un gran trago de vino tinto.

—Disculpadme, todavía tengo trabajo que hacer. —*Monsieur* De Vallière dejó la servilleta junto a su plato y se levantó de la mesa.

—Pero, Paul, ¿no puedes dejarlo para mañana? —preguntó Madeleine, que, de pronto, en comparación con su marido, me parecía bastante afable—. Acabas de llegar, y hace mucho que no veías a Laurent.

—Lo que he visto me basta para formarme una idea. Si queréis algo, me encontraréis en mi estudio. —Dicho esto, dio media vuelta y salió del comedor.

Un silencio incómodo siguió a su marcha.

—¡Madre mía, qué dramático es siempre padre! —El comentario de Didier rompió el silencio como una ráfaga de aire fresco. Y me dedicó una gran sonrisa cariñosa—. Siento mucho que haya tenido que verlo así, Hanna. En realidad es un hombre de lo más encantador, ¿verdad, *maman?* Seguramente hoy habrá tenido algún problema con sus negocios.

Madeleine puso una cara amarga, pero asintió y siguió comiendo. Yo miré a Laurent, cuyo rostro seguía ardiendo. Me habría gustado tomarlo de la mano y llevármelo de allí, pero recordé lo que me había enseñado mi madre: en una casa extraña no estaba permitido hacer nada semejante.

El resto de la velada lo ocupamos con una conversación intrascendente. Me di cuenta de que a Madeleine de Vallière también le habría encantado retirarse de la mesa, pero sus buenos modales se lo impidieron. Cuando por fin terminamos de cenar y Didier propuso salir un rato al pabellón del jardín, la mujer se vio liberada. Dio un par de instrucciones más a las sirvientas y se retiró.

—Bueno, me parece que ha podido hacerse usted una buena idea de lo que son nuestras comidas familiares —comentó Didier mientras hundía las manos en los bolsillos—. Solo puedo aconsejaros que no os presentéis por aquí muy a menudo, porque ahora el patriotismo está muy exacerbado.

—Padre no tendría que haber atacado a Hanna de esa forma —masculló Laurent—. ¿Acaso es mucho pedir que le dirija un par de frases amables o le pregunte algo por cortesía? —Me pasó un brazo protector sobre los hombros.

—Ya conoces a padre, con él nada es solo «por cortesía». Tal vez alguno de sus amigos de las colonias acababa de quejarse de los vietnamitas rebeldes en el club. O a saber qué mosca le habrá picado. No puede evitarlo. —Didier sonrió para animarme—. Cuando haya sobrevivido usted a un par de rondas como esta, ya no le parecerá tan horrible.

—Lo que me parece horrible es que crean que voy detrás del dinero de su familia —repuse, y me arrimé a mi prometido—. A mí eso me da igual, yo solo quiero a Laurent.

Nos miramos a los ojos, enamorados, hasta que Didier silbó entre dientes con burla.

—Bueno, me parece que será mejor que os deje a solas —comentó entonces—. Y, Hanna, supongo que mi madre le habrá asignado una habitación individual.

—Sí, ¿cómo lo sabe?

—Lo hace siempre. Pero tiene un sueño muy profundo, así que si queréis disfrutar de vuestra mutua compañía, no hay nada que os lo impida. —Me guiñó un ojo con picardía y luego salió del pabellón.

Laurent y yo nos quedamos allí un rato más, mirando las estrellas. Y sí, yo tenía muchas ganas de disfrutar de él..., pero ¿de verdad tenía Madeleine el sueño tan profundo?

Al cabo de un rato entramos nosotros también y, como no nos encontramos con nadie, Laurent me arrastró directamente a su dormitorio.

—Menuda velada, ¿verdad? —dijo, mientras casi se arrancaba la corbata del cuello. Luego se quitó la americana—. Pero te aseguro que has quedado en muy buen lugar. Y creo que, en lo más hondo de tu corazón, estás a favor de la libertad de tus compatriotas. He visto en tus ojos la verdadera respuesta. —Laurent sonrió y me atrajo hacia sí—. Lo cierto es que tal como ha hablado mi padre de ese revolucionario, me gustaría mucho conocerlo.

—Pero eso no le haría ninguna gracia a tu padre.

—No hay muchas cosas de mí que le hagan gracia, créeme. Conocer a un rebelde no puede ser peor que mi desinterés por sus negocios.

—¿Todavía estás enfadado con él? ¿O conmigo?

—¿Contigo? ¡Jamás! —Me besó. Sus labios resbalaron por mi cuello y luego bajaron por mi hombro, al tiempo que decía—: Con él es otra cosa. ¡Pero no pensemos más en eso!

Estaba de acuerdo, pero al mismo tiempo veía los dos días siguientes ante mí como una barrera infranqueable. Si tenía mala suerte, *monsieur* De Vallière no regresaría a París y dispondría de dos noches para intentar ponerme entre la espada y la pared.

Pero todos esos pensamientos quedaron arrinconados en cuanto oí la respiración excitada de Laurent y sentí sus manos, que se deslizaban sobre mi vestido para quitármelo.

Cuando por fin nos marchamos del castillo sentí un gran alivio. Laurent lo notó, y tomó mi mano y la besó.

—No volveremos a dejarnos ver por aquí hasta dentro de una buena temporada —me prometió, sin importarle que el chofer pudiera oírnos por encima del rumor del motor.

¿Sería cierto? No quería pensar más en ello. Lo único que quería era regresar a Berlín, pues allí ya me sentía segura. Y quería regresar a mis fotografías. Antes de nuestra partida, Henning me había anunciado que había recibido un encargo de una nueva revista de moda que estaba a punto de salir. Laurent, por su parte, podría volver a ocuparse de las cosas que eran importantes para él. En esa época apoyaba a un círculo literario, de modo que a menudo asistíamos a lecturas públicas.

Lo único que empañaba mi ánimo de vez en cuando, junto a la pregunta de cómo le irían las cosas a Thanh, era no saber si había matado a Hansen. A ratos conseguía reprimir esos pensamientos, aunque no sin esfuerzo. Por suerte, Laurent no se daba cuenta, o, si lo notaba, miraba hacia otro lado. En algún momento me dije que los dioses no me podían haber concedido tanta felicidad a cambio de nada: sin duda había un precio que pagar por ella. Pero, a fin de cuentas, si con ello Hansen había tenido que irse de este mundo, al menos tampoco habría sido una terrible injusticia.

Por fin, después de tanto tiempo, tendría una vida maravillosa...

19

Cuando llegaron a Blumensee ya era noche cerrada. La luna se había ocultado tras las nubes y en las ventanas de la villa no se veía ninguna luz encendida. Marie debía de haberse acostado después de la llamada de Hanna.

Melanie y su bisabuela subieron en silencio la escalera de entrada y accedieron al interior. Sus pasos resonaban solitarios por toda la casa.

Durante el trayecto, Hanna había seguido relatando su historia mientras sostenía en las manos las copias que le había entregado la fotógrafa.

—Menudo día, ¿verdad? —comentó la anciana al llegar arriba—. Espero que lo que te he contado no te haya sacudido demasiado.

Melanie negó con la cabeza.

—No, tu historia no, pero...

—Pero Katja sí, ¿verdad? —Hanna le acarició el brazo con suavidad—. No ha sido bonito, pero es inútil darle más vueltas. Esa mujer está amargada y no parece dispuesta a permitirle a nadie el menor cambio. Ese ataque contra ti no solo ha sido injusto, sino también innecesario, porque tú jamás has tenido intención de abandonar a Robert.

—No, nunca. Pero basta con que me ausente unos días del hospital para que ella lo crea.

Hanna inspiró hondo y luego se encogió de hombros.

—En fin, ahora ya sabe lo que pensamos todas de eso.

Ambas guardaron silencio unos instantes.

—*Grand-mère*, gracias por estar a mi lado —dijo entonces Melanie—. La verdad es que nunca te había visto tan enfadada.

Hanna sonrió un poco.

—Eres mi bisnieta. Ya tienes bastante sufrimiento con el accidente de Robert, no puedo permitir que esa mujer te haga reproches injustos y que, encima, insinúe que vas a cancelar el compromiso y buscarte a otro. Sabes que soy una persona educada, pero eso me ha parecido intolerable.

—Aun así, has sido muy amable.

Hanna asintió y le dio unas palmaditas en el brazo. Después empezó a caminar hacia su habitación.

—Ese Laurent y tú... —dijo de pronto Melanie, con lo que consiguió que su abuela se volviera—. ¿De verdad os casasteis?

Hanna bajó la mirada.

—Lo siento, pero eso tendremos que dejarlo para mañana. Hoy estoy agotada.

—Claro, *grand-mère*. Buenas noches.

—A ti también, cielo.

La vieja dama entró en su habitación. Melanie la miró un momento y luego se fue en dirección contraria. Ya en su cuarto, se dejó caer en la cama. Había sido un día muy largo, pero, salvo por el enfrentamiento con Katja, no habría prescindido de nada.

Aun así, resultaba todo muy confuso. Melanie presentía que algo no salió como Hanna habría deseado en la historia con Laurent. Y también estaba el hecho de que su bisabuelo se llamaba Didier. ¿Tuvo aquel primer encuentro entre ambos consecuencias posteriores? Eran Laurent y Hanna quienes estaban prometidos. ¿Qué había ocurrido entre ambos? ¿Y qué papel había desempeñado Didier?

De repente la invadió un deseo enorme de hablar con Robert de ello. Le había prometido a su bisabuela no comentárselo a nadie, pero en silencio imaginó cómo le narraba la historia de la fascinante vida de Hanna.

Tal vez sí debería volver al hospital, se dijo. Creo que ya estoy preparada.

Recorría aquellos pasillos que conocía bien con la carta que quería darle en mano, pero mientras se acercaba a cuidados intensivos todo se transformó. El mobiliario se volvió anticuado y los uniformes modernos de las enfermeras se convirtieron en batas largas hasta el suelo y cofias bien sujetas sobre moños altos. Las enfermeras la miraban sin verla, como si no estuviera allí. Aun así, Melanie siguió su camino. Por todas partes olía a cera de suelos y el parqué rechinaba bajo sus pasos.

También la puerta y el número de la habitación parecían salidos de otra época. Melanie empujó el tirador hacia abajo y entró. Robert estaba en una vieja cama de hospital, y junto a él, sentada, había una mujer vestida de negro.

Las máquinas que lo mantenían con vida no estaban. Parecía muy tranquilo.

—¿Katja? —preguntó Melanie, pues estaba segura de que era a su futura suegra a quien tenía ante sí.

¿Por qué iba de negro?, se preguntó. Pero entonces se acercó y vio que Robert no respiraba. Su rostro estaba blanco como la pared; sus ojos, hundidos.

Melanie retrocedió de golpe. ¡No podía ser! ¡Robert no podía estar muerto!

Quiso dar media vuelta y salir corriendo, pero no lo conseguía. Se quedó allí de pie, como si estuviera pegada al suelo, mientras la mujer de negro se volvía hacia ella. Sí que era Katja.

—Lo has abandonado... —susurró con furia.

Despertó sobresaltada y buscó el móvil con la mano mientras el corazón le iba a toda velocidad. El aparato se le resbaló entre los dedos y acabó debajo de la cama, así que Melanie se levantó enseguida para recogerlo.

Casi no lograba mantener los ojos abiertos, pero el corazón seguía palpitándole con fuerza. Se dijo que todo había sido un sueño, nada más, pero aun así sentía la necesidad de consultar el móvil para asegurarse de que no había ocurrido nada. Por fin lo alcanzó. Lo encendió todavía medio debajo de la cama..., pero en la pantalla no aparecía ningún mensaje nuevo. Suspiró, respiró hondo y volvió a arroparse. Fue entonces cuando se dio cuenta de lo dormidas que sentía aún las extremidades, aunque su cabeza estaba completamente despierta. Poco a poco fueron normalizándose también los latidos de su corazón, pero la inquietud no disminuyó.

¿Era un sueño premonitorio? ¿O solo estaba motivado por la aparición de Katja?

Varios minutos después, la intranquilidad seguía sin disiparse, y Melanie se descubrió comprobando una vez más el móvil por si tenía algún mensaje. Al final se levantó y se puso el albornoz. Metió el teléfono en el bolsillo y salió de la habitación.

De niña, cuando no podía dormir, su madre le preparaba una infusión de hinojo. Ella siempre lo había detestado por el extraño olor que desprendía, pero era cierto que la ayudaba a conciliar el sueño. Tal vez valía la pena intentarlo, se dijo, y bajó a la cocina. Allí puso agua a hervir y buscó una bolsita de hinojo. ¿Tendrían sus abuelas esa hierba? Después de revolver entre diferentes variedades de té verde y negro, descubrió un par de tristes bolsitas de infusión de hinojo en un rincón. La fecha de caducidad ya estaba pasada, pero las hierbas nunca caducaban del todo, ¿no? Metió una bolsita en una taza y luego miró por la ventana, donde vio reflejada su imagen.

—Tú tampoco puedes dormir, ¿eh? —preguntó una voz.

Melanie se sobresaltó. En la puerta estaba Hanna, que debía de haber oído ruidos en la casa.

—He tenido un sueño inquietante y he pensado que una infusión me ayudaría a dormir otra vez.

—Qué buena idea —dijo su bisabuela, y ocupó su sitio a la mesa de la cocina—. ¿Qué te parece si me preparas una taza a mí también? O pongo un poco de mi parte, o esta noche tampoco pegaré ojo. ¿Quieres contarme qué has soñado? —preguntó la anciana cuando Melanie se sentó con ella.

—He soñado con Robert. Que había muerto y que Katja me lo echaba en cara. —Su mano salió disparada hacia el móvil, pero se contuvo. Si hubiera llegado algún mensaje, habría oído el tono.

—¡Esa mujer es increíble! —rabió Hanna, y se ciñó la bata alrededor del cuerpo—. Te está volviendo loca. ¡No hagas caso de su palabrería!

—Mentiría si dijera que no me afecta. Pero quizá también es así porque yo misma tengo la sensación de no estar haciendo lo suficiente.

—Eso de ninguna manera —la contradijo Hanna con vehemencia—. Estas últimas semanas has acumulado sobreesfuerzo. Y seguirás haciéndolo. El tiempo que estás pasando aquí te sienta bien, y estoy segura de que después comprobarás que has repuesto energías. Se necesitan reservas para estar fuerte; es algo imprescindible.

El hervidor de agua borboteó un instante y se apagó. Melanie se levantó y sirvió agua en las tazas. Poco después, el característico aroma de la infusión se extendió por toda la cocina.

—El vestido de novia de la sala de costura... ¿sabías que perteneció a tu tatarabuela? —Hanna alcanzó su taza y sopló el vapor por el borde.

A esas alturas, las agujas del reloj de la cocina marcaban ya las tres. Si la abuela nos pilla aquí, se pondrá hecha una furia, pensó Melanie con un placer furtivo que hacía mucho que no sentía.

—No, no lo sabía.

—Me lo llevé cuando me marché del castillo. Aunque ni ahora sabría decir por qué. La relación con mi suegra nunca fue especialmente buena, y sin duda ella habría montado en cólera de haber sabido que lo tenía yo. Tal vez esa fue la razón. O tal vez creí que Marie se lo pondría algún día. Su abuela y ella sí tuvieron buena relación. Sea como fuere, el caso es que Marie escogió otro vestido para el día de su boda, y ese sigue aquí.

—Es un vestido muy bonito.

—Sí, y cuando esté otra vez arreglado seguirá haciendo disfrutar a mucha gente durante años, espero.

Callaron un momento, mientras miraban sus tazas y esperaban a que la infusión se pudiera beber.

—¿Qué más pasó con Laurent y contigo? —preguntó Melanie por fin, y de pronto se sobresaltó, porque una ráfaga de viento golpeó la ventana de la cocina y la hizo rechinar. ¿Volvía a llover otra vez?—. Hace rato que me pregunto por qué te casaste con Didier. ¿Se rompió vuestra relación?

Hanna se quedó absorta mirando la manga derecha de su bata. Quitó un hilo de la tela y luego miró a Melanie.

—¿Sabes? En la vida de una persona todo puede cambiar en un solo instante. Crees haber encontrado la felicidad y, entonces, se presenta algo que lo transforma todo.

Melanie rodeó su taza con ambas manos. La calidez la inundó por completo, pero en su interior sintió un frío repentino, como si el fuerte viento que soplaba fuera de la casa hubiera encontrado una forma de colarse en su corazón.

—Lo sé. Al regresar de Ho Chi Minh, me podía esperar cualquier cosa menos que Robert tuviera un accidente en el mismo instante en que yo aterrizaba. —Sacudió la cabeza—. Quiero decir que... ¿no debería haberlo sentido? Leí su mensaje de texto mientras esperaba junto a la cinta de equipajes. Pero nada. No intuí que entonces él ya iba de camino al hospital. Mi instinto debería haberme dicho algo, ¿no?

Hanna rodeó las manos de Melanie con las suyas.

—Créeme, cuando la gente dice que ha sentido venir una desgracia, miente. Precisamente cuando uno está muy unido a otra persona, una tragedia le pilla todavía más desprevenido.

Volvió a reclinarse, esperó un momento en silencio y luego probó la infusión con cautela.

—Está muy buena —dijo, y sacó del bolsillo de su bata las dos fotografías en las que salían Laurent y ella—. La verdad es que quería mirarlas yo sola, con tranquilidad, pero ya que estás aquí también puedo explicarte lo que sucedió, ¿verdad? A menos que quieras acostarte.

Melanie negó con la cabeza.

—De todas formas no conseguiría dormir, y no me apetece volver a soñar con nada inquietante. ¿Querrás colocar la fotografía de él en la sala de los antepasados?

Aquel lugar siempre le había parecido algo terrorífico, pues conocía su significado. Solo pensar que la observaban todos esos ancestros la angustiaba mucho.

—No, la dejaré junto a mi cama. Es el lugar adecuado, ¿no te parece?

Melanie asintió con la cabeza.

Hanna acarició las mejillas de Laurent con el índice y se quedó contemplándolo unos instantes. Después empezó a relatar.

20

Cegada por la felicidad de los últimos meses, ni siquiera sospechaba que se estaba preparando una tormenta sobre mí. Vivía distraída entre los preparativos de la boda, Laurent y la oferta de un famoso fotógrafo de moda americano de viajar a Nueva York.

—Nos iremos los dos a Nueva York —anunció Laurent poco después de que llegara la oferta—. ¡Si quieres, podría ser nuestro viaje de novios!

—¿Una luna de miel con compromisos laborales? —Enarqué las cejas, escéptica. No me apetecía nada pasar el viaje de novios rodeada de gente de la moda y fotógrafos, sino a solas con Laurent.

—Tienes razón, no es muy adecuado. Bueno, entonces, ¿adónde te gustaría ir de luna de miel? ¿A la India? ¿A Egipto?

Yo ya lo había estado pensando y había sopesado los pros y los contras.

—A Indochina —respondí.

—¿O sea que a casa? —Laurent me sonrió con ternura.

—Sí, a casa. Tal vez quieras conocer a mi madre y a mi padrastro, el herrero.

—¿No me los deberías haber presentado antes? —preguntó.

Comprendí que me estaba devolviendo la pelota y asentí.

—Sí, debería. Pero por desgracia hasta ahora no he tenido ocasión.

—¿Les has escrito diciéndoles que vas a casarte conmigo?

Negué con la cabeza.

—No, yo... prefiero anunciarles los hechos consumados.

–¿Porque crees que tendrían reparos en cuanto a nuestro matrimonio?

De pronto me pregunté si de verdad era buena idea ir a Indochina de viaje de novios. Conllevaba demasiadas explicaciones. En un principio solo había pensado que tal vez podría averiguar algo sobre Thanh, y había olvidado que en mi vida existían sombras en las que no quería dejar entrar a Laurent.

–No lo sé –repuse–. Mi madre puede que no, porque también se casó con mi verdadero padre por amor. Pero mi padrastro no tiene muy buena relación con los franceses. Además, no sabe que estoy aquí, en Alemania. Nadie de mi familia lo sabe.

Con la sensación de haber hablado demasiado, me levanté y me acerqué a la ventana. Fuera se estaba formando una tormenta de verano; los nubarrones se habían tragado la luz del sol casi por completo, pero al menos la lluvia refrescaría el ambiente y limpiaría el aire. Toda la ciudad lo esperaba desde hacía días.

Creía que Laurent preguntaría más, pero no dijo nada.

–Tal vez sería mejor ir a algún otro lugar –propuse con tristeza, y poco después sentí a Laurent junto a mí.

Su mano aferró la mía y la apretó.

–Iremos a donde tú quieras –anunció–. No me importa si es a Indochina o al fin del mundo. Y te prometo que te daré tiempo y esperaré a que puedas explicarme todo lo que sucedió.

Me volví hacia él y lo miré a los ojos. En ellos encontré su sinceridad de siempre y no dudé de su promesa. Sin embargo, a pesar de todo nuestro amor, me dije que seguramente había cosas que no le contaría nunca.

Una tarde, al volver a casa de hacer unas compras y empezar a prepararme para una sesión con Henning, encontré un sobre encima de la cama. Era evidente que no había llegado con el correo, porque no estaba franqueado. Tampoco llevaba remitente.

Al principio pensé que Laurent me había dejado una nota. Esa mañana había partido a un pequeño viaje para reunirse con un representante del fotógrafo americano que me había invitado. Como no había tardado en comprobar, mi trabajo se regulaba por contrato, y Laurent era un maestro de las negociaciones. Tal vez me había escrito un par de palabras cariñosas para el tiempo que estaría ausente. Abrí el sobre sin darle más vueltas.

Sin embargo, nada más ver la letra comprendí que la carta no era suya. Al principio no logré entender el sentido de aquellas líneas. Solo tras leerlas una segunda vez supe de qué se trataba.

Por lo visto, en tu nueva y bonita vida has olvidado que todavía existo y lo que me hiciste. No lamento la pérdida de una pequeña canalla como tú, pero ¿no te parece oportuno pagarme al menos una indemnización? Al fin y al cabo, desde que desapareciste he dejado de ingresar mucho dinero. Por no hablar del precio que tuve que pagar por ti.

Seguro que tu elegante novio no sabe cuántos tipos se han tirado a su dulce prometida. ¿Qué crees que diría si se enterara? ¿Y qué dirían todas tus nuevas amistades?

No soy ningún monstruo. Si lo fuera, habría enviado a alguien para que se encargara del asunto por mí. Pero en el fondo de un río no me sirves de nada.

Págame cien mil marcos estatales y lo olvidaré todo. Dentro de dos días, un hombre se acercará a hablar contigo y te pedirá una respuesta. Si estás de acuerdo y entregas el dinero, no volverás a saber de mí. Si no lo estás, todo el mundo se enterará de que no eres más que una sucia puta.

H.

Me derrumbé sobre la cama, conmocionada. Hansen. ¿Cómo diantres había dado conmigo? Hamburgo quedaba muy lejos... Pero entonces caí en la cuenta. ¡Las fotografías! Seguro que me había reconocido en alguna de las revistas de moda. O en el anuncio de nuestro compromiso. No es que él soliera leer esa clase de publicaciones, pero tal vez se la había visto a alguna de sus chicas. O a Giselle.

Cerré los ojos. ¡Aquello no podía estar pasando! ¿No me habría quedado atrapada en un sueño extraño? No, estaba muy despierta, de eso no había duda, pues algo se encogió en mi pecho. Hacía mucho que no sentía un miedo tan enorme.

Me pasaron muchísimas preguntas por la cabeza. ¿Qué debía hacer? ¿Acudir a Laurent? ¿Pedirle a él el dinero? Pero entonces tendría que contárselo todo. Tendría que confesarle que había trabajado como prostituta. Y estaba segura de que se enfurecería. Si hacía eso, lo perdería todo. Pero ¿qué alternativa me quedaba? Pedirle clemencia a Hansen era inútil. Seguro que había disfrutado una barbaridad redactando esa carta. ¿Debía buscarlo y acabar con su vida? Para algo así me faltaba valor. Además, sabía que no era capaz de matar a nadie. Pese a todo el sufrimiento que Hansen me había provocado, una y otra vez había sentido remordimientos cuando me preguntaba si seguiría vivo o no.

Se me saltaron las lágrimas. Estaba furiosa, me sentía impotente y no tenía ni idea de cómo actuar.

Aquello debía de ser el castigo por mi vanidad. Si no hubiera acudido aquel día al estudio de Henning Vilnius, si no me hubiera dejado convencer para hacerme aquella foto, y después las siguientes, probablemente Hansen jamás habría sabido dónde encontrarme.

¿De dónde iba a sacar yo cien mil marcos estatales? Me ganaba bien la vida con mis sesiones, pero no tanto como para haber amasado una fortuna. Y eso era lo que me estaba exigiendo Hansen: ¡una fortuna!

Otra posibilidad habría sido acudir a la policía. Pero ¿me creerían? ¿Me ayudarían? Eso sin contar con que Hansen lo explicaría todo sobre mí. Aunque lo detuvieran, el mundo entero se enteraría de mi pasado.

Estuve un buen rato pensando en círculos y, entonces, de repente, lo vi claro. Solo existía una posibilidad de impedir que Hansen me lanzara encima toda esa inmundicia y, con ello, también hiciera desgraciado a Laurent. Tenía que desaparecer. Huir.

¿Era posible fingir la propia muerte? No estaba segura. Además, si lo hacía le partiría el corazón a mi prometido. Pero ¿no se lo partiría de todas formas marchándome de allí sin decirle una palabra? ¿Debía ponerle quizá la excusa de que no lo amaba? En tal caso, al menos, podría buscarse a otra. Una Marianne que le gustara más a su madre. Pero no quería mentirle. ¡Amaba a Laurent! No quería que fuera feliz con otra mujer.

Por otra parte, tal vez sí fuera mejor dejarlo marchar. Ofrecerle la oportunidad de enamorarse de otra mujer que no se viera perseguida por su pasado. O que no representara un peligro para él por culpa de su lastre.

Mi decisión estaba tomada.

Durante las horas siguientes metí en una maleta todo lo que necesitaría para mi viaje. No me llevé ningún vestido bonito, solo los más prácticos. También dejé allí el vestido azul, el primer regalo de Laurent. Preparé calzado cómodo y todo lo que me haría falta en invierno, además de mi pasaporte. Luego vacié mi compartimento de la caja fuerte. Laurent había insistido en abrirme una cuenta, pero en la caja había suficiente dinero en efectivo para sobrevivir varios meses. Estaba segura de que encontraría un empleo y no tendría que gastarlo todo.

Cuando estuve lista, lancé la carta de chantaje de Hansen al fuego y me aseguré de que se quemara por completo. Luego me debatí conmigo misma sobre si dejarle unas líneas escritas a Laurent.

Al final me decidí a dejar una nota. «Te quiero. Hanna», escribí en una pequeña hoja que encontré en su escritorio. Después la puse sobre su almohada. Debía saber que mis sentimientos hacia él no habían cambiado, aunque sin duda mi huida le depararía un dolor inimaginable. Fui a por mi bolso y recorrí una última vez nuestra casa con la mirada. Habría sido un hogar maravilloso para ambos. Y tal vez también para nuestros hijos. Pero no podía permitir que Hansen lo destruyera todo. No quería volver a estar a merced de ese hombre..., así que yo misma acabaría con mi felicidad y mi futuro, desapareciendo.

Sin embargo, no me fui directamente a la estación. Quería ver una última vez el lugar en el que había vivido la época más feliz de mi vida. Era posible que Hansen hubiera enviado allí a algún espía, pero estaba dispuesta a correr el riesgo. Así que tomé un taxi hasta el orfanato judío, pagué al conductor y crucé a la acera contraria, que quedaba medio oculta por unas sombras que ni siquiera las farolas lograban disipar.

La sala de baile relucía como siempre. Unos farolillos marcaban el alegre camino hasta la entrada, ante la cual hacían ya cola algunos clientes. Se oían risas, y por las ventanas de la Sala de los Espejos salía música. La orquesta debía de estar ensayando. Nadie se fijó en mí; todo el mundo tenía la cabeza puesta en la diversión que les esperaba, lo cual no podía reprochárseles. También yo hubiese preferido bailar en brazos de Laurent a verme de pie en la calle con una maleta.

Mi pensamiento se volvió hacia el guardarropa y hacia Ella, que sin duda seguiría coqueteando con los clientes y guardando sus abrigos. ¿Qué diría si se enteraba de mi desaparición? Seguro que no lo entendería y pensaría que estaba loca por dejar plantado a un hombre como Laurent.

Me preocupaba lo que Ella pensaría de mí al enterarse de mi partida, pero no tenía más opción. La destrucción que desencadenaría Hansen acabaría alcanzando también a nuestra amistad, pues no me perdonaría que le hubiera mentido durante todo aquel tiempo. Era mejor desaparecer de su vida.

Después de estar allí de pie un buen rato, fijando en mi memoria todo lo posible la imagen de la sala de baile, eché a andar hacia el metro. Las lágrimas me nublaban la vista. La gente con la que me cruzaba debía de pensar que había perdido mi empleo o que mi novio me había dejado. Que era yo quien abandonaba mi más preciada posesión, porque las sombras del pasado no podían desvanecerse así como así, por suerte, no lo sospecharía nadie.

Al llegar a la estación ya había recuperado el dominio de mí misma, aunque me sentía aturdida. Me detuve frente al panel indicador y descubrí que todavía había un tren nocturno hacia Colonia. Desde allí podría seguir mi viaje. Compré un billete y fui al andén, donde me senté a esperar en uno de los bancos. La leve brisa que soplaba en la estación balanceaba los paneles indicadores. Una noche de verano espléndida. ¿Por qué no podía haber estado Laurent en casa?, pensé. Aunque entonces, tal vez, habría visto la carta y todo se habría desmoronado. Así, al menos, podía hacerme la ilusión de que él jamás llegaría a saber lo que había ocurrido en Hamburgo.

A medida que el andén se iba llenando, empecé a sentirme un poco más segura. Faltaba poco para la llegada del tren. Al cabo de unos minutos me marcharía de Berlín.

La idea de no volver a ver a Laurent me destrozaba por dentro, y de nuevo se me saltaron las lágrimas. El tren entró en la estación. La locomotora de vapor arrastró su carga de vagones por las vías, redujo la velocidad y por fin se detuvo. Las puertas se abrieron y de dentro salió una muchedumbre. Había parejas que se abrazaban, hombres de negocio que saludaban a sus socios, abuelas con nietos vestidos de marinerito...

Dudé un instante. Tal vez deba quedarme y hacerle frente a todo, pensé. No obstante, si me confiaba a Laurent, lo pondría a él en peligro, pues seguro que intentaría encontrar a Hansen y tal vez se toparía con sus matones. No quería que le sucediera nada malo.

Y entonces, de pronto, lo vi claro. Cuando mi desaparición se hiciera pública, la prensa informaría de ella. Si Hansen me había encontrado a través de los periódicos, también así se enteraría de mi desaparición, y de esa forma comprendería que no pensaba entregarle ningún dinero. Así que levanté mi maleta y caminé hacia un vagón que ya empezaba a llenarse de pasajeros.

—¿Hanna? —preguntó de repente una voz extrañada detrás de mí.

Me quedé helada por dentro, pero me obligué a seguir andando. Era Henning, no había duda. ¿Qué estaba haciendo precisamente ese día en la estación? ¿Había ido a buscar a alguien? El corazón se me aceleró y apreté el paso.

—¡Hanna! —exclamó tras de mí, pero yo hice como si no lo oyera.

Una nube de vapor vino a mi encuentro cuando la locomotora abrió las válvulas. Me envolvió y aproveché el momento para subir al tren. Por suerte, el revisor tocó el silbato solo un instante después. La locomotora emitió un chirrido agudo y puso en marcha su pesada mole.

21

–¿Osea que volviste a huir? –preguntó Melanie mientras miraba el fondo de su taza.

El poso de la infusión ya se había quedado frío. Ante la ventana de la cocina se veía rayar el alba.

–Eso hice, sí. Y esa huida volvió a cambiar mi vida por completo. –Hanna suspiró con cansancio y se puso de pie–. Pero ahora deberíamos dormir un poco, que, si no, no nos despertaremos hasta la tarde.

–Sí, y por la mañana la abuela se preguntará cómo es que no queremos levantarnos de la cama –bromeó Melanie, aunque tenía que reconocer que también ella se sentía pesada como el plomo.

Se puso de pie y le deseó las buenas noches a su bisabuela por segunda vez. Luego regresó a su habitación. Allí cayó en la cama y se quedó dormida hasta que el sol de mediodía la despertó con un cosquilleo.

Sobresaltada, se incorporó y buscó su móvil. Eran las doce menos cuarto y en la pantalla vio un mensaje. Lo abrió al instante, pero solo era su madre, que quería saber si habían llegado bien a Blumensee. Melanie le contestó en ese mismo momento y después se acercó a la ventana.

Fuera había un autocar tocando la bocina, así que los primeros visitantes del día ya debían de haber llegado. ¿Por qué no la había despertado Marie? La única explicación era que Hanna le hubiera contado que la noche anterior se les había hecho algo tarde. Enseguida se metió en la ducha y luego se vistió. Esa mañana se saltaría el paseo por el lago. Además, parecía que el día estaba algo lluvioso.

Después de prepararse un café y servirse un trozo de bizcocho, se fue directa a la sala de costura. No sabía por qué, pero de repente sentía el impulso de arreglar el viejo vestido de novia. Antes, le solía gustar sentarse a la máquina de coser, tal vez porque allí podía reflexionar. Había algo de meditativo en el coser.

Sus abuelas no tenían una flamante máquina computerizada y ultramoderna, sino un aparato muy sencillo, una de esas primeras máquinas eléctricas. Cosía muy pocos puntos diferentes, pero en cambio hacía décadas que funcionaba sin problemas. Melanie le quitó la capota, pasó una mano por el brazo y luego se volvió hacia el maniquí. El rasgón que había abierto el trozo de cristal era bastante largo, pero estaba en un lugar que quedaba disimulado por volantes y otros adornos. Mientras hilvanaba los daños, notó que en el forro se habían soltado un par de costuras, así que las repasó también antes de ponerse manos a la obra.

Mientras la máquina repiqueteaba, sus pensamientos regresaron al día anterior. Quizá *madame* De Vallière también le habría hecho muchos reproches a Hanna si su hijo hubiera estado en coma. ¿Era posible que todas las madres reaccionaran con rechazo cuando se trataba de sus hijos? Por desgracia, no podía pedir consejo al respecto a su familia, ya que todas sus predecesoras habían tenido hijas.

Ay, Robert..., pensó. Ojalá despertaras de nuevo. Ojalá todo volviera a la normalidad.

Ese pensamiento desapareció en cuanto la aguja llegó a una zona complicada. Mientras reducía el ritmo de la máquina de coser y se concentraba únicamente en dirigir la tela, consiguió dejar la mente en blanco. Se mordió el labio, respiró hondo y no fue hasta unos segundos después, al comprender que lo había conseguido, cuando dejó escapar el aire de los pulmones. Satisfecha, contempló su trabajo. Todavía sé coser, se dijo. Tal vez debería hacerlo más a menudo. Se ocupó entonces de las otras dos costuras y luego volvió a colocar el vestido sobre el maniquí. Los daños apenas se apreciaban. Quien no hubiera visto el vestido antes ni siquiera se daría cuenta de que estaban ahí.

La puerta se abrió y Melanie miró hacia un lado.

—¡Ah, aquí estás! —exclamó Marie, al ver a su nieta sentada a la máquina de coser—. Ya creía que me había imaginado el traqueteo de la máquina.

—Quería hacer algo de provecho —explicó ella, y señaló el vestido.

—Lo has arreglado.

—Sí —asintió Melanie—, he pensado que tú estarías ocupada con el museo, y como en esta familia todas hemos aprendido a usar la máquina...

Marie examinó el vestido y su rostro se llenó de orgullo.

—Siempre creí que no volverías a usar demasiado la máquina de coser, pero veo que no has olvidado nada de lo que te enseñé.

—Muchas gracias, abuela.

—En lugar de recoger el desván, tal vez deberías reparar los vestidos estropeados.

—¿Tanto se los han comido las polillas?

—No, me refiero a los vestidos que habéis dejado en el salón.

—Me encantará arreglarlos. Además, con el desván ya casi he terminado. Una ronda más y podréis organizar un concierto de *jazz* ahí arriba. Seguro que habría espacio de sobra.

Marie volvió su mirada pensativa hacia la ventana. Parecía algo triste.

—Ayer estuvisteis mucho tiempo fuera.

—Sí, es cierto.

—¿Y fue todo bien?

Melanie, cohibida, se miró el dobladillo de la camisa, que estaba algo suelto en un punto.

—El rato que estuve con *grand-mère* recorriendo la ciudad sí, pero luego se presentó Katja... Seguro que imaginas lo que ocurrió.

Marie asintió con la cabeza.

—Esta mañana *maman* estaba algo tristona. Le he preguntado qué le ocurría, pero no ha querido decirme nada. Como siempre. —El tono de voz de su abuela delataba que se sentía excluida.

No era de extrañar. Los últimos días Hanna había pasado mucho tiempo con Melanie, mientras Marie se ocupaba de la vitrina rota y del museo.

—Si te confesara algo que también pudiera ser importante para mí, me lo dirías, ¿verdad?

Melanie la miró con sorpresa.

—¿A qué te refieres?

—Bueno, si te dijera que no se encuentra muy bien. O que le hace falta algo. Verás, no le gusta mucho hablar conmigo sobre su salud. Sabe que enseguida me preocupo.

—No le hace falta nada —repuso Melanie, aliviada al ver a qué se refería—. Ayer pasamos un día muy agradable, pero con Katja se puso hecha una fiera.

—Sí, me lo ha contado. Dice que, si Robert no fuera un joven tan encantador, con una suegra así intentaría convencerte para que no te casaras con él.

Melanie arqueó las cejas.

—¡Eso no te lo ha dicho!

—¡Que sí! Y yo pienso igual. Tu Robert es encantador, y espero que pronto puedas volver a abrazarlo, pero deberías explicarle cómo se ha portado su madre.

—No creo que eso importe cuando vuelva a estar consciente —opinó Melanie—. Robert vive su propia vida, normalmente no le explica a su madre todo lo que hace.

Marie asintió, alargó la mano y acarició el vestido.

—Fue de mi abuela Madeleine —dijo entonces—. *Maman* quería que me lo pusiera algún día, cuando me casara, pero la vida me llevó en otra dirección. En mi boda acabé luciendo un modelo que me cosí yo misma. Uno más acorde con un hombre rudo de la costa del mar del Norte. —El recuerdo dibujó una sonrisa nostálgica en su cara.

—¿Cómo es que nunca abriste tu propia *boutique?* —preguntó Melanie. Recordaba muy bien la foto de la boda de su abuela; su madre la guardaba junto con muchas otras instantáneas en un grueso álbum encuadernado en cuero—. Tenías madera para ello.

—¿Tú crees? —Marie esbozó una sonrisa—. Bueno, con que tú lo digas me basta.

—Seguro que no solo te lo he dicho yo.

Apagó la máquina de coser y Marie se sentó en el pequeño taburete que había a su lado.

—¿Sabes? No siempre fue fácil ser la hija de la reina de los sombreros. Claro que eso también tuvo para mí muchas ventajas. Pude asistir a una escuela muy buena, y *maman* me llevó a muchos bailes. Pero, aun así... El mundo de la gente rica y guapa nunca fue para mí. Yo prefería estar a solas, coser, contemplar cómo se transformaba algo en mis manos. Así que siempre me contuve en todo lo referente a mi carrera. Me bastaba con ganar suficiente y así poder contribuir con mi parte a la manutención de la familia. Conocí a tu abuelo y todo me fue bien. No esperaba más de la vida. —Le dio unos golpecitos a Melanie en la mano—. Tengo que irme ya. Voy a ocuparme de *maman* y a relevar a Susanne en el museo. El grupo de turistas de este mediodía le ha dado bastante trabajo y necesita un descanso.

Dicho esto, se levantó y abandonó la sala de costura. Melanie se quedó sentada un rato más, contemplando el vestido de novia y preguntándose cómo le habría quedado a la madre de Laurent y Didier.

Esa tarde no hizo demasiados hallazgos en el desván. La mayor parte de lo que sacó de las cajas acabó en bolsas de basura. El tiempo y los ejércitos de polillas habían estropeado por completo las telas. Solo algunos accesorios, como sombreros y abanicos, podrían salvarse después de un trabajo de restauración. Melanie sacó de allí todo lo demás.

Pero no se había equivocado. Cuando regresó al desván, comprobó que prácticamente estaba listo. En los rincones quedaban varias piezas antiguas de mobiliario, pero no tenía que ocuparse de ellas. Las cajas que quedaban por allí ya solo contenían cosas que podían aprovecharse. Solo faltaba pasar la escoba y quitar un poco el polvo a las superficies de los muebles y su trabajo habría acabado.

Orgullosa de lo que había conseguido, se sentó en una banqueta. Escuchó el viento, que acariciaba el tejado y llevaba hasta sus oídos el rumor del autocar. El grupo de turistas que había hecho peligrar el museo ya se marchaba, por lo visto.

¿Y ahora qué?, se preguntó. ¿Debo volver a casa? ¿O queda algo más que pueda hacer por aquí? Recordó entonces el vestido de novia. Había disfrutado mucho remendándolo. Tal vez podría ponerme a coser otra vez...

Un rumor en su bolsillo interrumpió sus pensamientos. Sacó el móvil y vio el número de Charlotte en la pantalla iluminada. Madre mía, me había olvidado completamente de ti, pensó. Dudó un instante si contestar o no.

—Dos días —dijo Charlotte en cuanto Melanie descolgó.

—¿Qué? ¿Es que ahora saludas así? —preguntó ella, y esbozó una sonrisa. Por primera vez desde hacía mucho volvía a bromear con Charlotte.

Esta, sin embargo, no parecía de muy buen humor.

—¡Qué graciosa! Dornberg te da dos días más. Después quiere una respuesta.

Era lo que Melanie temía. Enseguida se puso seria ella también. Ese trabajo seguía tentándola mucho, y sabía lo que implicaba para su carrera. Pero si Katja había puesto el grito en el cielo porque se había ido a pasar unos días a la villa de su bisabuela... Además, recordó lo que acababa de decirle Marie. A ella le había bastado con tener a su marido, sin cosechar ninguna fama. Tal vez Melanie tampoco la necesitaba..., o podría obtenerla por otros medios, y no solo a través de Dornberg.

—Escucha —empezó a decir—. Muchas gracias por conseguir esa prórroga, pero creo que no puedo.

—¿Qué? —La voz de Charlotte subió de tono—. ¡No lo dirás en serio!

—No tengo otra opción. Robert sigue todavía en coma y, ¿quién sabe?, tal vez necesite mi ayuda justamente entonces.

—Pero esta oportunidad no volverá a presentarse.

—Pues ya habrá otros trabajos para mí.

—¡Pero nunca uno como este!

Melanie suspiró. Charlotte tenía razón, pero eso no cambiaba la situación en nada.

—Mira, haremos una cosa —decidió su agente—. Te tomas esos dos días de plazo y lo piensas a fondo. Cuando volvamos a hablar el viernes, aceptaré tu decisión sea cual sea, sin que importen las consecuencias.

—Está bien —repuso Melanie, pues sabía que en ese momento Charlotte no se dejaría convencer.

—Y te ruego que, para variar, por una vez pienses en ti, Mel. Robert lo entenderá. Tal vez para entonces todo vuelva a estar otra vez bien, y entonces te tirará de las orejas por no haber aceptado.

—Sería estupendo que pudiera tirarme de las orejas. —Melanie sonrió con dolor.

—Lo hará, confía en mí. Bueno, que vaya bien y hablamos el viernes.

¿Qué debía hacer? ¿Acaso creía Charlotte que en dos días cambiaría algo? Melanie se quedó mirando el móvil un momento más, luego lo guardó otra vez en el bolsillo. Lo que necesitaba era aire fresco y la hierba bajo los pies.

Se dispuso a bajar la escalera cargada con la última bolsa de trastos inútiles.

—Bueno, ¿cómo está quedando lo de ahí arriba? —preguntó Marie, que le salió al paso en el rellano con una bandeja de té en las manos.

—Casi he terminado. Solo me falta barrer un poco y estará listo. De todas formas tenemos que pensar qué vamos a hacer con todos los vestidos del salón.

—Irlos arreglando uno tras otro —contestó su abuela—. El vestido de novia ha quedado precioso. ¿No te gustaría quedarte un poco más y ponerte con el resto? Los próximos dos días tengo que recibir a diez grupos de turistas; ya ves que nos traes suerte.

—Pero si siempre tenéis suerte, abuela. —Melanie se cargó la bolsa al hombro.

—Según se mire. En estos momentos no podemos quejarnos, pero siempre puede presentarse un parón repentino.

—¡No con los nuevos objetos de exposición! —Melanie se echó a reír—. Y sí, me apetece quedarme un poco más.

—¿Subes a tomarte un té? ¡Te lo has ganado de sobra!

—Puede que más tarde. Ahora quiero ir a estirar un poco las piernas. Para pensar, ya sabes.

—De acuerdo. ¡Hasta luego, entonces!

Marie se volvió y llevó la bandeja al salón. Su nieta la siguió con la mirada, sonriendo, y bajó la bolsa.

22

De nuevo me encontré en una estación con una pequeña maleta en la mano y sin saber adónde ir. Sin embargo, a diferencia de cuando llegué a Berlín, esta vez no era pobre. Llevaba conmigo gran parte de mi dinero y mis títulos de valores, que bastarían para mantenerme a flote durante un año, tal vez dos. Podría alquilar un pequeño apartamento y después ponerme a buscar trabajo.

Durante el viaje no había dejado de pensar en Laurent. ¿Qué estaría haciendo? ¿Me buscaría? Se me partía el corazón, pero no podía evitarlo; él estaba conmigo, siempre lo llevaría en mi interior. Igual que a Thanh. Y, sin embargo, me daba cuenta de que lo mejor sería que Laurent me olvidara. El pasado nunca dejaría de perseguirme, tal como había demostrado la aparición de Hansen. Recorrí el andén con la maleta en la mano. El vapor de la locomotora engulló mi figura y la escupió ante la escalera que conducía a la salida. No me pasó inadvertido que muchos hombres me observaban con una curiosidad rayana en la admiración. ¿Me reconocían? No, me dije; aunque también había posado para fotógrafos franceses, era poco probable que nadie me reconociese. Y me alegré de ser, a partir de ese momento, solo una desconocida de aspecto exótico cuyo nombre nadie sabía.

Durante varios días busqué un empleo sin tener suerte. Me hospedaba en una pequeña pensión que costaba poco dinero y cada día me entregaba a la búsqueda.

Evidentemente, también podría haber preguntado en las *boutiques* de moda para las que me habían fotografiado, pero entonces los propietarios me hubieran reconocido y, a buen seguro, hubieran puesto sobre mi pista a Henning y Laurent. No podía permitirme ese riesgo, ni tampoco quería enterarme de si había estallado un escándalo a mi alrededor.

Un día, dando una vuelta por los barrios más tranquilos de París, pasé por delante de una sombrerería. El escaparate era tan impresionante que al principio no me fijé en el cartelito que estaba pegado en el cristal y que ya se veía algo desgastado. Solo después de haber prestado suficiente atención a las obras de arte de fieltro, satén, plumas y piedras preciosas, lo vi y leí las palabras que llevaba escritas a máquina:

«Se busca aprendiz. Razón, en la tienda».

No decía más. Aprendiza de un sombrerero, aquello no sonaba nada mal. Tal vez era un poco mayor para hacer de aprendiza, pero mi mano se fue sola hacia el tirador y entré acompañada del melódico soniquete de la campanilla de la puerta.

—¿En qué puedo ayudarla, *madame?* —preguntó la mujer que salió a atender nada más oír la campanilla, sin dejarme tiempo a mirar más de cerca los sombreros que había allí expuestos.

La mujer tenía una voz ahumada y suave como el terciopelo. Le eché unos cuarenta y tantos años. Se había recogido el pelo en un moño elegante y llevaba un vestido gris muy ceñido que casi realzaba demasiado su figura curvilínea. A pesar de que tenía una cicatriz debajo del ojo derecho, su rostro resultaba igual de elegante que su vestimenta.

—He leído el anuncio del escaparate y quería preguntar si el puesto sigue libre.

—¿Quiere entrar aquí de aprendiza? —preguntó con aire de sorpresa. Por lo visto, le costaba imaginar que alguien como yo quisiera el puesto.

—Sí, me gustaría.

—¿Y cómo se le ha ocurrido? ¿En qué ha trabajado hasta la fecha?

—He trabajado... como chica de guardarropa. También de costurera.

La mirada de la mujer descendió hasta mis manos para hacer una comprobación.

—¿Qué ha cosido usted?

—Vestidos, cortinas... También he retocado piezas de todo tipo.

—Todavía no me ha respondido a la pregunta de por qué quiere fabricar sombreros.

—Los sombreros me fascinan —contesté, y eso sí que era cierto—. Me gustaría mucho aprender a hacerlos.

—¿Hay algún sombrerero en su familia?

—No —respondí—. No lo hay, pero aun así estoy segura de que podría aprender el oficio.

La mujer asintió, pero su mirada crítica no desapareció del todo.

—¿Cuántos años tiene?

—Veinte, *madame*.

—¿Posee algún certificado de estudios?

Negué con la cabeza. Sentía frío y calor a la vez. Se necesitaban estudios para entrar de aprendiz en cualquier parte, por supuesto. Sin embargo, después de abandonar la casa de mi padre biológico ya no había asistido a ninguna escuela, porque tuve que trabajar.

—No, *madame*. Mis documentos se perdieron durante el viaje.

—¿Es usted de Indochina?

Contesté que sí; no añadí que no venía directa de la colonia, sino de Berlín.

—El oficio de sombrerera exige refinamiento, pero también inteligencia. Sabe leer y escribir, ¿verdad?

—Durante años tuve un profesor particular.

—Pero por desgracia no posee un certificado de estudios que demuestre su formación —replicó la mujer con severidad—. En fin, podría ir a la escuela nocturna..., mientras trabaja para mí.

¡La escuela! Aquel era el sueño que teníamos Thanh y yo.

—Me encantaría ir a la escuela, si me acepta.

La mujer volvió a mirarme de arriba abajo.

—Voy a serle sincera —dijo entonces—. No es precisamente fácil encontrar jóvenes con formación dispuestas a entrar a trabajar en la tienda. No puedo pagar un sueldo muy alto, ya que mi negocio es más bien modesto, y las chicas de hoy en día quieren ser mecanógrafas o actrices. El viejo y bello oficio de la sombrerería solo les llama algo la atención cuando quieren colocarse una pieza hermosa sobre la cabeza. Les da igual cómo esté hecha. —La mujer inspiró hondo y luego me miró a los ojos—. Muy bien, lo intentaré con usted. Trabajará un mes a prueba. Si da buen resultado, la formaré. Pero será mejor que no sea usted demasiado quisquillosa, ¿me ha entendido?

—Sí, *madame*.

—Bien, entonces deje esa maleta en el rincón y acompáñeme.

—¿Adónde?

—Al taller.

—Pero...

La mujer, que ya casi había dado media vuelta, se detuvo y se volvió de nuevo hacia mí.

—¿Quiere ser sombrerera o no?

—Sí.

—Pues será mejor que empiece ya a aprender algo.

Madame Blanchard dejó que me quitara el abrigo y me señaló un sitio libre en una de las mesas. Las herramientas me resultaban del todo extrañas. Había diferentes moldes de sombrero, hormas, cepillos y también una máquina de chorro de vapor y una máquina de coser. En el puesto de trabajo de *madame* Blanchard vi flores de seda de filigrana, cintas y plumas que parecían haber sido moldeadas con un rizador de pelo.

Aunque todavía desconocía por completo los pasos a seguir para la confección de un sombrero, me sentí muy a gusto en aquella sala donde se percibía un olor extraño.

Madame Blanchard me explicó para qué servía cada herramienta y luego me indicó que las probara. Eran trabajos sencillos, como darle forma a un pétalo para una rosa de seda o rizar una pluma, lo cual se conseguía con una pequeña cuchilla y no con el hierro caliente del rizador. Mientras yo lo hacía, ella no dejó de vigilarme, en ningún momento apartó su mirada de mis manos.

—Parece que es usted bastante habilidosa —comentó al final—. Ya veremos si reúne también la sensibilidad que requiere nuestra profesión. Como ya le he dicho, no puedo pagarle mucho. Los tiempos son cualquier cosa menos prósperos, pero puede vivir aquí y recibirá una comida caliente al día, si quiere. En caso de que supere el periodo de prueba, la contrataré oficialmente y le daré una formación. ¿Le parece aceptable?

Y así fue como me trasladé a la pequeña buhardilla que había sobre el taller de *madame* Blanchard. Era una vivienda muy pequeña, con un ambiente muy cargado, y en verano debía de hacer mucho calor. Pero era el lugar perfecto para esconderme del mundo y de Hansen.

La primera noche me quedé sentada durante horas bajo el tragaluz, contemplando las estrellas. Desde allí no podía ver la famosa torre Eiffel, pero la vista del firmamento me ofreció consuelo. Mis pensamientos volaron hacia

Berlín. Laurent ya habría vuelto de su viaje y seguro que habría encontrado la casa vacía y mi nota. Henning sin duda le habría contado ya que me había visto en la estación. Esperaba de veras que les fuera bien. Y también a Ella, que probablemente se enteraría de mi ausencia cuando llamara a mi puerta sin suerte, o en cuanto abriera un periódico. Estaba segura de que publicarían un aviso de desaparición. Si Hansen estaba en algún lugar de Berlín o tenía a gente suya allí, lo vería y se daría por vencido. Sin mí, de nada le servía el chantaje.

Los primeros días en el taller fueron duros. *Madame* Blanchard no hacía más que obligarme a repetir una y otra vez pequeños pasos del trabajo. Lo que más me costaba era darle forma al fieltro, pero la mujer, que al principio me había resultado algo arisca, en realidad tenía mucha paciencia y era una persona muy amable.

Durante el día, el trabajo me distraía de mis pensamientos, pero por la noche me quedaba despierta hasta tarde, o soñaba cosas horribles. A veces, cuando era consciente de lo que había abandonado en Berlín, lloraba hasta que me quedaba dormida.

Transcurridas las primeras semanas, la cosa mejoró un poco. Los domingos, cuando libraba, recorría las calles de la ciudad: me quedaba admirada en la plaza de los Vosgos contemplando sus maravillosos edificios antiguos, paseaba por los enormes bulevares e incluso me concedía una visita al Louvre o a algún otro museo. De niña jamás habría pensado que los *tây* fueran un pueblo con una historia y un arte tan grandiosos. Siempre regresaba al taller llena de nuevas ideas y comentaba mis impresiones con *madame* Blanchard, y ella se reía y decía que seguramente había vuelto a pasar demasiado tiempo entre trastos viejos y polvorientos. Pero no lo decía con mala intención; al contrario, a menudo aprovechaba algunas de mis ideas o dejaba que las plasmara en mis propias creaciones. Cuando esos sombreros se vendían, me sentía más orgullosa que con ninguna de mis fotografías de moda.

Una mañana, sin embargo, me desperté muy indispuesta. Sentía náuseas y al final tuve que devolver. ¿Había comido algún alimento estropeado?

En cuanto tuve el estómago vacío me encontré algo mejor. Me lavé y me vestí, luego bajé al taller. Allí los olores me parecieron más intensos que nunca. No es que me resultaran desagradables, pero sí los encontraba extraños.

—¡Madre mía, Hanna, tienes un aspecto espantoso! —comentó *madame* Blanchard al verme. Y tenía toda la razón, estaba horrible—. Así no puedes trabajar. Sube y descansa un poco. O, mejor aún, prepárate una infusión y llévatela arriba.

Seguí su consejo, pero la infusión solo me proporcionó un alivio temporal. A la mañana siguiente el malestar volvió a la carga, e incluso fue algo peor.

—Deberías ir a ver al doctor Lefèbre y que te examine —me aconsejó mi jefa después de cuatro días seguidos devolviendo—. Esto no puede seguir así.

Me resigné y me presenté en la consulta del médico. Allí esperé muerta de miedo por si tenía la misma enfermedad que había matado en su día a la madre de Thanh, pues mi hermana me había contado que su madre también devolvía a menudo.

El médico no era un hombre mayor, como el de Hamburgo, sino que tenía más o menos la misma edad que *madame* Blanchard; un cuarentón atractivo. Me hizo pasar tras un biombo donde debía desnudarme y luego me examinó.

Cuando volví a vestirme y salí de detrás del biombo, el médico me miró con gravedad. Al ver su rostro, estuve segura de que se disponía a anunciar mi sentencia de muerte. Señaló una silla delante del escritorio y, cuando tomé asiento, habló:

—Joven, está usted sanísima, aunque no sé si la noticia que voy a darle le alegrará.

—¿Por qué no iba a hacerlo? —pregunté. Si estaba sana, no podía haber ninguna mala noticia.

—En su ficha ha declarado que no está casada.

—¿Y qué tiene eso que ver con mi salud?

—Está embarazada.

Ahí ya no supe qué decir. ¿Embarazada? Pero si...

¡Claro! La noche antes de la partida de Laurent habíamos hecho el amor. Desde que estábamos prometidos, ya no llevaba tanto cuidado como antes. ¿Qué había de malo en que la mujer a quien amaba tuviera un hijo suyo?

De pronto iba a tener ese hijo..., pero no a un hombre con quien casarme.

—*Mademoiselle?* —me preguntó el médico al ver que llevaba un rato sentada sin reaccionar.

—¿Sí? —pregunté, desconcertada.

¡Un hijo! Iba a tener un hijo de Laurent. Y él no estaba conmigo. Y tampoco podía acudir a él, porque eso haría reaparecer a Hansen... De pronto rompí a llorar.

El médico parecía haberlo esperado, porque me alcanzó un pañuelo al instante.

—Si no quiere tenerlo, podría ofrecerle la opción de entregarlo después de dar a luz —dijo, comprensivo.

Mi llanto cesó unos instantes.

—¿Qué? —Lo miré con espanto.

El médico se ruborizó.

—Lo decía por si...

—No quiero entregar al niño —repuse, y de repente me tranquilicé por completo—. Lo criaré yo sola. Es que me he quedado algo descolocada, nada más.

El médico asintió y en sus ojos me pareció ver una duda. Yo misma sabía que no sería fácil. Todavía recordaba bien a la madre de Thanh, que había tenido que ocuparse sola de su hija después de que su marido falleciera. Pero yo no era una pescadora de Saigón, sino una sombrerera. Y todavía tenía a buen recaudo, bajo mi cama, gran parte del dinero que había ganado con las fotografías.

El médico calculó la fecha en la que se esperaba mi parto y me pidió que, entretanto, volviera a visitarlo otra vez para poder auscultar el corazón del bebé. Le di las gracias, pagué los honorarios y me marché.

Fuera todo parecía diferente. ¡Iba a ser madre! Cierto, hacía tiempo que ya no era una niña, pero hasta entonces siempre había tenido que cuidar solo de mí misma. De pronto eso iba a cambiar y, aunque la noticia todavía me tenía desconcertada, quería hacer frente a la situación.

Aun así, me esperaba un gran reto: ¡debía decírselo a *madame* Blanchard! Con las manos heladas y temblorosas, me vi de pie en la calle, a pocos metros de la sombrerería. Me sentía igual que aquella ocasión en que llegué a casa y me anunciaron que debía casarme. Con la única diferencia de que entonces todavía no sabía lo que me esperaba; esta vez sí, pero no tenía a ninguna Thanh a quien acudir corriendo para contarle lo ocurrido.

Como no podía quedarme esperando eternamente ahí fuera, hice de tripas corazón y entré en la sombrerería.

—Bueno, ¿qué ha dicho el médico? —se interesó mi jefa cuando entré en el taller.

Respiré hondo y reflexioné un momento si no sería mejor guardar el secreto. Sin embargo, no quería volver a mentir. Tarde o temprano se daría cuenta de mi embarazo.

—Voy a tener un niño —contesté, y por dentro me preparé para que me echara de su casa.

Madame Blanchard se quedó paralizada. Fue dando la vuelta poco a poco en su taburete giratorio y me miró.

—¿Un niño?

—Es de mi prometido —dije, pues creí que debía explicarme—, pero ya no estamos juntos...

Madame Blanchard soltó un bufido. Aquello no auguraba nada bueno.

—Tendrás que buscarte un piso —dijo entonces.

Se me cayó el alma a los pies.

—Entonces, ¿va a despedirme?

—¡Pero qué te has creído! —exclamó indignada—. ¡Por supuesto que no! ¡Pero no puedes vivir con un niño ahí arriba, en esa buhardilla tan pequeña!

La miré sin entender nada.

—¿Quiere decir que no me despide?

—Niña, ¿es que no me estás oyendo? Por supuesto que no voy a despedirte. Al contrario, te ayudaré a encontrar un piso en el que puedas criar a tu hijo. —Se levantó y me abrazó, lo cual fue toda una sorpresa—. Un hijo es un gran regalo. Y como le eche el guante a tu antiguo prometido, le tiraré bien de las orejas.

—No será necesario —repuse—. Muchas gracias por dejar que me quede.

Madame Blanchard asintió y volvió a soltarme.

—¿Soportarás las náuseas?

Asentí con la cabeza. El médico me había explicado que solo las padecería por la mañana y que durante el día debía comer con normalidad, ya que a mi estómago no le ocurría nada.

—Bueno, pues ¡a trabajar!

Gracias a la intercesión de *madame* Blanchard, solo un mes después encontramos un apartamento en un edificio cerca del taller. Era pequeño, pero aun así mayor que la habitación de la buhardilla, y tenía una cocina y un cuarto de baño en el pasillo. No podía ni compararse con la casa en la que había vivido con Laurent en Berlín, pero era mío, y era un sitio tan discreto que en él me sentía segura.

Al instalarme, *madame* Blanchard me regaló el viejo sofá que había arriba, en la buhardilla, y un par de vecinos aportaron también cosas de las que podían prescindir y que yo necesitaría.

Los meses pasaron y, mientras mi cuerpo iba redondeándose cada vez más y las náuseas por fin desaparecieron, llegó el invierno y con él el final de 1928. *Madame* Blanchard resultó ser una persona amabilísima. Ella, que seguía sin encontrar al hombre adecuado para formar una familia, me acogió en su seno como a una hija y celebró conmigo la Navidad. Me preparó un ponche sin alcohol, pues opinaba que las embarazadas no debían beber, y juntas disfrutamos de una comida maravillosa mientras escuchábamos las campanas de las iglesias, que repicaban por todas partes. En realidad me sentía algo avergonzada, porque no dejaba de ser mi jefa, pero aprendí que en Navidad las fronteras se diluían y que una jefa también era una persona y tenía el derecho y la obligación de tratar bien a sus empleados.

A principios del nuevo año volví a visitar al doctor Lefèbre, que se mostró satisfecho con mi estado y el del niño. Me dio un par de consejos para los meses siguientes y me envió de nuevo a casa.

Ese día las calles estaban bastante vacías, el frío empujaba a la gente a retirarse enseguida al interior de sus casas. También yo me ceñí más el abrigo de lana alrededor del cuerpo e intenté evitar el frío agachando la cabeza.

—¿Hanna? —preguntó de repente una voz extrañada detrás de mí.

Me quedé de piedra. La voz me resultaba conocida, pero no era la de Laurent ni la de Henning. ¿Quién me había reconocido?

Sentí el impulso de salir corriendo, pero alguien me agarró del brazo y me obligó a girar.

¡Didier! Era el hermano de Laurent, que me miraba desconcertado. A él no podía decirle que se trataba de una equivocación.

—¡Didier! —exclamé, y justo entonces me fijé en la tristeza de sus ojos. Sin duda Laurent le había hablado de mi desaparición, y seguro que los dos estaban furiosos conmigo.

—Volvemos a encontrarnos. —En su voz no había ni rastro de alegría—. ¿O sea que ahora estás en París?

—Yo...

—¡Claro que estás en París! —se respondió él mismo—. La pregunta es qué te ha traído aquí. O qué te hizo marchar de Berlín.

No podía darle ninguna respuesta. Un nudo me cerraba la garganta. Todas esas semanas y esos meses había intentado no pensar en ello. Laurent se me había aparecido en sueños, pero yo enseguida había reprimido su recuerdo. Justificaba mi marcha pensando que no quería ponerlo en peligro, pero al ver a Didier supe que había sido terriblemente egoísta. Solo había pensado en mí, en el daño que podía hacerme Hansen.

—¿Tienes un momento para hablar? —me preguntó sin soltarme aún del brazo.

Asentí. Tampoco me habría creído si un domingo hubiera argüido ir justa de tiempo.

—Pues ven, vayamos a una cafetería y hablemos de todo esto —propuso.

—No, a una cafetería no —pedí, pues estaba segura de que no sería capaz de mantener la compostura con lo que teníamos que hablar.

—Bueno. ¿Adónde, entonces?

—Podemos ir a mi piso —sugerí.

En realidad, no era el lugar ideal, porque no sabía si Didier se exaltaría mucho, pero no tenía otra posibilidad.

—Está bien, iremos a tu casa. Solo espero no molestar.

—No, no molestas.

Caminamos por las calles en silencio. En mi interior ardía la incertidumbre. ¿Lo habría enviado Laurent para buscarme? ¿Cómo estaba él? ¿Y qué había sucedido desde entonces? ¿Me habría enterrado Hansen bajo un alud de infamias al darse cuenta de que había desaparecido? ¿Se habría vengado por fin?

Subimos la modesta escalera y nos detuvimos frente a la puerta de mi apartamento. La vecina de arriba ya volvía a gritarles a sus hijos. En algún lugar se oía llorar a un niño de pecho.

—¿O sea que aquí vives? —preguntó Didier. Eran las primeras palabras que decía desde que habíamos iniciado el trayecto hacia mi piso.

—Sí, aquí vivo —contesté, y supe que estaba viendo la pintura desconchada de las paredes, el barniz desgastado de la puerta y las manchas de humedad que había sobre el marco y que se habían formado porque la bañera de arriba se había desbordado. Ni siquiera la Casa Roja tenía tan mal aspecto.

Abrí y le indiqué que pasara. La mala impresión se prolongaba en el interior del apartamento, eso lo tenía claro. Pero a mí no me molestaba. En Saigón había casas con muchísimo peor aspecto.

Lo conduje al salón, donde se sentó en el sofá de *madame* Blanchard. Yo me quedé de pie, cohibida, hasta que él se hizo a un lado y dio unas palmadas a su lado, en el cojín.

—Ven, siéntate. No quiero que se te hinchen aún más los tobillos.

Vacilante, accedí a lo que me pedía.

—¿Cómo está Laurent? —pregunté.

Miré a Didier, pero él no se volvió hacia mí, sino que miró por la pequeña ventana, donde colgaban unas cortinas deslucidas. Todavía no había tenido ocasión de coser unas nuevas.

—Está muerto —contestó con voz gélida.

Una bofetada suya no me habría dolido ni de lejos tanto como esa frase.

—¿Muerto? —Solo fui capaz de susurrar esa palabra, porque me había quedado sin aliento. Era como si me hubiera caído una losa de cien kilos en el pecho.

Didier asintió y siguió sin mirarme aún.

—Pero... ¿cómo? —conseguí decir, impotente, mientras mi mente se negaba a creer sus palabras.

—Tuvo un accidente con el avión. Después de que desaparecieras y él no lograra encontrarte, regresó a casa e intentó distraerse con sus vuelos. Un día, el motor debió de fallar o... —Se interrumpió. No pronunció las palabras, pero pude imaginar lo que iba a decir. Que Laurent se había precipitado hacia la muerte por mi culpa.

Me desplomé contra el respaldo del sofá, incapaz de hacer ni decir nada. Casi no sentía el cuerpo. Las lágrimas me inundaron los ojos y cayeron por mis mejillas, pero no provocaron ningún sollozo. Me sentía como una estatua sobre la que resbalaba la lluvia.

No sé cuánto tiempo estuve así sentada. Didier no decía nada. También él seguía inmóvil. Ambos mirábamos por la ventana y veíamos cómo los tejados de París se hundían en la oscuridad.

En realidad me habría gustado gritar y arrancarme el pelo, pero me faltaban fuerzas. Las lágrimas seguían cayendo por mi rostro y no podía moverme. Primero había perdido a Thanh, luego a Ariana y, al final, también a la persona a la que más amaba. Estaba claro que Thanh tenía razón, las flores del templo estaban malditas y yo seguía recibiendo mi castigo: perder siempre lo que más quería.

—Estás embarazada —dijo Didier al cabo. Sus palabras sonaron extrañas en el silencio, pero al menos consiguieron sacarme de mi estupor.

Asentí.

—Sí, lo supe un mes después de llegar aquí. No ha habido ningún otro hombre más que Laurent, el niño es suyo.

Me invadió un terrible sentimiento de culpa. Si me hubiera quedado en Berlín, si hubiera afrontado con valentía el asunto de Hansen en lugar de huir, tal vez Laurent seguiría vivo y tendría ocasión de conocer a su hijo.

—Y... ¿tienes a otro? ¿A otro hombre, quiero decir?

Lo miré con espanto.

—No, claro que no.

—Laurent creía que lo habías abandonado por otro.

—No, no lo dejé por ningún otro —repuse—. Fue algo más complicado que eso. Fue algo que... tenía que ver con mi pasado.

—Entonces, ¿tú también seguías queriendo a Laurent?

Didier no sabía nada de mi declaración de amor, por lo visto su hermano no se lo había mencionado. O tal vez él ni siquiera me había creído, después de desaparecer así.

—Lo sigo queriendo aún... —Perdí la compostura y rompí a llorar.

Me alegraba de que hubiera sucedido allí y no en una cafetería, donde decenas de personas se habrían quedado mirándome.

Didier siguió sentado un momento en el sofá sin saber qué hacer, después me rodeó con sus brazos. No dijo nada, pero me consoló mucho sentirlo tan cerca, pues en él sentía también una parte de Laurent. Mi Laurent, que quería casarse conmigo y que, ahora lo sabía, me había buscado y había terminado por creer que lo había abandonado por otro.

Durante un rato me hundí en mi dolor, y entonces sentí una suave patada del niño. Era la primera que notaba. Me quedé de piedra y me sostuve la barriga.

—¿Qué ocurre? —preguntó Didier, asustado—. ¿No te encuentras bien?

—No, es que... El niño, que me ha dado una patada. El pequeño querrá decirme que tengo que dejar de llorar.

Me soné con el pañuelo que me alcanzó Didier.

—Yo creo que más bien quiere consolarte. —Me acarició el pelo y sonrió—. O querrá jugar al fútbol, si es que es niño.

¡Cómo deseé entonces que fuera un niño, un pequeño que fuera igual que Laurent, o que por lo menos se le pareciera mucho! Esa idea me ofreció consuelo y conseguí tranquilizarme, aunque el dolor seguía pesando en mi corazón.

—¿Y ahora? —pregunté, pues estaba segura de que Didier no quería seguir hablando del bebé—. ¿Qué hace tu familia?

—Mi familia sigue siendo mi familia. Mi padre había esperado que Laurent entrara en razón, pero al final he sido yo quien ha seguido sus pasos en los negocios. Ya puedes imaginar que no es algo que me haga muy feliz. También yo preferiría abandonarme a mis pasiones en Berlín, pero las hadas madrinas con sus tres deseos no abundan en los últimos tiempos. Así que he ocupado mi lugar y cumplo con mis responsabilidades. Lo cual también es bueno, porque así no pienso tanto en Laurent. —Bajó los ojos y luego me miró—. ¿Sabes? Te odié mucho cuando me enteré de que habías desaparecido. Pensaba que me había equivocado al juzgarte. Luego me pregunté si mis padres tal vez tenían la culpa de tu huida. Estuvieron insufribles contigo, y habría sido comprensible que quisieras alejarte de ellos. Pero en ese caso podrías haberlo hablado con Laurent.

—No fue por tus padres, Didier —aclaré—. Jamás habría abandonado a Laurent de no ser por...

—¿Qué ocurrió? —quiso saber.

Pero yo negué con la cabeza.

—No puedo hablar de ello. Arrojaría una luz oscura sobre mí. Seguro que te parecería horrible.

—Está bien —dijo Didier tras lanzar un suspiro—, no puedo exigirte que confíes en mí la segunda vez que me ves, pero te aseguro que no tengo prejuicios contra nadie por su pasado. ¿Eres hija ilegítima? ¿Alguna vez requeriste los servicios de una abortera?

—No, es otra cosa.

Didier apoyó los codos en las rodillas y entrelazó las manos. Tomé su silencio como la aceptación de que debía guardarme mi secreto para mí.

—Me gustan los hombres —anunció—. Mejor dicho, solo sé amar a hombres.

Sabía lo que significaba eso, pero jamás habría pensado que Didier fuera homosexual.

—Ese es mi secreto, y, créeme, si llegara a confesarlo mi padre me desheredaría..., por mucho que ahora solo le quede un hijo.

—Pero ¿por qué? —me extrañé.

En la sala de baile también habíamos tenido de vez en cuando clientes que se sentían atraídos por otros de su mismo sexo. Ella, medio en broma, los llamaba «mariquitas», pero le caían muy bien, y a mí también, porque eran cultivados y amables, y de vez en cuando nos traían algún regalito. «A estos no hay que tenerles miedo», había bromeado mi amiga. «Te traen regalos porque les pareces simpática, no porque quieran llevarte a la cama.»

—¿Que por qué? —bramó Didier, y saltó del sofá—. ¡Porque es pecado! Al menos por lo que respecta a nuestra Iglesia, que de todas formas nunca ha significado nada para mí. Y porque con ello el sueño de mi padre de tener un heredero se haría pedazos.

Hizo un gesto teatral con la mano, luego se detuvo y me miró. Permaneció casi inmóvil durante varios minutos, como si estuviera dando vueltas a una idea en su cabeza.

—Pero tal vez haya una solución.

Yo no sabía adónde quería ir a parar.

—Antes de que te la proponga, no obstante, explícame con toda franqueza por qué abandonaste a mi hermano. No te juzgaré por ello, te lo prometo.

Luché conmigo misma. ¿Debía contárselo? ¿De qué solución hablaba?

Él acababa de desvelarme el que seguramente era su secreto mejor guardado... A mí, una extraña a quien solo había visto dos veces en su vida. Había llegado mi turno. ¿Podía perjudicarme contárselo? Ya no tenía nada que perder...

—Huí de Saigón para evitar que me casaran, pero acabé en un barco de tratantes de mujeres. Ellos me llevaron a Hamburgo, donde me encerraron en un burdel. Al cabo de un año conseguí escapar de allí.

Miré al suelo, avergonzada, pues no quería ver cómo cambiaba la expresión de Didier. Pensé que estaría contemplándome con profunda repugnancia, lo cual me parecía comprensible, pues incluso yo seguía sintiendo asco de mí misma.

—¿Sabes quiénes eran esos hombres? —preguntó con calma, en cambio.

—¿Los que me secuestraron? No, no lo sé. Pero el burdel pertenecía a un proxeneta llamado Hansen. En mi intento de escapar de esa casa lo dejé inconsciente de un golpe y, poco antes de nuestra boda, reapareció con intención de chantajearme. Me exigía cien mil marcos estatales a cambio de no hacer público que yo había sido una...

—¡Menudo cerdo! —masculló Didier, que empezó a caminar de un lado a otro de la habitación, nervioso. Yo oía sus pasos, pero no levanté la mirada. Me sentía mareada y creía que iba a vomitar en cualquier momento—. ¿Y renunciaste a todo tu dinero? Laurent dijo que como modelo de moda habías ganado bastante.

—No, no renuncié a todo. Me llevé conmigo lo que había ahorrado.

—¿Y el dinero de tu cuenta?

Sacudí la cabeza.

—Solo me llevé lo que tenía en efectivo. Laurent me había abierto una cuenta, pero ese dinero debe de seguir allí.

Didier asintió.

—Entonces me ocuparé de ello.

O sea que quería ayudarme. No me esperaba algo así.

—Y... ¿no tienes ningún problema con lo que hice? —pregunté, titubeante.

—¿Qué es lo que hiciste? —soltó Didier sin pararse a pensar—. ¡Tú no hiciste nada! Esos tipos te lo hicieron a ti, te obligaron. A ese tal Hansen habría que meterlo en la cárcel. —Murmuró algo que no entendí y luego añadió—: Mi hermano se habría ocupado de ti sin ninguna duda. ¡Habría acudido contigo a la policía y habría denunciado a ese Hansen por trata de mujeres! ¡Jamás tendrías que haber huido!

Agaché la cabeza, avergonzada por mi estupidez. Didier tenía razón, primero debería haberme ocupado de las cosas importantes de verdad. Debería haber confiado en Laurent. En su amor y su protección. Juntos tal vez habríamos podido superarlo, y sin embargo...

—Pensé que todo se desmoronaría —respondí en voz baja—. Que Laurent ya no me querría si sabía lo que había pasado.

Didier se acuclilló ante mí y posó las manos en mis hombros con suavidad.

–Tienes que saber que desde el principio me caíste bien, Hanna. Y solo eso me impide darte una bofetada ahora. ¿De verdad conocías tan poco a mi hermano? Tenía trato con mujeres que eran auténticas pelanduscas, algunas de ellas poseían un alma tan podrida que cualquier otro habría sentido asco. Tú fuiste la primera a la que Laurent amó de verdad. Fuiste su ángel. Él te lo habría perdonado todo, aunque hubieras matado a ese tal Hansen. Te habría ayudado a superar tus problemas.

Al oír sus palabras se me llenó la boca de bilis. El interior de mi cuerpo se convulsionó y de nuevo se me saltaron las lágrimas. ¿Por qué no había confiado en él? ¿Por qué?

–Ahora no llores –dijo Didier con voz tranquilizadora, mientras yo, decepcionada conmigo misma, seguía sollozando–. Has conseguido abrirte a mí, y eso es bueno. Aunque te haya reprendido, yo también soy como Laurent. No te guardaré ningún rencor, precisamente porque mi hermano tenía unos sentimientos muy intensos hacia ti. Te ayudaré a solucionarlo todo.

Tomó mi cara entre sus manos y me miró a los ojos.

–Hanna, ¿quieres casarte conmigo?

Esa pregunta me cortó el llanto de golpe. Creí que no lo había oído bien. Pero ¿no acababa de confesarme Didier que amaba a otros hombres? ¿Y me pedía matrimonio?

–Pero si acabas de decirme que...

–Que me gustan los hombres. Sí, es cierto, y seguirá siendo así. Pero acabo de darme cuenta de que podemos ofrecernos ayuda el uno al otro. Mi padre desea que me case y le dé un heredero, y tú necesitas a alguien que se encargue de convertirte en ciudadana francesa. Alguien que, en caso de necesidad, también te proteja de Hansen. ¡A mí me gustaría hacerlo! Si aceptas mi ofrecimiento, diré que soy el padre de tu hijo, incluso en el registro civil. Mis padres estarían satisfechos y tú tendrías a quien cuidara de ti, y a mí también me dejarían tranquilo. —Me apartó un mechón de pelo de la cara y sonrió—. Es evidente que no puedes ponerte celosa cuando quede con mis amantes. Y tampoco puedes enamorarte de mí, o como mucho puedes hacerlo de forma platónica. Pero creo que a Laurent le gustaría que, tal como él tenía pensado, formaras parte de nuestra familia. ¿Qué me dices?

En ese momento no sabía qué contestar. La oferta era más que generosa, y comprendí que, aceptándola, todos mis problemas se solucionarían de golpe. Como esposa de un francés obtendría un nuevo pasaporte y, si Hansen intentaba destrozarme la vida otra vez, podría acudir a la policía. Mi hijo sería legítimo, no un bastardo que solo encontraría obstáculos en la vida. Y me convertiría en una De Vallière. A mis suegros no les haría ninguna gracia, pero ese era un precio muy pequeño a cambio de que el hijo de Laurent tuviera un futuro. Uno mejor que el mío. Aun así, ¿podía aceptar el ofrecimiento?

—Es muy generoso por tu parte —empecé a decir, titubeante—. Pero ¿tienes claro lo que implica?

—Aunque esta noche siga dándole más vueltas, no creo que encuentre ninguna pega a nuestro acuerdo. A menos que tú estés pensando en otro hombre con el que quieras casarte.

Negué con la cabeza; estaba segura de que jamás amaría a ningún otro como a Laurent.

—¿Y qué dirán tus padres?

Didier sonrió. Sus ojos relucían incluso en ese instante.

—Oh, renegarán y maldecirán y rechinarán con los dientes. Pero soy el único hijo que les queda. Así nadie podrá hacer correr más rumores sobre que soy algo rarito. Además, en el caso de que tú volvieras a enamorarte de alguien, yo no tendría nada en contra. Incluso me divorciaría de ti si quisieras casarte con tu amante. Los dos saldríamos ganando. ¿Y bien?

¿Debía pensarlo con más detenimiento? Estaba segura de que al día siguiente llegaría a la misma conclusión.

—Está bien, seré tu mujer. Pero ¿cómo vas a explicarle a tu madre que ya esté de ocho meses?

—Eso déjamelo a mí. —Didier me dio un beso en la mejilla. La expresión triste de su mirada seguía allí, pero sentí que ya no me guardaba ningún rencor—. Yo cargaré con toda la responsabilidad al respecto.

—¿Y si le decimos que el niño es de Laurent y ya está?

—¡Ni hablar! —exclamó Didier riendo—. Es posible que entonces esperen que también yo te haga uno. Y, como podrás comprender, a eso sí que no estoy dispuesto.

23

—Entonces, ¿el bisabuelo no era el padre de Marie? —Melanie todavía tenía que digerir esa información.

A su bisabuelo solo lo conocía por una fotografía en la que se veía a un aguerrido joven que parecía tener el mundo a sus pies. No la unían a él hondos sentimientos, pero aun así se quedó estupefacta al enterarse de que no era su bisabuelo, sino el hermano de este.

—No, no lo era.

—¿Y la abuela lo sabe?

Hanna negó con la cabeza y asió con más fuerza su taza de té.

—No, y tampoco sé si debe enterarse algún día. Idolatraba a Didier, porque tenía una enorme sensibilidad para el arte y la literatura. Le compraba cajas de pinturas y más tarde telas, y siempre traía algún regalo para ella de sus viajes. Puede decirse que la mimó hasta el extremo. Cuando murió, Marie quedó destrozada. La pena le duró muchos años. No querría alimentar de nuevo ese dolor.

—¿Y por qué me lo cuentas a mí?

—Porque tú no conociste a Didier. Y porque creo que eres lo bastante fuerte para soportarlo.

—¿Y mi madre?

—Tampoco ella lo conoció, pero aun así, si lo supiera... Tarde o temprano se lo contaría a Marie, porque no olvides que es su hija.

—Y yo su nieta.

—Es verdad, pero tú eres diferente. Eres más como yo, sabes guardar secretos. Por lo menos eso creo.

Melanie asintió. Su bisabuela seguramente tenía razón. Mientras le relataba su historia, Melanie no hacía más que fijarse en cosas que tampoco ella habría hecho de otro modo.

Durante un rato estuvieron mirando en silencio sus tazas de té, luego Hanna se levantó.

—Ya va siendo hora de acostarse. Mañana el cristalero traerá la nueva vitrina. Como ya tienes arreglado el vestido de novia, podríamos volver a exponerlo enseguida.

Melanie asintió y entonces se le ocurrió algo.

—*Grand-mère*, ¿tienes algo en contra de que me cosa un vestido de novia aquí? Yo no tengo máquina y...

Hanna la miró con asombro.

—Claro que no, cielo. Pero... ¿vas a coserte un vestido de novia?

Melanie asintió.

—Sí, ya lo había decidido esta mañana. —Reflexionó un momento y luego añadió—: Tal vez me traiga suerte hacerlo. Para variar, no es un acto de compasión, sino que intento crear algo nuevo. Quiero mirar hacia delante con optimismo, no quedarme siempre atascada en lo que ha sucedido y en lo que podría haber sido.

Su bisabuela asintió y la estrechó con fuerza entre sus brazos. En ese momento sonó el móvil en el bolsillo de Melanie, que se separó de Hanna para contestar. Por un instante creyó que volvía a ser Charlotte, que la llamaba por lo de Dornberg, pero era el número de Katja el que aparecía en la pantalla.

Dudó. ¿Debía permitir que le echara encima otra andanada de reproches?

—Hola, Katja —contestó con un suspiro, pero entonces se oyó un chasquido y la comunicación se cortó.

Melanie sacudió la cabeza mirando el móvil. ¿De pronto Katja se dedicaba a aterrorizarla por teléfono?

¿Había marcado su número sin querer? ¿Había apretado quizá el botón de llamada mientras revolvía en su bolso?

—¿Qué ocurre? —preguntó Hanna, extrañada.

—Era Katja, pero no me ha contestado.

Melanie esperó un momento más para ver si volvía a sonar el teléfono, pero no ocurrió nada. Por lo visto había sido una llamada involuntaria.

—Tal vez deberías llamarla tú.

—No, si es algo importante lo intentará otra vez. —Melanie se guardó el móvil en el bolsillo. Sentía una ligera inquietud, pero se dijo que, si de verdad hubiera ocurrido algo, seguro que Katja pondría el grito en el cielo—. Buenas noches, *grand-mère,* espero con impaciencia la próxima entrega de tu historia.

Volvió a comprobar el teléfono mientras subía a su habitación, pero nada había cambiado. Eso la tranquilizó un poco. Se desvistió y se metió en la ducha. El agua no solo se llevó consigo el polvo del desván, sino también parte de la inquietud con la que cargaba.

Al salir del baño, vio que le había llegado un mensaje. Katja había vuelto a llamar y esta vez sí había dejado un mensaje en el buzón de voz.

Melanie sopesó si escucharlo o no. ¿Querría disculparse su suegra por el comportamiento del día anterior? ¿O había algún otro motivo para su llamada?

Marcó el número del buzón y la voz electrónica le informó de que tenía un mensaje nuevo.

«Hola, Melanie», oyó que decía la voz de Katja, inquieta, acompañada de un ruido de motor. «Ven al hospital, por favor. Se trata de Robert.»

Nada más. Algo se encogió en el pecho de Melanie. Espantada, se llevó la mano a la boca. ¿Había ocurrido algo? ¿Había empeorado Robert?

Durante unos segundos se quedó paralizada ante la cama, luego dio media vuelta y se puso a toda prisa los vaqueros, que seguían llenos de polvo del trabajo del día, y la primera camiseta que encontró. Salió corriendo de la habitación. Hanna estaba a punto de entrar en su dormitorio cuando la vio.

—Cielo, ¿ha pasado algo? ¡Estás blanca como la pared!

—Robert —dijo Melanie entre lágrimas—. Katja ha llamado y me ha dicho que vaya al hospital.

—¡Entonces voy contigo!

—No, mejor quédate aquí y acuéstate ya.

—¡Ni pensarlo! ¡En el estado de nervios en el que estás no dejaré que te subas tú sola a un coche!

—Pero...

—¿Qué ocurre? —preguntó Marie, que se asomó a su puerta medio dormida.

—Melanie tiene que ir al hospital —contestó Hanna—, y yo la acompaño.

—Pero, *maman,* en plena noche no puedes...

—¡Basta ya! —vociferó Hanna—. No soy ninguna momia. ¡Ya dormiré cuando esté muerta! Venga, démonos prisa.

Melanie miró a Marie con una disculpa y luego bajó corriendo.

—Acercaré el coche, *grand-mère.* ¡No tienes por qué caminar por toda la grava!

—¡Está bien! —repuso Hanna, y bajó la escalera.

—Pero llamadme en cuanto estéis allí, ¿de acuerdo? —exclamó Marie tras ellas, preocupada, aunque Melanie ya había salido de la casa y Hanna no parecía escuchar a su hija.

24

Didier consiguió imponer sus deseos. Nos casamos el 10 de febrero de 1929, poco antes del parto. Nos hizo un día espléndido, casi de primavera.

A Didier le habría gustado verme con el vestido de novia de mi suegra, pero era imposible. En lugar de eso, hizo que me trajeran de París un modelo con un anticuadísimo corte estilo imperio y una falda tan amplia que pude esconder mi barriga allí debajo.

—De todas formas se rumoreará que hemos mantenido relaciones antes de la boda y que yo no he tenido el coraje de pedir antes tu mano —dijo guiñándome un ojo después de enseñarme el vestido—. Pero eso tiene que darnos igual. Vivimos en tiempos modernos, ¿verdad?

Sí que hubo rumores, pero menos por mi estado que por la ausencia de mi suegro, que alegó unos negocios importantes como pretexto. Mi suegra sí estuvo presente, pero no consiguió ofrecernos más que una sonrisa pétrea. Los parientes más lejanos, por el contrario, parecían aliviados. Las habladurías sobre si Didier se sentía atraído por los de su mismo sexo quedaron acalladas. Ya tenía una esposa, y una a la que había dejado embarazada, además. Todo el mundo vio con buenos ojos que estuviera dispuesto a dar la cara por «su» hijo.

Así que ya tenía otro secreto más que guardar, pero, al contrario que con el otro, este no me resultaba ni de lejos tan desagradable.

Los festejos fueron sencillos, en consonancia con la crisis económica mundial, pero para nosotros fueron más que suficientes. Por parte de Didier asistieron su madre y algunos amigos; por la mía, *madame* Blanchard y varias amigas suyas. Esas mujeres se habían alegrado sinceramente por mí al ver que no tendría que dar a luz un hijo fuera del matrimonio. No me atreví a invitar a mis amigos de Berlín. No debía darle a Hansen ocasión de seguirme la pista. La modelo de moda había desaparecido para siempre; solo quedaba una pequeña sombrerera francesa con raíces indochinas. Nadie buscaría a esa mujer para extorsionarla. También fue una suerte para mí que a mis suegros les resultara incómodo nuestro futuro enlace, pues no pusieron ningún anuncio por ninguna parte, cosa, que me alegró.

A primera hora de la mañana siguiente a la ceremonia (como era de esperar, no hubo noche de bodas) me dirigí a la tumba de Laurent. Ya la había visitado un mes antes, cuando Didier me había llevado de nuevo al castillo para anunciarles a sus padres que se casaría conmigo, pero no aguanté mucho tiempo allí. El dolor me había desbordado tanto que un telón de lágrimas me impidió leer siquiera su nombre en la lápida de mármol.

Esa mañana el cielo estaba despejado, salvo por alguna nube que se cernía en el horizonte. Sobre los prados flotaba la neblina, el rocío goteaba desde la madera negra de las ramas. Me puse las botas que me había comprado en París y me encaminé con mi sencillo vestido marrón al panteón familiar, que quedaba al otro lado del jardín. En las manos llevaba mi ramo de novia, de rosas y jazmín. Había acordado con Didier que le pediríamos a la florista dos ramos idénticos. Uno, como era costumbre, se lo lancé a las mujeres solteras de entre los invitados; el otro, en cambio, lo había ocultado justo después de la ceremonia, pues estaba decidida a entregárselo a Laurent.

Mientras recorría los senderos cubiertos de niebla contemplando cómo se elevaba el sol por encima de los árboles y teñía de rosado los blancos velos, me sentí un poco como un hada o un espíritu del bosque.

Por fin apareció ante mí el panteón. Los dos ángeles de piedra que flanqueaban la puerta me miraron adustos, pero yo, con mi ramo de novia en la mano, me sentía invulnerable. Los goznes de la reja de entrada chirriaron un poco cuando la abrí. La sala estaba oscura y fría, solo un par de rayos de sol se colaban por las aberturas que había bajo el tejado. Alguien había encendido una vela sobre el sarcófago de Laurent; supuse que habría sido Didier, que conocía mi plan.

Sin mirar siquiera las demás tumbas, me acerqué a él y puse una mano en la piedra. Después dejé el ramo de flores encima.

—Nunca amé a ningún otro —susurré en voz baja—. Por favor, perdóname por haberte abandonado así. Me he casado con Didier, pero seguro que tú conoces su secreto. Te quiero, y solo a ti.

Sentí que las lágrimas se deslizaban por mis mejillas. Más que nada en el mundo anhelaba que supiera que pronto tendríamos un hijo. Los cristianos creían que existía un Cielo desde el que los difuntos podían ver a los vivos. En ese momento deseé con todas mis fuerzas que fuera verdad.

Solo dos semanas después empecé a tener contracciones. Con ellas se terminaron también mis días de gracia. Al ver que estaba encinta, Madeleine me había tratado con suma delicadeza, pero yo sabía que, en cuanto el niño estuviera en el mundo, sin duda intentaría imponer su voluntad sobre mí y sobre el pequeño.

Por lo menos se encargó de buscar a una buena comadrona y a un médico que estuvieran a mi lado. No porque estuviera contenta conmigo, sino porque la familia De Vallière no podía permitir que se comentara por ahí que uno de sus miembros había venido al mundo con la única ayuda de la cocinera.

El parto se me hizo interminable. Y al final casi me puse a rabiar, porque siempre tenía a alguien a mi lado secándome la frente. En aquella casa no se podía sudar ni mientras se daba a luz a un niño.

Las contracciones acabaron por hacerse tan fuertes que creí que moriría en cualquier momento. Desesperada, me aferré a la esperanza de parir a un hijo varón en el que poder ver a mi querido Laurent. Y por fin lo superé. Los gritos de la criatura me parecieron el sonido más hermoso que había oído jamás.

—¡Enhorabuena, *madame,* ha tenido una hija preciosa!

Las palabras de la rubicunda comadrona me decepcionaron un poco, pero entonces vi a ese pequeño ser indefenso con la cabecita cubierta de pelusilla negra y todo se me pasó. Rompí a llorar de alegría, pero también de pena porque Laurent no pudiera ver ese pequeño milagro.

Mis suegros recibieron la noticia de que había tenido una niña con su acostumbrada frialdad. Mi suegro se marchó a trabajar; una niña no le interesaba, ya que no daría continuidad a su apellido. Madeleine vino a conocer a la pequeña por obligación y con un interés contenido, porque al fin y al cabo era mitad De Vallière.

—Deberíamos ponerle los nombres de sus bisabuelas —anunció mi suegra mientras seguía examinando a la niña.

Me di cuenta de que los rasgos asiáticos de mi pequeña no le gustaban, pero ¿qué esperaba, que naciera con rizos rubios y ojos azules?

—¿Y cómo se llamaban sus bisabuelas? —pregunté, pues me sentía demasiado débil para oponerme a sus intenciones.

Comprendí que la niña debía llevar un nombre europeo. El nombre que le diera yo era una cuestión completamente diferente.

—Marie y Hélène —dijo Didier, que estaba sentado junto a mí, haciendo de padre orgulloso.

Madeleine me miró casi con indignación, pues esperaba que yo conociera ya esos nombres.

—¿Tal vez podríamos ponerle también los de tus abuelas? —añadió mi esposo.

Eso provocó un enojo aún mayor en Madeleine, pero se sintió obligada a decir:

—Bueno, estaría más que justificado, ¿no?

—¿No son cuatro nombres demasiados para una niña? —pregunté yo. También habría podido preguntar qué significaban los nombres de Marie y Hélène, pero con eso solo habría provocado a mi suegra sin necesidad—. Con Marie y Hélène bastará, ¿verdad?

Madeleine se sorprendió de lo fácil que había sido convencerme. Yo esperé que eso facilitara mi relación con ella, al menos un poco. Bautizamos a mi hija con los nombres de Marie y Hélène en la capilla privada del castillo.

Los años siguientes vivimos bastante tranquilos. En contra de la opinión de mi suegra de que el lugar de la esposa está en la cocina, yo iba todos los días a trabajar a París con un pequeño automóvil que me había regalado Didier.

Con el tiempo, los reproches de Madeleine acabaron siéndome indiferentes. Digamos que mi coraza se hizo lo bastante resistente para aguantar sus ataques. Cada vez que las cosas se ponían feas, yo desaparecía enseguida en mi cuarto y me sentaba a la máquina de coser. Ella detestaba ese ruido y se mantenía alejada.

Didier pasaba casi todo el tiempo en la oficina de su padre. Y, cuando no estaba allí, se lanzaba a los brazos de algún amante. Yo sabía que tenía un pequeño apartamento que usaba como nidito de amor, pero no me importaba. Tenía bastante con ocuparme de Marie. Le di el pecho, le cambié los pañales, me senté junto a su cama mientras le salían los dientes, pasé noches en vela cuando pilló la varicela... Marie era mi centro, el sol alrededor del cual giraba todo. Vivía por y para ella, y poco a poco la tristeza por la muerte de Laurent fue remitiendo. En mi corazón quedó una cicatriz, pero después también llegaron momentos en los que pude sonreír de pura felicidad, como cuando Marie aprendía a hacer algo nuevo.

Cuando fue lo bastante mayor para venirse conmigo al taller de la sombrerería, la presenté allí llena de orgullo. Las clientas estaban entusiasmadas y no hacían más que preguntarme por la niña. Al cabo de pocas semanas, la habían cubierto de vestiditos y zapatos, dulces y lacitos. A mí me daba un poco de apuro, pero habría sido descortés rechazar esos detalles.

—Tú ten cuidado de que no se marche corriendo detrás de alguna de esas mujeres —me advirtió *madame* Blanchard en broma—. Encontrarla por las calles de París podría resultar difícil.

Me reí, pero a mi niñita, que casi no sabía aún ni caminar, le inculqué que nunca se marchara con ningún desconocido. Eso lo aprendió ya antes de poder tenerse en pie con seguridad y echar a correr.

Mi suegra no hacía más que decirme que no era bueno que yo trabajara, y se escandalizaba de que, encima, me llevara a mi hija al taller.

—Una mujer debe quedarse en su casa en cuanto tiene hijos —se puso a rezongar una tarde en que Didier no estaba, porque su padre lo había enviado a Nueva York en viaje de negocios.

El propio Paul, por una vez, se había quedado en casa. Me vi absolutamente en sus manos, pues Marie todavía era muy pequeña. Me habría encantado alegar migraña, pero Madeleine habría insistido en cenar de todas formas.

—Didier me permite trabajar —dije para aplacar sus reproches—. Además, tengo a Marie siempre conmigo y me ocupo de ella.

—Sería mucho mejor que se la entregaras a una institutriz para que a partir de ahora reciba una buena educación.

Era evidente que mi suegro consideraba que estaba criando mal a mi hija..., sobre todo porque la ponía en contacto con la clase trabajadora.

—Además, deberías preocuparte más de tu marido —siguió protestando mientras cortaba la carne con rabia. Estaba muy tierna, pero parecía que fuera de una vaca de cien años—. Tiene la cabeza en cosas que no debería y se pasa las noches en París. Eso no es bueno. Debería ocuparse de su familia.

Difícilmente podía pedirle yo a Didier que estuviera más en casa. A fin de cuentas, habíamos acordado que él podría hacer lo que le viniera en gana.

—Sí, *monsieur* —me limité a decir, e intenté tragarme la rabia junto con los bocados de carne.

Mi respuesta tranquila, sin embargo, no pareció bastarle.

—¡Tus síes no me sirven de nada! ¡Espero hechos! La próxima vez que esté aquí hablarás con él. Y no le haría daño a nadie que tuvierais otro hijo. La familia necesita un heredero que pueda dar continuidad al apellido De Vallière.

¡Eso seguro que entusiasmaría a Didier! En otro tiempo habría reaccionado apocada ante tales exigencias y habría intentado contentarles dándoles alguna esperanza para que me dejaran tranquila. Pero con el paso de los años me había vuelto más dura, así que reaccioné burlándome por dentro, y a punto estuve de estallar en carcajadas ante la idea de que Didier y yo debíamos tener un niño. Por suerte logré contenerme, porque si no se habría organizado una buena.

—Hablaré con él de ello cuando regrese. Por desgracia, Nueva York no está a la vuelta de la esquina.

Paul me miró indignado, pero calló, tal vez porque no creía que la discusión mereciera la pena. Y yo me puse a pensar en Nueva York. Si las cosas hubieran ido de otro modo, podría haber pasado una temporada muy feliz allí con Laurent. Tal vez habría aprovechado la ocasión para anunciarle que estaba embarazada. Pues lo habría estado, de una forma o de otra. Me sobrevino una nostalgia inmensa. Esa noche me habría encantado acercarme a la tumba del panteón familiar, pero arreciaba un temporal que arrancaba las tejas y rompía ramas. Me quedé de pie junto a la ventana y contemplé el embate de la naturaleza, escuché los aullidos de la tormenta y observé los relámpagos que estallaban amenazantes sobre la espesa capa de nubes. Pensé en Laurent y lloré por lo que le había hecho y lo que había ocurrido. Pensé también en Thanh y en que probablemente nunca volvería a verla. No sé a qué hora me acurruqué en la cama con una sensación espantosa; por suerte no tardé en dormirme y, con ello, el regreso de Didier y la partida de Paul quedaron a una noche menos de distancia.

A la mañana siguiente me despertó un grito terrible. Me incorporé, sobresaltada, y cuando me di cuenta de que procedía del dormitorio de mis suegros eché a correr desde mi cuarto sin ponerme ni una bata encima. Una de las sirvientas me salió al paso, blanca como la pared.

—¿Qué ha ocurrido? —le pregunté.

—Es el señor. —Temerosa, se tiraba de las cintas del delantal—. Ha...

No tuvo que decir más.

Al entrar en el dormitorio, vi a Madeleine llorando sentada en el borde de la cama. Sostenía el rostro de su marido con las manos, pero Paul de Vallière no despertaba.

—*Madame,* ¿qué ha ocurrido? —pregunté. Seguía sin llamarla *maman.* No me lo había ofrecido, y yo no quería tomarme esa libertad con descaro.

Madeleine no parecía oírme, pero yo ya sabía lo que había sucedido.

—¡Iré a buscar a un médico! —anuncié, y salí corriendo de la habitación, presa del pánico, para bajar a la sala del servicio—. ¡Un médico! —exclamé—. ¿Alguien tiene el número de un médico?

Martin, el mayordomo de la casa, me dio enseguida el número del doctor Rémy. Me apresuré al teléfono. Turbada, informé al médico de lo ocurrido y él me prometió que acudiría enseguida. Empecé a recorrer el vestíbulo de un lado a otro con gran nerviosismo.

Por las caras del servicio había visto que sabían que *monsieur* Paul había muerto. También yo lo sabía, pero no quería ni imaginarme qué ocurriría con Madeleine. Ni con Didier. Primero su hermano sufría una desgracia, luego moría su padre. Empezaba a preguntarme si no habría llevado una maldición a esa familia.

El doctor Rémy se presentó media hora después. Nos saludamos con parquedad y lo acompañé arriba. Madeleine seguía sentada en la cama junto a su marido, llorando en voz baja.

El médico entró en el dormitorio y yo me quedé en el rellano de la escalera. Oí cómo hablaba con mi suegra, y luego todo quedó en silencio. Unos minutos después volvió a salir con expresión meditabunda.

—Mis condolencias, *madame* De Vallière. Lamentablemente, su suegro ha fallecido.

—¿Cómo ha sido? —pregunté, pues pensé que era mi obligación.

—Un ataque cardíaco. Durante la noche, con toda probabilidad. No habrá sentido mucho dolor. —Debía de creer que con eso me consolaba—. Le he dado a su suegra un tranquilizante. Por favor, asegúrese de que descansa. Si sucede cualquier cosa, llámeme a la hora que sea.

Le di las gracias, pagué sus honorarios y envié al chico de los recados a buscar al sepulturero de la ciudad. También había que avisar al párroco y localizar a Didier en Nueva York para comunicárselo. Como Madeleine no estaba en situación de encargarse de nada, fui yo quien se ocupó de las formalidades. Por suerte, pude contar con Louise, que sabía lo que había que hacer en esos casos. De todos los sirvientes, ella era la que mejor relación tenía conmigo.

Por la tarde fui al panteón para localizar dónde descansaría Paul de Vallière. Por tradición había que buscar también sitio para su esposa, para que pudieran estar juntos. Eso me había contado Louise.

En el panteón, mi mirada recayó en el sarcófago de Laurent. ¿Habría allí un lugar también para mí? No era su esposa, pero... sentía que debía descansar a su lado. ¿Podía esperar algo así? ¿Podía pedirle a Didier que me enterrara junto a Laurent si moría antes que él? Además, ¿no iba siendo hora ya de que pudiera seguir mis propios deseos?

Lo estuve pensando tanto rato que el sol acabó ocultándose tras el horizonte y me quedé sentada en la oscuridad. Me costó levantarme. Había sitio de sobra para Paul y Madeleine de Vallière; ambos ocuparían un lugar entre los padres de él y Laurent. Junto a Laurent quedaba un espacio vacío, y yo estaba dispuesta a hacer lo impensable por conseguir descansar allí algún día.

Comunicarle a Didier la muerte de su padre resultó ser bastante complicado. En el hotel donde se suponía que se alojaba no lo conocían, y los socios comerciales de mi suegro afirmaban que ya se había marchado. ¿Dónde podía estar?

Al principio me preocupé mucho, hasta que intuí a qué estaría dedicando los días restantes de su viaje de negocios.

—No logramos localizarlo —le dije a nuestro mayordomo, que tenía cara de preocupación—, pero estoy segura de que regresará tal como tenía previsto. Entonces podremos celebrar el funeral.

En efecto, Didier apareció con su coche en la rotonda del patio del castillo tres días después, al mediodía. Tras haber pasado toda la mañana en ascuas frente a una ventana, mi preocupación finalmente desapareció al ver a mi marido, así que me dispuse a salir a recibirlo.

—¡Hanna, no te creerás lo que ha pasado! —Didier vino corriendo hacia mí y me abrazó. Llevado por la euforia, no se fijó en que iba vestida de negro—. En el aeropuerto de Nueva York me han dado un periódico alemán, y mira lo que he leído. —Rebuscó en su maleta, sacó un periódico doblado y entonces se me quedó mirando—. ¿Hanna? —Por fin pareció notar mi gravedad—. ¿Qué ha ocurrido?

—Tu padre ha muerto —respondí. En ese momento estaba furiosa con él. Que disfrutara de sus placeres y se entregara a ellos estaba bien, pero no me parecía aceptable que desapareciera de la faz de la tierra. Su padre tenía razón, debíamos hablar—. Supongo que no has vuelto a pasar por el despacho, ¿verdad?

La sonrisa desapareció al instante de su rostro.

—¿Qué?

—Murió hace tres días —expliqué—. Esta tarde se celebra el funeral. Me habría gustado comunicártelo antes, pero no logré dar contigo en ninguna parte.

Los brazos de Didier cayeron a los lados de su cuerpo y soltaron el periódico. Yo lo recogí sin mirarlo siquiera.

—¿Dónde está?

—En la capilla familiar. Tu madre está en su dormitorio, hace dos días que no sale de allí. Deberías ir a verla.

Precedí a Didier por el vestíbulo, donde, como en las demás salas, habíamos tapado los espejos en señal de luto. El servicio se inclinó en silencio ante él, y ninguno de los dos dijo una palabra más; eso me lo reservaba para más adelante.

Madeleine estaba sentada en su salón, inmóvil como una estatua. Cuando entramos, nos miró como si no nos viera. En ese momento me recordó mucho a mi propia madre hacía tiempo, cuando asesinaron a mi padre. Tal vez yo misma me habría comportado igual de haberme convertido en la esposa de Laurent. Sin embargo, tras la noticia de su muerte no tuve tiempo para quedarme paralizada. No me quedó más remedio que pasar mi luto en silencio, guardarlo para mí durante las horas de trabajo y llorar solo de noche, en mi pequeño apartamento.

Como sabía que Madeleine prefería tener a su lado a Didier, y no a mí, me retiré y lo dejé a él en la habitación.

Fuera, respiré hondo. Todavía me aguardaba la parte más dura del día, así que decidí bajar a echarle un vistazo a aquello que había despertado tanta euforia en Didier.

«Propietario de burdeles asesinado en una reyerta de navajeros», informaba el titular de un periódico de Hamburgo. Contuve el aliento y seguí leyendo. Al ver el nombre de Hansen creí estar soñando. Lo leí una y otra vez, pero las letras no cambiaban y yo estaba bien despierta.

Según el artículo, se había producido una batalla territorial entre proxenetas de Reeperbahn. Hansen se había llevado la peor parte y lo habían encontrado muerto a causa de varias puñaladas.

Me dejé caer contra la pared. Todavía no podía creerlo. ¡Hansen estaba muerto! ¡Jamás volvería a amenazarme! Me tapé la boca con la mano y me eché a llorar. Ese hombre me había arrebatado tantas cosas, había provocado tanto sufrimiento a aquellos a quienes yo amaba... ¿Existiría quizá un dios que castigara a las personas como él?

—*Madame,* ¿quiere que le prepare una infusión? —preguntó alguien a mi lado.

Sin que me diera cuenta, Louise se había acercado a mí, porque debía de haberme visto llorar. Enseguida me recompuse.

—No, gracias, Louise.

La sirvienta hizo una reverencia y luego se retiró.

Cuando volví a mirar el artículo me ardían los ojos. Sentía una satisfacción inmensa. Puede que a las chicas de la Casa Roja no les fuera mejor por ello, pero yo al fin podría empezar a vivir. Aunque ese día llegara demasiado tarde.

Ante el panteón familiar de los De Vallière se reunieron muchas personalidades influyentes de la política, la nobleza y el mundo de los negocios. Fue entonces cuando comprendí la elevada posición que había ocupado mi suegro.

Didier estaba a mi lado, completamente blanco y con los ojos llorosos. Aunque hubiera tenido fuertes peleas con su padre, la pérdida lo había dejado muy tocado.

Bajo mi vestido negro y mi sombrero con velo, negro también, yo pude ocultar el alivio que sentía ese día, a pesar de todo. Claro que lamentaba el fallecimiento de mi suegro, en especial por Didier, pero la noticia de la muerte de Hansen significaba para mí mucho más.

Cuando introdujeron a Paul de Vallière en el panteón bajo las bendiciones del párroco, alcé la vista hacia el cielo. ¿Estaría allí Laurent? ¿Podría verme? En tal caso, tal vez supiera lo libre que me sentía al fin..., aunque en vida jamás sospechara qué era lo que atenazaba mi corazón.

Por la noche, Didier acudió a mí en silencio y me puso una mano en el hombro. Yo estaba sentada en el sofá, mirando la noche de luna clara. Solo tenía encendida la lamparita del escritorio, así que vi nuestras siluetas borrosas reflejadas en la ventana.

—¿Lo has leído? —me preguntó rompiendo el silencio.

—Sí.

—Es extraño cómo se suceden las cosas.

Asentí.

—Sin duda desearías que hubiera ocurrido antes, ¿verdad? Así, ahora estarías aquí sentada con Laurent.

—Sí, es cierto. Y tú podrías hacer lo que quisieras y no tendrías que cargar con ninguna mujer.

Me apretó el hombro con delicadeza.

—Eres una buena esposa. La mejor que podría desear un hombre a quien le gustan otros hombres. Porque no temo que te enamores de mí y pueda romperte el corazón.

Apoyé la cabeza en su brazo. Tenía razón, yo siempre amaría a Laurent. Sin embargo, de no haber conocido el secreto de Didier, o de no haber existido este, quién sabe si no me habría hundido. Pero de nada servía pensar en eso, las cosas eran como eran.

—Buenas noches.

Mi marido me acarició la nuca y salió de la habitación. Ambos sabíamos que todo volvería a cambiar, pero esta vez yo agradecería ese cambio.

Didier se vio obligado a pasar temporadas más largas en el castillo. Eso tenía muy contenta a mi hija, que le profesaba un cariño enorme a su «papá». Mientras que durante las comidas Madeleine lo acribillaba a reproches por no haber apoyado lo suficiente a su padre, el resto de su tiempo libre lo pasaba con Marie casi sin excepción. Le explicaba qué pájaros cantaban a cada hora del día y qué flores crecían en cada época. Le enseñaba las diferentes clases de árboles y los nombres de escarabajos y arañas. Marie disfrutaba de las largas excursiones con él y, a medida que crecía, también de sus conversaciones sobre libros, música y arte.

Yo estaba feliz, porque así también podía continuar mi trabajo con *madame* Blanchard. Mi maestra, entretanto, ya me daba carta blanca para la confección de los sombreros, lo cual tuvo como consecuencia que sus ingresos aumentaran enormemente. Quería subirme el sueldo, pero yo lo rechacé.

—Usted necesita el dinero más que yo —aduje—. Remodele la tienda, o haga reformas en su casa.

Madame Blanchard sonrió con indulgencia.

—Me parece que fue una buena decisión la de contratarte, querida niña. Seguiste trabajando para mí pese a casarte con un buen partido, y ahora ni siquiera permites que te suba el sueldo.

—Me gusta trabajar con usted, sentiría que me falta algo si no pudiera hacerlo.

—Tienes suerte de que tu marido no se oponga.

—Sí, una suerte inmensa, porque de no ser así tendría que pasarme el día con mi suegra. Desde que murió su esposo no es muy agradable, puede creerme.

—Si quieres saber mi opinión, nunca lo fue.

Madame Blanchard era una de las pocas personas que estaba al corriente de la relación que tenía con mi suegra. Lloraba en su hombro cada vez que Madeleine se metía conmigo o me venía con unas exigencias que me resultaba imposible cumplir. Solíamos conversar mientras cosíamos flores de seda, rizábamos plumas, humedecíamos el fieltro en los moldes o dábamos forma a las alas de los sombreros, y recibía de ella buenos consejos que, al regresar al castillo, me ayudaban a salir adelante.

Sin embargo, pronto empezó a soplar un viento cortante para todos nosotros. Las noticias que llegaban de Alemania eran perturbadoras. Durante el verano había entablado amistad con una modista alemana cuya madre era de París, así que la visitaba a menudo. Nicolette, que en realidad vivía en Colonia, me informó de que en las revistas de moda alemanas ya solo se permitían modelos «arias». A las chicas que, por sus orígenes, no se correspondían con el ideal de los nazis nadie las contrataba.

Las cosas habían empeorado también en otros ámbitos. El maravilloso y tornasolado mundo de los bailes se iba quedando cada vez más descolorido. Donde antes habían imperado vestidos vistosos y trajes elegantes, de pronto se reunían uniformes pardos. El *jazz* y el *swing* fueron prohibidos por considerarse «antialemanes», y los que tocaban esa música o la bailaban eran perseguidos.

Me habría encantado escribir a Ella para preguntarle cómo iba todo por la sala de baile. A raíz de las noticias sobre la persecución de judíos en Alemania, empecé a tener mucho miedo de que a mis conocidos pudiera pasarles algo malo. Entre los músicos y los camareros de mi época había algunos judíos. También me preocupaba el orfanato vecino; allí había visto muchas veces a profesores y niños, y, aunque nunca les había prestado demasiada atención, de vez en cuando pensaba en ellos y esperaba que alguien lograra ponerlos a salvo.

«Alégrate de haberte ido de aquí», me escribió Nicolette en su última carta. Después de eso perdí el contacto con ella y jamás supe si sobrevivió a la época posterior.

Al final estalló la guerra, y llegó también hasta nosotros. En 1940, cuando Didier recibió la orden de reclutamiento, se sintió profundamente abatido.

—¿Sabes? Yo jamás he querido hacerle daño a otra persona —comentó. Estábamos sentados frente a la chimenea después de que yo acostara a Marie. Por entonces la niña ya tenía once años e iba camino de convertirse en una joven mujercita—. Ahora quieren obligarme como sea a que me convierta en un «patriota», igual que mis antepasados. El mundo nos gasta bromas pesadas, ¿no crees?

—¿Y no puedes negarte? ¡Al fin y al cabo eres el último hijo de esta familia! Si tú mueres...

—No, eso no importa —contestó Didier sacudiendo la cabeza—. Mi padre ya no está aquí para interceder a mi favor, y quizá tampoco lo habría hecho de haber podido. Más bien habría esperado que me lanzara contra el enemigo empuñando una bayoneta. —Se inclinó y me acarició el cabello—. Prométeme que cuidarás bien de la niña. ¿Lo harás? Si hay una mujer en este mundo a quien quiero tener a mi lado a pesar de mis inclinaciones, es a ti.

Asentí con lágrimas en los ojos. Tampoco yo quería perder a Didier. Para empezar, siempre había sido honesto y se había ocupado de nosotras. Además, era lo único que me quedaba de Laurent. Cuando lo miraba, creía ver en sus rasgos a mi gran amor, que nunca llegó a saber por qué me marché. Ni que teníamos a Marie.

Mi hija lloró con amargura al enterarse de que su padre debía partir hacia el frente. En su colegio había bastantes niños que estaban mejor informados que ella y conocían un sinfín de historias horripilantes sobre los alemanes.

—Matarán a papá —se lamentaba mientras se colgaba de mi vestido.

Yo había preferido decírselo a solas, pues sabía bien qué escena seguiría a aquel anuncio. Y Didier, que la quería más que a nada, no habría soportado ver a su pequeño tesoro llorar con tanta amargura.

—No lo matarán —contesté, aunque en lo más hondo de mí también lo temía—. Volverá, ya lo verás.

Durante los meses siguientes, Francia entera contuvo el aliento. Conmocionadas, fuimos testigos de cómo avanzaba el ejército de Hitler sin que los franceses pudieran hacer demasiado por impedirlo. En París muchos judíos abandonaron sus casas por miedo a que, si Hitler vencía, se impusiera la misma situación que en Alemania. Corrían historias terroríficas sobre deportaciones y campos de la muerte.

Las condiciones empeoraron más aún cuando el país capituló ante Alemania. El Gobierno de Vichy colaboró con los alemanes y, antes de lo que nadie esperaba, los uniformes nazis marcharon por las calles de París.

—Tal vez sería mejor que emigraras —me dijo *madame* Blanchard, preocupada, cuando llevábamos un rato trabajando juntas en el taller, en silencio—. No olvides que tienes a una niña pequeña y que tu marido está en el frente. Aquí no estás segura.

—No puedo marcharme —contesté, y luego dije algo que, por la forma en que seguía portándose conmigo Madeleine de Vallière, jamás habría creído posible—. Mi suegra me necesita.

—¡Si te trata fatal! —Mi maestra sacudió la cabeza—. Seguro que tampoco tendría reparos en entregarte a esos monstruos con tal de salvar el pescuezo.

—Aun así, no me marcharé. Le he prometido a Didier que estaré aquí cuando regrese.

Madame Blanchard apretó los labios.

—Entonces, espero por tu bien que regrese. Y de una sola pieza.

Sabía que Didier lo intentaría; por Marie, de la que solo nosotros dos sabíamos que era hija de Laurent.

A partir de ese momento procuré llegar deprisa al taller por las mañanas y regresar rápidamente al castillo al terminar. No quería que los alemanes me hostigaran.

Sin embargo, la ocupación y la guerra tuvieron más repercusiones para nuestro taller. Los sombreros caros se vendían ya muy poco; ni siquiera quienes todavía podían considerarse ricos querían engalanarse. Como *madame* Blanchard sabía que yo era una costurera pasable, empezó a aceptar también arreglos de costura. No era fácil, porque muchas sastrerías de París ofrecían esos mismos servicios.

—Me temo que tendré que despedirte, niña —me comunicó una mañana, nada más entrar yo por la puerta.

Desde hacía algún tiempo sospechaba que eso podía ocurrir, pero aun así sus palabras me sacudieron como una bofetada.

—Cada vez tenemos menos trabajo y no puedo permitir que te pongas en peligro viniendo aquí todas las mañanas —dijo, y apretó los labios; algo escondía.

—¿Le obligan los alemanes a hacerlo? —pregunté—. En caso contrario, ¿no podría seguir viniendo y trabajar sin paga?

Madame Blanchard negó con la cabeza.

—No, no puede ser. Es demasiado peligroso.

—Pero si ya lo ha sido todo este tiempo. No creo que busquen a personas como yo.

—¡Buscan a todo el mundo! —exclamó, exaltada—. ¡A todo el que no encaje con su estúpido ideal! Ya se han llevado a los judíos, y pronto empezarán a fijarse en todos los que son diferentes. Los negros, los asiáticos... ¡No puedes quedarte aquí, Hanna, por favor!

Me tomó de mi temblorosa mano. La suya estaba helada. Nunca me había mirado con tanta súplica en los ojos.

—¿Qué ha ocurrido, *madame* Blanchard? —Mi voz era apenas un susurro.

La mujer me sostuvo la mirada un momento más, luego me soltó, se sentó en una silla y miró más allá de mí.

—Anoche... —Se interrumpió y hundió el rostro en las manos—. Iba a casa de *monsieur* Duchamp, y entonces vi...

La garra gélida del miedo me atenazó el estómago.

—¿Qué vio? —pregunté.

—Habían colgado a una muchacha en la acera. Era... Tenía los ojos como tú. No sé si era china o vietnamita. Y, por si eso no fuera ya bastante horrible, encima le habían puesto un cartel...

Entonces rompió a llorar. Yo quería preguntarle qué decía ese cartel, pero podía imaginarlo. Debía de ser una chica de uno de los burdeles de París, que se había ido con uno de esos asesinos.

Abracé a *madame* Blanchard con mucha delicadeza y le acaricié la espalda para tranquilizarla. En todos aquellos años había sido como una madre para mí, y me conmovía mucho que sintiera tanto miedo por mi seguridad. Sin embargo, tampoco tras los muros del castillo podía estar segura de que los nazis no me mataran.

—Tienes que salir de aquí, Hanna —dijo entre sollozos—. ¡No puedes quedarte! Si os encuentran a ti y a la niña...

—No me encontrarán —dije con decisión—. En caso de emergencia me esconderé en el bosque. Además... —Estuve a punto de añadir que había vivido cosas peores, pero lo cierto era que con los tratantes de mujeres y en la Casa Roja solo había tenido suerte. Suerte y nada más—. Mi suegra odia a los alemanes. Yo no le caigo demasiado bien, pero Marie es su nieta y no me delatará.

Le acerqué a mi jefa un pañuelo e intenté que no notara la repugnancia que sentía en ese momento por la historia que me había contado. ¿Por qué deseaban unas personas someter a otras?

—Ten mucho cuidado, Hanna, por favor. Cuando la guerra haya terminado, te prometo que podrás volver a trabajar aquí. No contrataré a nadie más. Pero aléjate de París, vete al campo o adonde quieras. Tú solo evita cruzarte con esos monstruos.

—Lo haré. Pero tenga mucho cuidado usted también, *madame* Blanchard. Si le ocurre algo, no tendré a nadie que me contrate.

La sombrerera se echó a reír.

—¡Bah, chiquilla, tú podrías trabajar en cualquier lugar! Si te hiciera falta, incluso podrías abrir tu propio taller. De todas formas nunca he entendido por qué no lo has hecho ya. Si encuentras esta puerta cerrada después de la guerra, te lo pido: abre tu propia sombrerería. Podrías llegar muy lejos si quisieras.

—Se lo prometo. Pero tenga mucho cuidado.

Nos abrazamos una última vez y luego salí del taller. Fuera empezaba a nevar. Los copos caían silenciosos en las calles. Pronto sería Navidad, una festividad que no celebrábamos en Indochina, pero que Madeleine había insistido en mantener viva mientras Didier estaba con nosotras. ¿Regresaría algún día? No nos había escrito ni una sola vez. ¿Había muerto quizá como un héroe, algo que entre los De Vallière era tan respetado? Recé a todos los dioses y les pedí que no tardara en dar señales de vida.

L as semanas siguientes no salí del castillo. Aunque *madame* Blanchard no me hubiese despedido, tampoco habría podido acudir al taller, porque las carreteras estaban heladas y cerradas en algunos puntos. Así que me propuse encargarme de tantas tareas pendientes como fuera posible. No quería pensar ni en Didier ni en *madame* Blanchard, y tampoco cruzarme demasiado con mi suegra.

Por lo menos todavía teníamos a una sirvienta que podía llevarle la comida y que estaba siempre a su disposición.

Marie visitaba todos los días a su abuela, pero no me explicaba mucho. O bien le resultaba demasiado horrible ver a la vieja dama, o Madeleine tampoco hablaba con ella.

Las dos intentábamos distraernos mutuamente contándonos historias. Una noche que volvía a no poder dormir porque no dejaba de darle vueltas a la cabeza a nuestra situación, me levanté y me senté al escritorio. Al día siguiente tendría que contarle otro cuento a Marie. Decidí relatarle mi historia con Thanh, cómo nos habíamos escapado para ir al templo del jazmín cuando éramos niñas. Me pasé toda la noche escribiendo y al final me quedé dormida en el escritorio. Louise, la última sirvienta que habíamos podido conservar, me despertó sorprendida, pero era lo bastante discreta como para no leer lo que había escrito.

A mi hija le encantó la historia y pidió saber cómo seguía el relato de las hermanas del jazmín... Hasta la fecha le debo una respuesta, porque en algún momento se olvidó de ello.

Cuanto más tiempo pasaba, más segura estaba de que Didier no regresaría jamás. Madeleine también parecía ser de la misma opinión, porque su ánimo se oscureció más aún. Ya no había peligro de cruzármela por los pasillos, porque nunca salía de su habitación. Yo sola debía ocuparme de todas las cuestiones de la casa. Cuando iba a verla para preguntarle cómo hacer esto o aquello, se limitaba a hacerme un gesto mudo para indicarme que saliera de la habitación. Así que al final decidía como a mí me parecía mejor.

Poco a poco empecé a ver claro que el castillo, de seguir todo igual, acabaría convirtiéndose en una carga enorme para los De Vallière. En realidad deberíamos haber reparado los daños del ala oeste, pero no teníamos a nadie que pudiera hacerlo. O bien los hombres habían caído en la guerra, o se los habían llevado los alemanes para construir un muro de defensa en el Atlántico. Y aunque hubiéramos contado aún con obreros capaces, no habríamos dispuesto de dinero para pagarles. De modo que decidí que nos retiraríamos a las pocas salas que todavía no estaban enmohecidas por la humedad y cerraríamos las demás estancias.

Una noche del invierno de 1943 llegó un coche por el camino de entrada del castillo. Los faros iluminaron mi ventana al dar la vuelta en la rotonda, justo antes de detenerse.

Me levanté al instante. El miedo a que los nazis se presentaran buscando a judíos o a personas no arias me había calado hasta la médula y me perseguía incluso en sueños. Me acerqué a la ventana y aparté la cortina con cuidado.

Ante los escalones de la entrada había un coche negro enorme. Dos hombres se apearon de él. Llevaban abrigo y sombrero, y parecían tener bastante prisa por llegar a la puerta. Me quedé de piedra. ¿Serían agentes de la Gestapo, de esos que desde hacía un tiempo habían vuelto la zona más insegura?

Había oído rumores sobre que los franceses que no querían aceptar la dominación alemana se habían reunido en un grupo de resistencia. Desde entonces, los alemanes querían darles caza a todos ellos y ni siquiera se detenían ante mujeres y niños.

Cuando llamaron a la puerta me estremecí. ¿Qué debía hacer? ¿Esconderme? Seguro que Louise no habría oído nada, porque dormía como un lirón. Y mi suegra no saldría de su dormitorio, pasara lo que pasase.

No tenía más remedio que echarme encima la bata de invierno y bajar a abrir.

Los latidos de mi corazón casi amortiguaban el ruido de mis pasos y, cuando llegué al vestíbulo, estuve a punto de dar media vuelta. El castillo era grande, tal vez no me encontrarían. Pero ¿y si no era más que una visita rutinaria?

No, si se presentaban de noche, seguro que no era nada rutinario. Al oír otro ruido en la puerta, me acerqué y abrí. Los hombres me miraron con sorpresa.

—¿Qué desean? —pregunté, e intenté mirarlos a la cara con el menor miedo posible.

—Queríamos hablar con *madame* De Vallière —dijo uno de ellos mientras me pasaba revista de arriba abajo.

Debía de tomarme por una criada.

—¿De qué se trata? —pregunté, pues mientras no supiera quiénes eran aquellos hombres no pensaba desvelarles mi identidad.

—Traemos una noticia para ella.

Los dos seguían mirándome como si no estuvieran seguros de qué hacer conmigo.

—Yo... soy Hanna de Vallière —reconocí entonces, pues mentir no habría hecho más que alargar el asunto. Por una fracción de segundo se me pasaron por la cabeza todas las posibilidades, y esperé que Madeleine cuidara bien de mi hija si esa noche se me llevaban de allí.

—¿Didier de Vallière es su esposo?

Asentí, y al instante me entraron unas náuseas casi insoportables. Siempre había pensado que la Gestapo metía en un coche a quienes quería arrestar, sin rodeos. Por lo visto esos hombres se proponían algo diferente.

—*Madame* De Vallière, tenemos orden de comunicarle que su marido ha resultado gravemente herido en acto de servicio. Está con vida, pero no podrá regresar junto a ustedes hasta que no se halle algo más recuperado.

¿Didier estaba vivo? Expulsé el aire de los pulmones de golpe. Por un lado me sentí aliviada al saber que no me estaban presentando una orden de deportación. Por otro, apenas podía creer que Didier siguiera con vida. Ya llevaba tres años ausente, a esas alturas incluso Madeleine se había hecho a la idea de que estaría enterrado en una fosa común.

—Pasen, por favor —les rogué—. Me gustaría saber más.

Los hombres asintieron y me siguieron por el vestíbulo hasta la cocina.

—¿En qué batalla ha resultado herido mi marido? —pregunté después de poner agua a calentar para el té.

Los hombres, que se habían sentado a la mesa de la cocina, cruzaron un par de miradas.

—Su marido se había unido a la Resistencia —respondió entonces uno.

Me dejé caer en una silla. ¿De modo que había regresado sano y salvo de la guerra y no nos había dicho nada? ¿Había pretendido tal vez que lo dieran por muerto?

—¿No sabía usted nada, *madame?*

—No. —Negué con la cabeza—. Pensábamos que había fallecido.

—Estuvo a punto —comentó uno de los hombres, que miró al otro. Así supe que Didier había querido hacernos creer a su madre y a mí que había muerto—. Pero tuvo la suerte de que habíamos montado en secreto una especie de hospital militar subterráneo en el sótano de una fábrica destruida por las bombas. El médico que trabaja para nosotros le salvó la vida.

—Bueno, sea como fuere, nuestro médico dice que podrá regresar a casa. En su estado actual ya no puede participar en ninguna operación, de manera que en los próximos días lo traeremos aquí para que puedan hacerse cargo ustedes de sus cuidados.

—¿Qué cuidados? —quise saber—. ¿Qué le ha ocurrido exactamente?

De nuevo, los hombres cruzaron una mirada cargada de misterio.

—Perdió las dos piernas intentando cruzar un campo de minas cerca de la costa —dijo al fin uno de ellos.

—¡Por Dios bendito! —Me levanté de golpe y, al hacerlo, tiré mi taza de té, cuyo contenido se vertió en la mesa y en mi bata.

—Fue un milagro que sobreviviera —añadió el compañero del que llevaba la voz cantante—. Pensábamos que no lo conseguiría, pero ahora vuelve a estar bastante bien. Y seguro que junto a su familia se recuperará mejor que con nosotros.

Cerré los ojos sin poder creerlo. ¡Didier había perdido ambas piernas! ¡Aquello era una desgracia!

Sin embargo, no quería permitirme llorar ni dejarme llevar por el histerismo delante de aquellos hombres. Respiré hondo hasta que conseguí contener el pánico de mi interior y después abrí los ojos.

—Disculpen —dije, y volví a poner de pie la taza. El té había goteado hasta el suelo y también me había calado la tela. Ya sentía la desagradable humedad en el muslo izquierdo—. ¿Cuándo han dicho que lo traerán?

Los hombres me miraron con compasión.

—Dentro de tres días. Tal vez cuatro. Ahora mismo debemos movernos con mucha cautela, los alemanes tienen ojos y oídos por todas partes. No queremos poner a su marido en más peligro todavía; ya ha sacrificado bastante por su patria.

Asentí y les agradecí su visita. Se terminaron el té en silencio y luego se marcharon.

—Haremos todo lo posible por apoyarla en caso de que sea necesario —dijo el portavoz, y se sacó un papelito del bolsillo—. Aquí tiene la dirección de un sastre de París. Es nuestro contacto. Si quiere comunicarnos cualquier cosa, vaya a verlo o escríbale una carta que diga «Pedido de tres rollos de lino». Nosotros veremos qué podemos hacer.

Dicho eso, se despidieron. Poco después, el coche negro rugía al abandonar el patio. Yo me quedé un momento más en el frío del exterior, hasta que dejé de sentir los pies. Entonces volví a la cocina y me desplomé en una de las sillas. No quería ni pensar en cómo recibirían la noticia Madeleine y Marie. Mi hija, sobre todo, se desharía en lágrimas. Bueno, Didier no estaba muerto, pero sí lisiado. Jamás volvería a jugar ni a pasear con ella. Me eché a llorar al comprender el sacrificio que había tenido que hacer.

A la mañana siguiente le comuniqué la noticia a Madeleine, que la recibió sin emoción alguna. Siguió mirando por la ventana como si mis palabras no hubiesen sido más que un susurro fácil de ignorar.

Marie reaccionó tal como había esperado. Se puso a llorar a mares por su padre, y ni siquiera la promesa de que regresaría junto a nosotras le sirvió de algún consuelo.

Tres días después llegó de nuevo un coche negro. Los hombres que trajeron a Didier no parecían precisamente enfermeros. Cuando lo vi, me di cuenta de que no solo había perdido las dos piernas; la mina también le había destrozado parte de la cara. Solo sus ojos, los mismos ojos de Laurent, seguían siendo hermosos.

Los hombres lo llevaron a la habitación que había preparado para él y me dejaron unos cuantos medicamentos. También me informaron de que, si bien las heridas habían sanado en su mayor parte, Didier sufría unos horribles dolores fantasma en las piernas que a menudo le hacían gritar de noche.

Me sentí algo cohibida al verme a su lado.

—Deberías pedir el divorcio —fue lo primero que dijo, y con una voz tan mordaz que me espantó—. Como ves, no soy más que un tullido.

—Eres mi marido, y me alegro de tenerte otra vez en casa.

—¡Tonterías! —vociferó—. ¡Nadie se alegra de que esté otra vez aquí! Para ti no seré más que una carga. ¡Es mejor que te marches, como hiciste la otra vez!

Esas palabras fueron peores que cualquier bofetada. Me quedé mirando a Didier estupefacta. ¿Hablaban la frustración y la desesperación por él, o de verdad pensaba eso de mí?

Debería haber contestado algo, pero vi la ira en su mirada y comprendí que nada de lo que pudiera decir conseguiría apaciguarlo.

—Volveré más tarde —preferí anunciar, fría y contenida—. Solo tienes que llamar cuando necesites algo.

Di media vuelta y salí de la habitación. Unos segundos después, algo se estrelló contra la puerta y cayó al suelo con gran estrépito. Me estremecí y cerré los ojos, temblando. Didier y yo nunca habíamos discutido..., y de pronto me lanzaba cosas. Lágrimas de decepción me inundaron los ojos. ¿Sería así a partir de entonces? ¿Cómo se le ocurría echarme ahora en cara que hubiera huido? ¡Había sido él quien se había ofrecido a ayudarme! Si realmente pensaba eso de mí, no debería haberlo hecho. Quise volver a la habitación para gritárselo a la cara, ciega de ira, pero en el último momento me dominé y retiré la mano del tirador. Está lleno de rabia por lo ocurrido, me dije. Tal vez lo mejor era dejarlo en paz y demostrarle que seguiría estando a su lado, tal como había prometido ante el altar.

A su madre le comuniqué que había llegado, pero no se dignó mirarme y tampoco mostró ninguna emoción. En ese instante su reacción no me pareció inapropiada, pues tal como tenía los ánimos Didier era mejor que no lo viera.

Mi hija, por el contrario, parecía decidida a visitarlo.

—Tesoro, ¿no prefieres esperar un poco? Papá está cansado y tiene que recuperarse del viaje.

Marie se resignó, pero yo sabía que ese mismo día tendría que ceder y dejar que lo viera. No hacía más que mirar el reloj intranquila y preguntar si su padre había descansado ya, así que al final, después de comer, subí con ella. Se había puesto su mejor vestido y se había peinado para estar guapa. Por primera vez comprendí que mi niña pequeña no tardaría mucho en convertirse en una mujer. Un par de años más y los muchachos volverían la cabeza al verla pasar.

Llamó a la puerta con inseguridad. No hubo respuesta. Era posible que Didier estuviera durmiendo, así que la animé a entrar y acercarse a él.

Cuando abrió, vi que estaba despierto. Por un instante pensé si no debía acompañarla yo también, pero entonces le oí vociferar:

—¡Desaparece, no quiero verte!

—¡Pero, papá! —repuso la niña, asustada.

—¡Fuera de aquí! ¡Que desaparezcas he dicho! —fue lo único que añadió Didier.

Poco después, Marie salió por la puerta llorando, directa a mis brazos.

—Papá ya no me quiere —se lamentó entre lágrimas.

Yo la abracé con fuerza. Por el resquicio de la puerta abierta vi que Didier volvía la mirada hacia la ventana sin inmutarse. ¿Qué había hecho la guerra con aquel hombre apacible?

Cuando Marie se tranquilizó un poco, salí del castillo y fui a dar un pequeño paseo por la nieve para despejar la cabeza.

¿Qué sucedería? Tal como estaba Didier, seguramente se negaría a alimentarse y no querría vernos a ninguna de las dos. Era probable que tampoco quisiera recibir al médico... ¡Pero alguien debía ocuparse de él, y yo no tenía la menor idea de cómo tratar con un enfermo así. El frío me cortaba la cara y atravesaba mi ropa sin ningún esfuerzo, pero eso no me inquietaba. Me sentía bullir por dentro y al mismo tiempo me encontraba del todo impotente. Hacía pocas horas que Didier volvía a estar en el castillo y yo ya había comprendido que se había transformado por completo. Era como si un demonio hubiera poseído su cuerpo. ¿Qué iba a hacer yo ahora?

Antes de darme cuenta de hacia dónde me dirigía, me encontré de pie ante el panteón. Los dos ángeles me miraban todavía con furia desde lo alto, ni siquiera los montones de nieve blanca sobre sus hombros y su cabeza conseguían cambiar eso. Abrí la reja, que en invierno chirriaba más aún. Aunque no ardía ninguna vela sobre las tumbas, enseguida encontré el sarcófago de Laurent. En el bolsillo del abrigo llevaba siempre un par de cerillas por si me sobrevenía el deseo de estar junto a él. Con una encendí una vela, y después puse la mano sobre la losa de piedra que llevaba su nombre.

–Tu hermano ha regresado –le susurré–. La guerra lo ha convertido en otro y no sé cómo tratarlo. Era una persona encantadora, pero ahora se comporta como un demonio.

No recibí respuesta, por supuesto; ni siquiera mi imaginación era capaz de hacerme oír la voz de Laurent. Sin embargo, mientras estaba sentada junto a su sarcófago, recibí de pronto una inspiración. Didier tenía razón: en lugar de luchar, yo siempre había huido. De Indochina, de Hamburgo, de Berlín. Siempre había escapado. Y aquello tenía que acabarse; era hora de luchar. Lo sucedido no podía deshacerse, pero esa vez daría media vuelta y miraría al lobo a los ojos. Le demostraría que no pensaba dejarme someter.

Por la noche volví a ver cómo estaba mi marido. No quería que se abandonara a su destino. Además, debía hacer sus necesidades, y yo tenía que ponerle crema y vendarle los muñones.

Me preparé a recibir sus insultos y las injurias que pudiera echarme en cara.

—¿Todavía estás aquí? —me dijo a modo de saludo, sin mirarme.

—Sí, aquí estoy —repuse intentando mostrarme tranquila.

En realidad, su ofensa tácita me hirió, pero me había propuesto no salir de la habitación sin lavarlo y dejarlo listo para acostarse. Además, tenía que comer algo. A eso no podía obligarlo, pero tal vez su propio cuerpo lo hiciera.

—No tienes por qué ocuparte de mí, de verdad —masculló cuando dejé la bandeja con la comida en la cómoda y llené la palangana de agua. Su mirada seguía fija en la ventana, donde poco a poco iba cayendo la noche—. Lo mejor será que me dejéis tranquilo para que pueda morir en paz.

—No —repliqué—. No te dejaremos tranquilo. Yo menos que nadie, y tu hija tampoco.

—Mi hija... —Didier soltó un bufido sarcástico—. Es hija de Laurent. ¿O es que ya se te ha olvidado?

—No, no se me ha olvidado. Pero tú eres el hombre al que llama «papá» y que siempre ha estado con ella. Por tu afecto y tus cuidados, eres sin duda su padre. A mí puedes echarme de aquí, pero a Marie no, ¿me has entendido? Y tampoco le gritarás.

Nos miramos un rato, casi como si el uno quisiera derribar al otro solo con la mente. Entonces vi brillar lágrimas en sus ojos y vi temblar su labio inferior. Un instante después se echó a llorar con amargura. No sabía si podía acercarme a él, pero me senté a su lado en el borde de la cama y lo estreché entre mis brazos. Por suerte me lo permitió, así que lo sostuve hasta que empezó a tranquilizarse, y, al cabo de un rato, se quedó dormido.

Todo saldría bien, por fin lo sabía. Por muy difícil que fuera, saldría bien.

25

Melanie se alegró de que a esa hora no hubiera mucho tráfico en la autopista. Los quitamiedos pasaban a toda velocidad mientras el paisaje crepuscular se desdibujaba a su alrededor. Quería obligarse a ir más despacio, pero no podía.

Al terminar de contar su historia, Hanna se había quedado callada en el asiento del copiloto, retorciéndose las manos con nerviosismo y la mirada perdida en el vacío. Melanie estaba segura de que su bisabuela sentía por dentro un desasosiego similar al suyo.

Como Katja no contestaba al teléfono, habían decidido no perder más tiempo y salir hacia el hospital. Habían prometido llamar a Marie en cuanto supieran algo. Al acercarse a la salida de Berlín-Tegel, estuvo tentada de pedirle a Hanna que volviera a llamar a su suegra, pero enseguida desestimó la idea. Si en ese momento se enteraba de que Robert había empeorado, o incluso de que se estaba muriendo, tal vez acabaría provocando un accidente por su estado de nervios. Y eso no podía suceder. Aunque Robert no sobreviviera a esa noche, ¡ella quería seguir viva! Algo así la destrozaría por dentro, sí, pero saldría adelante. Igual que había hecho Hanna.

Cuando pasaron a toda velocidad junto al oso de piedra de la entrada de Berlín, sintió que se le aflojaban las rodillas. Aferró bien el volante con las manos húmedas y levantó el pie del acelerador. Tranquilízate, se conminó a sí misma. ¡Solo faltaría otro accidente!

Por fin dejaron tras de sí el túnel y el aeropuerto. Atravesaron el túnel del Tiergarten demasiado deprisa, pero por suerte no las paró ningún agente. Cuando llegaron al centro, Melanie redujo la velocidad, pues no quería atropellar a ninguno de los numerosos noctámbulos que se lanzaban a las calles con despreocupación. Y, al cabo de un rato, divisó por fin la señal luminosa del Charité.

Dejó el coche en el aparcamiento de las visitas.

—¿Prefieres esperar aquí o venir conmigo? —le preguntó a su bisabuela.

El pulso le retumbaba en los oídos y le dolía el pecho. ¿No debería decirme mi instinto qué le ha ocurrido?, se preguntó, pero en ese momento su cuerpo solo era capaz de tensarse y de sentir punzadas y temblores.

—¿Qué pregunta es esa? ¡Por supuesto que voy contigo! —contestó Hanna, y se desabrochó el cinturón—. Si quieres adelantarte, hazlo, yo llegaré enseguida.

—No, iremos juntas —contestó Melanie—. Necesito a alguien que me sostenga.

Tomó a su bisabuela de la mano y juntas caminaron hacia la entrada todo lo deprisa que les permitieron las piernas de Hanna.

—¿Alguna vez te pusiste en contacto con el sastre? —preguntó Melanie mientras se acercaban a la unidad de cuidados intensivos.

Las puertas estaban muy iluminadas, como siempre, pero aun así el hospital parecía fantasmagóricamente solitario. Qué extraño que le hubiera venido a la cabeza lo del sastre en ese momento. También podría haber preguntado por *madame* Blanchard.

—No, quemé el papel aquella misma noche. Memoricé la dirección, desde luego, pero no quería ningún apoyo. Nadie podía ayudarme a afrontar lo que tenía por delante.

—¿De qué murió el bisabuelo? —preguntó Melanie, pues, aunque biológicamente no fuera su bisabuelo, ella seguía viéndolo como tal.

—De embolia pulmonar. En el año 1952, como ya sabes. Nunca dejó de insistirme en que me divorciara de él, pero yo no quise. Estuve a su lado hasta el final; se lo debía. Fue uno de los hombres más decentes que he conocido en mi larga vida.

En la puerta de cuidados intensivos, Melanie llamó al timbre nocturno y esperó. A los pocos segundos contestó una voz, y ella explicó que había recibido una llamada. Poco después apareció una enfermera. Melanie le dijo quiénes eran y enseguida las acompañaron a la habitación de Robert.

—Tal vez debería esperar aquí fuera —opinó Hanna mientras se sentaba en una de las sillas del pasillo.

Melanie asintió y, después de ponerse la bata y el gorro que le dio la enfermera, entró.

La primera persona a la que vio fue a Katja, que se estaba sonando la nariz. Su suegra y el doctor Paulsen le impedían ver a Robert. Pero enseguida el médico se hizo a un lado.

—Señora Sommer, cómo me alegro de verla —dijo, y le tendió la mano—. Supongo que la señora Michaelis ya le ha comunicado la buena noticia, ¿verdad?

Melanie miró a Katja, que eludió sus ojos, y luego a Robert, que ya no estaba conectado a la máquina de respiración asistida.

—Yo solo sabía que debía venir.

Melanie sintió un extraño hormigueo en el pecho. El médico miró a Katja y luego a ella otra vez. En su rostro apareció una sonrisa.

—Su prometido ha despertado, así que hemos decidido retirarle la respiración asistida.

—¿Cómo dice?

Por un momento, Melanie creyó que se caía, pero entonces sintió el suelo firme bajo sus pies. El corazón seguía latiéndole a toda velocidad y le temblaba todo el cuerpo, pero poco a poco iba comprendiendo lo que acababa de oír.

—Ha vuelto en sí, esta tarde. Muy lentamente.

—¿Mel? —susurró Robert de repente.

Melanie se volvió enseguida y no pudo evitar que un sollozo acudiera a su garganta. Robert había abierto un poco los ojos y la miraba. Le temblaban los labios. Intentó pronunciar otra vez su nombre, pero no lo consiguió.

Melanie se llevó una mano a la boca. Descargó su tensión con otro sollozo sentido y luego se abalanzó hacia la cama.

Quería controlarse, pero no podía impedir que las lágrimas le cayeran por las mejillas. El doctor Paulsen le acercó un pañuelo.

—Ayer vimos que le aumentaba la actividad cerebral. El electroencefalograma hacía pensar que iba a despertar, así que poco a poco hemos ido retirándole todas las ayudas. Hace poco hemos podido quitarle la respiración asistida. Sus constantes son estables. Con algo de suerte, dentro de unos días podremos pasarlo a planta.

Melanie casi no escuchaba al médico. Puso las manos con delicadeza en el rostro enjuto de Robert. Se notaba que le pesaban mucho los párpados, pero aun así no hacía más que intentar mirarla.

—¡Vuelves a estar aquí! —le susurró ella. Él respondió con un esbozo de asentimiento—. ¡Te quiero, te quiero mucho! —exclamó después, y tuvo que hacerse atrás, porque rompió a llorar.

Poco después de que Melanie saliera de la habitación y le comunicara a Hanna lo sucedido, la puerta volvió a abrirse y Katja salió también. Llevaba los brazos cruzados en el pecho y parecía algo avergonzada.

—Siento mucho haberte dejado un mensaje tan breve —empezó a decir, arrepentida—. Iba en el coche, y el túnel...

—No pasa nada —la interrumpió Melanie con voz gangosa.

Nunca antes había llorado así, pero de pronto se sentía extrañamente ligera. Miró a Hanna, que le dedicaba a Katja una mirada de recelo.

—Es que... Por favor, disculpa que te ofendiera como lo hice. Yo... estaba desesperada. —Katja miró un instante a Hanna, cuyos rasgos se suavizaron un poco—. Desde luego que sé que quieres a Robert y que no ibas a abandonarlo... Pero tenía muchísimo miedo de que te acabaras alejando. Porque sé que él también te quiere. Más que a nada en el mundo.

—Lo sé —repuso Melanie, y luego abrazó a su suegra.

No era momento de reprocharse nada, pues el mayor de sus deseos se había cumplido.

—¿Sabes qué me ha llamado la atención? —preguntó Melanie cuando salían del aparcamiento del hospital—. Que siempre que tenías un problema ibas a hablar con Laurent. A su tumba.

—Sí, lo hice en muchas más ocasiones de las que te he contado —dijo Hanna con cansancio.

—Entonces debo de haberlo heredado de ti —siguió explicando su bisnieta—. Yo le escribía cartas a Robert cada vez que no sabía cómo actuar o cuando me sentía perdida. No dejé de hacerlo hasta que fui a vuestra casa, porque entonces ya hablabas tú conmigo, *grand-mère*.

Gracias al reflejo de los faros de un coche que iba en el sentido contrario, Melanie vio una sonrisa en el rostro de Hanna.

—Entonces, ¿no te he aburrido?

—No, al contrario. Pero todavía hay algo que no me has contado.

—¿El qué?

—Si lograste encontrar a Thanh.

Hanna bajó la cabeza y cerró los ojos.

—Eso te lo contaré mañana. Ahora déjame que descanse un poco, hasta que lleguemos a Blumensee.

—Está bien.

Melanie echó una rauda mirada de reojo a su bisabuela, que parecía completamente relajada, y luego puso el intermitente para incorporarse a la autopista.

26

−¿Qué tal has dormido? −preguntó Marie al descorrer las cortinas de la sala de estar.

Una luz intensa deslumbró a Melanie. Al principio no sabía dónde estaba, pero entonces recordó que tras volver del hospital se había tumbado en el sofá. Y al parecer se había quedado dormida.

−Bien −contestó, y buscó el móvil.

Había llegado un mensaje. Era de Katja.

«Cuando tengas un rato, me gustaría hablar contigo», era lo único que decía. El primer mensaje de texto que Melanie recibía de su suegra desde hacía mucho.

−Espero que sean buenas noticias. −Marie dejó una bandeja pequeña en la mesita del sofá, y el aroma del café con leche despejó el ánimo de su nieta.

−Me ha escrito Katja. Quiere hablar conmigo.

−Espero que se disculpe.

−Ya lo hizo ayer. Pero, si la conozco bien, volverá a despotricar contra mí en cuanto tenga ocasión. En fin, tal vez es lo que toca cuando eres suegra.

−Entonces espero que Elena no trate así a Robert. −Marie se inclinó hacia ella y le dio un beso en la cabeza−. Me alegro muchísimo, de verdad, cariño. Aunque tu trabajo, en realidad, empieza ahora.

Melanie pensó en lo que Hanna le había contado de camino al hospital y, de forma instintiva, en un instante entretejió todo lo que ya sabía sobre su bisabuela con los hilos de su propia historia. Hanna cuidó de Didier durante años e incluso consiguió infundirle un poco de valor. Él, a pesar de todo, fue un buen padre para Marie, y el dinero que Hanna heredó a su muerte sirvió para sentar las bases del futuro sustento de toda la familia. Durante la época del milagro económico, gracias a la fortuna de los De Vallière, Hanna se convirtió en la reina de los sombreros de París y conservó su posición hasta que decidió marcharse a Vietnam.

—¡Saldré adelante! —repuso Melanie, y abrazó unos segundos a su abuela. Luego sonrió—. Sé que cuento con el apoyo de mi familia.

Cuando terminó el café, hizo la maleta. Después fue al salón, pero como no encontró allí a su bisabuela, se dirigió al dormitorio.

—*Grand-mère*, ¿estás aquí?

Al entrar, Melanie la vio en cuclillas junto a la cama, delante de una vieja caja de cartón de cuyas esquinas colgaban algunas pelusas de polvo.

—¡Ah, Melanie! ¿Cómo estás?

—Bien. He dormido como un niño.

—Es que fue una noche muy emocionante.

—¡Y que lo digas! Pero fue una buena noche. La mejor desde hace mucho.

—Sí, te creo. ¿Serías tan amable de echarme una mano?

Melanie se acercó y sostuvo con cuidado a la mujer para que pudiera sentarse en el borde de la cama. ¿Qué estaba buscando allí debajo? ¿Qué había en esa caja?

—¿Va todo bien, *grand-mère*?

Melanie notó que una sombra oscurecía el rostro de su bisabuela.

—Sí, no pasa nada. Todo lo bien que puede ir a mi edad.

—¿Y qué hay en esa caja? —Melanie quitó unas pelusas de la tapa.

—Esto de aquí es una parte más de mi historia. Ya no nos queda mucho tiempo, ¿verdad? Seguro que querrás volver junto a Robert.

Melanie asintió.

—Bien, entonces veamos lo que esconde la caja. Dudo que te lo hubiera enseñado si lo de Robert hubiese seguido en vilo o hubiese acabado mal. Pero creo que ahora ya no hay ningún peligro.

Levantó la tapa despacio.

A primera vista, toda aquella tela azul le pareció a Melanie un montón de trapos sucios para limpiar el polvo. Luego, sin embargo, comprendió que era un *áo dài*. Burdo, azul. A primera vista, el uniforme de una trabajadora. Mirando un poco mejor, se veía que era vestimenta hospitalaria. En el pecho llevaba cosida una cinta de tela con un nombre bordado: «Dra. Thanh Le Vinh».

Sintió un escalofrío en la espalda. ¿Era de Thanh, la hermana del jazmín de Hanna? ¿Y qué significaban esas enormes manchas de un marrón oxidado?

—Creo que ya podemos acercarnos poco a poco al final de la historia. —Hanna acarició la tela, pensativa—. Me alegro de poder contártela ahora que Robert ha despertado.

—Esta bata fue de tu Thanh, ¿verdad? —preguntó Melanie mientras cerraba la puerta de la habitación. Colocó la caja sobre el escritorio y luego se sentó en la silla que había libre—. ¿Consiguió hacerse médico? —Melanie señaló el nombre bordado.

Hanna no decía nada. En su cabeza parecía arreciar una tormenta de recuerdos.

—Como puedes ver, lo consiguió. Pero debería empezar por el principio.

Respiró hondo y su mirada se perdió una vez más en el pasado.

27

Siempre me había imaginado cómo lo encontraría todo si algún día regresaba a casa. Jamás olvidé la vista del puerto y del Mekong. Por eso lo que vi entonces, a bordo del *ferry* desde Vung Tau, me dejó sin habla.

La guerra no había podido cambiar en nada el ancho río, pero el rostro de la ciudad había sufrido profundas heridas. Casi no reconocí mi pobre Saigón.

Esa impresión se intensificó cuando dejamos el puerto atrás. Habían pasado casi cincuenta años desde la última vez que había recorrido esa calle, y ni siquiera entonces había visto allí tantísima miseria. Entre las inmundicias del borde de la calzada había sentadas personas a las que les faltaban extremidades; algunas mujeres llevaban en brazos a niños deformes. A lo largo de mi vida había visto muchas cosas, pero aquella imagen hizo que se me saltaran las lágrimas. Me eché a llorar con amargura.

Cuando conseguí tranquilizarme, me dispuse a buscar la casa que había sido mi último hogar en Saigón. No me había hecho muchas ilusiones. Los años de guerra civil y los conflictos subsiguientes seguramente la habían barrido de la faz de la tierra.

Por eso, al verla, apenas pude creer que siguiera en pie. Eso sí, estaba abandonada, y no encontré allí ni rastro del herrero ni de mi madre. Tampoco había ningún vecino que pudiera contarme qué había sido de ellos. Cuando entré en el deteriorado edificio, sentí como si un peso terrible cayera sobre mi alma. El tiempo había cambiado muchas cosas, pero yo todavía recordaba gran parte de lo que había vivido allí. En uno de los balaustres seguían las muescas con las que mi padrastro había documentado tanto el crecimiento de Thanh como el mío. También encontré sus viejas herramientas de herrero, que parecían haberse utilizado hasta no hacía mucho. Tal vez habían tenido un hijo, o incluso un nieto, que había mantenido abierta la herrería.

Con el corazón palpitante me acerqué a la habitación en la que habíamos dormido mi hermana y yo. No sabía si esperar o temer que también allí se hubiera conservado todo sin cambios, pero me llevé una decepción. La sala estaba vacía salvo por un par de cajas. Era comprensible, después de tanto tiempo. Yo ya me había convertido en una anciana, y mi madre, poco después de nuestra desaparición, debió de pensar que Thanh y yo habíamos muerto.

Me acuclillé ante una de las cajas y la abrí. A primera vista no contenía nada de valor. Sin embargo, entre viejas escudillas, mantelitos de bambú y otras baratijas, encontré un marco de fotos con el cristal partido. Lo saqué y casi se me paró el corazón al ver la imagen que contenía.

Mi madre la debió de encontrar en su momento y decidió conservarla. ¿Habría lamentado sus planes de casarme? No debió de odiarnos, porque entonces no habría guardado la fotografía.

Dejé el marco sobre el alféizar de la ventana y contemplé la foto un rato. ¡Cuántos años pasaron por mi memoria...! Vi a Thanh tal como la conocí aquella primera vez, en nuestro jardín; nos vi a las dos sentadas en el tejado, contemplando la jungla; la vi regresar del trabajo en los arrozales...

Cuando las lágrimas amenazaron con enturbiar mi visión, me volví. Absorta en mis recuerdos, pasé la mano por las paredes, donde la pintura se desconchaba, y mi mirada cayó entonces al suelo.

Había pasado tanto tiempo...

Al huir no me había llevado las flores de jazmín, que se quedaron donde las había escondido sin que Thanh las descubriera nunca. ¿Seguirían ahí?

Busqué algo con lo que poder levantar los tablones y me acerqué a uno que parecía estar bastante suelto. Quien hubiera vivido en la casa esos últimos años no había hecho nada por arreglarlo. Me arrodillé y saqué el tablón sin dificultad. Y entonces la vi. Cubierta por una gruesa capa de polvo, allí estaba la caja en la que había metido la rama de jazmín, todavía en la casa del barrio francés. Le quité la suciedad de encima y la abrí. No esperaba encontrar mucho. En el mejor de los casos, una rama seca y el polvo en el que se habrían convertido los pétalos.

Pero todavía se distinguían las flores. Completamente secas, desde luego, pero se habían conservado en su escondite. Incluso las hojas habían mantenido su forma.

Me puse la caja en el regazo y la contemplé ensimismada hasta que Marie se asomó a la puerta de abajo.

—*Maman,* ¿estás aquí? —preguntó.

—¡Sí, aquí arriba!

Por un instante me pregunté si debía enseñarle la caja, pero decidí no hacerlo. Aquella rama de jazmín hubiera requerido una explicación, y, como no quería mentirle, volví a meterla en su caja, que conseguí ocultar a tiempo bajo el tablón del suelo. La fotografía me la guardé en el bolso.

—O sea que viviste aquí —dijo Marie al encontrarme poco después en la habitación.

—Sí, aquí viví. Hace una eternidad.

Mi hija miró a su alrededor y pude imaginar lo que estaba pensando. Debía de sentirse agradecida de que hubiera huido de semejante lugar.

—¿Has encontrado algo de tus padres? —preguntó.

Negué con la cabeza.

—Salvo las herramientas, nada.

—Y supongo que los vecinos no siguen con vida.

—No creo. Tal vez debería acercarme al cementerio a ver.

Suspiré y di media vuelta. Ya pasaría a recoger las flores de jazmín más adelante; de momento estaban a buen recaudo bajo el suelo.

Nuestra pensión se encontraba en el barrio francés, que también se había visto muy afectado por la guerra. La propietaria me recordó un poco a Ly, la cocinera que trabajaba para mi madre. Sin embargo, al preguntarle si en su familia había alguna cocinera con ese nombre, me dijo que no. Ellos procedían de una zona muy diferente y, poco después de la retirada de los franceses, aprovecharon la oportunidad para reformar aquella casa y convertirla en un hotel. Por desgracia, sus negocios habían encontrado un lamentable final con el estallido de la guerra. Los clientes dejaron de acudir, y el edificio, además, sufrió daños en la contienda. Un par de habitaciones estaban inservibles, pues en ellas podía verse el cielo a través de los agujeros del techo. Pero las de la planta baja estaban a nuestra disposición. Marie y yo ocupamos una de ellas. La vista de la calle debió de ser maravillosa en su día, pero nosotras nos encontramos con casas destrozadas y personas pobremente vestidas que pasaban frente al hotel tirando de carros o intentando avanzar en bicicletas destartaladas.

—¿Y qué quieres hacer ahora? —preguntó Marie cuando nos sentamos a cenar.

La propietaria del hotel había insistido en que acompañáramos a su familia a la mesa. Una oferta muy generosa que no debíamos rechazar, aunque no tuvieran mucho para llevarse a la boca.

En la mesa nos hablaron largo y tendido de las batallas y del estado en que había quedado la ciudad. Entonces comprendí lo que podíamos hacer. Una posibilidad era ofrecer nuestra ayuda en los hospitales donde cuidaban de las víctimas de la guerra. Otra, abrir una fábrica que diera trabajo a la gente y que fuera de provecho para toda la comunidad.

—Lo mejor será que vaya a ver a la doctora Vinh al hospital. Ella podrá decirle dónde se necesita más ayuda —opinó la dueña de la pensión.

—¿Quieres trabajar en el hospital? —me preguntó Marie cuando volvimos a nuestra habitación.

—¿Y por qué no? —repuse—. A fin de cuentas, cuidé de tu padre. Aquí la gente necesita ayuda, por eso hemos venido.

—Pero sabes lo duro que era —objetó ella—. Sabes lo mucho que te costaba atenderlo.

—Bueno, eso fue sobre todo porque Didier ya no quería saber nada de esta vida y descargó toda su rabia sobre mí. Esta gente se alegrará de tener a alguien a su lado.

Con eso terminó la discusión. Marie sabía que no podría hacerme cambiar de parecer.

A la mañana siguiente, a primera hora, me puse en marcha hacia el hospital. Mientras tanto, Marie quería intentar averiguar algo sobre mis padres. Anduvimos un trecho juntas y luego separamos nuestros caminos.

Por todas partes se veían las secuelas de la guerra. Muchos escombros ya habían sido retirados, pero los impactos de bala en las casas todavía hablarían durante muchos años del horror que había sufrido la población.

También en el hospital donde trabajaba la doctora Vinh se percibía bastante caos. A pesar de que las hostilidades habían cesado, los vietnamitas tenían que luchar aún contra sus consecuencias. De vez en cuando alguien pisaba una mina terrestre y acababa despedazado. Los recursos médicos no eran muy buenos, y los efectos de los agentes defoliantes, terribles.

Me espanté al ver en uno de los pasillos a una mujer con un niño en brazos que parecía no tener ojos. A partir de ese momento me obligué a no mirar demasiado, pues había más casos de niños mutilados, y también personas con enormes cicatrices de quemaduras y miembros amputados.

Por fin di con una enfermera que sabía dónde podía encontrar a esa tal doctora Vinh y me señaló una habitación de la que salía una resuelta voz femenina. Poco después cruzó la puerta una mujer esbelta con el pelo oscuro y la piel quemada por el sol.

No creía lo que estaba viendo.

—¿En qué puedo ayudarla? —me preguntó.

El tiempo había cambiado un poco sus facciones, pero no tanto como para no reconocerla. Aun así, jamás habría imaginado encontrármela allí.

—¿Thanh? —pregunté con incredulidad.

La doctora me miró con extrañeza. Era evidente que no me reconocía. Entonces se fijó en mis ojos y, al cabo de un instante, vi en los suyos un brillo. El brillo del reconocimiento.

—¿Hoa Nhài?

—Sí. —Esa breve palabra cayó de mis labios acompañada de lágrimas.

Un segundo después nos abrazamos y lloramos juntas. Tras calmarnos, nos miramos de arriba abajo.

Thanh apenas había cambiado en todos aquellos años. Seguía teniendo la piel casi sin una arruga, y los mismos ojos oscuros y redondos de siempre. Su pelo, igual que el mío, tenía mechones plateados, pero aún era liso y denso, y lo llevaba recogido en un moño en la nuca. La cómoda vestimenta de hospital le envolvía el cuerpo, que todavía parecía el de aquella chica de diecinueve años con la que me encontré cuando regresaba del trabajo.

—No puedo creerlo —murmuró mientras sacudía la cabeza—. ¡Hoa Nhài! Pensaba que habías muerto.

—Pues yo nunca dudé de que tú seguías con vida —repliqué, y volví a abrazarla.

—Doctora Vinh, la necesitan en quirófano —exclamó una enfermera con impaciencia.

No nos habíamos fijado en ella de lo contentas que estábamos de habernos encontrado. Thanh se apartó de mí.

—Debo irme. ¿Qué te parece si nos vemos esta tarde? Hasta las ocho trabajo aquí, en el hospital, pero después estoy libre.

—Me parece bien. Vendré a recogerte.

—¡Estupendo!

—Ay, Thanh... Yo... En realidad venía a preguntar cómo puedo ayudar aquí. —Me parecía maravilloso pronunciar su nombre en voz alta.

—Busca a la enfermera Thao. Ella podrá decirte dónde necesitamos ayuda —me informó, y después cruzó una puerta de vaivén que tenía una grieta enorme.

Yo me quedé allí, petrificada, mientras veía desaparecer su figura por el pasillo. Todos aquellos años había querido dar con ella. Desde que la guerra terminó y era posible localizar a personas a través de la Cruz Roja, no había dejado de intentarlo. Aun así, nunca me hice muchas ilusiones; había pasado una eternidad desde que los piratas se la llevaron del barco.

¿Tendría algo que ver con haber encontrado de nuevo las flores de jazmín?

De vuelta en la unidad de urgencias, me acerqué a la enfermera Thao. Era más o menos de mi edad, y se veía que era una mujer que había vivido mucho. A pesar de los modales toscos con los que trataba a los pacientes, me cayó simpática.

—¿Tiene experiencia en el cuidado de enfermos? —me preguntó.

—Me ocupé de mi esposo, que perdió las dos piernas en la guerra.

En sus ojos pude ver que mi respuesta la dejaba muy impresionada.

—Nos iría bien algo de ayuda en la unidad. Ya no estamos tan desbordados como antes del armisticio, pero todavía nos llega mucha gente afectada por el agente naranja. Si no le asusta ver a personas que han perdido las extremidades...

—No me asusta —aseguré, e intenté que no notara cómo me habían impactado sus crudas palabras. Sabía muy bien que la guerra endurecía a la gente.

—Bien, entonces espere un momento.

De repente se oyó un grito espantoso. Me di la vuelta y vi que una muchacha se encogía en uno de los bancos de la sala de espera. Tenía un embarazo muy avanzado. ¿Serían contracciones de parto?

—¿Por qué no está ya en un paritorio? —le pregunté a la enfermera Thao—. ¿Es que quieren que tenga al niño aquí?

La mujer me hizo callar con un gesto.

—Todavía no es el momento, créame. Las de Cholon siempre lo pasan muy mal cuando tienen a sus críos.

Me impresionó la poca compasión que mostraba hacia la muchacha. Con eso consiguió que se esfumara gran parte de mi simpatía por ella. La guerra podía endurecer a la gente, sí, pero siempre debía uno conservar la compasión.

Miré a la joven. ¿Cuántos años tendría? ¿Dieciocho? ¿Veinte? Puede que incluso fuese más joven. Una chica de Cholon. Aunque hubieran pasado más de cuarenta años desde mis días en la Casa Roja, volví a sentir aquel viejo malestar. No había olvidado nada de todo ello. ¡Y de nuevo vi claramente que había tenido una suerte enorme al no quedarme embarazada! Si no hubiera estado allí

Ariana y los dioses no se hubieran apiadado de mí, tal vez me habría encontrado en la misma situación que esa muchacha. Solo que seguro que a mí Hansen me habría enviado a la abortera, en cuyas manos incluso habría podido morir.

Decidí proporcionarle al menos algo de consuelo y me acerqué a ella. Tal vez le viniera bien sentirse acompañada.

—¿Puedo hacer algo por ti? —pregunté pasando por alto la mirada escéptica de la enfermera.

La chica clavó en mí sus ojos hostiles. Me habría encantado ayudarla de algún modo, pero no sabía qué hacer. Si daba a luz, entregaría al niño. El pequeño acabaría en un orfanato de la ciudad y nunca sabría quién era su madre.

—No —gruñó—. Voy a tener ya a mi hijo y esta gente no quiere llevarme al paritorio. Dicen que está ocupado. Como si con una cama no bastara para dar a luz.

—¿Cada cuánto tienes contracciones? —pregunté. Si era necesario, yo misma la llevaría a la sala de partos.

Me miró como si quisiera preguntarme que a mí qué me importaba.

—No lo sé —contestó—. Cada muy poco.

—Entonces debes de estar a punto. ¿Puedes caminar?

Se levantó con dificultad. Su hostilidad parecía haber disminuido un poco.

—Voy a llevarte dentro. Encontraremos una cama para ti.

No sé por qué, pero no se opuso. Gimiendo de dolor en voz baja, avanzó tras de mí dando pequeños pasos. De nuevo pensé en Ariana y en cómo había caminado yo tras ella en su día. Sin mi amiga no lo habría conseguido. ¿Sentiría quizá la muchacha que teníamos algo en común?

En algún lugar encontré a una enfermera, a quien le dejé claro que alguien debía ocuparse de la chica. La joven, por lo visto, no sabía que la embarazada era de Cholon, así que se la llevó consigo.

Me quedé en el pasillo sin perderla de vista, hasta que oí el llanto de un recién nacido y unas voces nerviosas salieron de la sala de partos. La vida continuaba. Yo, sin embargo, estaba conmocionada. La guerra había acabado con muchas cosas, pero no con la prostitución. ¿Llegaría a desaparecer algún día?

Compungida, regresé a la entrada de urgencias. No sabía qué hacer, pero por fin sabía a quién debía destinar mi ayuda. Allí, en el hospital, me encontraba en el lugar equivocado. Como Thanh estaba en el quirófano, salí de urgencias. La enfermera había desaparecido.

Ya fuera del edificio, miré las calles y vi a un par de vendedoras callejeras y a unos niños que jugaban entre los escombros.

Ya sabía lo que podía hacer.

—¿Quieres construir una fábrica textil? —me preguntó Marie, extrañada, cuando regresé a la pensión y le comuniqué mi propuesta.

Ella, entretanto, había intentado descubrir algo sobre mis padres. Por desgracia, no había tenido mucho éxito con sus pesquisas.

—Sí —respondí—, y solo contrataré a mujeres.

Le conté la historia de la muchacha de Cholon.

—¿Cholon? —preguntó.

Comprendí que nunca le había hablado sobre el distrito de los burdeles.

—Es el barrio rojo de Saigón. Estoy segura de que muchas mujeres no encuentran más salida que vender allí su cuerpo. Eso es lo que quiero impedir.

—¿Con una fábrica textil?

—¡Sí, con una fábrica textil! Cualquier mujer puede aprender a utilizar una máquina de coser. Traeré las máquinas en avión desde Alemania y buscaré un edificio adecuado.

—Pero eso quiere decir que tendrás que quedarte aquí una temporada —objetó Marie.

Después de mi reencuentro con Thanh, no se me ocurría nada mejor que quedarme un tiempo en Saigón y recuperar los años perdidos.

—Creo que eso es exactamente lo que quiero hacer. Quiero ayudar a la gente de aquí. Tú eres libre de regresar a Alemania, desde luego.

Marie sacudió la cabeza despacio.

—¿Adónde regresaría? —preguntó. Su marido había muerto hacía tan solo medio año, y Elena se había enamorado y le daba vueltas a la idea de casarse—. Además, alguien tiene que cuidar de ti, *maman*.

Con eso quedó zanjado el asunto. Aquel mismo día me informé de dónde había edificios sin dueño que fueran lo bastante grandes para instalar en ellos una fábrica. Me puse en contacto por telegrama con un par de amigos de París para encargarles máquinas de coser y telas, e incluso conseguí localizar al funcionario responsable de decidir sobre la adjudicación de propiedades. En resumen, un día maravilloso cuyo final aguardaba con alegría.

Al final de la tarde estaba emocionadísima. Me había pasado un buen rato sentada contemplando la fotografía que había sacado del marco roto. ¡Thanh! ¡La había encontrado!

Le conté a Marie que quería salir a dar otro paseo, y, aunque ella consideraba que era peligroso, no dejé que me lo impidiera y recorrí las calles de Saigón hasta el hospital.

Thanh ya me estaba esperando. Se había cambiado la ropa de trabajo por un *áo dài* azul con el que casi parecía una jovencita, igual que en aquel entonces, cuando la fui a buscar a los arrozales. Nos abrazamos y fuimos a un pequeño restaurante cercano que volvía a estar en funcionamiento desde hacía poco. Al ver allí a varios soldados me sentí algo cohibida, pero Thanh los conocía y nos saludaron con educación cuando entramos. Un par de ellos incluso nos dejaron libre una mesita y se unieron a otros compañeros.

—Aquí te respetan mucho —comenté cuando nos sentamos en las cajas que habían dispuesto a modo de sillas.

Thanh se encogió de hombros.

—Según se mire —repuso, modesta—. He tratado a algunos de esos soldados, y seguramente no lo han olvidado.

Le sonreí.

—¿Te acuerdas de cuando nos sentábamos en el desván de *bà* a soñar con el futuro? ¡Lo has conseguido!

Mi hermana sonrió con nostalgia.

—Sí, podría decirse que sí. Pero en aquel entonces jamás habría imaginado los rodeos que tendría que dar. Seguro que para ti tampoco fue fácil, ¿verdad?

—No, lo cierto es que no —respondí—. A menudo pensaba en ti. Intenté encontrarte, pero las autoridades no colaboraban demasiado. Incluso la búsqueda a través de la Cruz Roja acabó en nada.

—Debió de ser porque cambié de apellido —explicó.

Entonces se levantó y fue a pedir. No tuvo que preguntarme qué quería yo; todavía se acordaba. Regresó con dos cuencos de arroz con pollo en salsa de cacahuete.

—Tenemos suerte. Este restaurante es de los pocos que, de vez en cuando, consiguen algo de carne. A veces vengo aquí entre un turno y otro.

—El trabajo en el hospital debe de ser muy duro.

—Sí, lo es. Pero por lo menos ahora tenemos la seguridad de que no nos caerán encima las bombas. Fue una época difícil, pero todo termina en algún momento.

La miré mientras empezaba a comer. Algo se había transformado en su interior. Parecía inaccesible, y antes no era así. ¿O quizá solo estaba cansada?

—¿Cómo conseguiste escapar de los piratas? —le pregunté después de haber probado también la comida. Estaba deliciosa, aunque por lo fuerte que me resultó el picante me di cuenta de que hacía muchísimo que había olvidado la auténtica cocina vietnamita.

—El barco pirata fue interceptado por un buque militar francés —explicó, y se metió un pedazo de pollo en la boca—. Solo dos días después de que abordaran a los tratantes. Casi todos los piratas acabaron muriendo. Poco antes habían atacado un carguero francés, así que los *tây* no tuvieron miramientos.

—¿Y qué fue de vosotras? —seguí preguntando, aliviada al saber que todas las terribles fantasías que habían pasado por mi cabeza no se habían hecho realidad.

—Los franceses nos llevaron con ellos y nos dejaron en Vung Tao. Fue cosa nuestra regresar con la familia.

Estaba segura de que Thanh había vuelto con mis padres. De haber estado en su lugar, yo lo habría hecho.

—¿O sea que volviste?

—No.

La miré con sorpresa y dejé los palillos.

—¿No?

—Seguro que te acuerdas de nuestros padres —me interrumpió, y siguió masticando un poco de pollo.

Me asombró la poca emoción que parecía imprimir a sus palabras.

—Claro que me acuerdo.

—Jamás habrían permitido que siguiera mi sueño. Me quedé una temporada en Vung Tao y luego decidí ir a Hanói.

—¿Nunca volviste a verlos?

Su rostro se endureció.

—No. Habrían insistido en que regresara con ellos. Es probable que hubiera tenido que casarme con el hijo del mercader de telas. Ya sabes cómo trató tu abuela a tu madre al final. La doblegó y la casó con quien quiso.

—El herrero nunca fue malo con nosotras —objeté.

—Cierto. Era un buen hombre. Pero ¿y si no lo hubiera sido? ¿Y si hubiera pegado a tu madre? Tu abuela decidió por ella porque quería vengarse, porque tu madre quiso decidir por sí misma. Estoy convencida de que también ella se habría vengado de mí. Así que resolví seguir mi propio camino. En Hanói conseguí entrar en una escuela. Trabajé cosiendo y en una fábrica de maquinaria para poder pagarla, pero lo conseguí. —Extendió los brazos—. Y, como ves, incluso logré estudiar medicina. Como siempre quise.

—Y... ¿alguna vez volviste a saber de ellos? —La idea de que mi madre y mi padrastro creyeran durante toda su vida que habíamos muerto me resultaba terrible.

—Cuando regresé a Saigón intenté informarme. Tu madre murió poco después de dar a luz a un niño, y luego el herrero se casó con otra mujer. Ya ves que regresar no habría traído nada bueno. Tuve la posibilidad de ser libre y la aproveché.

—¿Alguna vez te preguntaste qué había sido de mí?

—Sí, muchas. Siempre esperaba que regresaras, hasta que acepté las cosas como eran y me dije que debías de haber seguido tu propio camino. En cualquier caso, me alegraba de no haber vuelto a casa.

Thanh guardó silencio y miró su cuenco de arroz. Yo no sabía qué decir. Seguro que mi madre la habría castigado por mi desaparición.

—Perdóname —dije, y la tomé de la mano.

Mi hermana levantó la mirada.

—¿Qué debo perdonarte? —preguntó con sorpresa.

—Que quisiera irme de allí. No habrías tenido que pasar por todo aquello si nos hubiéramos quedado en casa, donde teníamos nuestro lugar.

Thanh sacudió la cabeza riendo.

—No habrás tenido cargo de conciencia por eso, ¿verdad? ¡Mírame! Soy médico, como quería. Y a ti tampoco parece que te haya ido mal. Cuéntame, ¿a qué te has dedicado durante todo este tiempo?

De nuevo me sorprendió que se tomara las cosas tan a la ligera.

Le hablé de mi llegada a Hamburgo, del burdel y de mi huida a Berlín. Le conté cómo conocí y perdí a Laurent, cómo tuve a Marie y cómo me quedé al lado de Didier hasta que tuve que separarme de él. Le relaté los años de guerra y mi ascenso al trono de los sombreros tras el conflicto. Cuando terminé de contar mi historia, el propietario del restaurante amenazaba ya con echarnos a la calle, porque se había hecho tarde y quería acostarse.

—O sea que tienes una hija —dijo Thanh mientras me acompañaba a la pensión.

—Sí, y una nieta. Marie ha venido conmigo, por cierto. Si quieres te la presento.

—Me gustaría mucho conocerla —repuso Thanh, aunque parecía algo pensativa—. ¿Está al corriente de toda tu historia?

—No. Si te soy sincera, solo le he contado fragmentos sueltos. Seguro que estarás de acuerdo conmigo en que hay cosas que es mejor no explicar a los hijos. —No me había dicho nada, pero yo daba por sentado que también ella tenía familia—. Tienes hijos, ¿verdad? —pregunté al ver que callaba.

—Tuve uno —respondió tras un largo silencio lleno de nostalgia—. Lo mataron en una operación militar cerca de Hanói, igual que a su padre.

Por lo visto, ninguna de las dos había tenido suerte en lo referente al amor.

—Los echo mucho de menos a ambos —añadió tras una pausa—. Por desgracia, mi pequeño no tenía mujer ni hijos. Se había entregado a la lucha en cuerpo y alma. Podría decirse que me encuentro exactamente en el mismo punto en el que estaba entonces, cuando las dos recorrimos Saigón de noche. Ya no tengo familia.

Sentí ese comentario como una pequeña puñalada, aunque podía comprender la tristeza y la amargura que había en ella.

—No. Sí que tienes familia —dije, y le estreché la mano—. ¿O acaso se te ha olvidado? Una parte está aquí y la otra en Alemania. Si tú quieres, me encantaría llevarte allí.

En sus ojos brillaron las lágrimas.

—Eres muy amable, pero aquí me necesitan. Aun así, es bueno saber que sigo teniendo una familia.

Entonces nos abrazamos y nos estrechamos como una anciana pareja.

A la mañana siguiente, Marie me preguntó dónde había estado. Le expliqué que me había encontrado con una vieja amiga que pronto conocería ella también. Aún no quería desvelarle nada. Habíamos acordado que Thanh vendría a visitarnos el domingo siguiente. Cuando estuviera allí, yo le explicaría a mi hija que el cuento de las hermanas del jardín era mi historia, y que Thanh era su tía.

Desde luego, eso tendría importantes consecuencias. Ella se lo contaría a Elena, y Elena les relataría la historia a sus propios hijos en el futuro, pero en aquel momento me pareció lo correcto. Había comprendido lo importante que era dar a conocer la historia de la familia. Como había recuperado a Thanh, ya no había ningún motivo para el silencio..., aunque sabía que Marie y Elena se enfadarían conmigo por haberles ocultado una gran parte de mi vida.

El domingo, sin embargo, esperamos a Thanh en vano. No se presentó en toda la mañana, y tampoco por la tarde. Como sabía que era muy cumplidora, empecé a preocuparme.

—Iré al hospital —anuncié mientras la inquietud se removía como una bestia salvaje en mi interior. ¿Había ocurrido algo o era solo que no había podido salir del trabajo? ¡Tenía que saberlo!

—¿Voy contigo? —preguntó Marie, pero yo sacudí la cabeza.

—No, quédate aquí tranquila. Seguro que estará en el hospital. Solo voy a ver qué ha pasado.

Corrí por Saigón sorteando a las personas que se arrimaban a las hogueras en busca de calor y a los soldados que fumaban al borde de la calle.

Ante el hospital había gente que esperaba ayuda. Me abrí paso entre ellos sin hacer caso de las imprecaciones que me lanzaron. La unidad de urgencias también estaba abarrotada y comprendí que Thanh no había podido venir porque tenía mucho trabajo. Ya estaba a punto de volverme, pero un mal presentimiento me lo impidió. De repente sentí la certeza de que algo le había ocurrido, así que me dirigí a una de las enfermeras.

—¿Podría decirme si la doctora Vinh está aquí?

—Póngase a la cola, por favor —contestó, distraída.

—No he venido a que me atiendan —repuse—. Me dijeron que debía dirigirme a usted si quería ayudar. —La enfermera era diferente a la del otro día y pareció creerme.

—¡Vaya por allí! —exclamó señalando la puerta que llevaba al interior de urgencias—. El doctor Xuan está de servicio, él le dirá qué puede hacer.

¿El doctor Xuan? ¿Dónde estaba Thanh? Le di las gracias y fui hacia la puerta. También allí se amontonaban enfermos y heridos por los pasillos. Entre ellos había incluso soldados. Un joven yacía en una camilla gimiendo en voz baja.

—Disculpe, ¿dónde puedo encontrar al doctor Xuan? —le pregunté a una de las enfermeras con las que me crucé.

—¡Está más adelante, siguiendo por este pasillo! —contestó, y siguió corriendo.

Me abrí camino entre los heridos, esquivé las camas que trasladaban, rodeé las sillas de ruedas en las que los pacientes esperaban a ser atendidos. Por fin vi una bata blanca.

—¿Doctor Xuan? —pregunté.

El médico levantó al mirada.

—¿Puedo ayudarle en algo, *bà?*

Lo miré extrañada por ese tratamiento, hasta que me di cuenta de que en Vietnam era tradición dirigirse a la gente mayor como «abuelos». ¡Ya era una anciana!

—Estoy buscando a la doctora Vinh. Habíamos quedado y...

El semblante del médico se oscureció. Allí era costumbre mostrarse respetuoso con los mayores, y pensé que el doctor Xuan buscaba la forma de comunicarme educadamente que debía ocuparse de sus pacientes.

—Se ha producido una emergencia en las afueras de la ciudad. La doctora Vinh ha acudido enseguida. Un pequeño había pisado una mina... Por desgracia no era la única mina de la zona. —El médico miraba al suelo, tan avergonzado como si hubiera sido culpa suya—. La doctora Vinh ha sido alcanzada por esa mina...

—¡No! —Al principio solo lo pensé, luego lo grité en voz alta—. ¡No, no puede ser!

—Lo siento mucho. —El médico seguía mirando al suelo—. Ha quedado muy malherida y nuestros recursos para ayudarla son muy limitados.

—¿Dónde está ahora?

—En cuidados intensivos.

No podía creerlo. Retrocedí tambaleándome hasta que sentí la pared.

—¿Es usted...? Bueno, ¿qué relación tiene con ella?

Se me saltaron las lágrimas.

—Es mi hermana.

El médico que miró extrañado, pero asintió.

—Está bien, venga conmigo.

Me condujo por varios pasillos que tenían las paredes llenas de grietas a causa de los bombardeos y cuyos suelos estaban sucios de barro. Pero todo eso solo lo veía a medias. Lo único en lo que podía pensar era en Thanh. No era posible que hubiera sobrevivido a la guerra y escapado de los tratantes de mujeres... ¡para acabar de repente así! ¡Pero si la había recuperado hacía nada! ¿De verdad eran tan crueles los dioses?

Cuidados intensivos era otro lugar miserable. Había muy poca maquinaria para la supervisión de los enfermos. Unas enfermeras agotadas cuidaban de ellos, controlaban sus funciones vitales y les administraban medicamentos.

El doctor Xuan me llevó hasta una cortina que separaba una parte de la sala. Comprendí que allí era donde los casos más desesperados aguardaban a que les llegara la hora. Nos detuvimos frente a una de las camas.

Apenas reconocí a Thanh bajo todas aquellas vendas. En el brazo tenía una aguja conectada a un gotero. Un monitor de aspecto bastante destartalado controlaba sus constantes.

—¿Puede oírme? —le pregunté al médico, ya que Thanh tenía los ojos cerrados.

El doctor Xuan asintió.

—Le hemos administrado calmantes, pero está consciente. Tiene numerosas fracturas... —Xuan se interrumpió y yo imaginé lo que quería decir. Que era un milagro que siguiera aún con vida–. Avise a la enfermera si necesita algo. Lo siento, pero yo tengo que irme.

–Muchas gracias, doctor –dije, y me senté en el pequeño taburete que había junto a la cama.

–No tiene que dármelas, *bà*. –Dicho esto, se marchó.

–Thanh –susurré intentando contener las lágrimas. Si tenía que morir, mi llanto no podía ser lo último que oyera.

–Hoa Nhài –susurró ella débilmente, y abrió los ojos. Sus labios esbozaron una sonrisa–. ¿Ya ha llegado a puerto el barco?

¿Qué barco? Comprendí que la morfina le había trastocado el sentido.

–Hace mucho que ese barco zarpó –dije–. Estamos en Saigón, Thanh, estamos en casa.

–Pero tú no querías casarte con ese chico.

Me volví hacia un lado, porque entonces sí que rompí a llorar. Al acercarse a la muerte había regresado a su juventud. Thanh creía que estábamos en el día de nuestra huida.

–No, y no pienso casarme con él. Pero lo importante es que estamos en casa.

Sus labios se movieron sin pronunciar ni un sonido. Me miró con ojos vidriosos y luego pareció perder la visión.

–¿Thanh? –pregunté con pánico, y en el monitor saltó una alarma.

Los alegres y vivos latidos de su corazón se habían convertido en una línea, y su rostro se deshizo en lágrimas ante mis ojos.

En algún momento de ese mismo día conseguí salir del hospital, destrozada y llorosa. Al principio no sabía adónde ir. Seguro que mi hija estaba preocupada, pero no quería regresar aún a la pensión. En lugar de eso, me fui a la antigua herrería. Tenía una idea. El círculo debía cerrarse.

En realidad mi intención era llevarme las flores, pero al final arranqué solo un par de ellas de la rama y las metí en un sobre que encontré en mi bolso. Las demás volví a dejarlas en la caja y las guardé de nuevo en su escondite. Me llevé el sobre a la pensión junto con la fotografía en la que aparecíamos Thanh y yo, y las imágenes de mis antepasados que encontré todavía en la vieja sala del altar. Marie me asaltó enseguida con preguntas, pero yo solo le dije que la vieja amiga con la que debíamos vernos había muerto.

El día del entierro de Thanh, muchas personas de Saigón se reunieron ante su tumba. Me sentí orgullosa al ver lo querida que era. Así que me abandoné a su recuerdo y deseé que, allí donde estuviera, encontrara toda la felicidad posible. Algún día volveríamos a vernos, de eso estaba segura.

28

Las lágrimas que caían por las mejillas de Hanna se convirtieron en los ríos del mapa de su vida.

—Acababa de reencontrarla. Demasiado tarde, pero al menos había dado con ella. Después de tanta incertidumbre, tanto miedo y tanta desesperanza... ¡Y justo entonces me la arrebató una mina!

Sus manos se clavaron con rabia en el *áo dài* lleno de rasgones y de sangre. Contempló la tela unos momentos, soltó un sollozo y se echó a llorar con tanta amargura como Melanie no la había visto hacerlo nunca.

Le habría gustado estrecharla entre sus brazos, acariciar y consolar a esa mujer frágil, pero sintió que su bisabuela necesitaba ese momento de dolor. Ella misma lo había precisado al recibir la noticia del accidente de Robert. A veces solo las lágrimas servían de ayuda. De modo que dejó llorar a Hanna y se quedó sentada a su lado en silencio, mirándola.

Cuando la mujer levantó por fin el rostro deshecho y cubierto de lágrimas, cuando sus ojos buscaron un punto de apoyo, allí estaba Melanie. Su bisnieta le pasó un brazo por encima con delicadeza y sintió el sollozo que atravesaba su cuerpo débil, pero también notó cómo ardían en su interior la ira, la rabia y una energía que tardaría mucho en consumirse.

Melanie se alegró inmensamente de ello.

Cuando Hanna volvió a calmarse, acarició y alisó el *áo dài* ensangrentado.

—No querían dármelo, pero yo insistí. Era lo único que me quedaba de mi hermana.

Su bisnieta asintió.

—¿Por eso te quedaste una temporada en Saigón? —preguntó entonces.

—No solo por eso —respondió Hanna mientras volvía a guardar la prenda en su caja—. Quería ayudar. Quería que las muchachas de Saigón no se vieran obligadas a ofrecer sus cuerpos a los soldados. Tenía claro que no podría ayudar a todas, pero por lo menos sí a algunas. También ellas merecían la buena suerte que yo había encontrado.

Melanie recordaba todavía las postales y las fotografías que les había enviado Hanna. El edificio parecía algo destartalado, pero en él había sitio para muchísimas máquinas de coser, y las jóvenes que se sentaban allí a trabajar en sus puestos parecían felices. Algunas se habían ofrecido a salir en las fotos con sus abuelas.

—¿Llegó a saber la abuela quién era Thanh?

Hanna negó con la cabeza.

—No, me pareció mejor así. Pero tú lo sabes, y eso me alegra. —Se levantó y fue a la ventana—. Seguro que querrás regresar enseguida, ¿verdad?

—Sí, mañana trasladan a Robert a planta y me gustaría estar con él. Todavía no acabo de creerme que haya vuelto con nosotros.

—Pues deberías. Es una gran suerte, y espero que esa fortuna os dure mucho tiempo.

—También yo lo espero. —Se quedaron calladas un momento, luego Melanie añadió—: ¿Tienes algo en contra de que venga a veros los fines de semana? En casa no tengo máquina de coser, y mi madre necesita la suya... Todavía estoy empeñada en coserme mi vestido de novia.

Hanna se volvió hacia ella y sonrió.

—Ven cuando quieras. No necesitas una excusa para venir a vernos, siempre eres bienvenida.

La acompañó fuera, donde Marie ya la estaba esperando. Había preparado una cesta cuyo contenido quedaba tapado por un pañuelo.

—Aquí te he puesto un par de cosas para que al llegar a casa no tengas que preocuparte de la compra —explicó. Luego miró a su madre y vio sin duda que había llorado—. Saluda a Robert de nuestra parte y dile que se recupere deprisa.

—Lo haré. Y estoy segura de que se alegrará de que vayáis a verlo.

—Si mi reúma lo permite, iremos.

Melanie les dio a ambas un abrazo largo y fuerte, luego alcanzó la cesta. Su bolsa de viaje estaba ya en el coche, junto con una caja de pequeños sombreritos y otros accesorios que quería enseñarle a Robert cuando estuviera algo mejor.

Sin embargo, no arrancó enseguida.

—¡Voy a acercarme al lago un momento! —les gritó a sus abuelas, que esperaban al pie de los escalones, y se despidió de ellas con la mano.

Las mujeres correspondieron a su gesto y entraron en la casa.

El sol de la tarde hacía brillar el lago como si fuera una joya. Melanie estaba de pie en la orilla, contemplando cómo el cisne trazaba lentos círculos. ¿Por qué no tenía pareja? ¿No había encontrado ninguna o la había abandonado?

No pudo evitar pensar en Thomas. En secreto había esperado encontrarlo allí, pero debía de estar ocupado con los setos.

—¿De modo que ya se marcha? —preguntó una voz.

Melanie dio media vuelta. Thomas estaba tras ella, con unos vaqueros y una camisa azul. Una imagen extraña, pues siempre lo había visto con ropa de trabajo.

—Sí, mi prometido despertó ayer por la tarde. Ahora tengo que ocuparme de un par de cosas.

—Me alegro mucho —repuso él—. Tenía razón cuando le dije que la vida solo lo había aparcado en una sala de espera, ¿verdad?

—Acertó de lleno. —Melanie sonrió y se fijó en que su expresión estaba teñida de nostalgia. ¿Pensaría en su mujer? ¿O tal vez había creído que...? No, no había creído nada, se dijo, aunque en lo más hondo de su ser sentía que él habría sido la salvación si el destino hubiera decidido de otro modo.

—Le deseo lo mejor —dijo el jardinero después de unos segundos de incómodo silencio.

—Y yo a usted —contestó Melanie—. Y espero que no vacíe el lago de peces con su caña.

—¡No tema! —exclamó Thomas entre risas—. Y espero que se deje usted ver alguna que otra vez por aquí.

—Sí, eso seguro. —Melanie se acercó a él y le dio un abrazo espontáneo.

—¡Cuídese!

—Usted también.

Se separó de él y echó a andar hacia el coche.

Epílogo

La villa no había cambiado. Se alzaba majestuosa ante el lago, por el que el cisne seguía trazando sus círculos solitarios. Unas nubes pesadas cubrían el cielo de la tarde y se teñían con los últimos destellos rosados y dorados de la puesta de sol.

Ya era otoño, las frondas de los árboles se habían pasado al rojo y al amarillo y, salvo por las dalias que florecían junto a la fuente, el jardín se había abandonado a su bien merecido descanso otoñal e invernal.

¿Por qué esperaba que algo de todo esto hubiera cambiado?, se preguntó Melanie mientras avanzaba con el coche por el camino de grava camino del aparcamiento.

—No hago más que preguntarme si no te arrepientes de haber rechazado aquella oferta —dijo Robert, que había estado muy callado durante todo el trayecto—. Ahora podrías estar en Bali.

Melanie echó el freno de mano y apagó el motor. Entonces lo miró: el hombre con quien se casaría al cabo de pocos días.

—No querría estar en ningún otro lugar que no fuera este —contestó. Le acarició entonces la mejilla con ternura y lo besó.

De repente la primavera parecía tan lejana... Igual de lejana que aquellos días de preocupación y miedo.

Robert había tardado un tiempo en recuperarse del todo, pero, después de que él recobrara la conciencia, a ella las visitas al hospital le resultaron mucho más llevaderas.

Y también la relación con Katja mejoró. Tras su regreso a Berlín se había sentado a hablar con su suegra y, aunque había resultado un poco difícil, al final consiguieron reconciliarse.

Aun así, Robert todavía no había logrado deshacerse de la silla de ruedas. Sus piernas iban recuperando poco a poco las fuerzas, pero los médicos estimaban que tardaría aún medio año largo en volver a caminar con normalidad. En cualquier caso, era un precio muy pequeño a cambio de seguir con vida y de tener la oportunidad de volver a estar como antes del accidente... Con una excepción: cuando volviera a ponerse de pie por sí mismo, sería un hombre casado.

—Siento mucho que no podamos casarnos en Vietnam —dijo antes de tomarle la mano y darle un beso—. Una mujer como tú se lo merecía.

—Viajaremos a Vietnam cuando vuelvas a adelantarme haciendo *jogging* —repuso ella.

—Entonces puede que tengamos que esperar a que cumplas los noventa, porque antes no lo conseguiré.

—¡Qué dices! Lo conseguiremos. Además, no creo que *grand-mère* resistiera un viaje tan largo. Este lugar es más adecuado, y lo importante es que tú estás conmigo.

De repente alguien dio unos golpecitos en el cristal de la ventanilla del conductor y Melanie se volvió.

Marie estaba junto al coche, envuelta en una gruesa chaqueta de punto.

—¿Tenéis pensado quedaros ahí sentados o vais a entrar en la casa a tomaros un té con nosotras?

—¡Enseguida vamos! —exclamó Melanie con una sonrisa. Se apeó y abrazó a la mujer—. Me alegro mucho de verte, abuela. ¿Cómo está *grand-mère*?

—Esta mañana he vuelto a pillarla queriendo abrir el tarro de la mermelada con un cuchillo, y eso que le compré un abridor fantástico por el canal de teletienda. O sea que está estupendamente.

—¡Me alegro! ¡Ya hablaré yo con ella sobre lo de ese abridor!

Melanie rodeó el coche —un modelo familiar en el que podían transportar la silla de ruedas de Robert con comodidad (y más adelante también a sus niños, quizá)—, abrió el maletero y sacó la silla.

—¡Vamos allá! —le dijo a Robert mientras la desplegaba—. He buscado el sitio exacto para que no tengas que desplazarte sobre la grava.

Robert sonrió de oreja a oreja.

—Esa es una de las razones por las que querré casarme contigo dentro de dos días.

—Me parece un poco pobre, ¿no crees? —Melanie sostuvo a Robert hasta que se dejó caer en la silla de ruedas.

—¡Por eso he dicho solo «una de las razones»! Espero poder deshacerme pronto de este trasto. ¡Empieza a sacarme de quicio!

—Me parece bien que te saque de quicio. Así por lo menos no te volverás vago y te esforzarás con la fisioterapia.

—¡Estoy de acuerdo contigo! —exclamó Marie después de abrazar también a Robert—. Venga, entrad ya, que *maman* está muy impaciente.

Mientras se acercaban a la casa, Melanie paseó la mirada por toda la propiedad. El jardín estaba perfecto, como siempre. ¿Habría encontrado Thomas a una mujer, o seguiría satisfecho con su vida de ermitaño? En su última visita había hablado un momento con él, pero solo habían tocado ese tema muy por encima.

Ni Hanna ni Marie le habían contado nada de él en sus conversaciones telefónicas.

—¿Y qué es de vuestro jardinero? —preguntó Melanie mientras subían la rampa.

Robert iba junto a ellas. Sus brazos ya se habían vuelto bastante fuertes y no necesitaba que lo ayudaran.

—¿Thomas? Ay, pues sigue ocupándose fantásticamente de toda la propiedad, como siempre. ¡Tiene novia desde hace poco!

—¿Y no me lo habíais dicho?

Marie sonrió con picardía.

—Teníamos muchas otras cosas de que hablar, ¿a que sí? Además, hace muy poco que han empezado a salir. Trae mala suerte comentarlo demasiado pronto.

—¡Pues yo me alegro! —intervino Robert—. No vaya a ser que al final me quite a mi prometida.

—Jamás lo conseguiría. —Melanie le dio un beso y, aunque él solo también lo habría conseguido, empujó la silla el último tramo de rampa.

Esas últimas semanas, Hanna y Marie habían hecho de todo con vistas a acondicionar la villa para la silla de ruedas de Robert. La rampa para sillas del museo ya estaba instalada desde antes, pero en la planta de la vivienda todavía quedaban peldaños que eran demasiado altos. Thomas había vuelto a dar muestras de su destreza artesanal y había construido pequeñas rampas por las que Robert podría moverse sin dificultad.

—¿Sabes?, te agradezco que no te fugaras con ese Thomas —había comentado Robert en broma cuando ella le había hablado del jardinero de Hanna y Marie—. Parece un tipo formidable.

—Lo es, y además es muy simpático. Pero un día me vio con los *leggings* de correr, y eso le hizo perder cualquier interés en mí.

—¿Qué dices? ¿Es que está loco, con el tipo que tienes? Melanie lo besó al oír eso.

—Además, yo no querría a ningún otro. Hay cosas por las que merece la pena esperar.

Y en eso tenía razón, porque, desde que Robert volvía a estar con ella, todo iba a mejor. Había rechazado la oferta de Dornberg, cierto, pero después habían llegado nuevos encargos. Además, había tenido mucho éxito ayudando a su madre en el desfile de moda de la Fashion Week y había conseguido contactos importantes. Uno de ellos incluso estaba dispuesto a organizar su desfile de moda histórica el año siguiente.

Después de reflexionar un poco y de someterse al enorme poder de persuasión de sus abuelas, Melanie había decidido encargarse de la dirección del Museo de la Moda. A Hanna le había sorprendido, porque esperaba que enseguida volviera a viajar. Marie, sin embargo, se había alegrado de verdad.

—Me he sentido tan a gusto aquí que, de vez en cuando, me planteo la idea de venirme a vivir —dijo Melanie para explicarles su decisión—. La villa es el lugar ideal para que Robert se recupere. El fisioterapeuta opina que dentro de un par de meses ya podrá volver a andar..., si entrena lo suficiente. Aquí podrá hacerlo sin tener a un montón de gente mirándolo todo el rato. Y, además, podrá continuar con su trabajo, porque también tenéis conexión a Internet.

Robert se levantó y se sentó en el salvaescaleras.

—¿Vas bien? —le preguntó Melanie.

Hanna había accedido a la reforma sin rechistar, pues también a ella le venía muy bien cuando no tenía las piernas demasiado ágiles.

—¡Desde luego! —repuso Robert—. ¿Qué pasa? ¿Quieres sentarte en mi regazo y subir conmigo?

—Seguro que sobrecargaríamos el motor.

—Pero si eres un peso pluma... Y yo todavía no he recuperado mis kilos.

—Aun así, es mejor ir sobre seguro. Ya me sentarás en tu regazo cuando estemos en nuestra habitación.

—Mmm... Te tomo la palabra.

Mientras el salvaescaleras se ponía en movimiento, Melanie fue subiendo lentamente a su lado con la silla de ruedas plegada. Marie los siguió.

—¿Cuándo llegan tus padres? —le preguntó a Robert—. No estábamos seguras, así que, por si acaso, hemos preparado ya la segunda habitación de invitados.

—Llegan mañana, y están muy contentos de venir. No he hecho más que hablarles maravillas de lo bonito que es esto.

—Entonces, esperemos estar a la altura de sus expectativas.

—Su casa no es ni la mitad de grande que esta villa, así que lo conseguiréis de sobra.

Al llegar arriba, Melanie volvió a ayudar a Robert a sentarse en la silla de ruedas y juntos se fueron a su habitación.

Él le echó los brazos alrededor de las caderas y acurrucó el rostro contra su vientre.

—¿Y cuándo voy a poder ver ese misterioso vestido de boda tuyo?

—¡No hasta la ceremonia, desde luego! Trae mala suerte ver a la novia antes con el vestido puesto, y, después del año que hemos pasado, no pienso correr ningún riesgo.

Robert la miró a los ojos y tiró de ella para atraerla hacia sí.

—¿Va todo bien? —preguntó Melanie.

Él se acercó más y la besó.

—Ahora sí —dijo—. Te quiero, Melanie.

—Y yo a ti.

Melanie encontró a Hanna en la sala de costura. Estaba sentada frente a la máquina de coser, deslizando con mano firme dos telas bajo la aguja repiqueteante.

—*Grand-mère,* ¿tú en la máquina de coser? —preguntó con una sonrisa.

—¡Melanie! ¿Habéis llegado bien?

—Sí. ¡A Robert le ha encantado tu salvaescaleras! ¿Intentabas matar la espera cosiendo?

—Un poco —reconoció Hanna, que entonces cortó los hilos y tiró de la prenda. Todavía no podía intuirse qué acabaría siendo.

Melanie levantó un dedo a modo de advertencia.

—La abuela se pondrá hecha una furia si ve lo mucho que te acercas a esa aguja tan puntiaguda.

—Ha aceptado que necesito algo que hacer —repuso Hanna sonriendo—. Es verdad que no tengo tan buen pulso como antes, pero las costuras cada vez me quedan mejor. —Apagó la máquina y se volvió—. Aunque, desde luego, ya no soy tan buena como para confeccionar algo así. —Señaló el vestido de novia que estaba puesto en el maniquí.

En cada nueva visita a sus abuelas, Melanie había trabajado en el vestido. El diseño original, que tenía un parecido al vestido de novia De Vallière, se había ido independizando y había acabado por conformar algo completamente nuevo. Un vestido de cintura ceñida con falda a capas y mangas estrechas, cubierto por un sinfín de flores de jazmín que Hanna le había ayudado a elaborar con sus artes de sombrerera.

—No digas eso. ¡Tú eres capaz de cualquier cosa, *grand-mère*!

—Qué va, la vejez es la vejez. Pero aquí tengo algo para ti. —Se levantó despacio y fue a buscar una caja del alféizar de la ventana—. Mira a ver si te gusta.

Melanie la abrió y dentro encontró un pequeño tocado con velo, decorado con flores a juego con las del vestido, que podría ponerse sobre el moño.

—¡Es una preciosidad! Gracias, *grand-mère*. Yo sí que no podría haber hecho algo así.

Hanna se encogió de hombros.

—Si quieres, puedo enseñarte. Al fin y al cabo pronto vivirás aquí.

Antes de que Melanie pudiera decir nada, se oyó una bocina abajo.

—¡Ay, ha llegado mi madre!

—Bueno, pues ya tenemos a todas las mujeres de la familia reunidas bajo el mismo techo. Menos mal que pronto habrá un gallo en el gallinero.

Le pasó el brazo a Melanie por la cintura y juntas salieron de la sala de costura para recibir a Elena.

CORINA BOMANN

La isla
de las
mariposas

Descubre la novela revelación del género
landscape, un apasionante viaje a la antigua
isla de Ceilán en el siglo XIX

1

Diana Wagenbach se despertó cuando la luz rojiza del amanecer le acarició la cara. Suspirando, abrió los ojos e intentó orientarse. El enorme tilo del jardín arrojaba su sombra sobre los altos ventanales del invernadero, que lindaba con el cuarto de estar. Unas manchas de luz salpicaban la alfombra granate, que protegía el viejo parqué de los arañazos. El aire estaba impregnado de un extraño olor. ¿Habría vertido alguien alcohol?

Diana tardó un rato en darse cuenta de cómo había ido a parar al sofá de cuero blanco. Aún llevaba puesta la ropa de la noche anterior, y tenía la negra melena rizada empapada en sudor y pegada a la frente y a las mejillas, así como los labios resecos.

—Ay, Dios mío —gimió mientras se incorporaba.

Le dolían los brazos y las piernas, como si la noche anterior hubiera estado arrastrando cajas de mudanza. Además, la mala postura en la que había dormido le había debilitado la espalda.

Al desplomarse en el respaldo, por poco le da un ataque. El cuarto de estar parecía un campo de batalla, no porque se hubiera celebrado una fiesta por todo lo alto, sino porque ella había perdido el control. Asustada, se frotó los ojos y las mejillas.

En realidad, Diana era una persona tranquila y algo más que paciente, en opinión de sus amigos. Pero el día anterior había visto a su marido, Philipp, con esa mujer.

Es cierto que formaba parte de su trabajo hablar de negocios una vez concluida la jornada laboral. Pero lo que desde luego no formaba parte de su trabajo era besar apasionadamente a su interlocutora y acariciarle ansiosamente los pechos.

Ojalá me hubiera quedado en casa, pensó Diana mientras se sentaba y se miraba los moratones de los brazos. Pues no; tuve que ir a nuestro restaurante favorito pensando que, tras un duro día de trabajo, me merecía algo especial.

Mientras se levantaba del sofá e intentaba mover sus doloridos huesos, repasó de nuevo la noche anterior.

Naturalmente, no había tenido el valor de enfrentarse a Philipp allí mismo, en el restaurante. Antes de que él se diera cuenta, se fue corriendo a casa y, después de dar un portazo, se echó a llorar en el sofá. ¡Cómo podía hacerle una cosa así!

Después de la llantina, se había dedicado a recorrer la casa y a torturarse con un sinfín de preguntas. ¿Había habido indicios? ¿Tendría que haberlo intuido? ¿O estaba equivocada y solo se trataba de un beso de lo más inocente?

No, ese beso era de todo menos inocente. Y sinceramente, la nave de su matrimonio llevaba ya mucho tiempo escorada, a la espera de una ráfaga de viento que la hiciera zozobrar.

Le pasaron mil maldiciones por la cabeza. Reproches, amenazas, insultos, exigencias. Pero luego, cuando apareció Philipp con las llaves en la mano, se le había pasado el propósito de montarle un número. A cambio, se limitó a mirarle y a preguntarle imperturbablemente quién era la mujer a la que estaba abrazando tan apasionadamente.

—Cariño, yo... ella...

Cuando le aseguró que solo se trataba de una conocida, no le prestó el menor crédito. Uno de los dones de Diana era reconocer las mentiras. Ya desde pequeña sabía siempre quién no le decía la verdad. A veces, incluso había pillado a su tía abuela Emmely ocultándole algo.

—¡Lárgate! —fue la única palabra que logró decirle.

Lárgate. Luego dio media vuelta y se dirigió al invernadero. Mientras veía su imagen reflejada en el espejo y miraba hacia el jardín iluminado por la luna, oyó a su espalda cómo se cerraba la puerta.

Ese habría sido el momento ideal para irse a la cama y consultar sus penas con la almohada. Pero Diana reaccionó de otra manera.

Ahora a ella misma le escandalizaba su reacción. Hasta entonces nunca había perdido los estribos de aquella forma. Lo primero que hizo fue arrojar un jarrón contra la pared. A continuación, llegó el turno de las sillas del rincón del comedor. Con todas sus fuerzas las lanzó por la habitación, rompiendo a su paso la mesa baja de cristal junto al sofá y la vitrina que albergaba los premios de Philipp. También habían alcanzado a una botella de whisky de malta, cuyo contenido había absorbido la alfombra.

Más me valdría habérmela bebido, pensó sarcásticamente. Así no tendría que explicarles a los del seguro lo que ha pasado aquí.

Los cristales le lanzaban feroces destellos y crujían bajo sus zapatos mientras atravesaba la habitación. Un baño restablecería el equilibrio de su alma y le brindaría la posibilidad de ordenar sus sentimientos.

Después de desnudarse, se miró en el espejo y se sintió ridícula. ¿Era necesario que se preguntara qué tendría la otra que ella no tuviera?

Aunque tenía treinta y seis años, no los aparentaba; los que no la conocían le echaban veintiocho o veintinueve.

Aún no le habían salido las canas con las que, según la publicidad, había que contar a partir de los treinta y cinco. Su melena negra e inmaculada le caía por los hombros, que habían adquirido, como los brazos, el tono dorado del verano que tanto envidiaban sus empleadas y sus amigas. El resto de su cuerpo, no en forma pero sí esbelto, ofrecía un tono más claro y reclamaba una estancia en la playa para poder igualarse a los brazos.

Vacaciones, pensó mientras suspiraba al entrar en la cabina de la ducha. Tal vez debería hacer un viaje para olvidarme de toda esta penuria.

Bajo el chorro templado de la ducha recobró los sentidos, pero por desgracia también el ardor que le producían los nervios en la boca del estómago. Quizá el agua lavara las huellas que la noche pasada había dejado en su piel y en su pelo, pero no las borraba del todo.

Al principio, Diana quiso ignorar los timbrazos del teléfono. Sería Philipp, que le vendría con alguna disculpa tonta. O, en el peor de los casos, quizá le preguntara cómo se sentía. Como había desconectado el móvil, su marido no tenía otra posibilidad de dar con ella.

El teléfono no dejaba de sonar; se le pasó por la cabeza que podía ser Eva Menzel, su socia del bufete de abogados, de modo que salió del cuarto de baño envuelta en una suave toalla azul y fue al pasillo, donde descolgó el auricular. Si es Eva, puedo decirle que hoy no apareceré por el despacho.

—Wagenbach —dijo al aparato.

—¿La señora Wagenbach? —preguntó una voz con acento extranjero.

Sorprendida, se quedó sin aire.

—¿Señor Green?

El mayordomo de su tía se lo confirmó en un alemán chapurreado, por lo que Diana empezó a hablar con él en inglés.

—Me alegro de oírle, señor Green. ¿Va todo bien?

¿Cuánto tiempo hacía que no hablaba con su tía? O con el mayordomo, que actuaba como una especie de mediador y le sostenía el auricular a la tía Emmely, cuyos brazos no le respondían bien desde que padeció un ataque de apoplejía.

—Me temo que no tengo noticias demasiado buenas para usted.

A Diana sus palabras le sentaron como un puñetazo en el estómago.

—Por favor, señor Green, no me torture y dígame qué ha pasado.

El mayordomo dudó un momento antes de atreverse a pronunciar lo inevitable.

—Por desgracia, su tía sufrió hace dos días otro ataque de apoplejía. Se encuentra ingresada en el Hospital Saint James de Londres, pero los médicos no saben cuánto tiempo aguantará.

Diana se llevó la mano a la boca y cerró los ojos, como si de esta manera pudiera bloquear la mala noticia. Pero ya se le había grabado la imagen en la memoria: una mujer mayor cuyo pelo rubicundo iba adquiriendo paulatinamente el color de la nieve. Una sonrisa bondadosa en sus labios fruncidos. ¿Cuántos años tenía la tía Emmely? ¿Ochenta y seis u ochenta y siete? La abuela de Diana, prima segunda de Emmely, que había nacido más o menos al mismo tiempo, llevaba ya muchos años muerta.

—¿Señora Wagenbach? —La voz del señor Green disipó como una ventolera los últimos pensamientos de Diana.

—Sí, sigo al aparato. Es que me he quedado de piedra. ¿Cómo pudo pasar?

—Su tía tiene una edad avanzada, señora Wagenbach, y la vida no siempre la ha tratado bien, si se me permite emitir un juicio. Mi madre solía decir que las personas son como los juguetes, que tarde o temprano acaban por romperse. −Hizo una pausa, como si estuviera imaginando a su madre−. Debería venir. La señora me ha encargado que le diga que venga mientras aún esté algo consciente.

−¿De manera que ha hablado con ella?

En Diana brotó una pequeña y absurda chispa de esperanza. A lo mejor los médicos conseguían curarla. ¿No se decía que uno no moría hasta el tercer ataque de apoplejía?

−Sí, pero está muy débil. Si desea cumplir su deseo, debería venir, a ser posible, hoy mismo. Si se decide a hacerlo, la recogeré yo personalmente en el aeropuerto.

−Sí, iré… Solo tengo que mirar a qué hora sale el siguiente avión y si queda una plaza libre.

−De acuerdo −respondió el mayordomo−. ¿Sería usted tan amable de comunicarme por correo electrónico a qué hora llega exactamente? No me gustaría hacerla esperar en mitad de la lluvia.

−Muy amable por su parte, señor Green. En cuanto sepa el número de vuelo, le enviaré un correo.

De nuevo se hizo una breve pausa. Al otro lado de la línea se oyó un chisporroteo. ¿Se habría cortado la comunicación?

−De verdad que lo siento mucho, señora Wagenbach. Lo dispondré todo de modo que tenga aquí una estancia agradable.

−Muy amable, señor Green. Muchas gracias y hasta luego.

Colgó y se sentó. Naturalmente, no en mitad de los cristales rotos, sino en la cocina. En casa de Emmely también se sentaba siempre en la cocina, cuando iba a visitarla con su madre, Johanna.

Johanna había tenido una relación muy especial con Emmely; no en vano, la había criado después de que su propia madre muriera al nacer ella en medio del caos del final de la guerra. A Beatrice solo la conocía por una foto amarillenta, sacada poco antes de que naciera Johanna. Diana nunca había entendido por qué Emmely, que no tenía hijos, no había adoptado a su madre.

Cuando oyó que daba la hora el reloj del salón, un regalo que Philipp le había traído de Chequia y que ella odiaba pero soportaba por él, recordó que el tiempo pasaba y los aviones no esperaban.

Aunque el disgusto se le agarraba al estómago, y pese a la tiritona que le recorría todo el cuerpo, no tardó más de cinco minutos en vestirse. Eligió ropa cómoda: unos vaqueros, una blusa de manga corta y un fino jersey de punto de color granate por si acaso refrescaba. Se recogió la negra melena rizada en una coleta. Por esta vez prescindió del maquillaje. La práctica que había adquirido en sus numerosos viajes de negocios le ayudó a hacer la maleta en un santiamén. Tampoco metió demasiadas cosas: una blusa de muda, una falda y un cepillo de dientes. Y también el portátil, un cuaderno y, naturalmente, cables y cargadores. Cerca de Tremayne House había un pueblo pequeño que ofrecía todo lo que pudieran necesitar los excursionistas de la zona. Mientras llevara consigo el monedero y la documentación, lo demás podría comprarlo.

Llegó a la puerta y echó un último vistazo al desorden que dejaba atrás. Los pedacitos de cristal brillaban como diamantes a la luz del sol. Que los recoja Philipp, pensó, y en el fondo se alegró de no haber dejado una nota, como hacía cada vez que tenía que irse urgentemente a alguna parte.

- - - - - - - - - -
Continúa en tu librería
- - - - - - - - - -

Otros libros de Corina Bomann

Una de las autoras del género *landscape* más queridas por los lectores

La isla de las mariposas

Una carta misteriosa, una plantación de té heredada, una casa llena de secretos.

El jardín a la luz de la luna

Un antiguo violín unirá el destino de tres mujeres en la isla de Sumatra.